U0135284

勇于探索,追求卓越

——上海地铁运营有限公司
科技大会(2006)论文集

上海地铁运营有限公司　编

上海交通大学出版社

内 容 提 要

本书为上海地铁运营有限公司科技大会(2006)论文集，共收编论文113篇。内容分为运营策略与综合管理、运营管理、运营安全管理、票务管理、车辆技术、供电技术、信号技术、通信技术、工务与监护技术、机电设备技术等10个大类。集中体现了上海轨道交通事业发展过程中的管理创新和技术创新成果，展示了上海地铁运营有限公司广大员工追求卓越、勇于探索的精神。

图书在版编目(CIP)数据

勇于探索，追求卓越.上海地铁运营有限公司科技大会(2006)论文集/上海地铁运营有限公司编.
—上海：上海交通大学出版社，2006
ISBN 7-313-04552-2

Ⅰ.勇... Ⅱ.上... Ⅲ.地下铁道－铁路工程－上海市－学术会议－文集 Ⅳ.U231-53

中国版本图书馆CIP数据核字(2006)第099149号

勇于探索，追求卓越
——上海地铁运营有限公司科技(2006)论文集
上海地铁运营有限公司 编
上海交通大学出版社出版发行
(上海市番禺路877号 邮政编码200030)
电话:64071208 出版人:张天蔚
常熟市华通印刷有限公司印刷 全国新华书店经销
开本:890mm×1240mm 1/16 印张:29.5 字数:920千字
2006年9月第1版 2006年9月第1次印刷
印数:1—750
ISBN 7-313-04552-2/U·137 定价:128.00元

版权所有 侵权必究

上海地铁建设至近十六年来，高速度地建成并投入运行了~~上海上海~~
地铁一二三四五号线改，在解对决上海交通问题发挥了重要作用。但由于
历史原因，上海地铁建设比欧美等发达国家晚了一百四十余年，上海
地铁开始运引~~运营~~以来只有十多年时间，对于地铁这个庞大而复杂的
多技术含量的系统工程还需要在长期运行中不断地发现问题解
决问题以求完善和提高。上海地铁运营公司各专业的管理和技术
人员悉心研究了上海地铁在初期运行中遇到的实际问题，在运营
策略与综合管理、运营安全管理、商票务管理、车辆技术、供电技术
仪号技术、通信技术、工务与监护技术与机电设备技术等多方面撰
写了百余篇论文出版了论文集。这些论文学习运用各有关专业的先进
技术理论，针对地铁运营中的实际问题进行了分析研究，提出处理
与改进意见。这里积累了作者们在地铁运营管理工作中的一些心得体
会和实际经验。这不仅有利于提高地铁运营管理工作水平，对今后上海地铁
设计施工建设亦有参考价值。由于上海地铁运营还处于初期阶段，高级
的地铁网络化运行尚待形成，论文集中各种对分析和处理问题的见解
不免有偏颇不足之处，望地铁界的专家学者惠于指正。

刘建航

前　言

　　《勇于探索，追求卓越——上海地铁运营有限公司科技大会（2006）论文集》在各方的共同努力下正式出版了。这本论文集凝聚了公司员工多年来在轨道交通运营管理上的心血，是广大专业技术人员和管理人员智慧的结晶。

　　这本论文集共收录了113篇论文，内涵丰富，紧贴实际，具有鲜明的特点：一是作者范围广，既有公司各级管理人员，又有运营一线的专业技术人员；二是专业面宽，涵盖了车辆、供电、通信、信号等轨道交通运营的各个专业领域，同时也包含了网络化运营等综合管理类研究；三是紧密结合轨道交通运营管理的实践。汇集的这些论文是公司专业技术人员和管理人员对实践经验的总结和积累，对运营管理中的热点和难点问题进行攻关的体会和心得。

　　从这本论文集中，我们可以看到，上海地铁运营有限公司传承了开创上海地铁从无到有新纪元的历史，在运营管理中不断前进发展的印记；我们可以看到，公司始终贯彻"科学技术是第一生产力"的思想，坚持技术引进与自主创新相结合，积极开展科研攻关，努力破解技术难题，为轨道交通安全运营提供强有力的技术支撑；我们可以看到，广大专业技术人员和管理人员不畏艰难、敢于突破，勇于创新、精益求精的可贵精神。相信这本论文集的出版，将激励我们继往开来，不断提高科技对轨道交通运营管理的贡献率；同时，也希望这本论文集能为轨道交通的同行提供有益的参考和借鉴。

　　面对世界轨道交通技术日新月异的发展，面对上海城市轨道交通网络化运营的要求，我们要提升站位，贯彻"自主创新，重点跨越，支撑发展，引领未来"的科技工作指导方针，按照公司发展战略规划和科技创新规划纲要，坚持以科技进步为先导，采用"机制先行、文化倡导、全员参与、加强整合"的基本策略，充分发挥科技进步对提升网络化运营水平和企业管理绩效的推动力，努力打造世界一流的地铁运营商！

2006 年 8 月

目 录

票务管理

车辆技术

供电技术

信号技术

通信技术

工务与监护

机电设备

运营策略与综合管理

上海轨道交通安全运营若干关键技术研究

周　淮[1],江秀臣[2],赵惠祥[3],邵伟中[1],

周俊龙[1],徐瑞华[3],朱小娟[1],余世昌[1]

(1. 上海地铁运营有限公司, 2. 上海交通大学, 3. 同济大学)

摘　要：针对上海轨道交通运营安全性与可靠性关键技术方面存在的问题,按总体、预防、预警、应急处置等4个技术体系开展了理论与应用研究。总体研究包括:城市轨道交通运营安全性与可靠性框架及其指标体系构建,系统运营安全性与可靠性分析。预防研究包括:列车客室车门系统安全及可靠性技术研究与应用,多项车门技术改进与优化措施研究及其实施;新型控制器研制,分级启动和专用DC/DC变换器研制;轨道交通电力系统调度典型操作票智能专家系统研制。预警研究包括:牵引变电站直流1 500 V馈出电缆在线监测系统的智能化在线监测设备研制,高频轨道电路参数测试仪研制。应急处置研究包括:轨道交通事故故障的产生机理,事故故障信息管理系统和应急预案管理系统开发研制。

关键词：轨道交通,运营,安全性,可靠性,关键技术

近年来,轨道交通已成为上海市公共交通体系中不可或缺的重要组成部分。与此同时,轨道交通的运营安全性和可靠性也日益成为社会关注的焦点。因此,通过科技创新与实施来提高和确保上海轨道交通网络和相关系统的运营安全性和可靠性,是运营管理面临的一项重大而又紧迫的历史使命。上海市科委贯彻"以企业为主体"、"应用为先导"的原则,将"上海轨道交通运营安全"列入了2003年上海市重大科技攻关计划。

本文针对目前我国城市轨道交通运营安全性与可靠性方面缺乏理论层面上的系统研究状况,开展事故故障产生机理及其影响传播规律、系统安全性与可靠性分析评估方法、应急处置机制等方面的研究;针对上海轨道交通列车车门与逆变器设计缺陷、电力调度操作与电缆状态监测、轨道电路工作状态检测等运营安全性与可靠性关键问题,开展预防技术、预警技术和应急处置技术等方面的技术研究和成果实施;针对运营安全性与可靠性管理需求,开发研制了系统安全性与可靠性分析与评估、事故和故障信息管理、事故和故障处置预案管理等专用软件系统。项目技术路线如图1所示。

1　总体研究

1.1　运营安全性与可靠性框架

采用安全系统工程和系统可靠性工程的观点,对城市轨道交通系统的运营安全性工程及其研究和运营可靠性工程及其研究所包含的内容进行归纳分析,构建了运营安全性框架和运营可靠性框架,如图1和图2所示。

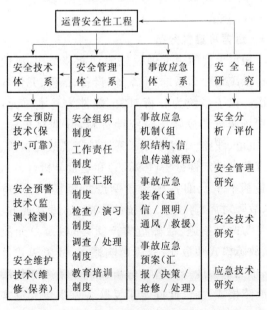

图1　运营安全性框图

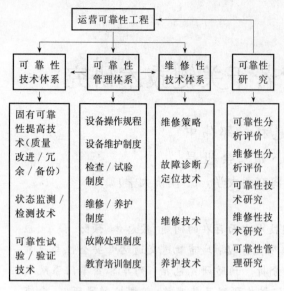

图2　运营可靠性框图

1.2　运营安全性分析

根据对上海轨道交通的现场调研和事故记录统计资料，进行了危险物源、危险能源、危险功能源3个危险因素分析，确定了11类共62种潜在的危险状态，得出了系统潜在危险状态清单。对各种潜在危险状态按系统、子系统、子系统界面、操作与支持4个专项分析进行初步危险分析（PHA），确定出每项潜在危险状态的引发原因、触发事件、导致事故的严重级别、危险状态发生频率、触发事件发生概率、事故发生频率、危险等级、预防与改进措施等内容，最终形成按危险等级由高到低进行排列的安全评价项目列表。列表中排列靠前的潜在危险状态需要在安全管理和项目改造中特别给予关注。分析结果显示，危险等级为B级的潜在事故有3项，C级的有31项，D级的有14项。

1.3　运营可靠性分析

根据上海轨道交通设施的功能和结构，将轨道交通系统划分为系统、子系统、设备、部件、元件5个层次。以子系统为分析对象，部件为基本单元，根据现场调研和故障记录统计资料，分别对车辆、通号、供电、线路、车站5个子系统进行了故障模式、影响及危害性定性分析（FMEA）和定量分析（CA），得出各基本单元的各种潜在单点故障模式、故障原因、故障对局部/上层/系统的影响、故障发现方法、应急与改进措施、故障危害严重度，以及单元故障率、故障模式频数比、故障影响概率、故障模式危害度、单元危害度等内容。分析共确定了489种潜在的故障模式，并以此确定了反映各基本单元危害严重度和危害度的危害性矩阵。

1.4　运营可靠性指标体系

以"保障乘客准时到达目的地"为运营可靠性基本要求，定义运营可靠性为：系统在规定的条件下和规定的时间内，完成列车按运行图准时到达各站的能力；运营可靠度定义 $R(t)$ 为列车按运行图准时到达各站的概率，即 $R(t)=P(T\geqslant t)$。另外，对运营故障间隔时间 T、运营故障分布函数 $F(t)$、运营故障、运营故障概率密度 $f(t)=\mathrm{d}F(t)/\mathrm{d}t$、运营故障率 $\lambda(t)=f(t)/R(t)$、平均运营故障间隔时间 $\mathrm{MTBF}=\int tf(t)\mathrm{d}t$、运营恢复性、运营恢复度 $M(t)=P(Q<t)$、运营故障恢复率 $\mu(t)$、运营故障时间 Q、平均运营故障时间 $\mathrm{MTTR}=\int t\mu(t)\mathrm{d}t$ 等指标给出了相应的定义。

根据以上定义可确定系统运营状态变化过程符合可修系统的马尔可夫模型。根据马尔可夫状态转移理论，系统状态转移矩阵方程为：

$$\begin{bmatrix} P'_0(t) \\ P'_1(t) \end{bmatrix}=\begin{bmatrix} -\lambda & \mu \\ \lambda & -\mu \end{bmatrix}\begin{bmatrix} P_0(t) \\ P_1(t) \end{bmatrix},$$

其解 $P_0(t)=\mu/(\mu+\lambda)+\exp[-(\mu+\lambda)t]\lambda/(\mu+\lambda)$ 定义为系统动态运营利用率 $A(t)$，稳态解 $P_0=\mu/(\mu+\lambda)$ 定义为系统稳态运营利用率 A，即：

$$A=\mu/(\mu+\lambda)=\mathrm{MTBF}/(\mathrm{MTBF}+\mathrm{MTTR})$$

$$\mathrm{MTBF}=1/\lambda=(T_1+T_2+T_3+\cdots+T_{N+1})/(N+1)$$

$$\mathrm{MTTR}=1/\mu=(Q_1+Q_2+Q_3+\cdots+Q_N)/N$$

运营利用率综合了通常用的"正点率"和"兑现率"所表达的含义。根据上海地铁运营有限公司运行月度报告，上海轨道交通1、2、3号线2004年记录的运营故障次数及恢复时间，得出：1号线 $A_1=0.997$，2号线 $A_2=0.998$，3号线 $A_3=0.998$。

1.5　分析评估软件研制

软件基于PHA，FMECA及故障树分析（FTA）原理，采用SQL SERVER 2000作为数据库系统，VB6.0和VC++6.0编程，在Windows2000中文平台上进行编制。软件采用功能模块化程序结构，由信息管理、安全性分析评估、可靠性分析评估、故障树分析等4大功能模块组成。软件采用人机对话界面对信息进行管理，通过控制菜单和图标来实现系统的功能操作，图形化和数字化显示分析或评估结果。

2　客室车门系统研究

2.1　车门可靠性分析

针对上海轨道交通系统现有列车的3种不同类

型客室车门(内藏门、塞拉门和外挂门)所存在的缺陷和运行中出现的故障进行了统计分析，并采用FMEA方法和FTA方法进行了可靠性分析。通过对车门各组成单元潜在的各种故障模式及其对车门系统功能的影响进行分析，寻找导致车门故障发生的原因和原因组合，识别所有潜在故障模式，并把每一个故障模式按其危害严重程度进行分类，提出了可实现的改进措施、改进运行和维修方案，以提高车门可靠性。其中所建立的塞拉门运营故障树总图如图3所示。

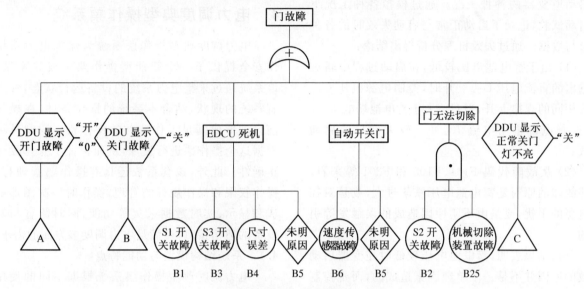

图3 塞拉门故障树总图

由图3可见，发生车门故障任一最小割集均会导致顶事件车门故障的发生，因此以最小割集的事件组合作为改进设计和维修方案制定的依据。

2.2 车门设计技术改进与优化

通过以上可靠性分析，对所发现的3种车门存在的故障模式及其组合，提出了相应的改造措施。

(1)塞拉门改造措施。针对车门结构薄弱的零部件结构进行了改造。对车门关闭功能如障碍物探测功能和关门夹紧力大小等进行了优化。规范了车门尺寸的调整方法，改善了车门驱动系统的工况。对车门电路进行了整改，实现了单扇门再关门功能。

另外，采取了增加门控旁路开关的措施。在AC03型列车的试运营过程中，多次发生因客室车门故障而又无法判断故障车门的位置和原因，也曾发生过对故障车门无法实施切除，这些均导致了牵引系统自动封闭，使得列车无法自行退出运营，从而必须要其他列车进行救援的事故，给正线的运营带来很大影响。根据现有其他列车的运营经验，司机室内设有车门"门控旁路开关"，可以实现对客室车门的旁路，从而避免列车牵引系统的封闭。

(2)内藏门改造措施。内藏门改造措施主要有对驱动气缸活塞的零部件进行技术改造，以解决伸缩管强度不够的缺陷。对护指橡胶的硬度和刚度进行分析和试验，提出合理的参数值以满足车门检

测障碍物功能和防夹伤功能。通过对车门节流阀进行调整解决了车门解锁气缸的故障。针对门钩复位弹簧销、开关门止挡和门钩限位销的结构进行技术改造以增加强度。分析与研究S1和S2限位开关故障的原因并全面实施改造。在车门开门电路中并联加装开关元件，以提高开/关门功能的可靠性。对车门控制的中间继电器的不同供货商的相同型号进行研究和试验，以提高继电器固有高可靠性。采用冗余措施，并联安装继电器或并联连接继电器的空余出头，以提高车门控制系统的可靠性。

(3)外挂门改造措施。分析了客室车门的结构和控制原理，针对客室车门产生的故障现象，编写司机现场排除故障的应急处理办法。对车门系统的密封性进行研究和试验，以保证客室的压力要求，提高在隧道内运营的舒适性。调整车门控制软件的相关参数，如减小车门在障碍物探测后再次打开的宽度以及缩短车门打开状态的停顿时间，以适应上海大客流的实际运营需求。

3 列车辅助逆变器启动失效分析及其新型控制器研制

通过理论及试验分析，研究了DC01型电动列车逆变器启动失效机理，研制了分级启动与启动专用DC/DC变换器，改造与优化了逆变器控制器。

课题研制过程分为三个阶段:试验分析阶段、地面与装车调试阶段以及控制器改造与优化阶段。

3.1　试验分析阶段

为查找蓄电池电压降落造成车辆逆变器启动失效的原因,首先在实验室中模拟蓄电池电压跌落时启动逆变器的各种工况。通过模拟各种工况下的启动试验,记录了启动正常与启动失效时的各种波形与数据。通过失效机理分析得出结论:

(1) 由于蓄电池电压较低,在启动过程中斩波器输出的直流电压 U_{DX} 上升时,控制电源电压 U_{110} 也按相同的规律上升,当 U_{110} 大于蓄电池端电压 U_B 时,控制电源输出电流 I_{110} 冲击较大而导致启动失效。

(2) 从故障代码 F161、F105 和 F201 等来看,这些故障的原因是蓄电池电压跌落过大,或是对控制电源的干扰,或是由不明原因造成的误触发等引起的。

分析结果表明,蓄电池电压较低时逆变器启动失效的原因并不是一个单纯因素造成的,而是控制电压、控制电流及相应的干扰等综合因素造成的。

3.2　改造与装车调试阶段

从上述分析可以看出失效的原因大致有 3 个方面:① 干扰,② 控制电源电流冲击,③ 蓄电池电压降落大。为此,从控制电路出发,采取了以下改造措施来解决启动逆变器失效问题:① 采用抑制干扰措施,即在 110VDC 控制电源输出端加装滤波电路;② 在控制器的控制电路板中,对原来设定的参数值进行调整;③ 研制和加装车辆逆变器启动专用 DC/DC 变换器。

加装启动专用 DC/DC 变换器的目的是当蓄电池电压跌落较大时,经 DC/DC 变换器使其输出电压仍能保证逆变器正常启动的控制电压值。该变换器装于 112# 电动列车的两个单元 A 车的 AB 箱中。经过几个月的跟踪试验检查,该变换器工作正常,对该列车通过多次蓄电池应急放电试验后,辅助逆变器均能正常启动。

DC01 型电动列车安装该启动专用 DC/DC 变换器后,可以不用应急电池启动,因而不仅解决了蓄电池电压跌落带来的启动问题,而且还减轻了应急电池的负担,甚至可以不用或取代应急电池,从而带来可观的节约效益。

3.3　控制器的改造与优化阶段

在研制辅助逆变器的新型控制器中,保留了上述的研究成果,同时采用分级启动的原理,同样解决了目前辅助逆变器存在的当蓄电池电压跌落而

启动失效加上采用应急电池启动又不能实现正常启动的严重问题。考虑到原 GTO 辅助逆变器中的这类规格的 GTO 器件目前已淘汰,采用新一代性能更好的 IGBT 模块替代,所研制的新型控制器对 GTO 和 IGBT 辅助逆变器是通用的。

4　电力调度典型操作票系统

电力调度典型操作票系统为保障电力系统操作安全提供了一个智能型操作票生成专家系统。该系统通过采集电力系统的设备运行状态,针对现有系统的现状,结合本系统的操作条件,在操作之前自动形成满足工作条件的操作票。调度员可以根据这个操作票进行发令,从而保证了操作发令的正确性。此外,该套系统还具有操作票管理打印、操作权限和操作规程的管理、操作时一次图形的生成和显示、实时数据采集等功能,同时留有与其他设备的通信接口,可满足电力调度多方面的需求。

4.1　系统结构设置与功能特点

电力调度典型操作票系统根据不同的使用要求采用了不同的编程方案,既有客户机/服务器方式,也有浏览器/服务器方式。所有数据库及核心处理程序均集中在服务器端。系统功能框图如图 4 所示。

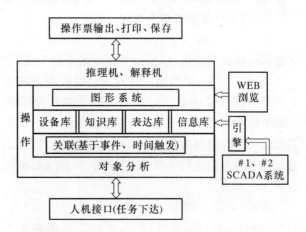

图 4　电力调度典型操作票系统功能框图

系统可以实现以下方面的功能:① 电力系统图生成,为 Client/Server 程序,用于提供绘制地铁电力系统图的功能;② 典型操作票开票,为 Client/Server 程序,用于根据生成的电力系统图进行电力典型操作票开票和管理;③ 临时操作票开票,为 Client/Server 程序,用于值班电工生成临时使用的电力操作票;④ 电力系统图浏览,为 Web 客户端程序,用于显示上海轨道交通 1 号线主变、各牵引站、降压站的供电系统图;⑤ 操作票培训,为 Web 客户端程序,用于典型操作票的仿真培训;⑥ 操作票考

试，为 Web 客户端程序，用于典型操作票的仿真考试；⑦ 调度日志，为 Web 客户端程序，用于电力调度的日志输入、修改、查询以及交接班文档的输入、修改、查询等调度信息管理；⑧ 信息查询，用于公用文档、操作票规程、考试记录及临时操作票等的查询；⑨ 系统配置，用于管理员进行用户管理、试题管理、准考证管理等系统功能设置；⑩ 实时采集，用于从现场控制系统中采集所有设备的状态，并写入典型操作票数据库，提供其他功能的调用和显示。为实现上述功能，系统对进入的用户进行权限分级，不同用户将使用不同的功能项。系统管理员根据实际要求配置相应的用户级别。

4.2 系统功能模块

系统由以下功能模块组成：电力系统图生成系统、典型操作票开票系统、临时操作票开票系统、WEB 网页设计、电力系统图浏览、操作票培训和考试、调度日志、信息查询、系统设置、实时采集系统。

（1）电力系统图生成模块提供了生成电力系统图的方便工具。通过选取工具菜单上的各种设备并拖至系统图相应位置，即完成该设备的绘制。对每个设备，可以直接在系统图上改变初始状态，并可以修改许多相关的设置。

（2）典型操作票开票系统是整个系统的核心，采用的开票方式不同于手工开票模式，其核心是基于图形化的操作。用户完全通过模拟电力设备的操作来实现开票，期间仅需要对某些辅助操作进行一些输入和修改即可完成整个开票过程，操作简便直观，不易出错。

（3）临时操作票的开票系统与典型操作票开票系统类似，是为了让值班员开出一些典型操作票中没有包含的一些操作内容，供实际运行时使用。与典型操作票开票系统不同的是，临时操作票开出的票保存在系统特别设计的表中，供当班操作员和系统管理员调用。

（4）WEB 网页设计是电力操作票的基础工作，如电力系统图绘制、操作票和临时操作票管理等。面向管理员任务的功能采用 Clinet/Server 编程方式，面向值班员任务的功能则采用 Web/Server 的编程方法，以方便用户使用。为此，系统大量采用了 ASP 和 JAVA 技术，并采用 ActiveX 控件，以满足复杂的操作控制和处理。

（5）电力系统图浏览功能用于值班员或其他科室人员动态了解电力系统状态，以便对其进行分析。电力系统图浏览控件采用 ActiveX 控件，可以直接打开系统图绘制模块所生成的全部系统图，并根据实时系统采集的设备状态数据，每 15 秒刷新一次系统画面，基本上可以做到与实际系统同步。

（6）操作票培训和考试功能用于地铁值班电工仿真学习典型电力操作票。系统中培训过和考试采用的是同一个 ActiveX 控件，系统会自动根据输入参数的情况选择培训或考试的功能。目前采用的方案是所有培训工作通过 VIP 用户进入，对培训的具体内容实时判断操作的正确或错误，并在错误时给出正确的操作步骤。对考试工作，先由系统管理员禁用 VIP 用户，再设置考题和准考证号，然后参加考试的人员分别用自己的用户进入系统参加考试。系统对考试的每一步操作都进行记录，同样也对操作过程的对错进行判断，与培训不同的是，考试过程不提示正确的步骤。

（7）调度日志功能用于实现调度内容和交接班记录的计算机管理。调度日志功能根据当前日期和时间，以及系统中设定的排班表，自动地计算当前的班号和值号，并对登陆的用户进行分析，只有当班人员具有日志和交接班记录的填写、修改功能。

（8）信息查询系统属于标准的 WEB 应用，其功能较为简单。主要包括公用文档查询、单一操作票规程查询、全部规程查询、临时操作票查询、考试记录查询等。这里面主要是对具体的功能按照用户级别进行了限制。对公用文档的查询，采用了独立的界面，并调用 Acrobat 程序显示文档。

（9）系统设置功能用于用户管理，并对系统的一些应用作初始化设置，主要包含对操作票考试的初始化设置工作，即进行试题设置和准考证设置。

（10）实时采集系统用于系统从控制系统中读取模拟数据和开关数据，以便系统能够实时反映地铁电力设备的真实情况。电力系统图在绘制时需要对所有动态设备和模拟数据进行选点配置，以便在实时模式下，系统会根据配置表刷新数据或状态。

5 直流 1 500 V 馈出电缆在线监测系统研究

5.1 局部放电评估电缆绝缘状态技术

由于牵引变电站直流 1 500 V 馈出电缆的电压等级相对较低，因此在研究局放信号的检测技术基础上重点研究了该类电缆发生放电的条件，局部放电信号特性与直流电缆绝缘状态的关系等相关技术，特别研究了接近火花放电的局部放电特征并建立了专家系统。

5.2　直流泄漏电流评估电缆绝缘状态技术

当在直流馈出电缆上施加直流电压时，它就与大地之间存在一个电场。由于介质的绝缘性能总是相对的，因而在电场的作用下电荷可穿过电缆的绝缘层，形成漏电流。当漏电流增大时，电缆的绝缘电阻下降、绝缘性能降低，因此可以通过监测直流电缆的漏电流来分析电缆的绝缘性能。在解决非接触弱电流信号的测量技术的基础上，通过对实验室老化模型的研究，探索了直流泄漏电流数值大小与电缆绝缘状态的关系，并给出了相应判据。

5.3　监测系统工作原理

监测系统通过监测直流电缆的放电信号为主、监测电缆泄漏电流为辅，对直流馈出电缆绝缘状况实现智能在线监测与评估，所有监测信号均采用非接触式测量。监测系统由信号传感器组单元、前置数据采集预处理单元以及后台监控单元3部分组成，其工作流程和监测对象电气结构如图5和图6所示。

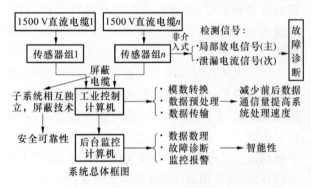

图5　监测系统工作流程

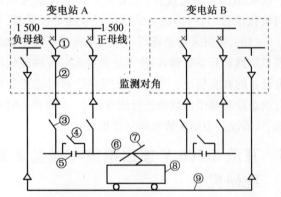

① 直流断路器；
② 直流电力电缆5×400 mm²；
③ 隔离开关；④ 联络开关；⑤ 分段绝缘器；
⑥ 接触网；⑦ 集电弓；⑧ 地铁列车；⑨ 钢轨

图6　监测对象电气结构示意图

5.4　监测系统参数

① 直流放电监测系统信号响应带宽：2～7 M。

② 直流放电监测系统灵敏度：传感器最小检测信号电流折合到原边100 μA；模数转换精度1/（2¹²－1）。③ 抗干扰技术：局部放电在线监测一个关键技术就是干扰信号的剔除，本系统综合使用了前端硬件抗噪和后台软件滤波分析相结合的抗干扰技术，整个系统采取良好的屏蔽措施。④ 微电流传感器量程：0～100 mA；分辨率：30 μA；耐电流冲击能力：500 A持续30秒，300 A持续3分钟。⑤ 数据处理功能：建立了专家系统监测分析软件，综合使用了频域分析、小波分析、模式识别以及数据统计处理等数据处理算法，具有故障自动分析、识别功能；后台服务器配有SQL数据库软件，具有数据统计、查询、显示、打印及报警功能；多通道并行实时处理系统最大可实现20根电缆同步实时在线监测。⑥ 系统自启动功能：系统具有定时自启动，并支持掉电运行3分钟，来电自启动功能。

6　轨道电路基本参数研究

6.1　轨道电路参数算法

城市轨道交通的道床电阻是一个分布参数，通常用每公里钢轨线路具有的泄漏导纳$\dot{Y}$表示，它决定了从一根钢轨经过轨枕、道碴、大地等流到另一根钢轨的漏电流大小。道床电阻的数值取决于线路上部建筑的结构特性、环境因素及大地的导电率等各种因素。因此，轨道电路基本电气参数由钢轨阻抗$\dot{Z}$（钢轨电阻R和钢轨电抗ωL的向量和）和泄漏导纳$\dot{Y}$（泄漏电导G和泄漏容抗ωC的向量和）组成。应用四端网链接的理论，可推导得出以下单位钢轨阻抗和泄漏导纳计算式：

$$\begin{cases} \dot{Z}=R+\mathrm{j}\,\overline{\omega}L=\dot{Z}_\mathrm{c}\cdot\dot{\gamma}\,(\Omega/\mathrm{km}) \\ \dot{Y}=G_\mathrm{d}+\mathrm{j}\omega C=\dfrac{\dot{\gamma}}{\dot{Z}_\mathrm{c}}(\mathrm{S}/\mathrm{km}) \end{cases}$$

根据以上公式，只要求出轨道电路的特性阻抗和传输常数，则由复数的实部和虚部对应关系，可以得出以下轨道电路的基本参数：

单位钢轨阻抗：$\dot{Z}=\dot{Z}_\mathrm{c}\,\dot{\gamma}=A+\mathrm{j}B=R+\mathrm{j}\,\overline{\omega}L$（Ω/km）；单位钢轨电阻：$R=A$；单位钢轨电感：$L=B/\omega$；单位漏泄导纳：$\dot{Y}=\dfrac{\dot{\gamma}}{Z_\mathrm{c}}=E+\mathrm{j}F=G_\mathrm{d}+\mathrm{j}\omega C_\mathrm{d}$（S/km）；单位道碴泄漏电导：$G_\mathrm{d}=E$；单位道碴电阻$r_\mathrm{d}=\dfrac{1}{G_\mathrm{d}}$（Ω·km）；单位道碴电容$C_\mathrm{d}=\dfrac{F}{\omega}$（μF·km）。

6.2　轨道电路基本参数测算方法

目前轨道电路基本参数 R,L,C,G 无法直接测试或者计算出来，所有测算轨道电路基本参数的过程都是建立在上述计算模型基础之上。目前常用的 3 种基于开路、短路法的测算方法，在轨道电路参数测试过程中，有着各自的适用性。因此在不同的环境中，3 种方式所计算的结果会有很大不同。本研究采用开路、短路二电压法进行测试，然后通过上述轨道电路参数计算模型，算出整体道床及碎石道床的轨道电路基本参数参考值。

6.3　轨道电路基本参数测算方法程序

轨道电路基本参数的计算程序功能模块框图如图 7 所示。

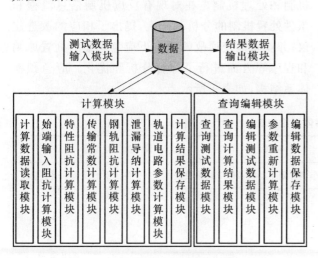

图 7　测算方法程序功能模块

整个程序由数据库、测试数据输入模块、计算模块、查询编辑模块、结果输出模块组成。数据库采用 Access 数据库，用于保存测试数据以及计算所得数据；测试数据输入模块用于输入测试数据，并将数据保存到数据库；计算模块从数据库读取测试原始数据，计算出轨道电路基本参数，并将结果数据保存到数据库中；查询编辑模块用于查看浏览已有的轨道电路有关的数据（测试数据、计算结果）以及对测试数据进行编辑，重新计算轨道电路参数值，并将计算结果保存到数据库中；结果输出模块用于显示及打印轨道电路参数值。数据库采用 Microsoft Access 数据库。输入的测试数据保存到 InputDataTable 表中，针对不同的测试方式分别建立开路、短路三电压表法的 InputDataTable01 表，开路、短路二电压法的 InputDataTable02 表，开路、短路电压、电流法的 InputDataTable03 表。通过算例效验，证明了轨道电路测算建模和计算方法的正确性和准确性。

6.4　主程序的编程实现

主程序中融合了输入模块和计算模块，提供人机界面，用于测试数据的录入，调用计算模块进行计算轨道电路参数，并显示计算结果，最后将测试数据、计算中间数据、结果数据保存到数据库。主程序的人机界面分为四个部分，分别为测试数据输入区、测试方法选择区、计算结果数据显示区及功能操作区。

7　运营设施安全及事故应急处置研究

7.1　运营故障与事故界定及其影响分析

研究界定了轨道交通系统运营安全和可靠性的基本定义和概念，分析了国内外城市轨道交通系统事故和故障的基本特点。通过对上海城市轨道交通现有运营线路事故和故障的统计分析，总结了事故和故障发生的特点；进行了上海轨道交通事故和故障影响的乘客问卷调查分析，得出以下事故和故障影响的客观评价。

① 乘客遇到列车运行故障的比例并不高，从未遇到过地铁事故或故障的乘客比例为 63%，多次遇到事故或故障的乘客仅占 1%。大多数的乘客感到发生故障或事故时车站相对拥挤，说明列车运行延误造成了一定量的乘客滞留。② 列车运行延误发生后，列车停运时间 60% 以上在 10 分钟以下，而多数乘客愿意等待 10 分钟以内的时间，说明目前列车的延误影响多数乘客能够接受。③ 乘客反映遇到的轨道交通故障频率最高的是车门关不上，因此，改进车门设计是减少列车运行延误的主要途径之一。④ 在发生故障的情况下，绝大多数乘客愿意服从地铁运营公司的指挥，对故障的排除采取配合的态度。⑤ 运营公司还需要利用多种宣传方式和手段，让乘客了解轨道交通列车运行的基本特点，并及时提供相关信息。

7.2　事故、故障管理信息系统

开发研制了上海地铁运营有限公司事故故障管理信息系统（FMIS）。该系统具有数据实时录入、规范管理、快速查询、科学统计等特点，能够及时记录和获取事故故障相关信息，减少管理方面的工作量，维护数据的真实性，并且可运用相对指标和绝对指标的分析进行事故故障的预警及控制。主要功能模块有：线路和车站信息管理、事件等级管理、事件责任管理、事件类型管理、事件记录管理、事件记录查询及报表输出、事件记录分类统计及图表输出、事故故障预警及控制。

7.3　列车运行延误影响分析

列车运行延误可分为初始延误和连带延误。初始延误是由于设备故障等外界干扰因素而导致的列车运行延误。而连带延误是由于系统中前行列车发生初始延误而导致的后行列车运行延误。在发生初始延误的条件下，一方面，前行延误列车将导致后续列车排队等待现象，延误在时间与空间上呈现向后传递；另一方面，则会由于车底接续等原因造成对向列车的运行延误；在网络条件下，某一轨道交通线路的列车运行延误还会直接或间接地引起网络中其他线路的运行延误。列车运行初始延误所造成的这种影响我们称之为列车运行延误的传播。

　　为研究合理的运输组织方案，分析事故故障条件下不同运输组织方案的能力适应性以及随机延误的影响，运用系统仿真的方法，对线路网络结构、运营方案进行数学描述，并设计了相应的仿真算法，研制开发了城市轨道交通运输组织仿真系统（UMT‐SIMU），实现了基于列车运行图的列车运行延误影响以及线网上各车站客流量的动态变化的系统仿真。系统总体结构如图8所示。

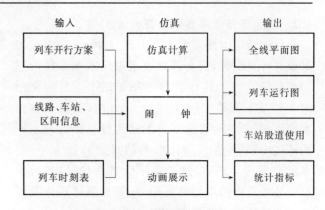

图8　轨道交通运输组织仿真系统总体结构

7.4　轨道交通事故、故障处置预案

　　研究了轨道交通事故和故障应急处置的反应机制和处理机制。在对现有反应机制信息流程和事件处置机制的分析基础上，提出了相应的改进建议；并就轨道交通故障状态下应急预案的处置原则和程序等方面进行了综合分析和优化。应急预案体系结构，如表1所示。

表1　应急预案体系结构表

专业 组织层次	类　别 细　目	行车专业 行车组织	客运安服专业 客运组织	安全治安	车辆专业 车辆计划	车辆检修	设施专业 线路设施	车站设备	供电设施	通信设施
决策层	公司领导 各职能处 总值班室				决　策　性　预　案					
控制层	总调度所 客运分公司 专业公司				控　制　性　预　案					
操作层	各线路 各车站 各分公司 生产车间				操　作　性　预　案					

7.5　故障处置预案管理系统

　　开发研制了城市轨道交通故障处置预案计算机管理系统（FPMIS）。该系统运用文字、音像、图片等多种形式存储各种规章法规和运营管理规程、故障处置预案，可实现方便查询搜索、易于修改更新、资源共享、学习和培训等功能。

8　结束语

　　项目研究突破了以往轨道交通系统运营安全性与可靠性研究局限于单一状况或设备的局面，首次以总体和预防、预警及应急处置3个技术体系为对象全面开展运营安全性和可靠性关键技术研究及实施工作，具有多项创新点。

　　项目的各项研究成果从2004年开始已陆续在上海轨道交通1，2，3号线获得了实施与应用推广，运营延误和中断事故明显减少，有效提高了上海轨道交通运营设施的安全性与可靠性水平。

上海轨道交通网络化运营管理研究

周　淮，朱效洁，吴　强

（上海地铁运营有限公司）

摘　要：随着城市轨道交通线路的不断增多，运营管理由单线运营进入网络运营。在总结轨道交通网络运营的概念和基本特征的基础上，阐述了上海轨道交通网络化的管理体制、运营组织方式以及维修模式。推荐采用分级集中式管理架构、自主集中维修与系统性委外相结合的维修模式，构建运营监控中心、票务中心、物流中心、信息中心，从网络运营的高度实现优化配置、资源共享。

关键词：轨道交通，网络化，运营特征，管理体制，运营组织方式，维修模式

上海城市轨道交通正处于超常规和跨越式发展阶段，很快将形成庞大的城市轨道交通网络。上海轨道交通基本网络规划中，网络由 13 条线路组成，约 330 座车站，形成 50 多个换乘站，长约 510 km 的轨道交通网络。到 2010 年，轨道交通网络承担的日客运量将达到 600 万人次，约占城市公共交通日客运量的 40％，在整个城市交通中起到主体作用。

1　轨道交通网络化运营的概念、基本特征

轨道交通的网络化运营，是指针对轨道交通形成网络后产生的运行组织多样化、设备制式多样化的特征，通过建立安全、高效、系统的轨道交通网络运营管理体系，统筹安排已有资源，统一协调线、网间关系，实现线、网运营有效性、安全性和可靠性，实现网络运营社会效益、经济效益最大化。

通过对莫斯科、纽约、巴黎、东京、伦敦等城市轨道交通网络的研究，这些城市的轨道交通虽各有特点，但具有网络运营的共性。

1.1　网络结构的复杂性

① 环线实现互连互通：环线与其他直径线或放射线相交，在环上形成很多换乘车站；② 超长线路连接市郊：轨道交通的超长线路连接市中心与副中心、市区与郊区，主要服务于通勤交通；③ 与铁路线共享资源：很多轨道交通线路在既有铁路线的基础上发展而来，城市轨道交通和铁路有不同的功能定位，二者资源有效整合。

1.2　经营管理的集中性

地铁的经营管理具有相对集中性，主要采用由一家独立经营，或以一家为经营主体、其余辅助的管理模式。如纽约的地铁系统在纽约市运输局（简为 MTA）的管理下运营；日本的地铁线路由两家公司联合运营，且以负责 8 条地铁线路运营的东京地下铁株式会社（Tokyo Metro Co.，Ltd.）为主。

1.3　运营要求的多样性

由地铁、轻轨及其他系统组成的轨道交通网络具有不同的技术条件、客流特点、功能，这必然产生网络系统中线路形式、功能和制式的多样化，车辆制式和信号制式多样化，列车运行方式的多样化，维修保养方式多样化，以及其他交通方式衔接需求的多重性等与单线运营不同的特征。另外，由于网络化所带来的乘客换乘、系统互通管理等要求，也呈现出运营管理的多样性。

1.4　运营组织的协调性

由于网络化运营使各线路间在技术经济等方面有着高度的关联性，协调是运营组织的关键。运营组织协调管理能够实现城市轨道交通资源共享、运行协调、管理统一，发挥整体效益，是实施城市轨道交通网络化运营的根本途径。

1.5　换乘的便捷性

成熟的轨道交通网络都非常注重换乘，特别是网络中的重要大型客流集散点的换乘站布置。大型换乘枢纽的设计和运营管理显得尤为重要，其选址、站型设计、设施设备、与其他交通方式的换乘驳接以及换乘线路间的票制、乘客导向系统、

费区布置等,都应本着服务人性化的原则进行综合考虑。

1.6　资源的共享性

资源共享是轨道交通网络化运营管理的重要组成部分。运营权集中统一有利于多条线路共用控制中心、车辆段和综合维修基地、票务中心、仓储中心、主变电站、换乘站、办公设施等有限资源。资源共享还应体现在信息共享、人力资源的配置上,以充分发挥运营管理规模效益。

2　上海城市轨道交通网络化运营管理背景

2005年底,轨道交通4号线的开通试运营标志着上海轨道交通开始进入网络化运营阶段。根据上海轨道交通线网规划,2010年将有11条轨道交通线路投入运营,运营里程将达400 km,车站约250座(包括2线换乘车站43座,3线换乘枢纽17座,4线换乘的大型枢纽1座),控制中心8个,车辆段和停车场15个。

如此庞大的轨道交通网络,势必会对运营管理提出新的要求。运营线路的增加,管理架构需要进行相应的调整,以减少管理幅度、管理接口和界面;多个控制中心分散设置,需要构建高于控制中心层面的管理机构,监控和协调分属各处的控制中心,使控制中心间信息共享,积极应对各种突发事故;调整维修模式,使车辆段和停车场的资源能够共享,也可将部分维修工艺委外实施;大型换乘枢纽站的运营管理,不仅直接影响该枢纽站点的服务水平,同时也影响相关线路的整体效率和服务水平,是轨道交通网络运营管理水平的体现。

为了适应轨道交通网络运营管理提出的新

要求,必须对上海城市轨道交通网络化的运营管理体制、运营组织方式、维修模式进行深入研究。

3　上海城市轨道交通网络化运营管理体制

3.1　线路式管理架构

线路式管理架构,管理重心在线路,主要特点是每条线路设一个线路总经理,拥有充足的运营资源;把一条线路作为一个为乘客服务的整体,包括了列车、车站、信息等各个方面。各条线路实行独立核算。伦敦地铁采用线路式管理架构,构架如图1所示。

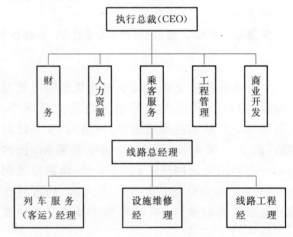

图1　城市轨道交通线路组织模式管理构架

3.2　完全集中式管理架构

完全集中式管理架构,管理重心在公司。在纽约,轨道交通的模式将决策、管理层放在上面,线路和专业保障主要以部分管理和执行为主。巴黎、东京、莫斯科、香港等城市轨道交通采用统一运营、集中管理体制,如图2所示。

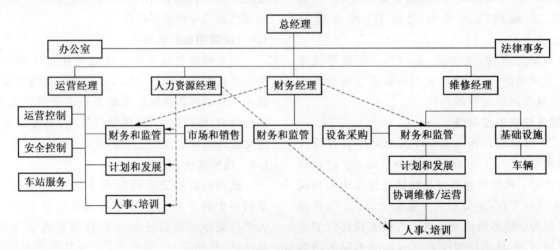

图2　完全集中式管理架构示意图

3.3 分级集中式管理架构

分级集中式管理架构分层次，即战略规划、发展、协调和一些需资源共享的工作等以公司为主，操作、执行、绩效以分公司为主。管理层次包括管理决策层、技术管理层、决策执行层等，决策形式、管理内容及特点见表1。

表1　分级集中式管理架构

管理层次	决策形式	管理内容	管理特点
管理决策层（高层）	战略决策	制定公司战略发展目标	长期、复杂的管理决策，对整个企业非常重要
技术管理层（中层）	策略制定	为企业高层提供信息，协调落实运营生产任务	中期的管理策略，对单个部门非常重要
决策执行层（基层）	运营实施	对员工工作的说明和要求	短期的管理实施，能反映企业绩效

目前，上海地铁运营有限公司采取的管理体制架构为直线职能制，随着轨道交通网络格局逐步形成，公司运营管理幅度不断扩大，必须从网络运营的角度，进一步完善企业内部的运营管理体制。

在借鉴国外经验的基础上，上海地铁运营有限公司结合自身实际，拟采用分级集中式管理架构，以满足上海城市轨道交通网络化运营的需求。

4　上海轨道交通网络化运营组织方式

随着上海轨道交通客流和里程的不断增加，整个城市轨道交通系统形成了"一个网络"，运营管理也将逐步由单线独立运营管理向多线综合运营管理的方向发展，未来的轨道交通网络运营管理将呈现出经营主体多元化，线路形式、设备功能和制式、运行组织方式的多样化，网络形式复杂化，客流高增长和高波动性等特点。

为了做好网络化运营组织的综合协调管理，实现城市轨道交通资源共享、运行协调、管理统一，发挥整体效益，必须在原有职能部门的基础上，进一步调整运营组织管理职能，通过构建运营监控中心、票务中心、物流中心、信息中心，加强对网络化运营的集中控制。

4.1　运营监控（应急）中心[3]

轨道交通网络通过控制中心（简为OCC）组织行车的模式主要有三种：① 集中控制模式，即先建立线路及线路OCC，在网络形成后，再通过改建或新建方式，将相关各线的OCC合并在一处，形成服务于多线日常运营管理的控制指挥中心的方式；② 线路控制模式，即在每一条线路设置独立的

OCC；③ 区域性控制模式，即一个城市中有不同运营主体，各运营主体在其管辖线路范围内设立的OCC服务于相关线路的日常运营管理。

上海拟建立一种适应轨道交通网络运营要求的新模式，即在轨道交通网络中建立一个运营监控（应急）中心，并具备应急指挥中心功能，主要用于运营监控与协调、应急处置、信息服务等方面。各线路的运营控制中心均为运营监控（应急）中心的子系统，运营监控（应急）中心不直接参与各线路的日常运营管理，而主要对轨道交通网络的环境状况、车站设施运行状况和客流状况等实施监控，在紧急情况下，按照预案向线路控制中心发出指令，辅助抢修和救援工作。运营监控（应急）中心的运作流程如图3所示，图中红色箭头为应急中心的运作流程。

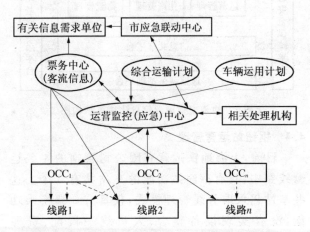

图3　城市轨道交通运营监控中心运作流程示意图

4.2　票务中心

上海已于2005年成立城市轨道交通票务中心，用于对上海所有的城市轨道交通线路进行票务管理。上海轨道交通售检票系统采用分级集中的架构，必要的网络化功能由票务中心承担，其运作流程如图4所示。票务中心的基本功能有：车票发行、票务清分、账务管理、车票使用管理、票务数据管理、安全管理、报表统计、参数管理、模式管理、运营管理、系统维护和接入测试等。

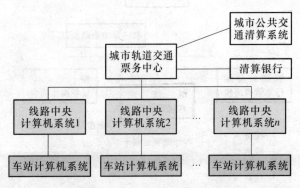

图4　城市轨道交通票务中心运作流程示意图

4.3 信息中心

信息中心的建立旨在促进城市轨道交通运营信息化，信息化体系如图5所示。虚线框内为业务应用层，其中，运营管理信息包括客运服务、运输计划、运营指标、运输决策、运营安全、运营协调、调度指挥、客流管理、售检票等方面，生产管理包括运力资源、经营管理、办公管理等方面。这些主要方面和信息系统可以根据发展的需要进行重组和扩充。虚线框外的部分为轨道交通运营信息化体系的公共基础平台，为业务应用层的各系统提供公用的基础环境。

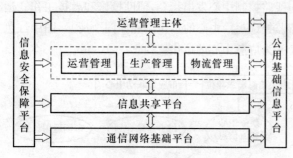

图5 轨道交通运营信息化体系结构图

4.4 枢纽站运营管理

目前，上海地铁运营有限公司管辖的4条运营线路中，具有枢纽站功能的车站共有6个。这些车站仍采取分线管理模式，仅具有一票换乘功能，没有实现设备整合、人员统一调配、资源共享。

对于设备布置统一、资源共享的轨道交通枢纽站，拟采用"一个站长、一套班子、区域控制、隶属一条线"的管理模式，从而实现运营资源共享化、行政管理集中化、运营指挥信息化。轨道交通枢纽站管理组织结构见图6。该管理模式将于2006年下半年在人民广场站试点推行，并对相关服务设施按枢纽站管理要求以及资源共享的原则进行整改，2007年在其他枢纽站推广。

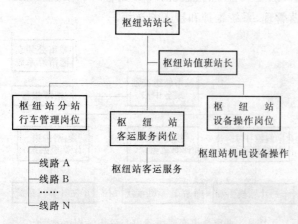

图6 城市轨道交通枢纽站管理组织结构

5 上海轨道交通网络化运营维修模式

5.1 国内外城市轨道交通运营的基本维修模式

国内外城市轨道交通运营的基本维修模式主要有三种：① 运营和维修不分开，运营和维修由同一个地铁公司负责；② 运营和维修相分离，即将基础设施维修从企业运营管理中分离出来，成立独立的公司；③ 主体运营和维修由企业负责，个别运营和维修的任务对外承包给相关企业。

5.2 上海地铁运营有限公司维修模式的选择

城市轨道交通设施设备的维修大致可以分为自主集中维修管理和委外维修管理2类。目前上海地铁运营公司在维修上采取按专业划分分公司统管所有线路，并实行一线一车间（分厂）、以我为主的集中管理模式。随着轨道交通基本网络逐步形成，要求维修模式必须从目前的设施保障集中管理逐步向自主集中维修与运用外部资源相结合转变。

从整个线网角度来考虑，按照综合管理、区域维修、资源共享、降本增效、应急联动、快速高效的原则，上海地铁运营有限公司的设施保障采取自主集中维修与系统性委外相结合的维修模式。

（1）自主集中维修管理：对于专业化程度较高和运营安全关联度最高，同时又体现企业核心竞争力的设施，如车辆、信号、触网、线路等，采取自主集中维修管理。

（2）委外维修管理：委外维修管理项目的选择标准：经常性、可社会化，且不涉及公司核心技术的通用业务；能从公司整个体系与管理链分离的业务；比公司自我实施的综合成本更低的业务；具有市场技术优势，并形成一定竞争态势的业务。如自动售检票系统（AFC）、变电站、通讯、电梯、清洁、车站服务等。

5.3 物流中心

物流中心负责运营、维修及其他业务所需的材料、机具、仪器、零件等的物料规划、采购、仓储管理等事项，并承担部分物资的预算和成本控制职能。物流中心采用一级总库、分散布点的方式，根据轨道交通网络的规模和布局，在轨道交通沿线或综合维修基地建设若干物资分库，减少各需求单位物资积压，提高物资共享程度，确保物资供应及时、有效。物资采购流程见图7。

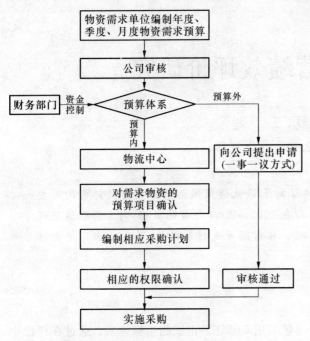

图 7　城市轨道交通物资采购流程图

5.4　区域维修中心

在各专业分公司建立符合线网特点的区域性抢修(维修)中心的基础上,拟构建综合性的区域抢修(维修)中心。通过共享抢修(维修)中心的各种资源,从而缩短设备故障响应时间,降低维修成本,提高效率。

6　结语

随着城市轨道交通新线的不断开通运营,不适应网络化运营要求的运营体制改革势在必行。积极应对城市轨道交通网络化所带来的运营问题,充分发挥网络的整体效益,通过持续改进和不断创新,具有世界一流的服务水平和运营绩效,是轨道交通运营企业追求的永恒目标,更是目前国内大城市轨道交通运营企业战略发展的重中之重。

参考文献

[1]　周淮,王如路.上海轨道交通运营客流简析.地下工程与隧道,2005(4)：1

[2]　朱军,宋键.城市轨道交通资源共享探讨.城市轨道交通研究,2003(2)：5

[3]　《上海城市轨道交通网络系统综合研究》——网络运营协调中心与应急中心.上海申通轨道交通研究咨询有限公司,同济大学,2005.11

(发表于《城市轨道交通研究》2006 年 6 期)

上海轨道交通运营绩效评价研究

叶　彤,蔡玉彪,王　超

(上海地铁运营有限公司企业发展部)

摘　要:从绝对绩效和相对绩效两个角度出发,阐述了对上海轨道交通运营绩效进行评价的必要性、思路、体系和方法。并依据上海地铁运营有限公司在2001~2004年度的数据,对上海轨道交通的车辆维护、运能、服务与安全等三个方面的绝对绩效和相对效率进行了评价,最后给出了评价结论与研究展望。

关键词:上海轨道交通,运营绩效,评价,方法

上海地铁运营有限公司目前正面对网络化运营的机遇和挑战,必须进一步提升运营管理水平和驾驭网络运营管理的能力。为此,公司急需要对自身的运营生产和管理能力进行评估,从而明确上海地铁运营在全世界的地位;客观掌握世界行业态势,提升核心竞争力;确保为顾客提供运营服务的能力;及时修正管理偏差,全面提高绩效;确保战略发展目标的实现。但目前,国内轨道交通运营行业还没有对运营绩效进行评价的方法和相关研究,上海地铁进行运营绩效评价研究显得尤为重要。

上海轨道交通运营评价的主要目的可以归结为如下两个方面,一是通过评价正确定位上海轨道交通在世界范围内的位置,有何优势和劣势,通过同世界发达城市轨道交通系统的对比,检验上海轨道交通运营状况,满足公众知情权,同时为政府等相关部门提供分析和决策依据。二是通过评估,横向和纵向的比较,持续改进轨道交通运营管理,提高运营绩效,提高服务质量和安全可靠性,增强乘客满意度,为上海轨道交通战略发展提供科学依据。

1　评价的思路、方法与体系

1.1　评价思路

评价的目的是为了持续改进和不断的提升,因此,本文在设计评价方案时,依据了如下两条思路:

(1) 评价绝对绩效。本文试图通过对上海地铁运营公司绝对运营绩效的评价,从整体上来帮助地铁公司高层把握公司运营体系的发展变化趋势,从而为战略层面上的决策制定提供科学的数据支撑。

在评价绝对绩效时,本文立足于全球地铁的运营标准,评价重点在于采用国际通行的指标体系,尽量采用 CoMET 组织的指标体系。通过在评价中引入国际通行的指标体系,一方面有助于地铁公司在以后的运营中更好地同国际标准接轨,同时也将会对地铁公司现存指标体系、数据资料的统计汇总带来积极的影响,为将来地铁公司的数据积累、科学决策提供更好的资料基础。

(2) 评价相对效率。在绝对运营绩效评价的基础上,本文试图引入新的方法,通过可靠的分析发现绝对运营绩效中隐藏的深层因素。为此,本文同时还采用了相对效率评价方法,通过它来弥补绝对绩效评价的片面性。

在评价相对效率时,本文强调了"投入产出"的概念,这同当前大环境对经济发展效率的强调密不可分。大到国家经济的运营,小到企业单位的运作,都不能仅仅单看产出的多少,同时也应该重视投入的程度。为了衡量"投入产出比",本文采用了评价领域内最为成熟可靠的数据包络分析(DEA)方法。

1.2　效率评价的 DEA 方法

数据包络分析(Data Envelopment Analysis, DEA)是用来评价具有多个投入特别是具有多个产出的一组同类型决策单元相对有效性的一种非参数的方法。它通过将复杂的多目标决策问题抽象为一些能反映所评价的决策单元某些特征的指标,并根据指标与评价结果的关系将它们分为输入和输出指标,然后将所有的决策单元进行比较,从中选出帕累托最优的(称为有效的),其他非有效的决策单元则通过与相对有效的决策单元的比较得到各自的效率。DEA 主要是应用数学规划模型来评价具有多个输入和多个输出的"部门"或"单位"的

相对有效性,本质上是判断 DMU 是否位于生产可能集的"前沿面"上。特别地,DEA 在用来研究多输入、多输出的生产函数理论时,由于不需要预先估计参数,因而在避免主观因素和简化算法、减少误差等方面有着不可低估的优越性。

早在 1951 年,Koopmans 就提出了有效性度量的概念,1957 年经济学家 Farrell 提出了单输入单输出 DMU 的有效性度量方法。但是,在实际应用中,常常会遇到多输入和多输出情形。特别是对于多输出的生产过程,很难用已有的方法解决。时隔二十多年后,在 1978 年运筹学家 Charnes,Cooper,Rhode 应用数学规划模型将有效性度量方法推广到多输入多输出情形,提出了 C^2R(三位作者姓的第一个字母)模型,由于决策单元的最优效率评价指数与投入量及产出量的量纲选取无关,这样在应用模型评价有效性时,大大简化了计算。

1.3　评价体系

为建立合理科学的评价体系,本文首先分析了地铁运营行业的特征,并对地铁运营各公司进行了现场访谈,在汇总分析的基础上,本文将评价的焦点集中在三个方面,即① 运能;② 车辆维护;③ 安全、质量和服务。对于每一个方面,本文都对其绝对绩效和相对效率进行了评价,整个评价体系如图 1 所示。

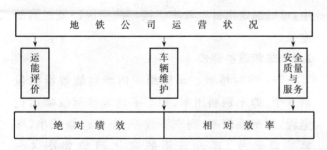

图 1　整体评价体系

1.3.1　运能

运能反映了地铁运营公司在完成本职职能,即运送乘客方面的绩效表现。

(1)绝对绩效。根据 CoMET 组织的指标体系,以及地铁公司现有数据情况,本文在运能的绝对绩效方面主要选择了 2 个指标,包括路网利用率和运能利用率。

(2)相对效率。相对效率评价的目的是为了弥补绝对绩效评价的不足,来发现隐藏在绝对绩效之下的仍可以改进的因素。根据 CoMET 组织所提供的资料中,上海地铁公司的运能已经远远领先于全球的其他同行企业,在绝对运能方面的提升余地有限,但在相对效率方面,仍然存在着优化投入因素,从而提升效率的空间。在对运能进行 DEA 分析时,在现场访谈以及综合分析的基础上,本文采用的投入产出指标如表 1。

表 1　运能相对效率评价的投入产出表

指标类别	指标名称	单位
投　入	上线车辆数	列
	运营成本	万元
	运营人员	千人
产　出	乘客出行量	百万人次
	乘客出行公里数	百万人·公里
	列车公里数	百万列·公里
	承载公里数	百万人次·公里

需要说明的是,在分析投入产出表的时候,有一些投入产出指标的数据不太完善,影响了 DEA 计算的效率。这一问题随着将来数据的累计将会得到解决。

1.3.2　车辆维护

车辆维护指地铁运营公司在车辆检修、维护方面的绩效情况。

(1)绝对绩效。由于 CoMET 组织目前还没有车辆专业的指标体系,我们根据对世界有关大型地铁的研究,以及地铁公司现有数据情况,本文在车辆维护的绝对绩效方面主要选择了 6 个指标,包括车辆利用率、列车平均无运营故障运行里程、列车临修率、列车下线率、车辆检修效率、车辆维修效率。

(2)相对效率。在车辆维护方面,数据资料比较翔实完善,并且对于1、2、3 号线各自的数据都比较齐全。因此,本文在这一方面进行了较深的分析。对三条线的情况分别计算了其投入产出效率。

在现场访谈以及综合分析的基础上,得到车辆维护方面的投入产出指标体系如表 2 所示。

表 2　车辆维护相对效率评价的投入产出表

指标类别	指标名称	单位
投　入	配属列车数	列
	检修人员数	百人
	运行列车数	列
	大修和架修投入人员工时	千人·天
	定修及以下人员数	人
产　出	车辆下线率	次/百万列公里
	累积车辆下线率	次/百万列公里
	平均无运营故障运行里程	万公里
	累积平均无故障运行里程	万公里
	车辆临修率	次/百万列公里
	累积车辆临修率	次/百万列公里
	车辆利用率	%

1.3.3　安全、质量与服务

安全、质量与服务属于运营产出的重要方面。安全是地铁运营的首要考虑因素，安全质量与服务是运营公司的立身之本。

（1）绝对绩效。CoMET 组织的指标体系中，两次事故之间（指 5 分钟以上晚点）的车公里数是一个绩效指标，但根据公司现有数据情况（5 分钟晚点数据，2004 年以前统计不全），本文在安全、质量与服务的绝对绩效方面主要选择了 2 个可靠性指标，包括 15 分钟晚点发生频次和 30 分钟晚点发生频次。

（2）相对效率。在安全、质量和服务的相对效率评价方面，在现场访谈以及综合分析的基础上，选择的投入产出指标如表 3 所示。

表 3　运营、安全、质量与服务相对效率评价指标体系

指标类别	指标名称	单　位
投　入	车辆数	列
	运营人员	千人
	乘客出行量	百万人次
	列车公里数	百万列·公里
	承载公里数	百万人次·公里
	每线路公里职工人数	千人/公里
	高峰时段行车间隔	分钟/列
	高峰时段上线车辆数	列
	每百万乘客拥有车辆数	列/百万人次
产　出	列车正点率	%
	列车兑现率	%
	每列车平均载客人数	万人次/列
	15 分钟以上晚点发生频次	百万车公里/次
	30 分钟以上晚点发生频次	百万车公里/次

2　评价结果

2.1　运能评价

（1）绝对绩效。路网利用率和运能利用率的状况如图 2 和图 3 所示。

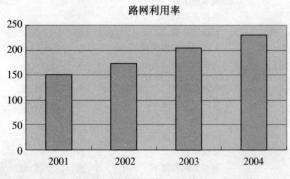

图 2　近 4 年路网利用率绝对绩效变化趋势

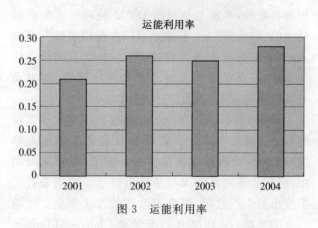

图 3　运能利用率

从 2001 至 2004 年，路网利用率增长 48%，运能利用率增长 38%，通过将这些绝对数字同COMET 指标相比较，表明地铁公司的运能在最近几年出现大幅增长，同时运营网络也承载了很大的运送压力。

（2）相对效率。采用前面所描述的 DEA 模型，本文分别以月度数据为基础，计算了2000～2004 年度每年运能的月度效率变化曲线。如表 4 所示（略）。从图中可以看出，运能每个月的效率值存在比较明显的波动，说明效率还存在改进的空间。

根据 DEA 评价的结果分析，本文将引起每个月度效率值波动的原因因素汇总，如表 5（略），从中，可以确定出月度效率值波动的原因以及提高的途径。

2.2　车辆维护评价

（1）绝对绩效。车辆维护的绝对绩效指标包括 6 个，即车辆利用率、列车平均无运营故障运行里程、列车临修率、列车下线率、车辆检修效率、车辆维修效率，其近五年的变化趋势如图 4～9 所示。

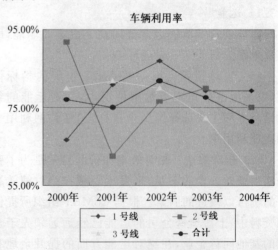

图 4　车辆利用率绝对绩效变化趋势

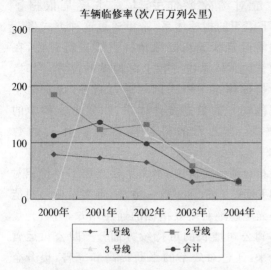

图5　车辆临修率变化趋势

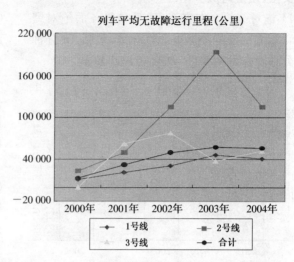

图6　列车无故障运营里程绝对绩效变化趋势

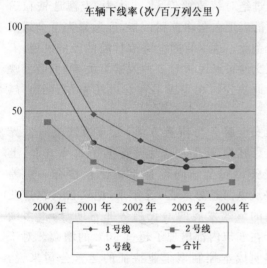

图7　车辆下线率变化趋势

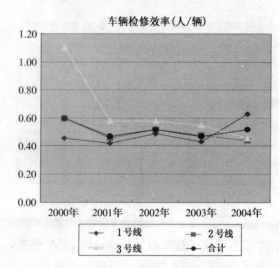

图8　车辆检修效率变化趋势

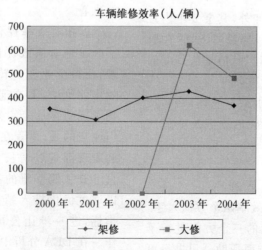

图9　车辆维修效率变化趋势

（2）相对效率。采用前面所描述的 DEA 模型，本文分别以月度数据为基础，计算了 2000～2004 年度每年的月度效率变化曲线。

从图可看出，车辆维护每个月的效率值存在比较明显的波动，说明效率还存在改进的空间。

根据 DEA 评价的结果分析，本文将引起每个月度效率值波动的原因因素汇总，具体内容（略），从中，可以确定出月度效率值波动的原因以及提高的途径。

2.3 安全、质量与服务评价

（1）绝对绩效。在安全、质量和服务的绝对绩效方面，本文主要是依据可靠性标准，包括15分钟和30分钟晚点发生频次，如图10～11所示。

可靠性（15分钟晚点发生频次　单位：车公里/次）

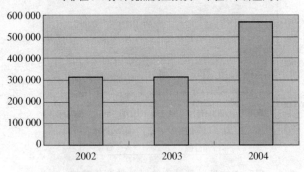

图10　15分钟晚点发生频次

可靠性（30分钟晚点发生频次　单位：车公里/次）

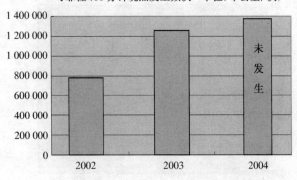

图11　30分钟晚点发生频次

（2）相对效率。按照前面所设定的DEA模型，本文计算了2002、2003、2004三年内各月度的相对效率值，具体（略）。

从图中可以看出，除2002年外，其余2年内月度效率值存在较为明显的波动，这说明，尽管在服务质量方面的绝对绩效在持续增加，但是从月度的观点来看，仍然存在着较大的改进空间。

对DEA效率值进行分析的结果，具体（略），从中可以判断各个月度效率值变化的原因及改进的途径。

3 研究结论

本文从运营的绝对绩效和相对效率两个方面入手，对上海地铁运营公司运营体系的三个方面进行了系统综合评价。通过评价，一方面帮助公司进行更为准确的定位，同时，也希望能够为上海地铁不断自我加压，持续改进的全面质量管理工作提供有价值的借鉴。

在绝对绩效评价中，本文主要是依据了COMET组织的指标体系，希望通过这种方式将上海地铁的运营状况与国际指标直接进行对比，在全球地铁运营体系中寻找上海地铁的位置，同时，在评价指标体系中引入国际通行指标，也有助于公司规范现有的数据统计体系，积累更为科学的历史数据，为之后的科学决策提供扎实的数据基础。

在相对绩效评价中，本文主要采用了评价相对效率的DEA方法，通过这一方法，本文希望公司能够将眼光超越绝对绩效指标的连年增长，将目光焦点转移到公司增长的可持续方面——即公司运营效率上来，通过对效率的不断提高和完善，提升企业的竞争力。

通过绝对绩效评价，本文认为，上海地铁在运能方面的表现在全球首屈一指，远远领先于全球其他同行企业。这尽管同上海市目前的经济发展、人口以及交通布局现状等多种因素有关，但仍能反映出上海地铁公司在完成乘客发送任务方面的卓越表现。

在安全服务与质量方面，上海地铁也居世界前几位。在车辆维护以及设备维护效率方面，上海地铁公司同全球同行企业相比存在有一定差距。但从纵向趋势来看，近年来，地铁公司在这几个方面的绩效发展的增长趋势非常明显，很多绩效指标在五年内都出现了超过50%的增幅。对于具备鲜明成本控制型企业特征的运营公司来说，这充分体现了公司在运营绩效方面的投入和改进的决心。

就相对效率评价而言，评价的主要目的是为了改善绝对绩效评价的片面性，通过引入投入因素，使得企业逐步转向可持续发展之路。在相对效率评价中，本文通过DEA模型的计算分析，得到了近几年月度的各类指标效率值。值得地铁公司注意的是，尽管在大多数运营绩效指标上，公司的表现都是以增长为主，但是其效率并非也是一直上升。效率值的波动表明了在运营过程中，可以通过优化投入结构，或者关注某些方面的产出指标，进一步让公司以更高效、更经济的方式运作。在DEA分析中，本文列出了各个月度影响效率值表现的因素，这尽管是一种时候的分析，但对于工作的总结，以及未来的工作侧重点仍有积极的借鉴意义。

月度经济责任制考核体系的建立和应用

叶 彤,张少勤

(上海地铁运营有限公司)

摘 要:分析了城市轨道交通运营生产考核体系的基本作用,重点探讨了考核体系基本组成,考核项目、考核指标、评价标准的建立原则、方法等,同时对考核实施基本条件及实施流程提出了基本设想。认为城市轨道交通运营生产考核体系的建立与实施都应该坚持"持续改进"的观点。

关键词:城市轨道交通,运营生产考核体系,经济责任制

轨道交通运营是各专业子系统的联动作业,集成结果好坏,决定了整个运营系统运作的质量高低。系统运作中存在问题的解决,各子系统之间的协调配合问题的解决,都可以通过考核起到强化管理的积极效应。考核是对作业行为的"扬弃",可有效调节企业资源配置行为。

1 考核体系建立

1.1 考核项目建立

考核体系的建立,需要原则指引。这些原则决定考核体系的建立依据、设计思路,以及考核体系建立后的可操作性。

1.1.1 基本原则

(1)考核项目准确定义。设立考核项目是考核体系建立的最基本要素。

考核项目定义化必须对所建立项目的概念、功能、覆盖范围等作出质的规定,避免内涵的模糊和外延的歧义,为实施考核提供定性标准,奠定考核可操作性、评价准确性基础。

(2)考核项目可量化选择。具体、直观,特别是评价标准的可量化因素,是考核项目建立的首要选择条件,为考核评价提供可操作性。对定性考核项目的建立,必须实现其行为化详细描述,避免考核评价标准的模糊性,影响考核效果。

(3)考核项目导向作用。考核项目的选择建立,应该具有导向作用,引导各考核单位确立各自工作重点,确保实现企业组织目标和工作任务。

(4)考核项目内容筛选。除了考虑考核项目导向性作用外,对可纳入轨道交通运营关键(核心)考核项目内容按下列要素进行筛选:

● 企业责任实现(经济责任和社会责任);

● 企业主要质量指标;

● 社会影响程度较大;

● 影响企业声誉;

● 具有数据可跟踪、可操作、可采集的可能。

上列要素或单一,或复合叠加,但至少应该具备其中一项要素。

1.1.2 特殊原则

就轨道交通运营生产而言,考核项目建立还必须遵循下列特殊原则:

(1)以生产组织架构设置考核项目。轨道交通运营是一个劳动和技术密集性相结合行业,企业实施总分结构的二级组织管理模式。根据组织架构的特殊性,考核项目建立应该具有全局性、通用性、关键性等特征。

(2)考核项目设置普遍性。轨道交通运营是各子系统联动运作的结果,目标具有"同向性"和"唯一性"。考核项目设置和实施,必须突出系统单位参与的普遍性特征,才能实现联动考核效果。

1.1.3 考核项目建立考量

(1)历年主要运营质量统计。影响运营质量因素很多,对运营列车按图、按点运行统计与分析(见下图),既是企业能力反映的关键指标,也能概括反映生产指标完成状况,是运营生产考核体系建立的主要立足点,并起基础性作用。

(2)事件原因特征分析。根据上述数据统计主要反映出来以下一些特征:

● 多因性

晚点事件发生因素是多方面的,既有设备故障原因,也有外部因素干扰产生,其中既有人为操作因素造成,也有操作流程和管理制度不健全的因素所至。据统计79%是由于设备故障,21%是由于外

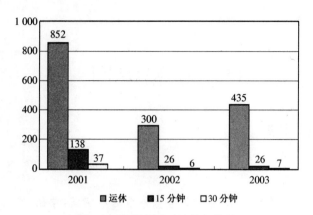

图 1　运休及严重晚点指标统计

部影响。

● 多维性

从晚点事件发生面来看,所有设施设备保障单位以及客运组织单位都发生过影响运营质量的事件,反映出晚点事件与操作对象之间的多维联系(见图 2)。

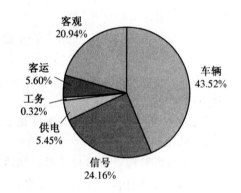

图 2　影响晚点的因素

● 动态性

从晚点事件发生频次分析,数量处于动态变化与逐步下降趋势,并进入一种相对稳定的状态(见图 3),这既反映晚点事件发生的不可避免性,也反映了企业解决此类问题能力的不断提高。

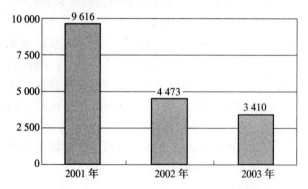

图 3　2001～2003 年 2 分钟晚点发生次数

1.1.4　考核项目建立基本元素

综合交通运营生产基本特性、生产运作特征以及上述指标的统计分析,考核项目应该从以下的几个方面入手:

(1)运营质量。运营质量是运营企业考核核心内容。制定反映运营质量考核项目的积极意义体现在:一是反映企业生产质量状况,为公司高层提供持续改进信息和决策支撑;二是提供业绩数据,提高职工责任感和成就感;三是让乘客感受运营质量高低,提高理解、支持、配合的自觉性。

(2)设施设备保障。设施设备支持保障是确保整个运营生产系统有效运转的核心基础。依据近几年数据分析,设施设备故障引起延误运营的事件均占 60％以上。

轨道交通设施设备成千上万,做好设施设备的用、养、修,是确保运营质量的最重要环节。从考核入手,可以有效推动和优化设施设备管理工作和质量。

(3)安全生产。"安全生产责任重于泰山"。轨道交通运营企业安全生产应该包括两个层面的含义:一是企业职工的安全生产;一是负责承载乘客的安全保障,两个层面的安全生产具有同等重要意义。

忽视安全生产管理与考核,如同楼珠不分,舍本逐枝,一旦发生重大安全事故,企业努力经营的成果,就不能体现它的全部意义。

(4)例外事件管理。轨道交通运营生产还会受到外部环境等非生产管理范围因素的影响。对可能影响运营生产与安全的隐患因素作充分估计,按照"谁主管谁负责"原则确定管理主体,消除管理盲区,积极预防外部环境所带来的干扰。

1.1.5　考核项目应用性因素

在实施具体的考核项目建立工作之时,考核项目应用性也是必须兼顾考虑而又不能忽略的重要方面。

(1)注重考核项目通用性。考核项目的通用性是指考核项目对考核对象的普遍适用性。其基本作用是:一是突出企业考核项目重点;二是有利于建立统一评价标准,提高考核公信程度;三是兼顾考核实施对象的普遍性,提高企业员工对考核的认同程度,为开展考核工作建立广泛实施基础。

(2)提炼反映个性特征核心考核项目。核心考核项目处于关键地位并具有引导性特征。提炼各专业可能影响全局、反映一方工作质量的核心项目,以此辐射相关的考核内容。

以列车下线率考核项目为例,既反映运营车辆维修保障单位工作质量;也反映驾驶员故障判断能力和应急处理能力;也反映调度中心对应急处理方案的选择、运用能力。设立具有"聚焦与放大效应"的考核项目,可以实现综合考核效果,起到"挂一领众"作用。

(3)不可缺少的服务质量考核项目。服务质量水平,直接影响企业的公众形象。在追求基本价值取向的同时,企业不能忽视服务质量的实现和企业服务品牌建设;反之则会变成舍本舍源的追求。

1.2 考核体系基本构成与改进

1.2.1 基本构成

根据考核项目建立的基本和特殊原则、主要事件发生的原因分析,运营生产考核体系大致可由下列五个基本考核项目模块构成(见图4)。

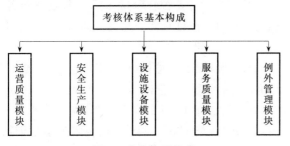

图 4 考核体系构成

- 运营质量控制模块;
- 安全生产管理模块;
- 设施设备管理模块;
- 服务质量反映模块;
- 例外事件管理模块(可能影响运营、安全、服务质量的其他事件)。

1.2.2 考核体系持续改进

考核体系的建立与实施,也应该贯彻持续改进的质量管理思想,结合企业任务和生产实际需要进行及时改进。如果没有一个循环改进的制定过程(见图5),考核将会脱离实际,考核针对性、有效性必定会有所折扣,最终流于形式,失去机制创新的积极意义。

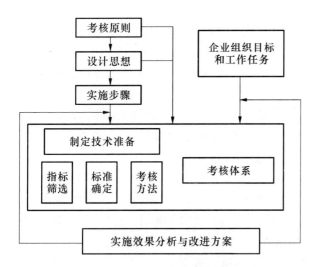

图 5 考核体系建立与循环流程

1.3 考核标准制定

考核标准(考核指标值)的制定是考核体系建立的重要组成部分,是实现考核体系能否具体操作的关键所在。

1.3.1 制定依据

制定具体数值标准或行为标准,为考核提供评价依据,一般可采用下列依据:

(1)企业任务为主要制定依据。考核标准制定主要的依据是:围绕企业的工作任务和目标,结合企业现状、能力、资源、内外环境以及需要,制定考核标准,发挥考核杠杆作用。

(2)历年指标为参照依据。轨道交通是一种有别于其他的全新公共交通工具,没有可供借鉴的经验。充分利用历史数据资料及所反映的信息,可以从中发掘反映轨道交通特性的数值规律(见下表),对制定有效考核指标值,具有积极的参考意义。

表 1 2001～2003 年正点率考核标准制定与实现情况

年　份	2001 年	2002 年	2003 年
考核标准	95%	97%	98%
完成情况	97.6%	98.9%	99.6%

1.3.2 制定原则

考核标准的制定有许多可遵循的原则,而下列原则是制定考核标准所必须和应该遵循的:

(1)符合实际、可以实现。考核标准应该以组织目标和工作任务为制定基础,以企业的资源、技术、能力现状为制定依据,并遵循"符合实际、可以实现"原则。

考核标准制定应该注意防止两种倾向:一是考核标准过低,不利于企业"潜能"的发挥与创造;二是考核标准过高,难以企及,影响员工参与考核的热情和积极性。

(2)动态修订、逐步提高。考核标准制定应贯彻"动态修订、循序渐进、逐步提高"的原则,不断挖掘企业的"潜能"。在动态修订、逐步提高的同时,要防止产生标准超限的可能,避免考核误入歧途。

(3)沟通与确认。考核标准的沟通确认原则是考核标准建立与实施前的重要一环。行为学理论认为,沟通行为"有利于充分了解双方的意图,激发行为主体的信心和价值追求愿望"。

考核目标指向,说到底是对作为考核对象的人对企业生产和管理资源要素综合运用能力的评价。通过沟通,弥补考核标准制定缺陷,获得有效认同,更重要是建立考核两者之间对考核共识基础,建立两者合力互动机制。

1.4 考核分值制定

考核分值是考核标准的量化形式,作为考核评价尺度其主要作用是:

1.4.1 提供直观、具体计算标准

评价结果切忌处于一种模糊的状态。通过实

施考核,计算考核分值,直观反映考核结果,反映考核项目执行完成情况,为分析判断提供依据。

1.4.2　调节考核项目实施重点

通过考核分值的有机分配,施予各考核项目不同分值,借以确立各考核项目在考核体系及其在各考核客体中相对重要地位,引导各考核客体关注各自工作重点。

1.4.3　避免考核分值制定误区

(1)切忌考核分值平均分配。对考核项目的技术含量、发生机率等作必要的分析,制定相对合理的考核分值分配,区分各考核项目之间重要和难易程度。

(2)切忌不作模拟计算。考核分值制定后实施前,可以通过模拟测算检验其分配比例的合理性,避免考核项目重要程度与考核力度等不相对称的情况发生,防止产生扣分"倒挂"现象。

2　运营生产考核实施

2.1　考核实施基本条件

考核体系的建立在于运用。要发挥考核作为企业管理的抓手作用,还必须建立实施考核的有效运作机制。

2.1.1　建立信息发布、收集、跟踪渠道

考核实施是建立在数据信息基础之上的,离开了数据信息,考核成了无源之水、无本之木。信息和数据的收集、整理、发布、评价和反馈应该包括文件发布、统计报表、数据中心整理等多种渠道。

数据信息收集、整理和发布渠道,都应该是固定的,并以正式文件予以规制,确保信息数据的准确、完整、及时、有效以及行政效力。

2.1.2　设定相应考核周期

考核周期长短可根据生产实际需要或业务特点确定。太长,迟缓企业质量改进效率;太短,增加考核主客双方工作量,影响考核经济性。

从具体实践过程与效果分析,运营生产质量考核以一至三个月为执行周期是比较合理的。

2.1.3　制定一个规整考核流程

考核是企业制度建设的重要内容。作为一种制度建设,制定严格具体实施内容与操作实施流程是必不可少的。

操作实施流程应详细规定考核各类元素的时空运作期限,确保考核链的完整衔接,充分体现企业考核应有的权威性,保证时效性。

2.1.4　建立一个考核执行机构

考核是一项具有系统特征的管理工作,需要经过长期的努力,才会逐步取得积极的、有效的成果。建立企业最高管理者授权的考核机构负责实施考

核,是实现有效考核的基本保证。

考核机构成员可以是专职的,也可以是兼职的,但应该熟悉相关的、具体的业务,同时应该具备强烈的责任意识和服务意识。

考核最基本也是最重要的原则是:"严谨、公正"。考核工作人员应该严格按考核标准、程序执行,这是保持考核有效的关键所在。

2.2　考核流程设计思路

考核流程设计是否合理,对提高考核效率和实现考核效果也具有同样重要的意义。其基本设计思路:

2.2.1　建立互动评价机制

考核主客双方两个主体,具有相对独立性。建立互动评价机制主要意义在于,一是实现"自我评价",一是实现"互动评价"。互动评价的实现依赖于两个机制:

(1)建立信息传输机制。考核客体在考核周期内作"自我评价",并送交考核主体;考核主体作出考核评价,供考核客体确认,实现两者间信息传输与反馈。

(2)建立评价通道。考核主体作出的考核评价,因受主动或被动因素的制约可能会产生偏差。建立一个考核客体对考核结果评价通道(申诉反映),有利于考核主体及时发现和纠正考评偏差。

2.2.2　体现考核控制过程

作为一种管理控制手段,考核主体负责考核施控的两端:考核指标制定和下达、考核结果评价与反馈,实现对考核对象的行为引导和控制。

考核结果应即时反馈,实现考核结果引导和控制考核对象生产作业和管理行为,达到循序渐进的提高,从而实现考核控制作业过程的目的。

2.2.3　建立完整运作流程

考核流程的设计必须贯彻 PDCA 的质量管理思想。考核机构在作出周期考核结果评价时,还应提出原因分析、措施等建议,指导考核客体调整管理和作业行为,引导考核客体自觉地向更高质量目标迈进。

对具有全局指导意义的考核事例,在考核实施范围内加以有效运用,争取获得"晕轮效应"。

2.3　考核基本流程

2.3.1　考核文件下达

考核主体将所制定的考核办法等文件以行政文件正式下达,以提高考核工作的规制性、权威性。

2.3.2　客体组织实施

考核客体根据文件下达考核内容,组织贯彻实施。

2.3.3　客体报告自评结果

考核客体按文件规定的流程与日期,做好规定阶段的考核自评自查工作,并向考核主体报告自评

结果。

2.3.4　主体评定考核结果

考核主体根据考核体系确定的考核标准，结合考核对象自评结果，对考核周期内的客体实际行为结果作出评价。

2.3.5　主体反馈考核结果

考核主体按规定的时限将考核评定结果通知考核对象。

对一些具体的考核事项，考核主体还须作出原因分析，提出应对措施，并同时通知考核对象。

2.3.6　客体确认考核结果（或申请复议结果）

考核客体确认考核结果，表示对考核评价是否客观、准确的认可。同时制定整改方案，实施新的运作。

如果对考核评价结果存有疑义的，可向考核主体提出复评的要求。

2.3.7　主体公布考核结果

考核主体在实施考核的范围内公布最后的考核结果。

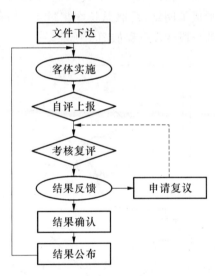

图6　考核流程循环

3　考核结果运用

3.1　考核结果初步运用

3.1.1　反映生产实际状况，为缺陷管理提供决策依据

考核项目筛选建立，集中体现了企业主要的、关键的、核心的质量指标，对这些指标的考核，起到了反映运营质量的"晴雨表"作用。

考核结果则既有"具象"表现运营质量状况，又具有"抽象"反映企业管理缺陷的意义。企业决策者和执行者可以从这些"具象"和"抽象"的反映中，寻找加强和改进管理的突破口。

3.1.2　为强化管理提供依据

奖惩是企业强化管理两个重要手段，奖惩实施依据是考核结果。积极利用考核结果，企业可有效使用奖惩手段，实现企业生产和管理行为的弘扬与禁止。

3.2　考核结果的深化运用

3.2.1　为教育培训提供方向

企业工作质量的影响因素，主要体现在两个方面，一是人的因素；一是设施设备和环境的因素。人的因素主要存在两个层面问题：一是职业精神；二是职业能力。

企业考核行为同样应该坚持"以人为本"，通过设计和实施有针对性教育培训项目，提高员工综合素质，为激励员工实现价值需求提供动力，为提高生产和管理水平提供能力支持。

3.2.2　为技术攻关提供研究方向

影响运营质量水平的另一个重要因素是设施设备的技术状况和运行环境因素。对经常发生影响运营质量的关键设施设备问题、技术问题、运营环境等问题，可以列入企业专项技术攻关项目加以研究和解决；同时还可以开展 QC 小组活动，解决生产和管理的其他质量问题。

3.2.3　为完善企业管理制度提供方向

运营质量和服务质量方面所反映的问题，也会反映管理规章和作业流程上存在的缺陷。进一步完善企业管理规章、作业流程也可作为拓展考核成果运用的重要方面。

4　结束语

坚持科学的发展观，实现企业进步和发展，必须实施科学合理的组织行为。建立与实施月度生产考核目的就在于加强企业核心能力建设，提高轨道交通运营质量，为此作了一些探索和实践。

管理进步是企业永恒的主题。随着轨道交通运营技术与环境的发展变化，不断提高对轨道交通生产运营规律性认识，持续改进运营生产考核理念、方法、手段，提高考核对轨道交通运营质量的促进作用，实现企业经济和社会责任，应该始终成为企业关注的管理课题。

参考文献

［1］　王忠宗.目标管理与绩效考核.广东经济出版社,2002

［2］　熊超群,梅志国.目标管理与绩效考核实务.广东经济出版社,2004

巴黎 RER 线对上海轨道交通建设的启示

邵伟中

（上海地铁运营有限公司）

摘　要： 分析了巴黎市域轨道交通（RER）线的发展建设过程和线路特点，并重点研究了市域轨道交通线的几种主要车站布置形式。这些市域轨道交通线线路、车站设置的特点对上海市域轨道交通线的规划、建设具有借鉴作用。

关键词： 市域轨道交通，巴黎，线路特点，车站布置

1 巴黎 RER 线的发展建设过程及特点

1.1 巴黎 RER 线的发展建设过程

　　巴黎的市域快速轨道交通线（以下简称 RER 线）是与郊区新城同步成长的。为适应 50 年代末巴黎城市人口的集中化和郊区的城市化的需要，1965 年巴黎提出了在距市区 25～30 km 外建设五个人口规模

约 50 万左右新城的规划，RER 线就是为支持新城的建设和发展而开始建设的，通过连接几条较短的既有铁路，并通过电气化而逐步形成的。位于巴黎中心的 Châtelet - Les - Halles 中心站的开始使用标志着 RER 线的正式开始。80 年代末相继建成了四条 RER 线形成了网络，线路总长度超过 400 km。巴黎 RER 线的分段建设过程如图 1 所示。

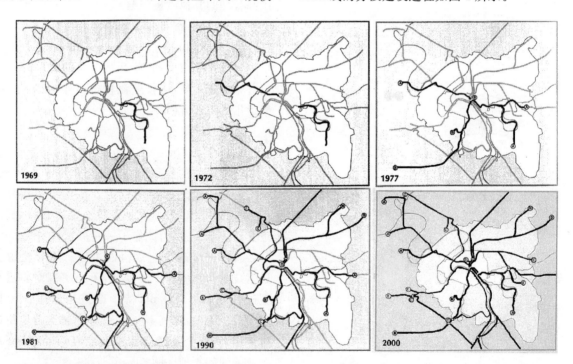

注：图中黑色线路为 RER 线。

图 1　巴黎 RER 线的分段建设过程示意图

1.2 巴黎 RER 线的特点

　　文献[2]曾对巴黎 RER 线的特点作了较详细的分析和论述，这里再强调以下几个特点：（1）巴黎 RER 线网是系统规划、分段建设，逐步发展形成

的。（2）RER 线路的大部分线路利用了既有铁路线，在中心区新建地下线将两端的地面线连接起来。RER 线以地下线形式穿过市中心，与多条辐射式郊区铁路连成了一个功能完备的市郊铁路网，郊

区铁路一般终止于城市近郊的铁路客站,不穿过市中心区,两者正好相互补充,共同运送大量而密集的上下班乘客。从而,大大缓解了巴黎地面交通和老式地铁线路的压力。(3) RER 线采用标准制式和架空电线电力牵引,RER 线路上运行的列车也能在现有的城内地铁线路上运行,与其他轨道交通系统有着十分方便的衔接和换乘。(4) 由于上述原因形成了 RATP(巴黎交通局)和 SNCF(法国国营铁路公司)共同经营管理的局面。此外,RER 线路还有支线多、覆盖区域大、车站间距大,以及为了适应 RER 线路各区段客流不均衡的特点,采取灵活的运营组织方式等特点。

2 巴黎 RER 线路的主要车站布置

为了便于灵活地进行运营组织,根据市域轨道交通线路特点,进行车站的合理设置非常重要。巴黎 RER 线路中折返站、终点站、多条线路衔接站、分岔站等几种主要车站的布置很有特点和借鉴作用。

2.1 折返站

市域快速轨道交通线线路长,客流特征复杂,列车运行交路的形式多样,并且随着客流特点的变化,市域快速轨道交通线在不同的时期可能采取不同的交路形式。巴黎 RER 线折返站的设置充分考虑了这些因素,值得我们借鉴。

(1) 巴黎 RER - B 线 Orsay - ville 站的设置。Orsay - ville 站是巴黎 RER - B 线南延伸段的一个中间折返站,车站位于巴黎的市郊,和其他的RER 线路及地铁线路无换乘或衔接,车站布置如图 2 所示。这种形式的车站布置简单,列车折返走行距离短,运营的可靠性和灵活性较高,车站折返作业与另一方向列车到达的相互干扰较小。由于巴黎的 RER - B 线采取大小交路嵌套的开行方式,部分列车在 Orsay - ville 站通过,部分列车在 Orsay - ville 站折返,这种布置形式适用于这种一端折返的情况。另外,此种站型可以满足列车越行的需要。

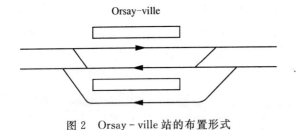

图 2   Orsay - ville 站的布置形式

(2) 巴黎 RER - A 线 Joinville - Le - Pont 站

的设置。Joinville - Le - Pont 站是巴黎 RER - A 线的一个中间折返站,接近市中心,开行的列车对数较多,所以 Joinville - Le - Pont 站的车站布置配线较多,而且布置了多组交叉渡线,可以灵活地选择折返径路。其布置如图 3 所示。从图中可以看出这种折返方式能够满足较为复杂的交路形式,车站的连通性好,灵活性和可靠性也较高。如果采取具有两端折返要求的多种交路衔接的情况下,此种车站布置也是较好的选择。

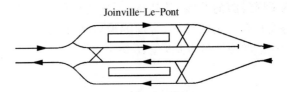

图 3   Joinville - Le - Pont 站的布置形式

2.2 终点站

终点站的设置如果没有特殊的要求,一般具有终端折返能力即可,但是对于市域快速轨道交通线由于线路过长,可能终点站距离车辆段较远,因此,考虑在终点站设置多条存车线是十分必要的。图 4(a)、(b)、(c)为巴黎 RER 线几个终点站的设置。考虑到车站所在地的地形状况不同,这几个终点站的布置形式和规模也不同:(a)所示车站布置简单,交叉渡线的设置保证了灵活的折返径路,并且空闲的折返线可以作存车线用,车站占地少;(b)所示车站设置的倒八字渡线使得列车走行径路非常顺畅,而且布置了多条存车线,加强了折返能力;(c)所示车站折返线紧贴站台布置,形式紧凑,占地较省,倒八字渡线和存车线的设置保证了折返能力。

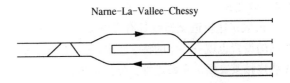

(a) 巴黎 RER - A 线 Narne - La - Vallee - Chessy 站

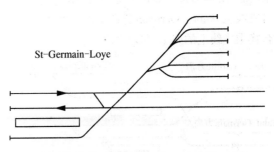

(b) 巴黎 RER - A 线 St - Germain - Loye 站

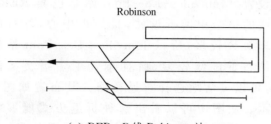

（c）RER－B 线 Robinson 站

图 4　巴黎 RER 线部分终点站的布置形式

2.3　多条线路衔接、换乘站

随着城市轨道交通线网的进一步完善,将会出现不同线路的共线、共站情况,这就对线路和车站的设置有一定的要求,合理的设置侧线、存车线和相应的联络线是必要的。图 5(a)、(b)为巴黎 RER－B线 Gard du Nord 站和 Chatelet － Les － Halles 站的车站平面布置情况,多组交叉渡线和配线的合理布置使列车运行非常灵活,转线十分方便。

Gard du Nord 站和 Chatelet － Les － Halles 站位于巴黎的市中心地区,多条线路运行的列车可以实行"平面门对门"换乘,并且 Gard du Nord 到 Chatelet － Les － Halles 区间 RER－B 和 RER－D 线列车共线运行,其中在 Chatelet － Les － Halles 站,RER－A、RER－B、RER－D 三条线路均从此车站通过,各条线路之间行车干扰少,运行径路顺畅。在 Gare de Lyon 站 RER－B 和 RER－D 线呈立体布置,可实现乘客的"立体门对门"方式的便捷换乘,这种新颖的布置型式大大减少了占地和相关设备的投入。

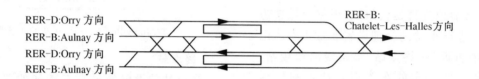

（a）巴黎 RER-B 线 Gard du Nord 站

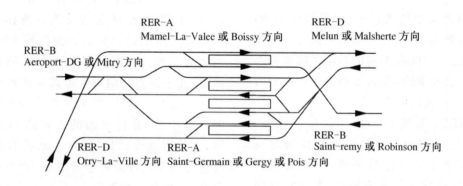

（b）巴黎 RER-B 线 Chatelet-Les-Halles 站

图 5　巴黎 RER 线线路连接站的平面布置形式

2.4　分岔站

市域快速轨道交通线具有支线多这一特征,分岔车站的设置也就有一定的特殊要求,图 6 为巴黎RER－A 线连接某支线的车站设置。分岔站的布置要解决的主要问题就是主线和支线之间的行车干扰以及旅客的换乘,图 7 所示的布置形式干支线之间的行车干扰小,而且支线上 Saint － Germain 方向来的旅客可以实现同站台换乘主线上的列车,非常方便。

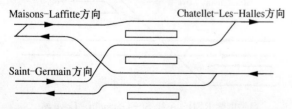

图 6　巴黎 RER － A 线 Nonterre － Prefecture 站的布置形式

3　巴黎 RER 线的经验对上海市域快速轨道交通线规划建设的启示

上海市域快速轨道交通线在规划时具有如下特点:

（1）呈放射状布置形式。从整个上海市域范围来看,市域快速轨道交通线网呈放射状分布,联系着郊区城镇和中心城。对于中心城以外的区域,市域快速轨道交通线主要布设在远期潜在的客运走廊上,以解决未来的潜在交通需求;在中心城范围内,市域快速轨道交通线不仅布设在既有的重要客运走廊上,而且还是中心城轨道网络的主骨架,起到了锚固全网的作用。

（2）穿越中心城区。市域快速轨道交通线网同时是中心区网络结构的组成部分,线路均以径向线方式穿过市中心,具有轨道线网的主要骨架功能。在市区,浦西和浦东几个大型市域级换乘枢纽使轨道交通网络清晰,突出了轨道线网的结构作用,从而支持了城市发展。

（3）连接郊区城镇及空港、海港新城。市域快速轨道交通线网是一个放射状的轨道网络,该网络把城市主要活动中心,市郊新城和市中心区直接相连,对上海市城市多中心发展起积极的作用,中心市区人口外迁的目的地是郊区新城,因此,市域快速轨道交通线对于加快新一轮旧区改造和促进郊区的城市化发展具有重要的意义。作为轨道网络骨架的市域快速轨道交通网络开辟了通往国际大枢纽站的通道(空港、海港等)。市域快速轨道交通线能够促进以浦东国际机场为核心的国际空港的建设,不仅可以大大改善上海的航空运输状况,同时也将改善这一边远地区的交通条件。这一地区能在短期内跃升为城市发展的中心地区之一,成为上海城市新一轮发展的一大亮点。

为最大程度地发挥上海市域快速轨道交通线的功能,借鉴巴黎 RER 线建设和运营的经验,我们应注意以下几点:

3.1　注重与主要铁路客运站、机场的连接

市域快速轨道交通线作为上海轨道交通基本网络的骨干网,其规划线路与铁路客运站、机场都有紧密的衔接,包括:R1 线与新客站、南站衔接;R2线与虹桥机场、浦东机场、浦东站衔接;R3 线与上海西站衔接等。因此,我们应充分考虑未来运营组织中与这些对外交通枢纽的衔接和配合。

3.2　建好大型换乘枢纽

市域快速轨道交通线在人民广场、上海火车站、徐家汇、浦东东方路、中山公园、虹口公园、上海体育场等市区重要节点形成主要的换乘枢纽;在天山路沿线、共和新路沿线、江湾新城、闵行新城、宝山新城、松江新城等地区建立起了通过轨道交通与外围重要地区联系的核心区。

3.3　合理地设置各种车站的配线

在一些作为主要客流断点的衔接换乘站、折返站等,不仅具有一般中间折返站所具有的折返能力,并且由于其客流的变动性,不同时期有可能采取不同的交路形式,如初期采取大小交路嵌套形式,近远期采取衔接交路形式,因此,这些车站的配线设置要考虑具有良好的贯通性和折返能力以适应不同的交路形式以及运输调度指挥的需要。

4　结束语

为满足市域快速轨道交通运行组织的需要,保证与其他的轨道交通方式之间方便的换乘和衔接条件,在进行车站的站型和线路的布置时,除了考虑投资以外,更重要的是满足未来运营的需要和线路功能的充分发挥,巴黎 RER 线在这方面的经验值得我们重视和借鉴。

参考文献

[1] 李依庆,吴冰华. 巴黎轨道交通市域(RER)的发展历程[J]. 城市轨道交通研究,2004(3):77

[2] 徐瑞华,杜世敏. 市域轨道交通线路特点分析[J]. 城市轨道交通研究,2005(1):10

[3] 上海地铁运营有限公司,同济大学运输管理工程系. 上海城市轨道交通 R 线运输组织优化研究[R]. 2004

上海轨道交通专营权经济与法律问题研究

唐民皓[1],吴伟平[1],蔡玉彪[2],许国炳[2],张海峰[2]

(1. 上海市政府法制办,2. 上海地铁运营有限公司企业发展部)

摘　要: 从经济与法律角度对上海轨道交通产业进行分析,着重阐述了城市轨道交通的专营权及其取得方式,以及专营权对上海轨道交通运营企业经营管理机制创新的作用与启示。

关键词: 专营权,法律,轨道交通

1　专营权概述

专营权(exclusive right),英文原意为"独占或者排他的经营权",简而言之就是经营主体经政府(或者其他的法定政府机构)特别授权许可,在特定范围内或者对特定的项目从事独占经营的权利。在该特定范围内或者对该特定项目而言,其所获得的经营权往往是排他的。其法律特征可以概括为以下几点。

1.1　资格授权

专营权需要国家立法机关或者行政机关给予特别的资格授权。由政府或者拥有法定行政管理权的公共机关授权至实际经营企业从事某项特定事业(在特定领域内或者对特定的项目)经营的权力资格。授权的方式为颁布法令、发布公告、颁发牌照、许可审批以及签订协议实现,也可以通过政府或者拥有法定行政管理权的公共机关直接组建经营主体实现。

1.2　经营特征

专营权具有独占和排他的经营特征。经营主体从事某项特定事业(在特定领域内或者对特定的项目)经营后,即形成对其他经营主体经营权的排斥,即其他经营者不得擅自享有这种权力或者从事该项经营。这在某种程度上就是确立了专营权主体的垄断经营地位。

1.3　授予特定的领域

专营权仅限于授予特定的领域或者项目。一般说来,专营权主要授予在自然垄断的网络性行业、涉及国家重要资源的开发经营行业、国家财政收入主要依赖的行业以及某些涉及国计民生的行业的经营主体。

2　专营权取得方式

世界各国对专营权的授予方式一般表现为法定专营、特许经营和事实专营三种情况。

2.1　法定专营权

通过立法形式取得专营权,即通过制定特别法律进行授权。一般有两种情形:一种情况是国家为了公共管理或者社会生活的特殊需要,在本来可以完全按照市场规则进行竞争的领域,通过制定特别法律,禁止一般经营企业从事该行业的经营活动,规定只允许一家或者几家企业进行垄断经营,如邮政、烟草、稀有资源的开采等经营行业;另一种情况是,本来应当由政府提供公共产品或者服务的行业,通过制定特别法律,授权一家或者几家非政府机构(私营机构)进行垄断经营的经营方式,如采取BOT等模式进入该行业。

2.2　特许经营权

通过行政合同形式取得专营权。网络性的垄断经营行业,如政府授权专门机构进行经营,或者允许非政府机构(私营机构)按照租赁、承包或者BOT等模式进入该行业,可以通过制定签署专项行政合同对专营权进行特别授权,此类授权在许多法律中亦称为"特许经营权"。

2.3　事实专营权

通过政府直接组建公营机构取得专营权。一般适用由于经济学特征决定而具有自然垄断特性的行业。该行业无法完全按照市场规则进行充分竞争,只能由政府设立一家或者几家公共服务机构(或者公营企业)采取垄断经营的方式进行经营,如铁路、电力、供水、供气等行业。

法国、日本和我国香港、台湾轨道交通企业专营权的取得是这三种授权模式的典型例子(见表1)。

表1　法国、日本、台湾和香港轨道交通企业专营权的有关情况

国家或地区	经营权形式	取 得 方 式	资 料 来 源
法　国	特许经营权	1. 签定行政合同（公法合同）； 2. 法国行政法院编制有关公共设施特许经营的判例法汇集。	John D Crother：法国《基础建设项目的法律融资解决方案》，法国"城市交通"研讨会，2001.11
日　本	法定专营权	通过制定特别法律明确专营权的授予。 说明：日本在1949年制定《国有铁路法》，设立公营机构（日本法律称为公法上的特殊法人）进行专营。1986年日本推出《国铁改革法》，明确在经营形式上，按地区授权6家股份公司进行经营，并逐步实现民营化。	孔凡静：《日本国铁的民营化》，引自《日本公营企业的民营化及其问题》，上海财经大学出版社，1996
香　港	法定专营权	通过制定特别法律明确专营权的授予。 说明：原香港地铁公司为公营机构，但其按照商业规则进行营运管理，称为"官办民营"，所以港府当局通过制定《香港地下铁路公司条例》进行专营权的授权； 2001年，香港特区政府对地铁部分股权进行民营化改革，并废止原法律，重新制定香港《地下铁路条例》，明确向部分股权上市后地铁公司批予专营权，同时通过签署营运协议明确政府与地铁企业之间的监管和其他权利义务关系。	香港法例556章，《地下铁路条例》第四条，批予专营权给地铁公司经营铁路：专营权的批予及延续： （1）在符合本条例的规定下，现向地铁公司批予以下事项的专营权—— （a）经营地下铁路，包括铁路的任何延长部分； （b）建造铁路的任何延长部分，专营权为期50年，自指定日期起计。 （2）由政府与地铁公司协定就专营权具有效力的条款及条件，即列于营运协议的条款及条件。
台　湾	事实专营权	1. 政府直接投资组建轨道交通营运的公营机构，公营机构自然取得专营权。 2. 政府通过许可形式，授权民间投资筹设营运机构。	台湾《大众捷运法》第二十五条（公营营运机构之设置及其工作）规定： 政府建设之大众捷运系统，其营运由中央主管机关指定地方主管机关设立营运机构或许可民间投资筹设营运机构办理。

相对上述几种专营权的获得方式，英国铁路经营管理的模式又具有相对比较明显的特点。根据英国1947年国内运输法，英国四大私有铁路公司首先合并为一家国有公司，进行铁路营运。1962年，英国又成立了铁路局，负责铁路运输及相关事宜，既具有经营职能又有部分管理职能。英国铁路局承担了英国几乎全部的铁路客运和货运工作，并承担了边远地区的铁路和城市地下铁道的运行工作。英国实际上采取的是一种政企紧密结合、法定授权专营加事实专营的运作模式。

3　我国专营权授予的状况

目前，我国国内企业专营权的取得，主要有以下三种情况。

3.1　以国家《烟草专卖法》为典型代表的法定专营权授予形式

这类法定专营权授予形式主要有：烟草、邮政、食盐、海洋和陆上石油资源开采、核出口等经营行业，以及化肥、农药、农膜、黄金等行业。相应的法规有《中华人民共和国烟草专卖法》、《中华人民共和国邮政法》、《中华人民共和国对外合作开采海洋石油资源条例》、《中华人民共和国核出口管制条例》、《食盐专营办法》、《国务院关于化肥、农药、农膜实行专营的决定》、《国务院关于加强钢材管理的决定》等。

3.2　BOT经营项目的法定专营权授予形式

BOT模式就是通过政府授予项目专营权来吸引私人资本参与公共设施建设，并为社会提供公共产品。由于政府公共财政资金不足，需要引入非政府资金参与建设和管理公共设施，因此，必须通过制定特别法律，明确授予非公共机构对公共设施的专营权。以本市为例，在1994年12月制定了第一个有关授予BOT经营项目法定专营权的地方政府规章《上海市延安东路隧道专营管理办法》，授权非政府机构上海市中信隧道发展有限公司公共设施经营和管理的专营权。

早些时间，与香港九广铁路合并的香港地铁公司宣布，与北京基础设施投资公司和北京首都创业集团合组的北京京港地铁有限公司已正式与北京市政府签署了北京地铁4号线项目《特许经营协议》，获得北京地铁4号线30年的特许经营权。

3.3　自然垄断行业的非法定专营（事实专营）形式

城市公用事业中的网络性产业，通常借助网路、管道或其他运营系统，形成完整统一网络来提供公共产品。从经济学角度，这类行业属于自然垄断行业,如电力、电信、煤气、供水、交通（轨道交通）等公用事业行业。在传统管理模式一般是将从事这类具有自然垄断特性的行业,由政府或者通过权力机关通过制定专项法律,授权政府设立的公共服务机构进行专营。

自然垄断行业专营权的取得:自然垄断行业的经营是根据其物理学和经济学特征确定的,是自然取得的。无须国家法律的特别授权,一般是由作为投资者的地方政府组建设立一家公营企业进行经营,这种经营权实质就是自然形成的专营权。

我国法律、法规对具有自然垄断特性、取得专营权的网络性产业,在制定专门法律时,一般不在法律中授予专营权,而是侧重于规范其经营活动中如何对消费者权益进行保护以及如何对公有的基础设施进行保护等内容。

3.4　我国加入WTO《服务贸易减让表》对专营制度开放的承诺

我国加入WTO《服务贸易减让表》对专营制度开放的承诺,主要涉及国家法律制度规定的若干法定专营事项。

根据《关于中华人民共和国加入WTO议定书》中国方面的承诺,除盐和烟草以外,逐步开放所有进口和国产品的佣金代理业和批发业务。在城市公用事业行业中对铁路、邮政、电力、供水、供气和城市交通等网络性产业的经营领域,我国《加入WTO议定书》中对开放市场问题未作任何承诺。事实上,WTO一般是不涉及自然垄断行业、提供公共产品的行业的,也是WTO成员方普遍认同的国际惯例。因此,我国《加入WTO议定书》中不涉及这类行业的市场开放也是理所当然的。

4　专营权对上海轨道交通经营管理机制创新的启示

4.1　发展现有轨道交通运营企业

对今后一段时间内本市轨道交通运营企业经营机制的改革,我们认为,逐步实现有限竞争是方向,但近期的目标是进一步做大、做强运营企业。

从长远发展趋势和世界各国对垄断性公用事业的改革历程来看,逐步引入竞争机制是需要的。适度的竞争对激励企业降低成本、提高经营服务水平十分有益。与此同时,我们也要考虑到轨道交通运营服务毕竟不同于一般的竞争性行业,它对企业的规模、设备、技术要求、设施网络等均有着特殊的要求,使企业的"沉没费用"很高。因此,有必要在轨道交通运营服务中引入竞争机制,但这种竞争又

只能是有限度的竞争,不是完全开放的市场竞争。准确地说,这是在政府构建的有限的范围内进行的经营竞赛。

随着我国加入WTO,发达国家的巨型跨国企业将凭借其雄厚的实力进军中国市场,为了与之抗衡,我们也应当逐步做大、做强一批具有一定规模的企业。虽然目前我国政府在自然垄断行业领域尚未做出任何开放的承诺,但从长远考虑,本市轨道交通运营企业应当早作应对准备。

另外,面对"十一·五"期间上海轨道交通的超常规发展,资金、技术、人才、时间都相对变得十分紧缺,在网络化产业的高速增长期,完全有必要集中全部优势资源统筹使用配置。

因此,我们认为,轨道交通运营企业经营机制改革的重点是进一步做大、做强运营企业,同时加强行业管理与资产管理两方面监管的力度,做到规范服务,不断提高经营水平、降低经营成本。

4.2　改革轨道交通运营企业经营机制

分析本市轨道交通的经济学特征,研究国际轨道交通专营权的不同做法,在于探索施行本市轨道交通专营权管理的有效途径,但是这中间离不开基础管理提供的可靠依据。

4.2.1　具有国际标杆水平的绩效指标

作为国际一流大城市,上海轨道交通实施专营权经营管理的绩效指标,也应该具有国际一流水平,从运营绩效上来定,可以确定客运总量与营业收入总量两个指标,并可以和上海的网络规模结合起来分析相对数,以反映先进水平;从安全运营质量来看,可以确定运行正点率、运行图兑现率、5分钟晚点率、年事故总件数、乘客延误总时长等指标来确定;从管理效率来看,可以确定车公里成本投入指标,以形成一套完整的授权委托指标体系。

4.2.2　具有本土化特点的实际运作数据

具有本土化特点的实际运作数据是实施专营授权的基础,将直接影响到专营授权的可行性,上海轨道交通1号线运营至今已十余年,路网规模已形成5条线123 km,运营企业已积累了相当可观的数据,从中可以梳理出人工消耗定额、维修定额、成本消耗定额,可以为实施专营权提供科学的依据。

4.2.3　经营机制的先期探讨

在实施专营权前,各类委托经营合同、增收节支（成本包干）合同,都是实施专营权、实现经营机制转换的必要探索,这些探索本着商业化运作、提高经营管理绩效的原则,除可以让我们的乘客成为最大的受益者外,也是实施专营授权必要的铺垫和

探索。

4.3 轨道交通运营管理专营权模式

4.3.1 进一步确立运营企业的市场主体地位

本市轨道交通管理体制深化改革以来，轨道交通的资产关系、产权归属得到了进一步明晰，这为实施轨道交通运营管理的授权专营解决了一个授权主体，在此基础上，进一步确立运营企业的市场主体地位至少有三个方面的好处：

其一，是运营管理的责任主体得到进一步明确，这可以促使运营企业在经营管理、安全运营、服务质量方面充分地负起责任。

其二，可以进一步加大商业化运作力度，以进一步提高绩效。

其三，可以进一步明晰与资产方的权利义务关系。

4.3.2 选择适合上海轨道交通特点的专营权实施形式和形成法律规范

从世界各国对专营权授予方式的三种形式来看，上海轨道交通当前的情况类似事实专营；从现有运营企业每年签署的委托运营合同情况来看，有点类似通过行政合同形式取得专营权，可以看作是特许经营的雏形；从当前情况来看，上海轨道交通在经营机制上尚未形成法定专营，面对"十一·五"轨道交通的高速发展，在遵从轨道交通经济学特性，采用国际上当前普遍实行的商业化运作准则，以效率和效益为激励，以最大限度让乘客成为受益群体为前提，以网络化产业实施网络化管理为基础，选择适合上海特点的专营权形式，并尽快制订相应的法律规范，以法律形式确立和体现政府的监管要求、行业管理规范、资产方收益、运营企业责任，形成体现上海国际化大都市一流管理水平的轨道交通专营管理形式，促进上海轨道交通运营管理的健康发展，为上海地区的经济发展和服务全国作出更大的贡献。

参考文献

［1］ 冯玲玲 等.中国公共财政.北京：经济科学出版社,1999

［2］ 毛寿龙 等.有限政府的经济分析.上海：上海三联书店,2000

［3］ 袁易明.台湾香港公营经济.贵州教育出版社,1998

［4］ 陈宝明.英国国营企业之路.兰州大学出版社,1999

［5］ 上海市综合经济研究所课题组.上海市政基础设施商业化经营研究.上海综合经济,2001.3

［6］ 冯云廷.公共设施与服务的供给：民营化及其有效边界.东北财经大学学报,2000(1)

［7］ 戚聿东.自然垄断产业不能简单拆分.中国经济时报,7.21

［8］ 齐守印.论公共财政的经济职能.易通财税在线,(www.e-tong.net.cn),2002/2/3

［9］ 樊纲.市场机制与经济效率.上海三联书店,上海人民出版社,1995

［10］ 阿瑟·刘易斯.经济增长理论.第七章第二节,公营部门

［11］ 理查德·A·波斯纳.法律的经济分析.第十二章,公用事业和公共运输业的管制

［12］ 孙柏瑛.香港公营部门改革,对提高行政特区竞争力的诉求.中国行政管理,1999(9)

［13］ 奥斯本等著.改革政府——企业精神如何改革着公营部门.上海译文出版社,1996

乘客心理研究与运营服务质量提高

朱小瑶

（上海地铁运营有限公司运营安全处）

摘　要：本文通过上海地铁十几年的运营实践，阐明以乘客心理、行为为关注焦点，持续改进和不断提高服务质量，既是乘客对地铁提供服务的客观要求，也是地铁自身发展的动力。

关键词：乘客心理，服务质量

每个企业都有自己的产品或服务特色。被用户认可的特色产品或服务可以进一步上升为品牌。一个没有特色或品牌的企业，在市场经济中，最终必然要被淘汰。

上海地铁是以"输送客流"为产品的服务型企业，随着乘客对地铁要求的日益提高，就必须研究："现阶段什么是乘客的需要？""如何才能满足乘客的需求？"通过对乘客心理、乘客行为的研究，具体分析，推出能满足乘客日益提高的服务举措，取得乘客认同。同时要在服务过程中，通过持续改进、不断完善服务，才能在长期的服务过程中，建立和创建既有企业特点又能满足乘客需求的地铁运营服务特色。

本文从上海地铁历经十余年的努力，逐步形成服务特色的过程，阐述了持续改进服务质量、争取乘客满意的重要性。

1　研究乘客乘车心理，引导改善乘客行为

轨道交通的乘客大多是原先的公交乘客，有许多还是地铁和公交的共同乘客。因此在乘坐地铁时，不可避免地会带着"公交心态"和"公交乘车行为"乘坐地铁，但两者在运营组织、服务提供、故障处理等方面对乘客有不同的配合要求，所以，应当从乘客心理和乘客行为角度出发，除了分析乘客对地铁运营服务的需求与地铁目前能提供的服务之间的差距，还要找出目前地铁能提供，但由于不了解乘客需求而未提供的服务之所在。同时还要预估伴随着社会文明和地铁建设的发展，乘客可能对服务提出的新要求。

下面就循着乘客乘坐地铁的全过程，通过对乘客心理、行为的分析，探索乘客在不同乘车阶段的基本需求，从而发现地铁应当提供的服务措施：

1.1　从乘客的心理活动分析

一般乘客在决定乘坐地铁之前，至少都知道自己乘坐地铁，需要前往目的车站的站名。从心理活动来分析："不顾一切"盲目地进入地铁车站，也同样"不顾一切"地见到地铁列车就上的乘客毕竟是少数。即使是顺便"闲逛"，乘车前也要想一想，坐哪趟车，到何处下车等问题，盲目乘车的概率不大。

即使是首次到上海的外地乘客，手中只有"投亲访友"的地址，一般也会在进入地铁车站前，主动向民警或路人询问，自己应当如何乘车才能到达目的地。询问后就知道应当乘坐地铁或地面公交车。一旦确定应当乘坐地铁的，才会进站，否则就不会进入地铁车站。乘客一般不会采取如下行为：不顾地铁能否到达，先进到地铁车站，询问后，知道不能到达，再退出车站另换其他交通工具。

由此可见，为乘客提供的服务重点，可以从乘客进入车站开始。（在站外为乘客提供问询、解答、释疑一般不属于地铁服务范围。）

1.2　按行为分析

乘客进入车站后，在售票处有些乘客尤其是非本地乘客，一般需要再次确认能确认：选择乘坐地铁是正确的。因此就需要提供包括本线各站名的运营线路图（图中本站要突出、醒目）。对需要换乘的乘客，还要提供包含所有运营线路的运营示意图（图中换乘站要突出、醒目，运营线路编号要易于识别，不会混淆。）。

当乘客能确认：的确需要乘坐地铁，同时也就确认了目的车站。此接下来的需求和行为就是：确认价格、购票、进站。就需要有票价表和进站导向指示。

由于地铁车站已经普遍采用自动售票、检票系

统，因此对首次接触该系统的乘客而言，可能还比较陌生，需要有图示或人员指导，才能实现购票、进站的步骤。

乘客进站后，在站台候车时，从乘客心理上分析，需要知道列车抵站时间。对赶时间的乘客，这种心情和需求尤其迫切。

乘客上车后的心理是"怕乘坐过站"，因此需要有相应的线路图和列车广播及清晰、简练、准确的广播词。

乘客到站下车后的心理是"如何出站"，乘客出站有两个含意：其一是通过检票机，完成本次乘坐的费用清算后，离开"收费区"（该区域内的乘客是已通过检票，需要乘车或到达车站需要离开但尚未检票的乘客群）；其二是"收费区"外的乘客，需要离开本车站，或到地面、或换乘其他交通工具的乘客。两种行为分别又有不同的需求：

对于需要离开"收费区"的乘客，基本上只要依照进站的"逆程序"引导乘客出"收费区"即可。但乘客在离开"收费区"的瞬间。其心理活动又变成："我应当往左走、还是往右走？从哪个出入口出站才能离目的地最近（一般车站都有多个出入口）？"此时就需要有清晰、简练的导向，指明出入口编号及地面方位，供乘客选择。

乘客踏出车站出入口，理论上地铁的一次服务已告结束。但从乘客心理出发，乘客需要知道出入口附近的地理位置、著名建筑物名称和公交线路站点，甚至路边房屋门牌号，以便选择行走方向。

以上仅是一般的乘车过程。进一步从乘客心理活动，分析乘客乘坐轨道交通的全过程，还可以发现许多"细节"。如：乘客进站后，如果通道较长，则乘客心理上有一种需要确认"走得对不对？"的心理，其行为是："双目寻找、脚下不停"。一般而言乘客的行进速度取决于乘客犹豫程度和办事的紧急程度。又如：到达售票处，找到线路图和票价表后，能认知的乘客，则购票离去。对不能确认的乘客（乘客中必然存在文化程度、习俗等方面的差异），其行为表现不外乎：看别的乘客如何买票或向车站工作人员或别的乘客询问。购票后，则跟从其他乘客进站或在导向标志指引下进站（前者是被动的、行动迟缓的；后者是主动的、行动坚决、果断的）。心理分析称为"从众心理"。更有甚者（车站偶有发生）：检票进站后，正好遇到到站乘客下车出站，刚进站的"从众乘客"又"随大流"出站了。

1.3 不同心理的乘客在候车期间其行为

在车站已预告下班列车进站时间后，目的地明

确的乘客往往利用候车间隙阅读车站提供的免费宣传资料或自带的文字类材料；首次乘坐的乘客则往往利用这间隙，查看有关上海或地铁的资料，如：首末班车时刻、线路走向等。如果站台提供较大的"上海市市区图"往往是最受非本地乘客欢迎的（一般乘客手中的是较小的便携式市区图）。

在车上，老乘客往往继续阅读，而新乘客一面紧张地听着列车广播，一边对照列车上的线路图，心中计算着还要乘坐几站，以免乘过站（只有到终点站的新乘客才显得比较放松）。

到站后，新乘客随老乘客出站，在心理上比进站时放松，行动上也比进站时从容。但到了检票出口后，老乘客一旦"驾轻就熟、扬长而去"，新乘客顿失依靠，行动上就又变得犹豫、迟缓，此时特别显得需要帮助，以便顺利出站。

由此可知，不同的乘客，在不同时段，有不同的需求。通过上述分析，地铁车站服务人员就可以基本知晓：何时、何处、为哪一类乘客提供何种服务，才能得到乘客认可。

通过分析，车站服务人员就能"有的放矢"地为需要的乘客及时提供服务。还可以"以老带新"，利用"老乘客"的乘车习惯，引导、组织有序流动，提高服务质量。

老乘客一般指：本地市民或常驻上海的、经常在同一时间、同一车站甚至同一候车位置乘车的乘客（资料统计显示：上海地铁乘客中60%～70%乘客的乘车目的是上下班或上学）。只要车站布置没有大的变化，他们一般不需要车站导向和出入口指示。他们态度沉着、行动坚决、表现镇定自若而步履匆匆，给人一种"争分夺秒"的感觉。他们的乘车过程在无形中成为其他新乘客的"活体示范体"，是车站管理中可以充分利用的"免费资源"。

又如：利用老乘客候车有阅读的习惯，可以通过提供免费宣传品，引导乘客、提倡文明乘车的新风。由于老乘客对其他乘客有"示范"作用，因此也是车站提高管理和改进服务的重点对象。车站改进服务的新举措的效果，往往也首先从他们那儿得到反馈。

此外，随着地铁日益成为市民日常生活中的一部分，有许多市民将会面、碰头、约见的地点定在地铁车站，由于车站范围较大，他们需要将见面地点进一步确定为一个有明显标志、容易寻找而又不会混淆的场所。包括外地乘客到达车站后，本地市民前往接客，也需要有这么个地点。从方便乘客的角度考虑，对出入口进行编号和公示，是满足乘客需

求的有效方法。

2　规范车站导向系统　引导乘客便捷出行

地铁车站按地理位置可以分为：地下、地面和高架三类。一般而言乘客在地下车站由于缺少熟悉的参照物，大多容易迷失方向。因此地下车站的导向标志的布置就显得尤为重要。

长期的运营实践证明：车站导向标志的设置必须符合乘客心理和乘客行为，符合大多数乘客的乘车习惯，才能满足乘客需求，为乘客所接受。上海地铁曾多次对车站导向系统作过改造，但没有考虑乘客心理、行为，故收效一直不大的原因。

从心理角度分析乘客从"进站—乘车—到达—出站"的全过程的行为和需求，进而完善改造车站导向系统，获得乘客认同，究竟效果如何？乘客是否接受？必须作出判断。

通过对乘客需求的分析，选取1号线徐家汇车站作为改造试点，进行系统性的改造：

在车站出入口增加地面建筑、公交换乘等信息的指示牌；在各出入口的上方增挂0.6 m直径的红底白字的编号牌，方便乘客寻找；在各出口闸机对面的墙上，针对性地增设指明出入口方向和地面较著名建筑物的导向牌；在候车站台增设包含上海市区图、首末班车时刻表、票价表、运营线路换乘图和《乘客守则》等内容的告示栏；在车站立柱上，增设本线路运营图，突出本站及流、运行方向及换乘站，以便外地乘客了解本线路的全面情况。

对徐家汇车站的试点，通过乘客满意度测评和舆论监督，乘客和媒体一致反映车站导向标志改进后的效果较好。其后又在上海火车站、陆家嘴、上海科技馆等车站进行了扩大试点，也同样取得了比较满意的效果。

为此，上海市政府已将地铁车站导向标志系统的改造列为"2005年市政府十大实事工程"，要求改进。

对乘客心理的进一步分析，又可以发现乘客的乘车过程基本上可以分为：上车前的"进站乘车"和下车后的"到达出站"两个阶段，不同的阶段，乘客有不同的需求，对服务的要求也不同，分述如下：

2.1　进站乘车阶段的乘客心理

一般而言，乘客在进入地铁车站前，大都已经确信坐地铁可以到达目的地。即使不知道，也会在站外向民警、路人询问或查看交通图。而被询问者大多会告诉乘客："乘坐×号地铁到××站下车即

可。"可见进入地铁车站的乘客，一般都有比较明确的乘车意图。

因此，"进站乘车"阶段可以认定为：从乘客踏入车站起至乘客下车止。

分析该阶段乘客心理可以发现乘客的需求依次是：

（1）**确认**这是×号地铁，可以到达××站；

（2）需要知道售票处位置及票价以便购票；

（3）购票后需要知道进站设备位置及如何**进站**；

（4）**候车**时需要知道列车进站时刻，还需等候多少时间才能乘上列车；

（5）在**车上**关心的是各车站名称以免乘过车站，直到下车。

上述需求既是按乘客在车站的乘车行为顺序，也是循序渐进和不断发展的过程，这个程序可以跳过但不能颠倒。如：许多本地乘客经常乘坐某条线路，并持有可多次使用的"一卡通"车票，他们的乘车过程就可以跳过"确认"、"购票"程序，而直接进入"进站"、"候车"、"上车"的程序。但对于第一次进站的乘客，一般就需要经历上述全过程。

在这一阶段，车站一般采用"导向标志"向乘客提供需求指示。

车站导向标志系统又可以分为：定位标志和定向标志。前者一般指出设备的位置，后者则指示乘客行动方向。

如：售票机、进站设备上方一般就需要悬挂带有中英文字、图形的"名称牌"起到指明位置的作用。乘客购票后往何处走才能进站，这就需要有方向指示牌一般由中英文字、相关图形和方向箭头组成。箭头就是乘客行动的方向。

需要指出的是，一旦车站设备位置进行了调整，所有的导向标志都必须作相应的调整，以免误导乘客。

乘客候车时需要知道的列车进站信息是"动态"的。采用上述"一成不变"的悬挂式导向牌就不能满足乘客需求，需要有"实时、能变化"的信息告知手段。采用显示屏不失为一种较理想的手段。

只要列车没有故障，一般乘客都能"平心静气"地度过乘车阶段。唯一的需要是列车到达站和前方站名称。车厢内一般采用列车广播和线路图及显示屏等信息告知手段，基本能满足乘客需求。

2.2　到达出站阶段的乘客心理

在"到达出站"阶段，对乘客的服务从乘客走下列车开始，直到乘客走出车站为止。

从心理分析可以发现此阶段乘客的需求依次是：

(1) 如何才能尽快出站。

(2) 哪个出口离自己的目的地最近。

(3) 如果需要换乘，还希望知道换乘公交的相关信息。

(4) 外地或首次到达的乘客，还希望了解车站周边的环境等信息。

到站乘客的最大需求是尽快出站。因此导向标志设置以"定向标志"为主，要能"简单、清晰、易懂"地为乘客指明行动方向。

在不同的需求阶段，乘客有不同的心理活动，结合乘客本人的情绪、周围环境、与车站服务员或同行人员的人际关系等等因素，构成了不同的乘客行为。要倡导车站的"和谐环境"就要通过对乘客心理的分析，"有的放矢"地进行车站导向系统的合理布置最大程度满足不同乘客的合理需求，实现合理组织车站客流，引导乘客有序行动的车站管理目的。

2.3 导向标志的合理设置

如：在各出入口布置含有地铁线路号、站名、出入口编号的站名牌以满足乘客"进站乘车"阶段的第一条需求。

在列车车厢设置 LED 显示屏并结合车厢广播和以满足乘客"进站乘车"阶段的第四条需求。

在出站检票口采用信息提示和车站周边环境图以满足乘客在"到达出站"阶段的第二、三条的需求等等。

由于乘客在两个不同的阶段有不同的需求，因此在导向设置中，对"进站乘车"阶段的导向一律采用"白色文字或符号"表示；对"到达出站"阶段的导向一律采用"黄色文字或符号"表示，使乘客易于识别。乘客昵称导向系统的这种布置为"白进黄出"。

可见，地铁车站导向标志系统的规范已被广大市民接收。由此上海地铁也在实践中，形成了自己的服务特色。

3 提供列车即时信息　舒解候车焦急心态

乘车到达目的地是乘客购买地铁产品的主要目的。从心理学角度分析，乘客在候车时最容易产生焦躁情绪，特别容易"上火"。一群处于这种状态的乘客相聚在一起，相互间特别容易发生"摩擦"，扰乱车站正常的候车秩序。

采用等离子显示屏公布进站列车的倒计时时刻，可以使乘客随时了解需等候的时间，缓解焦急心态。

为充分利用运能，地铁需要根据客流情况进行运行状态调整。如：对于客流较集中的区域需要增加列车、缩短列车的运行间隔；反之，对于客流较少的区段就可以减少列车。加大列车的运行间隔。如果上述情况发生在同一条线路上，就需要安排"大小交路"的运营方式（有如公交线路的掉头车）。即：几班小交路列车后，才有一班大交路列车继续往前运营。在这种运营状态下，不同目的地的乘客有不同的心理活动：一般小交路的乘客们需要知道列车进站时间；而大交路乘客需要知道进站列车的终点站、何时才能乘上"大交路列车"等信息。

通过对乘客心理的分析，找出了乘客的需求。由于地铁在建设中选用了先进的自动控制系统，在技术上也有能力满足乘客需求。因此决定从运行列车的自动监控系统中取样，向乘客传达列车的实时信息，这就创造了上海地铁的又一项特色服务项目——"站台等离子运营信息显示屏"。

该系统最大的特点是利用了运行系统先进的自动化原理，通过采样、转换、放大，可以将线路上所有运行列车的状态、位置和时间，真实地显示出来。

一般而言，乘客比较关心的是下一班列车的到达时间，由于在上下班高峰时，客流集中，为合理组织乘客，告知第二班列车进站时间，有助于部分乘客等候，部分缓解列车的拥挤。

事实证明，在知晓列车进站时间后的乘客，一般都能"安静"地候车。

目前北京、广州、深圳等城市的地铁运营单位，已先后来我公司考察，也准备推出该服务项目。

该服务项目就是从分析乘客心理，找出乘客需求，并结合地铁技术条件，推出特色服务的典范。所以一经推出就受到广大乘客的欢迎。

4 适时调整广播内容　尽力满足乘客需求

当地铁列车运行在地下车站时，乘客们失去了平时熟悉的地面参照物。面对相同的隧道壁，行驶一段距离后，列车突然又进入"大同小异"的地铁车站，"这是哪个车站？是否要下车？"乘客这一连串的疑问往往是依靠列车和车站的广播、标识来解答。

因此，列车、车站广播也必须从乘客心理、乘客需求为着眼点加以关注，形成具有上海地铁特色的专项服务。

据统计在地铁的日客流中,上、下班、学的乘客占60%～70%,他们往往并不需要依靠广播和车站导向就能顺利完成出行的。对这部分乘客而言,每天乘坐地铁,每次出行都要重复听取自己并不需要的列车广播词,无异于"强迫接受噪音"。这部分乘客可以称为"老乘客",是上海地铁忠诚度最高的用户,他们的需求必须关注。

我们也曾尝试减少列车广播词,但又收到了外地乘客的投诉:"上海地铁不是只为本地乘客服务,外地乘客需要广播中增加车站周边信息。"面对两类截然相反的乘客需求,地铁该如何处理?

用乘客心理分析的方法,在两类"相互矛盾"的乘客需求中,找出平衡点才是唯一的解决办法。

通过分析可以得出的结论是:两类乘客提出的要求都是合理的,都应该满足,但在满足各方需求方面上,需要掌控不同的"度"。

本地乘客对列车广播基本上只需要三条信息:"这是几号线? 往什么方向? 目前是哪站?"有了这些信息,"老乘客"就可以自己推算出其余的信息。在实际行为上表现为:一旦他们收到了上述信息,对其他信息就基本上"充耳不闻"了。当然音量必须控制在适当范围。

对不熟悉本区间各车站的乘客,无论是本地或非本地乘客,除了上述三条必须的信息,更多地需要车站周边环境信息、下一站名、在哪一侧车门下车等信息。

此外,还有一些文明乘车的提示语需要播放。

地铁运营十几年来,就是在实践中进行摸索,才能不断提高和形成这项特色服务。至今上海地铁的列车和车站的广播词已修改了50余次,每次修改都体现了"与时俱进"和"以人为本"的服务理念。

随着时间的推移,越来越多的市民开始将地铁作为首选的出行方式,地铁作为公共交通工具的作用开始显现,此时的乘客心理分析,更多的需要了解车站周边的公交、景点等信息,因此,在广播词中增加了车站周边环境的介绍。

随着地铁建设的发展,上海地铁有多条线路投入运营,首次出现了换乘车站,为提醒乘客及时下车换乘,在列车广播词中首次增加了相关的提示语,满足了乘客需求,受到乘客欢迎。

由于语音广播带有"强制性"(广播时,所有乘客都得听),因此对广播词的审查要求是:"简练、明确、实用",并根据对两类乘客需求的分析,调整广播词的播放程序:将"线路、终点站和下一站名"首先播报,然后才是对车站周边环境的播报,对公益场所和著名景点,在原则上不超过4座。最后播报英文的下一站名。同时利用车站、车厢的显示屏进行相关信息的"无声播报",既满足了聋哑乘客的需求,又实现了"非强制性"的信息传递。受到广大乘客欢迎。

随着上海城市建设的发展和"2010年世博会"的临近,车站周边的景点会越来越多,保持该项特色服务还需持续努力。

5　宣传贯彻文明乘车　建立志愿者服务队

通过对乘客心理、行为的分析,可以明显地发现乘客具有"从众"心理和行为,据此,可以有效地进行引导,养成良好的文明乘车习惯。

从乘客心理和乘客行为的进一步分析中又可发现:提高文明乘车素质的关键是"本地乘客"。因为非本地乘客在思想、心理和行为上总有"入乡随俗"的本能反应。所以提高了"老乘客"的文明乘车素质,就会提高带动车站整体的文明乘车环境。

地铁员工当然有维持车站秩序,提倡文明乘车的职责。然而,从乘客心理分析,乘客对地铁员工的管理总有"管理与被管理"的感觉,就容易产生"逆反心理",因此在管理效果上往往"事倍功半",收不到预期的效果。要克服乘客的"被管理"心态,就需要实施乘客的"自我管理"。因此采取在乘客中聘请"志愿者",进行简单的业务培训后,在运营高峰时段,客流量最大的时候,协助车站工作人员,共同对乘客进行管理,逐步提高乘客的文明乘车素质。

选聘和培训地铁"志愿者"的过程,其实就是对乘客文明素质的培训过程,至少这些"志愿者"在平时的乘车过程中会"以身作则"带动和提高身边乘客的文明乘车自觉性。其次,"乘客管理乘客"既克服了被管理乘客的"逆反心理",又能使乘客有"设身处地"的感受,管理措施也就容易被接收。

为"志愿者"专门配备的"红马甲"和手中的"小红旗"使"志愿者"易于识别。每天在早高峰时段1～2小时的义务管理也得到广大"志愿者"的认同。

自从在几个较大的车站推出该项特色服务后,排队候车使车站秩序有了明显改善;"先下后上"的乘车习惯得到广大发扬;乘客有序上下也使列车的停站时间不会延长,列车的准点率也有了保证。

非本地乘客看到大家有序排队候车,也会自觉地"照章排队"。"和谐"的乘车环境让每一个出行者都能感受到地铁的文明。

"上海市文明办"已经将地铁车站推行"志愿者"义务活动作为一项卓有成效的文明活动加以表彰。

目前上海地铁的最高客流已达203万/日,依然能保持车站管理的文明、有序,与乘客文明素质的提高是直接的因果关系。

这项特色服务既是对乘客心理分析后,成功管理的典范;也是对地铁文明管理的提炼,受到各方好评。

6 其他方面

为进一步了解乘客需求,成立各级"乘客委员会"定期听取乘客代表的建议,同时也将地铁的管理举措通过这些乘客代表向乘客宣传,以期获得广大乘客的支持和配合。

为扩大宣传,不定期地向乘客免费发放便民手册,包括各车站的首末班车时刻表、票价表、乘车小常识等等乘客关心的事项。

为持续改进和提高服务质量,邀请"两会"代表、媒体记者、劳动模范等社会知名人士,担任地铁服务质量的社会义务监督员。定期向他们汇报服务质量情况,听取他们对地铁服务的改进建议,接受他们对地铁服务质量的监督。才能使地铁服务质量不断提高。

7 结语

"用户的需求就是我的追求"已经成为各企业的服务理念。然而,怎样才能真正了解"用户的需求",有的放矢地改进服务工作,各企业有各自不同的方法。

采用"问卷调查"、委托"评价单位"进行测评或采用随机抽样调查,都是传统的,经实践证明是有效的工具和方法。

上海地铁在沿袭上述传统方法的基础上,进一步从研究乘客心理入手,进行分析,找出乘客迫切需要的服务要求,作为改进服务质量的依据。在实践中取得一些成绩,也获得广大乘客的好评。对引导和提高了乘客的文明素质,也有良好的促进作用。与此同时也就形成了具有企业特色的服务环境。

"服务质量永无止境",在服务质量方面,我们还需要进一步探索,我们将"持续改进"、不断完善,让"乘客的需求是我们唯一追求"成为提高服务质量的真正动力,完善和创建具有上海地铁特色的服务品牌。

(发表于《上海质量》2005年第11期)

3号线车站机电设备社会化维修的管理机制

吴云文

（上海地铁运营有限公司客运三分公司）

摘 要：介绍了上海轨道交通3号线为形成迅速而有效的设备抢修反应机制，在利用社会化的资源、技术储备和规模效应中，通过加强合同管理、完善抢修网络、落实设备维修质量检查确认制度等各项管理措施，对社会化设备维修单位进行规范化管理的尝试和效果。

关键词：设备，维修，社会化，管理

上海轨道交通3号线目前共有19个车站、1个控制中心。本着精简高效的原则，3号线配备有车站设备维修人员共29人。29人共分成三个维修班组，负责全线消防报警系统、环控系统、给排水、监控、照明、电梯、卷帘门、BAS系统、导向系统等的社会化维修管理工作。共有11家委外维修单位承担以上系统的大部分维修工作。

三个维修班组同时又是三个报修点，分别设在漕溪路站、镇坪路站和赤峰路站。除委外设备管理工作外，各维修班组还自主承担低压配电、部分导向系统检修，车站设备巡视及应急抢修组织工作。

社会化委外维修实行设点报修和机动报修制。对于运营有重大影响的设备实行设点报修。目前在中潭路站设有自动扶梯报修点，在虹桥路站设有卷帘门、风机风阀报修点，在上海站设有车站照明报修点。其他委外项目实行机动报修，要求委外单位2小时之内响应，24小时之内修复。

1 车站设备社会化维修的必要性

由于近几年上海轨道交通运营线路的快速发展，2005年12月31日轨道交通4号线已投入试运营，为适应4号线初期运营工作的需要，3号线的许多设备维修技术骨干充实到4号线工作，同时一些新录用的社会人员及职校生又进入到3号线、4号线维修岗位工作，使得地铁内部维修人员结构发生较大变化。

目前轨道交通3号线车站机电设备维修职工中，新进职校生约占70%。由此导致短期内各维修班组中，熟悉车站机电设备维修的技术业务骨干的人数急剧减少。为确保车站机电设备正常运行，降低设备维护、维修费用，从近三年的维修管理实践

看，目前只有充分利用社会化的资源、技术储备和规模效应，才能形成迅速而有效的设备抢修反应机制。同时，随着委外单位的逐渐增多，如何对委外单位加强管理，提高设备维保质量，也是一个值得研究的问题。

2 目前委外设备维修中存在的问题

从近三年的委外设备维修实践分析，委外设备维修主要存在以下一些问题：

（1）节日抢修力量薄弱（委外单位人员回家过节），特别是春节期间报修响应时间难以保证。

（2）委外单位中，各种维修质量记录的填写离贯标要求还有一定的差距。

（3）对委外设备维修质量的确认、监督力度还需加强。

（4）对未完成月度维保计划的委外单位的考核力度还太弱。

3 委外设备维修管理与考核措施

针对委外设备维修中存在的问题，为了强化对社会化维保单位的考核与管理，轨道交通3号线主要采取了以下一些措施：

3.1 强化合同管理

在委外设备管理中，首先选择有资质的维保单位参与委外设备维修，并按规定的程序进行多家比选，在局部形成竞争的态式。同时在合同中应包括以下内容：安全管理协议、防火管理协议、委外维修管理考核细则、维保内容、维保计划、维修质量记录表、主要备件价格清单。在续签合同中，要重点反应维保考核内容，用经济杠杆确保维保工作质量。考核的依据主要是维修工作质量、各种维修情况原始记录、计划

完成情况、报修响应时间、完成抢修时间[1]。

3.2 加强计划管理　定期召开维保会议

（1）设备维修计划是指导设施设备维修工作的重要依据。编制维修计划时，应优先安排重点设施设备。为确保委外维修保养计划格式一致，要求各委外单位的委外维修保养计划，都应在每月25日前，按规定格式、书面向分公司设施部申报下月维修计划，汇报本月维修计划完成情况，临时故障修复情况。在提交下月维修计划时，必须要明确完成维保工作内容的时间节点。

（2）建立设施设备管理内部工作例会制度。每月28日前，由分公司设施部组织召开各委外单位参加的委外维修管理工作例会。通过例会，对上月委外维修中存在的问题进行分析并制定整改措施，并对次月的工作计划进行安排。同时，把次月委外单位检修计划一并下发到客运三分公司各维修班组，由各维修班组按计划安排好委外检修配合工作，同时对维保质量进行确认。

（3）严格按照维修计划实施维修保养工作，加强维保计划的执行力度，确保计划按期完成。设施部每月组织专业人员检查计划的落实情况，并在当

月工作例会上，对委外单位的计划落实情况进行考核。遇特殊情况需要调整计划时，委外单位应及时与设施部各专业主管人员进行沟通。各专业主管人员要及时把变更后的计划通知有关维修班组，以便于各维修班组按计划做好委外维修配合工作。

（4）在设备保养工作中，要求各委外维保单位必须以车站为单位，建立维修保养记录，临时抢修采用检修单形式记录，各种质量记录都应有车站维修人员签字确认并在每月25日前送客运三分公司设施部审核备案。

3.3 完善抢修网络　制定抢修流程图

（1）以生产计划为主线，将各专业主管岗位职责以流程图的形式进行细化，强化内部工作流程。由各维修组长、设施部各专业人员组成客运三分公司抢修队，遇设备故障需抢修时，各抢修队员不分区域参加设备抢修。

（2）全线各站发生故障首先要报本区域的维修班组，确保抢修人员接报后，对故障有一个初步的判断，再由维修人员到现场处理或报委外单位。以便于及时进行故障抢修。如图1所示为客运三分公司车站机电设备故障报修流程[2]。

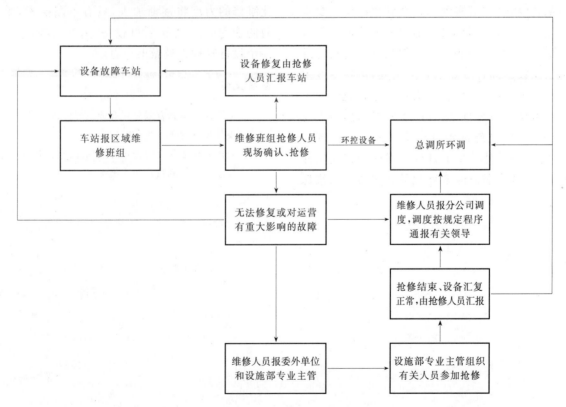

图1　车站机电设备故障报修流程

（3）设施部由专人每日对上海地铁运营公司OA网上的运营信息进行分析，从中找出设备管理的薄弱点。同时，要求设备巡视人员在设备巡视过

程中，一定要注意安全，需下区间巡视时，一定要按施工管理要求办理施工登记并按照规定的表式认真巡视，不得漏项，发现设备故障及时汇报。

3.4　实行委外设备维修质量检查确认制度

（1）对各专业岗位职责进行细化，将责任落实到每一个管理岗位。FAS 系统联动试验必须三组人员（委外单位维修人员、客运三分公司专业人员、班组检修人员）到场后才可开始试验。

（2）委外施工单位在检修作业中，如发生需由甲方负责支付费用的零配件更换，必须通知设施部专业人员现场确认，更换下的零配件由设施部回收。

（3）实行委外设备维保计划完成情况检查确认制度。每次设备保养工作，要求委外单位维修人员除到车站车控室进行登记外，在工作完成后，保养记录必须由客运三分公司配合人员进行检查并签字确认（无配合人员时由车站车控室工作人员签字确认），确保计划按期完成。同时要求各维修班组和委外维保单位，在日常工作中要加强联系和配合，认真把此项工作落到实处。

（4）维护保养合同到期前，委外单位应对设备运行情况作一次全面评估，并出具书面的设备评估报告。

3.5　建立完善的考核制度

（1）实行专业化主管负责制。对各专业岗位职责进行细化，将责任落实到每一个管理岗位。要求各专业主管一定要负起责任，确保考核质量。每月 25 日，各班组应将本班组当月计划执行情况及时反馈到分公司设施部各专业主管人员处，由各专业主管人员分类汇总后，填写委外维修任务完成情况考核表。此考核表在每月 28 日的委外工作例会上反馈给委外单位。设施部各专业主管人员应按规定的表格，做好各委外单位的月度维保计划完成情况的信息反馈，并将书面的考评意见在例会上向维保单位反馈。

（2）各委外单位应将当月主要考核指标（当月故障报修数、当月故障修复数、当月计划完成数、当月未完成计划数、当月修复故障返修数）及详细的故障情况反应在当月的完成情况书面材料中。

（3）对在保养中发现的暂时不能处理的故障，除采取临时措施外，配合人员必须要求委外单位制定明确的整改时间表，并将信息及时反馈给设施部各专业主管人员。

（4）对重大委外设备故障或事故，要求委外单位必须出具分析报告，对设备故障的原因进行分析，按时参加客运三分公司召开的事故分析会，杜绝因人为因素而引发的设备故障。对因维修质量差，造成设备重大事故的，根据委外合同，按月进行考核。当月考核费用由计财部按合同责任条款统一执行。

4　结束语

通过采取以上管理措施，近几年来，轨道交通 3 号线的车站机电设备完好率基本保持在 98% 以上。随着上海轨道交通线路的不断延长，地铁设备社会化维修的力度将逐渐加大，只有不断探索，采取有效的管理措施，才能管好设备、用好设备，这需要每一个设备管理人员做出努力。

参考文献

［1］　上海地铁运营有限公司客运三分公司.客运三分公司委外项目管理办法.2004.5

［2］　上海地铁运营有限公司客运三分公司.客运三分公司设施设备控制目标和实施细则.2006.3

2号线运输能力的提高措施分析

苗秋云，田益峰

（上海地铁运营有限公司客运二分公司）

摘　要：目前上海地铁2号线的运输能力已经无法满足客流增长的要求，本文首先详细分析了影响2号线运输能力的因素，指出了折返能力是目前最主要的限制因素。然后研究了站前折返条件下不同折返模式的能力计算方法，得出了可以采用交替折返模式、增加列车编组等措施来提高2号线的运输能力的结论。

关键词：地铁，运输能力，折返模式，折返能力

随着上海城市建设进程的加快，城区范围正不断向周边地区延伸，人员出行日趋频繁[1]。城市轨道交通作为现代化城市的交通工具，由于环境污染小、旅行速度快、运行密度大，能够有效缓解城市交通拥挤的状况，因此越来越受到世界各国的普遍重视[2]。上海地铁2号线目前全长18.319 km，共有13个车站，其中有两个零换乘站，2号线通过静安寺、南京东路、陆家嘴等重要旅游区和商业区，在上海轨道交通网络中承担着东西向客流运输任务，自1999年开通以来，客流量不断剧增，日均客流量从运营初期的5千人增长到目前的50万人，如图1。2号线高峰小时的发车间隔也在不断减小，从运营初期的10分钟减少到目前的3分12秒。根据2号线客流增长速度及周边环境发展，至2006年底2号线预测客流将达到日均客流60万人次左右。目前2号线的运输能力已经达到饱和，高峰时段内每节列车都已经达到了超饱和状态，还经常出现在高峰时段部分乘客上不了车的现象。因此，目前2号线的运输能力将无法满足客流增长的需求。本文将通过对目前2号线现有设备、列车编组、线路条件、车底运用情况进行分析，研究了限制2号线运输能力的几个主要因素并提出了提高2号线运输能力的措施。

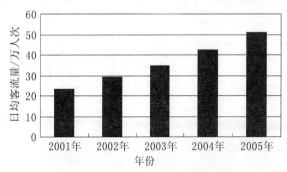

图1　上海地铁2号线客流增长图

1　影响地铁运输能力的因素及2号线现有运输能力分析

运输能力是指在采用一定的车辆类型、信号设备、固定设备和行车组织方法条件下，按照现有活动设备的数量和容量，轨道交通线路在单位时间内（通常是高峰小时、一昼夜或一年）所能运送的乘客人数[3]。影响线路运输能力的因素主要有以下几个方面：

1.1　最小追踪间隔时间

在城市轨道交通系统中，线路的最小追踪间隔时间主要由列车进站运行时间、列车制动停车时间、列车停站时间以及列车加速出站时间四部分组成[3]。根据目前2号线的ATC设备条件，区间最小追踪间隔时间可以达到2分30秒左右。

1.2　折返站折返能力

列车折返能力不仅是确定城市轨道交通全线列车运输能力的基础，也是整个城市轨道交通系统运营组织的关键，在工程设计阶段，折返能力的计算是确定车站配线，验算信号系统设计能力和确定列车运行组织方案的主要依据[4]。折返站的折返能力是地铁线路通过能力的一个重要环节，没有与线路相适应的折返能力，将直接影响着全线的通过能力，甚至限制线路能力的有效发挥[5]。目前，2号线张江高科站和中山公园两折返站均采用站前折返方式，站前折返时，有固定折返线折返和交替折返线折返两种模式，目前2号线采用的是固定折返线折返模式，此种模式下列车平均折返间隔时间约为3分12秒，见图2。

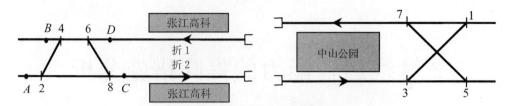

图 2　张江高科站和中山公园站的车站平面图

由上面的分析可以得到,目前 2 号线的运输能力主要受折返能力的影响,因此下面详细分析折返站的折返能力的计算方法,并以张江高科站为例进行详细分析。

目前张江高科站采用上行站台(折 2)进行折返,在该折返模式下,只有当前一列车离开 B 点后,才能办理下一列车进站的进路,详细的作业过程见图 3 和表 1。

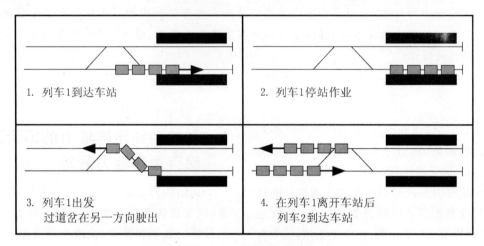

图 3　固定折返线折返模式的站前折返过程

表 1　固定折返线模式作业过程表

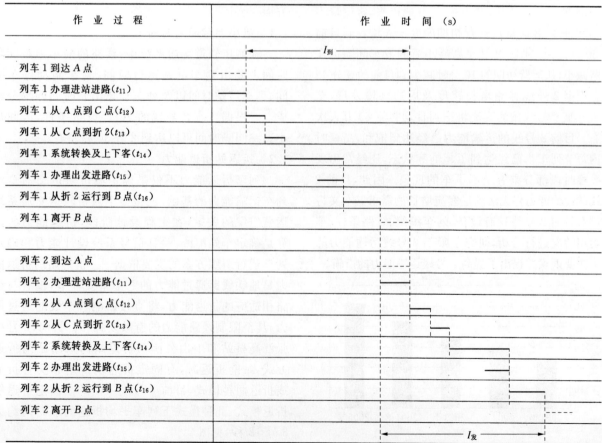

作业过程	作业时间 (s)
列车 1 到达 A 点	
列车 1 办理进站进路(t_{11})	
列车 1 从 A 点到 C 点(t_{12})	
列车 1 从 C 点到折 2(t_{13})	
列车 1 系统转换及上下客(t_{14})	
列车 1 办理出发进路(t_{15})	
列车 1 从折 2 运行到 B 点(t_{16})	
列车 1 离开 B 点	
列车 2 到达 A 点	
列车 2 办理进站进路(t_{11})	
列车 2 从 A 点到 C 点(t_{12})	
列车 2 从 C 点到折 2(t_{13})	
列车 2 系统转换及上下客(t_{14})	
列车 2 办理出发进路(t_{15})	
列车 2 从折 2 运行到 B 点(t_{16})	
列车 2 离开 B 点	

由表 1,可以得出:

$$I_{1到} = I_{1发} = t_{11} + t_{12} + t_{13} + t_{14} + t_{15} + t_{16} \quad (1)$$

由式(1)可以看出,采用固定折返线折返时车站的折返能力受列车在车站范围内的运行时分、系统转换时间以及乘客上下客时间的影响。

1.3 投运的车底数量

投运的车底数量($N_{车底}$)与列车的运行周期($T_{周}$)、高峰小时发车间隔($t_{间}$)及备车数量($n_{备}$)有关[6],计算公式为:

$$N_{车底} = [T_{周}/t_{间}] + n_{备}$$

其中[a]表示大于或等于 a 的整数。

当车底数量不足时,线路的运输能力应由车底数量决定。目前 2 号线的车底数量能够满足运营要求。

1.4 列车编组数量

目前 2 号线列车全部是六节编组,线路设计按八节编组设计,因此可以通过增加列车编组数来提高运输能力,根据目前的客流增长趋势,若采用六节编组,2 号线高峰时段开行间隔应为 2 分钟 30 秒;若采用八节编组,高峰时段开行间隔应为 3 分钟。采用八节编组时,列车在折返站的折返时间将会比六节编组时要大,因此八节编组时的能力限制因素还是列车在折返站的折返能力。

通过以上的分析,2 号线的运输能力主要受限于折返站的折返能力,下面将重点研究 2 号线折返站折返能力的提高措施。

2   2 号线折返站折返能力的提高措施

提高折返站的折返能力方法很多,主要有以下几个方面:

2.1 改变折返方式

一般来说,站后折返的折返能力比站前折返的折返能力要大,采用站后折返可以提高车站的折返能力,但是目前 2 号线两折返站都不具备进行站后折返的条件,因此可以考虑对折返站进行改建,在车站后方加折返线及相关渡线以满足站后折返的条件。随着东延伸和西延伸的开通,张江和中山公园站作为中间站,这两个车站的折返能力对 2 号线的运输能力的影响将减小。

2.2 缩短折返时间

根据式(1)的分析,可以通过缩短停站时间、缩短系统转换时间(主要是系统控制权的转换),提高列车过岔的速度等措施来提高折返站的折返能力。目前 2 号线这些时间已经基本达到极限值,不具备可操作性。

2.3 改变折返模式

根据目前的线路条件,张江高科和中山公园都具备采用交替折返模式的条件,下面以张江高科为例详细分析交替折返模式时的作业过程,见图 4 和表 2。

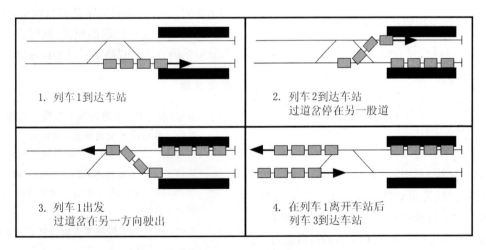

图 4   交替折返模式下的站前折返过程

表2 交替折返模式时作业过程表

作 业 过 程	作 业 时 间 （s）
	$I_{到1}$　　　$I_{到2}$
列车 1(3)到达 A 点	
列车 1(3)办理进折 2 的进路(t_{11})	
列车 1(3)从 A 点到 C 点(t_{12})	
列车 2(4)办理进折 1 的进路(t_{21})	
列车 1(3)从 C 点到折 2(t_{13})	
列车 1(3)系统转换及上下客(t_{14})	
列车 2(4)到点 A 点	
列车 2(4)从 A 点到 D 点(t_{22})	
列车 1(3)办理出发进程(t_{15})	
列车 1(3)从折 2 运行到 B 点(t_{16})	
列车 1(3)离开 B 点	
列车 2(4)从 D 点到折 1(t_{23})	
列车 2(4)系统转换及上下客(t_{24})	
列车 2(4)从折 1 运行到 B 点(t_{25})	
列车 2(4)离开 B 点	$I_{发1}$　　　$I_{发2}$

由表 2 可以得出：

$$I_{到1} = t_{12} + t_{21}$$
$$I_{发1} = t_{21} + t_{22} + t_{23} + t_{24} + t_{25} - (t_{13} + t_{14} + t_{16})$$
$$I_{到2} = t_{13} + t_{14} + t_{16} - t_{21} + t_{11}$$
$$I_{发2} = t_{11} + t_{12} + t_{13} + t_{14} + t_{16} - (t_{21} + t_{22} + t_{23} + t_{24} + t_{25} - t_{13} - t_{14} - t_{16})$$
$$= t_{11} + t_{12} + 2(t_{13} + t_{14} + t_{16}) - (t_{21} + t_{22} + t_{23} + t_{24} + t_{25})$$

因此，可以计算平均到达间隔：

$$I_{到均} = (I_{到1} + I_{到2})/2 = (t_{11} + t_{12} + t_{13} + t_{14} + t_{16})/2$$

平均发车间隔：

$$I_{发均} = (I_{发1} + I_{发2})/2$$
$$= (t_{11} + t_{12} + t_{13} + t_{14} + t_{16})/2$$
$$= I_{到均} \quad\quad (2)$$

比较式(1)与式(2)可以得到：$I_{发均} < I_{1发}$，$I_{发均} < I_{2发}$，因此站前折返时，采用交替折返模式可以提高车站的折返能力。根据目前的列车性能以及信号制式，进行交替折返时可以达到 2 分 30 秒左右的折返能力。

但是，采用交替折返会带来很多问题，如对设备、信号和线路条件及车辆的可靠性要求高，在侧式站台的车站(如张江高科站)采用交替折返会给旅客乘车的带来不方便，因此在实施的过程应该充分考虑采用这种模式时会带来的问题。

3 结束语

综上所述,目前 2 号线的运输能力已经接近饱和,要提高 2 号线的运输能力可以采用提高折返站折返能力或增加列车编组等方法,但是采用这些方法都需要具备一定的条件,有的方法要通过硬件改造才能实施。由于 2 号线在未来将会开通西延伸段以及东延伸段,在远期开行交路规划中,张江高科和中山公园不会作为主要的折返站,不宜对车站进行改造。因此,可以考虑在近期采用交替折返的模式,同时也可以采用改用八节编组的方法来提高 2 号线的运输能力。

参考文献

［1］ 伍敏,余海斌. 上海地铁 1 号线运能现状分析及应地措施. 城市轨道交通研究, 2002, 5 (2)：76～80

［2］ 张万强. 浅谈北京地铁 10 号线万柳站折返能力. 铁路通信信号工程技术, 2005, (4)：31～33

［3］ 季令,张国宝. 城市轨道交通运营组织. 中国铁道出版社, 1998

［4］ 姜帆. 地铁列车折返能力仿真计算方法的研究. 地铁与轻轨, 1995, (1)：32～35,17

［5］ 吴懋远,陈琪. 地铁折返站折返能力的确定. 地铁与轻轨, 1996, (1)：23～27

［6］ 徐瑞华,江志彬. 城市轨道交通列车运行图计算机编制的关键问题研究. 城市轨道交通研究, 2005, 8 (5)：31～35

城市轨道交通后勤保障模式研究

李恽诤

（上海地铁运营有限公司后勤服务分公司）

摘　要：通过对上海地铁基地内目前运行的生活后勤保障模式、组织结构、人力资源等方面做的粗略分析，提出三种可供选择的后勤保障模式：地铁后勤完全社会化模式，地铁、社会合作办后勤模式和公司内部承包模式。并认为，在改革前期应采用内部承包的模式，逐渐向社会过渡，实现地铁统筹，社会优势资源竞争的后勤保障模式。同时指出，应通过加强人力资源的建设以保障后勤管理水平的提高。其具体措施包括：绩效考评、员工培训与人力资源开发、团队建设等。

关键词：后勤管理，保障模式，人力资源

上海地铁运营有限公司目前管辖的区域有地铁1、2、3、4号线以及作为运营有限公司所在地的衡山路大院和为列车停放、检修的四大基地：1号线的梅陇基地、2号线的龙阳路基地、3号线的石龙路基地、富锦路基地和4号线的蒲汇塘基地以及作为地铁运营"指挥中枢"所在地的新闸路控制中心和东宝兴路控制中心。

这些基地作为上海地铁各条线的中枢，每天所有关于地铁运营、管理的指令、信号都从这里发出。运营公司及各专业分公司如车辆、机电、通号、工务、调度等各单位也都在基地内工作、生活着。因此，做好地铁基地的后勤服务和保障，解决各单位的后顾之忧，使他们有一个舒适的工作环境，不为吃、行、看病等烦心，专心于服务乘客，这对于地铁正常运营，发挥出便捷、高效的城市交通作用来说是至关重要的。本文试从管理学的角度就如何做好地铁的后勤管理工作，做一粗浅的分析和探讨。

1　上海地铁基地生活后勤管理的现状

2000年，上海城市轨道交通实施重大改革：投资、建设、运营、监管"四分开"，成立了地铁运营有限公司，后勤公司作为地铁运营有限公司下属的实行内部独立核算的单位随之成立。

受运营有限公司委托，后勤公司对地铁各基地进行非运营生产项目的后勤服务、保障及管理工作。下设有综合办公室、计划财务部、安全保卫部、物业管理部、绿化工程部、膳食管理部、汽车管理部、维修中心和保健站等部门，相应地对地铁各基地的食堂、消防治安、绿化、物业、环境卫生、非生产设施设备的维修保养、车辆管理等项目进行综合管理工作，运行的是经理负责制下的内部核算体系。

成立专门的后勤公司，其目的就是集中优势资源，把原来分散在各分公司的涉及各基地非生产项目的有关后勤保障的内容、管理方法、服务模式重新整合，形成规模的、有效的后勤保障体系，做好地铁基地内员工生活的后勤保障服务工作，使一线运营单位能专心为乘客服务。基于此目的，在各基地设立了食堂、浴室、卫生所、职工上下班班车、维修、房屋及道路管理等服务项目，具体解决基地内工作人员的食、宿、行及工作环境改善等问题。

2　对地铁基地后勤管理现状的分析

2.1　现行保障模式与传统保障模式的优劣势分析

在计划经济体制下，地铁如同其他大型国有企业一样，为了解决职工的后顾之忧，提高职工的福利待遇，配置了或小而全或大而全的后勤部门，使后勤部门承担了企业办社会的职能。这种自办后勤的模式以解决职工的生活问题为出发点，不计成本、不计产出，占用了企业大量的资源，同时，造成了很大的资源浪费。随着体制改革的深入，企业需要可持续发展，职工生活水平提高后需要更高质量的后勤服务，这种"自办"模式的弊端越来越凸显，已不符合市场经济发展的需要。

与计划经济体制下的后勤模式相比，地铁后勤现行的管理保障模式的优劣势见表1。

表 1　地铁后勤模式与计划经济下企业后勤模式的优劣势比较

	优　　势	劣　　势
计划经济下的后勤模式	职工充分享受福利，服务保障设施应有尽有	不计成本，不计效益，占用企业大量资源
现行模式	受控程度较高，管理成本易控制	缺乏市场竞争的机制，分散了运营再生产的精力，市场生存能力差

　　由于地铁运营是一项庞大、精细的系统工作，需要通过一系列计划手段，控制运营的各个方面，因此现行的后勤保障体系也是为了适应地铁运营的实际需要而设置的。这种体系的优点就是：在计划的前提下，通过对资源的合理开发利用适当集中，由专门组建的公司进行后勤保障和后勤管理，进而支持一线运营。

　　在对各项管理成本进行控制的基础上，后勤公司为地铁基地职工提供了一个相对简洁、福利型的后勤保障体系。通过不断加深的服务，基本达到了"运营一线为乘客，后勤服务为一线"的服务目标。这种管理、保障模式受控程度较高，成本易控制，相对于现在运营线路相对较少、管理范围相对较小的实际情况是相适应的。

　　但尽管对成本进行了严格控制，现行的"计划保障式"的后勤服务还是在占用了相当资源的基础上运行的。随着运营里程的增加，运营成本的提高，有限的运营资源将势必成为后勤提高服务质量、保障能力的"瓶颈"。现在这种服务、保障模式只有投入，没有回报，缺乏市场竞争的机制，分散了运营再生产的精力，相对的，后勤服务的水平与管理的水平却仍难以满足广大职工日益增长的对高质量、高水平的后勤服务的要求，后勤服务管理的模式的改革势在必行。

2.2　组织结构的优劣分析

　　作为人们实现组织目标的手段，一个组织的组织结构反映了该组织各生产要素相结合的结构形式，即管理活动中各种职能的横向分工和层次划分。组织结构的建立，必须注意五个基本原则：第一，组织结构必须反映公司的目标和计划；第二，必须根据工作需要来设计组织结构；第三，必须保证决策指挥的统一；第四，必须创造人尽其才的环境；第五，必须有利于全过程及全局的控制。此外，合理的管理跨度有助于实现有效的控制，所以组织结构设计还必须考虑信息的沟通。

　　地铁后勤保障和服务具有繁杂性、应急性等特点，要求有一个高效率的、科学的组织架构，能使人

力、财力、物力得到合理的配置，以达到降低管理成本、提供优质服务的目的。因此，要求各职能部门之间能够资源共享、信息共享、协作配合。根据后勤公司的服务目标和管理职能，现设置的组织机构见图 1。

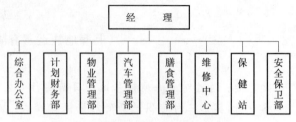

图 1　地铁后勤公司组织机构图

　　这是一种典型的"直线制"的管理架构，其特点是结构较为简单，指挥和管理的职能基本上由经理执行，各部门统一接受经理的指令。该结构的特点见表 2。

表 2　地铁后勤组织机构优劣势比较

优　　势	劣　　势
集指挥和职能于一身，命令统一，权责分明，指挥及时，联系简捷	要求经理通晓各种知识技能。平时并要花费大量时间处理各种日常事务
既能满足后勤服务的初期要求，又能为将来业务的发展留下充足的空间	部门间信息沟通不及时，有可能造成推诿扯皮

2.3　人力资源状况的优劣势分析

　　后勤服务分公司是在合并原地铁总公司后勤处、地铁梅陇基地管理部等多家科室、部门的基础上成立起来的。目前，整个公司正式员工的平均年龄为 46.8 岁，公司里拥有初级以上职称的职工占正式职工人数的 31%，初级以上技工占正式职工人数的 35%。地铁后勤人力资源优劣势比较见表 3。

表 3　地铁后勤人力资源优劣势比较

优　　势	劣　　势
职工普遍具有多年的后勤服务、保障的实际工作经验，有较丰富的后勤保障经验	专业、系统的后勤管理知识较为欠缺，管理能力和管理水平有待提高，创新意识、市场经济意识较弱
聘请了相当数量具有专业技能的外聘人员	部分员工的思想观念更新不够，竞争意识、服务观念不强

　　由于人员来自五湖四海，这支后勤队伍在员工素质、思想状态方面尚不能完全适应地铁后勤管理的需要。随着地铁的延伸，基地管辖范围的增扩，现有员工的各项能力必须加以提高以适应地铁事业不断发展的要求。

3　对提高后勤管理水平的应对策略

3.1　后勤的实质及地铁后勤管理的目标、方向

要提高地铁后勤的管理水平，必须先了解后勤的实质及在新形式下地铁后勤管理工作的目标和方向。

（1）后勤的实质。计划经济体制下，后勤一直被看作是一项福利工作，是单纯的行政工作。其实，从经济学的观点来看，后勤工作的全过程是生产、交换、分配和消费的统一，同样具有经济的性质，同样由三个生产力要素组成：① 劳动者（后勤工作者与后勤管理者）；② 劳动资料（如各种后勤设备：厨房设备、车辆、食堂浴室等等）；③ 劳动对象。

后勤工作实际上具有以下特点：

现代后勤工作不是单一的行政管理和福利服务工作，而主要是一项经济工作，是第三产业的生产经营和服务工作。

后勤的服务、管理不仅是生产关系，而且是一项发展生产力的活动，"后勤也是生产力"，是增收节支、创造效益和财富的活动。

现代后勤的服务和管理不仅是消费活动，而且是一种生产劳动，要变"消费后勤"为"生产后勤"。后勤不应该只吃供给制的"皇粮"，也要靠生产劳动和经营服务吃"杂粮"。

现代后勤不是单一的服务功能，而是具有服务、管理、经营等综合功能。

现代后勤的生产经营服务活动不能囿于封闭的厂区化、部门化，而应该实行开放的市场化、专业化、集约化；管理工作不能停留在事务化、经验化，而要规范化、标准化、科学化；它在所有制和经济成分上不能是划一的全民所有制，而应该是多种所有制或混合所有制的多种经济成分。

现代后勤不仅是事业，也是一项产业，它是社会第三产业的组成成分。

由此可见，在新形势下的转变过程中，后勤不是包袱，是财富，是可以创造财富的资产和劳动力。通过引进市场机制，改革体制，一样可以在市场经济的大潮中扬帆远航。

（2）目标和方向。根据地铁运营有限公司的要求，成立后勤分公司的目的就是为了进一步深化后勤服务管理体制，分离经营与管理职能，逐步实现后勤服务工作市场化、社会化，达到减亏降本的经营目标。这很清楚地指明了地铁后勤服务、保障的目标和方向。即：通过管理体制的改革，在降本的过程中，逐步建立起市场化、社会化的运作机制，最终达到降本增效的目的。

3.2　选择可以提高地铁后勤管理水平的管理模式

（1）地铁后勤管理的特色。地铁运营管理需要利用高效的组织机构整合地铁内有限的各项资源，以达到发挥最佳潜能以服务社会的企业目标和行为。而地铁的后勤保障在整合地铁内部资源，服务一线运营方面则具有不可或缺的作用。

既然是地铁运营管理的一部分，地铁后勤管理模式就必须为了运营所要达到的目标而服务。虽然上海轨道交通正处于高速发展中，但是紧缺的资金成为目前制约轨道交通更快发展的一大障碍，轨道交通的发展速度还远远跟不上社会对利用轨道交通工具出行的要求。有限的资金既要保障运营生产，又要划出一部分投入到后勤保障的人员经费和设备设施上。这就显得现行的这种"计划保障式"的地铁后勤管理模式越来越与形式的发展不协调。随着地铁基地的管辖范围不断扩大，后勤服务的成本势必随着上升，这就更需要采用一种新的适合地铁后方基地保障的后勤管理模式。

（2）对适合地铁特色的后勤保障模式的思考。地铁后勤的保障模式要根据自己的特点和要求进行。后勤可经营的资产少且没有产业、设施老化且欠账多，如果让这种现状的生活后勤与主业分离去闯市场并在激烈的市场竞争中求生存和发展是不切实际的。要走向市场，除赋予真正的实体地位外，运营有限公司可以帮助并鼓励其建立起适应市场要求并充满活力的经营机制以提高生存和竞争能力。

地铁后勤完全社会化模式。 将地铁后勤完全推向社会，让社会企业进行竞争为地铁提供后勤保障的最大优点是能极大地节约有限的运营资金，使资金更多地投入运营管理中，更好地为乘客服务，创造出更大的社会效益。在社会产业较为发达的情况下，其成本将远远低于地铁自办后勤的成本，经济效果将非常显著。

但因完全由市场操作，这种后勤保障模式难于控制其短期行为和完全市场化的经济行为，而地铁后勤需要稳定的保障服务功能，安全、准时是衡量后勤服务、保障一线的重要标准。因此，完全社会化的后勤保障需要强有力的制约措施以保障职工利益。

地铁、社会合作办后勤模式。 地铁、社会合作办后勤模式是指地铁设立专门的后勤管理机构，进行地铁后勤发展的规划、年度计划等重大问题的讨论、研究、决策，负责地铁后勤各项综合性工作经费的预算和支付核定，根据地铁实际制定后勤服务需求规划，执行后勤年度工作计划并检查实施情况，负责地铁后勤保障服务项目的立项和项目服务费

标准的测算,代表地铁以招投标形式与社会上各服务实体签订各类后勤保障服务承包合同及进行各类后勤设施、设备的管理等等。

而后勤服务的具体项目则由招标方式向社会发布,由有经验、有实力的企业向地铁提供高标准、高质量的服务。服务内容可以涵盖食、住、行等各方面。

这种模式的优势在于:将计划与市场的优点充分结合,在控制的基础上充分利用社会优势资源为地铁服务,既达到成本控制的目的,又为一线职工提供良好的后勤服务。其缺点在于:要能充分考虑到各方利益,协调方方面面关系,易发生推诿扯皮导致管理效率低下的问题。

公司内部承包模式。公司内部承包模式结合公司本身特点而制定。现有各部门可在公司的扶持下逐渐走向市场,参与市场竞争。例如将食堂、绿化等职能部门逐渐剥离,从原计划经济的供给型、福利型过渡到经营服务型,建立起自负盈亏、自我发展的生产和经营型的经营实体,成为提供专业服务的有现代企业特征的公司。它们既可以依托地铁,变"无偿服务"为"有偿服务",又可以面向市场,参与市场竞争,向社会其他企业提供绿化、餐饮等服务,以提高市场生存能力和竞争能力。

此种模式的优点在于充分利用地铁现有人力、物力资源以达到自我造血、自力更生的理想状态,也能较好地体现将地铁后勤逐步社会化的战略目标。不足之处是计划经济状态下的服务意识、能力欠缺,不能满足地铁职工对后勤服务日益增长的需要。

（3）应注意的问题。事实上,因为不同的城市、地域有其不同的经济、政治、文化等等各方面因素,地铁后勤的保障模式也会有多种多样的形式。例如,广州地铁总公司实行的地铁运营管理模式就是一体化管理模式。即融资、建设、运营、沿线商业开发统一运作。因此其后勤保障纳入地铁整体系统中,采用的是公司内部承包方式。而上海地铁则采用专业化的管理方式,即把地铁的融资、建设、运营、沿线商业开发分别由专业化公司来承担,将线路资产的所有权与经营权相分离。所以后勤保障模式也由专业分公司承担,进行专业管理。

根据地铁的实际,在改革前期采用内部承包,并逐渐向社会过渡,实行地铁统筹,社会优势资源竞争的后勤保障模式应有其可行空间。因为这样有利于改革的平稳过渡,有利于人员的人尽其用以及对后勤保障的高效率。

不论地铁采取何种运营模式,作为地铁运营管理的一部分,地铁的后勤管理不能脱离运营的圈子

独立存在,必须纳入整个地铁运营的管理之中。反之,地铁运营也不能没有后勤保障,完全剥离后勤交由市场操作将无法保证地铁的正常运营。

地铁后勤管理的社会化改革涉及机制、体制、所有权等等各方面问题,具体操作时必须注意几个原则,如:

先易后难、循序渐进的原则,既不能盲目冒进影响稳定,也不能踌躇不前丧失机遇。

通过市场规律的运作提高自身生存能力和竞争能力,体现社会价值。

一切行动都要坚持公开、公平、公正的原则,合理过渡,确保稳定,平稳推进。

3.3　加强人力资源的建设以提高后勤管理水平

"事业之成,成于人才。"企业要在激烈的市场竞争中赢得竞争优势,关键是看它能否有效地进行人力资源开发与管理。尤其对于后勤行业,其产品就是服务,产品质量的高低就是服务的好坏。而服务是靠人来完成的,因此,后勤的核心竞争力就是"人才"。

从地铁后勤的工作界面看,后勤虽然做的是比较烦琐、单一的工作,但并不缺乏技术含量。例如:维修需要的水、电、安装知识;房屋管理需要的工程、预决算知识;食堂需要的营养学方面的知识等等。因此,对地铁来说,后勤人力资源管理的到位对地铁安全运营是相当重要的。针对前文中对地铁后勤人力资源现状的优劣势比较,对人力资源的建设应着重从以下方面进行。

（1）绩效考评。对地铁后勤员工绩效考评应结合他们工作的性质、特点,在合理定岗、定责的基础上,综合围绕员工的德、能、勤、绩四个方面进行考评,不同岗位不同标准。

地铁后勤目前实施的考评体系有以下几种:对从事工作独立性强的如管理人员、专业技术人员采用的是目标管理达标的考评表法,对具体操作人员采用的是工作评价量表法等等。针对前文提到的各种后勤管理模式,对各种模式产生出的服务结果的考评则应该具体情况具体分析,采用不同的考评方法。

上述几种考评方法是从后勤管理者的角度提出的,事实上,对于后勤服务来说,考评的标准更应注重根据服务对象的实际反映来制定。如果服务对象的满意度不高,那公司内部的考评分值再高也是自欺欺人的。因此,绩效考评一方面要注重员工的工作结果,另一方面要注重员工工作结果的行为、表现及素质,使考评成为员工薪酬管理的依据;成为制定员工晋升、调迁、辞退决策的依据;成为员工培训的依据;成为奖惩员工的依据,从而帮助和促进员工自我成

长,改进管理者与员工之间的工作关系。

需注意的是:考评人员的组成、考评依据、考评方法都必须按照公平、公开、公正的原则,并做好绩效考评的反馈工作,以充分利用考评结果对员工进行综合评判。

(2)员工培训与人力资源开发。如前所述,地铁后勤队伍的素质参差不齐,对员工的培养缺乏相应的管理、培养机制,忙事务,疏管理;重使用,轻培养;即使有些管理、培养的举措,也缺乏战略性、系统性和效益性。

要使地铁后勤能走向市场,在现代市场竞争中具有竞争力,必须着重对员工培训与人力资源开发,建立适合地铁后勤特色的企业培训开发系统,培养出思想道德素质好、经营管理能力强、知识结构合理的能工巧匠的队伍。

地铁后勤人力资源的培训及开发同样需要结合不同岗位、不同特点开展,如:对直接服务于一线的岗位进行系统的、全面的技能培训,保证队伍能拉的出、打的响,而对于管理岗位则应紧跟社会步伐,更新管理层知识,培养竞争、创新意识,以此提高自己的核心竞争力等等。

员工培训与人力资源开发关键在于公司要能根据公司发展的目标、前景有针对性地实施,舍得投入,敢于投入,确确实实地做到以人为本,从公司、员工自身的情况出发,制定长期、完善的培训、开发措施。毕竟,用好现有的人力资源,使员工增强对企业的归属感,才能提高工作效率,降低成本,才能在市场竞争中站稳脚跟。

(3)团队建设。团队,是指由于志趣、爱好、技能、工作关系上的共同目标而自愿组合并经领导层认可批准的一个群体。团队建设则指企业在管理中有计划、有目的、有步骤地组织团队,并对其成员进行训练、总结、提高的活动。

对于地铁后勤来说,企业的正式组织由于分工较细,岗位职责比较规范,行政指挥系统层次比较清晰,绩效考评体系也比较完善,但随之而来的问题往往是:分工较细而使一些额外的工作落实不了,部门一级单位的组织官僚注意倾向也比较明显;绩效考评局限与满足考评指标,导致"份外事"少有人做。

而团队的作用就是当后勤服务面对新问题时,团队成员根据各人的天赋、特长、爱好、技能自觉整合而成,迅速而有效地解决一些在岗位职责与工作标准中没有碰到过的新的问题,推行一些正式规范

中尚未列出的新的工作方法,增加组织的凝聚力,提高人力资源的整体素质,这比发自组织的行政命令更能使企业进步。

团队建设对于地铁后勤建设的意义在于:地铁的后勤服务是人与人打交道的行为,其间会遇到各种各样的问题和情况,特别在转型、改革期间,既要服务、保障好一线职工,又要达到降本增效的后勤改革目标,将会遇到各种各样的新课题。如果能建设好一支高质量的团队,后勤管理的改革将大踏步地前进。

4　结语

地铁后勤的服务、管理有其自身的特点与要求,不能照抄照搬任何形式。它现在正面临着从计划经济状态向市场经济状态逐步转变的过程中,这一过程是地铁后勤服务、管理向新目标迈进的先决条件。认清形势,了解自己的任务是强化服务与管理的基础,选择先进的管理模式、加强人力资源的利用管理是提高后勤管理工作的外部作用力。

地铁后勤要提高管理水平,归根结底,就是后勤工作要通过改革逐步向社会主义市场经济转轨,使服务功能、服务成本、服务管理融入社会、融入市场,从而遵循市场运作规律、获取服务改进的能量,提高服务品质。从而更好地为地铁运营服务。

目前,上海的轨道交通正处于高速发展中。根据计划,到2010年,上海的轨道交通将从目前的82 km增加到共11条线路、总计里程达到400 km以上的轨道交通运营网络,轨道交通线日均客流量从目前的130万人次增加到600万人次、日均客流量从占全市公交客流总量的12%增加到35%左右,从而形成上海轨道交通网络新形态。如果以一条运营线路配套一个基地计,上海将有11个地铁基地需要进行后勤服务、保障,后勤管理工作前景一片光明,如何找到适合地铁特色的理想形式进行这一浩大工程,希望能以本文抛砖引玉。

参考文献

[1]　石金涛主编.现代人力资源开发与管理(第二版).上海交通大学出版社,2002(7)

[2]　毕星 翟丽等主编.项目管理.复旦大学出版社,2003(5)

[3]　彭说龙.关于我国高校后勤管理模式的经济学思考. http://www.qdu.edu.cn/zzjg/hqb/shownews.asp? newsid=331

城市轨道交通计量管理初探

丁建中,王家玮,吴启东

(上海地铁运营有限公司设施部)

摘　要: 针对城市轨道交通测量设备管理存在的几个主要问题进行了探讨,通过实践证明了在城轨交通计量管理中,计量检测体系的建立是企业长效管理的基本保证,对城轨交通系统这样大型的现代化企业,只有通过建立计量检测体系,按体系要求进行管理,才能适应城轨交通的发展。

关键词: 测量,计量,标准化

计量管理工作已经成为城市轨道交通正常、安全运营一项不可缺少的技术基础,上海地铁运营有限公司在计量标准化管理上先行一步,作了有益的尝试。

1 城轨交通系统的特点及其建立计量检测体系的必要性

上海现有的 65 km 地铁轨道线路上分布的在线测量设备有 2 万余台(件),这些设备为城轨交通的正常运营起到了非常重要的作用。

城轨交通运营是以分、秒来计算的,如果测量设备的准确性发生了偏差,将危及车辆行车安全和人身安全。我们以计量检测体系为基础,提出"质量保证,计量先行,优质服务,计量保证"的工作方针和"测量设备送检率100%、测量设备受检合格率90%以上"的计量管理目标。通过建立分级计量管理网络,完善各级管理制度,制定公司统一技术标准,实行测量设备的动态管理,提高了企业测量设备的有效使用率,并从根本上杜绝了测量设备的失控。计量检测体系的建立和运行,为城轨交通运营质量管理提供了有力的支撑。

2 城轨交通测量设备管理必须注意的几个问题

2.1 对测量要求的满足从源头配置抓起

城轨交通系统整体交付运营管理时,往往不提供测量设备的技术参数及配置要求,也没有考虑测量设备的验收标准,只要系统和施工质量满足工程质量验收标准要求,就可以投入运营。在验收后的运营中我们发现,在线测量设备缺少配置依据,采购部门不依据配置要求购买测量设备的情况非常普遍。

同种类型测量设备由于各自测量任务的不同,在实际使用时对测量设备的计量要求也不尽相同。现在我们用程序要求各使用单位明确测量对象及其测量任务,建立测量设备配置要求档案,并将其作为计量管理和采购测量设备的依据,不但使采购的测量设备和在用的测量设备均满足预期使用要求,而且还降低了城轨运营的成本。

2.2 按《计量法》和实施细则等法律、法规和使用要求建立测量设备分类标准,对测量设备进行分类管理

我们对公司内的测量设备按计量法律、法规要求和使用要求进行技术分析、归类,并在此基础上制定了测量设备 A、B、C 分类的标准,同时也制定了相应的管理办法和测量设备校准方法。我们把法律法规规定的用在强检方面并被纳入强检目录的测量设备,如轨距尺、测量绝缘电阻的兆欧表、电费结算用的电能表、医疗站用的血压计等测量设备和本公司的最高计量标准定为 A 类设备,非强检的其他测量设备按使用要求和技术分析定为 B 类或 C 类设备。根据测量要求的不同,对所需的测量设备进行合理配备。对定为 B、C 类管理的测量设备,考虑所有因素确定合理的检定校准周期,并根据具体情况确定检、校日期。对属于强制检定的 A 类测量设备,我们均按检定周期送政府计量行政部门授权的计量检定单位进行强制检定。通过对测量要求的技术分析、归类和对测量设备的 A、B、C 分类,提高了测量设备的有效使用率,降低了检定、校准费用和配备成本,确保了各类测量设备的准确、可靠,进而确保了每一次、每一项测量活动的准确有效。

虽然我们对生产运行控制、贸易结算、安全防

护、医疗卫生、环境监测等方面的测量设备实施了分类管理，但对计量法律法规所规定的强制检定、法定计量单位的使用、量值溯源等问题未予丝毫忽略。凡计量法律法规规定的我们都严格执行，并都作为内部审核必查的内容。

2.3 解决好进口测量设备的管理和溯源

上海地铁运营有限公司进口的测量设备多数是未经国家质检总局进口计量器具型式批准的计量器具，这就给这些设备的量值溯源造成了实际困难。如果送回原产地年检，不仅会影响车辆的正常运行，还需用大量的费用。

为了满足管理要求，使用单位必须依据测量对象工艺规程的具体参数要求，自建比对标准装置，用直接参与日常测量活动的设备定期与其比对，并对其进行测量不确定度评定，使这些设备的测量准确可靠。实践证明，通过"比对法"可较好地解决进口测量设备不能溯源的问题。

2.4 解决城轨交通在线测量设备量大面广难以管理的问题

自建立计量检测体系后，我们按计量法律法规和标准中相关要素的要求，结合各自不同测量场合安全技术方面的规定和运营特点，分别实行了分类管理：

（1）对 A 类测量设备要求增加备件替换使用，确保按检定周期送检；

（2）对 B 类测量设备要求在设备预防性试验的停运间隔时间以车站为单位，实行在线检测和外送检测相结合来完成周期校准工作；

（3）对 C 类测量设备制定检测管理制度，定时巡检，随坏随修，随坏随换；

（4）对准确度要求较低的测量设备适当延长校准周期，以降低检定成本和管理强度。

经过一段时间的整合，基本解决了城轨交通系统这些量大面广、分散配置的测量设备的管理问题。

3 计量检测体系的建立是企业长效管理的基本保证

2001 年以后，上海地铁运营有限公司为了防止计量管理流于形式，保证计量检测体系有效运行，规定每年组织两次以上的内部评审，并聘请专家参与。

通过两年多的运行，管理人员的认识已经高度统一，管理流程不断完善，管理范围从最初的一条城轨线路的测量设备，逐渐覆盖到现在的三条线路上的所有测量设备。为了适应城市轨道交通的快速发展，我们正在逐步推广计算机网络化的管理模式，对管理设备进行动态监控，提高管理效率。

通过两年多的计量管理工作我们认识到，计量检测体系的建立是企业长效管理的基本保证，对城轨交通系统这样大型的现代化企业，只有通过建立计量检测体系，按体系要求进行管理，才能适应城轨交通的发展。

（发表于《中国计量》2004 年第 9 期）

运营管理

上海轨道交通运营客流分析

周　淮,王如路

(上海地铁运营有限公司)

摘　要: 上海地铁1号线投入运营已超过10年,2、3号线投入使用近五年。本文根据历年客流数据结合实际运营生产情况,对客流变化规律进行了研究,并就影响客流量的主要因素进行了分析。

关键词: 轨道交通,客流量,分析,预测

1　上海轨道交通运营概况

上海地铁1号线一期工程于1995年4月10日开通,运营时间已经超过10年。10年间,上海轨道交通整体上已发生了巨大变化,运营线路从开通之初的1条发展到目前4条,累计输送乘客23亿人次,到2005年年底运营线路将达到5条线,运营里程也将从开通之初的16.365 km达到112 km,日均客流量也从开通之初的24万人次,提高到现在的160多万人次。除5号线(5号线有11座车站约17 km,日均客流2万多人)外,目前3条运营线路长达77.4 km计57座车站。1号线北延伸于2004年12月28日开通,在车辆严重匮乏、发车间隔12分钟的情况下,北延伸日均客流仍保持15万人次以上。五一期间,3条线(一、二、三号)的最大日客流超过203.3万人次。自进入2005年以来,3条线路的客流量继续稳定增长,与2004年相比,日净增客流30多万人次。客流稳定高速增长使3条线的运营设备长期处于高负荷运转状态,早晚高峰时间段列车超载严重,据现场测算,每节车辆乘客超过450人,列车满载率超过130%,1号线北延伸部分区间的满载率甚至达到161%以上,车厢内已经变得十分拥挤,一列六节编组的列车在1号线早高峰时间段的载客可达2500人以上。这种拥挤状况近期尚难以得到根本改善。只有在列车数量充足,实施大编组、小间隔的客运组织后,高峰时间段的拥挤状况有望得到较大改善和缓解。由于轨道交通与其他交通相比,具有运量大、速度快、安全、准时、环保等特点,随着人们对地铁这一新型交通工具认识的不断加深、地铁运营设施的完善及管理水平的不断提高,越来越多的出行者会选择地铁这一安全畅达交通工具,地铁现已成为市民出行不可或缺的交通工具,大容量轨道交通的重要性和优势正初步显现。根据上海市轨道交通规划和建设安排,在2007年将建成230 km的轨道交通线路,2010年将建成410 km的线路,预计日客流将达到600万人次以上,轨道交通客运量在城市公共交通客运总量中所占的比重也将达到35%以上。届时,上海城市轨道交通规模将位居世界前列,与纽约、伦敦等城市的规模并驾齐驱,超过巴黎、莫斯科、东京、波士顿、马德里等城市,客流量也将仅次于莫斯科地铁。

在轨道交通基本路网形成后,线路间将形成换乘和部分设施空间的共享,以实现线路之间的方便换乘和资源共享。但当个别线路因故处于非正常运营状态后,换乘站和不同线路之间会产生相互影响,并有可能将一条线路上的故障放大到其他线路上。为确保建成后的大规模轨道交通网安全高效运转,应及早进行这方面的前瞻性研究,加强对客流分布特点的分析,不断完善客运安全管理体系。轨道交通的发展引导着城市布局,改变着市民出行的习惯,不断提升城市现代化水平。针对客流量以及对客流影响的因素分析研究,不仅对客流预测和组织,加强客流管理,提升客运管理水平,更好地为市民服务有着十分重要的意义,而且有利于更深入地进行投资回报分析,为交通规划部门和决策部门提供可靠的资料,提高客流预测的准确性和决策的科学性。同时,客流分析对城市轨道交通的规划设计和建设具有重要的指导和参考意义。

2　客流分布特点及分析

根据对过去10多年来地铁客流的统计分析,上海轨道交通客流分布有许多明显的规律和特点,主要规律和特点有七条,下面逐一介绍。

2.1 地铁运营以来客流变化趋势

总体来讲,10年来上海地铁呈稳步快速增长趋势,但因票价调整因素,客流曾在长达一年多时间里出现明显走低现象。根据地铁客流量与时间的关系,可将10年来的客流发展情况大致分成三个大阶段,见图1。

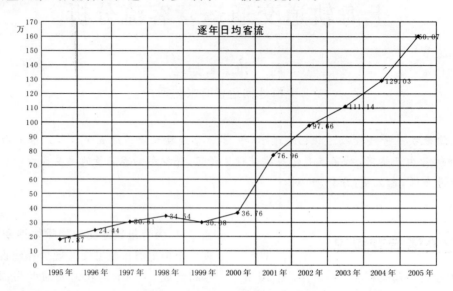

图1　十年来逐年日均客流发展情况

第一阶段:1995年的地铁1号线开通~1999年2月,持续约4年时间。在此期间,客流量总体上呈稳步小幅度上升的态势,处于缓慢上升通道,日均客流从20万人次缓慢增加到40万人次左右。

第二阶段:1999年3月~2000年底,持续约22个月的时间。总体上,客流呈下降趋势。1999年的客流比前两年都低,日客流从年初未调价前两个月的36.4万人次,很快地下降到调价后的28.86万人次,与之前相比,客流下降了7.7万人次。

第三阶段:2000年12月~现今,这一阶段已经持续了5年的时间。在此阶段的客流绝对增长量和增长速率远大于第一阶段。随着2、3号线开通,轨道交通局部网络优势初步形成,客流呈快速增长的态势,日均客流从2000年上半年的27.49万人次稳步增加到现在的160多万人次。今年客流与去年同期相比增加了27.5%,在线路进行增能后,预计客流还有一定的上升空间。若无调价或其他重大情况的改变,据此推算,今年的客流量预期将达到5.8亿人次。

2.2 新老线路客流分布特征

刚投入使用和运营多年的线路,其客流分布特征截然不同。当一条新线路投入使用的当年,正式投入使用前后的客流会有较大差异,全年的客流一般呈双峰分布。开通前,客流量围绕一个较低的期望值上下波动;正式开通后,通过采取相应的措施吸引客流,客流逐步呈稳步上升态势,开通年的客流波动较大,可达20%~30%。当线路投入运营几年后,客流一般呈稳定增长的特点,年内的客流量一般近似呈正态或偏正态分布,客流不均衡系数一般小于15%。1995年4月1号线开通,2000年6月2号线开通后,2号线的全年客流和1、2号线全年总客流明显呈双峰分布。如图2(a)和2(b)所示,而其他年份的客流多近似呈正态或偏正态分布。

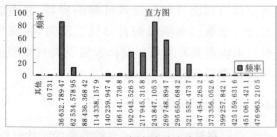

(a)1995年客流分布直方图

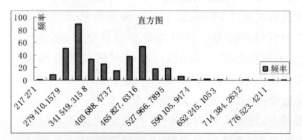

(b)2000年客流分布直方图

图2　客流分布直方图

2.3 客流波动周期

客流波动周期与现行工作制度紧密相关,在全年客流分布中存在着一个近似7天的客流波动周期,2005年第3、4月份3条线路的客流变化情况见图3。图中较低客流为星期日,较高客流为星期五,7天为一个小的客流量波动周期非常明显。在没有新线路投入的情况下,日常客流波动一般在10%～15%之间。1995年地铁开通之初,周末客流量明显高于日常,星期日的客流量最大,但自1999年之后,星期五的客流量最大,比平均客流超出10%以上,反而周末客流较低,星期日的客流成为最低,比平均客流低8%～15%,星期一至星期四的客流量不相上下,见图4。

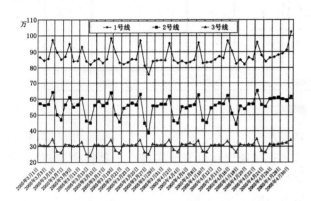

图3 2005年第3、4月份三条线客流变化情况

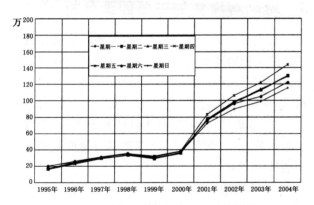

图4 历年来一周的客流变化历时曲线

2.4 客流高峰、低谷与客流密度

一年中,上半年的客流量一般比下半年低,一、二、六月份的客流量与其他月份相比较低,但在七月份之后,客流量开始明显持续走高,直到年底。下半年客流一般约占到全年总客流量的52%～55%。全年最大月度客流基本发生在十月份,年中最高日客流基本上是在十一期间创下的。一年中的最小客流基本发生在春节期间,农历年三十往往会是一年中的客流量最低点(2003年"非典"期间除外)。五一和十一的七天长假期间客流量增加较明显,比日常增加20%～40%的客流量。由于众多原因和客观因素,电动列车的数量不足,列车的运能和时间间隔不能及时满足乘客需要。在工作日早晚高峰时间段,列车车厢内已变得十分拥挤,不少乘客不能及时登乘上列车而被滞留在站台,这在一定程度上导致服务质量下降。在目前车辆不足和发车间隔的情况下,3条线在早晚高峰单向断面客流已达到4.18万/h、3.18万/h、1.96万/h,早晚高峰时间段4个小时的客流量约占全天客流量的40%,3条线的单线最大日客流已经达到109.5万(1号线33.4 km)、66万(2号线19.2 km)、35万(3号线25km),线路最大客流密度已经达到3.28万人/km、3.44万人/km、1.4万人/km,线路平均客流密度达到2.44万人/km、2.64万人/km、1.1万人/km,2号线的线路客流最大。在目前列车发车间隔为3′、3.5′、5.5′的情况下(设计最终发车间隔为2′),断面客流和客流密度已经赶上或超过世界地铁发展成熟城市的数据,正与香港地铁和莫斯科地铁靠近。据线路实地统计计算,早高峰时间段1号线北延伸部分区间单节车辆的乘客竟达到500人左右,所载乘客数量远超过车辆设计超员定员410人的水平。

2.5 轨道交通网络效应

单一线路不能对客流形成很好的吸引。在2000年前,地铁刚开通之际,客流量总体呈增加趋势,但增加的绝对量和相对比例较小。在2、3号线投入运营后,线路间形成了有效换乘,线路之间出现相互推动效应,路网对客流量的提升和推动效应开始显现。2001年至2004年虽然没有新增线路,但年客流量平均增加了6 400万人,年平均增幅超过20%。2001年之前,1号线单线最大客流为1.08亿人次,2004年1号线客流量已达2.28亿人次。线路成网后,对客流增加起到推波助澜的作用,4年来的客流迅速攀升,2004年3条线路的客流量已超过4.7亿多人次,网络效应日趋明显,尤其是2、3号线对1号客流的推高更为明显。还有一个十分有趣的现象,4年来,1号线的客流量几乎严格地等于2、3号线客流量之和,逐年客流攀升情况及3条线客流关系见图5和图6所示。

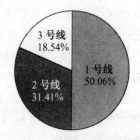

图6 三条线路客流比例关系

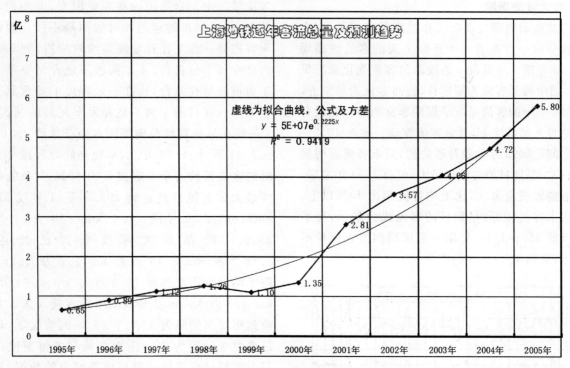

图5　逐年客流量发展情况

2.6　客流构成

根据六年来对乘客的随机抽样调查分析得知，乘坐轨道交通的乘客主要构成为青壮年。年龄段在 21～40 岁的乘客约占到总客流的 70％以上，41～50岁的乘客约占到 10％以上，余下的由 20 岁以下和50岁以上的构成，约占15％左右。乘坐地铁的主要目的：上下班的占37％，因公办事的占31％，上学的占11％，余下的 20％左右主要是私人购物、访亲观光和其他。上下班和上学的这两部分乘客占总客流量的近50％。历年所作的抽样调查虽然不能涵盖所有的乘客，与实际客流构成存在一定的偏差，但多次随机抽样表明上述比例变化不大。1、2号线客流既有生产性客流，又有生活性和观光性客流，3号线基本上属于生产性客流，在工作日客流比较大，但在节假日的客流反而较低。

2.7　一卡通与单程票比例

根据 AFC 统计计算，从 2001 年开始，乘客使用一卡通的比例逐年增高，使用比例由当年的 14％左右快速提高到 2005 年的 50％～60％。由于一卡通是一种非接触式的磁卡，公共交通都可使用，用途广泛，使用方便，进入地铁时可省不少买票时间，越来越受到乘客的认可，经常乘坐地铁的乘客中使用一卡通票的乘客占大多数。单程票的使用范围不及一卡通，且属于接触式的磁卡，乘车前乘客需要预先买票，不及一卡通方便，其使用比例已经从2001 年时的 75％～84％使用率逐步降低到目前的

40％左右，有逐年下降的趋势。有理由相信，在所有轨道交通线路较好地实现了一票换乘后，持一卡通的乘客比例还有上升空间，而单程票所占比例会继续下降。

3　影响客流量的主要因素分析

通过对多年运营经验分析，发现轨道交通线路客流受多种因素影响，不仅与社会经济宏观因素有关，而且与政府政策导向、轨道交通路网形成、票价因素、线路走向、建设技术标准和技术水平、运营服务水平、节假日、重大时间和沿线重要活动、天气状况等有关，它们都会对客流带来不同程度长期和短期的影响。

3.1　社会宏观因素

主要包括人口、居民收入和消费水平、政府政策、人们的价值观念、交通服务供给状况等几方面。

（1）人口因素。一个城市的人口规模、结构与分布状况、现状及变动趋势（包括常住人口和流动人口）等。轨道交通对城市布局的引导和影响十分明显，引导着人口分布和变化。上海是一座特大型城市，2004 年年底常住人口 1 343.8 万人，流动人口超过 400 万人，拥有 1 800 万人口总量的高密度城市是为大客流提供了坚实基础。徐家汇地区的市容市貌 10 多年间焕然一新，现已成功成为上海城市副商业中心地带，它的成功首先得益于轨道交通的发展，变当年的低矮破旧建筑为现在的高楼大厦，1

号线南延伸至莘庄段于 1997 年开通后，莘庄范围内的交通状况得到根本性的改善，线路两侧的房地产日益繁荣，形成了一幅恢宏的地铁房产带，引导着城市居民住房的布局，有力地促进当地交通和经济的快速发展。

（2）居民收入和消费水平及价值观念。一般情况下，出行者的收入和消费水平直接影响到对交通工具的选择。对城市整体而言，人均收入及消费水平将会直接影响到交通总量及不同交通工具间的分配。自 1995 年的 10 年间，上海市 GDP 翻了一番多，地方财政收入增加到 1 100 多亿元。地方财力的极大提升为轨道交通的建设投入更多资金，有利于轨道交通路网早日实现。与此同时，居民可支配收入增加了 1.33 倍（见表 1），而轨道交通票价基本未做大的调整，居民收入增加速度比票价增加速度

快，也就是说，在目前的票价情况下，乘客乘坐轨道交通得到了更大经济实惠。然而，人们的价值观对出行的选择具有十分重要的影响，在工作出行时间和效率、居所选择、出行舒适感等方面的价值判断等直接影响人们对交通工具的选择，在人们通过对交通工具进行比较、判断、决策后，选择哪一种交通方式适合自己。地铁里 2 分钟可行驶 1 公里多的路程，不像地面交通那样容易受到干扰。最简单的例证就是从莘庄至火车站乘坐公交车可能需要 1～2 小时，而乘坐地铁后仅需要半个小时即可，可以节约乘客大量的时间，节省大量的体力消耗。1 号线北延伸开通后的情况更是如此，很多乘客宁愿多等上十几分钟乘坐地铁，而且明知道车厢内已经十分拥挤，但还是选择地铁这一安全准时的交通工具，轨道交通对市民的吸引力日趋明显。

表 1　上海财经统计指标摘选及轨道交通客流量

年　　份	1990	1995	2000	2001	2002	2003	2004
市民可支配收入(元)	2 182	7 172	11 718	12 883	13 250	14 867	16 683
市 GDP 总量(亿元)			4 551.15	4 950.76	5 408.76	6 250.81	7 450.27
客运量(亿人次)		0.65	1.34	2.8	3.57	4.05	4.72

（3）政府政策和交通服务供给状况。政府对交通工具的管制政策、环境保护政策及公共服务的价格政策等因素对轨道交通的客流及交通总量有直接的影响。自 20 世纪 90 年代后，上海市政府就大力改革公共交通，进入本世纪后，针对日益恶化的道路交通状况，清醒地认识到只有发展大容量的快速轨道交通才能从根本上解决交通拥堵问题。2002 年上海市城市交通白皮书中，已经明确了轨道交通的定位，轨道交通作为城市交通主体，发挥大容量、快速交通优势，承担中长距离的出行。在上海市政府工作报告中多次明确提出，举全市之力，全力建设轨道交通。政府政策对轨道交通的明显的倾向性，有利于轨道交通的快速发展，有利于在较短时间内完成轨道交通的基本网络，使市民享受到快速、安全、便捷的轨道交通。城市的整个形态、工商业和居住

区的布局对交通量有直接影响，还包括城市交通现有交通结构、能力、轨道交通与其他交通工具价格比例情况、舒适程度、方便情况、发车频率、换乘情况、履行时间、安全准时等情况。地铁的大容量、小间隔、准时、安全、节省时间等优势是其他交通工具难以比拟的。

3.2　票价因素

票价历来是杠杆，客流对票价高低十分敏感，票价对客流影响程度大而且直接，但票价有一个相对的临界点，可以通过调整票价对客流直接构成吸引和分流作用。调低票价，可充分吸引客流，调高票价，会抑制或失去一部分经常乘坐地铁的客流，将其分流到其他交通方式上。当轨道交通与其他交通工具的性价比彰显优势时，客流仍将回归，但恢复到原有客流水平需要经过一段时间。表 2 是三条线开通后的票价调整情况。

表 2　三条线票价调整情况

	时　间　段	票价(元)	备　　注
1 号线	1994.10～1995.4.9	5	观光票
	1995.4.10～同年 11.30	1,2,3	4 月 10 日一期工程正式开通
	1995.12.1～1997.6.30	2	单一票价

（续表）

	时 间 段	票价(元)	备　　注
1号线	1997.7.1～1999.2.28	2,3	
	1999.3.1	3,4,5	AFC系统开通,按里程计费
	之后2000.12.28	2,3,4,5,6	与2号线换乘后按里程计费
2号线	1999.10	5	观光票
	2000.6.11	2,3	AFC系统开通
	2000.8.10	1,2,3,4,5,6	过江段1元,1,2号线一票换乘
	2001.11.1	2,3,4,5,6	取消1元票价
3号线	2000.12.28	2,3	试运营,人工售票,9站2元
	2003.11.1日	2,3,4,5	AFC系统开通

（1）调低票价效应。1995年4月10日正式开通前,1号线采用统一的5元观光统票,客流保持在4万人次/日左右,在正式开通后,由于采用较低的票价,日客流迅速升到20万人次以上,之后客流围绕24万多人次波动。同年12月1日至1999年2月底,3年多的时间里采用较低的票价,客流稳步攀升,日客流保持在25～40万人次。2号线于2000年6月开通,之前实施统一5元的观光票价,日客流一般在3万人次以下,6月11日开通后,采用2～3元的票价,使日客流在2个月内快速上升到8万多人次,8月10日过黄浦江段采用1元车票,使得乘坐地铁的性价比极具优越性,过江段的客流迅速上升,2号线的日均客流立即达到10万人次以上,达到15万人次。与此相反,1号线因票价相应提高而一直呈现较低迷。2000年1、2号线客流情况见图7。

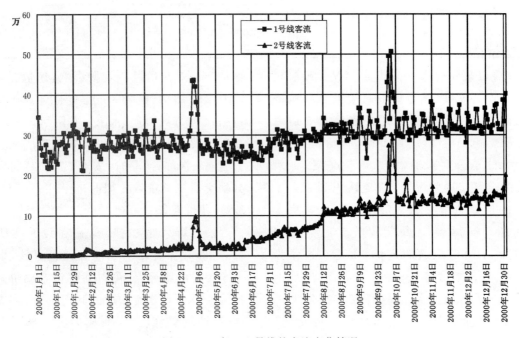

图7　2000年1、2号线的客流变化情况

（2）调高票价影响及调高票价的临界点问题。1999年3月地铁1号线采用AFC自动售检票系统使用后,实按里程计价。改变原来计费办法后,票价相对提高,较长时间内客流量一直呈较明显的低迷状态,影响时间超过20个月。1999年调价后的10个月与调价前的2个月的相比,日均客流回落了7.7万人,调价后的日均客流比起1997和1998年的客流还要低。进入2000年后,1号线客流量继续呈低迷趋势,直到2000年年底,1号线的客流量才恢复到调价前的水平,影响时间持续20多个月。因此,票价的大幅调高对客流量呈明显的抑制作用。

尽管调高票价对客流产生一定的抑制和分流作用,只要适时、适量调幅并控制在临界点内,调高票价对客流量的影响较小。但当票价调高超过临界点时,对客流量的打击较大。因此,准确掌握乘客可以接受的临界点十分重要。实施灵活的票价政策，充分吸引客流，保障有足够规模的客流量，既让市民享受到轨道交通的实惠，同时又能缩短资本回收年限，这是一项十分重要而又有待于进一步深入研究的工作，现以 2 号线运营 3 年的客流变化情况加以说明。2 号线 2000 年 6 月开通，同年 8 月 10 日 2 号线过江段采用 1 元票价后，客流量由开通时的 3～8 万人次立即提升到 15 万人次，在客流稳定一个阶段后，于 2001 年 11 月取消过江段 1 元票价，恢复原有的 2 元票价水平，日均客流虽有下降，比调

整票价前的日均客流 25 万人次下降了 3～5 万，但在经过 3 个多月左右的时间后，客流又恢复到原有水平。究其原因，由于调高票价是针对特定区段的，影响范围也较小，调价幅度均摊到全线上就更小了。2 号线 2000～2002 年的客流见图 8 示。3 号线于 2003 年 11 月 AFC 开通，原来的票价分别是 2、3 元，按里程计价后，长距离乘客的票价最高可达 4、5 元，未发现有明显的客流下降。因此，随着人们对轨道交通有点认知的不断加深，客流趋于成熟，充分把握好提价的时机和幅度十分重要。

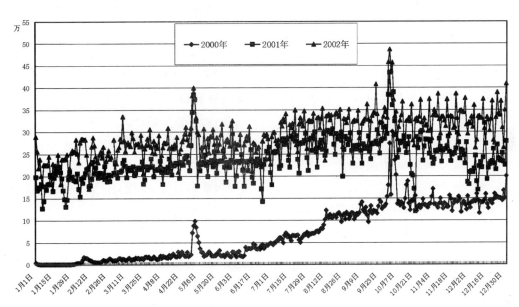

图 8　2 号线 2000～2002 年客流变化情况

3.3　轨道交通的网络效应

在 1995 年之初，上海仅开通了地铁 1 号线，由于轨道交通所独具的优势，客流量呈稳步小幅度增长，单条线路服务所覆盖范围是一条"地铁带"，对距离这条线路较远的乘客难以形成较大的诱惑力，当 2、3 号线投入使用后，线路之间形成了较便利的换乘后，三条线的覆盖范围大大增加了，覆盖范围由"地铁带"渐变成"地铁面"，网络效应开始明显显现，三条线路间的相互促进和提升，各条线路的客流量得到较大提升。在今年底部分 4 号线投入使用后，客流量必将进一步提高，明年底 2 号线西延伸开通后，沿线密集的居民区将为 2 号线提供大量的客流，2 号线的客流密度将进一步增加，轨道交通的日均客流将超过 200 万人次，在 2007 年 230 km 的线路建成后，轨道交通的日均客流量将向 300 万人次挺进，当 2010 年 400 km 的线路建成投入运营后，上

海市区轨道交通基本网络已形成，大部分市区线路之间的距离可控制在 1 km 范围内，居民乘坐轨道交通出行将更加方便。

3.4　线路规划建设和运营管理

（1）线路和路网的规划建设。一条线路的规划走向、建设技术标准和施工技术水平、站点设置、路网规划实现情况、线路配线等，都对客流有直接或间接的影响。路网的规划既要考虑单线，又要考虑路网的均衡和高效，资源配置和共享。一条线的定位和走向对客流影响巨大，地铁 1 号线的走向穿越了南京路和淮海路商业区、人民广场行政区、密集居民生活区，与火车站相联，既有生产性客流，又有生活性客流，还有观光旅游和商业性的客流，将行政、商业、旅游、娱乐、生活、生产联为一体。2 号线的线路走向浦西段基本沿着南京路商业街，浦东段沿着世纪大道，沿线穿越密集的居住区、商业街、

观光旅游景点,将与两个机场相联,客流比较充分。3号线虽然穿过市区,但不经过商业街,属于工作性客流居多数。在早高峰时间段,三条线客流密度都非常大,高峰段一过,3号线的客流下降较多,而由于1、2号线的走向特点,在非高峰时间段里,客流量仍然很高。在长节假日里,1、2号线的客流量往往屡创新高,而3号线则往往较平时还低,上班客流十分明显。

(2)线路之间及与其他公交工具的换乘。由于换乘问题不仅仅是节省乘客的时间问题,而且还是一个经济和安全问题。轨道交通之间的便捷换乘十分重要,列车以每小时34公里的旅行速度通过一个区间一般在2分钟内,10分钟内,列车一般要穿越4个区间,列车已经行驶了6 km。如果一次换乘少花费10分钟,对每天几十万需要换乘的乘客来讲是一个很大的节约。在上海地铁建设初期,人们对换乘的要求不是特别高,线路之间的换乘不是特别方便。随着社会发展,以人为本的理念日渐凸现,对轨道交通间的换乘要求也越来越高,线路间要求实现同站台零换乘。线路之间的方便换乘的合理理念应该是,在一定环境条件下尽最大限度地缩短换乘距离近、提高换乘效率、保障换乘安全、有足够的换乘空间、换乘设施配置齐全功能完善,而且必须满足非正常运营状态下的安全性和快速疏散能力。

(3)线路的配置和功能问题。目前的线路配线大都是按照设计规范中较低设计的标准进行建设的,存车线和渡线的设置间距过大,且配置明显不足。像上海这样人口密集的特大型城市,运营期间一旦发生非正常的情况,需要紧急救援和抢险,处置或存放列车的间距越长,对运营的影响就越大。在客流密度大的线路和区段,应考虑提高线路的建设标准,增加各类渡线和存车线等运营必须的应急硬件措施,为非正常运营救援时留有空间,赢得宝贵的救援时间,提高服务质量。由于轨道交通列车发车存在一定时间间隔,客流在一定程度上呈现"脉冲"现象,在考虑车站设备配置和换乘通道设置时,应充分考虑到客流的脉冲现象,避免成为约束客流通过的瓶颈。

(4)运营管理。运营面对的是乘客,为乘客安全、快速、畅达的高质量高水平的服务,是运营的基本职责。由于轨道交通现已经成为人们出行的不可或缺交通工具,每天涉及到160万乘客的切身利益,如运营中一旦发生故障,不能及时消除或控制,影响面广,社会后果将是非常严重的。因此,运营还承担了相当大的社会责任。由于诸多客观原因,线路列车数量配置偏低。列车"采购—投用"时间周期较长,一般需要2.5～3年的时间。列车不能及时到位,客流增长速度超过原设计的考虑,规划滞后等因素,造成早晚高峰时间段的现有车辆超员严重,设备经常性处于超负荷运转状态。目前,车辆供应不足、行车时间间隔长等状况不是短时间内可以解决的。线路购车应及早进行,避免巧妇难做无米之炊。在现有条件下,只有通过提高设备设施的完好率和利用率,苦练内功,提高运营管理水平来基本满足乘客服务水平,在许多客观条件不具备的情况下,提高服务质量并非易事。

3.5　重大事件、节假日、天气状况和沿线重要活动等影响

2003年上半年,全国发生重大卫生事件,不少地区SARS恣意横行,上海市政府于4月23日发布加强传染性"非典"防止的紧急通告,防止和控制"非典"疫情的传播。通告发布后对客流影响很大,日均客流量由115～125万左右一下子下降到52万左右,成为当年的最低客流。一旦疫情危险消除,客流量就稳定回升。四月下旬到六月下旬期间的客流量是全年最低的。见图9所示。五一和十一长假对客流有明显得提高,春节期间客流较低。天气的好坏也对客流量的大小有直接影响。一般地,天气好,客流则高,反之亦然。尤其周末加上好天气,再与有些重要活动联系在一起,客流量的增加更是客观。较大的体育活动或大型社会活动都会对客流量有一定的提升作用。线路附近较大规模社会活动和体育赛事、重大事件和长节假日,票价等,都对日常客流和运营组织有直接影响。

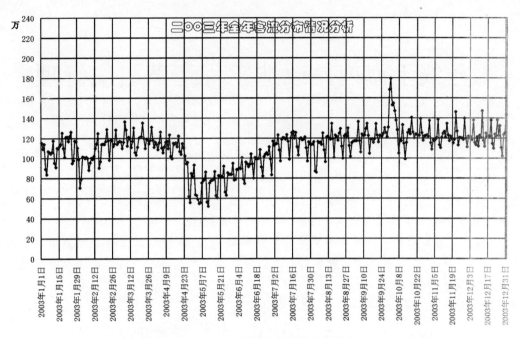

图 9　2003 年全年客流分布情况

4　结论

通过对上海轨道交通运营以来的客流分析研究，得到了有关上海轨道交通客流方面的特点和规律，对影响客流的主要因素等进行了分析。客流分布特点和规律不仅可以为运营管理提供指导意义，也可以为规划设计、建设施工在进行客流预测和相关决策时提供客流方面的基础数据，对规划设计和建设施工有所启发和借鉴，为日后的客运组织和安全多留下一些空间，少留遗憾。

鸣谢：朱小瑶，王志海，吴强等同志提供的帮助。

（发表于《地下工程与隧道》2005 年第 4 期）

1号线上海南站改造工程运营组织管理

周庆灏[1],陈光华[2],余海斌[3]

(1. 上海申通集团运营管理部, 2. 上海地铁运营有限公司运营安全部,
3. 上海地铁运营有限公司总调度所)

摘要：上海轨道交通1号线上海南站于2004年顺利整体搬迁。介绍了上海南站工程改造的概况、施工特点,以及上海南站第一轮驳接和第二轮驳接的施工次序,并以从上海南站至锦江乐园区段的临时正线下行线为例,阐述其施工接驳前后的运营组织方案。最后论述了上海南站改造工程的运营组织特点及运营经验。

关键词：上海南站,整体搬迁,施工改造,运营组织

轨道交通1号线上海南站改造工程是国内第一次轨道交通在线运营车站改造工程。在整个施工过程中,1号线能够做到正常运营,其关键是很好地解决了工程中的运营配合以及线路一次驳接时各个专业有机配合的难点。分析其施工过程中的运营组织及施工组织,对今后运营线路车站、在线服务重大设备的改造有借鉴作用。

1 轨道交通1号线上海南站改造工程概况

1997年7月,上海轨道交通1号线上海火车站——莘庄站全部开通,其中上海南站——莘庄段

为地面段,上海南站是地面侧式车站,上海南站——锦江乐园区间的线路布置如图1所示。随着铁路上海南站的重新定位和规划,轨道交通1号线上海南站远期的客流预测为2.23万人次/日,而当时的车站规模较小,难以满足未来大运量的客运需求,改造前的上海南站——锦江乐园区间线路布置如图1所示。按照规划,上海南站必须整体搬迁,新站址位于铁路上海南站北广场(沪闵路南侧、柳州路以西、桂林路以东)南侧,铁路主站屋下方。线路与铁路南站铁路线平行,且有换乘通道与轨道交通3号线上海南站、规划中的L1线车站连接。该工程于2002年8月正式开工,2004年11月竣工。

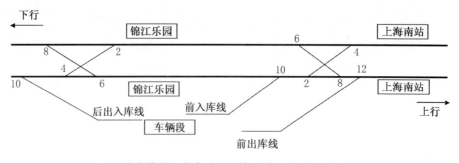

图1 改造前的上海南站——锦江乐园区间线路布置图

2 1号线上海南站改造工程的施工特点

(1) 必须确保地铁不间断运营。原有的上海南站是具备折返能力的通过站,距上海南站最近的折返站是徐家汇站和莘庄站,如果上海南站暂时停用,则在徐家汇站——莘庄站的"6站7区间"内不具备折返功能,运营调整的难度很大。此外,上海

南站还与车辆段的前出入库线相连接,上海南站停用将对列车出入库作业产生影响。为了不影响市民出行,在上海南站改造施工期间,1号线的运营不能中断。

(2) 多专业交叉施工,协调和配合的工作量较大。由于地铁南站和铁路南站合建,土建结构非常复杂。同时具有多专业小范围交叉施工作业的特

点,在施工过程中,不可避免地要与其他专业的施工有干扰的现象,尤其是车站建筑、车站装修工程、铺轨工程、接触网工程、车站风水电安装等工程施工的相互干扰现象特别突出。

(3)施工风险较大。由于本工程在既有运营线路上施工,且区间隧道施工的深基坑开挖离运营线路最近处不到1 m;施工过程中机电的AFC专业需要并网调试,可能存在的风险是中央控制系统瘫痪,会造成各个车站的票务数据流传送不畅;线路驳接需要在一个晚间地铁停运时间内完成,不能妨碍次日的正常运营,驳接时间很短,专业多,工序多。这些都给地铁的正常运营带来了一定风险。

3 1号线上海南站改造工程施工组织方案

3.1 改造方案的施工组织思路

整个上海南站改建工程范围包括一个车站和两个区间。为保证轨道交通1号线的正常运营和车辆段列车出入库的正常作业,保证永久正线结构和线路的施工,需要铺设临时正线和临时出入段线,并对梅陇基地后出库线进行改造,通过分阶段对临时上行线、下行线、出入库县进行驳接,使列车在临时线路上运营。

新建车站结构完工,各方面调试验收通过以后,再进行第二轮驳接使得列车在新建永久线路上运营。第二轮驳接包括永久正线上行线、下行线、永久出段线、入段线。

由于每一次驳接都涉及轨道路基、接触网和信号专业等方面与既有线的衔接,只能在一个晚间列车停运时间内进行,且受到时间上和多专业的交叉作业的限制,必须按不同部位分阶段驳接,这也将造成新建站和既有站存在并行运营的过渡阶段。

3.2 上海南站改造工程线路开通次序

新建上海南站为地下站,在施工中怎样保证地铁列车正常运营和保证列车正常的出入库功能,与线路施工的顺序以及驳接顺序有密切的关系,所以临时正线、临时出入段线,永久上行线、永久下行线,永久入段线、永久出段线的开通次序十分关键。

(1)第一轮接驳。

● 2003年9月19日开通临时下行线:临时下行线施工区域处于既有正线的北侧,线路全长772.704米,以替代既有线路的运营;

● 2003年11月14日开通临时出入库线;

● 2003年12月5日开通临时上行线;

第一轮接驳的线路示意图如图2所示。

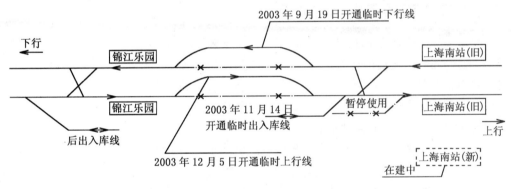

图2 第一轮接驳线路示意图

(2)第二轮接驳。

● 2004年10月28日开通永久入段线:将已停用的入段线顺接到新建永久入段线,通过交叉渡线与新建永久的上、下行线连通。

● 2004年10月31日开通永久上行线,同时新站启用试运营:将西端接入既有上行线,东端在预留盲肠段将既有线路接入新建永久线路。同时既有临时正线上行线废除,新建南站与既有南站同时运营。此阶段利用永久入段线保证车辆段列车出库至永久上行线,利用临时出入段线保证既有下行线入库,同时利用后出库线保证列车出入库。

● 2004年11月30日开通永久下行线;在西端和既有下行线相接,东端在预留盲肠段处锯切既有线路接入新建永久下行线,临时下行线废除,临时出入段线废除。此时,利用永久入段线保证列车的出入库,利用后出库线保证列车出入库。

● 2004年12月31日开通永久出段线;将西端接入既有临时出入段线,东端接入新建永久出段线。开通后既可以利用永久出段线保证列车的出入库,又可以利用永久入段线保证列车出入库,还可以利用后出库线保证列车的出入库。

第二轮接驳的线路示意图如图3所示。改造后　　　　的莲花路——漕宝路区间线路布置如图4所示。

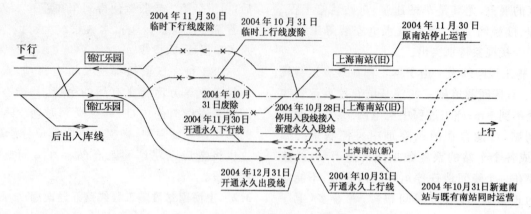

图3　第二轮接驳线路示意图

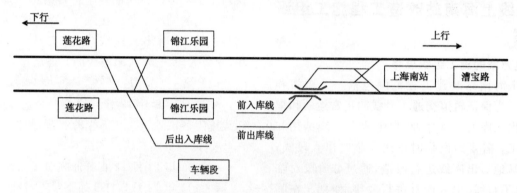

图4　改造后的莲花路站——漕宝路站区间线路示意图

4　上海南站改造工程的运营组织管理

本文以从上海南站至锦江乐园区段的临时正线下行线接驳为例,阐述施工前后的运营组织方案。

4.1　施工前运营组织准备

通过提前30分结束下行运营及改变运营方式的方法,为驳接作业提供了充裕的作业时间,同时为确保第2天运营正常,为此对当日执行的列车运行图进行修改:

(1)莘庄站上行末班车发车时刻不变,上海火车站往莘庄下行末班车提前30分钟。火车站下行末班车后续再下行5列车(11196、12496、10296、12196、12296次),终点站为徐家汇站,以备次日运营使用。其中:11196次徐家汇清客后,折返运行至火车站下行待命;12496次清客后折返至徐家汇上行待命;后续3列车徐家汇清客后分别至漕宝路、上体馆、徐家汇站下行待命配合当日施工,准备驳接作业结束后,进行热滑和信号调试。

(2)为尽早让施工人员进入上海南站—锦江乐园下行区间进行施工准备,同时保证下行最后3列车正常运行至莘庄,在上海南站—锦江乐园采用倒"八"字运行,即上海南站—锦江乐园区间利用上行线反方向运行。同时在锦江乐园站加强引导乘客在上行乘坐下行方向列车。如图5所示。

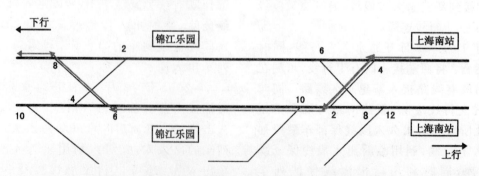

图5　上海南站——锦江乐园倒"八"字运行方案示意图

4.2 施工组织和安排

（1）为尽早让施工人员进入上海南站—锦江乐园下行区间进行施工准备，上行末班车过上海南站后，施工单位可进入上海南站 6#道岔外方—锦江乐园站下行线，进行扒渣和拨道工作。

（2）下行末班车通过莲花路站后，莲花路——上海南站下行线触网停电，施工人员进行下行线停电后的验电、接地工作。待末班车由回段后，莲花路——上海南站上行触网、入段线和检修库触网停电，施工可以正式开始。

4.3 次日早晨的运营组织

临时下行线的接驳施工，有可能对次日的运营产生影响。在正式接驳前，对不同的施工完成情况作了详细的运营预案。

（1）施工作业正常按计划完成：头班车时间不变。若提早完成施工，且在 4：40 之前完成车辆段、莲花路——上海南站上行触网送电，在 5：00 之前完成莲花路——上海南站下行触网送电，则在线备用的 5 列车按计划接图投入运营：停于徐家汇上行的备用列车空车开往火车站，接开火车站——莘庄下行头班车；2 列调试备用列车及徐家汇站、上海火车站下行的备用列车分别运行至莘庄，接开莘庄——火车站上行头班车及后续图定列车。上海南站——火车站上行头班车由正常出库列车担当。

（2）施工作业未按计划完成：头班车时间推迟30 分。如能按照计划、节点完成施工，且在 5：25 之前完成车辆段、莲花路——上海南站上下行触网送电，则徐家汇以南区段推迟半小时运营，徐家汇——上海火车站正常运营。具体为：5：00 起在线 5 列备用列车按计划接图投入徐家汇——火车站上下行运营（维持 9 分钟间隔折返运行），5：25 莲花路——上海南站上下行触网送电后，出库列车正常投入运营，1 列至莘庄开头班车，另 1 列折返至锦站上行，6：00 分别开往火车站。

（3）施工作业未按计划完成：小交路和单线双向相结合。如果莲花路——上海南站上下行触网不能及时送电，行调令段内运转值班室在 5：30 前用调机，将 1 列车推至漕宝路站上行。在徐家汇站——上海火车站采用小交路，连同在线的 5 列备用列车共 6 列车按计划接图在该区段折返运行，间隔为 8 min。在莘庄站——徐家汇上行则采用单线双向运行，间隔为 25 min。此时行车调度员向总值班室申请启动莘庄站——徐家汇站启动公交应急方案。

4.4 施工安全保障措施

（1）制订了严密的驳接施工作业安全措施：为了确保驳接施工作业的安全，确保了施工作业安全，建立了现场安全保证体系，成立了接驳安全生产领导小组，采取切实可靠的安全控制措施，确保驳接工作安全有序的进行。

（2）安全方针及目标管理：做到以人为本，遵纪守法，安全第一，预防为主；确保一次驳接成功，确保次日准时开通地铁列车运营，确保接驳过程中无伤亡事故的发生。

（3）严格安全操作标准：在每次驳接前组织全体作业组负责人进行施工现场调查，根据施工现场情况制定施工安全技术措施，并进行全员安全技术交底，做到分工明确，责任到人。使每个作业人员明确作业内容，技术要求和安全防范措施。

（4）安全生产措施：所有进场人员必须统一的工作服，戴好安全帽。安全员、质量员应在左臂套上对应的袖标。施工过程中各专业安全员必须在场监控安全情况，并随时与现场安全负责人保持联系，安全员的对讲机在驳接前进行一次频率核对，确保通讯畅通和无交叉干扰。

（5）用电安全管理：现场照明由机电项目部统一实施，在东西两端共架设 4 只 3 500 W 高压镝灯，保证整个现场有充足的照明。施工用电严格执行 JGJ46－88 规范，做到三相五线制，每台设备应有各自专用的开关箱，实行"一机一闸"制，严禁用同一开关直接控制 2 台及 2 台以上设备，以确保现场的用电安全。

5 经验总结

5.1 上海南站改造工程运营组织特点

在上海轨道交通 10 多年的运营历史中，上海南站改造工程运营组织具有以下特点：

（1）首次采用提前结束运营和推迟次日运营时间以及改变运营方式的方法，为驳接作业提供了充裕的作业时间；

（2）上海南站临时线路驳接后，在驳接区段采用了临时信号系统，与既有其他线路其他区段采用了不同的信号制式，首次在同一条运营线路的不同区段采用不同信号制式的行车组织方式。

（3）永久上行线驳接开通后，新站和既有南站同时运营，利用既有南站下行线上下客，新建南站上行线上下客，首次采用了一个车站上下行分别行车、客运作业的运营组织方式。

（4）首次动用地面公交配套，解决地铁客流的运输任务。利用公交在徐家汇站与莘庄站间往返运行,减轻1号线南段客流的运输任务,积极借助媒体宣传的力量,通过公告、媒体等手段取得了市民的谅解,在施工作业期间没有发生一例乘客投诉。

5.2 上海南站改造工程的运营经验

通过上海南站改造工程的运营配套,为运营线路的改造工程积累了经验,成功地做到多工种的协调配合。南站搬迁工程的顺利完成,取决以下几点经验:

(1)建立了每周协调机制,将工程中的诸多困难解决在前期,是工程顺利完成的基础;

(2)驳接当晚制定了严密的施工计划和多专业的指挥体系,确保了驳接工作按时、按质、安全的完成;

(3)切实有效的应急后备预案是确保工程完成的保障。一旦发生施工作业不能按计划完成,可通过启用公交配套和分段运营的应急后备预案来基本解决乘客出行问题;

(4)运营方的前期介入和积极配合是确保工程完成的根本;

(5)严密的安全措施是确保施工安全的重要手段。上海南站整个工程从开工建设到完工,没有发生一起人身伤亡事故和危及运营安全的事故发生。

(发表于《城市轨道交通研究》2006年第6期)

城轨交通列车运行图计算机
编制的关键问题研究

朱效洁[1]，吴　强[1]，徐瑞华[2]，江志彬[2]

（1. 上海地铁运营有限公司运营安全部，2. 同济大学）

摘　要：在编制城市轨道交通列车运行图时，需要综合考虑不同时间段的发车间隔、车底折返以及车底出入库方式等问题，本文介绍计算机编制城市轨道交通列车运行图系统的设计思路、总体结构，并重点研究了城轨交通列车运行图计算机编制过程中的行车间隔、车底数量、运行周期之间相互影响和制约、列车出入库运行线的自动编制、高峰与非高峰时间段过渡运行线的编制、大小交路列车运行图的铺画等问题。

关键词：城市轨道交通，列车运行图，大小交路，计算机编制，车底交路

城轨交通客流具有流量大、阶段性高峰明显及变化大等特点，同时，城轨交通线路又具有站间距离较短、车站配线数量少、列车交路种类多、车底出入库频繁等特点。因此，与常规铁路列车运行图的编制相比，城轨交通列车运行图的编制有其自身的复杂性，编制时应重点考虑列车不同时间段的行车间隔、车底数量及应用、车场布置、列车出入库方式等因素[5]。

目前我国的城市轨道交通（如上海、广州以及香港）均采用了国际上先进的列车运行自动控制系统（ATC），具有列车自动运行（ATO）、列车自动防护（ATP）和列车自动监控（ATS）等功能，这些系统中能够实现列车运行图的"铺画"功能，但无法实现列车计划运行图的"自动编制"。在城轨交通列车运行图编制中，编图人员依靠经验，借用 Excel，AutoCAD 等第三方工具编制完成。每编制一张列车运行图，往往要花费近一个星期的时间，工作量大，费时费力，难以适应城轨交通列车运行图随客流、技术设备、运输组织方法的变化而经常调整的需要。

随着我国轨道交通线路数量和列车开行数量的不断增加，尤其是面对轨道交通网络条件下，列车大小交路、共线运营等复杂运输组织方式，手工编制列车运行图不仅费时费力，难以保证运行图的质量，而且几乎是无法实现的。本文在介绍城轨交通运行图计算机编制系统的总体结构的基础上，详细研究了城轨交通列车运行图计算机编制过程中的关键技术问题。

1　系统总体结构

城轨交通列车运图编制与线路布置条件、折返站的布置形式、列车运行方式、列车开行交路、车场的位置、客流的时间与空间分布特点等因素相关。系统应该包括城轨交通系统的线网、车站、车底运用、列车信息、开行间隔安排、底图结构的数据管理，运行图编制与调整，列车运行图、车底交路图、列车时刻表、车站时刻表以及运行图相关指标的输出功能[1]。其总体结构图如图 1 所示[2]。

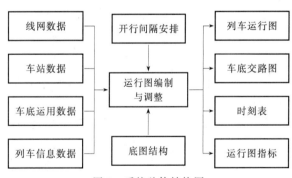

图 1　系统总体结构图

根据上述系统的总体结构，我们研制开发了城轨交通列车运行图计算机编制系统 TPM（Train Plan Maker），实现了运行图基础数据管理的图形化、可视化、一体化，运行图编制调整的智能化、交互式和网络化，结果输出的多形式、多格式和多接口。

2 城轨交通列车运行图计算机编制的主要参数确定

2.1 基础时分标准

基础时分标准是列车运行图编制的最基础的数据，主要包括运行标尺、停站标尺、追踪间隔时间、折返时间、各种间隔时间等数据，如下图。

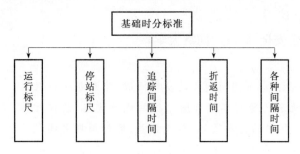

图 2 与编图的相关基础数据

2.2 列车运行间隔时间

城轨交通列车运行图主要有三种类型：工作日、双休日和节假日运行图，这三种运行图最主要的区别是运行间隔时间安排不同。列车运行间隔时间是根据一天中客流特点来确定的，工作日中早晚高峰客流量最大，呈现出早晚两个高峰时间段；双休日与节假日客流量大且均匀，主要集中在白天时间段。我们定义 $t_{间i}$ 为根据客流计算出的一天中第 i 个时间段的运行间隔时间，其计算方法如式（1）。

$$t_{间i} = \frac{3\,600 \cdot m \cdot p \cdot \rho_i}{M_i} (\text{min}), \qquad (1)$$

式中：

m：表示列车编组数量（辆/列）

p：表示列车定员（人/辆）

ρ_i：表示时间段 i 的满载率

M_i：表示时间段 i 的最大断面客流（人/小时）。

2.3 车底运用周期

车底运用周期（$T_周$）是指列车在指定交路的始发、终到车站间运行一周所花费的总时间，该时间由列车运行时分、停站时分及列车在始发、终到站的折返时间四部分组成，如图 3。$T_周$ 的计算公式为：

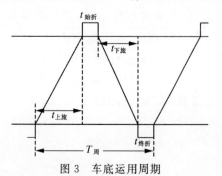

图 3 车底运用周期

$$T_周 = t_{上旅} + t_{下旅} + t_{始折} + t_{终折} \qquad (2)$$

其中：

$t_{上旅}$ 表示列车上行旅行时间（min）

$t_{下旅}$ 表示列车下行旅行时间（min）

$t_{始折}$ 表示列车在始发站的折返时间（min）

$t_{终折}$ 表示列车在终到站的折返时间（min）。

一般来说，对于给定的开行方案，$t_{上旅}$ 与 $t_{下旅}$ 的时间基本是固定的，因此 $T_周$ 主要受 $t_{始折}$ 与 $t_{终折}$ 的影响，如果 $t_{始折}$ 与 $t_{终折}$ 都取最小折返时间，则 $T_周$ 达到最小值，称为 $T_{周\min}$。

2.4 车底需要数量

车底需要数量（$N_{车底}$）是指在满足给定的运行间隔时间条件下所需要运用的车底数量[4]。$N_{车底}$ 与列车的运行间隔时间及车底的运行周期有关，其计算公式为：

$$N_{车底i} = \lceil T_周 / t_{间i} \rceil, \qquad (3)$$

其中 $\lceil \ \rceil$ 表示进整符号，i 表示一天中第 i 个时间段。

因此，一天中需要投入运营的最少的车底的数量（$N_天$）应该为：

$$N_天 = \max(N_{车底i})。 \qquad (4)$$

3 城轨交通列车运行图计算机编制的关键问题

3.1 行车间隔、运用周期、车底数量之间相互影响和制约条件的满足

城轨交通列车运行图编制中保证各时间段（特别是高峰时间段）的列车开行间隔，满足客流需求具有十分重要的意义。但是受到车底数量、折返条件等限制，按式（1）计算出的理想开行间隔往往无法实现。列车实际开行间隔、可用的车底数量（$N_{可用}$）以及车底运用周期间存在着相互制约、相互影响。为在既有设备条件下最大限度地满足不同时间段客流需求，编图时采用下述方法：

（1）当 $N_{可用} \geqslant N_天$ 时，由式（3）可以得出车底数量与周期成正比例关系，当 $T_周 / t_{间i}$ 的值不为正整数时，要使等式 $N_{车底} = T_周 / t_{间i}$ 成立，有两种办法：第一种是放大运行周期，即把运行周期放大至 $t_{间i}$ 的整数倍，这样就会导致列车在两折返站的折返时间比实际要求的折返时间要大。另外一种办法是保持周期不变，缩小运行间隔，这就导致运行图上列车的铺画的运行间隔比实际要求的运行间隔要小，设在第 i 个时间段内第 $j+1$ 与第 j 列车之间的实际运行间隔为 $t_{实间i,j+1}$，则：

$$t_{实用i,j+1}=int\lceil T_{周}/N_{车底i}\rceil j=1,2,\ldots,N_{车底i}-2, \quad(5)$$

$$t_{实用i,N_{车底i}}=T_{周}-int\lceil(T_{周}/N_{车底i})\cdot(N_{车底i}-1)\rceil. \quad(6)$$

（2）当 $N_{可用}<N_{天}$ 时，需要根据可运用的车底数来计算最小的发车间隔，如果要保持运行间隔均衡，这时必然要牺牲所有列车的运行间隔。实际运行间隔的值可由公式（5）和公式（6）计算。但是，如果要保证在一个周期里的某些列车间隔与 $t_{间i}$ 一致，则可采用牺牲周期里其余列车的间隔来保证，即需满足下列公式。

$$\begin{cases} t_{间i}\cdot N_{1i}+t_{余间i}\cdot N_{2i}=T_{周min}, \\ N_{li}+N_{2i}=N_{可用} \end{cases} \quad(7)$$

式中：

N_{1i}：表示保持 $t_{间i}$ 间隔的列车数量（列）

N_{2i}：表示剩余的列车数（列）

$t_{余间i}$：表示剩余列车的间隔时间（min）。

3.2 列车出入库运行线的自动编制

出入库运行线是指连接车场与两折返站的列车运行线，车场的设置不同，出入库方式和出入库运行线的编制也不同，在城轨交通系统中，出入库方式主要有以下三种，如表1。

表 1　车底出入库方式类型表

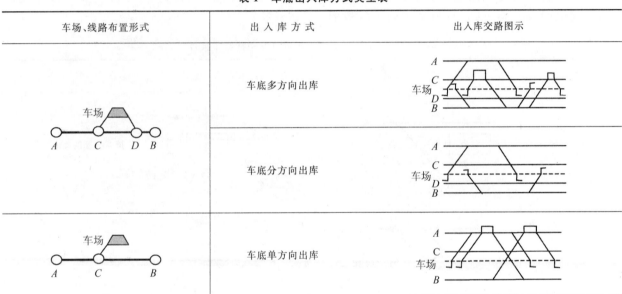

车场、线路布置形式	出入库方式	出入库交路图示
	车底多方向出库	
	车底分方向出库	
	车底单方向出库	

对于前两种方式，列车出入库比较灵活，能够很好地满足运营需要，特别是能很好满足首末班车同时刻发车的要求，但列车运行图的编制相对复杂。对于第三种方式，由于车场没有与车站 B 直接相连接的线路，车底出场时要先从车库到达站 A，然后从站 A 到达站 B，如果是入库车，列车要从站 B 先到站 A，然后再由站 A 入库，因此，一天中会出现列车首末班车发车时间不相同，且上下行开行的对数也不相同。

3.3 高峰与非高峰时间段过渡运行线的铺画

城轨交通客流具有时间上的不均衡性，存在高峰和平峰时间段。因此，列车运行图上的列车运行间隔呈现出多时间段的特点，在同一运行间隔时间段内，列车运行线呈现出周期性特点。编制时可以先以周期运行线为基础，根据时间段的起止与终止时间来铺画该时间段内的其他运行线。

由于不同运行间隔的时间段所需要运用的车底数不相同，在不同间隔时间段的前后时间内，需要安排车底出入库，从而形成过渡时间段。过渡时

间段列车运行线的铺画是城轨交通列车运行图最难也是最复杂的部分，铺画时不仅要求考虑车底的出入库方式，还要考虑车底的折返要求及列车的运行间隔要求。

（1）时间段由疏至密。当前一时间段的运行间隔大于后一时间段的运行间隔时，表明后一时间段需要运用的车底数要比前一时间段需要运用车底数要多，因此，在前一时间段结束时，会有部分车底出库，这些车底出库线铺画时要考虑出库的合适时间以及出库方式，如图4所示。

（2）时间段由密至疏。当前一时间段的运行间隔小于后一时间段的运行间隔时，表明后一时间段需要运用的车底数要比前一时间段需要运用车底数要少，因此，在前一时间段结束时，会有部分车底入库，这些车底入库线铺画时要考虑入库的合适时间以及入库方式，如图4所示。

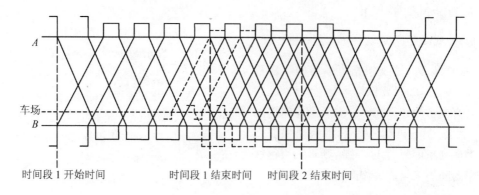

时间段1开始时间　　时间段1结束时间　时间段2结束时间

图4　过渡时间段运行线的铺画

3.4　站后折返、站前折返及区间交叉干扰约束

在城市轨道交通线路上，列车之间除了要满足追踪间隔时间约束外，在折返站需满足折返时间及折返方式的约束。列车出入库时，需考虑可能会在区间形成的列车运行交叉干扰。如表2所示。

表2　站后、站前折返以及区间交叉干扰约束条件

约束条件	站台、线路布置图例	运行图图示	约　束　条　件
站后折返			折返线数量及布置形式
站前折返			站前折返间隔时间
区间交叉干扰			车场与区间正线的连接方式及行车交叉间隔时间

3.5　大小交路列车运行图的编制

大小交路列车运行图是指在一条线路上开行两个或两个以上的交路形式，这样的交路方式会形成列车在某个区段开行不同交路的列车，我们定义某区段开行单方向的列车交路大于或等于两种时，该区段为共线段；在某区间开行单方向的列车交路只有一种时，该区段为非共线段。以全线开行两个交路的情况为例，大小交路的列车运行图的形式有以下三种：

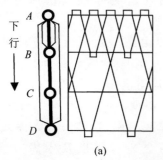
(a)

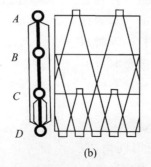
(b)

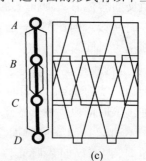
(c)

图5　两个交路的情况下大小交路的三种形式

大小交路方案适用于各区段客流量不均衡程度较大、有明显客流断点的情况。但是编制这种类型的列车运行图时，不仅要考虑列车车底数量、时间段过渡方式等因素，还要重点考虑以下几个方面的因素：

（1）运行间隔的合理匹配。在保证各交路区段运行间隔均衡的条件下，大小交路列车运行图的最大特点是大小交路的开行数量（或运行间隔）需保持一定的比例关系（如 1∶1,1∶2 等）。

（2）车底运用数量的计算。大小交路列车运行图中，车底运用数量取决于不同交路的运行周期。以两交路为例：

$$N_{总车底i} = \lceil T_{周小}/t'_{间小i} \rceil + \lceil T_{周大}/t'_{间大i} \rceil（列），$$

式中：$T_{周小}$ 表示小交路的运行周期时间（min）

$t'_{间小}$ 表示一个周期内小交路列车的平均间隔时间（min）

$T_{周大}$ 表示小交路的运行周期时间（min）

$t'_{间大}$ 表示一个周期内大交路列车的平均间隔时间（min）。

以上计算的值只是一个估算值，在运行图的实际编制过程中，由于大小交路的运行间隔要保持一定的比例关系，大小交路的车底运用周期也会相互制约，但相差不会超过一列。

（3）车底运用方式。在大小交路运行图中，车底周转有两种方式：独立运用和套跑运用。独立运用时，车底周转与某交路方式完全一致，在某一交路上运营的列车不能担任其他交路的运用任务，如图 6 所示。套跑运用时，车底周转与交路方式不完全一致，在某一交路上运营的列车可以担任其他交路列车的运用任务，如图 7 所示。

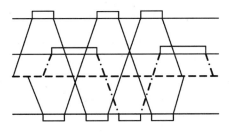

图 6　大小交路独立运用的车底周转方案

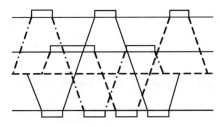

图 7　大小交路套跑运用的车底周转方案

3.6　运行图文件的输出与接口

为满足不同部门对列车运行图的使用要求，运行图及其相关资料应该具备多格式（如文本、图片、PDF 格式等）、多形式（如 Word、Excel、AutoCAD）、多接口（ATS 及其他系统之间）生成和输出要求。这些输出的结果包括：列车运行图、列车时刻表、车站时刻表、车底交路图、车底运用方案、车站首末班车时刻表、运行图相关指标等。

4　结语

TPM 系统已经在上海地铁运营有限公司得到实际运用，使用该系统已经实际编制了上海城市轨道交通 1、2、3 号线工作日与双休日的列车运行图（包括 1 号线北延伸段开通后的大小列车运行图）。从实际应用的情况看，该系统大大减轻了编图人员的劳动强度，加快了运行图编制的速度，取得了良好的效果。目前该系统已经升级到 V3.0 版本，并实现了网络条件下共线列车运行图的编制。随着轨道交通网络的逐步形成，应用该系统进行城轨交通列车运行图的计算机智能化编制和调整，将能提高我国城市轨道交通运输组织的现代化水平，提高城市轨道交通运输的效率、能力和安全。

参考文献

［1］徐瑞华,江志彬.城轨交通列车运行图的计算机编制相关问题探讨.见：裴玉龙.2004 海峡两岸智能运输系统学术会议论文集.哈尔滨.哈尔滨工业大学,2004

［2］江志彬,徐瑞华.多间隔条件下的城轨交通列车运行图计算机编制.见：朱照宏.交通运输工程领域博士研究生国际创新论坛会议论文集.北京：人民交通出版社,2005

［3］倪少权,吕红霞,杨明伦.全路列车运行图编制系统设计的研究.西南交通大学学报,2003,（3）

［4］马建军,周磊山,胡思继.计算机编制网状线路列车运行图系统研究.铁道学报,2000,（1）

［5］倪少权,吕红霞,刘继勇.计算机编制列车运行图系统调整系统设计及实现.西南交通大学学报,2001,（3）

（发表于《城市轨道交通研究》2006 年第 5 期）

运用"CSI"持续提高地铁运营服务质量的实践

朱小瑶

(上海地铁运营有限公司运营安全部)

摘要: 本文通过上海地铁连续四年运用"CSI"测评方法,找出质量管理中的薄弱点,不断改进、持续提高的实例,阐明了企业应当而且可能,利用"CSI"持续提高企业产品的质量。

关键词: 用户满意度(CSI),持续提高,服务质量

上海地铁运营有限公司自1999年起,已连续4年,委托上海质量协会用户评价中心,在地铁乘客中开展"用户满意度"(以下简称 CSI)调查评价。由于公司重视对每次"CSI"评价报告中的薄弱环节进行了有针对性的改进,因此,上海地铁运营服务的质量水平在逐年提高,反映出乘客对地铁服务的满意程度也在逐年提高。

1 历年的"CSI"测评情况介绍

上海地铁1999~2002年的"CSI"数据,见表1:

表1

线路名	年	度		
	1999 年	2000 年	2001 年	2002 年
1 号线	78.20	79.64	80.03	83.57
2 号线	未开通	79.02	80.57	83.58
3 号线	未开通	未开通	81.22	84.91
平均值	78.20	79.33	80.61	84.02

结论:

● 从1999年至2002年,各运营线路的"CSI"数据呈逐年提升之势;

● 开通运营晚的线路与较早开通的线路相比,起始的"CSI"数据高;

● 年平均"CSI"数据,也呈逐年提升之势。

上海地铁1999~2002年的客流数据,见表2:

表2 　　　　　　　　　(万人次)

线路名	年	度		
	1999 年	2000 年	2001 年	2002 年
1 号线	10 921.5	10 972.1	15 158.45	18 003.51
2 号线	未开通	2 581.0	8 734.37	10 732.68
3 号线	未开通	未开通	4 394.14	7 003.21
合 计	10 921.5	13 553.1	28 286.97	35 739.40

结论:

● 无论是年客流数,还是各运营线路客流数,均是逐年上升。

如果以1999年1号线的"CSI"及各线路开通当年的客流数为基准,各年"CSI"和客流数的上升百分比见表3:

表3

线路名	年	度		
	1999 年	2000 年	2001 年	2002 年
1 号线	1/1	1.018/1.005	1.023/1.388	1.069/1.648
2 号线	未开通	1.010/1	1.030/3.384	1.069/4.158
3 号线	未开通	未开通	1.039/1	1.086/1.594

注1:表中"CSI"数值在前,客流数值在"/"符号后

通过分析,可以发现:

● 各运营线路的"CSI"数值在逐年提高;

● 后开通运营的线路"CSI"起点值均高于最先开通运营线路的"CSI"起点值(78.20);

● 除2000年,后开通运营线路的"CSI"值略低于先开通线路的"CSI"值外(−0.62),此后各年,后开通运营线路的"CSI"值均高于先开通线路的"CSI"值;

● 各运营线路的客流呈逐年递增之势。其中,2号线的客流增长尤为迅猛。

分析表明:在客流逐年增大的形势下,上海地铁运营服务的"CSI"还保持了逐年提高。并且可以发现:后开通运营线路的质量管理,不仅保持了先运营线路在质量管理上的成功经验,而且形成了自己的管理特色,并得到乘客的认可,所以,"CSI"值,在首次测评中就比较高。

要形成各线路自己的管理特色,并得到乘客的认可,企业就必须在诸多质量管理措施中,及时发现管

理的薄弱环节,加以改进,并通过持续改进,逐步形成较成熟的质量管理模式。这也是质量管理重要的方法之一。充分、合理地运用了"CSI"测评结果,就既可及时发现管理薄弱点,又能随时获知广大乘客的需求,并验证改进效果。地铁运营的实践已证明,充分运用"CSI"测评结果,对提高地铁运营服务质量,有"投入少、见效快"之效能,确是行之有效的。

2　通过测评,找出服务管理的不足

在1999年的首次"乘客满意度"测评中,乘客最不满意的项目有:

- 列车拥挤程度(58.35);
- 上车秩序(64.17);
- 运营起止时间(68.27);
- 购票等待时间(74.36);
- 导向标志应统一、易识别(建议和意见)。

针对上述几条,我公司逐条责成有关处室限期改进。主要采取了以下措施:

(1) 由客运处负责编制和组织实施新的运行图,增加运行列车,挖潜增能,使有限的列车能最大限度地缓解乘客拥挤程度;

(2) 在站台候车线正对停站列车车门位置的地面上增贴标志,同时注明"先下后上",让乘客能有序乘车;

(3) 增加运营列车班次,将开往莘庄方向的末班车发车时间延长到22:15(原为22:00)、同样的,开往虹梅方向的末班车延长到23:00(原为22:30);

(4) 新增50元的储值车票,增设硬币自动兑换机,鼓励乘客在自动售票机上购票,减少购票等候时间;

(5) 由技术处负责对各车站的导向标志作出整改方案,全线采用统一的标识,便于乘客识别。

由于采取了这些措施,因此在第二次"乘客满意度"测评中,满意和比较满意的指标所占比例由第一次的35.71%提高到第二次的53.66%。该事例证明"乘客满意度"可以有效提供企业质量管理改进的方向。

"主要矛盾解决以后,次要矛盾就会上升为主要矛盾"。在改进和完善了已发现的企业管理薄弱点后,通过2000年第二次"乘客满意度"测评,又可以找到新的企业管理薄弱点。

此时2号线刚开始投运,在运营管理方面虽然沿用了1号线相对成熟的经验,由于整体磨合时间较短,虽然"乘客满意度"较1号线略低,但仍高于1号线第一次测评值。如:2000年测评:1号线

79.64(99年78.2);2号线79.02。

在第二次"乘客满意度"测评中也可以看出,乘客不满意的项目主要集中在2号线,主要是(1号线数值在前、2号线数值在后):

- 1、2号线之间的列车换乘不方便(62.32、38.75);
- 车票起点票价太高(60.56、41.90)。

为了整体提高地铁运营服务的质量,使乘客满意,企业将整改重点放在2号线。如:

(1) 责令票务分公司尽快在2号线实施与1号线统一的自动售检票系统,使两条运营线路间的换乘,实现"一票换乘"、同时进行换乘车站的改造,实现"乘客换乘不出站",方便了乘客。

(2) 在上海市政府的许可下,在2号线暂时实施1元起点车票。一方面鼓励市民乘坐地铁,另一方面也减轻了市区道路拥挤度。该举措对出行的市民有较大吸引力,尤其对需要过黄浦江的市民实现了廉价、快捷、方便出行的效果。

通过这些措施,地铁运营的服务质量又在满足乘客需求的基础上有了提高。

由于地铁运营是一个系统,局部的改进在短时间内是难以看出改进效果、且乘客的接受与乘车习惯的改变也需要时间,为真实反映改进后的效果,我们将"乘客满意度"测评暂定为每年一次(每年5~8月间,是全年客流的第二高峰时段)。

在2001年的第三次"乘客满意度"测评中,"CSI"又提高了(1号线提高0.39;2号线提高1.55),说明这次改进是有成效的。

通过测评又找到了新的服务薄弱点。这次乘客意见集中点是(1号线;2号线;3号线的程序排列):

- "车站"类中:"厕所设施完好"(61.69;62.71;68.08);
- "列车因故延误,车站的应急措施"(71.0;74.26;72.67);
- "对特殊乘客的服务"(72.7;79.17;73.73)。

据此,向总经理室提出了改进服务、提高管理质量的建议:

(1) 对车站的流动厕所加强管理,敦促有关管理部门,增加污物清理频次,减少进而消除厕所异味对车站的污染;

(2) 加强对"突发应急措施预案"的操练,提高各级客运服务人员对各类突发事件的应变处理能力;

(3) 加强对车站服务人员,尤其是对伤残、盲

人、离休干部等特殊乘客服务质量的稽查,通过考核,强化车站服务人员为特殊乘客服务的工作责任心。

总经理采纳了上述建议,地铁运营服务质量又得到了提升。

根据 2002 年 6 月的第四次"乘客满意度"测评提供的信息,"厕所设施完好"和"对特殊乘客的服务"二项,消除了不满意,全体被测评乘客的反映是:满意或基本满意。

但"对突发事件的应急措施"仍有较大的不满意(69.7;67.29;75.09)除了 3 号线有所提高(+2.42)外,1、2 号线反而有所下降(-1.3;-6.97)。经对"CSI"测评提供的乘客"建议或要求"的分析,发现乘客要求当列车突发故障时,车站和列车应及时向乘客通报,预测列车恢复正常运营的时间,以供乘客作出等待还是另换交通工具的决定。仅仅加强对"预案"的操练,并不能使乘客满意。为此,我们制定了《非正常运行时车站、列车广播工作规定》的文件,针对不同的突发情况,规定了统一的六种广播词(列车贻误、列车退出运营、前方列车故障、列车通过等)同时车站运营信息显示屏也同步显示相同的信息。对车站引导、疏散和安排退票等都作了明确规定。希望能收到预期的效果。

除此之外,这次"CSI"测评,得分较低,显示乘客还不太满意的是(应当说,80 分已能列入乘客满意范围,下面列出的只是本次测评所有项目中最低的一些项目):

● "对服务质量的投诉结果":78.64(77.59;81.88;76.32);

● "礼貌待客、解答耐心":80.18(79.72;80.12;81.78)。

同样,针对性地提出提高服务质量的建议:

(1)要提高向投诉者回复投诉处理结果的反馈质量,无论是投诉处理的结果还是必要的解释,内容要详略得当,解释要合情合理,取得乘客理解。要提高投诉结果反馈人员的工作责任心和业务水平。

(2)在车站接待乘客的并不全部是客运服务人员,也有驻车站的设备检修人员。由于分工不同、服务对象不同、业务性质不同,因此,在解答乘客询问的态度就有"天壤之别"。而一般乘客对车站的地铁工作人员,只认制服、不分工种,一律认为是服务人员。我们以前在"礼貌待客、解答耐心"方面,主要抓了客运人员,事实证明是远远不够的。尤其需要加强对非客运分公司的其他各专业分公司驻

站人员的"首问责任制"。他们的服务态度已直接影响到客运服务水平。

这些改进措施是否有效,必然会在下次"乘客满意度"测评中反映出来。

"乘客满意度"测评—找出管理薄弱点—制定针对性措施—实践中检测效果—巩固成绩定规章(确有实效)—修改措施再实施(效果不大)—再次实践测效果—下次"满意度"测评

上述过程就是质量管理中"PDCA"原理,无限循环、阶梯上升,使企业质量管理持续提高。

3　按 ISO9001:2000 要求,完善质量管理体系

上海地铁的前身是上海地铁总公司,于 1998 年经由第三方认证,通过了 ISO9002:1994 的质量体系认证。在持续改进的基础上,按 ISO9001:2000 的要求,通过整体提高地铁的运营服务质量,进而完善了地铁的运营服务,并于 2001 年 7 月通过了上海市质量认证机构单位的 ISO9001:2000 转版认证(同时自动获得美国、荷兰质量机构的认证)。成为我国内地轨道交通运营服务质量第一个获得国际质量认证证书的单位。

在 2000 版 ISO9000 族标准中明确提出"八项质量管理原则",其中首条原则就是"以顾客为关注焦点";原则 2 是"领导作用";原则 6 是"持续改进";原则 7 是"基于事实的决策方法"。持续地通过"CSI"测评、向领导提出改进建议、在领导决策后实施,再对改进后的实际效果进行"CSI"测评;不断循环,持续提高,就是"八项管理原则"在企业质量管理中的具体运用。

当然,无论是发现"管理薄弱点"、检验"对策的有效性",还是领导的"基于事实的决策",都必须"以顾客为关注焦点",并最终落实在使"用户满意"上。而最能反映用户满意与否的反馈形式就是"用户满意度"。

上海地铁 4 年来的实践证明:"CSI"测评,对提高企业的质量是有效的手段和有力的保证,也是符合 ISO9000:2000 国际标准要求的,更是提高企业竞争力的武器。

上海地铁主要着眼于 ISO9001:2000 标准的科学性、严密性和实效性。事实也证明只有按照标准要求,并在运营服务中贯彻执行,才能有效提高运营服务的质量、提高企业管理的水平、提高乘客的满意度,最终使企业在激烈的市场竞争中占有一席之地。

4 运用"CSI"持续提高运营服务质量

"乘客满意度"既能代表企业质量管理的水平，又能提高企业的社会知名度。但是如果仅满足于向社会公布"CSI"，仅满足于一时的提高企业知名度，而忽略了对每次"CSI"测评中，顾客不满意部分质量缺陷的改进，甚至找出种种理由为质量缺陷解脱，除了说明这个企业并没有充分认识"CSI"的重要性和没能充分利用"CSI"资源外，还白白浪费了每次花了人力、财力才获得的可贵的"CSI"资料。任何企业，尤其是服务单位，质量管理"没有最好、只有更好"。再好的企业在管理上，总有可改进之处。只是，有些管理薄弱点在明处，可以轻而易举地发现，有些则不那么容易发现。有些企业提出"高价求购意见"就是发动用户，为企业寻找管理薄弱点的明智之举。

"用户是企业生存之本"说明了企业最终必须被用户接受，否则只能被市场淘汰。所以，企业必须要了解用户的需要，使用户满意。而用户的要求又分为明示的和习惯上隐含的两种。

地铁作为城市公共交通工具，服务对象涉及社会各阶层。由于文化程度、生活习俗、乘车习惯等差异，造成"用户满意度"的难以确定。必须找出为大多数乘客一致认可的服务标准，才能获得最佳的企业管理效果。"乘客满意度"就是一种寻找和发现"乘客一致认可的服务标准"的有效方法。

"社会在发展、时代在前进"，乘客的要求也不是一成不变的，也在不断变化。上海地铁在开通之初，市民对地铁也首次接触。对"初睹地铁芳容"的市民而言，处于了解、熟悉阶段，此时乘客要求最容易满足。

随着市民对地铁的熟悉、了解和习惯，认识了地铁在城市公共交通中的快速、便捷的特点，接受并将之融合在自己的日常生活中，对地铁的服务就提出了新的要求。从上海地铁已经进行的四次"乘客满意度"测评就可以看出，乘客的不满意不是简单的重复，而是在逐步提升。如：要求延长运营时间、减少购票等待时间、缩短列车运行间隔等，就是不断提高对地铁运营服务质量要求的过程。可以推断，乘客对地铁运营服务的质量，还会在今后不断提高。作为提供服务的地铁就有及时掌握乘客的要求、不断满足乘客的新需求，才能获得乘客认可，才能获得较高的"乘客满意度"。

综上所述，"乘客满意度"是持续提高企业质量管理的有效手段，也是企业发现管理薄弱点的有效手段、更是企业发展的根本和着眼点。因此，只有合理运用"CSI"测评结论，才能使企业持续提高服务质量。

（发表于《上海质量》2002 年第 10 期）

灰色预测法在城市轨道客流预测中的应用

吴　强

（上海地铁运营有限公司运营安全部）

摘要：本文用灰色系统理论，对城市轨道交通客流量进行预测。此方法利用城市轨道交通客流量历史数据建立 GM(1,1) 模型群，对模型群中的各个模型进行精度检验，并选取其中精度较高的模型预测客流量。

关键词：城市轨道交通，客流量，灰色预测

轨道交通运营企业需要对客流进行科学的预测，在此基础上编制的运营方案，才能使运能与客流需求相匹配，降低车厢拥挤程度，同时又避免列车满载率过低、运能浪费，使方案具有最佳经济效益和社会效益的。

客流量的变化受到各种因素的影响，如轨道交通网络的便捷性、天气、日期、票价等等，这些影响因素作用机制无法用精确的数学模型来合理描述，而常用的传统的预测方法大多采用回归分析法，这类方法需要大量的数据，要求分布典型，但计算量大、预测结果误差大[4]。对于地铁客流量变化这个系统而言，我们已知的是过去每年的客流数据，需要知道的是未来的客流量数据，这恰恰就符合了灰色系统的基本特征即——"部分信息已知，部分信息未知"[5]，所以灰色系统预测方法比较适合城市轨道交通客流量的预测。

灰色系统理论是将原始数据进行直接累加、移动平均加权累加等方式生成，使生成数列呈现一定的规律性，利用典型曲线逼近其相应曲线，以逼近的曲线作为模型，对系统进行预测[1]。灰色系统预测不要求原始数据的量大、数据分布典型，只需要是时间数据列即可。目前在农业、气象、水利等方面的成功应用例子证明，该方法预测精度较高[3]。基于以上原因，本文选择灰色预测理论来进行城市轨道交通客流量的预测。

1 灰色系统的建模理论

1.1 GM 构建模型

GM 模型即灰色模型。建立模型前先将原始数列进行处理，构造出规律性较强的新数列[2]。处理方法就是对原始数列进行累加生成，一般进行一次累加。累加次数根据模型精度来决定，如果精度低可以进行第二次累加或者扩大、缩小数列维数，重新构造模型。

建模：原始数列 $X^{(0)}$：$X^{(0)}(1)=(x^{(0)}(1), x^{(0)}(2), \cdots, x^{(0)}(n))$。

对其进行一次累加生成数列 $X^{(1)}$：$X^{(1)}(1)=(x^{(1)}(1), x^{(1)}(2), \cdots, x^{(1)}(n))$，其中 $x^{(1)}(k)=\sum_{i=1}^{k} x^{(0)}(i)$，$k=(1, 2, \cdots, n)$。

累加生成的数列可以使任意非负数列变为非减的递增数列，这样使该数列的随机性得到减弱，规律性得到加强[2]。

对 $X^{(1)}$ 建立白化方程 $\dfrac{dx^{(1)}(t)}{dt}+ax^{(1)}(t)=u$[1]，这是一个一阶单变量微分方程，记为 GM(1, 1)。根据灰色理论，取参数列 $\hat{a}=(a, u)^T$，根据最小二乘法可以化简该式，得到

$$\hat{a}=\begin{bmatrix} a \\ u \end{bmatrix}=(B^T B)^{-1} B^T Y_N, \tag{1}$$

其中，

$$B=\begin{bmatrix} -\dfrac{1}{2}(x_1^{(1)}(1)+x_1^{(1)}(2)) & 1 \\ -\dfrac{1}{2}(x_1^{(1)}(2)+x_1^{(1)}(3)) & 1 \\ -\dfrac{1}{2}(x_1^{(1)}(n-1)+x_1^{(1)}(n)) & 1 \end{bmatrix}, \tag{2}$$

$$Y_N=[x^{(0)}(2), x^{(0)}(3), \cdots, x^{(0)}(n)]^T. \tag{3}$$

解微分方程 $\dfrac{dx^{(1)}(t)}{dt}+ax^{(1)}(t)=u$，得到响应函数：

$$\hat{x}^{(1)}(t+1)=\left(x^{(0)}(1)-\frac{u}{a}\right)e^{-at}+\frac{u}{a}, \quad (4)$$

接着对 $\hat{x}^{(1)}(t+1)$ 还原，求得预测值 $\hat{x}^{(0)}(t+1)$。

$$\hat{x}^{(0)}(t+1)=\hat{x}^{(1)}(t+1)-\hat{x}^{(1)}t。 \quad (5)$$

1.2 模型精度检验

灰色理论建模一般采用后验差检验、关联度检验来检验[1]，若原始模型不能达到精度要求，则需对模型进行校正和优化，后验差检验依据的数据是：C、P，其计算过程如下。

求原始数列的均值

$$\overline{x}^{(0)}=\frac{1}{n}\sum_{k=1}^{n}x^{(0)}(k)。 \quad (6)$$

求残差 $\varepsilon^{(0)}$ 的均值 $\overline{\varepsilon}^{(0)}$

$$\varepsilon^{(0)}=x^{(0)}(k)-\hat{x}^{(0)}(k), \overline{\varepsilon}^{(0)}=\frac{1}{n}\sum_{k=1}^{n}\varepsilon^{(0)}(k), \quad (7)$$

求原始数列的方差与均方差

$$S_1^2=\sum_{k=1}^{n}\left[x^{(0)}(k)-\overline{x}^{(0)}\right]^2, S_1=\sqrt{S_1^2/(n-1)}, \quad (8)$$

求残差的方差与均方差

$$S_2^2=\sum_{k=1}^{n}\left[\varepsilon^{(0)}(k)-\overline{\varepsilon}^{(0)}\right]^2, S_2=\sqrt{S_2^2/(n-1)}。 \quad (9)$$

计算方差比： $\quad C=S_2/S_1 \quad (10)$

计算小误差概率：

$$P=\{\,|\varepsilon^{(0)}(k)-\overline{\varepsilon}^{(0)}|<0.067\,45S_1\} \quad (11)$$

2 GM(1,1) 在客流变化预测中的应用

2.1 原始数列选取

表 1 模型精度表[1]

精度等级	P-精度	C-精度
优	$0.95\leqslant P$	$C\leqslant 0.35$
良	$0.80\leqslant P<0.95$	$0.35<C\leqslant 0.50$
中	$0.70\leqslant P<0.80$	$0.50<C\leqslant 0.65$
差	$P<0.70$	$0.65<C$

为了能够找到精度最高的模型，我们从原始数据中分别抽取 3、4、5、6、7、8 个数据来组成原始数列 $x^{(0)}$，构建模型群。对不同维数模型的结果进行比选，从模型群中选择精度最高的模型作为预测用。

原始数列的选取：上海某轨道交通线近年来的年客流量如下表：

表 2 某轨道交通线年客流量原始数据(单位：万人次)

1995 年	1996 年	1997 年	1998 年
6 479.344 7	8 948.838 8	10 251.350 7	12 606.238 2
1999 年	2000 年	2001 年	2002 年
10 921.5	10 972.1	15 158.21	18 003.51

根据表 2 数据构建原始数列 $X^{(0)}$、$X^{(1)}$。

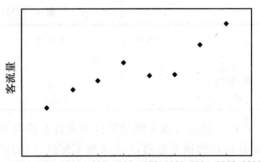

图 1 原始数列散点分布图

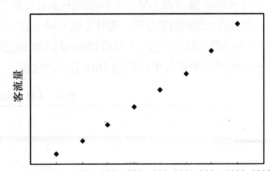

图 2 生成数列散点分布图

2.2 模型建立

这里以 3 维为例子构建 GM(1,1)。

根据公式(1)计算得：

$a=-0.171\,601\,363, u=11\,974.797\,94。$

根据以上计算，依照公式(4)得出模型的时间响应函数为：

$$\hat{x}^{(1)}(t+1)=80\,754.750\,61e^{0.171\,601\,363t}-69\,782.650\,61。$$

根据公式(5)还原计算出 $\hat{x}^{(0)}$，预测值 $\hat{x}^{(0)}(4)=21\,307.640\,3$，即 2003 年该轨道交通某线年客流量预测值为 21 307.640 3 万人次。

将 $X^{(0)}$ 各维数列的建立的 GM(1,1)模型群列为表3：

表3　GM(1,1)模型群

	3维	4维	5维	6维	7维	8维
预测值	17 947.742 6	18 166.727 8	17 807.184 1	16 927.870 0	16 717.410 0	16 660.570 0
相对误差	−55.767 4	163.217 8	−196.325 9	−1 075.640 0	−1 286.100 0	−1 342.940 0
绝对误差	−0.310 7%	0.898 4%	−1.102 5%	−6.354 3%	−7.693 2%	−8.060 6%

根据表2中2002年实际值为18 003.51,预测值中3、4、5维GM(1,1)模型的预测结果最接近实际值,6、7、8维GM(1,1)模型预测结果与实际值误差较大。

2.3　模型精度检验

根据公式计算出方差比 C、小误差概率 P,各模型检验结果如表4所示。

表4　GM(1,1)模型群的精度比较

	8维模型	7维模型	6维模型	5维模型	4维模型	3维模型
C-精度	0.399 5/良	0.495 7/良	0.560 2/中	0.284 2/优	0.171 1/优	0.002 6/优
P-精度	1/优	1/优	0/差	1/优	1/优	1/优
综合精度等级	良	良	差	优	优	优

由表4数据与表1模型精度表进行查找可知,3维GM(1,1)的精度最高,6、7、8维GM(1,1)的预测精度都不是很理想,6维GM(1,1)预测精度最差。

2.4　预测结果分析

由于6维、7维、8维GM(1,1)模型的预测精度较差,故不再对其进行预测结果分析。现对3维GM(1,1)、4维GM(1,1)和5维GM(1,1)这三个精度较高的模型的预测结果进行分析,将原始值与预测值进行相对误差的比较。

3维GM(1,1)的预测结果误差分析见表5。

表5　3维GM(1,1)预测结果误差分析　　万人次

	2000年	2001年	2002年	2003年
原始值	10 972.1	15 158.21	18 003.51	—
预测值	10 972.1	15 117.65	17 947.74	21 307.64
相对误差	0	0.27%	0.31%	—

4维GM(1,1)的预测结果误差分析见表6。

表6　4维GM(1,1)预测结果误差分析　　万人次

	1999年	2000年	2001年	2002年	2003年
原始值	10 921.5	10 972.1	15 158.21	18 003.508	—
预测值	10 921.5	11 370.32	14 372.25	18 166.73	22 963.01
相对误差	0	−3.63%	5.19%	−0.91%	—

5维GM(1,1)的预测结果误差分析如表7。

表7　5维GM(1,1)预测结果误差分析　　万人次

	1998年	1999年	2000年	2001年	2002年	2003年
原始值	12 606.24	10 921.5	10 972.1	15 158.21	18 003.508	—
预测值	12 606.24	10 045.45	12 157.51	14 713.63	17 807.18	21 551.15
相对误差	0	8.02%	−10.80%	2.93%	1.09%	—

从表5、表6和表7的数据分析得出,3维GM(1,1)的预测值拟合效果最好,其原始数据与预测结果比较如下图所示。浅色实线为原始数据生成的增长趋势线,黑色虚线为3维GM(1,1)预测值,两条线衔接十分紧密,重合率很高,可见3维GM(1,1)模型预测值与实际值的误差最小。

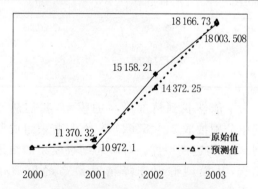

图3　3维GM(1,1)实际值与预测值比较

3 结论

经过多次实例验算以及与 2003 年实际年度客流数据比较分析，预测结果与实际结果的相对误差达到 -16.34%。分析主要原因是 2003 年的"非典"，推算 4、5、6 月份客流损失接近 400 万人次（保守估算）。由于模型根据原始数列中数据的增长趋势进行预测，所以"非典"这一不确定因素严重影响了预测值的精度。但是如果将 2003 年 400 万损失的客流修正到预测的 2003 年客流数据中，则预测值与实际值误差在 340 万人次，基本处于实际运用可接受误差范围内。

同时以修正后的 2003 年预测值加入 2001～2003 年的原始数列中，则 2004 年预测值为 22 363.17 万人次，预测值与实际值误差在 527.98 万人次，相对误差为 2.31%，也基本处于实际运用可接受误差范围内。

通过以上研究可以得出以下几点结论：

（1）灰色预测法无法对外部环境发生显著变化年份的线路客流量做出精确的预测，如"非典"、新线与其构成新换乘点、票价调整等，这些外部环境的变化影响了模型对客流变化趋势规律的分析研究。

（2）在预测城市轨道交通客流量过程中，原始数列中数据的发生年份可以不连续，这对模型的建立以及计算不产生影响，但预测值的精度将降低。

为提高预测值的精度，应选取距预测年份最近且连续年份的数据构成灰色预测模型的原始数列。

（3）在预测远期城市轨道交通客流量时，在预测城市轨道交通客流量过程中，构建灰色预测模型的原始数列的维数必须大于等于 3 维。

综上所述，该方法只能适用于外部环境相对封闭的线路进行预测，受外界环境变化因素影响小，且线路所吸引的客源相对稳定，无重大客流增长拐点的线路。可见该方法并不能直接应用于城市轨道交通客流的预测，必须与其他客流预测方法相结合。

参考文献

[1] 邓聚龙.灰色控制系统.武汉：华中工学院出版社，1985,8

[2] 邵义元,胡志坤.改进的灰色预测方法及其应用.鄂州大学学报,8(4),2001

[3] 景国勋.灰色预测理论在煤矿上的应用.地质勘探安全,1994,(2)

[4] 刘树堂,商庆森,姚占勇.道路累计交通量的灰色预测方法探讨.山东工业大学学报,29(1),1999,2

[5] 李群.灰色预测方法.齐鲁珠坛,1997,4

（发表于《城市轨道交通研究》2004 年第 3 期）

轨道交通网络化运营客流分析方法

赵宇军

（上海地铁运营有限公司轨道交通票务中心）

摘要：本文介绍上海地铁客流分析的一般方法：根据客流分析的目的确定客流分析的侧重点，并且选择合适的客流指标进行分析，最终达到客流分析的目的。介绍了客流分析中经常使用的各项指标。介绍了四类客流分析：常规的客流分析；运营条件不变情况下，客流突变时的客流分析；运营条件发生改变时的客流分析；其他外部因素影响下的地铁客流分析。以及各类分析的侧重点与指标的选择。

关键词：客流分析，指标

我国地铁的大发展是最近十几年的事情。就上海地铁而言，其经历了人工售检票、自动售检票到网络化的自动售检票的过程。由于地铁具有便利、快捷、省时的特点，越来越成为人们出行必选的交通工具之一。地铁的发展，伴随着其客流的不断增长，同时地铁技术也不断的专业化和现代化。在这样的情况下，地铁客运情况的分析对现代地铁安全运营、企业经济效益和成本分析的作用也越来越重要。采用科学的方法攫取、分析地铁客运信息，不仅能为决策层制定地铁安全运营策略提供科学决策依据，还能为制定突发事件预案提供科学依据。因此，实时监控客流信息并对客流信息作出科学合理分析已经成为一项重要工作。本文主要就客流信息指标的选取，指标分析的侧重点作出一些阐述。

1 客流分析中的各项指标

在地铁客流分析中，通常要对多种数据进行分析，我们将这些数据称为地铁客流分析的各项指标。通过这些指标可以清楚地了解一段时间内客流的大致情况以及特征。

1.1 客流分析的常用指标

在地铁客流分析中有一些数据指标是经常需要使用到的，通过这些指标就能大致反映出客流的一些基本的特征。

（1）客流量。客流量指标是反映一段时间内乘客流多少的值，是指在一段时间内乘坐某一线路的人次。它包括本线乘客人次、由其他线路换入本线的乘客（非本线进站，本线出站的客流）人次，在网络化环境下还包括非本线进站，经由本线换入第三条线路的客流[1]。

（2）运营收入。运营收入是指地铁某一线路实际运营所得到的收入，即是乘客在某一线路实际消费的金额的总计。

（3）平均票价。平均票价是指每一人次客流乘坐地铁平均所花费的费用。

（4）平均运距。平均运距是指每一人次客流乘坐地铁的平均距离。

线路平均运距＝根据清分规则计算乘坐该线路的所有客运周转总量/总客流量（含换入客流）

如发生换乘的情况，则按此人在各线路的乘坐里程计入各线路的里程。如涉及3、4号线9个共线车站的按2：1的比例将里程进行分摊。[2]

（5）各票卡使用比例。目前上海地铁中使用单程票和一卡通，票卡使用比例就是指使用这些票卡的客流的百分比。

（6）小时客流。小时客流是指单位时间内各车站（或各线）的进出站的乘客人次。单位时间通常为一小时。

（7）断面客流。断面客流是指在一个规定的时间段内，由从一个站到另一个站之间所通过的人流总量。断面客流是一个矢量，它的方向通常用这两个站点之间的上行或者下行来规定。[2]断面客流的时间单位通常取一小时或15分钟。通过断面客流这一指标可以推算出车厢的拥挤度。

1.2 非常用指标

除了一些常用的客流分析的指标外，一些其他的指标在客流分析中也会使用到，如各种票价客流百分比、各里程客流百分比、车站客流比例、设备使用量和使用比例、交通卡优惠情况等指标。

上海地铁目前实行的是分级票价，通过各种票价客流百分比和各里程客流百分比两个指标可以看出各个票价和各个里程客流的分布情况。这些指标可以为制定调价方案提供一定的参考和依据。

车站客流比例是指车站客流占所在线路的客流的百分比。通过这一指标可以看出客流在不同地理区域的分布情况。

设备的使用量和使用比例是指人们使用一台设备的次数和使用这台设备占该站设备总使用量的百分比。这个指标可以为设备移位或增加/拆除设备提供依据。

交通卡优惠情况包含四项内容：在地铁中使用交通卡的总张数、享受交通卡优惠的交通卡张数、地铁中交通卡消费的总金额、地铁中交通卡优惠掉的金额。由于上海地铁目前对公共交通一卡通实行优惠措施：自然月中使用同一张交通卡在地铁消费满70元后，在地铁的消费实行九折优惠。因此享受交通卡优惠的乘客对于地铁来说是比较固定的客源。所以这一指标可以反映出这些客源在地铁交通客源中所占的比例。

总之，这些非常用的指标是对常用指标的一个补充。通过这些指标能更全面地反映客流的真实情况。对于这些指标的选取主要是看指标是否能够正确说明客流的情况或客流变化的情况。

2 需要进行客流分析的一些情况

由于客流分析是对一阶段客流情况的总结，所以通常在一些情况下要进行客流分析，这样有助于对客流变化情况的掌握，并且可以有利于对一段时期的客流数据进行归档与保存。

（1）常规的客流分析。常规的客流分析包括每月、每季度、每年度、节假日的客流分析等。

（2）运营条件不变的情况下，客流突然发生变化时需进行客流分析。如客流突破新高。

（3）运营条件发生改变时需进行客流分析。如新线开通，增加运能、票价调整、设备位置变动等情况。

（4）其他外部条件改变，可能影响地铁客流的情况发生时需进行客流分析。如2002年徐家汇公交调整后对地铁客流产生影响；上海火车南站开通对地铁客流的影响。

3 各种客流分析的侧重点

要进行客流分析首先要分析进行此次分析的侧重点，然后再根据具体的需求选择真确的数据指标进行分析。

（1）常规的客流分析。月客流分析、季度客流分析和年度客流分析的主要目的是对整个时期客流情况的总结。主要反映在这些特定时间内客流的一些基本特征。

（2）对于客流突然发生变化时的客流分析。这一类的客流分析主要说明客流变化的情况。例如客流量的变化量，各票卡使用比例的变化等等。

（3）运营条件发生改变时的客流分析。这一类的客流分析主要要说明运营条件变化时客流变化的情况。例如新线开通时，要分析新线的客流特点，以及它对既有线路的各种影响，如客流量的变化等等。

（4）其他外部条件改变，可能影响地铁客流的情况发生时的客流分析。这一类的客流分析主要是为了说明其他条件发生变化时（如地面交通环境发生改变，大型活动等）对地铁客流的影响。

4 选择正确的指标进行客流分析

前文已经提到，对于不同的客流分析有着不同的侧重点，因此对于各种不同的客流分析要选择合理、正确有效的指标。

（1）常规的客流分析。这一类的分析主要是对一段时间客流特征的总结。通常对于这一类的客流分析，选择客流量、运营收入、小时客流、断面客流、平均票价、平均运距、票卡使用比例这些指标就可以反映客流特征了。

（2）客流突破新高时的客流分析。这一类分析不仅仅是对某一天客流特点的总结，另一方面要分析出客流的增长点，如在某一段时间内客流增长明显或某一个（或几个）车站的客流增长明显。因此，除选择客流量、运营收入、小时客流、断面客流、平均票价、平均运距、票卡使用比例这些指标外还可选择车站客流量比例这一指标。同时对于这些指标应与上周同期（或上几周同期的平均值）进行比较，以得出结论。

（3）运营条件发生改变时的客流情况分析。

① 新线开通的情况。对于新线路开通的情况，不仅要分析新线路的客流特征，还要说明新线路的开通对其他线路的影响（特别是在网络化运营环境下，新线路的开通必定会对既有线路的客流产生影

响）。这就需要在选择客流量、运营收入、小时客流、断面客流、平均票价、平均运距、票卡使用比例这些指标外还要选择换乘客流这个指标。换乘客流指标选择时主要是新线路的换入、换出和途经客流。

② 增加运能的情况。运能的增加通常是在某一条线路上实现的，主要是为了缓解车厢的拥挤度。运能的增加对于总的客流、运营收入、平均票价、平均运距的改变的效果也许并不明显，但对于车厢拥挤度的改善是很有作用的。车厢的拥挤度可以通过断面客流计算得出，因此在进行这一类的分析时断面客流就是一个很重要的指标，通常选取运能增加线路、时段的断面客流进行分析。

③ 票价调整的情况。票价调整后客流分析的重点将是分析票价调整对客流结构产生的影响。这时除选取作客流分析时常选用的各个指标外主要选取各个票价的客流比例来进行分析，并与调价前的数据进行对比以得出结论。注意，此处选取的是百分比，由于票价的调整会对总客流产生一定的影响，所以选取个票价使用人次进行对比并不能说明客流结构的改变。

④ 设备位置变动的情况。有时车站的设备会因为运营的需要而改动位置，这时候分析的重点在于设备位置改变后人们对这些设备的使用情况，通常选取设备使用量和使用比例的指标来进行客流分析。

（4）其他外部条件改变，可能影响地铁客流的情况发生时需进行客流分析。

这一类的客流分析主要是为了说明其他条件发生变化时（如地面交通环境发生改变，大型活动等）对地铁客流的影响。因此首先要分析这些活动（或改变）对地铁的客流是否产生了影响；若产生影响那么这些影响是对整个地铁网络的影响还是对某一条线路（或者某一个车站）的影响较大（可以通过每日的运营报表来了解基本的影响情况）。分析清楚这些后就能选择正确的指标进行深入的分析了。

如果是对全网络的影响，则对全网情况进行分析。如果对某条线路或某个车站的影响较大时，则要在对全网进行简要分析后对该线路或该车站进行重点分析。分析时对小时客流的变化将是一个重点。

5　进行客流分析工作的一般步骤

进行客流分析的一般步骤是首先确定要分析的目的，比如是总结一段时间客流的特点还是了解一段时间客流变化的情况等等（明确所做的客流分析的分类）；其次根据分析的类型明确分析的侧重点；再次根据侧重点选择适当的指标；最后根据指标的数据得出结论。

6　客流分析工作的一些展望

经过长期的工作可以发现，在一般的情况下（指没有突发事件的情况）地铁的客流是有一定的规律的。掌握这些规律，结合当前的实际情况，可以对未来一段时间内的客流情况进行预测。这些预测可以为决策部门调整和制定新的运营策略提供依据，也可以为各个运营单位提供服务。

综上所述，通过对地铁客流情况的分析，就能比较清晰地了解整个地铁运营的实际情况。对于所反映出来的问题可以通过决策层合理的予以解决。并为地铁合理扩大运能，制定安全运营策略提供优良的统计数据。

断面客流在轨道交通运营中的统计方法

瞿　斌

（上海地铁运营有限公司轨道交通票务中心）

摘要：本文主要是对于不同时期下断面客流的统计公式、特点和使用计算的方式进行讨论，并对网络化运营情况下的路网断面客流的统计方法提出了**全网路径（子路段）还原法**，该方法根据 OD（Origination-Destination）统计信息结合乘客途径算法所得到的途径站点进行数据再次拆分，将每一个 OD 流量根据途径站点按最小时间间隔还原到每一个子路段（区间），然后根据断面客流所需的时间间隔对相应的子路段的值进行汇总，计算得到所需统计的路网断面客流。

关键词：轨道交通，断面客流，OD，路径还原

轨道交通系统的客流是动态变化着的，但这种动态变化是有规律的，可以在实践中了解它、掌握它，并根据客流的动态变化，及时配备与之相适应的运输能力，给乘客提供良好的公共交通服务。在轨道交通系统的运营过程中，要掌握客流在时间、空间上的动态变化规律，必须经常进行各种形式的客流调查。

在 AFC 系统使用后，每位乘客乘车的起始、终到车站、时间等要素作为一个交易记录实时上传到中央计算机系统数据库中。通过充分利用 AFC 系统数据库资源，应用计算机等先进工具，开发应用软件，做好日常客流特征分析，指导行车调度，指导票价方案的制定，指导车站设备位置合理调整，指导设备科学维修。AFC 系统的投用将显著提高运营线路的管理水平，优化票务管理流程，全面提升轨道交通的整体服务质量。

1　断面客流的概念及对运营组织的应用价值

断面客流是指在一个规定的时间段内，从一个站到另一个站之间所通过的客流总量；断面客流是一个矢量，通常它又可分为上行和下行断面客流量。

断面客流量 P 的计算见下式：

$$P_{i+1} = P_i - P_x + P_s$$

式中：P_{i+1}：第 $i+1$ 个断面客流量（人）；

P_i：第 i 个断面客流量（人）；

P_x：在车站下车人数（人）；

P_s：在车站上车人数（人）。

在单位时间内，通过各个断面的客流量是不相等的。其中，单向断面客流量大的断面称为最大客流断面，最大客流断面的客流量称为最大断面客流量。上下行的最大客流断面一般不在同一断面上。在以小时为单位计算断面客流量的情况下，分时断面客流量最大的小时称为高峰小时，与高峰小时相对应的是低谷小时，城市轨道交通的高峰小时有早高峰与晚高峰之分。在城市轨道交通运输方式中，通常还以车站的乘降或换乘人数衡量或考核客运量的大小，客运量的统计以年、日或小时为单位。

就行车组织的内容而言，高峰小时的最大断面客流量是一项重要的基础资料，而全日分时最大断面客流量是确定轨道交通系统全日行车计划和车辆配备计划的基础数据。

2　断面客流在不同时期下的统计及分析方法

（1）人工检票方式下客流的统计和分析方法。在 AFC 系统尚未投用之前，所有的客流调查均使用人工调查/统计的方式进行。内容通常包括全线客流调查和客流抽样调查两部分。全线客流调查一般连续进行两或三天，在全天运营时间内，调查全线所有车站的所有乘客的下车地点和票种情况，并将调查资料以 5 分钟作为间隔分组记录下来。断面客流的目测调查作为一种经常性的客流抽样调查，根据需要，可选择一或两个断面进行调查，一般是对最大客流断面进行调查，调查人员用目测估计各车辆内的乘客人数。

而这种类型的客流调查时间长、工作量大、需

要较多的调查人员，同时在对调查资料进行整理、统计和分析的时候对人员的操作要求较高，故人为统计的误差较大。

（2）单线路 AFC 系统断面客流的统计和分析方法。对于单线路 AFC 系统断面客流的计算可根据断面客流的计算公式进行统计：

$$P_{i+1} = P_i - P_x + P_s$$

要求出 P_{i+1} 必须先统计出每个车站的上车人数 P_i、下车人数 P_x 及上一断面客流量 P_i。

对于单线路而言，断面客流统计首先必须确定上、下行的方向，其次确认该方向断面客流统计的起始站，起始站的上一断面客流量 P_i 及下车人数 P_x 不存在，该两个数字均为 0，起始站的进站客流 P_s 即等于该线路的第一个断面客流量 P_{i+1}。下一个车站的上车客流 P_s 和下车人数 P_x（在不考虑车站乘客滞留站台的情况下）就是按 OD 所统计得到该车站乘客的上行（下行）进出站客流。以此类推可以求出该方向各车站的上下客及区间断面的变化情况；反之可以统计出另一方向的断面客流变化的情况。下图中两边框内的数据代表个车站的进出站客流，中间框内的代表各区间的断面客流。具体表现的形式见如下图所示：

上行（8:00~9:00）			车站	下行（8:00~9:00）		
进站人数	断面客流	出站人数		进站人数	断面客流	出站人数
8957		0	车站1	0		2698
	8957				2698	
2672		276	车站2	43		1743
	11353				4398	
2475		705	车站3	41		3386
	13123				7743	
1762		1346	车站4	193		3494
	13539				11044	
9455		2416	车站5	2491		6751
	20578				15304	
1436		4493	车站6	1045		3952
	17521				18211	
32		5727	车站7	3354		529
	11826				15386	
481		3680	车站8	4793		542
	8627				11135	
485		3367	车站9	4494		323
	5745				6964	
102		1076	车站10	912		93
	4771				6145	
317		454	车站11	2204		16
	4634				3957	
249		978	车站12	2565		13
	3905				1405	
0		3905	车站13	1405		0
P_s	P_{i+1}	P_x		P_s	P_{i+1}	P_x

图　断面客流统计表

（3）简单路网 AFC 系统断面客流的统计和分析方法。随着上海城市轨道交通客流和里程的不断增加及方便乘客的出行，越来越多线间换乘站点的出现，使得整个城市轨道交通系统形成了"一个网络"。由于线间换乘车站的引入，乘客在路网完成一次旅行将涉及多个换乘站点和多条线路的上下行方向，断面客流的统计和分析也由此将变得更加困难。

目前上海轨道交通共有 5 条运营线路，13 个换乘站点。而换乘车站有可以分为以下三大类：

● 在物理位置和系统统计上都是一个站点。如：1、5 号线莘庄站

● 有多个共线车站同属于两条线路。如：3、4 号线的 8 个共线车站（中山公园站除外）

● 在物理位置上是两个站点，在系统统计中作为一个站点。如：1、2 号线的人民广场，1、3 号线的上海南站，1、4 号线的上海体育馆，2、3、4 号线的中山公园

由于换乘站点和多路径的出现，如果再按单线路 AFC 系统断面客流的统计中以车

站进、出站客流简单的等于上车人数 P_i、下车人数 P_x 进行断面客流的计算的话，将不能达到进行精确的客流信息统计和分析的目的。

例：乘客从 3 号线的上海南站上车到 4 号线的上海体育馆下车，进出站分别统计在 3、4 号线，而实际发生的断面客流应统计在 1 号线。

针对以上情况，本文在对路网的断面客流统计时采用了**全网路径（子路段）还原法**进行求解。路径还原法是根据 OD 统计信息结合乘客途径算法所得到的途径站点进行数据再次拆分，将每一个 OD 流量根据途径站点按最小时间间隔还原到每一个子路段（区间），然后根据断面客流所需的时间间隔对相应的子路段的值进行汇总，得到所需的断面客流 P，具体实现方法下面描述：

$$P_N = \sum_{m}^{n} P_{min}$$

P_N：所求时间段的断面客流

P_{min}：最小时间间隔子路段的通过量

m：所求断面客流开始时间段

n：所求断面客流结束时间段

例：断面客流计算。

OD 流量数据举例如下：

时间（出口）	进站站点	出站站点	流量
20050925091000	0101	0104	1 000
20050925091500	0101	0104	1 000

OD 流量数据按每 5 分钟为单位进行统计。

由 OD 流量数据统计断面流量时，由于在 OD 中未记录进站时间和途径各站的时间，只能根据出口时间倒推每个断面的流量，考虑到断面客流的平移情况可以粗陋认为：

将客流数据按照 5 分钟取整的方法，将上例 OD 客流转换为如下断面客流：

断　面	时　间	流　量
0101~0102	20050925091000	1 000
0102~0103	20050925091000	1 000
0103~0104	20050925091000	1 000

如上算法，遍历当日所有 OD 客流数据，将其拆分统计到各断面客流时段数据。产生结果如下例。

断　面	时　间	客流总量
0101~0102	20050925091000	1 000
0102~0103	20050925091000	1 000
0103~0104	20050925091000	1 000
0101~0102	20050925091500	1 000
0102~0103	20050925091500	1 000
0103~0104	20050925091500	1 000

3　对目前情况下断面客流统计和分析方法的优化

根据实际情况的考虑，在要求较精确的断面客流统计时可通过对每个乘客的出站时间及列车的运营时间倒推出每个最小区间的断面客流及乘客的进站时间，以下是对**全网路径（子路段）还原法**优化后的算法。

例：改进断面客流计算。

OD 流量数据举例如下：

时间（出口）	进站站点	出站站点	流量
20050925091000	0101	0104	1 000
20050925091500	0101	0104	1 000

OD 流量数据按每 5 分钟为单位进行统计。

OD 车站基础数据包含如下信息（列车区间运营时分）：

入口站	途经站1	区间运行时间1	途经站2	区间运行时间2	出口站	区间运行时间
0101	0102	3	0103	2	0104	3

数据表示，0101 站到 0104 站，0101 站出发 3 分钟后到达 0102 站，0102 站出发 2 分钟后到达 0103 站……

由 OD 流量数据统计断面流量时，需要根据出口时间、区间运行时间倒推每个站点的流量，继续如上例：

OD　0101~0104

根据 2005 - 09 - 25　09:10:00 客流由 0104 站出站

倒推 3 分钟前 2005 - 09 - 25　09:07:00 客流由 0103 站经过

倒推 2 分钟前 2005 - 09 - 25　09:05:00 客流由 0102 站经过

倒推 3 分钟前 2005 - 09 - 25　09:02:00 客流由 0101 站入站

将客流数据按照 5 分钟取整的方法，将上例 OD 客流转换为如下断面客流：

断　面	时　间	流　量
0101～0102	20050925090500	1 000
0102～0103	20050925091000	1 000
0103～0104	20050925091000	1 000

　　如上算法,遍历当日所有 OD 客流数据,将其拆分统计到各断面客流时段数据。产生结果如下例:

断　面	时　间	客流总量
0101～0102	20050925090500	1 500
0102～0103	20050925091000	2 000
0103～0104	20050925091000	1 000
0101～0102	20050925091000	1 000
0102～0103	20050925090500	2 000
0103～0104	20050925090500	1 500

4　结束语

　　由于轨道交通客流信息可统计和分析的项目很多,本文仅是针对不同时期下对于断面客流的统计方式进行了简单的阐述。课题中通过对断面客流的统计和分析,可以为合理地编制列车运行图,指导行车调度员的运营指挥,充分发挥运能,为乘客提供舒适、准时、便捷的服务。

参考文献

［1］　王炜等.城市公共交通系统规划方法与管理技术.科学出版社
［2］　毛保华.城市轨道交通规划与设计.人民交通出版社
［3］　上海市城市交通管理局.城市轨道交通自动售检票系统通用技术规范.DGJ08－1101－2005

上海轨道交通列车司机值乘方案优化

殷　峻，沈世舫

（上海地铁运营有限公司客运三分公司）

摘要： 以上海轨道交通 3 号线为例，对电动列车司机值乘的包乘制、轮乘制按实际效果和使用成本进行了优缺点分析，并在此基础上对司机作息安排、人员配置、运作管理情况综合进行优化，以期达到网络运营后节约人力成本的作用。

关键词： 城市轨道交通，电动列车司机，值乘方案，包乘，轮乘，优化方案

2006 年是上海轨道交通初具网络化运营的起始之年，目前上海市共有城市轨道交通线路从原先一条，发展至目前五条，日均载客量攀升到 175 万人次。在以后几年里，将有更多的新线开通运营，随着运营规模的不断扩大，作为运营链中重要组成部分——电动列车司机，选择合理的乘务制度，在提高值乘工作效率的同时保持司机、列车最佳的工作状态，从而保证运营质量，是一个值得探讨的问题。同时，对网络运营情况下节约人力资源有相当积极的作用。

本文以上海轨道交通 3 号线乘务部门为例，对司机值乘方式进行比选，并在此基础上从司机作息安排、人员配置和运作管理上进行一些初步优化，以期达到优化人员配置、保障运营安全的作用。

1　目前轨道交通运营司机人数的确定

1.1　关于电动列车司机配置数量

电动列车司机配置人数由图定计划列车数和备用数决定，其次与线路运营时间有关，一般情况下投入使用列车数与司机配置数成正比。日本城市轨道交通研究会有关技术资料对司机配置人数有一个计算公式：

$$Tlz = \sum Cxl / Vli$$

其中：Tlz：一天的总列车运营时间；

Cxl：日列车公里；

Vli：列车的旅行速度；

$$\eta = (365 - 休息天)/365$$

其中　η：出勤率

$$Px = Tlz \cdot (1+a)/(Tj \cdot \eta)$$

其中：Px：司机所需人数；

a：储备系数，一般取 10%；

Tj：司机每天工作日的实际驾驶时间（日本定为 5 小时）

按以上公式参照 3 号线 313 号工作运行图运营要求进行计算，结果为：

$$Tlz = 7\,587 \text{ km}/35.56 \text{ km/h} = 211.03 \text{ h}$$

$$Px = 211.03 \times (1+10\%)/(5 \times 0.5) = 93 \text{ 人}$$

得出结论：按运用列车 19 列计算，司机人数为 93 人，人车比为 4.89。

注：上海地铁 313 工作日运行图主要参数，如表 1。

表 1　313 工作运行图主要参数

运营时间	暂时配属列车	高峰段列车数	一般时间段列车数	备用列车数	线路长度（km）	旅行速度	运行周期（分钟）	日开行车次
17 h22 m	19	17	14	2	24.5	35.56	92 m25 s	329

1.2　包乘制

包乘制是国内地铁运营企业常用的一种值乘制度，最早源自国铁司机的作业模式，通常采用四班二运转，每班 2 人一车固定值乘的方式。以轨道交通 3 号线 313 工作日运行图为例，司机工时利用时间和人数配置如表 2、表 3：

表2 包乘制司机工时利用时间

班次	接班时间	交班时间	实际驾驶时间/人	实际工作时间/人
日班	8:00	17:00	3小时	9小时
夜班	17:00	次日8:00	2.5小时	8小时

注：夜间停运后司机就寝于单位。

表3 包乘制司机配置数

值乘方法	列车配属数	每列车配置人数	备用率	总人数
包乘	19	8	10%	168

1.3 轮乘制

上海地铁电动列车司机轮乘制作业方式是吸收国外城市轨道交通司机值乘方式，并结合自身国情所制定的。在实际运用中取得了良好效果，目前是上海地铁各客运单位主要的列车司机值乘方式，并陆续推广至广州、深圳、武汉、南京等地铁。以313工作日运行图为例，司机工时利用时间和人数配置如表4、表5：

表4 轮乘制司机工时利用时间

班次	接班时间	交班时间	实际驾驶时间/人	实际工作时间/人
日班	8:00	17:00	6小时	9小时
夜班	17:00	次日8:00	5.5小时	8小时

表5 轮乘制司机配置数

列车驾驶人数	备用列车人数	折返人数	备班人数	每班配备人数	班组数	备用率	合计
17	2	4	2	25	4	6%	106

3号线原来采用这种值乘方式，人车比为5.6。

1.4 两种乘务方式比较

表6 轮乘制与包乘制比较

	轮乘制(一人一车)	包乘制(两人一车)
优点	1. 司机配置定员可减少到最少，人力成本最低，工时利用率较高 2. 通过实践，司机掌握各种车型的操作和排故技术，有利于培养司机一岗多能 3. 交接班方便，司机在指定地点集中交接，便于管理和调整 4. 根据运行图制定详细作业计划，表明人员、地点、时间、车次等，司机比较容易掌握	1. 包乘列车，司机对本车技术状况掌握全面，排故能力加强 2. 固定值乘，有利于司机熟悉列车性能及车辆的保养 3. 因为有两名司机，发生突发事件时对缩短处置时间上有一定作用 4. 司机实际驾驶时间缩短，减轻劳动强度，提高了驾驶安全系数 5. 司机与列车相对固定，便于跟踪管理和监督
缺点	1. 每列车都有不同的技术状况，需要每一名司机都要掌握比较困难 2. 司机连续驾驶时间长，易感疲惫，不利于安全行车 3. 司机对列车性能不熟，可能引起操作不当，列车出现故障时，司机是单人处置，不利于迅速排故 4. 因为是轮流值乘，对司机驾驶情况的工作考核有一定的偶然性，不能正确体现工作实绩	1. 司机配置定员扩张，人力成本增加较大 2. 司机掌握技能单一，不利于人力资源共享，工时利用率低 3. 在派班时，运转部门首先要根据车辆部门提供的车辆状况确定出车计划，然后才能确定出乘人员，比较烦琐

2 值乘方式的优化

虽然轮乘制与包乘制相比较，在工时利用率和人力成本上有不少优势，但是随着行车组织日益复杂，网络化运营的需要，按照原有的值乘方式，司机人数会不断增加，司机有效工时利用率会有所下降。因此，在不增加电动列车司机法定工时和确保安全运营的前提下，对原轮乘方案进行优化，以提高人员利用率，并向国际先进水平进行靠拢。

2.1 优化方案一

新方案将仍旧以四班二运转轮乘制作为基本司机值乘运作模式。在此基础上，将高峰时段增加的列车值乘人员独立出来，负责早晚高峰列车的驾驶。这样做避免了低峰时段人员的闲置，有效利用了司机的有效工时，减少了人员支出。为此，班制设置如下：

四班二运转班——分四个班组负责除高峰列车以外全天的列车驾驶值乘工作，采用"做两天休两天"的作息方式，日班7:30～17:00，夜班17:00～列车回库，早班列车出库～7:30，每日停运后，夜班司机在车库就寝至次日凌晨出车。

高峰班——负责高峰时段高峰列车驾驶值乘工作，采用"做一天休一天"作息方式。晚班：15:00～回库，早班：出库～10:00。夜间司机在车库就寝。

内勤班——负责司机就餐顶岗、司机年休、列

车调试、司机培训的顶班工作。

人员配备和工时统计见下表7、表8：

表7　优化方案一：司机配备人数

班　　制	列车驾驶人数	备用列车人数	折返人数	备班人数	每班配备人数	翻班系数	合　　计
四班二运转班	14	2	3	2	21	4	84
高　峰　班	3	0	0	1	4	2	8
内　勤　班							8

上述合计100名

表8　优化方案一：司机工时统计

班　　制	日 工 时	日有效工时	月值乘天数	月 工 时	月有效工时
四班二运转班	10.5	8.2	15 天	157.5	123
高　峰　班	11	9.8	12.5 天	138	123

注：上述统计各类工时均为平均工时

本方案的特点：

（1）人车比达到5.26，新值乘方式在司机人数配置上比原轮乘方式要稍许精简。

（2）新值乘方式中司机有效工时基本符合本工种生产上的特点，即既能确保司机正常的休息，又减少非有效工时的浪费，提高生产效率。

（3）新值乘方式仍采用司机比较熟悉的轮乘制作业，司机可以按照派班表时间上下班，每班以循环方式交替变更，较有规律，容易掌握。

（4）但由于班制复杂，派班表制作周期较长。

2.2　优化方案二

本方案将吸收国外轨道交通电动司机值乘制度的优点，并结合上海地铁运营的特点，打破四班二运转的固定翻班模式，采用多种班制混合、穿插作业的轮乘方式，分别设：

日班——负责除高峰列车以外白天的列车驾驶值乘工作，采用做"两天休一天"的作息方式，每班作息时间8:00～17:00。

两头班——负责除高峰列车以外夜间及清晨的列车驾驶值乘工作，采用"做一天休一天"作息方式。晚班：17:00～回库，早班：出库～8:00。

高峰班——负责高峰时段高峰列车驾驶和江湾镇过夜车值乘工作，采用"做一天休一天"作息方式。晚班：15:00～回库，早班：出库～10:00。

内勤班——负责司机就餐顶岗、司机年休、司机培训的顶班工作。

人员配备和工时统计如表9、表10。

表9　优化方案二：司机配备人数

班　　制	列车驾驶人数	备用列车人数	折返人数	备班人数	每班配备人数	翻班系数	合　　计
日　　班	14	2	4	2	22	1.5	33
两　头　班	14	2	4	2	22	2	44
高　峰　班	3	0	0	0	3	2	6
内　勤　班	顶饭2人、检配3人、江湾过夜2人、年休假顶岗2人						9

上述合计92名

表10　优化方案二：司机工时统计

班　　制	日 工 时	日有效工时	月值乘天数	月 工 时	月有效工时
日　　班	9	6.13	20 天	174	148
两　头　班	11.5	6.5	15 天	172.5	97.5
高　峰　班	11	9.8	15 天	165	147

注：上述统计各类工时均为平均工时，过夜休息按一半时间纳入工时统计

本方案的特点：

（1）司机总数为 92 名，人车比为 4.84 名，人员使用效率最高。

（2）班制形式多样，有利于司机根据自身情况选择和调整。

（3）新值乘方式仍采用司机比较熟悉的轮乘制作业，司机可以按照派班表时间上下班，每班以循环方式交替变更，较有规律，容易掌握。

（4）各班组人员不平均，作业时间上存在差异，对班组管理、业务学习带来困难。

3　结论

上述第一种优化办法已经在 3 号线得到应用，应用效果良好，管理部门和司机都能够接受。而随着 4 号线和 3 号线北延伸地开通，第二优化方案也即将会应用于网络化运营中。借此，也希望为轨道交通的网络运营管理提供新的思路。

参考文献

叶霞飞,顾保南. 城市轨道交通规划和设计. 中国铁道出版社,1999

上海轨道交通调度生产管理信息系统建设

艾文伟

（上海地铁运营有限公司总调度所）

摘要：本文结合上海轨道交通网络建设发展形势和上海地铁运营有限公司现行的调度生产管理模式，指出了建设与网络化运营相适应的调度生产管理信息系统（DMIS）的必要性和紧迫性，分析了调度生产管理信息系统的功能需求，并提出了当前建设 DMIS 的若干建议。

关键词：城市轨道交通，调度生产，管理信息系统

上海地铁运营十多年以来，随着轨道交通的发展，运营公司经历了多次大大小小的组织机构调整和体制改革，但都始终坚持了以总调度所代表公司最高管理层，集中行使列车调度、电力环控系统运行、线路检修施工等的调度指挥权。这种集中调度管理模式经过长期的运营管理实践检验，是可行的、高效的，我们应继续坚持并完善。

总调度所设置了行车调度、客运调度、电力调度和环控调度四个专业调度岗位，调度人员按四班两运转配置，实现对各专业系统全日 24 小时的运行调度指挥和夜间停运期间的检修施工管理。目前，根据运营公司现有运营线路和控制中心的配置情况，总调度所下设新闸和东宝两个调度室分别负责 1、2 号线和 3、4 号线的日常调度运营管理，另设运营技术部代表所部进行调度业务的技术管理和监督检查。

由于没有良好的调度生产管理信息化平台支撑，长期以来总调度所日常调度工作、业务管理和行政管理大都通过书面文件体系、书面记录来体现管理过程，许多运营管理、统计分析工作需要花费大量精力人工进行，不可避免地存在着文件资料管理困难、工作效率低的弊病。

1 建设调度生产管理信息系统（DMIS）的必要性和紧迫性

1.1 建立调度生产管理信息系统（DMIS）的必要性

调度生产管理信息系统（DMIS）是城市轨道交通网络化运营管理的必由之路，建立调度生产管理信息系统（DMIS），便于逐步实现总调度所各主要业务管理数据化、"无纸化"，实现总调度所内部各部室以及运营公司各相关管理部门之间的应用联网，加强数据共享，有利于理顺业务流转环节，实现

管理规范化，提高工作效率，利于实现运营数据的自动统计，既可减少人员投入，又能保证数据的准确性、真实性。

1.2 建立调度生产管理信息系统（DMIS）的紧迫性

加快建立调度生产管理信息系统（DMIS），是当前轨道交通超常规快速发展的迫切要求。2004 年年底总调度所成立新闸、东宝两个调度室分别负责 1、2 号线和 3、4 号线的日常调度运营管理以来，管理人员因业务需要经常在新闸、东宝两个控制中心来回奔忙，存在不少无谓的时间消耗。随着 8 号线、9 号线的建成接管，总调度所近年内就将在中山北路控制中心和虹梅路控制中心新增两个调度室，到 2010 年更将增至 5～6 个调度室，现有的管理方式将难以适应总调度所对多个控制中心的管理。

1.3 当前建设调度生产信息系统（DMIS）的有利条件

管理信息系统本质上就是企业管理流程的电子化、信息化，这就要求企业管理流程的成熟、固化。尽管运营公司、总调度所都经历了多次组织机构调整和体制改革，但调度业务流程、施工管理流程均保持了相对稳定，现今的各专业调度采用的管理方法、手段与以往相比，并没有太大变化，建设调度生产信息系统（DMIS）就是将这种成熟、稳定的流程予以电子化。

随着运营公司信息化规划的实施推进，2005 年运营公司已初步建成了覆盖公司各主业单位、各个车站办公区域的快速以太网交换网络，总调度所内部局域网也已于日前完成，建设调度生产信息系统（DMIS）的时机已基本成熟。

从现在到 8 号线、9 号线的建成接管，总调度所增设中山北路、虹梅路两个调度室尚有一、两年时

间,这是当前轨道交通超常规快速发展时期难得的空档,应当趁此良机,抓紧建设、完善调度生产信息系统(DMIS),为今后网络化的运营调度管理搭建起一个良好的运转平台。

2　调度生产管理信息系统(DMIS)的功能需求分析

调度生产管理信息系统(DMIS)应是一个覆盖总调度所各项运营指挥主要业务,紧贴组织流程、运转高效的调度生产管理平台,从应用角度来讲,至少应具备调度生产过程管理、施工计划及实施管理、调度内业管理三大功能模块。以下从这三大模块的功能需求作简要分析。

2.1　调度生产过程管理模块

调度生产过程管理模块应具备调度过程记录(即调度日志)、运营设备故障报修与跟踪、调度命令发布、调度交接班等功能。

2.1.1　调度日志及交接班记录

系统为各专业调度提供一个标准化的输入模板,包括调度日志、设备故障报修记录、交接班记录等。调度员须填写调度工作的某项工作记录/报告时,只需在该项工作记录/报告的录入界面中,输入相关内容并确认后,系统将自动按照预先定义的规范、统一的格式形成文件,并归入指定目录。上述工作记录/报告在工作终端计算机本地保存30天以上,同时每日上传至数据服务器备查。调度员应可根据权限随时查询、调阅记录的各类文件。

2.1.2　调度命令发布

发布书面调度命令时,调度员在调度命令登记界面中,输入命令内容,确认并下发。系统自动产生一条书面命令,并归入指定目录。同时系统的信使服务将立即向相关车站发布阅读指令。相关车站值班员收到指令后,及时登录到系统,可查阅到完整的调度命令,值班员必须签署阅知记录,必要时由指定车站值班员打印一份递交列车司机。行车调度员可随时检查阅知情况,敦促车站值班员及时查阅调度命令。必须事后另行发令解除的书面命令,系统应能自动予以标识,提醒调度员注意。

2.1.3　运营设备故障报修与跟踪

调度工作中,遇有运营设备故障,调度员应及时向设备主管单位进行电话报修,并在运营设备故障报修界面输入报修的详细信息,包括故障发生日期时间、故障设备名称、设备号、故障现象等内容。设备单位可随时查询设备故障报修情况,及时组织设备抢修。接到设备单位回复修复情况后,调度员

及时填写修复记录。调度员应可以通过系统随时跟踪当前尚未闭环的故障,查询设备历史故障记录。

2.2　施工计划及实施管理模块

施工计划及实施管理模块提供施工统筹安排和组织实施的完整功能,能实现施工计划远程申报、辅助编制施工计划、生成并下发施工通告,并根据施工组织实施的实际情况,自动计算各施工单位的施工兑现率、施工工时利用率,另外该模块还应能实现对重大施工的专项管理。

2.2.1　施工申报

经公司有关部门审批许可的检修施工任务,由施工单位预先编制初步实施计划,按照总调度所规定的格式填写施工申报电子表格,登录到本系统后,可导入预排施工计划。施工单位也可以在线填写施工申请单,操作人员确认内容无误,系统自动将其纳入待批申请单。

施工申请单应填写:施工时间段、施工地点或区段、负责人姓名与联系电话、施工单位与联系电话、施工具体内容、是否在行车区域内、是否有轨道车、是否需要电力系统配合、须进行何种防护手段等。

2.2.2　施工计划编制

施工协调会结束后,调度室负责施工计划的主管调度员进入系统,启动计划编制功能,可逐条导入待批申请单或手工输入施工申请,系统自动根据已纳入预排计划的施工申请单的冲突优先原则,判断是否同意最新的申请单加入预排计划,若同意,按确认即可,否则系统将返回冲突信息,如时间冲突、轨道区间内车辆通行权冲突等,主管调度员须与施工单位负责人当场商定调整方法直至申请被加入预排计划或最终取消。施工预排计划结束,系统即自动生成施工通告和相应的施工工作单,施工单位和车站均可在线查询、打印。

施工计划主管有权根据需要,重新调整施工预排计划。调整完成后,系统将自动更新施工工作单。

所有的施工申请必须按规定提前提交,系统将在每日下午16时拒绝新的当日施工申请,并生成当日施工计划。

2.2.3　施工实施过程监控

施工单位凭施工工作单到相关车站的车控室,向车站值班员办理施工登记。

车站值班员确认并收下施工工作单后,进入系统查阅当前施工计划单,确认施工通告内有该项施工。

当班调度员接到车站值班员的施工登记请求后,进入系统再次确认施工通告内有该项施工,同意施工,并在系统的检修施工登记/注销界面予以记录。

施工结束，施工负责人在确认施工现场"三清"后，回到车控室在施工登记本上书面销点。此时行车值班员须向行车调度员汇报施工结束，调度员在系统中注销该施工。系统自动对当前到点未注销的施工弹出报警信息，提示调度员跟踪管理。对于需要延长施工作业时间的，调度员同意施工作业负责人的延长申请，输入延后注销的计划时间后方可执行。

如果是需要进行停电操作的施工，行车调度员接到车站的施工登记请求后，须等电力调度员确认停电操作完毕并在该施工记录的相应栏目内输入个人密码后，才能同意该请求。施工结束，行车调度员注销该施工后，电力调度员方可恢复送电。

系统应提供检修施工时期线路和接触网的状态监控模拟功能。任何一项已登记施工对线路区间形成的人员占用、轨道车占用、电动列车占用以及接触网供电状态变化，将实时地在模拟图上鲜明地标示出来，自动对引起冲突的施工予以报警，确保施工实施过程的人车安全。

2.2.4 施工执行情况评估

每一项施工注销以后，行车值班员应进入系统，填写施工评价表。评价表填写内容包括：施工登记与注销时间、是否按规定防护、施工现场"三清"情况等。

系统将自动统计上述数据，总调度所可以定期、不定期查询各施工单位的施工兑现率、施工工时利用率以及施工规范执行情况等。

2.2.5 重大施工专项管理

重大施工是指对轨道交通运营影响较大或存在较大安全风险的施工检修项目，比如运营系统设备改造、扩建、大修或功能、性能大范围改变的，引起主变电站停役超过 24 小时的施工。此类施工必须按照重大施工作业办理，施工检修单位必须预先进行风险评估，提供详尽的计划执行方案、安全保障方案，并由公司主管安全服务的职能部门审批同意后，再向总调度所提出计划申请，在申请中要附有计划执行方案、安全保障方案等材料，由总调度所备案。总调度所须对此类施工进行专项管理、专门跟踪其实施情况。

系统提供重大施工专项管理输入界面，由施工计划主管按编号输入重大施工的信息资料，包括施工任务、承担单位、联系人员、计划方案、保障放案、公司批文、总调技术实施意见等，施工实施期间每日施工进展情况则由当班调度员负责输入，直至整项施工任务结束。调度员应可以随时查询某一时间段内重大施工的完成情况，了解当前尚在进行的各项重大施工任务的实际进展。

2.3 调度内业管理模块

调度内业管理模块应能实现包括文件资料管理、运营统计与专报分析、工作检查与考核等在内的调度日常管理功能。

2.3.1 文件资料管理

系统提供总调度所各类文件、技术资料的录入和分类管理功能，由具备相应权限的文件管理员专门负责文件库的整理、归类，调度员可以根据访问权限随时查阅、学习各类文件资料。

2.3.2 运营统计与专报分析

调度员负责完成每日运营质量指标统计、设备故障对运营影响统计等数据的计算、输入，由技术管理人员定期汇总、分析，形成调度月报等分析报告，供调度员参考。遇有突发运营事件/事故，调度员及时形成严重专报，技术人员在调查分析的基础上完成严重事件专报分析，调度员可随时在线查阅、学习。

2.3.3 工作检查与考核

一般是指对调度工作的日常检查记录和月度考核结果的公布等。

3 建设调度生产管理信息系统 (DMIS)的建议

3.1 总体规划、分步实施

建设调度生产管理信息系统(DMIS)必须在运营公司信息化规划和实施框架下，遵照"效益驱动、需求牵引、总体规划、分步实施"的具体实施原则，结合总调度所网络化运营调度的工作要求，相关单位信息化的进展情况，分阶段、有重点的逐步开展，有序推进。

3.2 与专业公司合作开发

建设、优化完善调度生产管理信息系统(DMIS)是一个长期的过程，在建设本系统时，应尽量选择专业公司合作开发，后期维护优化方有保障。

3.3 考虑与公司业务部门的接口、数据共享

许多调度运营信息都将与公司业务部门、其他运营单位共享，比如车辆、通号设备的故障报修信息会输入到设备单位的 EAM 管理系统，列车运行正点率、列车掉线、设备故障恢复时间等可能需要输入到公司考核管理系统。调度生产管理信息系统(DMIS)必然会与公司其他管理平台存在数据接口，这些接口定义及其数据格式应及时予以明确。

参考文献

周淮，王如路.上海轨道交通运营客流简析.地下工程与隧道,2005,(4)

上海轨道交通实现无人驾驶的可行性分析与对策

蔡 于

（上海地铁运营有限公司总调度所）

摘要：城市轨道交通实现无人驾驶在我国大陆地区尚处于起步阶段。通过对上海轨道交通运营现状的分析，找出实现无人驾驶的影响因素，并提出相应的解决对策。

关键词：轨道交通，无人驾驶，可行性分析，对策

地铁、轻轨列车实现自动化无人驾驶是全球城市轨道交通的重要发展方向之一。1984 年，法国里尔率先研制出世界上第一列无人驾驶地铁列车，并投入使用。目前，加拿大、法国、丹麦、新加坡等国家已有无人驾驶系统投入运行。而在我国大陆地区轨道交通无人驾驶尚处于起步阶段。根据规划，上海轨道交通将有望实现无人驾驶载客运营。

无人驾驶最显著的特点是控制系统的操纵完全依照通信系统发送的行车指令信息。无人驾驶相比有人驾驶具有明显的优势，主要表现在：① 提高增加运能的可能性：由于移动闭塞技术的采用，增加了列车运行的密度，缩短了行车间隔，提高了线路的通过能力，使列车运行比传统的固定、准移动闭塞系统更为高效、灵活；② 节省人力资源，减少办公用房，降低运营成本；③ 避免司机的误操作；④ 避免司机人为因素（如漏乘、折返慢等）对运营的干扰。

当然，无人驾驶也并非十全十美，它的不足之处在于：当设备发生故障或其他突发情况时，电脑的判断不够人性化，处置能力也相对有限，仍可能需要工作人员进行干预。

1 上海轨道交通实现无人驾驶的可行性

上海轨道交通已安全运营了十多年，积累了宝贵的经验。目前，投入运营线路上的载客列车基本上受 ATC（列车自动控制）系统控制，实现了 ATO（列车自动驾驶）自动运行，正常情况下实现了在司机监控下的"无人驾驶"。

1.1 司机的作用

目前，由于列车基本上受 ATC（列车自动控制）系统控制，司机的作用仅为：

（1）完成到站后的开、关门作业，看信号（有岔车站的道岔防护信号和发车表示器）撤下 ATO 发车按钮；

（2）对突发情况的处置，包括设备故障状态下的操作和对其他影响因素（如触网异物、乘客多等）的监控和处置。

由此可见，司机在列车运行中的作用已经大大弱化。

1.2 实现无人驾驶的重要影响因素

尽管上海轨道交通的列车在正常情况下已可以自动运行，但要真正实现"无人驾驶"，还有车辆、信号等方面的重要影响因素。

1.2.1 车辆

虽然目前投入运营的线路上的载客列车已实现了 ATO 自动运行，但只能满足正常情况下的运行需要。一旦发生故障，由于列车故障自检、带故障运行能力较差，要实现无人监控下的无人驾驶还很困难。需要特别指出的是，由于上海轨道交通客流大、乘客构成复杂，列车车门故障频发，2005 年仅轨道交通 1 号线造成晚点就达 243 次。目前，车门的故障基本上都需要司机进行处置，这也给无人驾驶的实现增加了难度。

当雨、雪天气或钢轨涂油时，列车停站精度大大降低。若车站安装屏蔽门，列车停站时精确对位将是一大考验。现在，列车若超过停站位置，需要人工退行对位。

由于现有的列车没有对线路积水或障碍物的探测功能，当线路积水或有障碍物时，只能依靠司机发现、确认及简单应急处置。

现有的列车在每节车厢内都配有灭火器，供乘客或工作人员在发生火灾初期自救。但车厢内没有监视器和可供乘客在紧急情况下使用的对讲电

话,发生突发情况时,只能靠司机了解车厢内的情况,乘客也只能通过司机将情况反映给控制中心。目前上海轨道交通大部分列车的每节车厢内虽配有信息显示屏,但播放的信息是预先输入的到站信息和广告,无法根据运营的情况实时播放需要的信息。

1.2.2　信号

目前使用的信号系统是固定闭塞或准移动闭塞信号系统,相比移动闭塞信号系统,列车运行的密度较低,行车间隔较大,线路的通过能力较低,不能满足无人驾驶的技术要求。

现有的列车在信号发生故障时,凭调度命令改由司机人工驾驶,控制中心无法对列车进行远程控制。

1.3　实现无人驾驶的其他影响因素

1.3.1　乘客

乘客是轨道交通直接服务的对象,乘客素质的高低将对正常运营产生极大的影响。上海轨道交通客流极大、乘客构成相当复杂。如乘客在接受服务的过程中不配合,会造成服务设施损坏、列车晚点等后果,严重影响服务质量。以上海轨道交通1号线为例,2005年由于乘客人多吊车门、挤车门造成的晚点高达1 013次,平均每天2.8次,占全年晚点总数的近一半,几乎与所有设备故障造成的晚点数持平。由于对车门的控制是列车ATP(列车自动保护)的重要组成部分,当车门因人多拥挤发生故障时,目前只能由司机切除ATP门控旁路后重新开门。可无人驾驶列车的自动化系统就不能做出如此人性化的判断了。更为严重的是,韩国大邱地铁的灾难使我们意识到:乘客的行为不仅有可能影响到我们的服务质量,也有可能造成巨大的危险。

1.3.2　屏蔽门

乘客在运营期间侵入限界对列车的正常运行造成了很大的影响。2005年仅上海轨道交通1号线发生的、有较大影响的人车冲突事件就有7件之多。安装屏蔽门不仅可以减少站台与隧道之间冷热气流的交换,降低环控系统的运营能耗,还能有效防止站台上的乘客侵限,确保乘客的安全。但是,当设备发生故障需在安装屏蔽门的无人驾驶线路上人工驾驶时,司机到站停车需精确对位,难度大、速度慢。

1.3.3　紧急事故

列车在运行途中发生火灾、爆炸、毒气等突发紧急情况时,乘客逃生在所难免。虽然上海轨道交通运营至今未发生过紧急状态下的乘客逃生,但从相关处置预案来看,一旦发生突发事件,乘客被迫疏散逃生时,司机将负责与控制中心联络、车厢广播、打开安全门、引导乘客疏散逃生等,肩负重要责任。实现无人驾驶后,乘客可以通过车厢内的无线对讲系统与控制中心联络,报告现场情况。控制中心也可以通过监控系统实时了解车厢内的情况。发生突发事件时,控制中心直接对车厢进行广播,提示乘客进行简单应急操作,引导乘客疏散逃生。因此,必须对安全门、乘客与控制中心联络的无线对讲系统、控制中心对车厢的监控系统、乘客信息导向系统等相关设备进行改造,以适应无人驾驶的需要。

2　建议与对策

2.1　加强对乘客的引导,赢得乘客的配合

乘客选择轨道交通的根本目的是实现身体在空间上的位移。相当一部分不配合的乘客是由于缺乏对轨道交通的了解。只要加大宣传力度,加强对乘客的对话、引导和交流,建立、完善相应的管理法规、制度,一定会得到乘客的理解和支持。乘客将不再是服务质量的消极影响因素,而成为正常运营秩序的维护、宣传者和设备状态、突发情况的监督、汇报人。

2.2　改进车辆性能,完善故障自检、自愈功能

由于真正意义上的无人驾驶是列车不在跟车工作人员的监控下实现的,因此,要保证运营的质量,就必须提高列车的智能化程度,完善故障自检、自愈功能,在发生故障时能通过备用设备自切、对故障源阻断,带故障运行,直到有工作人员来处理或退出运营。

为了适应上海轨道交通客流大、乘客构成相当复杂的特点,在提高市民素质的同时要对列车车门进行改造,避免因车门无法关闭造成的死机,增加关门时的声、光信号提示。

列车应具有点动退行对位功能。在列车越过停车位置时,可以自动退行对位,办理上下客作业。

列车优先采用直线电机牵引模式。轮轨间的黏着问题是实现无人驾驶所必须解决的问题之一,而采用直线电机牵引模式是解决这一问题的有效手段。采用直线电机牵引模式的列车,具有安全可靠、造价低、爬坡能力强、牵引性能优越、通过曲线半径小等优点。

列车应具有对线路积水或障碍物的探测功能。当线路积水或有障碍物时,能够及时反馈信息,启动排水系统或自行排除障碍物,进行简单应急处

置。车辆还必须配备防脱轨设备,保证安全。

列车车厢内的设计也要突出"安全为首"的理念。可以在每节车厢顶部两端及中部配置能够观察到整个车厢内情况的监视器,使中央控制中心随时可以掌握车厢内的情况。在车厢每扇门旁安装无线对讲电话,发生异常情况时,乘客可以与控制中心直接取得联系。因无人驾驶时缺乏现场控制,应将车内供乘客使用的紧急制动拉手改为报警拉手,加强控制中心对列车的控制。

2.3　采用移动闭塞技术,全面提升服务水准

代表世界先进列车控制技术发展方向的移动闭塞信号系统使列车运行比固定闭塞、准移动闭塞信号系统更为安全、高效、灵活,它能提高列车运行的速度,缩短行车间隔,提高线路的通过能力。采用 CBTC(基于通信的列车控制)系统后,列车运行的最小间隔理论上可缩短至 90 秒,比上海轨道交通设计的最小行车间隔 2 分钟还要短。移动闭塞信号系统能安全地处理系统信息,使中央控制中心能对列车实行自动监控,实现无人驾驶。

CBTC(基于通信的列车控制)系统主要是采用成熟的网络技术和多媒体传输、显示技术,提供列车信息、换乘信息、新闻、股票信息、广告等信息,当有突发事件发生时,列车可动态发送信息,引导乘客疏散或简单操作。

2.4　适当运用监控、预警系统,依靠设施设备保障

安装屏蔽门可以有效地防止乘客侵入列车运行的线路,减少外界对正常运营的干扰。若上海轨道交通无人驾驶线路不安装屏蔽门,就必须根据车站的客流情况、建设投资多少、实现技术难度等适当选用监控、预警系统,确保行车安全。德国地铁通过光栅毯或激光扫描设备对无法安装屏蔽门的站台进行连续监控。光栅毯由多束光组成,如果有两束及其以上的光栅同时中断,就可能有人或物体侵限,列车速度码自动切断,车站工作人员到现场去查看、处理。这种方法可以较为容易地改造现有地铁线路,降低人工驾驶时的停车对位难度。

由于轨道交通线路大部分位于地下,受到恐怖袭击、爆炸事件后抢险、救灾的难度很大,对于无人驾驶线路更是如此。因此,要依靠设施设备(如搜爆犬、探测仪等)的监督、保障,加强对乘客特别是乘客随身携带物品的监控,严防违禁物品进站,确保行车安全,防患于未然。南京地铁考虑到当前国际上日益频繁出现的恐怖袭击、爆炸事件,引进原种在英国的"史宾格"搜爆犬,加强了对爆炸危险来源的控制,起到了一定的威慑作用。此举值得借鉴。

2.5　加强车站服务人员的培训,提高应急处置能力

无人驾驶列车上没有工作人员,列车发生故障或突发事件时需运行至车站进行处置。因此,车站需要配备一定数量具有驾驶列车、排故、应急处置能力的工作人员,在信号系统出现问题或发生突发事件时人工驾驶列车、协助排除故障,进行应急处置。

2.6　分阶段实现无人驾驶

新加坡号称拥有世界上最发达的地铁系统,其建设的"全自动无人驾驶地铁线路"在投运初期日均客流量仅约 2.5 万人次的情况下,前三个月仍安排服务人员跟车,以解决乘客在途中遇到的各种问题。

借鉴国外无人驾驶线路的运营经验,结合上海轨道交通运营的实际情况,建议上海轨道交通无人驾驶线路分以下三个阶段逐步实现无人驾驶:

(1)第一阶段(运营初期前 3~6 个月):可在每列车上都安排司机跟车,正常情况下不对列车做任何操作,只负责测定列车在无人驾驶状态下的各项作业标准,取得更多数据用以改善系统功能。只有当列车发生故障等突发情况、系统已无法自行处置、将严重影响运营秩序时,才能凭控制中心指令进行操作;

(2)第二阶段(第一阶段后的 3 个月):列车在正线运行时的安排同第一阶段,列车在固定折返车站折返时将取消司机跟车,实现无人折返;

(3)第三阶段(第二阶段后的 3 个月):列车在正线运行时逐步取消司机跟车,具体细分为三步:① 对一、两列车况稳定的列车取消司机跟车试点;② 对若干车况不太稳定的列车有计划、有重点地安排司机跟车;③ 逐步取消所有列车司机跟车,最终完成整个无人驾驶计划。

3　结语

无人驾驶是城市轨道交通发展的重要方向之一,在我国大陆地区尚处于起步阶段,仍有许多问题急需探讨并加以解决。通过技术的改进,管理水平的提升,设施设备的保障,上海轨道交通一定能如期达到无人驾驶的目标。

上海轨道交通换乘系统初步研究

沈　巍

（上海地铁运营有限公司客运三分公司）

摘　要： 本文试图对网络化下的换乘系统的初步探究来思考如何解决多线运营下的乘车线路、换乘方式和首末班车等问题。

关键词： 换乘，转乘，售票系统，首末班车

到 2010 年上海将成为一个拥有 400 公里多里程地铁线路的城市，规模进入世界一流行列。我们在享受这一切带给我们的便利的同时，作为地铁工作者也正看到将来的运营组织工作将面临的前所未有的考验。而换乘问题，将是其中一个不可忽视的重要课题，本文试图对此进行一些初步探究，并寻求可能的解决办法。

1　换乘与转乘的区别

1.1　上海地铁对换乘与转乘的解释

首先遇到的就是换乘和转乘车站的区分问题。

（表 1）虽然我们的导向标识很清楚地标明了上海站和宜山路站为转乘车站，但也许是理解方式的偏差。尽管我们告知乘客"转乘"（transfer）是需要出站重新购票的意思，与"换乘"（interchange）是有区别的，但还是有很多乘客表示不解。为了解释这个区别，我们的服务人员付出了很多精力，却仍然换来乘客的抱怨。每天都有新的乘客，光靠服务人员解释不是根本解决办法。许多乘客在宜山路站下车后才知道要再坐一站到虹桥路站才可以不出站换另一条线路，而如果要赶时间就只好另购一张车票，出站步行到另一条线路的宜山路站乘车了。

表 1　目前上海地铁的换乘、转乘、共线车站比较

换　乘　车　站					转　乘　车　站	
人民广场（1、2 号线）	上海南站（1、3 号线）	上海体育馆（1、4 号线）	莘庄（1、5 号线）	中山公园（2、3、4 号线）	上海站（1、3 号线）	宜山路（3、4 号线）
换线方式：不出站，经通道换其他线路					换线方式：出站，至其他线路重新购票	
特点：价格优惠					特点：某些线路转乘节省时间	

共　线　车　站								
虹桥路	延安西路	中山公园	金沙江路	曹杨路	镇坪路	中潭路	上海站	宝山路
换线方式：原地或到对面站台换乘								
现状：目前 3、4 号线共 9 个共线车站								

1.2　举例

同样是只需要 10 分钟以内的步行距离，但是有人会误认为 1 号线上海火车站可以 3 号线上海站站换乘而没有人会认为 3 号线漕溪路站和 1 号线上海体育馆站之间可以换乘，这其中的原因应该就在于他们的站名不同（表 2）。

表 2　不同转乘车站类型的比较

| 车站名比较 | 1号线上海火车站 | 3号线宜山路站 | 1号线上海体育馆站 |
	3号线上海站站	4号线宜山路站	3号线漕溪路站
1. 是否有通道连接	有	无	无
2. 站名是否重复	容易混淆	完全重复	不同
3. 车站间步行距离	10分钟	2分钟	10分钟
4. 是否容易被认为是换乘车站	因第1、2点容易被认为是换乘车站	因第2、3点容易被误解为换乘车站	不会误解

1.3　如何区分换乘与转乘

其实并不是一定要把所有的2个转乘车站通过建造相连通道来升级为1个换乘车站。其实我们可以尝试这样一种方法，就是把可以换乘的车站统一命名，而需要转乘的2个车站名字不同命名，这样就不会出现不能换乘的2个宜山路站和2个上海站站了。今后我们会有几百个车站，这当中必然会有几十个2线、3线甚至3线以上换乘的枢纽车站，也可能有更多距离很近的转乘车站。只有根本地解决区分换乘与转乘车站才能使乘客出行更方便。

2　首末班车和路线选择

2.1　网络化下的首末班车和路线选择难题

接下来就是首末班车的问题，过去人们坐单一的地铁线路，只要知道这条线的首末班车时间就可以了。而随着换乘车站的出现，人们还需要知道在他到达换乘站后，他要换的那条路线是否有车，甚至他要换的第3条线路是否有车。现在往往乘客乘地铁出行到一个目的地有2、3种路线可以选择，而地铁线路到了运营最后阶段一般都是一个方向没有车了但另一个方向仍有车在运行，每条线路结束的时间又不尽相同，要准确的计算乘客要到达目的地所选择的线路是否可行，仍然靠车站服务人员的人为计算和解释存在一定的偶然性和出现偏差的可能性，当遇到未来这样的大网络化的时候，我们的服务人员可能都要有心无力了，更不用说不知道列车运行速度的普通乘客了。

2.2　以虹桥路站为例说明

可能这样笼统地说，不能清晰地看到问题的真正复杂性，那我们就来举一个车站的例子。例如3、4号线共线运营的虹桥路站，进站乘客如果需要从虹桥路站乘到1号线的新闸路站，有3种选择：1）乘4号线到上海体育馆换1号线。2）乘3号线到上海南站换1号线。3）乘3号线或4号线到中山公园换2号线到人民广场再换1号线。

三种方案式各有优势，（表3）第一种路线较短但4号线候车时间较长，第二种路线最长但候车时间较短换乘也方便，第三种路线短候车时间短但是要走2个换乘通道换两次车。可见采用怎样的路线乘客可以根据个人喜好选择。但是早上虹桥路站分别在6:38往3号线上海南站方向和6:42往4号线上海体育馆方向有第一班列车，5:26至6:38之间乘客只有唯一选择，即第三种方法，即到中山公园换车。可见，早班车的开始时刻对线路的选择有一定影响。

表 3　三种换乘方式中换乘车站的首末班车时间

方案1	首班车	末班车	方案2	首班车	末班车	方案3	首班车	末班车
虹桥路	6:42	22:20	虹桥路	6:38	22:28	虹桥路	5:26	21:35
↓	经过2站约5分钟		↓	经过5站约12分钟		↓	经过2站约4分钟	
上体馆	6:48	22:25	南站	6:52	22:40	中山	5:32	21:39
↓	换乘+候车约8分钟		↓	换乘+候车约8分钟		↓	换乘+候车约8分钟	
上体馆	5:00	22:36	南站	4:55	22:31	中山	5:53	23:03
↓	经过7站约15分钟		↓	经过9站约20分钟		↓	经过4站约9分钟	
新闸路	5:18	22:51	新闸路	5:18	22:51	广场	6:03	23:12
全程换乘2条线，经过9站，共计约28分钟			全程换乘2条线，经过14站，共计约40分钟			↓	换乘+候车约10分钟	
						广场	5:16	22:49
						↓	经过1站约2分钟	
						新闸路	5:18	22:51
						全程换乘3条线，经过7站，共计约33分钟		

（注：红色代表1号线，绿色代表2号线，黄色代表3号线，紫色代表4号线，方案3中的黄色代表3号线或4号线）

早晨的首班车问题还比较好办，因为如果不是　　特别赶时间，乘客需要做的就是等车。但是晚上运营临近结束或者一个方向的运营结束时问题就比较复杂了,如果没有计算好可能当天就等不到到目的地的车了。

作为虹桥路站,首先21:14往4号线蓝村路站方向的运营结束,然后是21:35往3号线江湾镇方向的运营结束,意味着这个时候开始在虹桥路站无法到中山公园换乘了,这时候要到新闸路站只能选择第1和第2种方式了。

首先看第1种方式,在虹桥路站,4号线最后一班车往上海体育馆方向的列车在22:20分发车,到达上海体育馆大概是22:25,而1号线上海体育馆站往新闸路站方向的最后一班车是22:36分,乘客可以在11分钟内从4号线上海体育馆到达1号线上海体育馆站台,时间是比较宽余的,在这个时间之前采用这种方式也可以到达目的地。而第二种方式虽然往上海南站方向的末班车要到22:28,但是这之前乘坐3号线列车的乘客并不一定可以在上海南站换到往新闸路方向的1号线末班车。我们来计算一下,1号线上海南站往新闸路站方向的末班车是22:31,估算从3号线上海南站下车到1号线上海南站台要5分钟,3号线虹桥路站到上海南站列车运行要13分钟,这样就是说乘客在虹桥路站要乘22:13之前的3号线列车才可以确保换到1号线末班车。

这里我们发现虽然4号线运营结束比3号线早,但最后却是乘4号线反而能更晚地换到1号线,意味着22:10之前第1、2种方式都可行,但22:10～22:20之间就只能乘4号线换,而就算3号线列车这个时候到站,也不能上车,否则乘客就可能会给滞留在上海南站了,相反如果他等到22:20的4号线末班车却能确保赶上。最后,虹桥路到新闸路不同时间段乘车路线的选择从归纳为表4。

这样的情况怎么能让一般乘客清楚地理解,靠我们目前的车站广播也无法很明确地将这一信息告知乘客,基本上我们能做的就是通知乘客某个方向运营结束,而不能通知他们采用另种方式仍然能到目的地。在晚上客流很小的车站,服务员还可以一对一地询问乘客的目的地帮助其选择路线,而在客流大的车站服务员可能就无能为力了,只能在常用路线没有车的情况下广播告知乘客某方向没有列车了。确保乘客不会选择错路线而滞留在换乘站。

表4　虹桥路到新闸路不同时间段乘车路线的选择

时　间　段	方案1	方案2	方案3	注　　解
5:26～约5:45	×	×	√	到2号线中山后需等5:53首班车
约5:45～6:38	×	×	√	
6:38～6:42	×	√	√	
6:42～21:35	√	√	√	
21:35～约22:12	√	√	×	22:12左右的3号线列车是可选择方案二的最后一列车
约22:12～22:20	√	×	×	
22:20～	×	×	×	

(注:√为可行方案　×为不可行方案)

上面的例子不止在虹桥路站有,其他大部分车站都有这个问题,就是经常要考虑并计算张贴在公告栏里的其他路线的换乘站的各运营方向的首末班车时间和列车间隔以及换乘通道步行距离等才能确定本站乘客能否到达目的地。这样人为的计算既容易出错又耗费工作量,在大网络化的轨道交通环境下肯定是不能满足要求的。

3　试想解决首末班车和换乘问题的办法

3.1　现有的自动售票系统的启发

下面来谈谈我所想到的一个解决方法,这是我在看到目前1、2、4号线采用的自动售票系统后想到的,我们目前的自动售票机系统做的很漂亮,触摸式使乘客能很方便直观地选择目的地购票,在今后网络化的情况下,乘客不仅需要知道票价,更重要的是要在蛛网般的路线中选择自己的最方便路线,当然我们还需要将首末班车时间之类的信息做到系统中去。这些信息最后帮助系统确定某时刻有哪些路线是乘客可以选择的,以及大约需要的全程时间。宗旨就是要让乘客能一目了然。

3.2　设计思路

设想是这样的,首先是线路的确定,系统的计算机将从出发地到目的地要经过的所有换乘车站和路线进行排列组合(不考虑转乘车站,因为即使路程较短,由于需要多次购票,绝大部分乘客不会选择),最后在屏幕上罗列出各方案下,乘客所需要换的列车和所经过的换乘车站和估算出的总路程时间以及大约的到达目的地时间。

3.3　路程时间计算方法

具体的估算方式是,将两车站之间的通行时间取目前的平均值大约2～2.5分钟(根据各线路实际情况而定),而各换乘通道按照一个普通成年人步行速度计算时间并乘以1.5确保基本上速度比较慢的乘客也能赶上,候车时间则取该时段的列车间隔,意味着这个乘客刚好错过一班车(并且考虑工作日和双休日的不同运行图)。这样乘客旅行时间＝候车时间＋列车运行时间＋转乘时间＋候车时间(第2条线路)＋列车运行时间(第2条线路)＋……＋列车运行时间(第N条线路)。由于计算取安全值,所以一般来说转的车越多,计算得出的时间比实际需要时间要多一点,这也是防止人为因素造成的乘客滞留中途车站。

3.4 最后效果

可以将这个判别各时间段路线的系统和售票系统做成一个整体,这样一名乘客从某个车站上车到下一个换乘站的时间就可以估算出来,然后计算机根据换乘站的首末班车时刻相比较是否符合条件,只要有一个当中环节不符合,系统就可以判断改路线不成立,然后所有成立的路线及时间就可以让乘客选择了,只需要按指示乘坐就可以了。如果线路都不成立,乘客要购买的目的地车票就无法购买,当然乘客如果希望能赶一下列车,售票系统还应该提供可以"强行购票"的选项,并提醒其有可能无法完成其全部路线。该系统需要将大量运营信息做进系统,但我想以目前的软件水平,应该不是梦想,只是最后的可行性还需要论证而已。这个系统完善之后,就可以满足单程票乘客需求了,而对于交通卡乘客则可以另做单独的路线查询系统供其查询线路,车站则通过广播对系统做宣传,减少服务员被人工询问的需求量。

4 总结

轨道交通在未来十年内必将发展成为和公交交通同等地位甚至更重要地位的主力公共交通,这样我们的交通规划者需要考虑的是将公共交通的分布更趋向和轨道交通配套,比如在地铁换乘枢纽之间布置更多的公交线路,将某两条地铁线路用公交相连,这样可能比地铁之间换乘选择到更近的路线,出行时间的选择也更宽余,不会因为中间某一条地铁线路结束而无法完成最后的出行。

网络化下的地铁组织是一个很大的难题,我们的运营管理专家一定会制定出各种方案来寻求更好的解决,我们车站基层工作者也会不断提供各种实际经验来准确把握乘客的需求,在不断地反复积累改进中,最后使网络化的上海地铁成为上海市民的骄傲。本文只是对目前情况的讨论和未来情况的设想,存在一定局限性,望各位读者指正。

运营安全

基于 PHA 和 Petri 网的城市轨道交通安全性分析

周　淮[1]，赵惠祥[2]

（1. 上海地铁运营有限公司，2. 同济大学）

摘　要：提出了一种适用于城市轨道交通系统运营安全性分析的综合分析方法。该方法采用初步危险分析对整个系统的运营安全性进行宏观分析，识别和确定系统中的危险状态，进而选择与危险状态对应的单元或观察剖面来建立局部安全性分析 Petri 网模型，并通过 Petri 网的可达性对系统进行安全性进行动态分析。

关键词：城市轨道交通，安全性，初步危害分析，Petri 网

城市轨道交通系统（urban mass transit，UMT）是一个人—机—环境三方面相互作用的客运系统，系统的组成结构非常庞大和复杂。虽然系统在设计和建造时采用了许多联锁、监控等技术措施来保障系统运营的安全性，但在实际运营过程中仍然会存在许多不安全因素，这些因素在某些条件的触发下会导致运营事故的发生。对这些不安全因素的发现、分析、评价及解决，目前无论是理论研究层面还是具体实践层面，都尚无形成一个完整的体系，处于零散状态[1]。对于复杂系统的安全性分析，目前国内外的系统安全性分析主要采用初步危险分析、事故树分析、事件树分析、因果分析图法等方法。这些方法基于的理论是事故链和轨迹交叉论，即采用事故因果连锁模型来描述[2]。事故因果连锁模型可以较好地表达危险状态产生的原因，触发原因及事故后果，但该模型是宏观和静态的，不能反映事件的动态变化，也无法用形式化语言来描述。Leveson 在 1987 年提出了用 Petri 网描述和分析复杂动态系统的安全性问题[3]。近年来，国内外陆续有学者采用 Petri 网及其扩展模型对系统的安全性进行建模与分析[4~6]。本文从系统论的角度出发，提出了一种应用初步危险分析（preliminary hazard analysis，PHA）和 Petri 网理论对 UMT 的运营安全性进行综合分析的方法。

1　初步危险分析

PHA 通常是系统安全性大纲中所执行的第一种安全性分析方法[7]，其基本原理基于事故因果连锁理论，即认为事故的发生首先要有危险状态的产生（人的不安全行为/物的不安全状态），并且危险状态的产生有其原因；危险状态并不一定会导致事故发生，须在某个或几个触发事件的作用下转化为事故（见图 1）。根据危险状态发生的频率和触发事件发生的概率，推算出事故发生的频率，再根据事故后果的严重级别和事故发生的频率推算出各个危险状态（或对应的事故）的危险等级。

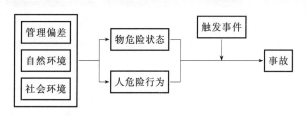

图 1　导致事故发生的事件逻辑关系

PHA 可以根据研究对象的复杂程度用一个或多个分析表来反映，每个分析表的分析内容可以根据具体的分析对象和分析目的有所不同和侧重。通用的 PHA 表头如图 2 所示。

编号	潜在危险状态	潜在事故	事故严重级别	危险状态发生频率	触发事件发生概率	事故发生频率	危险等级	预防措施及效果	关联子系统
	状态描述	引起原因	事故现象	触发事件	（A1）	（A2）	（A3）	（A4）	（A5）		

图 2　PHA 表头形式

2　Petri 网模型

Petri 网的性质和运算规则有多种定义版本，本章

给出的一些要使用的相关定义是以文献[8,9]为基础，在符号与名词解释方面做了一致性处理后得出的。

定义 1　六元组 $\sum = (P, T, F, K, W, M_0)$ 称为 P/T 系统的充分必要条件是：

$$P \cap T = \phi, P \cup T \neq \phi,$$

$$F \subseteq P \times T \cup T \times P \text{（"×"为笛卡儿积）}$$

$$\mathrm{dom}(F) \cup \mathrm{cod}(F) = P \cup T,$$

$$\mathrm{dom}(F) = \{x \mid \exists y : (x, y) \in F\},$$

$$\mathrm{cod}(F) = \{y \mid \exists x : (x, y) \in F\},$$

其中：P 称为库所，T 称为变迁，F 称为流关系，K 是定义在库所上的容量函数，W 称为流的权函数，M_0 称为初始标识，(P, T, F) 是 $\sum$ 的基本网系统（P/T 网）。P/T 系统的动态行为是通过变迁点火（发生）从而引起托肯变迁来体现的，并按下述规则运行。

定义 2　P/T 系统的变迁可以发生的充分必要条件是：若变迁 t 在标识 M 有发生权，必须满足下式

$$\forall p \in \cdot t : M(p) \geqslant W(p, t) \land$$

$$\forall p \in t \cdot : M(p) + W(p, t) \leqslant K(p)$$

其中：$\cdot t = \{x \mid (x, t) \in F\}$ 称为 t 的前集；$t \cdot = \{y \mid (t, y) \in F\}$ 称为 t 的后集。t 在 M 有发生权记作 $M[t\rangle$，也称 t 在 M "能使"（enable）。

定义 3　P/T 系统的变迁点火规则是：若 $M[t\rangle$，则变迁可以点火，标识 M 发生改变，产生后续标志 M'，记作 $M[t\rangle M'$。对 $\forall p \in P$，有下式成立

$$M'(s) = \begin{cases} M(s) - W(s, t), & s \in \cdot t - t \cdot; \\ M(s) + W(t, s), & s \in t \cdot - \cdot t; \\ M(s)p - W(s, t) + W(t, s), & s \in \cdot t \cap t \cdot; \\ M(s), & s \notin t \cdot \cup \cdot t. \end{cases}$$

3　安全性综合分析

由于城市轨道交通系统的复杂性和庞大性，要建立一个完整的安全性分析模型目前还不现实。为此，可首先对 UMT 进行初步危险分析，识别和确定系统中的所有危险状态，然后有针对性地选择一些可能会产生危险状态的单元或观察剖面来建立局部安全性分析 Petri 网模型，进行运营安全性的定性或定量分析。这是一种综合分析方法，如图 3 所示。

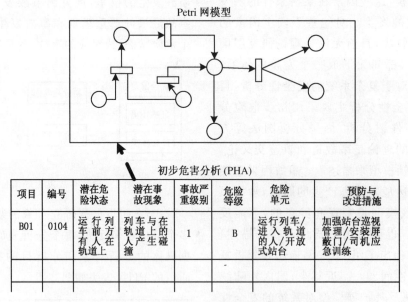

Petri 网模型

初步危害分析 (PHA)

项目	编号	潜在危险状态	潜在事故现象	事故严重级别	危险等级	危险单元	预防与改进措施
B01	0104	运行列车前方有人在轨道上	列车与在轨道上的人产生碰撞	1	B	运行列车/进入轨道的人/开放式站台	加强站台巡视管理/安装屏蔽门/司机应急训练

图 3　安全性综合分析方法示意图

根据文献[10]给出的城市轨道交通系统 PHA 分析结果，本文选取其中危险等级最高的一个潜在事故模式（列车与站台轨道上的人相撞），来建立安全性分析 Petri 网模型。列车与轨道上的人相撞有可能发生在车站、隧道内、折反线或车辆厂（段）内，其中危险等级最高的是发生在站台轨道上的列车与掉（跳）下站台的人相撞事故。引起这种潜在故障模式的潜在危险状态是在列车将要到或正在站台移动时有人掉（跳）下站台；引起该潜在危险状态的一个原因是开放式的站台，即开放式站台本身就是一个潜在的危险状态。安装了屏蔽门的站台可以消除这种潜在的危险状态。但如果屏蔽门在列车通过、未停稳之前，或列车已启动后未关紧，则该点的潜在危险状态依然存在。

本文采用 Petri 网来建立这种潜在危险状态的安全性分析模型。根据地铁屏蔽门控制系统的一般结构[11]，设定屏蔽门在正常状态下与进站列车的车门的控制是联动的，即进站列车的车门与屏蔽门同时开闭，由 ATC 监控与执行，司机操作。构建的屏蔽门 Petri 网安全性分析模型如图 4 所示。

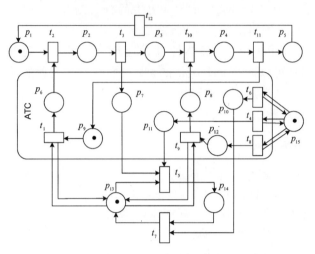

图 4　屏蔽门 Petri 网模型

在图 4 中，圆形符号表示库所，长方形符号表示变迁，有向弧表示流关系，圆圈中黑点表示托肯。库所 p_1，p_2，p_3，p_4，p_5 分别表示列车尚未进站、正在进站、已停稳在停车窗位置、正在出站、已经出站 5 种状态，库所 p_6，p_7，p_8，p_9 分别表示信号系统中的相应信号状态，库所 p_{10}，p_{11}，p_{12} 分别表示进站列车司机室控制台上的开门、关门和发车按钮，库所 p_{15} 表示司机，库所 p_{13}，p_{14} 分别表示屏蔽门紧闭和打开状态，变迁 t_2，t_3，t_{10}，t_{11} 分别表示列车开始进站、停止、启动、完全出站 4 种状态变化，变迁 t_1，t_9 分别表示信号系统中相应的信号状态转换，变迁 t_4，t_6，t_8 分别表示司机按下开门、关门、发车按钮，变迁 t_5，t_7 分别表示屏蔽门的打开和关闭动作，变迁 t_{12} 表示列车出站状态向进站状态的转换（略去了区间运行状态），托肯表示信息资源，有托肯的库所命题函数为"真"。

建立了安全性分析 Petri 网模型后，也就建立了从 PHA 中所定义的危险状态到 Petri 网标识之间的映射，而标识又映射到库所。将映射到库所的标识与可达集中的标识进行比较，如果可达集中出现了被定义的危险状态标识，表明系统中允许危险状态存在于正常的运行期间。如是正在设计的系统，必须修改设计，如果是已投入运营的系统，必须采取修改措施来排除危险状态的发生。

对于屏蔽门的动态过程来说，潜在危险状态有 3 种：列车还未进站前屏蔽门处于打开状态；列车还未定稳屏蔽门处于打开状态；列车已启动了屏蔽

门还处于打开状态。对应的潜在危险状态标识为 3 个标识集 $\{M_{W1}, M_{W2}, M_{W3}\}$，其中：

$$M_{W1} = \{1, *, *, *, *, *, *, \\ *, *, *, *, *, *, 1, *\}$$
$$M_{W2} = \{*, 1, *, *, *, *, *, \\ *, *, *, *, *, *, 1, *\}$$
$$M_{W3} = \{*, *, *, 1, *, *, *, \\ *, *, *, *, *, *, 1, *\}$$

符号"$*$"表示所在的库所命题函数任意取值"假"或"真"。为简化表示，对有托肯的库所用库所符号表示，符号"$*$"所在的库所省略，则式（3.11）可写成如下形式：

$$M_{W1} = \{p_1, p_{14}\}, \quad M_{W2} = \{p_2, p_{14}\},$$
$$M_{W3} = \{p_4, p_{14}\}.$$

通过对该 Petri 网的可达性分析，可以发现 $\{M_{W1}\}$，$\{M_{W2}\}$，$\{M_{W3}\}$ 不可达，即该实际系统在正常工作时不存在上述危险状态。这是因为在屏蔽门控制系统在设计时已经采取了 ATP 对屏蔽门打开状态时的信号保护联锁措施来避免产生上述潜在危险状态。

以上安全性分析方法称为 Petri 网的前向可达性分析。但在实际操作时会碰到很大的困难。其原因是由于系统结构的复杂性和动态性，造成 Petri 网模型的复杂和庞大，带来了可达状态爆炸问题，这给可达集的生成、存储、搜索造成了很大的困难，这对高级 Petri 网尤其显著。

对于定性的安全性分析，可采用回向分析的方法寻找潜在危险状态的前集中的临界状态，而不必生成整个可达集。其方法是[6]：如果系统中有一个潜在危险状态可达，则从初始状态到潜在危险状态的路径中存在着一个临界状态标识 $M_L \in [M_0\rangle$，该状态向前一步存在着两条以上的路径，其中有一条可达潜在危险状态。如果找到了临界状态，则可修改硬件或软件结构来保证 M_L 通向安全状态的路径优先发生。

如果系统中发生故障，改变了系统的结构，则其之后的动态过程可能出现可达的潜在危险状态。这种情况可以用库所丢失或生成了虚假库所在 Petri 网中表示出来。仍然用屏蔽门系统考虑这个问题。假设 ATC 在故障情况下可能发生的一种危险状态，即列车在屏蔽门尚未关闭的情况下，因 ATO 故障，错误产生发车信号启动列车，将会产生危险状态 $\{M_{W3}\}$。

这种 ATO 故障可用图 5 所示的带故障状态

Petri 网模型表示。图中 t_f 表示一个故障变迁，p_f 表示有虚假库所，其结果导致只要 p_3 中有托肯，即可导致 t_{10} 的发生。这种情况无法采用容错技术来纠错，而只能采用故障倒向安全的措施来保障安全。其方法是从 p_{14} 引入一条禁止弧到 t_{10}（图 5 中端点带小圆圈的弧线，其规则为起始库所中没有托肯时终点变迁才能点火），以保证 p_{14} 在有托肯的情况下 t_{10} 不会发生，即危险状态 $\{M_{W3}\}$ 不可达。具体措施可以是当屏蔽门打开后，ATP 输出一信号禁止 ATO 启动，直到屏蔽门关紧信号发出后解除；也可以 ATP 输出一信号切断列车牵引系统，直到屏蔽门关紧信号发出后解除。

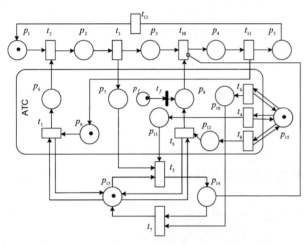

图 5　带故障和保障措施的屏蔽门 Petri 网模型

另外，可通过此模型考虑另外一种潜在的危险状态。即当上下客过程尚未完成时，司机误操作按下关门按钮，造成乘客挤伤。为了表达出这种状态，可将图 5 进改造，增加一个列车上下客完成状态，其 Petri 网模型如图 6 所示。图 6 中库所 p_{20} 表示上下客完成等待发车状态，变迁 t_{50} 表示正在上下客到上下客完成的变化。为了避免上述危险状态，增加了一条从 p_{20} 到 t_7 的有向弧，表示只有上下客完成后，屏蔽门才能关闭。

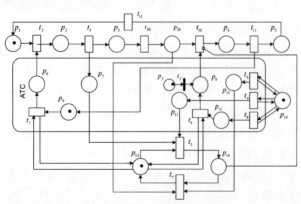

图 6　增加安全措施后的屏蔽门 Petri 网模型

4　结论

采用 PHA 和 Petri 网综合分析的方法对城市轨道交通系统的运营安全性进行分析，可以发挥两种方法各自的优势，实现优势互补。采用 PHA 对整个系统进行宏观分析，确定各种潜在的危险状态，为 Petri 网分析提供明确的分析对象，以避免 Petri 网模型过于庞大，造成状态空间爆炸式增长；采用 Petri 网对具体的潜在危险状态进行微观分析，可以弥补 PHA 无法体现安全性动态过程的缺点，如采用扩展的随机 Petri 网模型，还可以定量分析危险状态的发生概率。

参考文献

[1] 陈铁,管旭日,孙力彤.城市轨道交通综合安全管理体系研究[J].城市轨道交通研究,2004,7(1)

[2] 陈宝智.安全原理[M].第二版.北京:冶金工业出版社,2002

[3] Leveson N G, Stolzy J L. Safety Analysis Using Petri Nets [J]. IEEE Trans Software Eng, 1987, SE -13(3)

[4] Angela A, David H. Failure and safety assessment of systems using Petri nets [C]. IEEE International Conference on Robotics and Automation, Washington DC: Institute of Electrical and Electronics Engineers Inc. , 2002

[5] Berthelot G, Terrat R. Petri Nets Theory for the Correctness of Protocols[J]. IEEE Trans Commun, 1982,COM - 30(12)

[6] 罗鹏程.基于 Petri 网的系统安全性建模与分析技术研究[D].长沙:国防科技大学,2001

[7] MIL - STD - 882D: Standard practice for system safety programmed requirements[S]. Washington D C: MIL, 1992

[8] 袁崇义.Petri 网原理与应用[M].北京:电子工业出版社,2005

[9] 林闯.随机 Petri 网和系统性能评价[M].北京:清华大学出版社,2000

[10] 施佳申,钱雪军,赵惠祥.基于 PHA 的城市轨道交通系统安全性分析[J].城市轨道交通研究,2006,9(1)

[11] 何泳斌,周剑斌,张大华.信号系统与屏蔽门系统接口控制的设计分析[J].城市轨道交通研究, 2005, 8(2)

城市轨道交通事故故障
应急处置相关问题研究*

邵伟中[1]，朱效洁[1]，邹晓磊[1]，罗，钦[1]，徐瑞华[2]

(1. 上海地铁运营有限公司运营安全部，2. 同济大学)

摘　要： 本文研究了城市轨道交通事故故障应急处置的机制及基本原则，并在此基础上分析提出建立由高技术支持的轨道交通应急处置信息管理和发布系统，做好信息的采集、处理和发布，实现事故故障预警；构建完整规范的事故故障预案体系，实现预案的及时更新、有效管理、方便的学习和考核以及预案效果的评价和仿真。

关键词： 城市轨道交通，应急处置机制，信息系统，预案体系

事故、故障以及突发事件(以下简称事故故障)严重影响城轨交通运营的安全与可靠性，必须对城轨交通事故故障做出及时有效的处置，以尽快恢复正常运营秩序，保证乘客安全和出行方便。在事故故障状态下，如何实现各类信息在城轨交通运营企业内部高效、准确传递，向外界和乘客及时发布，以及事故故障的有效处理和乘客的安全疏散，需要完善、有效的城轨交通事故故障应急处置机制来保障[1]。

城轨交通事故故障应急处置机制包括反应和处理两方面，反应机制要求建立运营信息的收集、处理、传递和发布系统，而处理机制则要求建立相关的应急预案体系，保证一旦发生事故故障能实现快速、有效的处理，使其造成的影响和损失最小化。

本文重点研究建立基于应急反应机制和处理机制的城轨交通事故故障信息管理和发布系统以及应急处置预案体系。

1　城市轨道交通事故故障应急处置机制分析

事故故障应急处置机制是指对城轨交通运营中事故、故障或者突发事件能及时做出反应并采取有效措施，以尽快恢复正常运营秩序的相关组织机构、功能和相互关系。应急处置机制包括反应和处理两方面。反应机制和处理机制通过信息的传递和相互作用，有机结合形成应急处置机制。

城轨交通运营组织和管理有其自身的特点，建立应急处置机制应结合运营企业的机构设置及其分工，确定在事故故障状态下，各部门的职责范围以及应采取的措施。在上海地铁运营有限公司，总调度所主要负责列车运行计划的编制和调整；客运分公司承担车站行车组织、客运组织、客运服务、车站管理、票务管理等工作；而各专业分公司主要负责运营系统中相关设施设备日常运用、维护、维修和突发事件的抢险、抢修工作。

这些部门在运营和应急处置过程中根据自己的职责，分工协作，构成了应急处置机制的组织机构基础。在应急处置机制中，各个部门进行应急处置的过程中应遵循如下原则：

(1) 安全性原则。作为一种大运量的城市客运交通，在事故故障状况下，保证乘客的安全和方便出行是建立应急处置机制的前提。

(2) 快速性原则。应急系统能快速启动，快速运作，包括探测事故故障源、方案决策和执行快，信息传输快，指令下达和反馈快等。

(3) 有效性原则。主要包括应对事故故障有效，运行调控有效，手段措施有效等。

(4) 部门协作原则。城轨交通运营涉及客运、调度、车辆等多个业务部门，在事故故障发生时，各部门应根据其职责分工协作。

事故故障应急反应机制指相关部门对事故、故障的探测、判断、信息的传递、决策过程、对乘客及

---
* 上海市科委城市轨道交通科技攻关项目，项目编号：03DZ12046

外界信息的发布等功能、技术手段及相互关系。

事故故障应急处理机制是相关部门对事故故障现场的处理、乘客的疏散以及外界对处理提供支持的功能、技术手段和相互关系。

因此事故故障发生时，运营管理部门应能通过CCTV视频监测系统、列车自动监控系统（ATS）、火灾报警系统(FAS)、设备监控系统(BAS)、自动售检票系统(AFC)等迅速做出反应，收集相应的事故故障及客流信息，按照规定的流程、时间要求和方法保证信息在内部相关部门之间及时、准确、高效地传递，必要时能快速与外界（如公交、消防、公安部门等）联系并获得支持，同时通过列车和车站滚动显示屏和广播系统向乘客及时发布事故故障信息，引导乘客有序疏散。

事故故障处理涉及多个部门，包括初步排除、车站处置、分公司介入指挥、总公司介入指挥等几个阶段，包含列车救援、运行组织调整、设施设备抢修、客运组织和安全治安管理等方面的业务。应急处理机制必须遵循应急处置的相关原则，在此基础上建立完整的预案体系，提供突发事件应急处置的决策支持。

2　城市轨道交通应急处置的信息管理和发布

为使事故故障发生时，运营管理部门迅速做出反应，应建立由高技术支持的轨道交通应急处置信息管理和发布系统，如图1所示。这样的系统既包含了轨道交通运营管理内部在事故故障发生时的信息的管理，也包含了与外部单位的信息交流和共享。

充分利用数字化信息技术与网络通信技术实现对供电设备、环控设备、车站客运设备、行车设备、列车运行状况以及客运组织情况进行全方位监控，实现对各种应用系统的有机集成，建立空间信息与共享平台机制，便于各种信息直观表达、综合利用与快速反应，对轨道交通信息元按照统一的规范关联地理信息，形成三维数字信息，并对此进行管理、分析和辅助决策，以助于将轨道交通内部与外部城市的各种数字信息及轨道交通的各种信息资源加以整合利用。加强基于局域网和互联网的办公管理系统建设，使得能够在事件发生地点通过文字和多媒体信息记录事件发生过程，存入计算机，并通过局域网将信息发布到控制中心，存储和用于事后分析。

当轨道交通网络发生重大事件，影响超出了轨道交通运营的范围的时候，处置工作需要市内其他相关部门，如地面公交、公安、消防、救护、抢险等部门全面配合才能快速、全面处置重大事件。主要包含以下两方面内容：

（1）实现日常运营信息的有效采集和共享，做好应急处置的信息储备。由轨道交通运营综合信息管理系统向城市其他中心，如公安交通管理局、综合交通指挥中心、消防局、地震局、气象局、城市防灾中心、供电局、急救中心、公安防暴中心等，提供轨道交通主要信息，如运营状况、供电系统状况、客流状况等。轨道交通运营主体也接收城市其他中心的相关信息，如：气象、地面交通等综合性信息，制作轨道交通网络的各类公共信息。

（2）处置重大事件时迅速综合和传递各方信息，实现信息快速通畅。实现与外界联合处置的各相关指挥部门之间、各相关执行部门之间、各指挥部门和所属执行部门之间、现场与执行部门之间、现场与指挥部门之间的信息综合和传递。

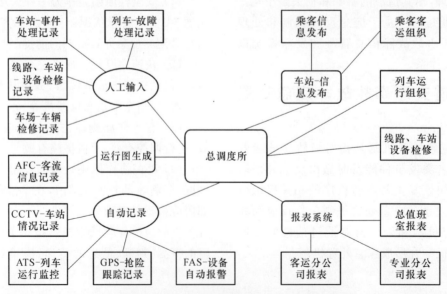

图1　轨道交通应急处置信息管理和发布系统示意图

3 城市轨道交通事故故障应急处置预案体系

城市轨道运营部门积累了大量的处置各类故障、事故和突发事件的经验，也制定了许多相应的预案。为进一步提高预案在事故和故障发生时的处置效果，有必要以应急处理机制为基础，对现有的预案进行分析和优化，建立完整的预案体系。预案体系应符合以下要求：

分类清楚，便于预案的管理和查询；

格式规范，便于预案的修订和阅读；

内容科学，能够对现场操作进行实际可行的指导；

体系完整，能够满足轨道交通运营组织各部门在事件处置各阶段的协同工作需要。

3.1 预案的分类

预案可以从制定和执行预案的部门和组织管理层次、针对的事件类型和事件处理阶段等三个角度进行分类。[2]

（1）按照制定和执行预案的部门和组织管理层次分类。不同组织管理部门管理范围、任务和制定预案所处的角度不同，预案的具体内容专业方向和侧重也不同。同一类事件的预案，总调所、客运分公司、车站、工务分公司和通号分公司等不同部门制定的处置预案的内容重点和描述详细程度都会有一定的区别。比如，总调所制定的运营突发事件应急预案偏重宏观的环节控制，而通号分公司制定的针对某一类型信号故障的处置预案则偏重于微观的现场操作。

因此，可以根据制定和执行预案的部门对各类预案作横向分类，根据组织管理层次对预案做纵向分层，不同管理层次的预案设计的处置范围和细化程度有所不同，高级管理层的预案侧重于宏观决策，中间管理层的预案侧重于环节控制，基层单位的预案侧重于现场操作。各级预案的层次结构如图2所示。

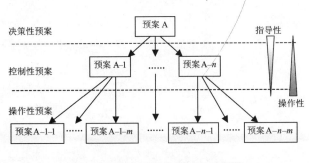

图2　应急处置预案分层次示意图

一项决策性预案涉及的内容可以根据部门横向生成几项控制性预案，一项控制性预案涉及的内容可以根据部门横向细化为多项操作性预案。这三个层面的预案是逐层细化的，越向上越具有指导性，越向下越具有操作性。

（2）按照针对的事件类型分类。由于事故、故障和突发事件的种类和严重程度不同，对应的预案文件无论从内容上还是从等级要求上都不同，分为故障处置预案、事故处置预案以及突发事件处置预案。

按照事件的分类对预案进行分类，不同的事件类型，预案中的处置步骤和预案结构有所不同。不同事件类型预案因为涉及处置内容可能相同，所以不同预案可能有相同的处置内容。这些相同的处置内容可以专门取出，生成新的预案。

某些操作可以单独生成预案，使预案模块化，每个预案简洁明了，减少冗余，步骤清晰。如图3所示，将预案A和预案B的重叠部分剥离出来形成单独的预案C，避免预案间内容的重叠。这样可以使得预案针对性更强，执行时层次更清晰，阶段更清楚，责任划分更明确。

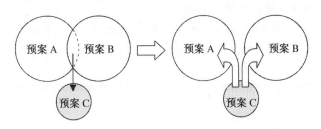

图3　不同应急处置预案分类相关示意图

（3）按事件处理的阶段来分类。在事件的处理过程中，因为处理的效果不同，可根据事态发展和影响程度，制定不同阶段的处理预案，如图4所示。不同阶段的预案处理的对象和处理力度有所不同。

图4　应急处置预案分阶段关系示意图

不同的分类预案具有各自的特点和用途。按照分类（1），可以确定某层预案的细化程度。按照分类（2），可以确定事件预案的独立程度。使预案模块化。按照分类（3），可以使事件的处理动态化，阶段分明，利于根据事件的具体形势具体分析。

这三种分类特性组合起来就是对一项预案的三个特性的描述，可以明确一项预案的地位和重要性，因此应成为预案规范化和优化的基础。

3.2 预案的格式

轨道交通运营现有的预案是由各部门根据生产要求自己制定的,不同部门不同类型预案由于制定的时间、要求等方面的差异,在格式和内容上有不统一的地方,应该根据预案的属性进行标准化。一项完整规范的预案应包含如下的属性:

(1) 预案的基本属性:包括预案制定的时间、部门、适用范围、适用阶段、事件的定义等。

(2) 预案的指导属性:包括预案对事件处理的指导原则、相关责任规定、信息传递规定等。

(3) 预案的操作属性:包括预案对事件处理的操作步骤和具体要求。

根据上述属性分析,完整的预案应该包括以下几个部分:

(1) 预案基础信息:名称、编号、制定日期、制定部门、执行部门、预案层次(决策、控制、操作)、预案适用事件、预案适用阶段。

(2) 预案指导信息:事件定义、处置原则、涉及部门岗位。

(3) 预案操作信息:信息传递要求、处置步骤、各步要求。

3.3 预案体系的特征

在预案分类和格式规范化的基础上,要求地铁运营系统有一套完整的预案体系,预案分层、分类清晰,总体格式、结构一致,执行统一,管理一致,更新同步。[3]

预案体系要有如下特征:

(1) 有完整规范的结构框架。可以根据预案的各个分类角度,按照规范的格式建立每个预案。并且,在预案当中标明与其他预案的相互关系。建立起层次分明、专业明确、阶段清楚的预案网络结构框架。

(2) 有及时方便的更新和管理手段。在完整规范的结构框架基础上,可以建立计算机甚至网络化的预案管理系统,对预案进行及时的更新和维护,方便新预案的制定和已有预案的修改完善。

(3) 有简洁高效的预案学习和查询手段。在预案管理系统的基础上,进一步实现预案的学习培训功能和在线查询功能。建立以往的事件处置案例库,实现事件重现,建立试题库,并实现其他的多媒体的教学功能。在日常的培训当中为员工提供培训和考核的平台,使生产人员既牢记预案内容,又活学活用。

提供在线查询功能,使生产网络上的各个终端能够迅速查询到所需预案,在事件处置的过程中作为标准依据。

(4) 有有效的预案执行效果检验和仿真评价手段。在每个应急处置之后,分析预案执行当中的问题,检验预案的有效性,并对预案进行修订。对于实际模拟演练成本较高的预案,建立仿真评价系统,能够对事件发生过程、预案的执行过程以及处置效果进行仿真和评价,作为预案修改和执行的参考依据。

4 结论

本文对城市轨道交通事故故障应急处置机制进行了分析,提出应急处置机制是应急反应机制和应急处理机制的有机结合,不断完善反应机制和处理机制并促进两者协调作用,是加强运营安全与可靠性的重要保证。在应急反应机制上,应重点完善和建设高技术支持的轨道交通运营应急处置综合信息管理和发布系统。在应急处理机制上,应重点加强对轨道交通应急处置预案体系的完善和优化。

参考文献

[1] 邵伟中,徐瑞华,朱效洁等.轨道交通运营设施安全及事故应急处置研究(上海市科委城市轨道交通科技攻关项目),2005.3

[2] 张殿业,金健,杨京帅.城市轨道交通安全研究体系.都市快轨交通,2004年第4期

[3] 路峰,张伟.交通安全管理预案研究,公安大学学报(自然科学版),2000年第4期

(发表于《城市轨道交通研究》2006年第1期)

城市轨道交通系统运营安全和可靠性问题分析

朱效洁[1]，刘天顺[2]，徐瑞华[2]

（1. 上海地铁运营有限公司总师室，2. 同济大学）

摘　要：本文讨论了影响城市轨道交通系统运营安全和可靠性的相关因素，定义了故障，事故和突发事件的概念，提出了加强和提高城市轨道交通系统运营安全和可靠性的对策和途径。

关键词：城市轨道交通，安全，可靠性

城市轨道交通在城市发展和人民日常生活中起着越来越举足轻重的作用，在大力建设和快速发展城市轨道交通的同时，其运营安全和可靠性也成为不可忽视的重要问题。运营安全和可靠性水平不仅综合反映了轨道交通运营管理水平和运输服务质量，也是城市轨道交通系统实现顺畅、高效运营的前提和根本保证。"安全第一"是乘客的基本需要和首要标准，也是轨道交通运营管理的一个永恒主题。高运营可靠性则是轨道交通运营管理追求的目标，也是满足乘客需求、获得良好社会和经济效益的根本保证[1]。

在日常生活中，人们一听到地铁出现故障，就容易和地铁安全问题挂上钩，其实，这是很容易引起混淆的两个概念。安全是和事故及突发事件相对应，故障是和可靠性相对应的。一般来说，有些故障是无法避免的，但是可以通过日常保障以及维护，降低它的发生率。就事故和突发事件而言，在理论上，是可以通过规章制度以及处置措施，来防范和杜绝此类事件发生的。

城市轨道交通日常运营管理中涉及运营安全和可靠性的事件主要体现在以下两方面：一方面是由于恐怖袭击、自然灾害、人为破坏等所造成的火灾、爆炸等灾难性重大事件，造成生命和财产的重大损失。另一方面，由于客流波动、技术设备故障、运营组织等原因，引起列车运行延误、列车运行中断等列车运行"大间隔"故障，将造成乘客的出行延误，给日常生活、工作产生不便。在实际生活中，故障的发生率是很高的，但是一般不会引起地铁的安全问题，只是降低了地铁运营的可靠性，造成乘客的出行延误，相比较而言，突发事件的发生率是很低的。因此理清运营安全和可靠性的一些基本定义和关系，对我们解决城市轨道交通系统运营安全和可靠性的对策和途径是很重要的。

1　城市轨道交通系统的运营安全和可靠性的基本定义和关系

城市轨道交通运营安全与可靠性是反映地铁系统正常运营情况的总体概念。然而从后果以及造成的影响来看，运营安全与可靠性则具有完全不同的内涵，运营中发生的安全问题除了造成列车运行延误，运营生产中断以外，更重要的是涉及人民生命财产的损失、设施设备的破坏等重大问题；而运营中发生的可靠性问题则主要涉及运营生产的稳定、运输质量的好坏。因此，为了加强和提高城市轨道交通运营安全与可靠性，我们首先需要从引起城市轨道交通运营安全与可靠性的事件产生原因出发，科学地界定轨道交通系统运营安全和可靠性的基本定义和概念。

我们将影响城市轨道交通系统运营安全和可靠性的因素统称为事件。这些事件根据其发生的原因、特点以及造成的后果和影响，可以分为故障、事故和突发事件三类。

（1）故障。故障是因设备质量原因或操作不当引发设备无法正常使用，须人工干预或维修的事件。故障可根据其表现和影响程度分为轻微故障、一般故障和严重故障。轻微故障可以迅速排除，一般不会影响运营可靠性。一般故障将造成短时间的列车运行秩序混乱，部分列车运行延误。严重故障则会导致较长时间的运营中断，严重影响系统运营可靠性。按照故障设备类型和原因，可分为列车

车辆故障、线路故障、供电系统故障、通号系统故障、环控设备故障、车站客运设施故障等。

(2)事故。事故是因为故障或工作人员操作不当引起的造成人员伤亡、设备损坏、影响可靠性或危及运营安全的事件。事故根据其表现、影响程度与范围可分为一般事故、险性事故、大事故、重大事故。事故根据其专业性质可分为行车事故、客运组织事故、电力传输事故等。

(3)突发事件。突发事件是指由故障、事故或其他原因(人为、环境、社会事件等)引起的突然发生的,严重影响或可能影响运营安全与秩序的事件。突发事件根据其影响程度与范围可分为一般突发事件、险性突发事件、大突发事件和严重突发事件等。突发事件根据其引发原因可分为运营引发突发事件、外来人员引发突发事件、环境引发突发事件等。

故障、事故和突发事件的关系如图1所示。事故中,有部分是由于故障引起的,突发事件中又有部分是由故障和事故引起的。一般地,故障,事故,突发事件在城市轨道系统日常运营过程中的发生概率有很大差别,故障可以认为是多发事件,大部分故障不会对运营安全造成影响,但是会影响运营可靠性,降低运营质量。事故和突发事件发生概率较小,严重的事故和突发事件可以认为是小概率事件,但是事故和突发事件对运营安全造成极大危害,甚至造成重大的人员伤亡和财产损失。因此,对于故障、事故和突发事件给城市轨道交通系统运营安全和可靠性造成的不同程度,我们在处置和预防不同的事件种类时,应有相应的侧重点,对于一般性的故障,我们应侧重于设备的维护与保养,运营管理的优化等,对于可能造成重大人员伤亡和财产损失的严重的事故或突发事件应侧重于预防和应急处置。

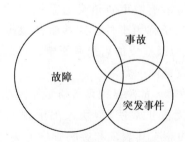

图1　故障、事故和突发事件关系图

2　影响城市轨道交通系统的运营安全和可靠性的整体因素

对轨道交通系统而言,系统本身的几大特点直接影响着系统的运营安全和可靠性。

(1)技术设备。技术设备的日常维护和管理直接影响着系统的运营安全和可靠性。城市轨道交通系统包含了以下主要设备:线路及车站、车辆及车辆段、通信信号、供电、环控设施、售检票以及防灾监控报警设备等,各项技术设备协同可靠地工作,保证列车安全高效的完成运输任务。城市轨道交通系统一般采用了高可靠性的元件、设备和软件,而且构成的系统具有"故障导向安全"的特征,因而,使得整个系统具有应对设备故障及突发事件的高度安全性。城市轨道交通的线路长度、站间距离相对较短,列车种类单一,因此为了保持列车运行秩序稳定,列车运行控制系统在一定范围内自动调整列车的运行状态。城市轨道交通线路的车站一般不设置配线,列车在车站正线上办理客运作业,因而一列列车如果出现故障,直接影响到后面列车的正常运营。所以做好整个轨道交通系统的设备维护和管理是十分关键的。

(2)网络的运输能力。城市轨道交通系统的网络运输能力,体现完成运输质量的效率,提高网络的运输能力,可以最大程度地满足乘客出行要求,安全高效的完成输送任务。网络的运输能力主要影响轨道交通运行系统的可靠性,我们知道列车一旦发生延误不仅会影响到自身线路的正常运行,而且会影响到网络中其他列车的正常运行,正是因为地铁运行延误具有传播性的特点,在发生列车运行延误时,列车到达晚点或者取消车次都会降低线路与车站等设备的通过能力,限制系统设备能力的充分利用,特别是在客流高峰时段的运行延误,将导致更大能力利用的损失,严重影响城市轨道交通系统的运营稳定性和可靠性。因此,提高网络的运输能力,减少列车的运行延误对提高系统运行的可靠性是很重要的。

(3)运营组织方案。城市轨道交通建设的目的是为乘客提供满意的出行服务,良好的运营组织是这种供给的前提和保证。由于客流的日常变化,在一定的网络结构和设备条件下,采用的运营方案应有利于提高网络系统的整体运输能力,适应客流需求,方便城市居民的交通出行,增加运营效益和运营可靠性,满足乘客在出行安全、快速、舒适和准时等方面的要求。因此,合理的运营组织方案也是影响轨道交通系统运营安全和可靠性的因素之一。

(4)自然灾害、恐怖袭击与人为破坏等突发事件。除了系统本身可能影响城市轨道交通系统运营安全和可靠性的因素外,自然灾害、恐怖袭击与人为破坏等突发事件的发生,将会造成重大的人身伤亡、财产损失以及运营中断,从而产生轨道交通运营的安全问题。这些事件的发生,造成的后果不堪设想,十分严重。因此,必须加强自然灾害、恐怖袭击或人为破坏事件的预警和发生后的应急处置,最大程度地降低人员伤亡和财产损失。

3 加强和提高城市轨道交通系统的运营安全和可靠性的途径

(1)加强工作人员的培训和系统设备的日常维护。城市轨道交通系统是一个包含各种土建工程、车辆、供电设备、通讯信号、运营管理等多学科、多专业、多工种的复杂大系统。系统的安全与可靠性贯穿于从工程的前期决策、设计、施工到运营管理等各个阶段的全过程中,对每个工作人员而言,都有不同的岗位要求,高质量地完成本岗位的工作要求,是保证地铁系统安全高效运营的关键因素,因此,必须加强工作人员的职业素质和道德培养,城市轨道交通运营所依赖的交通设施,虽然采用了较高的可靠性标准,列车运行控制软硬件系统也采用了冗余设计来增强系统工作的可靠性,但在长期复杂多变的外界因素干扰下,难以保证运营设施与设备不产生功能失效,因而,系统实际运营过程中发生随机故障在所避免,为了降低故障发生率,就需要我们对各种设施和系统设备做好日常的维护和管理,发现问题,及早解决,消除发生故障的隐患,最大程度的减少故障发生率,从而保证轨道交通系统安全高效的运行。

(2)提高轨道交通系统的技术装备水平。为了保证轨道交通系统中各种设备的正常运行,减少故障,事故或者突发事件的发生,尽可能地利用最先进的技术装备和高科技手段,例如,采用高技术支持的信息管理、应急处置系统,来处理各种事件发生时的信息传输以及解决方法的实施。采用列车运行智能化调度系统,可以减少因人工疏忽所引发的各种故障或事故。采用线网综合运营协调系统,可以保证网络中各车辆的高效、安全、可靠运行。

(3)应急预案的制定和演练。通过安全设计、操作、维护、检查等措施,可以预防事故、降低风险,但达不到绝对的安全,因此需要制定在发生轨道交通事故后,所采取的紧急措施和应急处置的预案,充分利用一切可能的力量,在事故发生后迅速控制事故发展并尽快排除事故,保护乘客和员工的人身安全,将事故对人员、设施和环境造成的损失降低至最低程度。应急预案是应急救援系统的重要组成部分,针对各种不同的紧急情况制定有效的应急预案,不仅可以指导各类人员的日常培训和演习,保证各种应急资源处于良好的准备状态,而且还可以指导应急救援行动按计划有序地进行,防止因行动组织不力或现场救援工作混乱而延误事故救援,从而降低人员伤亡和财产损失。同时在预案演练时,可以联和公安、消防、医院、公交系统等相关部门实行联合演习,增加演练的实战性,更好地掌握演练技巧。

参考文献

[1] 韩利民等.地铁运营安全及对策研究.中国安全科学学报,2004,(10)

[2] 袁震.直面地铁安全.城市减灾,2004,(2)

(发表于《城市轨道交通研究》2006年第1期)

城市轨道交通系统的安全性与可靠性

余世昌[1]，赵惠祥[2]

（1. 上海地铁运营有限公司，2. 同济大学）

摘　要：采用系统工程的观点，阐述城市轨道交通系统安全性与可靠性的概念，探索整体研究轨道交通系统安全性与可靠性的方法，构建城市轨道交通系统安全性与可靠性工程框架以及管理组织结构和信息流程框架，为今后在我国城市轨道交通的建设和运营管理中研究、解决安全性与可靠性问题提供参考。

关键词：城市轨道交通，安全性，可靠性，系统工程

虽然城市轨道交通的安全性与可靠性要远高于其他交通方式[1]，但由于城市轨道交通系统的运营工作牵涉到城市千百万乘客安全正点出行，对建设和谐社会的影响重大，所以必须不断地研究和提高整个系统的安全性与可靠性水平。城市轨道交通系统是人—机—环境三方面相互作用的包含多种专业设备/设施的结构非常复杂的客运系统，它的安全性与可靠性不仅要在规划、设计、建造时给予充分考虑，并且在运营管理中也要不断研究、改进和提高；不仅要考虑单个设施/设备的安全性与可靠性问题，还需要从系统的角度整体研究安全性与可靠性问题，发现各种潜在的不安全因素和故障模式，为整个系统的安全运营管理工作和设施/设备改造计划提供理论依据。

对于我国城市轨道交通系统的安全性与可靠性研究，目前无论是理论研究还是应用实践层面，都尚无形成完整的体系[2]。本文采用系统工程的观点，阐述城市轨道交通系统安全性与可靠性的概念，探索整体研究轨道交通系统安全性与可靠性的方法，构建城市轨道交通系统安全性与可靠性工程框架以及管理组织结构和信息流程框架，为今后在我国城市轨道交通的建设和运营管理中研究、解决安全性与可靠性问题提供参考。

1　城市轨道交通系统安全性与可靠性概念

1.1　安全性与可靠性及其相互关系

安全性与可靠性是两个不同但又有密切联系的概念。在理论研究或应用研究领域，安全性与可靠性一般是分开来进行研究的，虽然他们有些

研究方法是一样的，但并没有一致的定义标准。一般来讲，"安全"表示系统的"完整"与"稳定"状态，安全性是指系统保持这种状态的能力。安全状态被破坏是因为意外事件的发生，即通常讲的"事故"发生，其特征指标是人员伤亡、设备财产损失或环境危害的程度。"可靠"表示系统性能的"保证"与"可信赖"，可靠性是指系统性能"保证"与"可信赖"的能力。可靠状态被破坏是因为自身某些能力的下降或消失，即通常讲的出现"故障"，其特征指标是系统某些性能下降或丧失的程度。

当某个系统的可靠性出现下降，则容易出现故障；当故障出现后，不仅造成系统性能的下降，而且可能会导致事故的发生，即系统安全性下降。反之，当有事故发生时，系统性能会下降或无法运转，此时的事故从可靠性角度讲就是故障。所以有时人们将"事故"与"故障"混用，但一般在安全性研究中用"事故"来描述事件，在可靠性研究中用"故障"来描述事件。

1.2　城市轨道交通系统的安全性与可靠性

对于城市轨道交通系统，安全性指在系统运营过程中，保障"乘客和员工不受伤害以及设备/设施不遭破坏"的能力；可靠性指在系统运营过程中，保障"乘客准时到达目的地"的能力。通常所讲的"保障乘客安全正点旅行"即包含了系统安全性与可靠性两方面的概念。

保障"乘客和员工不受伤害以及设备/设施不遭破坏"的能力包含了两个方面，即不发生意外的安全（safety）和免遭破坏的安全（security），对应的事故也有两种，即意外发生的事故（accident）和故意

造成的事件(incident)。

保障"乘客准时到达目的地"的能力也包含了两个方面：一是运输容量能力，二是列车按计划正点运行能力。因乘车人多造成拥挤而导致无法登乘、列车无法准时出发，以及由此引发的后续列车运行延误和车底周转延误属于前者；因技术或管理原因造成的运营中断、列车延误，以及由此引发的后续列车运行延误，车底周转延误或维修延误造成的列车运行延误等属于后者。

另外，城市轨道交通系统的可靠性也可用保障"乘客方便舒适地旅行"的能力来表示。如车站的乘客引导系统、自动售票机、兑币机、残疾人电梯、车厢内饰设施等，这些设备发生故障可能并不影响列车的正点运行，但会对乘客带来不便或不舒服。此项能力可作为更高一级的可靠性能力，即正点运营可靠性基础上的服务质量可靠性。

1.3 城市轨道交通系统安全性与可靠性指标

系统安全性指标可以用整个系统或某条线路的人员伤亡率和设备/设施损失率来反映保障"乘客和员工不受伤害以及设备/设施不遭破坏"的能力，一般用事故的频率或严重程度来衡量。根据城市轨道交通运营的特点，参考可靠性理论，提出以下城市轨道交通系统的运营安全性指标。

运营安全性：系统在规定的条件下和规定的时间内，避免运营事故发生的能力。

运营安全度 $S(t)$：系统在规定的条件下和规定的时间内，避免运营事故发生的概率。

$$S(t) = P(T \geq t)$$

其中：t 为规定的时间；T 为发生运营事故的时间。运营安全度 $S(t)$ 是时间 t 的函数，随着 t 的增加，$S(t)$ 将下降。

系统可靠性指标可以用整个系统或某条线路的运营可靠度、运营恢复度及运营利用率等来表示保障"乘客准时到达目的地"的能力。

2 城市轨道交通系统的安全性工程框架

安全性工程也可称为安全系统工程或安全保障体系，内容包括了如安全生产、安全管理、安全技术、劳动保护、事故应急与调查处理以及安全性研究等各个方面。对这些工作制定一系列计划、安排、实施、检查等措施方案或规章制度统称为安全性工程大纲[2]。与这些安全工作相关的理论或应用研究都可以称为系统安全性研究。所有针对人不安全行为和物不安全状态的分析、发现、评价、监控、预防以及变为事故后的应急、救援、调查、处理等都是安全性研究的内容。

对于城市轨道交通系统，有许多涉及保障安全运营方面的技术和管理措施。如上海地铁运营有限公司管辖的轨道交通系统，技术层面上采用了大量的监视与控制系统(ATS，ATP，FAS，SCADA，BAS 等)及各种维修/维护措施，管理层面有分级安全管理组织、安全管理制度、运营质量管理体系、设备维护管理系统、管理信息系统、应急预案等机制。这些技术和管理措施以及对他们的研究工作应该按照系统工程的原则建立一个统一的体系。

2.1 安全技术体系

安全技术体系包含了各种安全保障或事故预防的技术措施，一般在线路设计建造时实现，也可在既有线改造时实施。主要有设备/设施的固有可靠性提高、冗余、监控、检测、维护、维修、保护等技术措施。按专业可分为车辆安全、线路安全、通号安全、供电安全、客运安全等技术措施。按区域可分为控制中心安全、列车运行安全、车站安全、隧道安全、桥梁安全、变电站安全、车辆段安全、通号基地安全等技术措施。

2.2 安全管理体系

安全管理体系包含了安全管理组织结构、各种安全活动计划、安全制度等内容。作者根据城市轨道交通系统管理组织结构的现状，提出了将如图 1 所示的轨道交通系统安全性与可靠性管理组织与信息流程结构框架。图中的安全组织结构为三级安全组织管理体制，公司级有分管安全性与可靠性的负责人，中层级有专门负责安全性与可靠性的职能部门，垂直领导各专业分公司有专职安全性与可靠性责任小组。职能部门负责安全性与可靠性管理制度的制定及实施情况监督、安全性与可靠性信息管理系统的管理、安全性与可靠性分析评估及预警系统的管理等工作。责任小组负责事故与故障信息的录入、相关制度执行情况监督等工作。通过安全性与可靠性综合信息平台实现安全性与可靠性的动态管理。

2.3 事故应急体系

事故应急体系由应急技术与应急管理(应急预案)组成，主要有应急救援、应急运营、应急装备、事故处理等方面的内容。由于事故应急的重要性和必须具备快速响应及联动调度的机制[3]，所以列为单独的一个体系。

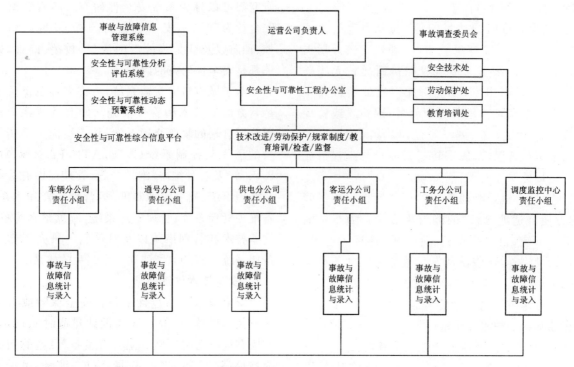

图1　安全性与可靠性管理组织结构框架

2.4　安全性研究体系

对于城市轨道交通系统,安全性研究体系主要有五个方面内容:一是安全技术研究,二是安全管理研究,三是事故应急机制及预案研究,四是事故调查分析,五是系统安全性分析与评价。安全性研究的核心是发现、分析和评价系统中存在的不安全因素[4],研究和开发各种针对高危险状态的监控系统、检测技术、事故预防和应急措施,制定防止不安全因素转化为事故发生和事故发生后减少损失的安全管理规章制度,以及对这些规章制度的实施、检查及评价等。

在安全性研究的所有内容中,最基本的是安全性分析和安全性评估[4]。目前国内外研究及应用的较成熟的安全性分析和评估方法或理论主要有初步危害分析、事故树分析、事件树分析、因果分析图法、安全检查表法、事故致因理论、安全行为论、综合安全评价、安全管理体系评估法等。这些理论或方法主要可归纳为两大类:一类为分析类,即发现隐患,识别危险性,寻找原因;另一类为评价类,即确定危险程度或安全程度。而评价又可分为两类:一类是系统内部各危险行为或状态的分析评价,确定出各种不安全行为或状态的危险程度高低,给安全管理工作提供参考;另一类是比较评价,即确定影响系统安全性各个因素的重要程度和好坏程度,用于安全性评比。

3　城市轨道交通系统的可靠性工程框架

可靠性工程包括了可靠性与维修性两方面。可靠性工程是指依靠相关的可靠性理论,对具体系统进行的可靠性与维修性设计、分析、试验、评估、改进、提高等工作。对这些工作的制定一系列计划、安排、实施、检查等方案或规章制度可以统称为可靠性与维修性工程大纲。对这些工作进行的理论或应用研究可以统称为可靠性研究。可靠性理论的研究主要有可靠性数学、可靠性与维修性模型、可靠性与维修性分析、可靠性与维修性预测与增长、可靠性与维修性试验、可靠性与维修性管理等。而可靠性应用研究是指依靠相关的可靠性理论,对具体系统的进行可靠性设计、分析、试验、评估、改进、提高等的研究。

对于城市轨道交通系统,在设计建造时为了提高各种设备/设施的可靠性,尤其是列车运行的可靠性,采用了大量的冗余技术和监控系统,在使用时制定有严格的进行定期或状态维修/维护制度,以保障设备/设施的使用可靠性。

3.1　可靠性技术体系

可靠性技术体系包含了设备/设施的固有可靠性提高、诊断/检测/监测、可靠性试验/验证等技术措施。固有可靠性技术包含了冗余、备份等技术措施。对于城市轨道交通系统,按专业可分为车辆设备可靠性、线路/车站设施可靠性、通号系统可靠性、供电系统可靠性、列车自动控制系统可靠性等技术措施。

3.2　可靠性管理体系

可靠性管理是系统可靠性工程的一个重要组成部分。城市轨道交通系统的可靠性管理体系主要包含可靠性管理组织结构、设备/设施的验收/维修/维护制度、故障统计/分析/汇报制度等方面。可靠性管理体系的组织结构和信息流程通道可以和安全性的共享，即图2所示的城市轨道交通系统安全性与可靠性管理组织与信息流程结构框。

3.3　维修性技术体系

维修性技术体系包含了设备/设施的维修策略、故障检测/诊断/隔离/维修技术措施、维修性验证等内容。对于城市轨道交通系统，按专业可分为车辆、线路、供电、通号、车站等的维修/维护措施。车辆与供电系统的维修，以及线路与通号系统的维护保养等技术措施都是维修性技术体系的内容。

3.4　可靠性研究体系

城市轨道交通系统的可靠性研究体系主要包括对设备/设施的可靠性设计、分析、试验、验证、评估、改进，对整个系统或各子系统的可靠性分析、评估，维修性试验、验证，建立可靠性模型等研究内容。

在可靠性研究的所有内容中，最基本的是可靠性分析和可靠性评估[5]。目前国内外研究及应用的较成熟的可靠性分析和评估方法或理论主要有故障模式影响及危害性分析、事故树分析、潜在状态分析、共因故障分析、维修性分析等。

4　结语

城市轨道交通系统是一个牵涉到多种技术领域、由多种设备、多种硬软件、多种设施组成的复杂系统。根据国外经验，大型系统全面和完善的安全性与可靠性研究与应用需要有数十年的经验积累，并且有专门的工作部门专项负责安全性或可靠性的研究与措施的落实。我国在大力建设和快速发展城市轨道交通系统的同时，必须不断地研究和提高整个系统的安全性与可靠性水平。本文构建的城市轨道交通安全性与可靠性工程框架旨在给出一种系统思想，为今后在我国城市轨道交通的建设和运营管理中研究、解决安全性与可靠性问题理论参考。

参考文献

［1］　孙章,何宗华,徐金祥.城市轨道交通概论[M].北京：中国铁道出版社,2000

［2］　陈铁,管旭日,孙力彤.城市轨道交通综合安全管理体系研究[J].城市轨道交通研究,2004,7(1)

［3］　张殿业,金键,杨京帅.城市轨道交通安全研究体系[J].都市快轨交通,2004,17(4)

［4］　沈斐敏.安全系统工程基础与实践[M].第2版.北京：煤炭工业出版社,1996

［5］　曾天翔,杨先振,王维翰.可靠性及维修性工程手册（上册）[M].北京：国防工业出版社,1994

（发表于《城市轨道交通研究》2006年第1期）

城市轨道交通系统可靠性指标及其计算

余世昌[1]，赵惠祥[2]

（1. 上海地铁运营有限公司，2. 同济大学）

摘　要：基于系统可靠性原理，构建了城市轨道交通系统的可靠性指标体系，给出了运营可靠度、运营恢复度及运营利用率等指标的定义，给出了相应的既有线计算方法。应用该方法计算了上海市轨道交通1、2、3号线的可靠性指标。

关键词：城市轨道交通，运营可靠度，运营恢复度，运营利用率

系统可靠性研究的一个重要内容是建立系统的可靠性模型和计算系统的可靠性指标。可靠性指标根据不同的对象有不同的含义[1]。目前，城市轨道交通系统的可靠性指标没有明确和完整的定义，这给系统可靠性的分析与评估等工作造成了困难。本文基于系统可靠性原理及城市轨道交通系统运营特点，提出了该系统的可靠性指标体系，并给出了利用既有线的运营统计数据计算系统可靠性指标的方法。

1　城市轨道交通系统的可靠性指标

我国目前一般采用"正点率"和"兑现率"来考核城市轨道交通系统运营任务的完成情况[2]。实际上这两个指标都反映了系统任务可靠性的程度，但两个指标怎样综合成统一的可靠性指标是个问题；另外，"正点率"和"兑现率"反映不出系统的维修信息。

根据系统可靠性的基本概念，系统可靠性是指系统在规定的条件下和规定的时间内完成规定功能的能力[3]。对于城市轨道交通系统，这个能力就是"保障乘客准时到达目的地"和"保障乘客方便舒适地旅行"的能力，这也是城市轨道交通系统运营的两项基本要求，它们反映了城市轨道交通系统运营的可靠程度。对于后一项要求，是在保证了前一项要求的基础上对系统提出的更高要求，这里暂不讨论。对于前一项要求，如果不考虑运输容量造成的问题，则可以用"列车按运行图准时到达各站"来度量，即可以认为该度量反映了系统的可靠性。基于以上概念，可以对轨道交通系统可靠性的指标提出如下定义：

运营可靠性：系统在规定的条件下和规定的时间内，完成列车按运行图准时到达各站的能力。

运营可靠度 $R(t)$：系统在规定的条件下和规定的时间内，完成列车按运行图准时到达各站的概率。

$$R(t) = P(T \geq t)$$

其中：t 为规定的时间；T 为发生运营故障的时间。运营可靠度 $R(t)$ 是时间 t 的函数，随着 t 的增加，$R(t)$ 将下降。

运营故障间隔时间 T：由于轨道交通系统运营故障是可修复的，所以 T 是两次运营故障间隔的时间。

运营故障分布函数 $F(t)$：系统在规定的条件下和规定的时间内，无法完成列车按运行图准时到达各站的概率，也可以称为运营不可靠度。

$$F(t) = P(T < t) = 1 - R(t)。$$

运营故障：系统中发生的各类故障，有些会影响到"列车按运行图准时到达各站"，即造成了运行延误。我们将这部分故障称之为"运营故障"，用发生运行延误的次数来表示运营故障发生的次数。

由于系统不可能做到分秒不差地"列车按运行图准时到达各站"，所以准时应确定一个公差范围，即晚点多少分秒或早点多少分秒之内即算是正点到达，不算发生了运营故障。这里按不影响其他列车的正常运行作为标准来确定，即某列车的运行延误时间在固定缓冲时间内，不会对后续列车传播延误，后行列车也没有产生任何控制调整，则此列车产生的微小延误不算运营故障。

运营故障概率密度 $f(t)$：系统在时刻 t 的单位时间里发生运营故障的概率。

$$f(t) = \mathrm{d}F(t)/\mathrm{d}t。$$

运营故障率 $\lambda(t)$：系统在时刻 t 之前未发生运营故障，在时刻 t 之后单位时间里发生运营故障的概率。$\lambda(t)$ 是随着 t 变化的。通常讲某个设备的故障率即指 $\lambda(t)$。可以用某个时间段内发生故障的频率作为近似值。

$$\lambda(t) = f(t)/R(t)。$$

平均运营故障间隔时间 MTBF：两次运营故障之间的运营时间为运营故障间隔时间 T。由于运行延误发生具有随机性，所以 T 是一个随机变量，其平均值（数学期望）称为平均运营故障间隔时间。

$$\mathrm{MTBF} = \int t\,f(t)\,\mathrm{d}t。$$

运营恢复性：系统在规定的条件下和规定的时间内，恢复列车按运行图准时到达各站的能力。

运营恢复度 $M(t)$：系统在规定的条件下和规定的时间内，恢复列车按运行图准时到达各站的概率。

$$M(t) = P(Q < t)。$$

其中：t 为规定的时间；Q 为运营故障恢复时间。

运营故障恢复率 $\mu(t)$：系统在时刻 t 之前仍存在运营故障，在时刻 t 之后单位时间里恢复正常运营的概率。

运营故障时间 Q：运营故障发生后，除了要抢修故障设备和设施外，必须要按故障情况调整运行图，以将故障造成的延误影响尽可能地减少。对所有运行延误列车的调整过程从可靠性意义上讲就是恢复（维修）过程，从有运营故障发生时刻后到系统延误恢复时刻的时间段可称为运营故障恢复时间，或运营故障时间。

对于某设备或设施等一般系统，在故障维修时间内系统是不能工作的。而轨道交通系统整个系统而言，在运营故障时间内可能影响的只是某一段线路，称之为"系统不能正常工作"。一般系统的故障维修时间包含了准备时间、有效维修时间和后勤时间。而对于轨道交通系统则包含了：故障发现/诊断、故障定位/隔离/切除/备用进入、运营调整时间。

平均运营故障时间 MTTR：由于恢复时间与故障影响的严重程度和运行图调整的策略与经验等有关，所以也是一个随机变量，其平均值（数学期望）称为平均运营故障时间。

$$\mathrm{MTTR} = \int t\mu(t)\,\mathrm{d}t$$

运营利用性：系统正常运营时间占整个运行图计划运营时间的比率。也可称为运营可用性或运营有效性。

运营利用率 $A(t)$：是运营利用性的量化表示。

$$A(t) = \mathrm{MTBF}/(\mathrm{MTBF} + \mathrm{MTTR})$$

假设系统具有稳定的运营故障率 $\lambda(t) = \lambda$，和稳定的运营故障恢复率 $\mu(t) = \mu$，即故障间隔时间和故障时间服从指数分布，根据可维修系统的马尔可夫模型，则：

动态运营利用率　　$A(t) = \dfrac{\mu}{\mu + \lambda} + \dfrac{\lambda \cdot \mathrm{e}^{-(\mu+\lambda)t}}{\mu + \lambda}$

稳态运营利用率　　$A = \mu/(\mu + \lambda)$

以上即为轨道交通系统的可靠性指标体系，其示意图如图1所示。

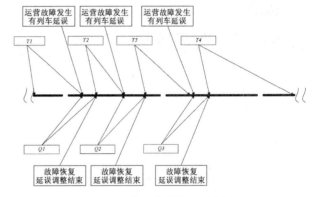

图1　运营可靠性指标示意图

2　计算方法与算例

根据以上提出的可靠性指标的定义，可以利用城市轨道交通系统既有线的运营统计数据，计算整个系统或某条线路的运营可靠性指标。

设某线路在给定的统计时间段内（如1个月或几个月，时间段越长计算值越精确），记录所有发生运营延误的故障次数 N（列车延误在缓冲时间内且不影响后续列车的不计为运营故障），同时发生几列车延误的也只算一次故障。每次故障记录开始发生的时刻和恢复正常运营的时刻。根据记录，可以得出 T_1、T_2、$T_3\cdots$ 及 Q_1、Q_2、$Q_3\cdots$ 等数据，则可按下式计算该条线路的平均运营故障间隔时间 MTBF、运营故障率 λ、平均运营故障时间 MTTR、故障恢复率 μ，及运营利用率 A。假设系统具有稳定的运营故障率 $\lambda(t) = \lambda$，和稳定的运营故障恢复率 $\mu(t) = \mu$，则：

$$\mathrm{MTBF} = 1/\lambda = (T_1 + T_2 + T_3 + \cdots + T_{N+1})/(N+1)$$

$$\mathrm{MTTR} = 1/\mu = (Q_1 + Q_2 + Q_3 + \cdots + Q_N)/N$$

$$A = \mathrm{MTBF}/(\mathrm{MTBF} + \mathrm{MTTR})$$

运营利用率综合表达了通常用的"正点率"和"兑现率"所表达的含义。本文统计了某轨道交通系统3条线路的2004年运营故障次数及恢复时间，根据上面给出的公式，可计算出3条线路的运营可靠性指标（见表1）。表中的 A 数据与年平均"正点率"或"兑现率"有很好的一致性，说明该可靠性计算方法是有效的。

表 1　某轨道交通系统的可靠性指标

线　路	MTBF/h	MTTR/h	A
1 号线	239.37	0.66	0.997
2 号线	497.65	0.95	0.998
3 号线	269.51	0.51	0.998

3　结语

提出的城市轨道交通系统可靠性指标体系及计算方法，可以为系统的可靠性研究提供量化依据，为既有线的可靠性分析和评估、为新线建设的可靠性验收等工作提供意义明确的量化可靠标准。

参考文献

［1］　O'Connor P. D. T. 实用可靠性工程［M］.第4版.李莉译.北京：电子工业出版社，2005

［2］　季令，张国宝.城市轨道交通运营组织［M］.北京：中国铁道出版社，2000

［3］　李海泉，李刚.系统可靠性分析与设计［M］.北京：科学出版社，2003.

（本文原载《城市轨道交通研究》2006年第3期）

上海轨道交通共线运营非正常事件处置研究

殷　峻

（上海地铁运营有限公司客运三分公司）

摘　要： 结合上海轨道交通3、4号线共线运营模式的特性,利用现有轨道交通线路运营经验,针对几种影响面较大的运营非正常事件进行探讨,使故障对乘客的出行影响降至最低限度。

关键词： 城市轨道交通,共线运营,非正常行车事件,处置对策

1　问题的提出

上海轨道交通4号线,是上海轨道交通规划网络中唯一的一条环形运行线路,与既有轨道交通1、2号线共同架构起上海市区的"申"字形轨道交通网络。2005年底,4号线将试运营新建线路中的13个车站近17 km的线路,并将利用既有3号线9个车站的11.5 km线路作为其运营线路的一部分,以形成"C"字形运营模式(如图1)。这种共线运营模式在国内已运营的轨道交通系统中是独一无二的,其行车组织目前尚无相关经验可供借鉴。因此需要未雨绸缪,特别是针对运营中可能发生的非正常事件,结合现有的运营工作经验,制定出一些行之有效的行车组织方法和运营非正常事件的处理方法,以实现3、4号线共线运营所必要的输送能力。

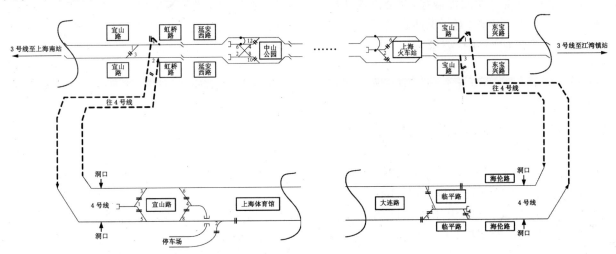

图1　上海轨道交通3、4号线共线运营简图

轨道交通共线运营的线路,如果出现非正常事件,将同时耽误两条线路乘客的出行,并波及与4号线换乘的1、2号线乘客,与单线相比,影响面更大。由于3、4号线某些设备的不兼容性,还将增加非正常事件处理的难度。本文将从减少地铁非正常事件对运营的影响出发,根据3、4号线车站与线路条件,结合既有上海地铁突发非正常事件的处理经验,对3、4号线共线运营后可能发生的几种非正常事件的原因和处置难点进行剖析,提出一些可行、合理的处置方法建议。

2　故障列车救援事件

列车故障是轨道交通日常运营中最为常见的非正常事件之一,如不能及时排除,则只能采取救援的方式;按照现行的处理经验,这将造成单线15 min左右的运营中断时间,还不包括因两条线列车制式不一致所带来的救援困难,给两条线运营带来严重影响。因此,需要采取有效措施,最大限度地减少故障列车救援可能造成的线路运营中断时间。具体建议为:

2.1 在共线9个站内存放备车

3号线既有列车备用数量较多,可以在运营时将备用列车存放在中山公园站和上海火车站站的存车线。其作用有二:其一,尽可能使用备车直接进行救援,这样可以压缩救援列车清客、区间走行的时间,从而尽快恢复正线运营秩序,也可同时减少车站客运组织压力,少影响乘客的出行时间;其二,若采用正线运营列车对故障车进行救援时,则可使用存车线备用列车填补两列车退出运营所造成的空档,力求保证3号线单线运营的正常,避免两线同时发生运营秩序紊乱。

2.2 调整故障列车救援命令下达时机

从现运营的轨道交通线路中对故障列车进行处置及救援的时间节点来看,司机在发现列车故障后有3 min时间进行故障判断,并在5 min内未能排除故障和启动列车才实施救援,整个过程约12 min。同时,由于乘客的干扰以及故障状态时的司机心理承受能力不同,都将延长故障处置时间。假设3、4号线列车在共线运营段按1列隔1列的方式运行,行车间隔3 min,则单条线路的行车间隔就为6 min;或者2列3号线夹1列4号线方式运行,若在共线运营段出现列车故障救援,就会出现两线15 min以上的晚点。因此,对于共线运营模式列车故障的处置与救援应与现行要求不同。在早晚高峰时间段内,2 min内无法处理的,则应立即安排该列车进行清客,同时适时地将备用列车插入正线投入运营。此时故障列车清客完毕后,若司机在3 min内通过旁路相应开关能使车辆继续运行,则应要求该车自行运行至最近的存车线;若列车已无法自行动车,则应立即命令相邻列车担当救援任务。在此过程中,无论列车故障是否已排除,均不应再次投入运营。在非高峰时间段,由于行车间隔相对较长,客流也相对较少,给司机5 min的时间完成故障判断和排除,可以减少清客次数,同时避免列车救援后人为扩大故障造成的行车间隔。

2.3 共线运营段增设列车日检点和备用司机点

目前在每条轨道交通线路上都设有列车日检点,一般设在线路的终点站,负责对到达列车出现的问题进行临时处理,确保该车能继续运行。备用司机点一般设在线路的折返站,负责替换司机(休息和吃饭)。在共线运营段若出现列车故障后,故障车司机在短时间内要完成故障的确认处理、列车清客、转换控制权、列车连挂等作业,所有的作业且只能逐项执行,任何环节的延误或错误都将产生严重的后果。因此,需要在共线运营线路的中间(曹

杨路站)设立一个日检点,协助司机进行故障处理,避免列车清客救援。同时在中山公园站和上海火车站站设立两个备用司机点,帮助故障车司机做好现场处置工作,将各项单步作业实现平行操作,为尽快开通线路赢得宝贵的时间。而这两处的备用列车也可以在最短的时间内投入运营,填补空档。通过对上述3个处理点的合理安排,可以有效压缩故障救援时间2~3 min。

3 接轨站道岔和信号故障

由于存在共线运营,因此4号线开通试运营也将使用与3号线相同的信号系统,仅比3号线多增加车站精确停车信标(屏蔽门开门用)。整个信号系统主要由车载信号设备、轨旁信号设备、车站及中央信号设备等若干子系统构成。任何一个系统中设备出现故障都将影响列车的正常行驶。从3号线的运营经验来说,以道岔单元出现故障尤为严重。此时列车将无法根据运行计划及时进行折返或转线作业,造成列车大量滞留在单侧线路或共线段。

3、4号线共线运营后,共线段虹桥路站和宝山路站道岔动作次数将显频繁,出现故障的几率将会明显增多。此时道岔故障的排除与保证列车正常通过就成为一对矛盾,既要留出时间给维修人员检修,又要留出时间给行车人员手扳道岔让列车转线。同时,高架线路上的人员若边检修边扳道岔,将存在较大的安全隐患,因此需对运营方案进行调整。

当虹桥路站上行或宝山路站下行汇集点的道岔发生故障,应及时调整3、4号线列车进入共线段的次序,采取"二二"通过方式,即无论第一列车是3号线还是4号线列车,通过故障道岔区段后,不改变道岔位置而继续安排同线路的后续列车通过,将另一条线路的列车进行适当的扣车。等待两列车进入共线运营段后,则及时将故障道岔转换到相反位置,此时同样安排另一条线路的两列列车通过故障道岔进入共线运营段。以这样的方式交替安排列车运行直至道岔故障排除。使用这种方式组织3、4号线行车可以减少道岔在故障状态下道岔改变位置的次数,避免故障扩大;同时行车间隔时间相对增加,可给信号、工务维修人员以足够的时间进行故障处理。

对于宝山路站上行和虹桥路站下行3、4号线列车分散点的道岔故障,还需要考虑共线段内列车太密的问题。此时应及时将共线运营段的1列3号线

列车和1列4号线列车进行清客,然后将该车分别停在中山公园站和上海火车站站的存车线。这样可以减少道岔故障区段的列车通过数量,保证维修人员上线处理故障的时间。两列车可以作为备车,在适当时间内使用。

4 路外伤亡事故

当前,在轨道交通线范围内自杀和外来人员误入而引起轨道交通停运事件时有发生,且每年呈上升趋势。由于此类事件的发生存在随机性和偶然性,面对每天几十个车站的百万客流,无法甄别人员是否有自杀倾向。然而一旦发生自杀事件,必须在现场完成勘察、取证、清理等工作,这样就必然造成轨道交通线路局部区段的运营中断。

即将投入运营的4号线会大大减少此类影响,因为4号线车站全部安装了屏蔽门,有效地隔绝了乘客在列车进入车站时跳下站台的可能性。而共线段仍未装安全隔离装置,因此在此区段发生路外伤亡事件将对3、4号线同时造成影响。此外,由于3号线的车站多为高架侧式站台,上下行线路间距相对较小,因此在处理这类事故时需要封闭邻线,并将列车扣压,以保证人员安全,这样扩大了路外伤亡对运营的影响范围。

要尽可能地缩小路外伤亡对两条线路的运营影响,必须对事件处置过程进行控制,规范作业流程,并从设施设备上进行保证。根据历年来处置路外伤亡的经验,重新协调了轨道公安分局与车站工作人员在处理路外伤亡过程中的分工,已基本能将整个处置时间控制在10 min左右。但是侧式站台对邻线的影响程度却是个未知数。分析历次乘客自杀选择的位置,可以确定发生路外伤亡的位置一般在列车进站处至站台的中部,因此考虑增加设施,以利于处理事故和保证安全。建议在整个站台上、下行线路间,同时向车站两侧各延伸20 m的范围,加装1 m高钢性可拆卸的隔离护栏(可设置广告)。其目的首先是避免乘客乱穿线路;其次是发生路外伤亡事件时,可以将现场处理人员限定本侧线路,以有效避免事件处理现场对邻线运营的干扰,确保单侧线路运行畅通。此时,3、4号线的运营恢复方案可以按照故障处置要求进行调整。

5 结语

随着上海城市轨道交通网络的建设与发展,运营设备规模不断扩大,设备不断更新,各种非正常事件处置的要求也将越来越高。本文仅是对3、4号线共线运营后可能出现的部分非正常事件处置预案的探讨。而在实际运营中,出现的问题远不止这些,如供电系统发生故障、个别车站人流过大等都会影响列车正常出发。为此,需要轨道交通的专家、学者和运营管理人员去共同思考,寻求有效的解决办法。

参考文献

[1] 崔艳萍,唐祯敏,武旭.地铁行车安全保障系统的研究.城市轨道交通研究,2004(5):23

[2] 上海地铁运营公司.上海地铁行车组织规则.2001

[3] 上海地铁运营公司.上海地铁事故处置规则.2001

(发表于《城市轨道交通研究》2006年第6期)

上海轨道交通网络防灾管理平台建设方案

郭子欢

（上海地铁运营有限公司总调度所）

摘　要：根据上海轨道交通网络化发展的背景，对上海轨道交通网络应急指挥中心提出防灾功能分析和初步方案。考虑设立一个统一的环控（Five Alarm System，FAS 及 Building Automation System，BAS）管理平台，能提供图形化显示、历史数据保存、查询、报表和各种分析等管理功能，以满足地铁运营公司适应上海市轨道交通网络化发展对防灾管理的需求。

关键词：防灾设备管理，需求分析，防灾管理平台，技术实现

由于城市轨道交通作为城市交通主要枢纽负责承运负载大，人员流动量大，情况复杂，而同时其车站以及区间大量设置在地下，所以城市轨道交通对于防灾要求之高可想而知。轨道交通线特别是地下车站对来自其外部的灾害防御能力好，而对来自其内部的灾害抵御能力差。在地下狭小空间内，人员和设备高度密集，一旦发生灾害，疏散救援十分困难。轨道交通线工程在建设和运营期间可能发生的灾害主要为自然灾害（水淹、台风、地震、雷击、滑坡等）与人为灾害（火灾、爆炸、工程事故、行车事故等），从世界城市轨道交通线 100 多年事故教训来看，灾害中发生频率最高和造成危害损失最大的是火灾，轨道交通线的消防安全也越来越引起人们高度重视，所以轨道交通线防灾重点是预防火灾，消防安全设施是轨道交通线防灾系统的重要设施之一。

1　上海轨道交通线 FAS 及 BAS 布置概况

上海目前已经开通启用的五条轨道交通线均配置有完备的防灾报警系统，其系统构成主要以火灾报警系统为主，同时包括各种火灾报警系统控制的联动控制设备。

当轨道交通线内包含地下车站时，因其站内空间有限，一般均会考虑有相当部分的日常运行使用的通风、空调系统设备与防、排烟设备合用，而这一部分合用设备承担正常和火灾两种工况的运作，一般纳入环境与设备监控系统的监控范围，而火灾报警系统内配置有与 BAS 的连接接口用以控制这部分合用设备运转于火灾工况模式。所以从轨道交通线防灾目的出发，目前的防灾设备主要包括 FAS 和 BAS（如果具备）。

目前上海轨道交通各条线路的防灾系统的选用设备如下：

轨道交通线路	FAS 品牌	BAS 品牌
1 号线	新普利斯（Simplex）	Sauter & Johnson
2 号线	新普利斯（Simplex）	CSI
3 号线	爱德华（Edwards）	未配备
4 号线	爱德华（Edwards）	Honeywell
5 号线	新普利斯（Simplex）	

各条线路防灾系统的系统结构如下：

轨道交通线路	FAS	BAS
1 号线	电话专线星形网络及光纤环形网络	不构成网络
2 号线	光纤环形网络	以太网
3 号线	合用数据通道	合用数据通道
4 号线	光纤环形网络	以太网
5 号线	光纤环形网络	无

尽管轨道交通 1 号线与 2 号线共用一个控制中心，3 号线与 4 号线共用一个控制中心，但共用控制中心的轨道交通线路防灾系统仍然保持相对独立，即：各条线路防灾系统自成系统，各线路防灾系统除在现场控制级通过输入输出模块实现状态信号相互传输外，在管理层面上并无连接。

2　地铁运营防灾管理需求分析

上海的城市轨道交通建设已经进入一个高峰期，其结构特点由原先的线状结构正在朝大规模的

网络结构发展，考虑到已建设线路防灾系统之间的相对独立，以及将来需建设线路之间换乘站和控制中心合用的需求越来越多，对轨道交通的营运管理来说，考虑在各线路防灾系统的上层建设一个统一的管理平台是非常有必要的。

2.1 地铁运营防灾管理需求的新发展

目前上海轨道交通运营对防灾设备的管理仍然分散于各线路的控制中心，并无一个集中的设备管理平台。

按上海市轨道交通建设的发展计划，届时将建立上海轨道交通网络应急指挥中心，以满足地铁运营公司对所运营线路防灾系统的设备管理需求，应考虑设立一个统一的环控（FAS及BAS）管理平台，能为地铁运营公司提供图形化显示、历史数据保存、查询、报表和各种分析等设备管理功能。以满足地铁运营公司适应上海市轨道交通网络化发展对防灾管理的需求。

2.2 轨道交通防灾管理平台的结构

从整个上海地铁各条运营线路的防灾系统配置结构上可以定义出防灾管理平台的两级结构及网络应急指挥中心级和各线路控制中心级。

网络应急指挥中心级：轨道交通防灾管理平台的网络应急指挥中心级应设置于运营公司内，主要包括网路应急指挥中心环控设备数据服务器和客户端。

线路控制中心级：轨道交通环控设备管理平台的线路控制中心级配置于各条线路的控制中心调度大厅（OCC）内，主要包括线路控制中心级环控设备数据服务器和客户端（可选），同时还应该包括将各线路FAS系统及BAS系统上传数据转换为标准协议的协议转换接口。

2.3 轨道交通防灾管理平台的功能需求

从前述防灾管理平台的系统结构上可以定义出防灾管理平台的两级结构的基本功能如下。

线路控制中心级：在各条线路的控制中心调度大厅（Operation Control Center，OCC），轨道交通防灾管理平台应能接收本控制中心管辖线路防灾系统设备FAS和设备管理系统BAS的实时信息包括设备运行状态的改变如警报、故障和输入、输出状态等，并将此实时数据予以本地存储，同时向运营网络应急指挥中心级自动上传所有数据。线路控制中心级同时可配置有本地客户端，具备在各线路控制中心提供图形化显示、查询、报表和分析等管理功能。

网络应急指挥中心级：在运营公司内，轨道交通防灾管理平台应能从各线路控制中心级的环控数据服务器接收各线路防灾系统设备和设备管理系统的实时数据信息。同时网络应急指挥中心级应在地铁运营公司内配置有网络应急指挥中心管理客户端，通过此客户端向用户（设备管理工程师等）对所有营运线路的防灾设备的实时状态实现图形化显示，并提供数据查询、报表和营运分析等管理功能。

从系统功能上说，整个防灾管理平台的协同运作应提供如下功能。

数据管理功能：实时查询相关设备的状态、参数，提供实时数据曲线功能，可对设备当前的参数变化进行密切的监测，并可实时打印；同时也可以通过策略，当设备参数值达到某个标准时进行自动打印。

对设备的重要参数可进行1年以上的历史数据保存，可在直观的坐标图中以曲线形式显示，并可打印输出。曲线数据经过加密后具有高可靠性，他人无法轻易进行破解和反编译行为。用户可以对曲线的显示精度进行时间范围调整，可以细致到以秒为单位的曲线变化输出。所有打印出来的曲线图都有打印范围内数据分析，包括最高值/最小值和频率等数据分析内容。

数据库具有自动备份功能，保证数据的安全性。能提供完美的报表功能，除提供日常报表模板外，还可根据用户要求定制各种样式报表，并可以多种格式打印输出（EXCEL，ACESS，自定义等）。可以对各种设备参数实现报表功能，报表中会对设备参数进行数据分析，为用户的维护提供准确的数字依据。

操作终端（即客户端）应能对所有历史、实时数据可以灵活定制条件查询、统计、输出和打印。并可对查询后显示的数据进行条件排序。

报警功能：数据服务器应具有多种方式的并行报警能力，发生事件报警时可根据级别高低同时发出文字信息、多媒体语音信息、短信文字信息、打印报警信息等多种报警。对报警信息的播放次数可以进行限制，可远程确认报警。并可针对防灾系统和设备管理系统定义报警级别，并可灵活的定义/屏蔽报警类型（高限报警、低限报警等）。报警级别的详细化管理，可提供多级报警级别，可定义不同级别对应不同的报警方式。报警先后根据级别高低进行优先选择，当有不同级别的多个报警同时发生时，系统将会先对级别高的进行报警提示，再依次根据级别对其他的报警进行提示。

对报警设备/事件从位置、内容、时间上做准确定位,并提供报警信息图形化可视管理功能,发生报警时可在图形窗口中迅速得知报警相关详细信息。并可灵活进行条件定制报警事件查询、统计和打印,并可进行条件排序。

2.4 轨道交通防灾管理平台的性能要求

根据上述轨道交通防灾管理平台的各级功能需求的设想,可将整个管理平台的性能要求归纳如下:

系统的独立性:各条线路均已建设有较为完备的防灾系统和环控设备管理系统,且已在正常运行,轨道交通防灾管理平台的建设不应破坏现行已有的 FAS 及 BAS 结构,应考虑从现有系统中通过接口方式接受防灾系统的实时数据然后存储并提供各种查询管理功能。整个系统的实施过程中应保证不影响原有系统的正常运行,并不应向现有 FAS 及 BAS 发送任何指令或者数据,以保证管理平台与已有系统之间的相对独立。

系统的网络性:防灾管理平台的两级之间应通过网络保持连接,网络通道由通讯专业提供,网络拓扑逻辑结构为星形结构,网络接口为以太网形式,即由通讯专业实现各线路控制中心级防灾管理数据服务器与网络应急指挥中心级服务器之间的网络连接。

系统的通用性:防灾管理平台的设计应符合国际工业与开放式设计标准,尽量遵循标准化的要求,平台两级均应遵循客户端-服务器结构,客户端所使用的软件界面可以为专用图形软件,也可支持 WEB 页面方式的标准访问,数据服务器之间所使用的网络传输协议应尽量选用标准通讯协议,而且两级服务器所使用的数据库应支持 SQL 或 ODBC 等标准化的数据库操作。

系统的开放性:防灾管理平台的两级服务器所使用的数据库采用 SQL SERVER 数据库,提供开放的数据接口(ODBC、SNMP、DDE、ADVACE DDE 等)。

在有合理权限的条件下,防灾管理平台支持通过 WEB 浏览方式进行客户端访问,便于工程师远程维护,也便于用户的集中管理和数据查看。用户无需借助专用客户端进行浏览,通过 Windows 自带的 Internet Explorer 就可以实现浏览查询功能。WEB 浏览功能基本上可以实现本地客户端的大部分功能(除某些需要特殊权限才可操作的功能),如:对设备状态、参数的查看以及设置,各种信息的

查询、统计等。

系统的扩展性:防灾管理平台应采用易于拓展的系统架构,在平台的各个层面均应具备强大的扩容能力,以满足未来上海轨道交通建设快速发展的要求。系统软硬件设计采用模块化可扩充结构及标准化模块结构,便于系统适应不同规范和功能要求的监控网络系统;由于系统采用设备配置、策略配置、软件模块配置模式构建,可在线平滑扩容、升级软硬件,保证系统的无间断安全运行的同时,不对其他站点、设备产生任何影响。

在网络应急指挥中心级,管理数据服务器具备连接多个客户端的能力,允许多个客户端(由登录用户密码控制其权限)同时对数据库进行管理操作,设备管理工程师以及其他主管可以通过不同客户端同时执行图形浏览、查询、报表和分析等管理工作。

防灾管理平台所使用的网络结构基于以太网,具备优良的扩容能力,今后新的轨道交通线路需纳入平台管理范围仅需在控制中心级配置防灾管理平台的数据服务器并通过网络连接将新增的控制中心与防灾管理平台中央级数据服务器相连即可。

在各线路控制中心级,防灾、环控管理平台所配置的协议转换接口主要用以将各线路防灾系统及环控设备管理系统的实时数据转换为平台内使用的标准协议,该协议转换接口应具备扩展能力,在两条线路共用的控制中心,不论此两条线路是否采用同样品牌的防灾系统,均可以通过该协议转换接口在本地将两条线路防灾系统和设备管理系统的实时数据转换为平台内使用的标准协议,并通过同一网络通道传送至环控设备管理中央级。即使将来出现更多线路共用的控制中心或者在某个控制中心需要同为成为一条新建线路的控制中心时,该协议转换接口应具备扩展能力,可以将新建线路防灾系统的实时数据转换后通过原有网络通道实现上传。

系统的可靠性:防灾管理平台应具备足够的系统安全性,其通过客户端进行访问应支持多级用户权限,通过登录用户名和密码根据所登录用户的权限允许其执行权限设定内的操作。

网络应急指挥中心级的防灾设备数据服务器应采取冗余的硬件设备如 RAID 硬盘组合保证其正常运转,同时应定期与各线路控制中心级防灾设备数据服务器分别进行数据比较,确保网络应急指挥中心级数据服务器与各线路控制中心级数据服务

器之间的数据保持同步。

3　轨道交通防灾管理平台的技术实现

根据前述防灾管理平台的功能需求分析,可以基本归纳出防灾管理平台的技术实现。

3.1　轨道交通防灾及环控管理的拓扑结构

根据前述结构定义,防灾管理平台的拓扑结构如图1所示。

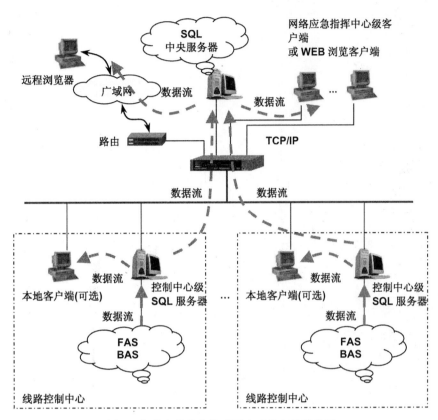

图1　轨道交通防灾管理平台系统拓扑结构图

3.2　轨道交通防灾管理平台的硬件实现

网络应急指挥中心级的线路控制中心级的数据服务器选用标准服务器,保证系统的稳定工作和满足多客户端的同时数据访问需求。客户端可以选用工控计算机,或者直接利用已有的计算机通过WEB浏览器进行访问。

网络应急指挥中心级与线路控制中心级之间的网络连接可通过通号专业提供的标准为100 M的以太网接口来完成。

3.3　轨道交通防灾管理平台的软件实现

3.3.1　数据服务器的软件实现

网络应急指挥中心级和线路控制中心级的数据服务器可选用SQL数据库等,并添加数据同步等功能模块。

3.3.2　客户端的软件实现

专用客户端采用专门开发的软件界面,同时可提供平台维护和数据库增补等高级功能。仅通过WEB浏览器的浏览客户端可以通过Windows自带的浏览器软件实现管理操作,无需另行添加软件费用。

3.3.3　通讯接口的软件实现

网络应急指挥中心级和线路控制中心级之间的数据传输考虑采用通用的标准数据协议如OPC或者其他标准协议。

各线路控制中心级的数据服务器与线路防灾系统及设备管理系统之间的通讯接口宜采用标准协议或原系统自有的RS-232通讯协议,由各线路防灾系统设备及设备管理系统供应商提供接口并开放其通讯接口协议,提供数据点表供建立原始数据库。

4　结论

以上的分析和方案,能将上海轨道交通运营对防灾设备的分散于各线路控制中心的管理,整合为一个统一的环控(FAS及BAS)管理平台。并能提供图形化显示、历史数据保存、查询、报表和各种分析等设备管理功能。从设备和技术的层面基本能满足对所运营线路灾害的前期发现和应急指挥设备管理需求。

在上海市城市轨道交通向网络化发展前提下,

既不去改动既有轨道交通线 FAS 和 BAS 相对独立的网络结构,又能使为将来需建设的线路的 FAS、BAS 留有接口,并能通过一个集中的设备管理平台从运营管理者的高度保证灾害信息和防灾设备的前期处置信息能得以流畅、可靠地传输。对去除地铁消防的隐患显得尤为重要。

SACEM 故障时的行车安全策略

崔 勇

（上海地铁运营有限公司总调所）

摘 要：通过对上海地铁 3、4 号线信号系统中的 SACEM 设备故障影响的介绍，突出了确保 SACEM 正常运转的必要性，同时根据上海地铁 4 号线投入运营后的 3、4 号线共线运营情况，提出通过加强设备保障水平、重新定义电话闭塞法等措施，以确保 SACEM 故障情况下的行车安全。

关键词：行车安全，行车组织，电话闭塞

上海地铁 3、4 号线采用法国 ALSTOM 90 技术，是基于数字式轨道电路、SACEM 平台的信号系统。SACEM 作为 ATC 信号系统中一个重要的子系统，其主要根据目标距离曲线控制列车的运行，这种"连续式制动曲线"与过去的"台阶型制动曲线"相比有了一个新的飞跃，制动时很平稳，使乘客感到舒适。每个轨旁计算机控制线路上一个区域内的列车，一个区域包括一个或几个车站。这个区域称之为一个 SACEM 区。为了保证连续不断的控制线路上的列车，相邻 SACEM 区的计算机也不断的交换信息。

1 SACEM 故障造成的影响

1.1 对列车运行安全的影响

对地铁行车工作来说，安全就是生命。在地铁运营工作中，可能发生的行车安全问题集中于诸如夜间施工、列车切除自动保护运行此类需采取人工保护措施的工作上，而 SACEM 故障将引发多列列车在多个区段内需同时切除列车自动保护装置运行，这对每一位行车人员都是巨大的考验。

地铁与铁路相比，具有站间区间短、行车间隔短的特点，一个站间区间内可以同时存在两列及以上的列车，但这些特点是建立在地铁拥有先进的信号系统的基础上，而一旦地铁信号系统发生故障，它原先所具有的特点很可能将转化为安全隐患。SACEM 作为上海地铁 3、4 号线信号系统中一个重要的子系统，在 2005 年中共发生 7 起故障。当发生 SACEM 设备故障后，该 SACEM 区内上下行的列车均无法收到速度码，此时的行车只能由行车调度员发布调度命令，要求 SACEM 设备故障所影响的区段改用电话闭塞法行车，同时在设备故障影响区段内的所有列车将切除自动保护装置运行，由相关

站的行车值班员通过办理站间电话闭塞的方法，确保在该区段内运行的前行及后续列车之间有两站两区间的间隔。然而，在 3 号线发生 SACEM 故障后的运营中，已多次发生未保证两列列车相隔两站两区间的现象。目前，4 号线已正式投入运营，3、4 号线共线段处的列车密度大大提高，如果没有相应的有效措施，此类安全隐患在今后的工作中将显得更为突出。

1.2 对运营质量的影响

对上海地铁 3、4 号线来说，SACEM 故障对运营质量的"杀伤力"仅次于线路中断、触网中断此类中断运营的事件，自 2004 年 6 月 3 号线列车自动控制系统（ATC）投用至今，共发生 23 次 SACEM 故障，以今年 5 月 19 日发生的一次中山公园站 SACEM 故障为例，共造成 3、4 号线列车运休 14 列，晚点 25 次，其中 21 次为 5 分钟以上的晚点，当天的服务水平大大降低。

2 如何确保 SACEM 故障时的行车安全

2.1 SACEM 故障后的前期处置

SACEM 故障后的前期处置对事件的结果来说尤为重要。首先，SACEM 故障后，由于该 SACEM 故障区需改用电话闭塞法行车，而采用电话闭塞区段的行车间隔最短为 7 分钟左右，大于其余区段的行车间隔，所造成的结果是大量列车在故障区段的两端站堆积，同时，对运营统计来说，这必然会导致有列车运休产生，所以行车调度应考虑及时抽调终点站或折返站的部分列车下线，在后期故障恢复后的运营调整中，这些被抽调的列车将发挥极大的作用。其次，SACEM 故障后的处置初期，由于事件的突发性，会导致部分行车人员的准备不足，极易发

生人为错误，而这时故障区段内的列车间隔很可能未达到两站两区间，且列车已切除自动保护装置，此时的人为失误后果将会是致命的。从历次此类事件处置的失误发生时间段来看，故障发生后的15分钟为人为失误的高发期。因此，在改用电话闭塞法后，故障区段内的列车在车站发车的条件应为路票及行车调度员的许可。

2.2　改用电话闭塞法的必要性

当确认发生SACEM故障后，行车调度员必须及时发布相关区段改用电话闭塞的命令。从过去多次调度员在SACEM故障时的指挥过程来看，存在以下一种现象，即为了确保运营质量，行车调度员通过发布口头命令来指挥故障区段内列车切除ATP运行。从结果来看，减少了部分晚点、运休数，但同时埋下了较大隐患。当SACEM故障后，由于在故障区段内所有列车需切除自动保护运行，存在较多的控制点，此时如果行车调度员通过口头命令指挥列车运行，一旦失误，将毫无缓冲余地，会直接导致行车事故发生。所以，当发生SACEM故障后，行车调度员必须及时发布相关区段改用电话闭塞的命令，通过专人对故障区段内的列车间隔监控，以形成与车站值班员之间的互控。

2.3　关于"两站两区间"的探讨

确保同一线路上的前行和后续列车相隔两站两区间是电话闭塞法的核心，其目的是为了防止人为失误发车后，两车间至少仍有一个区间的空闲，因此，行车人员对两站两区间的认定问题至关重要。

2.3.1　接口站的"两站两区间"

以宝山路下行为例（见图1），宝山路下行需接入两个方向的列车，即东宝兴路下行的3号线列车、海伦路下行的4号线列车。那么，当4号线临平路站SACEM故障后，此时的行车组织方法为4号线列车在宝山路至大连路站上下行改电话闭塞法行车，3号线列车仍以列车自动驾驶方式运行。按照电话闭塞法承认闭塞的条件来说，宝山路下行40136次离站后，宝山路车站值班员应向海伦路车站值班员发出解除40136次闭塞的电话记录号码，海伦路值班员在接到该记录号码后即可同意临平路下行40236次闭塞。此时就产生一个问题，当40236次到达海伦路下行时，很可能宝山路正准备接入3号线的30101次，40236次与30101次之间未保证有两站两区间，换言之，此时若宝山路错误同意海伦路40236次闭塞，即会造成两车冲突，然而，从现实情况来看，值班员犯错的可能性相当高，原因如下：1. 宝山路车站值班员需接入、发出上下

行共6个方向的列车，作业难度大。2. 4号线开通后，使3、4号线共线段列车密度大大增加，最小行车间隔为两分四十七秒。3. 接口站的电话闭塞法对车站值班员业务素质要求相当高。

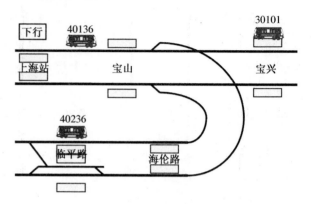

图1　宝山路接口站示意图

要解决接口站这一安全隐患有两种方法：① 改变电话闭塞法的定义，即宝山路下行40136次离站后，宝山路车站值班员向海伦路车站值班员发出解除40136次闭塞的电话记录号码，海伦路值班员在同意临平路下行40236次闭塞前需征得宝山路站同意。② 改用电话闭塞法行车的列车，必须在进入接口站前方的道岔防护信号机前一度停车，确认信号开放后方可动车，同时考虑在相关地点安装复示信号机。例如，宝山路下行40136次离站后，宝山路车站值班员向海伦路车站值班员发出解除40136次闭塞的电话记录号码，海伦路值班员在接到该记录号码后即可同意接入临平路下行40236次的闭塞，但40236次以切除ATP方式运行至宝山路下行1#岔前必须一度停车，确认道岔防护信号机开放后才能进入宝山路站。

2.3.2　站前折返站和站后折返站的"两站两区间"区别

以江湾镇站（见图2）、蓝村路为例（见图3），虽然它们同为终端折返站，但由于江湾镇为站后折返，而蓝村路为站前折返，因此造成同意列车闭塞的条件有所不同。江湾镇同意30219次闭塞的条件为30119次进入折返线且上行道岔定位，而蓝村路同意40231次闭塞的条件为40131次驶离蓝村路站，并且蓝村路接车进路排列完毕。

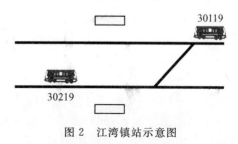

图2　江湾镇站示意图

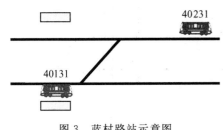

图 3　蓝村路站示意图

2.4　加强设备保障

SACEM 作为重要的信号子系统，每个站都有三套 SACEM 系统，然而在此情况下，去年我们仍发生了 7 次 SACEM 故障事件，给运营带来了极大困难，随着客流增长及地铁服务水平的提高，上海地铁 3、4 号线行车间隔进一步缩短，我们必须依靠加强设备保障水平来迎接挑战。

2.5　加强实战演练

各部门的行车人员应加强实战演练工作，通过演练提高各工种间的协同作战能力。演练形式可为有动车的电话闭塞和无动车的电话闭塞演练，只有通过演练才能提高相关行车人员对电话闭塞作业的认识。

3　结束语

目前，SACEM 故障是上海地铁 3、4 号线运营安全的重要危险源之一，我们必须予以重点解决，要想解决该问题，其核心是要提高设备的稳定性。其次，对于 3、4 号线特殊的线路情况，我们要尽快制定出符合实际的替代闭塞法的作业标准。

参考文献

［1］　季玲.城市轨道交通运营组织.中国铁道出版社，2000.5
［2］　上海地铁运营有限公司运安部.3 号线行车管理办法.上海地铁运营有限公司运安部，2004
［3］　上海地铁运营有限公司运安部.4 号线行车管理办法.上海地铁运营有限公司运安部，2004
［4］　朱翔.上海地铁互联互通问题.http：//yekinglo.blogchina.com，2005.12.13

票务管理

AFC 运营系统"一票通"改造工程的组织与实施

邵伟中,王子强

(上海地铁运营有限公司票务中心)

摘　要：轨道交通自动售检票系统"一票通"改造工程是一项重大的政府实事项目,是在已经投入运营的线路中进行改造,具有时间紧,技术要求高,施工难度大,任务重的特点,如何有效的组织实施是改造能否成功的关键,本文从系统功能与技术改造分析入手,提出实施方案、组织形式和管理职能,利用系统运行特点,列出改造的具体方法和步骤,来实现轨道交通网络化运营中售检票系统"一票通"的目的。

关键词：自动售检票系统,一票通,单程票制式

随着上海城市轨道交通的发展,将面临多线运营网络化的格局。自动售检票系统(AFC)的建立,在轨道交通运营管理中起着至关重要的作用。自1999年3月上海地铁1号线第一套自动售检票系统投入运营以来,目前已经在所有运营线路中得到应用,但由于当初在应用软件设计中没有一个统一的规划需求,地铁1、2号线采用的自动售检票系统是美国 CUBIC 公司提供的系统设备和软件集成,地铁3号线采用西班牙 INDRA 公司的设备,造成两套系统仅对本运营线路进行管理,从系统集成到设备功能自成体系,两套系统的单程票不能相互兼容,处于独立的工作状态,而新建成的地铁4、5号线已采用国产的薄型 IC 卡作为单程票车票,造成"一票换乘"不能实现,给系统联网运营和"一票通"实现带来很大的困难。

由于轨道交通发展较快,而制定统一的单程票制式较晚,轨道交通联网运营后涉及票务清分和统一管理的运营模式变得非常重要,需要从轨道交通整体发展考虑,制定和落实相关制度和标准,达到统一管理的目的。

另外,随着国内自动售检票系统技术的发展,已有多家厂商有能力开发和生产同类型的设备和系统集成。为了打破由一家供货商垄断的局面,充分发挥各专业厂商的技术优势,达到公平竞争的目的,必须对今后新建系统的硬件和软件设计制定统一的要求。

本文从上海城市轨道交通自动售检票系统的改造和建设出发,对实施"一票通"工程提出方案。

1　主要技术要求

由于目前在用的上海地铁1、2、3号线 AFC 系统和设备每天平均处理的客流量达到150万人次以上,地铁运营期间必须满足客运服务要求,而非运营期间必须对票务数据进行处理,系统处于连续运行的状态,所以为了使之适合"一票通"单程票和适应多线一票换乘的目标,对原系统的改造应达到以下要求。

在系统改造过程中,必须以已经颁布的《上海城市轨道交通 AFC 系统技术规范》作为技术依据。

原地铁1、2、3号线 AFC 系统设备改造后,应完全适用标准的非接触式 IC 电子车票。

使上海地铁1、2、3号线 AFC 系统设备适应未来的全市多线路大范围换乘与全市的单程车票清算。

对 IC 卡单程票进行统一编码、统一发行、统一管理。

建立一套轨道交通 IC 卡单程票的独立安全认证管理体系,并能适应今后轨道交通线路发展的需求。

在系统改造过程中还必须使原系统可以保持正常的运营,最大限度地避免因改造带来对客运造成的冲击,把改造实施过程中对运营的影响程度减小到最低。

在改造过程中要求最大可能的利用现有系统的资源,最大可能的降低系统改造的总体费用。

2　组织与管理

为了确保"一票通"改造项目的顺利进行,建立

一个可操作的、切实可行的项目组织管理机构,以便对整个项目在实施阶段进行有效的控制和管理。整个项目组将严格履行合同文件,确保运营安全,与项目承包单位一起,对所辖工程进行组织、指挥、协调和管理,使改造工程的管理有序、有效地运转。图1是"一票通"改造项目的总体组织管理架构。

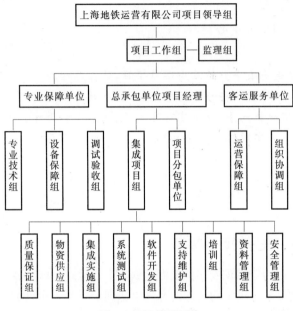

图1 组织管理架构

上述项目管理结构中地铁运营公司作为业主方直接参与到整个项目的实施过程,总承包单位对整个项目技术、质量、进度进行负责,共同保证项目最终完成的系统符合运营需求,以及顺利地向地铁专业保障单位和客运服务单位进行技术转移。在组织结构中,总承包单位项目经理主持集成项目管理组和项目分包单位的管理,同时,专门设立了质量保证组,负责对项目实施过程和工作产品进行检查和审核。

3 技术方案分析与实施

3.1 地铁 1、2 号线 AFC 系统(CUBIC)技术改造方案分析与实施

(1)系统改造需求:

● 满足轨道交通网络发展的需要,能够实现单程票"一票通"。

● 改造后的1、2号线AFC系统必须统一使用符合"一票通"标准的非接触式IC单程票。

● 对1、2号线AFC系统的改造过程中,数据格式部分的改造必须按"一票通"的标准执行。

● 1、2号线AFC系统的改造要求新旧AFC系统存在一个磁卡、IC卡单程票并行运营期。

● 在票务管理方面,可实行清分系统、线路控制中心和车站三级管理模式。

● 改造的系统具有自动采集、分析、统计票务、财务和客流数据能力,并能制成相应报表打印输出。

● 改造后的系统应具有满足运营需要的各种应用软件外,还应具有系统自诊断、维修、测试、开发等必需的软件。

● 改造后的系统能够同"一卡通"清算中心进行数据交换。

(2)技术改造内容。改造前的地铁1、2号线及北延伸线AFC系统的设备的配置情况:

改造前设备的配置情况

	进站闸机(台)	出站闸机(台)	自动售票机(台)	半自动售票机(台)	车站计算机(套)	中央计算机系统(套)
1号线	180	193	108	115	16	1
2号线	147	136	67	75	13	
北延伸线	80	88	50	76*	9	1
共 计	407	417	225	226	38	2

* 北延伸系统中半自动售票机为58台,另有18台自动加值(验票)机。

改造前系统网络拓扑图:

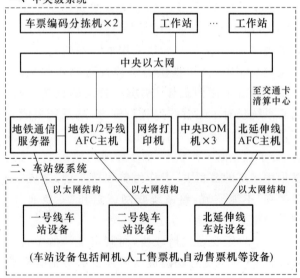

图2 系统结构框图

(3)磁卡和IC卡单程票两票并存方案实施。在"一票通"现场改造期间,由于车站售检票系统不能处于停运状态,既要满足乘客的正常使用,又必须要求系统能够维持原有的票务审计功能,所以在实施改造过程中,新老系统存在一段平行运营的过渡期。在此期间,对现有的设备的改造可分步骤进行,每个车站可修改几个通道的检票机、几台BOM机、几台自动售票机,逐步用IC卡单程票取代磁票。

整个改造过程需要一定的周期,因此在此周期内存在着两种不同介质的单程票。改造过程中,对于两种单程票并存的时期,在车站计算机软件和中央计算机软件中采用合并报表的方式,实现两种单程票的运营统计。通过有效的运营组织,乘客依然能使用单程票和交通卡正常进出站,按照乘客使用的不同类型的单程票分别进行统计,所有的数据由一台中央计算机汇总后自动生成各类运营报表。

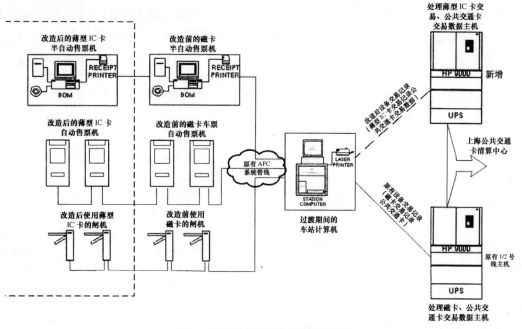

图3　并行运营期系统网络拓扑图

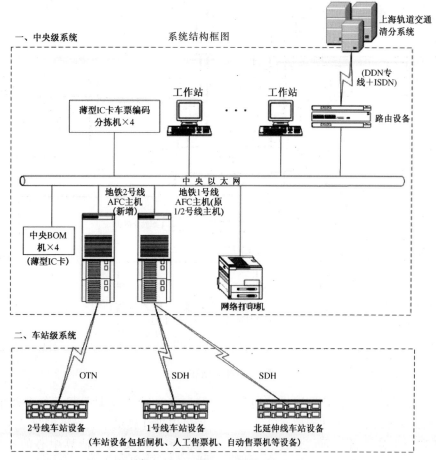

图4　改造后的系统网络拓扑图

3.2 地铁 3 号线 AFC 系统(INDRA)技术改造方案分析与实施

改造前地铁 3 号线 AFC 系统中使用纸质磁票作为单程票,其售检票设备无法处理上海城市轨道交通 AFC 系统统一使用的 IC 单程票。考虑到未来上海整个轨道交通路网的正常换乘,需要对 3 号线 AFC 系统进行适当改造,使之可以处理统一的上海市城市轨道交通 AFC 单程票(IC 卡),并满足票务清分的要求。

由于地铁 3 号线 AFC 系统是一个正常运营的系统,客流量较高,并且客流量增加较快,因此地铁 3 号线 AFC 系统的改造必须遵循以下原则:

➤ 改造过程必须可以保证地铁 3 号线的正常运营,同时把改造过程对运营管理的影响减小到最小;

➤ 充分合理的利用地铁 3 号线已有的设备及系统,并确保改造后的系统的先进性;

➤ 改造必须考虑适应大客流的要求,保证乘客的正常通行;

➤ 综合考虑到地铁 3 号线整个系统,包括 3 号线北延伸段、地铁 4 号线的自动售检票系统的联运方案。

3.2.1 技术改造内容

地铁 3 号线 AFC 系统由中央计算机、工作站、编码机、车站计算机、自动售票机、人工售票机、补票机、三杆进出站检票机、门式进出站检票机和网络设备组成,系统设备配置情况:

地铁 3 号线 AFC 系统设备配置表

序号	设备名称	数量	备注
1	自动售票机 ATVM	88	纸币和硬币 30 台,硬币 58 台
3	人工售票机 S-ATVM	94	
4	补票机 BOM	48	
5	进站闸机 EnG	164	包括三杆和门式,以及 6 台双向闸机
6	出站闸机 ExG	192	
7	车站计算机 SC	19	
8	中央计算机 CC	1	中央主机 rp5470x2
9	计算机工作站	8	中央计算机系统操作终端
10	编码机 Encoder	12	每 6 台编码机分为一组
11	验票机 TCM	40	
12	手持查票机 PCA	10	

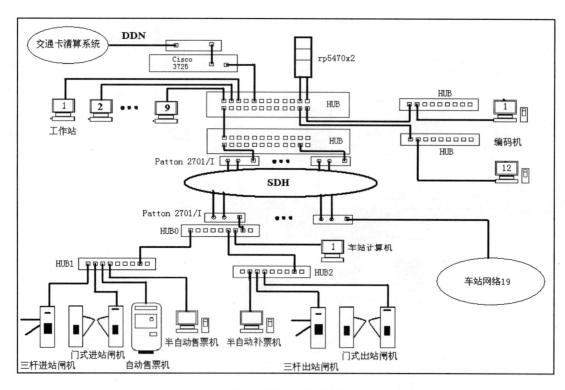

图 5　系统网络拓扑图

(1)技术分析。地铁 3 号线 AFC 网络的通信方式是:车站设备之间的通信由车站局域网(LAN)来完成,车站设备到中央计算机的通信通过公共传输系统结合有线传输子系统提供的光传输网 2 M 接口来实现,中央计算机系统各组成部分之间的通信由中央计算机系统局域网(LAN)来完成,中央计算机系统与交通卡清算中心的连接采用 DDN 专线。对于系统中各设备的硬件和应用软件部分,需要进行相应的改造：

- 进口闸机：修改 IC 卡读卡器软件，使其能够处理 IC 卡单程票。
- 出口闸机：修改设备的磁卡处理单元，使其能够接受 IC 卡单程票。
- BOM 机：修改读卡器软件使其能够处理 IC 卡单程票。
- 自动售票机：将原有设备内部的磁票发售单元替换成 IC 卡单程票发售单元，更改控制单元程序。
- 车站计算机系统：重新设置新的车站计算机，连接改造过的设备；改造完成后，用新的车站计算机替换原来的车站计算机。
- 中央系统：按照一票通的总体要求，重新编写中央计算机软件。

（2）实现方式。地铁 3 号线 AFC 系统改造要求在最短的时间内完成从纸质磁票到 IC 单程票的切换，尽可能减少两种票制的并存时间，从而降低过渡期内运营管理的复杂程度，以及减小对乘客通行的影响。

改造过程及方式：

- 先建设临时中央计算机系统和新的车站计算机系统，并且改造部分人工售票机、补票机和自动售票机；通过更换 IC 卡读写器的方式改造进站闸机，从而使进站闸机具备同时支持 IC 单程票（采用"照进插出"的方式）、纸质磁票和交通卡的能力（切换前不开通 IC 单程票功能）；生产与现出站闸机数量相当的支持 IC 单程票和交通卡的新出站闸机，完成工厂调试和模拟测试后，开始在车站内安装这些新出站闸机，并且开始临时系统的现场调试。当调试完成并且临时系统的规模基本达到客流量通行基本要求时，开始临时系统的测试并且做切换试验。

- 在选定的切换日实施切换，即在一个晚上实现从纸质磁票到 IC 单程票的切换。也就是说在切换日开始全线停止发售纸质磁票，开始发售 IC 单程票。如果切换中出现故障，则按照相应的故障应对方案进行处理，直至临时系统正常运营。

- 开始后续的改造工作，拆除原出站闸机；全面改造人工售票机和补票机，改造全自动售票机，改造完成的设备连接到新建车站计算机系统，并通过车站系统连接到临时中央系统，在所有设备改造完成后，进行原中央计算机系统的应用软件升级，把所有的车站设备接入软件升级后的中央计算机系统，停用临时中央计算机系统，整个系统改造全部完成。

在改造过程中建立临时中央计算机系统，临时中央计算机系统包括中央主机，系统管理工作站，数据管理工作站，参数下载工作站，调度管理工作站，网络管理工作站，网络打印机，UPS 以及网络通信设备和通信线缆组成。

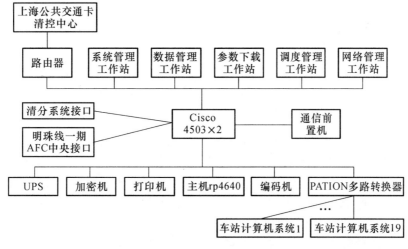

图 6   临时中央计算机系统网络拓扑图

3.2.2   工程实施

整个系统改造过程可以分四个阶段实施。

（1）系统准备阶段。系统准备阶段将主要完成系统各部分改造的样机和软件修改。并实现临时中央计算机系统与原中央计算机系统的连接，并将模拟车站系统（包括车站计算机、进出站检票机和半自动售票机）连接到临时中央计算机系统。

（2）切换准备阶段。切换准备阶段在系统改造所需的各种开发工作基本结束之后进行，主要完成新增设备的生产和工厂调试，以及现场部分设备的更换。在切换准备阶段，单程票仍然使用纸质磁票。完成切换准备阶段后，进站闸机和补票机可以同时支持纸质磁票、IC单程票和交通卡,新增的半自动售票机可以支持IC单程票和交通卡,系统具备进行票制切换的基础。

(3) 现场切换阶段。现场切换阶段主要工作是现场更换设备和软件,当现场切换进行到一定程度后,即可选择合适的时间进行票制切换。现场切换阶段是整个改造过程中的关键阶段,由于需要在一夜之间完成票制的切换,技术风险和运营风险都比较大,现场组织和切换后的运营管理的难度很大,需要做好充分的准备才能实施。在票制切换后,所有车站的自动售票机暂停使用,乘客只能在半自动售票机购买IC单程票,并可以从任何一台进站闸机上进站,只能在新的出站闸机上出站,如果车票出现问题,可以在任何一台补票机上进行分析和更新。在票制切换后,还必须在最短的时间内将剩余的出站闸机和半自动售票机全部改造完毕,以缓解客流压力。在出站闸机和半自动售票机全部改造完毕后,现场切换阶段结束。

(4) 后续改造阶段。后续改造阶段主要完成系统剩余的改造工作,恢复原有的网络连接,从而完成全部的改造工作。

4 工程实施过程

根据工程总体计划,改造后的自动售检票系统,单程票采用方卡型非接触式IC卡单程票,检票采用"照入插出"方式,即进站检票机采用外部感应方式;出站检票机采用插入感应方式;储值票仍然采用上海市城市公共交通非接触式IC卡。各条线路独立设置线路中央系统,将数据上送轨道交通清分系统进行数据清算。整个工程分为六个阶段:

(1) 系统设备的单体测试。设备在样机制造完成以后,经过4~6周系统性、周期性的厂检和严格的样机检查,基本确保各类终端设备达到规范要求,满足进入联网测试的条件,为下阶段的模拟联网测试打下硬件基础。

(2) 模拟平台测试。建立覆盖各类设备的模拟测试环境。通过10~12周的初始测试、验证测试和回归测试三个阶段的模拟联网测试工作,使设备的功能和性能达到上线运营的要求,为项目质量的持续改进奠定坚实基础。

(3) 现场设备改造。现场设备改造时,要求对现有系统的影响降到最低,基本不能影响白天的正常运行,主要施工时间安排在晚上进行,具有进度紧、作业难度大的特点,需要通过大量的调查摸底,为每座车站制定相对应的改造方案和详细的施工

计划,并且依靠线路客运的周密组织,配备大量的客运服务、疏导人员,合理引导乘客使用规定的设备和操作方式。改造周期控制在2~3周。

(4) 现场走票测试。现场走票测试主要包括对改造后的系统可靠性和稳定性测试;系统运营参数验证测试和全网络联网的参数验证测试。

(5) 与清分系统连接。在实现一票通之前,必须建立能够管理整个AFC系统网络数据的票务管理系统,统一制定系统运营参数和票价规则,接收和处理票务运营数据,为跨线路换乘的车票进行有效合理的票款收益清分,所以对线路独立的AFC系统来说,必须通过清分系统连接,形成轨道交通AFC网络。

(6) 换乘站通道改造和全网络联网测试。根据总体规划,在每条线路的售检票系统调试完成以后,指定某一天晚上运营结束后实施换乘车站的改造,从物理位置上实现无障碍换乘,乘客在换乘不同线路时,不再需要出站后重新购票进站。同时进行网络票价参数下载和验证测试,完成"一票换乘"工程,真正实现一票通。

5 "一票通"效果分析

(1) 实现AFC系统网络化运营。通过"一票通"改造,解决了轨道交通线路采用不同的单程票制式而造成系统互不兼容的现状,全面贯彻了"以人为本,方便乘客"的指导思想,从而避免了乘客在换乘时候多次进出检票机、多次购票的麻烦。实现了轨道交通售检票系统网络化运营,对AFC系统进行统一规范,统一管理,为今后上海市轨道交通AFC系统的发展奠定了基础。

(2) 运营效益增加。城市轨道交通实现"一票通"后,乘客在换乘不同的轨道交通线路时,乘坐轨道交通的费用从原来分段计费改为一次计费,特别对短途乘客来说,可以大大的节约出行费用。能够吸引更多的乘客乘坐轨道交通线路,进一步缓解地面交通的压力,能为乘客提供更加安全、舒适、便捷的出行环境,起到改善城市形象的效果。同时轨道交通实现全网络票务收入清分后,运营收入分配更为合理,从运营收益分析也有一定的增长如:1、2、3号线2005年1季度运营收入为33 915万元,2006年1季度运营收入为40 642万元,增长6 727万元,平均增长率达到19.8%。总之,通过"一票通"改造,既给乘客带来了方便,又为投资方提供更好的服务。

(3) 系统国产化程度得到进一步发展。通过

"一票通"改造,使自动售检票系统的国产化水平有了明显的提高。在整个系统改造过程中,从系统设计,产品制造到工程实施管理,全部由国内厂商和运营单位自主进行,并且结合国外先进的设计理念,采用国内最先进的技术,使国内在该领域的众多企业有了长足的进步,带动了相关厂商的参与程度和技术能力,为轨道交通自动售检票系统的发展奠定了基础。

(4)系统运营维护成本降低。改造后的自动售检票系统采用非接触IC卡单程票技术,车站处理车票设备的结构变得简单,主要由国产IC卡读卡器来处理,设备生产成本相应得到降低。对于系统运营维护成本来说,减少了复杂的票卡处理机构,设备故障率将大大降低,维护成本也得到明显的下降。

(5)设备通用性提高。在"一票通"改造过程中,自动售检票系统的技术得到了统一,所有的设备生产商都按照制定的技术规范执行,从而避免了某一家企业对某一条线路的技术垄断,使任何生产厂商只要符合技术规范要求都能提供各自的设备,并且能够应用到所有的轨道交通线路中。

(6)技术示范效果。上海轨道交通自动售检票系统以技术规范作为系统的基础和核心技术,使用不同厂商,不同开发技术实现"一票通"后,在世界大城市中也是首创。目前轨道交通正以其高效的运行特点成为城市交通的骨干,轨道交通自动售检票技术在国内外地铁建设中受到高度重视。上海在结合多年自身轨道交通运营经验的基础上,实现轨道交通自动售检票系统的技术统一,为国内其他城市在该领域的建设和研究树立了良好的示范,并有利于国内外同行业在自动售检票技术改造方面进行借鉴。

6 经验与教训

(1)"一票通"改造项目是轨道交通AFC系统投运以来一项重大的改造工程,是在已经运营的大客流线路上实施,每一步方案的制定和执行都将影响到正常的运营和组织,所以在整个项目实施过程中,由运营方作为项目执行的总体协调单位,定期召开技术运营协调会,结合实际运营情况,以安全运营为主线,与承包各方共同参与方案制定和现场改造过程。通过现场调查、方案确认、计划制订、预案准备等步骤,逐条线路逐个车站落实执行,才能保证工程的顺利进行。

(2)在改造工程的招投标阶段,采用以一家总承包单位为主体,作为整个改造系统的总集成单位,另外根据各参与单位的技术优势,以"强强联合"的模式,将需要改造的设备分别由两家以上单位同时进行。由于参与单位都是首次对运营系统的改造,技术难度较高,技术可行性上存在一定的风险,所以选择多家厂商有利于技术先进性上的对比和降低系统改造的风险程度。

(3)在"一票通"改造前期,由上级主管部门牵头制定上海市轨道交通自动售检票系统的技术规范和技术标准,达到了标准先行,技术统一的目的,使各参与单位均能按照标准执行,有了最基本的技术条件,在规定的要求上进行开发设计,统一制式统一接口,确保了运营系统改造后能适应将来的AFC系统发展需要。

(4)在设计测试阶段,重点应放在对样机和系统的检测过程中,必须成立由集成、开发、运营、监理单位参加的质量控制小组,首先在设计开发场地建立模拟测试平台实验室,仿真现有系统和设备的工作环境,结合新系统来模拟整个接入和切换过程,在实验室完成全过程的测试,然后进入现场实施。将设计中的技术问题解决在实验室中,确保了现场改造的一次成功率,避免由于技术问题影响现场设备的正常使用。

(5)在整个现场实施阶段,由运营方统一领导,统一指挥,协调各方力量,围绕加强运营组织,在不影响乘客正常使用的前提下,经过精心策划,合理组织,利用非运营时间进行对现场设备的改造实施。在施工时间短,周期长,实施难度高的情况下,各单位齐心协力,通过增加运营引导服务人员,加强技术人员培训和现场演练,强化设备保障人员的业务能力和应急预案的演练等手段,在20天时间内成功地将原系统切换到新的"一票通"系统。

(6)整个工程实施要求在短短的八个月时间内完成,而且为了减少对原有系统设备资源的浪费,要在现有的系统中进行改造,技术难度非常高,虽然按照工程节点要求按期实现了"一票通",但由于对原有系统的分析不够充分,造成系统仍存在一定的缺陷,特别是硬件设备,如自动售票机的结构设计不尽合理,出现工作不稳定,故障率高的现象,需要进一步的完善和改进。从中可以看到,新事物的产生和应用,一定会暴露许多新的问题,如何将可能出现的问题控制在一定的范围之内,是科学技术和管理人员需要研究的永恒课题,也需要参与的各方群策群力,提高技术能力和管理水平,才能更好地适应轨道交通自动售检票系统的发展要求。

7 结语

上海轨道交通"一票通"改造项目是在上海市政府直接领导和指挥下,由运营公司具体实施的一项规模巨大的现场改造工程,是在保持正常运营服务的前提下将原有的磁卡车票系统改造成非接触式IC卡车票系统,通过吸收国际先进技术与自主创新相结合,依靠长期的轨道交通运营经验,经过专家认证和多家专业厂商的通力合作才得以实现。在实施过程中,首先确立了上海轨道交通自动售检票系统的技术规范作为改造过程中统一的技术标准,由一家系统集成商总承包,六家设备生产商联合设计,完全立足于自主知识产权的技术开发研究,才能形成一套完整的改造方案和技术体系,并结合现场客运组织有条不紊地开展工作。

作为上海市政府的一项重大工程,在时间紧、任务重、实施难度大、技术要求高的情况下,通过各单位的大力协作和配合,用短短的一年时间,经过有效组织和实施,在以安全运营,方便乘客的基础上,确保了改造工程的如期完成。

参考文献

［1］ 何宗华,汪松滋,何其光.城市轨道交通运营组织.中国建筑工业出版社,2003

［2］ 上海市城市交通管理局.城市轨道交通自动售检票系统通用技术规范,2005

上海城市轨道交通票价票制研究

朱效洁

（上海地铁运营有限公司运营安全部）

摘　要：从合理票价票制的制定以及票种增加等方面浅谈如何吸引城市轨道交通客流，提高运营收入。通过对比分析了票价调整和票种增加的必要性，讨论了灵活票制的方案。

关键词：城市轨道交通，票价，票种

影响地铁运营的因素是多方面的，如地铁车站的公交配套，列车间隔时间，乘车舒适度等。本文主要从票价方案、票种等方面探讨如何吸引客流，提高运营收入。

1　票价

1.1　票价、运量、运能的关系

客运量与票价水平是相互影响的。从乘客角度来说，票价越高，客运量就相应较少；从运营方面说，按供求关系分析，客运量越大，则票价有提升的空间。同时客运量还受运能的限制。因此从票价、运量、运能的关系来看，必须存在一个最佳平衡点，此平衡点即为最优票价。应通过客流特征的分析，采取合理的票价政策，通过运能挖潜，尽可能使票价方案接近最优票价[1]。

1.2　现有票价方案分析

上海地铁目前采用计程票价制，是固定一个基本票价（起价），然后按照乘距的递增而增加票价。其计算式如下[2]：

$$F = P + R_1 \times D_1 + R_2 \times D_2 + R_3 \times D_3 + \cdots + R_n \times D_n$$

式中：F 为票价；P 为起价；$D_1, D_2, \cdots, D_n$ 为乘距；$R_1, R_2, \cdots, R_n$ 为随乘距的增加而递减的票价率。

票价率方面，上海地铁采用的是 0～6 km 时为 0.33 元/人·km；6～16 km 时为 0.10 元/人·km；16 km 以上时为 0.17 元/人·km。其中 6～16 km 采取 0.10 元/人·km 的票价率，当时是为了维持 1 号线 3 元、4 元中长途票价平稳变化而制订的。可见，乘距大而票价率低。

1.3　合理票价票制的制定

一般来讲，政府主要考虑市民票价的承受能力，以及轨道交通作为城市公共交通的主力如何最大程度吸引客流，以缓解地面交通。我们应该在政府控制票价的总体水平下（建议市府明确起步价、分段费率的最高上限），企业自主确定票价结构，早日形成科学的票价体系，实行按乘距收费的多级票制。

建议实行如下票价方案：起步价 2 元，乘坐里程在 6 km 及其以内；6 km 以上按每 6 km 为 1 元递增。目前 1、2 号线换乘线路莘庄站—张江高科站的距离最长（30.1 km），按上述票价方案折算为 6 元。此方案基本符合政府控制票价总体水平。票价方案如表 1 所示。

表 1　现行票价方案与建议票价方案的乘距

票　价	2 元	3 元	4 元	5 元	6 元
现行方案	0～6 km	6～16 km	16～22 km	22～28 km	28～30 km
建议方案	0～6 km	6～12 km	12～18 km	18～24 km	24～30 km

两个方案主要区别在于：乘距 12～16 km 区段票价上升 1 元，乘距 18～22 km 区段票价上升 1 元，乘距 24～28 km 区段票价上升 1 元。

现行票价方案的形成有许多历史特定因素，有不尽合理的地方，这会影响平均票价及运营收入。采用建议方案后，能提升平均票价。以 2002 年 7 月 15 日为例：地铁 1 号线乘距 12～16 km 区段有 96 040 人次，乘距 18～22 km 区段有 29 027 人次，乘距 24～28 km 区段有 1 007 人次；地铁 2 号线乘距 12～16 km 区段有 29 426 人次，乘距 18～22 km 区段有 8 976 人次，乘距 24～28 km 区段有 875 人次。共计 165 351 人次，如采用建议方案，可增加运营收入 165 351 元。当然，由于票价结构调整，短时期内客运量相应减少，但总运营收入会明显增加。

广州地铁的票价方案：按"站"计费，起步价为 2

元,乘坐里程为 3 站及 3 站以内;3 站以外按每 3 站 1 元递增。

1.4　吸引低峰客流是当务之急

从上海地铁客流资料可知:客流高峰时段为 7:00～9:00 及 17:00～19:00,共计 4 小时,占一天运营(18 小时)的 22%,客流占日客流的 33.8%。高峰小时客流的平均乘距约为 8.60 km,而日平均乘距 8.50 km。从运能看,现在早晚高峰时段地铁客流相对饱和;而非高峰时段客流较少,造成运能浪费。因此,吸引低峰客流是当务之急。

2　票种

2.1　地铁现有票种情况介绍

上海地铁 AFC(自动售检票)系统分磁卡系统和智能卡(IC 卡)系统。

磁卡系统现有以下车票类型。

单程车票:用作乘客随买随乘之需,当日当站使用,出站回收。

多程票:每天规定乘车次数,有效期限可分为一个月(多程票 1)、三个月(多程票 2)。

纪念票:有 VP1 和 VP2 两种。VP1 目前用作磁卡储值票,在 E/S 编码机上按规定面值制作,现有 50 元、90 元、100 元 3 种。磁卡储值票在车站售票窗口人工发售给乘客。磁卡储值票可循环使用,按单程票计费标准扣费,尾程可优惠,并由出口闸机回收。VP2 现用作纪念磁卡,在 E/S 编码机上制作,由地铁旅游公司对外发售。VP2 与磁卡储值票的区别是尾程优惠后出口闸机不回收,而是还给乘客作为纪念之用。

智能卡系统现使用公共交通一卡通 IC 卡。卡发售时收取押金 30 元,可按 10 元的倍数任意充资,卡内最高限额 1 000 元。智能卡还有以下几种类型:纪念卡(与成人卡的主要区别是不能退卡,且发售时收取卡的制作费 40 元),老人卡(尚未使用),儿童卡(尚未使用,可用作学生票,在出口闸机扣费时给予优惠),员工卡 1(在进口或出口闸机可连续使用 10 次),员工卡 2(目前用作员工通勤之需,每次只能通过 1 人,进、出闸机须循环使用)。

目前 AFC 系统各票种使用情况(以 2002 年 7 月 19 日为例),见表 2。

表 2　2002 年 7 月 19 日各票种使用情况

车票类型	储值票	单程票	公交一卡通	员工卡
进站	62 967 (占 8%)	424 928 (占 57%)	245 472 (占 33%)	15 655 (占 2%)

2.2　进一步完善地铁磁卡系统功能,增加票种

上海地铁 AFC 系统是在 1996 年初引进的,经过几年运营实践后,发现磁卡系统的功能还有待进一步开发。应增加票种,方便乘客,吸引地铁客流。建议增加的票种如表 3 所示。

表 3 所列票种的增加,可能会涉及一些费用,但从长远看,在便民及增加地铁吸引力方面还是值得的。

表 3　建议增加的票种及其应用

车票票种	性　　质	应　　用
定额车票	1. 车票回收 2. 尾程优惠 3. 使用期限任意 4. 定额额度任意 5. 可在 EFO/BOM 完成更新及扣费 6. 车票扣费标准任意	将来作为储值票 1. 可以改变现 VP1 不能在 EFO/BOM 上扣费更新的限制。 2. 可改变现 VP1 不能实行高低峰综合票价的限制
应急车票	1. 使用期限任意 2. 进/出站码任选 3. 进站闸机对应急票免检 4. 可在 EFO 完成更新 5. 其他性质同单程票	将来用作车站节假日及大型活动大客流时人工发售 1. 可改变应急票只能当日当站使用的限制。 2. 可改变应急票免检时系统需降级运营的限制
定期票	1. 车票回收 2. 定期期限任意,规定期限内使用有效 3. 可在 EFO/BOM 完成更新及扣费 4. 车票扣费标准任意	上海是国际大都市,每天流动人口很多,地铁连通了上海的交通中心、政治中心、体育中心、商业中心。沿线还有许多观光景点。该票种用作旅游票
计次票	1. 车票回收 2. 使用期限任意 3. 使用次数任定,规定次数用完后回收 4. 可在 EFO/BOM 完成更新及扣费	作为纪念票、快递公司等使用对象

注:EFO 为补票机,BOM 为人工售票机。

3　"灵活票制"的实施方案

3.1　票价优惠措施

研究表明,乘客对票价的反应敏感度有以下三个特点:上、下班的客流受票价提高的影响最小;非高峰期尤其是晚上及周末的客流受其影响最大;行程越远受票价影响越小。

从运能看,现在早晚高峰地铁客流相对饱和,非高峰时客流较少造成运能浪费。建议通过先进的 AFC 系统,在低峰时段(运营开始～7:00,10:00～13:00,19:00～运营结束)对储值票和智能卡乘客实行票价优惠,执行高低峰综合扣费票价。只需按规定修改票价参数表,并把参数下载到车站

闸机,通过浮动票价(低峰时段下降10%)可多吸引客流15%以上,从而充分利用好地铁资源。

3.2　增加票种及相应的优惠措施

据了解,广州地铁目前储值票的优惠措施是:学生票7折优惠,50元储值票9.5折优惠,100元储值票9折优惠。上海地铁可借鉴这些做法,根据乘客的需求,增加票种(定额车票、定期车票、应急车票、计次车票、学生票),同时推出优惠措施,如发售磁卡储值票时适当优惠。储值票优惠方案见表4。

表 4　储值票的优惠方案

项　　目	票价值/元	车票面值/元	优惠比例/%
方案一	100	105	4.76
	50	52	3.85
方案二	95	100	5.00
	48	50	4.00

建议采用表4中的方案一。由于实行了优惠措施,预计会多吸引客流7%左右,这样运营总收入将增加3%。

3.3　做好现有储值票及公共交通卡的推广使用工作

现有磁卡储值票是属于VP1,从1999年8月面世后深受广大乘客的欢迎。其使用情况如图1所示。

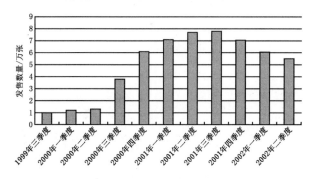

图 1　储值票日均使用情况

大量使用磁卡储值,有以下优点:

● 可以减轻车站客流高峰时售票压力,乘客也可以节约每次乘车购票时间;

● 可减少单程票的使用量,节约运营成本(单程票易流失且需定期清洗);

● 可为企业带来可观的沉淀资金;

● 可尾程优惠,吸引地铁乘客。

公共交通卡自1999年12月27日在地铁推广使用以来,使用公共交通卡的乘客比例持续上升,见图2。

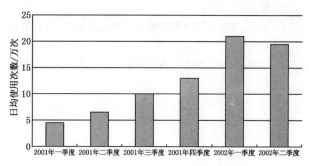

图 2　公共交通卡日均使用情况

对公共交通卡的使用,还应做好以下工作。

(1)加大对公共交通卡的宣传力度。宣传内容如:公共交通卡使用的方便性,公共交通卡如何购买、加值以及使用过程中的注意事项。宣传方式如:地铁海报、地铁便民卡、地铁广播、便民咨询服务等。

(2)降低公共交通卡的押金。目前发售时收取押金30元。随着信息技术、公共交通卡整体发行量的快速增长,生产公共交通卡的成本有了较大下降。为推广使用公共交通卡,建议押金控制在10~15元。

(3)适时推出公共交通卡优惠措施,其主要做法列举如下:

① 在公共交通卡加值时给予优惠,如表5所示。

表 5　公共交通卡加值优惠方案

加值额/元	优惠比例/%	实际加值额/元
100~300	3	103~309
310~500	4	312~520
510~950	5	525~1 000

② 在公共交通卡消费时给予优惠。即公共交通卡票价参数表按标准票价表98%折扣。如果一乘客持公共交通卡从徐家汇站至人民广场站,其车资为2.9元(四舍五入)。

③ 公共交通卡消费累积奖励。如:乘坐地铁消费满100元,奖励地铁全程单程票1张。以上公共交通卡优惠措施可以单项实施,也可组合实施。

综上所述,通过票价方案优化、票种增加、磁卡储值票及公共交通卡促销等管理手段,上海地铁将会吸引更多的客流,更好地提高地铁的经济效益和社会效益。

参考文献

[1]　何禹将.制定地铁票价的若干问题.城市轨道交通研

究,2000,(1):20

[2] 蔡蔚.城市轨道交通票价问题的比较研究.城市轨道
交通研究,2002,(2):23

[3] Ray Steel Design Specification of Automatic Fare Collection System. CUBIC,1998

（发表于《城市轨道交通研究》2003 年第 4 期）

上海轨道交通售检票系统技术接口一致性研究

王子强

（上海地铁运营有限公司轨道交通票务中心）

摘　要： 自动售检票系统是城市轨道交通运营中的重要组成部分，由于目前已经投入运营的系统没有统一的技术规范和技术标准，造成目前运营线路间不能做到"一票换乘"，对今后轨道交通的联网运营形成制约，要实现售检票系统网络化运行必须对系统的技术接口规范化。本文从系统分析入手，提出需要统一的技术要求和功能特性，为将来自动售检票系统的发展建立技术和应用基础。

关键词： 自动售检票系统，非接触式 IC 卡，单程票制式

上海轨道交通自 1999 年 3 月开通了 1 号线自动售检票系统以来，到 2003 年有三条地铁线路使用自动售检票系统技术，其中地铁 1、2 号线采用美国 CUBIC 公司提供的系统设备和软件集成，地铁 3 号线由西班牙 INDRA 公司提供。由于当初在建设引进过程中，对实际应用没有一个统一的规划需求，造成两套系统从系统集成到设备功能自成体系，仅对本运营线路进行管理，对系统的控制和管理方式也不同，特别是各系统中使用的车票不能通用，处于封闭独立的工作状态，给系统联网运营的实现带来很大困难。从技术角度分析，由于采用多个国家自己内部的技术接口标准，其标准化程度不高也不通用，例如地铁 1、2 号线采用美国技术，使用塑质磁性车票，但在其他线路如 3 号线中使用的纸质磁性车票，因数据读写和处理方式不一致，车票不能互用，必须二次购票。另外，在各系统的组成和线路设备的接口设计中没有使用统一的技术规范，影响了上海轨道交通自动售检票系统网络化建设和运营。因此，必须对自动售检票系统的技术标准进行有效的统一，达到上海轨道交通全线票制统一，数据接口统一的要求，这是自动售检票系统实现网络化运行的最基本条件，也是适应轨道交通建设和网络化运营中必须解决的重大课题。

1　统一车票制式

在轨道交通自动售检票系统中一般采用单程票和储值票两种方式，目前上海轨道交通均采用卡片式作为系统能够处理的车票。车票是记录信息的载体，根据大规模集成电路技术的广泛应用和考虑到乘客使用习惯性、制造成本等因素，通过市场调研和专家评估，一致认为上海轨道交通自动售检票系统采用非接触式 IC 卡作为单程票和储值票的车票介质。储值票选用上海公共交通卡公司已经发行的公共交通卡，其数据结构和处理方式完全按照已有的标准和流程，对于单程票必须重新定义和指定统一的技术标准。

对于单程票的应用、设计、制造、试验等方面的技术规格统一性主要包括两项内容：卡片的特性和卡片的应用。卡片特性主要规定轨道交通单程票 IC 卡的物理特性、电气特性等；卡片的应用主要规定 IC 卡数据文件、交易记录、安全机制等内容。

1.1　单程票的一般特性要求

（1）单程票的外形尺寸要求。车票的外形必须得到统一，能够使同一种车票可以应用在不同的线路系统和设备中，所以对单程票的标称尺寸作统一规定。参照国际标准，单程票的标称尺寸应符合长 85.73 ± 0.76 mm；宽 53.98 ± 0.25 mm；厚度 0.45 ± 0.05 mm 的要求。

（2）单程票的数据存储容量。单程票作为小额使用的常用车票，其存储的票价金额相对储值票较小，并且要求读写速度和处理能力较高，所以规定其内存储器的数据存储容量不小于 512 bit。

存储器可分 3 个区、16 个块，每块包括 4 个字节，每个字节包括 8 个位。每块的读写权限规定为：

块　　号	未　认　证	认　证　后
0～1块	只可读	只可读
2～7块	只可读	可读/可写
8～15块	不可读/不可写	可读/可写

块内数据写次数应不小于 10 000 次,数据保存年限应不小于 10 年。车票表面应能印刷各类文字和图案信息。车票的工作温度应在 -20～+50℃,车票的储存温度应在 -40～+80℃ 之间,在此范围内卡内数据不应改变,并能正常读写,并且车票的外形尺寸不变化。

(3) 单程票的主要物理特性要求。

● 抗动态弯曲强度:对车票的长、短边各进行 250 次弯曲后,应能保持其功能良好,表面不应有任何破裂。

● 抗动态扭曲强度:对车票进行双向 $15°±1°$,周期为 30 次/分钟共 1 000 次扭曲试验后,卡应保持其功能良好,卡面不应有任何破裂。

● 抗静态弯曲强度:用法码均匀施加 0.7 N 的力,1 分钟后,去除施加的力,卡应恢复在水平 1.5 mm 范围内。

● 车票的翘曲:用平面平晶、刀口和量块测量平面与车票的任何非凸印部分的翘曲应不大于 2 mm。

● 耐温度:在高低温试验箱内模拟 -40℃、+50℃,分别试验 1 小时后,测试卡的读写功能、卡的尺寸和弯曲性能,均应符合要求。

● 耐湿度:将卡置于温度为 25℃,相对空气湿度为 5% 及 95% 的试验环境,试验 1 小时后,测试卡的读写功能、卡的尺寸和弯曲性能,均应符合要求。

● 抗紫外线:用波长为 254 mm,总能量为 15 Ws/cm 紫外线,对卡进行双面辐射,储存在卡内的数据不应改变,并能继续进行数据读写。

● 抗 X 射线对卡进行总能量为 70～140 keV,累计 0.1 Gy 双面辐射,储存在卡内的数据不应改变,并能继续进行数据读写。

● 抗静电:在储能电容为 150 PF±10%,放电电阻为 330 Ω±10%,充电电阻为 50 M～100 MΩ 的静电放电装置上,设定电压为 6 kV,对卡进行放电试验,储存在卡内的数据不应改变,并能继续进行数据读写。

● 抗静磁场:以 10 mm/s 插卡速度,通过强度为 640 kA/m 的静磁场装置,储存在卡内的数据不应改变,并能继续进行数据读写。

● 抗交变磁场:将卡置于频率为 13.56 MHz,场强为 12 A/m 的交变磁场中,储存在卡内的数据不应改变,并能继续进行数据读写。

(4) 单程票的电气特性

● 工作频率:为 13.56 MHz±7 kHz,当激励频率为 13.56 MHz,场强为 1.5 A/m 时,卡应能正常应答。

● 通讯速率:卡与读写器之间采用半双工通讯协议,其通讯速率为 106 K 波特率。

● 读写距离:卡与读写器天线之间最大感应距离应不小于 60 mm,在此区域内,卡与读写器之间应能进行数据交换和完成各项操作。在有效读写距离内的场强范围为:1.5～7.5 A/m。

● 复位应答:按规定的通讯协议和通讯速率进行操作时,卡与读写器之间应能进行相互认证。

● 冲突处理机制:同一时刻内,在读写器感应区域内同时出现 2 张(或以上)的卡时,读写器对卡均不作处理。

● 完成一次交易的时间:按规定的数据格式,卡与读写器之间完成一次交易所需时间不应大于 200 ms。

1.2 指令和指令流程

(1) 编码方式。读写器到卡使用米勒(Miler)编码,卡到读写器使用曼彻斯特(Manchester)编码。调制和编码应符合 ISO/IEC14443-3 协议。

(2) 指令。

● 询卡指令(REQALL/REQA):是卡与读写器之间建立通信的指令,只有询卡指令获得通过,才可以执行其他指令。

● 读指令(READ):读取卡中的信息。

● 写指令(WRITE):向卡中写信息,分两次完成,先发一个写命令和地址,卡返回确认正确后,再发待写入的数据信息。

● 三重认证指令(AUTH):卡与读写器之间的认证采用三重认证。其认证方法如图 1 所示,即先由读卡器向卡发出认证指令,卡返回一个随机数 Rb,读写器对 Rb 运算后产生随机数 Ra,送卡。卡运算恢复正确的 Rb,完成卡对读写器的认证。同时卡对 Ra 运算产生另一随机数 Rb',返回读写器,读写器从中恢复出正确的 Ra,完成读写器对卡的认证。

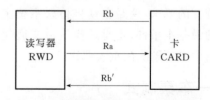

图 1　卡与读写器材之间的认证方法

(3) 指令格式。卡的通信指令格式如表 1 所示。

表 1　指令格式

指令 \ 字节	0	1	2	3	4	5	6	7	卡返回值（正确）	卡返回值（错误）
REQALL/REQA（询卡）	52H/26	未用	未用	未用	未用	未用	未用	未用	CID	不响应
READ（读指令）	30H	ADDR	CRC	CRC	未用	未用	未用	未用	读出数据+CRC	0001（通信错）
WRITE（写指令）	OAOH	ADDR	CRC	CRC	未用	未用	未用	未用	1010	0000（其他错）
	DATA	DATA	DATA	DATA	CRC	CRC	未用	未用	1010	
AUTH（认证）	60H	ADDR	CRC	CRC	未用	未用	未用	未用	Rb	不响应
	Ra0	Ra1	Ra2	Ra3	Rb4	Rb5	Rb6	Rb7	Rb'	不响应

说明：① 以上指令都是读写器向卡发出。

② 保留两个询卡指令 REQALL/REQA 是为了和公共交通卡保持一致。

③ "未用"表示不发送该字节。

④ 在非接触式 IC 卡中的循环冗余校验采用了 CRC - CCITT 标准的生成多项式：

$$G(X) = X^{16} + X^{12} + X^5 + 1$$

⑤ 用到的指令符合 ISO/IEC14443 - 3 - 2000 TYPE A 协议，低字节先发送，字节的低位先发送。

（4）指令流程。指令流程如下图所示：

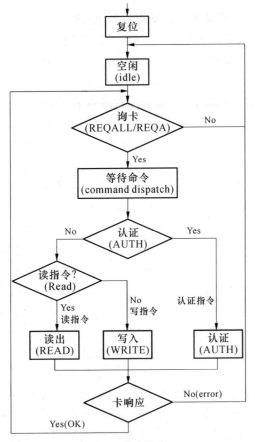

图 2　指令流程

注：idle 表示空闲状态，这时卡接收到询卡指令（REQALL/REQA）进入接收命令状态（command dispatch），该状态表示等待接收指令，接收完各个指令后，卡返回确认（OK）信息并继续接收指令或返回错误（error）信号到 idle 状态。

1.3　单程票的应用文件

卡的应用文件分区可以规定为如表 2 所示。

表 2　卡的应用文件分区

应用文件名		数据块位
卡的标识		占 2 个数据块（块 0，块 1）
发行信息		占 2 个数据块（块 2，块 3）
保留		占 1 个数据块（块 4）
售票信息		占 3 个数据块（块 5，块 6，块 7）
密钥		占 1 个数据块（块 8）
公共交易信息		占 1 个数据块（块 9）
交易记录	进站交易记录	占 2 个数据块（块 10，块 11）
	出站交易记录	占 3 个数据块（块 12，块 13，块 14）
备份		占 1 个数据块（块 15）

● 卡标识：卡的标识由用户代码、制造商代码和卡的序列号组成。

用户代码可采用由标准化行政管理机构定义的标识码；制造商代码可采用由集成电路卡注册管理机构定义的制造商注册标识号；卡的序列号是制造商在卡的 IC 芯片制造过程中生成的代码。

制造商代码与卡的序列号组成卡的唯一代码，此唯一代码由 IC 芯片制造商固化在 IC 芯片内，不能改变。

● 卡的发行信息：卡的发行信息应包括卡的发行企业代码、发行日期、发行流水号及版本号等信息。其中卡的版本号由发行机构给出；发行日期以 7 位编码年份，4 位编码月份，5 位编码日期。

● 售票记录：卡的售票记录应包括售票机线路代码、售票机站点代码、售票机设备代码、卡的类型、售票时间、售票金额和操作员代码等信息。其中售票时间是记录交易发生时自 1970 年 1 月 1 日 0 时 0 分 0 秒以来的总秒数（UNIX 时间格式）；售票机代码值由线路号、站点号、设备号组成；售票金额计量单位为人民币分。

● 密钥：轨道交通单程票系统的密钥、安全模块和加密算法以及卡与读写器之间的三重认证过程中的加密算法，可以由发行机构负责管理。在卡发行时，由加载在读写器内的安全模块根据卡的制造商代码（MID）、唯一序列号（UID）和发行企业代码等信息，运用存储在安全模块中的特定密钥，经特定的加密算法计算出该卡的认证密钥。其计算公式可定义为：

卡密钥＝DEA（密钥，[制造商代码，唯一序列号，发行企业代码]）

● 公共交易记录：公共交易记录是用于记录交易标志、交易次数，并进行校验的数据区。其中校验字节为校验标志和使用次数的字节异或之和。

● 交易记录:交易记录包括进站交易和出站交易两部分。在每次交易后,交易信息存放在卡内。

单程票的交易流程如图3所示:

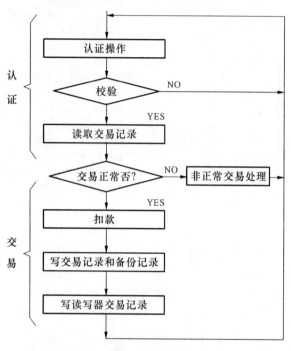

图3 交易流程

● 进站交易:进站交易记录的内容包括:进站交易时间、进站交易线路代码、进站交易站点代码、进站交易设备代码和校验等信息。其中进站交易时间是记录交易发生自1970年1月1日0时0分0秒以来的总秒数;进站交易站点代码值由线路号、站点号、设备号和设备类型各一个字节组成;校验码为进站交易时间和进站交易站点记录的字节异或之和。

● 出站交易:出站交易记录的内容包括:出站交易时间、出站交易线路代码、出站交易站点代码、出站交易设备代码、出站交易金额和校验等信息。其中出站交易时间是记录交易发生自1970年1月1日0时0分0秒以来的总秒数;出站交易站点代码值由线路号、站点号、设备号和设备类型各一个字节组成;校验码为出站交易时间、出站交易站点和出站交易金额的字节异或之和。

● 备份:备份数据区用于备份记录交易标志和交易金额等信息。其中交易金额的计量单位为人民币分;校验为交易标志和交易金额的字节异或之和。

2 自动售检票系统架构与功能确定

根据轨道交通自动售检票系统网络功能可分为五个层面,第一层为城市轨道交通清分系统,第二层为线路中央计算机系统构成的中央层,第三层

为由车站计算机系统组成的车站层,第四层为车站终端设备组成的终端层,第五层为车票层。

轨道交通AFC系统网络构架可见图4所示

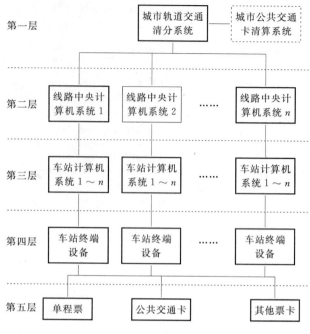

图4 AFC系统网络构架

2.1 轨道交通清分系统主要功能确定

主要实现车票类型的定义,初始化编码,发行,分拣和调配管理;车票交易数据处理,车票发售收益统计,运营收益统计,运营报表处理,交易数据清分,票务对账结算;系统运营参数管理,客流统计与分析,系统运营模式管理,系统运营信息发布,车票使用信息查询;系统用户管理,权限管理,数据归档和备份,系统数据恢复;系统日志管理等功能。

2.2 线路中央计算机系统主要功能确定

主要实现车票交易数据处理,车票发售收益统计,运营收益统计,运营报表处理,票务对账结算,车票发售现金收入管理;系统运营参数管理,在线设备状态监控,系统运营模式管理,客流统计与分析,车票分拣,票卡库存管理,系统通信监测;系统用户管理,权限管理,数据归档和备份,系统数据恢复,系统时钟管理,系统日志管理等功能。

2.3 车站计算机系统的主要功能确定

主要实现接收和储存车站各终端设备上传的交易数据,将交易数据上传给线路中央计算机系统,接收线路中央计算机系统的各类系统运行参数,接收线路中央计算机系统的控制命令和指令信息;实时监控本车站终端设备的运行状态,提供与车站运营业务有关的统计分析报告,车票的发售和现金管理,客流监控,票卡库存管理,紧急情况下终端设备的管理;时钟管理,数据归档,备份,数据恢

复,系统日志管理等功能。

2.4　车站终端设备的主要功能确定

主要实现进/出站自动检票,车票发售,补票、加值,车票查询、验票;接收车站计算机下传的命令、参数、文件,存储所有的交易数据并上传到上级系统,具有独立运行能力,采用易于维护的模块化、通用化硬件,具有良好的人机界面,操作方法和步骤相对统一,具有较好的防范及错误提示功能,具有安全保护装置,防止对人员的伤害;设备应采用相对一致的外形尺寸,在非付费区内设备应相对集中,并满足客流流向要求等功能。

3　需要统一的主要技术内容

通信的物理层和数据链路层应根据轨道交通各线路通信系统提供的网络平台实现,网络层应采用 IP 协议,传输层应采用 TCP 协议。通信节点是 AFC 系统中独立通信的最小单位,主要有清分系统主机、线路中央计算机(CC)、中央操作计算机(COC)、车站计算机(SC)、车站终端设备(SLE 如 TVM、BOM、GATE 等)。节点由节点标识码唯一标识,节点之间的联机信息交互可以为归纳为以下两种:一是本节点向其他某个节点发送请求消息,然后接收其返回的应答消息。在此行为中,本节点作为通信的客户端;二是本节点接收来自其他某节点的请求消息,进行业务处理,返回应答消息,在此行为中,本节点作为通信的服务器端。

每个节点可作为客户端主动向服务器节点发起交互,同时也可以作为服务器端被动地接受客户节点发起的交互,这由具体的业务需要决定。例如:SC 可作为服务器端接受车站设备发起的交互,同时自己作为客户端向 CC 发起交互。

(1) 会话与交互。请求与应答是一一对应的,一对请求与应答组成一次联机信息交互,一组相互关联的交互组成一次会话,每次会话之间是独立的,没有流程处理上的上下文关系。会话可以涉及两个以上的节点。如终端设备的运行参数查询会话见图 5。

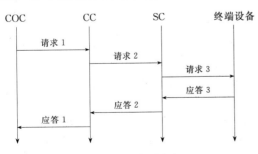

图 5　查询类会话流程

由涉及 4 个节点、3 次交互的一次会话,请求 n

和应答 $n(n = 1、2、3)$ 组成的一次交互,被称为交互 n。

会话是涉及多个节点、多次交互的全局的概念,而交互仅涉及 2 个节点,一对请求/应答。

特殊地,若某会话仅一次交互,则直接称之为交互。

对于某些特殊种类的交互(如文件数据传送),规定不发送应答。

(2) 节点在会话/交互中的角色。与交互相关的两个节点分别称为交互的发起方和接受方,如图 4 中 COC 是交互 1 的发起方,CC 是交互 1 的接受方。

与会话相关的节点分别称为会话的发起方、转发方和目的方(或执行方),如图 5 中的会话,COC 是发起方,CC 和 SC 都是转发方,终端设备是目的方。

对于分程传递的会话,给终端设备的命令的会话可见图 6。

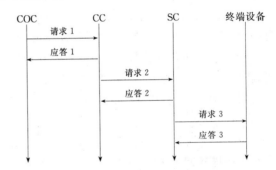

图 6　分程传递的会话流程

会话的目的方也称为会话的执行方。对于图 5 所示的会话,COC 称为命令会话的发起方,CC 和 SC 都称为命令会话的转发方,而终端设备称为命令会话的执行方。

按照会话传递的方向,某特定节点称为其他相关节点的上游节点或下游节点。如对于前面举例的两种会话,COC 是其他节点的上游节点,CC 是 SC 和终端设备的上游节点,SC 是终端设备的上游节点。相对应地,终端设备是其他节点的下游节点,SC 是 COC 和 CC 的下游节点,CC 是 COC 的下游节点。

(3) 消息分包。通信线路上传送的消息报文有最大长度限制(一般为 8 192 字节),当请求或应答消息长度大于此长度限制时,应当拆分成多个消息报文来传送,使每个包的长度都小于或等于此长度限制,此时的请求或应答称为多包请求或应答,包的个数最多为 65 536 个。当节点接收到多包请求时,直到收完最后一包,处理后才可返回应答。当节点接收到多包应答时,若需要转发给第三个节点,则应收完最后一包后才开始转发。多包消息的每一个消息包应该设定其长度固定部分和长度可变部分,其中的长度固定部分的内容都相同。

（4）工作方式。系统对于请求、处理和应答可以有以下两种工作方式。

同步方式是指:交互1请求—交互1处理—交互1应答—交互2请求—交互2处理—交互2应答……依次进行的工作方式。

在此方式下由于系统各部分不能并行工作,通信连接上的请求与应答不能同时传送,系统工作效率相对较低。

异步方式是指:交互1请求—交互2请求—交互3请求……依次进行,同时,交互1处理—交互2处理—交互3处理……依次进行,同时,交互1应答—交互2应答—交互3应答……依次进行。这时请求、处理和应答按流水线方式进行处理,系统的工作效率相对较高。

要求消息报文开头处有一个可变长度的同步信息字段。异步工作方式的客户端发起交互时,可将流水号等信息放在此字段中,服务器端在返回应答时,将此同步信息原样返回,客户端收到应答消息时可根据同步信息来匹配交互请求。对于服务器端,客户端可自由决定同步信息的格式和内容（甚至为空）,服务器端不需解释其中含义,只保证在应答中原样返回。

由于规定终端设备总是以同步方式工作,不需要同步信息,为使包头长度固定,规定来自或发往终端设备的请求或应答消息都不含同步头字段。

系统在设计时,要按照以下原则规定信息交互的工作方式:

——车站设备与车站主机之间采用同步方式

——直接影响后续操作的交互采用同步方式

——其他均采用异步方式

AFC 系统通信接口内容

AFC 系统消息主要分为 5 类:通信类、运行类、费率类、维护类和营运类。

通讯类参数包括:通信参数、传输延时、消息请求、通信诊断等。

运行类参数包括:主机重启、时钟同步、设备数据日记录、车站计算机命令码、系统运营模式、跟踪报告、系统运行参数、终端设备运行参数、区域分配参数、区域名称、系统出错代码、运行类表、SC 广播、SC 命令日志、黑名单表等。

费率类参数包括:GMT 转换参数表、节假日表、费率代码表、费率表、费率分区表、高峰时段表等。

维护类参数包括:维护类寄存器数据、设备状态改变、表格版本检查、表格版本请求、表格确认、设备登录/注销、软件版本请求、软件版本报告、车票剩余值查询等。

营运类参数包括:账务类寄存器数据、车票加值授权、车票交易数据传输、车票编码报告、车票查询等。

4 实施方案与应用

4.1 联机交易通信规程定义与应用

根据各种信息交互的特点,所有的消息类型归纳成 4 种通信规程实现。节点作为服务器端时,应提供所有与该节点相关的消息类型所使用的每一种规程的服务端口;节点作为客户端时,应根据所发起交互的消息类型的规程类别,选择服务器端的相应规程的服务端口发起连接,进行信息交互。

具体联机交易通信规程说明见表3。

表 3 联机交易通信规程

规 程	处理方式	适用于信息交互类型	服务器端处理优先级
规程 1	同步短连接	终端设备向 SC 发送交易数据 终端设备向 SC 签到、签退 向终端设备发送命令	较高 发送命令最高
规程 2	客户端存储转发的异步长连接	SC 向 CC 发送交易数据 CC 向清分系统发送交易数据	最低
规程 3	服务器端无应答的异步短连接	发送文件	较低
规程 4	多节点联机交互的同步短连接	信息查询	较高

（1）规程 1——同步短连接,可适用于具有以下特点的信息交互:

每次信息交互不能丢失;

发生的量较小;

客户端实现异步方式难度较大。

例如:

终端设备向 SC 上传进出站交易数据;

终端设备向 SC 发起的签到、签退交易;

SC 向设备发送的模式切换指令。

以上情况应采用同步短连接方式。

客户端向服务器端发起连接请求，服务器端接受连接请求，建立连接，客户端发出一交互请求，然后等待应答；服务器端收到信息交互请求，处理后返回应答，客户端收到应答后对其本地的交易记录进行处理，然后若还有交易需要发送，就开始下一次交互，否则主动断开连接。

服务器端应将属于这种规程的交易的处理优先级设置为较高。

（2）规程2——客户端存储转发的异步长连接，可适用于具有以下特点的信息交互：

每次交互都非常重要，不能丢失；

每次交互与其他同类或不同类别的交互之间的业务依赖关系较小；

发生的量较大；

实现异步方式难度较小。

例如：SC向CC上传进出站交易数据。应采用异步长连接方式。

客户端向服务器端发起连接请求，服务器端接受连接请求，建立连接。客户端连续发出多笔信息交互请求，期间不等待应答返回，服务器端接收请求并处理后，连续发回应答，客户端依靠应答中的同步信息匹配请求记录，对收到应答的请求记录进行处理。连接一旦建立，通常情况下不再断开。

客户端具有存储重发功能，即对超时未收到应答的信息交互进行隔时重发，以保证数据不丢失。服务器端一旦返回应答，即表明这次信息交互已经收到并处理成功。客户端一旦收到应答，就可将相应的请求记录列为过期删除的对象，以及时释放资源。

服务器端应将属于这种规程的信息交互的处理优先级设置为最低。

（3）规程3——服务器端无应答的异步短连接，可用于分多个消息包发送大量互相关联的数据信息，例如传送文件等。应采用服务器端无应答的异步短连接方式。

客户端向服务器端发起连接请求，服务器端接受连接请求，建立连接，客户端不断地发出信息交互请求，不需接收应答，也不存储发出交易的记录；服务器端接收信息交互请求，并进行处理，在处理的同时接收下一笔信息交互请求，不返回应答。一次信息（多个相关的请求消息）发送完毕客户端即主动断开连接。

服务器端应将属于这种规程的交易的处理优先级设置为较低。

（4）规程4——涉及多节点的会话的同步短连

接，可用于专为涉及3个或更多节点的会话而设置。首先发起方作为客户端向服务器节点发起连接请求，服务器节点接受请求，建立连接，接收请求消息，但服务器节点（此时称为转发方节点）并不能给出立即应答消息，应答消息要由第三个节点给出，于是，转发方节点作为客户端，向第三个节点发起连接请求，第三个节点作为服务器端接受请求，建立连接，接收来自转发方节点的请求消息，经过业务处理，给出应答，返回转发方节点，转发方节点再将应答转发给会话的发起方，发起方接收应答后断开连接。

涉及3个节点的情形，在实际应用中，中间的转发方节点可能会多于1个，如图4所示的会话。

客户端应在等待应答时进行超时控制，若应答超时，则断开连接，本次信息交互作废，自身向上游节点给出查询失败的应答。具体的超时时间由通信参数决定。

此规程用于信息查询类的会话（交互），如BOM通过SC向CC查询车票信息（CC发行时），或BOM通过SC和CC向清分系统主机查询单程纪念票信息（清分系统发行时），后一种情况时BOM是会话的发起方节点，SC和CC是中间的转发方节点，清分系统主机是最终给出应答的目的方节点。

由于上游节点的等待时间有限，所以服务器端应将属于这种规程的信息交互的处理优先级设置为较高。

4.2　文件传送协议应用

当各节点之间传送文件时，应采用文件传送协议。文件传送协议使用与联机交易协议相同的消息格式。文件传送客户端对消息头的同步信息有特殊的定义。文件传送服务器端除了原样返回同步信息外，还用其中的文件信息，作为文件存储（发送时）及查询（索取时）的依据。

4.3　时间同步协议应用

自线路中心计算机以下的所有节点计算机（包括车站主机与设备）应具有相同的系统时间，并与线路中央主机实现时间同步。各线路中央计算机从外界（卫星GPS数据）获得准确的当前时间，设置自己的系统时间，成为整条线路标准时间的源头。各节点计算机之间的时间同步应采用NTP协议来实现。该协议直接建立在TCP/IP协议之上。

（1）NTP客户端。在业务层次上，位于线路中央计算机以下的每个节点计算机都是NTP客户端，它们都配置一个NTP服务器地址，这个NTP服务器可设置成与其直接相连的上层节点，即车站计算机以线路中央计算机为 NTP 服务器，从线路中央计算机获取标准时间，而车站的设备以车站计算机为 NTP 服务器，从车站计算机获取标准时间。这些节点计算机于每小时的 0 分自动从其所设定的 NTP 服务器取得当前时间，设置自己的系统时间。

（2）NTP 服务器端。线路中央计算机及车站计算机都配置成 NTP 服务器，以接收来自其下层的时间询问请求，返回含有其系统时间信息的应答。

4.4　AFC 系统数据流程

（1）车站设备中的数据可以分为交易数据、寄存器数据、状态数据、收益管理数据、维护管理数据、设备参数、设备运营指令和应用程序，由设备产生并上传到上层系统。设备参数、设备运营指令和应用程序由上层系统生成和下载。

设备数据生成后，设备应对数据的合法性进行检查，然后按照数据的分类分别向上发送；车站计算机系统接收到数据后，应将数据入库，转发到线路中央计算机系统；线路中央计算机系统接收到数据后，应将数据入库，转发到轨道交通清分系统，轨道交通清分系统应将交通卡数据转发到交通卡清算系统。

（2）线路中央计算机接收来自清分系统的参数，并可设置本线路的设备参数。对中央计算机自身使用的参数，系统应根据参数的特性启用或保存该参数。对需要下载的参数，中央计算机应将参数主动下发到需要该参数的车站计算机；车站计算机应接收来自中央计算机的参数。对车站自身使用的参数，车站计算机应根据参数的特性启用或保存该参数。对需要下载的参数，车站计算机应将参数主动下发到需要该参数的车站终端设备中；车站终端设备应接收来自车站计算机的参数。车站终端设备应根据参数的特性启用或保存接收到的参数。

（3）线路中央计算机可向车站计算机和车站设备发出运营指令。中央计算机将指令下发到相关车站的车站计算机。车站计算机应接收和转发来自中央计算机的运营指令，也可向车站设备发出运营指令。对车站计算机的指令，车站计算机应响应该命令并保存到数据库。对需要转发的指令，车站计算机应发送到车站设备中。车站设备应接收来自车站计算机的指令。车站设备应响应该命令并保存到车站日志中。

4.5　AFC 系统运行要求

（1）数据安全性要求。

● 每个终端设备在处理"一票通"车票交易时，其数据存储、处理都应有安全性要求，终端设备均应使用特定的安全认证模块（SAM）。

● SAM 卡应由轨道交通 AFC"一票通"运营管理中心统一发行。

● 采用"一票通"车票专用的 SAM 卡密钥管理体系，应与"一卡通"储值卡密钥管理体系分开。

● 在终端设备中使用的读写装置，应能分别处理"一票通"车票和"一卡通"车票。

（2）车票使用要求。

● 单程票应通过检票机进出站，进站时返还乘客，出站检票时回收，并整齐堆放于回收票箱中。

● 出站检票机回收的单程票可直接用于自动售票机或人工售票机的发售装置中，并且能在车站内循环使用。

● 单程票采用刷卡进站，出站时将单程票插入检票机检票的方式。对于轨道交通其他专用车票，根据实际情况设定进出站检票方式。储值票采用刷卡进出站检票的方式。

5　效果分析

5.1　社会综合效果

由于目前已投入运营的轨道交通线路采用了不同的单程票制式，且互不兼容，造成了乘客换乘的不便。为了保证乘客在纵横交错的轨道交通线路之间实现一票换乘，轨道交通自动售检票系统的制定对新建及既有线路的自动售检票系统提出明确的要求，进行统一规范，统一管理。从而避免了乘客在换乘时候多次进出检票机、多次购票的麻烦，全面贯彻"以人为本，方便乘客"的指导思想，能够吸引更多的乘客乘坐轨道交通线路，进一步缓解地面交通的压力，同时能为乘客提供更加安全、舒适、便捷的出行环境，起到改善城市形象的效果。

5.2　降低乘客出行成本

城市轨道交通实现"一票通"后，乘客在换乘不同的轨道交通线路时，乘坐轨道交通的费用从原来分段计费改为一次计费，特别对短途乘客来说，可以节约 50% 的出行费用。

5.3　系统建设运营经济性分析

由于自动售检票系统采用非接触 IC 卡单程票技术，系统中处理车票的设备结构变得简单，原来对磁卡车票的读写要求非常高，需要有精密的技术处理能力，造成结构复杂，生产成本不能下降，改用 IC 卡车票后，主要由 IC 卡读卡器来处理，而国内读卡器技术已经达到了世界先进水平，完全能满足轨道交通发展的要求。相对原设备的生产成本，"一票通"终端设备的生产成本可以下降 20%～30%，对于上海轨道交通新线建设中上万台终端设备可以节省大量的投资费用。对于系统运营维护成本来说，减少了复杂的处理机构，设备故障率将大大降低，维护成本也会有明显的下降。

5.4　售检票设备通用性提高

在自动售检票系统技术接口统一后，所有的设备生产商都将按照制定的技术规范执行，避免某一家企业对某一条线路的技术垄断，使任何生产厂商提供的设备，只要是符合技术规范的设备就能够应用到所有的轨道交通线路中。

5.5　示范性效果

在世界大城市中，轨道交通正以其高效的运行特点成为城市交通的骨干。轨道交通自动售检票技术规范作为系统的基础和核心技术，在国内外地铁建设中受到高度重视。当前日本东京和我国香港地区轨道交通已成网络化分布，其 AFC 标准化程度已非常高，其重要标志是车票能支持不同线路间互相换乘。香港地铁不仅可以通过非接触式"八达通"卡，还可以通过单程票，实现乘客进出站换乘；目前国内其他大中城市如北京、广州等在建的和已

运营的轨道交通自动售检票系统，都十分重视技术规范的制定和应用。实现轨道交通自动售检票系统技术接口的统一，是在结合了上海多年自身轨道交通运营经验的基础上，顺应科技发展的趋势，为上海今后的轨道交通发展提供相关技术参考，同时也为国内其他城市在该领域的研究树立示范，可供其借鉴。

6　结语

对乘客来说使用一张车票（公共交通卡或"一票通"的单程票），只要经过一次入口和一次出口就能够换乘多条线路的地铁列车，而不必在换乘时多次进出站和重复购票，即节约了出行时间又减低了出行费用。对于自动售检票系统来说，需要有统一的车费表来控制和实现每条线路设备的运营参数，同时也需要获得每条线路与其他线路的一些定义数据，如线路表、车站表、设备表、换乘站点等，这些信息必须制定统一的技术接口和统一的技术标准，使各条线的自动售检票系统按统一的规定执行。

城市交通智能卡收费管理网络系统研究

殷锡金

（上海地铁运营有限公司通号分公司）

摘　要： 为了改善和提高公共交通服务质量以吸引更多乘客使用公共交通工具，一些国际性大都市都在积极实施和推广乘客多式联运计划（Traveler Intermodality Program，TIP)（这也就是我们常说的城市交通"一卡通"）。在 TIP 计划中，非接触式智能卡被用作为公共交通的通用车票媒介。

本文旨在探讨如何建立适合上海的城市交通智能卡收费管理网络系统。

关键词： 乘客多式联运，城市交通智能卡收费管理网络系统，自动售检票（AFC）系统，电子钱包清算中心

上海是国际性大都市。目前，上海市公共交通网络的硬件建设已初步形成规模，现在摆在我们面前的迫切任务是：城市公共交通的管理必须要实现现代化。

随着现代科学技术的发展，传统的公共交通管理体制和管理方法必将被智能化的管理系统所替代。1999 年 3 月 1 日，上海地铁 1 号线自动售检票（AFC）系统投入运营和非接触式智能卡（CSC）系统开通使用，使上海市民享受到高科技的最新成果，感受到现代物质文明的时代气息。

在城市交通领域中，乘客多式联运系统（即"一卡通"）的应用是当前国际最引人注目的新领域。"一卡通"是让乘客使用一张卡，可搭乘不同的交通工具到达自己的目的地。它不但大大方便了乘客，同时可有效地改善公共交通运营管理，也有利于制定全局性的公共交通政策和法规。

票务收入是城市公共交通公司的经济命脉。票务管理又是公共交通公司运营管理的重要组成部分。因此，要实现城市交通"一卡通"，必须要由城市各公共交通公司在利益均等、公正合理的条件下，共同参与该计划的实施。

城市交通智能卡收费网络系统的建立，是实现城市交通"一卡通"的先决条件。它的主要职责是：发卡、票务交易数据处理、各成员公司的票务结算和清算、银行财务结算以及票务日常管理等工作。

1　城市交通智能卡收费管理网络系统

1.1　城市交通智能卡收费管理网络系统构型

城市交通智能卡收费管理系统由以下部分组成：清算中心系统、行业或线路中央计算机系统、车站计算机系统和设备、交通智能卡（包括车票）发卡中心、交通智能卡充值设备、非接触式智能卡读写器、通讯设施和非接触式智能卡（CSC）。

1.2　城市交通智能卡收费管理网络系统设计要求

城市交通智能卡收费网络主要目标是服务于城市交通收费管理网络。在规划建议分近期（1999～2003 年）和中期（2004～2015 年）两步走。系统设计一定要满足将来发展的需要。

城市交通智能卡收费网络系统的主要设计要求如下：

（1）系统的组成成员：公共汽车，电车，出租车，轮渡，人行隧道，地铁，轻轨等公共交通公司。

（2）系统中的数据类型：票务、零售、电子钱包等交易数据；城市交通付费网络系统内部财务、财务账的结算数据；与银行财务结算、财务转账数据；安全和授权系统的电子对话；软件的传递与分发；系统参数数据等。

（3）系统中使用的车票媒介：非接触式 IC 卡或接触式混合型（两种芯片或单芯片两种功能）IC 卡。

（4）系统的特点：除必须具有高的可靠性外，系统还应具有如下特点：自我诊断程序；自动调整配置以隔离故障；计算机、通讯网络等热备份、自动切换功能；不间断电源接口；确保高效系统恢复；确保数据备份；功能强、容量大的标准软件的数据库；网络传输速率高。

（5）系统必须是可扩展的：随着上海城市轨道交通网络进一步完善，城市交通收费网络必须满足

近期发展纵向要求和不断发展新的交通服务提供者参与的横向要求。

（6）系统必须是先进的开放式系统：城市交通收费网络是基于计算机和计算网络的信息网络。众所周知，计算机和计算机网络是目前世界上发展最迅速的科学领域。因此，对计算机和计算机网络的选型要有超前意识和进行功能/价格比等综合权衡。城市交通收费网络的开放性保证网络系统能与各个子系统网络或银行网络等其他网络联网。

（7）系统的中央清算中心具有日处理票务交易数据能力：CSC 卡数量在 2003 年前为 500 万张，2010 年前为 800 万张。

（8）电子钱包的使用：电子钱包扣费时只允许透支一次，电子钱包余额为 0 或负值的非接触式 IC 卡将被当作无效卡处理。

2 城市交通智能卡收费网络系统车票媒介——非接触式 IC 卡

2.1 非接触式 IC 卡和 IC 卡技术

非接触式 IC 卡是再一张卡片上镶一块集成电路。这块集成电路就是微处理器。由于微处理器具有人工智能功能，所以非接触式 IC 卡也称为智能卡。

非接触式 IC 卡在工作时，通过卡片上引线接触点将卡中电路与主机相联接，并进行读写操作。

世界上，IC 卡的研究开始于 20 世纪 70 年代。至今世界上已至少有 40 多个国家正式使用 IC 卡系统。IC 卡和 IC 卡系统所具有的优点，使其逐步取代磁卡和磁卡系统，并已成为金融电子化网络的基础。

2.2 IC 卡和 IC 卡系统优点

城市交通收费网络系统中，储值票有两种车票媒介可供选用：磁卡和非接触式智能卡。由于它们工作机理不同，从而形成两种系统：磁卡系统和非接触式 IC 卡系统。磁卡系统是传统使用的。

与磁卡和磁卡系统相比，IC 卡和 IC 卡系统有如下优点：

（1）性能优良。IC 卡和磁卡虽然都是手持卡片，但它们数据的存储功能不一样。IC 卡的数据存储在集成电路内；磁卡的数据存储在磁带上。

近几十年来，大规模集成电路技术的迅速发展，使得集成电路集成度大为提高而成本不断下降。每个单元的开关时间已达到毫微秒数量级。目前 IC 卡数量容量为 8 Kb，而磁卡容量只有 200 b 左右。

（2）具有高的保密性能。IC 卡的微处理器是由存储和控制两个单元组成。IC 卡存储在存储单元的密码数据和应用数据经控制电路按保密逻辑函数处理后，通过输入输出电路与主机进行串行通讯。由于内部的电路和存储内容是不公开的，因此奠定了 IC 卡具有高的保密性能基础。而磁卡上的数据，除了没有上述保密措施而引起磁卡数据容易被伪造或篡改外，磁卡数据也容易受到外部磁场破坏。

（3）成本低。IC 卡系统由于进行电信号处理，其结构都是电子元器件或集成电路组件，没有读写磁卡的磁头和传动装置，不需要电动机提供动力，所以 IC 卡系统的造价可大大降低。而磁卡系统包括光、电、磁和机电一体化技术，因而结构复杂，成本高。

（4）具有高稳定性。IC 卡与主机的信息交换是通过触点或电磁感应来提供信息传输通道，因此读写信息时，IC 卡相对主机是静止的，没有相对机械运动，IC 卡静止的低能耗方式对系统稳定性有利。

磁卡读写装置是一套精密的、光电一体化的机械传输机构。磁卡系统是依靠它来读/写在磁条上所记录的 AFC 系统信息和数据。磁卡读写装置读写信息时，磁卡需要运动到读磁头或写磁头下进行读或写操作。进行写操作后，磁卡还要运动到检验头之下进行读操作，并对所读的信息进行校验。若校验失败，又要重新进行写操作。磁卡上，磁条的数据密度为 70 bit/英吋左右（1 英吋＝2.54 厘米），所以每位数据所占据磁条的物理位置是 1/70 英吋，约合 0.036 厘米。为了磁卡系统的可靠性，磁头必须严格地对准磁条上的每一位数据，为此，位于磁头中间，用来读/写磁信息的"磁栅"的宽度必须要≤0.036 厘米。因此，磁卡读写装置对于比头发丝还要细的"磁栅"，在质量和几何尺寸上，都提出了严格的要求。在磁卡读写装置中，除了磁头和磁卡脏的外界原因之外，磁卡读写装置的机械加工精度、磁卡定位精度、电机转动速度的不一致性、磁头质量、电磁感应传感器的几何尺寸差异、磁头安装精度以及磁头与磁卡之间的间距调整困难等等因素，都将给磁卡系统的稳定性和可靠性留下隐患。即使是同一张磁卡在不同设备上使用时，偶尔会出现"读错误"或"校验错误"。由于磁卡系统的精度和技术复杂性非常之高，所以，磁卡系统的稳定性和可靠性要比 IC 卡系统要低。

（5）运行维修费用低。IC 卡系统结构简单而且是模块式结构，维修时只是更换其中的元器件或组件，对维修人员技能要求不高。在 IC 卡系统中有一些元器件的价格非常便宜，整套读卡器设备也只有 500 美元左右，而磁卡系统中，磁卡读写装置的价格高达数千美元。

（6）使用寿命长、可靠性高。IC 卡的写循环次数为 100 000 次，读无限次，而磁卡寿命约为 2 000 次。IC 卡系统属于电子产品范畴，为固化组件，结构简单，不需要经常性的日常维护保养。由于 IC 卡使用寿命长，因此车票的单次使用成本：IC 卡要比磁卡低。

（7）能耗低。IC 卡系统是设计在低功耗方式工作，IC 卡系统耗电量只有几十瓦。磁卡系统由于采用耗电量大的电机作传动装备，其设备功耗约在 300 瓦左右。因此对于不间断供电的自动售检票系统来说，磁卡系统对能源的消耗是非常可贵的。

2.3　非接触式智能卡（CSC）

在 IC 卡的发展早期使用的都是采用接触式技术。由于卡的触点接触不良、磨损以及污染等因素，给接触式 IC 卡系统的可靠性和使用寿命带来不利的影响。非接触式智能卡（CSC）弥补了上述不足，使它更适合于集群式交通运营要求：操作简单、处理速度快和可靠性高。

CSC 卡是基于无线电频率（RF）通讯原理，可在比较恶劣的环境下工作。它是在一张卡片上镶着天线和集成电路而成。CSC 卡不带电池，它的电源是由 CSC 卡读写器的天线连续辐射出 RF 信号转换而来。

CSC 卡的主要特点是：大小仅有信用卡的尺寸；8 kbit 读/写内存；抗重叠（当几张 CSC 卡同时进入 RF 传输区域时，只选一张 CSC 卡进行处理）；非常短的交易处理时间（≤0.3 s）；防欺诈的保密性能高（防伪造和复制）；写循环次数高达 100 000 次；使用寿命长（5～10 年）。

国际标准的 CSC 卡的类型主要有 Sony 卡和 Mifare 卡等。我们推荐使用的是 Mifare 卡。Mifare 系统是由 Mifare 读写器和 Mifare 数据载体构成，是一个近距离非接触式射频识别系统。Mifare 读写器可选择两种核心模块之一设计（Mifare Core Module 和 Mifare Micro Module）。

2.3.1　CSC 卡通讯安全保证

CSC 卡系统中采用了以下保密安全方式：与 ISO/IEC DIS9798－2 标准相符合的三重确认验证；在通讯时加入信息加密编码；在 CSC 卡内不同应用区段设置不同密钥保护，提供多种应用之间密钥管理，以防止某些应用区段密钥被破泄露而危及到整个系统，造成整个系统的瘫痪和崩溃。

2.3.2　CSC 卡的安全保密

每张卡设有一个独一无二的卡号，此卡号在生产时以程序式置入卡内，谁都无法改变；

在生产过程中每张卡内均加入通用的密钥，发卡中心在对 CSC 卡初始化后，通用的密钥将被系统所定义的密钥所替代。当 CSC 卡内的数据被非法修改或进行复制后，一旦这张被修改或复制的卡投入使用，在交易进行时，交易序列号（TSN）将同时产生，并与中央清算中心数据库资料进行比较；如发现两个相同 TSN 出现在数据库时，将发出警报，并把相关的卡号列入黑名单内，所以中央清算中心就可立即发现并截获这张非法的 CSC 卡。

2.3.3　电子钱包

CSC 卡利用电子钱包（EP）来显示 CSC 卡内的余额。持卡人可利用 EP 支付不同交通工具的车资。EP 之余额将储存在 CSC 卡内最少两个不同的数据块内（电子钱包及备份）。在每次交易时均增加或减少 EP 内之余额。在 EP 应用区内将保留一个数据块作为上次交易日志及金额的记录。在每次更改 EP 应用区内金额之前，备份数据将会与 EP 数据作比较，如果发现两者不符，备份数据将会把数据拷贝至 EP 数据块内，再进行交易。

2.3.4　CSC 卡系统安全措施

CSC 系统的安全措施是严格按照银行金融交易卡系统的安全技术标准来制定的。

在交通 CSC 卡内应用文件的读写将会被安全存取密钥所保护。城市交通智能卡收费管理系统将会有一组密钥。此组密钥将防止非法使用 CSC 卡或读取安全密钥，一旦 CSC 卡读卡器外壳被打开，内置在读卡器内的密钥将会自动被删除以确保系统的密钥不会被盗走和泄露。

2.3.5　CSC 卡读写器

上海城市交通一卡通的 CSC 卡读卡器可根据不同环境及工作方式进行外形的设计，它的技术参数和规范不但必须要统一，并且要符合城市交通智能卡收费管理网络系统所规定的数据格式和接口标准。

2.4　混合 IC 卡

随着 IC 卡技术的发展，目前飞利浦公司推出把接触式和非接触式两块芯片集成在一张卡内的产品。这也为在城市交通收费管理网络中，保护目前接触式和系统拥有者的利益提供了技术保证，同时能更大限度地发挥城市交通收费管理网络系统的社会和经济效益。

3 交通智能卡充值终端机和验卡机

为确保交通智能卡有效地使用，必须设立多个交通智能卡充值网点，以方便乘客对交通智能卡的充值。充值终端机必须简单易用、安全可靠，充值的交易记录能及时上传；如充值终端机与银行网络联网，可直接从银行的个人账户中转账。

交通智能卡充值终端机有两种类型：人工充值终端机（由售票员操作）和自助式充值终端机（乘客自己操作）。

交通智能卡充值终端机由纸币识别器、显示屏、非接触式智能卡读写器、信用卡或银行金融卡读写设备和接口、发票打印机、AC220V 电源转换器（PSV）和网络线等组成。

多功能付款终端机需与 CSC 卡读卡器连接以作充值用。它具有高度保安的设备，并需要输入用户 ID 码并加以确认；其信息核准、密锁管理及密码功能均符合 ISO 8583（AS2805.7）交易信息标准。

交通智能卡充值终端机可用现金、信用卡或银行金融卡账户把金额转储至智能卡上，所有的充值交易记录都储存在多功能付款终端机上的内部存储器中，并每天（或指定期限前）经由网络传送到中央清算中心。

交通智能卡验卡机也有两种类型：人工验卡机（售票员操作）和自助式验卡机（乘客自己操作）。交通智能卡验卡机应具有如下两个主要功能：乘客查验交通智能卡中的余额和对最近 9 条历史交易记录的查询。

在城市交通智能卡收费管理网络系统中，更多地采用自助式充值终端机和自助式智能卡验卡机，既可有效地改善公共交通运营管理，乘客也乐意使用。

4 城市交通收费管理网络系统清算中心

4.1 城市交通收费管理网络系统清算中心功能

城市交通收费管理网络的中央清算系统（Central Clearing House System）具有如下功能：为收集每笔交易，提供安全、可靠的递交环境；中心数据库存储所有与智能卡有关的交易数据（账户、客户文件、黑名单等）；营业额中央清算，对账、结账；银行向服务提供者发出结账通知：CSC 卡的自动转账；营业收入与审计；安全和防止欺诈行为；档案文件和原始记录保存；报表产生，数据统计，信息

显示。

中央清算系统的主要功能是跟踪所有与计费有关的事务，同时进行财务数据汇总并重新分配到各系统成员的银行账号中。中央清算系统将收集存储、处理所有与计费有关的事务数据，并完成财务结算，清算中心与银行网络通过电子信息转账，实现企业的现代化科学管理。

4.2 城市交通收费管理网络系统清算中心构型

城市交通收费管理网络系统清算中心构型详见图1。

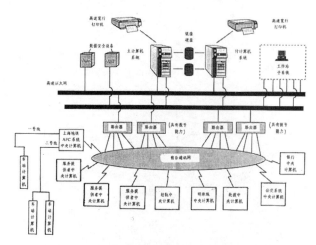

图 1 城市交通收费管理网络系统清算中心构型

城市交通付费管理清算中心由 2 个开放式的系统文件服务器（主、副服务器）、局域网（LAN）、2 个网络路由器、2 个通讯处理器、4 个工作站和 CSC 卡发卡中心等组成。2 台网络路由器提供给主要服务提供者，中央计算机和银行之间的通讯。一对通讯处理器和调制解调器设备是用于与主要服务者进行租借线路调制器的通讯。如果服务提供者网络失效的话，通讯处理器也可用拨号调制器为 OCP（Office CSC Processor）查询提供备份通讯。4 台工作站提供用于网络监控，人工数据输入，报表产生和 CSC 初始化。1 台高速激光打印机用于高速打印报表。

清算中心的应用软件由下列子系统组成：数据库，数据库处理，报表产生，资金分配和转移，外部安全控制，内部操作安全控制，在线 CSC 更改和查询，网络管理，CSC 卡库存监控。

5 城市交通智能卡收费管理系统实施

城市交通智能卡收费管理系统是一个庞大、复杂的系统集成工程。它所涉及的专业领域比较多，该项目应该分阶段、有计划地逐步实施。在开发城市交通收费管理系统中，我们必须要对系统集成开

发商进行资格审定,看其是否具有从事金融业网络和系统的开发经验,是否具备足够的开发人才。

　　城市交通智能卡收费管理系统的国产化是非常必要的,因其推广应用在我国有广阔的市场。

　　上海地铁自动售检票(AFC)系统是从美国CTS公司引进的国际上先进的AFC系统。该系统汇集着计算机、网络通讯、非接触式智能卡系统和系统集成等领域中国际上的最新技术。上海地铁AFC系统已基本具有城市交通"一卡通"的功能,如果在这基础上再进一步地投入和开发,走引进、消化、吸收、创新和国产化之路,相信一定会达到事半功倍的效果。

　　　　　　(发表于《城市轨道交通研究》2000年第1期)

AFC 系统无人售票模式探讨

芮立群

（上海地铁运营有限公司通号分公司）

摘　要：地铁车站采用自动售票方式，取消人工售票亭，是一项减员、增效、提升车站服务形象的重要措施。通过 4 号线无人售票现状的分析、比较，对 TVM 缺陷、技术措施进行探讨，并就无人售票后设施、票务管理、服务等提出设想和改进意见供参考。

关键词：无人售票模式，自动售票机，服务中心，纸币识别器

上海地铁 AFC 系统自 1999 年开通运营以来，车票发售一直采用自动售票机和人工售票相结合的形式，其中人工售票员承担了相当数量的单程票发售及公共交通卡充资工作量。2005 年底开通的地铁 4 号线 12 个站，全面推行使用自动售票机售票，取消人工售票，积极探索新的售票模式。本文对无人售票模式的运用现状、技术状况进行分析，并提出对策和改进意见，供参考。

1　售票设备运用现状

4 号线现有自动售票机（TVM）87 台，自动加值机（CVM）16 台。开通以来，单程票发售量从日均 1 万多张逐步上升，3 月中旬已达 2 万张，发售金额超过 8 万，平均票价 4.1 元。由于目前客流较少，每台 TVM 日均交易量仅 300 张，个别 TVM 发售数达 800 张。根据设计，目前 TVM 的配置数量可以满足日均 10 万以上购票量。在 TVM 售票交易统计中，乘客使用硬币和纸币购票各占 50% 左右。

4 号线 AFC 车站设备共有 500 多台，目前日均故障约 30 次，其中 TVM 68%，CVM 6%，GATE（检票机）21%，BOM 5%，TVM 的故障偏高。

2　技术经济分析

2.1　TVM 技术状况分析

对 4 号线 TVM 故障统计进行分析，表明：TVM 故障原因的前三位分别是纸币识别器 56%，硬币模块 19%，发卡机构 10%，该三项占总故障数的 85%。售检票设备的可靠性指标一般用平均故障周期（MCBF）表示：

$$MCBF = 总的使用次数 / 总故障次数。$$

从目前 4 号线统计数据看，TVM 的 MCBF 约 1 500 次，远未达到技术规格书规定的 10 万次指标要求。

TVM 主要故障情况分析如下：

（1）纸币识别器。纸币识别器是 TVM 的关键部件，现上海地铁使用的纸币识别器在银行系统得到广泛应用，但由于地铁车站乘客使用的流通纸币 85% 以上是 5 元、10 元，而且相对较旧，所以经常发生卡币和机械故障。故障的主要原因在于纸币传送机构结构复杂，采用的环形圆皮带容易脱落、打滑，纸币暂存系统在往复运动过程中易卡币，纸币回收时由于较旧的纸币产生倾斜造成折叠等。据初步统计，目前识别器的平均卡币率约 1/1 000 次，另外故障处理和日常维护工作量的增加，影响了 TVM 的使用性能。

（2）硬币模块。硬币模块由硬币识别器、硬币分路和缓存装置、硬币循环找零机构、硬币回收等部件组成。硬币机构发生的故障大多数是硬币通道卡币、多找零、少找零等现象。分析其主要原因有硬币滑槽倾斜度不够造成硬币下滑堵塞，电磁铁换向动作不到位，硬币出币器出币不准等。模块结构设计使硬币的流转环节过于复杂，部件和材料的选用及加工装配工艺等方面都存在一定缺陷，无法满足高可靠性要求。

（3）票卡发售机构。发卡机构故障通常可分为机械和票卡读写两类，票卡读写故障一般由 CSC 读写器或天线引起，机械故障现象大多表现为刮票器工作不正常和传输机构卡票。由于 TVM 发卡机构采用双票筒结构，为同时满足刮票和票筒自动互换，使结构设计比通常的单票筒更为复杂。发卡机构对刮票轮的压力、皮带张力、传动件摩擦力等都

有一定要求,机械磨损或外力变化,往往会影响正常发卡,引起出票故障。

2.2　经济性比较

推广无人售票,用乘客自助售票方式取代窗口人工售票服务,对提升地铁服务形象,提高经济效益都有一定积极意义。下面对两种售票方式的经济性作一简要分析。

(1)设备投资和折旧。以国产化设备为例,人工售票机单价约 3 万,加上票亭及票亭配套设施,设备总价约 4.5 万。自动售票机造价较高,约 24 万。售检票设备规定折旧年限 10 年。

(2)人工费用。每个售票亭需配备三名售票员,按劳务或派遣员工年综合费用 3.3 万计,年费用约 10 万。

(3)维修费用。设备维修费为设备日常维修物耗、备品备件、委外修理以及按维修工时测定的人力成本分摊等总费用。经测算:BOM 年维修费用约 4 700 元/台;TVM 年维修费约 14 300 元/台,是 BOM 的 3 倍。

(4)设备使用效率。以单张购票计算,TVM 平均发售速度 15 秒,即每分钟 4 人;BOM 为 10 秒,每分钟 6 人。BOM 的发售效率是 TVM 的 1.5 倍。

(5)成本比较。根据以上数据,为达到相同的高峰小时售票数,必须配备 3 台 TVM 替代 2 台 BOM 售票。3 台 TVM 的年成本 11.49 万,2 台 BOM 年成本 21.8 万,使用 TVM 显然可以节省费用。

3　措施与对策

3.1　技术改进

要实行无人售票,必须充分发挥 AFC 售票设备的作用。但目前售票设备在系统功能、性能、可靠性等方面仍存在缺陷,尤其是 TVM,远未达到车站客运服务对票务设施的要求。在地铁 1、2 号线客流较大的车站推广无人售票,TVM 的矛盾更为突出。现有的 TVM 要通过加强日常维护、保养,减少故障和停机,以满足运营需求。AFC 售票设备的技术缺陷必须改进和提高。

(1)TVM 的改进。TVM 增加了纸币购票和触摸屏等功能,使 TVM 的使用功能和操作界面都得到了扩展,受到乘客的欢迎,但也增加了设备的复杂性和制造成本。平均故障周期 MCBF 和设备利用率是两项重要指标,反映了设备的总体质量情况,直接关系到设备的可用性能、日常维护工作量和维修成本。根据要求,MCBF 期望值应达到

15 000 以上,利用率大于 98%。前节分析可以看到,要提高 TVM 的 MCBF,首先应当解决纸币识别器、硬币模块、发卡机构等主要部件故障率过高问题。整机 MCBF 要达到 15 000,经计算,识别器的 MCBF 需达到 30 000,硬币和发卡模块应分别达到 60 000 以上。

纸币识别器的关键是选型。我们应当通过测试、比较,选择满足地铁使用条件和技术要求的识别器。评价纸币识别器实际使用性能的最主要指标是识别率、卡票率、平均故障周期。

识别率(AR)是指纸币按任一方向插入能被接受的平均概率。

卡币率则用平均卡币周期(MCBJ)表示,

$$MCBJ = 工作总周期 / 总卡币次数。$$

平均故障周期(MCBF)表示由卡币、机械障碍、电子元器件等原因造成识别器故障的平均工作间隔。

安全防伪性能目前还没有统一的技术标准。一旦发现接受假币后,制造厂一般采用对识别数据库进行修正的方法予以解决。

我们从地铁车站回收的流通纸币中挑选一定数量不同面额、版本和新旧程度的纸币作为样本,对多种型号识别器进行了测试。测试表明某识别器可达到 99% 识别率,MCBJ、MCBF 可分别达到 30 000 和 25 000 以上,能满足地铁使用要求。

硬币处理模块的设计是关键。上海地铁 TVM 都采用硬币识别、暂存、循环找零、HOPPER 补币等功能部件,用 U 型槽进行分路实现各功能的转换。实践证明,这种结构形式很难满足高可靠性要求。建议厂商应借鉴国外先进技术,拓展思路,大胆创新和改进,技术上有新的突破。如一种后入先出旋转循环模块,集硬币缓存、循环找零、原币原退、回收等功能于一体,能较好地满足模块整体性和可维护性的要求,样机测试可靠性可达到 10 万次以上。

机械传动部件是发卡机构的心脏,机械设计除了满足出票、票筒切换、车票传送的平稳性、可靠性等基本要求外,还可采用压力、张力自调节,机械磨损补偿等方式,减少由于温湿度变化、票卡脏污等对正常发卡的影响。电机、电磁铁、光电传感器等关键部件应选用高可靠性能的优质品牌,零部件材料、加工、装配等环节也是影响质量的重要因素。

(2)TVM 功能的多样性。TVM 集各种功能于一体,可以满足各种乘客购票的需求,但每个乘客仅使用一部分功能。根据 TVM 购票交易分析,

其中使用纸币或硬币购票各占50%左右,同时用硬币和纸币购票的只占1%不到,因此可考虑配置一部分只具备硬币购票功能的TVM。由于取消了纸币识别和纸币找零功能,使硬币模块的机构和控制流程要简单得多,机箱体积和内部结构件也相应减小。初步估算TVM价格可下降50%,设备可靠性、购票速度明显提高,维护成本也大大下降。

另据统计,99%以上的乘客使用单张纸币购票,所以TVM纸币识别器不必全部具有15张纸币暂存功能,不带暂存器可使识别器价格下降3.5万。不带暂存器的识别器仍可接受多张纸币,方法是接受纸币币值小于交易金额时,纸币直接压入回收箱,继续等待接受纸币。当累计接受币值大于等于交易金额时,识别器关闭并缓存最后一张纸币。如取消交易则返回最后一张纸币。

各种不同功能的TVM可以用不同外形或颜色区分,供不同需求的乘客使用。从节省设备投资、提高设备利用效率、降低维修费用等方面综合考虑,科学、合理配置不同功能的TVM,是解决当前TVM现状的有效途径。

TVM的外观、人机操作界面、投币和取票口等都需进行改进,以更好地体现美学、人机工程学、人性化的统一和协调。

3.2 设施改进

取消人工售票后,车站的日常客运和票务处理,如问讯、票卡查询、补票、更新等将由车站服务中心负责。根据4号线浦电路车站试点情况看,乘客对实行无人售票后的服务中心模式基本表示满意。4号线客流较少,单程票日均发售量仅2万张,若在1、2号线推广无人售票,由于客流较大,日均单程票发售量将分别达到35万和20万以上。实施无人售票后应当考虑以下几个问题。

(1)1、2号线现有TVM 250台(含北延伸线),如按高峰小时客流计算,TVM无法满足售票需求,如全部实施无人售票需新增TVM 200台,同时对部分车站TVM位置进行调整。

(2)取消人工售票后,乘客公共交通卡充资将采用自助方式。除目前的TVM增加充资功能外,每个车站还需增加自动充资机1~3台。

(3)考虑到目前TVM故障率较高,为保证TVM故障时乘客售票的需要,可以考虑每个车站增加一台带发票机构的人工售票机。该售票机可放在服务中心或站长室,作应急售票备用。发卡机构采用单票筒结构,手工加票和取票,通过RS232口与BOM主机连接,操作简便且可靠性较高。票

务人员可根据需要选择票价和数量一次自动完成发售。

(4)为减少服务中心票务处理工作量,建议在出站闸机处,增加一台自助式验票、补票机,为持票无法出站的乘客提供验票、更新、补票等自助服务。乘客可插入票卡,通过交互式触摸屏,按提示信息投入硬币补足票价,完成车票更新后出站,交易数据通过车站计算机网络上传至中央计算机。由于补票机采用硬币识别系统,成本较低,在6万之内。

3.3 票务管理改进

(1)服务中心。关于服务中心功能定位,公司有关部门已经提出了具体方案。4号线浦电路服务中心模式可以推广到大部分中小车站,但对客流较大的枢纽站、换乘站,或其他侧式站、多厅站等,很难采用统一模式。在具体实施中应结合站厅布局、客流、出入口等具体条件进行综合考虑,进行方案比选。

(2)加币与清币。为了清点TVM现金,除了取出纸币、硬币回收箱现金外,还需要将循环找零器、补币箱内的现金全部清出。每次清币操作时间需30分钟。由于TVM采用硬币循环找零技术,即投入的硬币又用于找零,大大减少了车站硬币的流转量。根据4号线TVM交易记录统计,可以得到乘客使用硬币、纸币及纸币各面值的平均比例数据。TVM按设计容量一次加满硬币1 000枚、纸币800张,如TVM日均发售车票1 500张,可以满足7天运营。为减少加币清币工作量,提高效率,建议车站除每天纸币回收外,不用每天加币或清币,可根据各TVM实际需要,每4~7天定期进行加币或清币操作。

(3)票卡流转。单程票使用CSC卡后,由于非接触式数据读写,使票卡的清洁和分拣周期可延长至每月一次,车站票卡流转工作量相应减少。取消人工售票后,可将闸机回收的票筒直接装入TVM,取消人工票卡清点,以节省劳力。票卡的人为流失可通过加强管理解决。

(4)现金回收与清点。现金的回收、清点、解款是车站票务管理的一项重要工作。如何既确保账务准确和资金安全,又提高效率,需要探讨。有两种方式可以进行试点:

方式1:集中回收与清点。每4~6个车站设立一个集中清点站。每天由专职票款员定期到各站TVM回收现金,用备用钱箱互换。纸币钱箱内的电子标签可以提供设备识别号和内存金额等相关信息。集中清点站可安装视频监控和其他保安设施,确保现金安全。

方式2：委托银行代收。与银行签订协议，由银行负责回收，优点是可减少重复清点。每天运营结束前，车站将 TVM 钱箱更换下来，放在站台停车尾部，与末班车上的票款员办理交接手续，统一运至银行进行清点。银行根据清点数与地铁定期进行对账。

4 结语

4号线无人售票和浦电路服务中心试点为地铁车站改进现有的售票模式提供了宝贵的经验。自动售票设备性能、功能和运行质量的提高是实施无人售票的基本要求。从4号线12个车站3个月的实际运营中，通过分析、比较，总结经验，发现不足之处，不断改进和完善设施、设备运营管理水平，提升服务质量。无人售票模式可在其他轨道交通车站试点和推广，推进的步伐将加快。

AFC 中央系统维护模式研究

周　晓

（上海地铁运营有限公司轨道交通票务中心）

摘　要：本文从分析 AFC 中央系统的软硬件及维护人员配备着手，阐述了目前的工作现状，分析了工作中的不足，并提出了相应的新的工作思路。

关键词：自动售检票，中央系统，维护模式

自 1999 年 3 月上海地铁的第一套自动售检票系统（AFC）在地铁 1 号线投入使用以来，自动售检系统成为了地铁运营管理系统的重要组成部分，为地铁的管理者提供了准确而丰富的各类运营信息，从客流统计、营收统计到各类运营数据的分析，自动检票系统发挥了越来越重要的作用，已经成为地铁运营管理不可或缺的支柱系统。

AFC 中央主机作为自动售检票系统的核心组成部分，主要负责各类系统运营数据的处理、存储，统一对系统的运营模式进行管理，设置各类运营参数，管理各级用户的权限。管理者对 AFC 系统实施管理，分析各类运营数据，都必须通过中央主机进行。

如何把 AFC 中央主机维护好，保证主机的稳定、高效地运行，一直是 AFC 系统管理者需要特别关注的问题。

1　现有 AFC 中央系统情况介绍

1.1　地铁 1、2 号线 AFC 中央系统

1999 年 3 月上海地铁的第一套自动售检票系统正式开始运营，这套系统是美国 CUBIC 公司的产品。这套系统的中央主机系统硬件基本上都采用惠普公司的产品，主机使用的是 K260 的小型机和 MODEL－20 磁盘阵列、DLT－Ⅲ 磁带机等（2003 年进行过设备升级，更新为 RP5470 小型机，EVA3000 磁盘阵列，Autoload1/8 带库），操作系统软件使用的是 HP－UX 10.20，数据库系统使用的是 SYBASE 11.5.2。该套中央主机系统与车站的通讯结构比较复杂，1 号线车站计算机通过 PCM 专用通道，使用专线 MODAN 与中央建立点对点的连接，通讯速率只有 9 600 bit，需专门配备一台 SCO UNIX 的通讯前置机负责 SLIP 通讯协议的解析。

2 号线车站计算机到中央采用的是 OTN 光缆，采用的全部是以太网协议，可以直接与中央计算机进行通讯，通讯速率要比 1 号线的快很多。

因为这是第一次在上海地铁运营中采用自动售检票系统，为保证系统的稳定运行、确保数据的安全，中央系统配备的维护人员分工十分细致，共由两名系统管理员、两名数据库管理员、两名网络管理员、两名参数管理员组成。系统管理员负责管理中央主机的软硬件资源分配，操作系统的系统用户的权限分配与用户的管理，维护应用程序的运行，做好各类备份及归档，在系统发生故障时配合设备保修服务厂商做好故障修复工作，根据服务厂商的健康检查报告做好系统的预防性维护，必要时提出系统软硬件升级计划。数据库管理员负责管理数据库的资源，分配与管理数据库用户的权限，在数据库发生故障时配合技术支持厂商做好故障修复工作，并且配合其做好系统的定期检查，保证数据库的健康运行，此外数据库管理员还要负责核对每天的 AFC 运营报表，根据地铁运营管理的需要做好各类数据分析工作。网络管理员主要负责管理中央系统的通讯前置机、车站计算机以及中央到车站的通讯线路和通讯设备，以保证中央主机系统与车站设备的数据通讯的畅通。参数管理员负责设置 AFC 系统运营必须用到的各类运营参数，包括票价、设备号、操作员权限、设备参数等。

1.2　地铁 3 号线 AFC 中央系统

2003 年 11 月，上海地铁 3 号线的 AFC 系统投入运营，这套系统采用的是西班牙 INDRA 公司的产品。中央主机采用的是 RP5470 小型机和 VA7100 磁盘阵列，采用的是 MC CLUSTER 双机热备构架，操作系统是 HP－UX 11i，数据库系统使用的是 ORACLE 数据库。中央主机系统与车站的

通讯结构与 1 号线相比,略为简单,采用的是以太网协议,每个车站都有直通中央系统网络的光缆,然后在光缆两端通过光电转换器转为 10 M 以太网。

在维护人员的配备上,由于该套系统的建设采用的是项目组管理的方式,因此维护人员由总调度所、通号分公司等相关单位的人员共同组成,职责一直没有很明确的界定,主要由系统管理员一名、数据库管理员两名、网络管理员一名组成,工作职责基本与 1、2 号线 AFC 中央系统的相关维护人员相似,参数管理员的职责基本上由数据库管理员兼任。

1.3　地铁 1 号线北延伸 AFC 中央系统

2004 年 12 月,地铁 1 号线北延伸线开通,由上海华虹计通设计建设的 AFC 系统同时投入使用,这是在上海地铁运用的第一套国产自动售检票系统。中央主机采用的是与 3 号线一样的,RP5470 小型机和 VA7100 磁盘阵列,也是双机结构,数据库使用的是 ORACLE 数据库。另外还有一些负责数据通讯的通讯前置机、数据转发机、备份服务器等辅助服务器分担中央主机的工作压力,这些辅助服务器主要使用的是高性能的 PC 服务器,也有 HP 的小型机,操作系统有 WINDOWS 2000 SERVER、HP-UX、LINUX。中央系统与车站计算机的通讯网络,结构比较简单,使用的是基于 SDH 技术的以太网,各车站通过光缆接入 SDH 环网中,然后再与中央主机通讯,维护人员只需维护本地中央网络的通讯即可。在 1 号线北延伸 SDH 网投用的同时,对原 1 号线的 AFC 通讯网络也进行改造,将原来使用的 PCM 通道也改为了 SDH 网络,简化的 1 号线的中央系统的网络结构,提高了系统的可用性。

北延伸 AFC 中央系统没有配备专门的维护人员,全部由原来 1、2 号线 AFC 系统的维护人员兼任,工作职责不变。

1.4　"一票通"系统建设与旧线改造

2005 年,为了适应轨道交通网络化发展的需要,实现全路网的一票换乘,上海市制定了轨道交通自动售检票系统地方建设规范,对车票的制式、设备机具的规格、数据通讯接口、报文格式做了统一规定。根据这一建设规范,上海地铁对已投用的 1 号线(含北延伸段)、2 号线、3 号线等各条线路的 AFC 系统进行了彻底的改造,新投用的 4 号线、5 号线 AFC 系统也在按照这个规范进行建设。并且为了做交易数据的统一清分、线路运营的统一管理,建设了全路网的清分中心。

经过"一票通"系统的建设与改造后,各线路中央主机系统与清分中心主机系统主要设备配备情况如下:

1 号线中央主机使用原 1 号线中央主机,配有 RP5470 小型机一台,EVA3000 磁盘阵列一台。

2 号线中央主机新增一套主机设备,配有 RP4440 小型机一台,EVA3000 磁盘阵列一台。

3 号线中央主机在原有设备的基础上增添了一套通讯前置机,配有 RP5470 小型机两台,RP3400 小型机两台,VA7100 磁盘阵列 1 台。

4 号线中央主机是新建系统,配有 RX4640 小型机两台,RX2600 小型机两台,VA7100 磁盘阵列一台。

清分系统中央主机为新建系统,由一组集群小型机、PC 服务器、磁盘阵列组成,主要配备的设备为 RX4640 小型机 10 台,XP128 磁盘阵列 2 台,EVA8000 磁盘阵列 1 台。

而为了将各线路中央主机与清分系统进行联网,完成交易数据的处理与交换,清分系统实现高安全性的容灾设计,上海地铁建设了专用的轨道交通 AFC 数据专用网,在线路中央与清分中心的数据网络采用的是轨道交通内部的 SDH 网络,清分中心的生产机房与灾备中心的数据网络采用的是有线通提供的光缆,清分中心与交通卡公司的数据通讯是通过租用电信的 DDN 与 SDH 专用数据线路来实现的。为了支撑这一结构比较复杂的通讯网络,清分系统配备了许多 CISCO 的网络设备,包括 4507 交换机 4 台,3750 交换机 2 台,3848 路由器 4 台,PIX525 防火墙一台。

根据运营公司现有的管理机制,清分中心主机与运营公司管辖的线路中央主机的运营维护全部由轨道交通票务中心来负责。采用何种运维模式才能更好地管理这么一大堆昂贵而复杂的机器是系统管理者必须考虑的问题。

2　运维情况的分析

2.1　硬件维护

由以上的介绍可以看到,目前在上海轨道交通自动售检票系统的中央主机多数采用的是 HP 的小型机,配套的存储设备也为 HP 的专有的光纤磁盘阵列系统,这些设备都有一些共同的特点,如:价格昂贵、非标准接口、配件垄断、故障复杂等,这就造成一个结果,一旦遇有设备硬件故障必须由设备的原厂商或专业的维护厂商才能对设备进行维修。原因有三:第一,由于设备型号较多,相互之间的配件无法互相通用,运营公司无法为设备采购统一的配件,即便是分别采购各型号设备的配件,因为配件的价格昂贵,无法做到为每台设备建立完善的备件储备,在很多情况下仍需由外部厂商来进行维修;第二,由于这些设备采用了大量的非标准接口,因此配件都为厂商专有,而原生产厂商的很大一部分利润来源就是为设备提供售后服务,因此对设备的配件流出渠道管理都极为严格,基本无法在市场上以合理的价格采购到需要的零配件;第三,由于这些设备结构复杂,造成故障的原因也各不相同,很多表现出相同症状的故障实际造成的原因并不相同,而处理这些故障的办法也很复杂,需要有丰富的经验才能完成维修,我们自己的系统维护人员,因为接触设备的局限,缺乏相关的经验,一旦出现故障在以往如没有经历过就不知如何处理,即便遇见过但会有其他的故障原因,贸然处理则会产生更坏的后果。为此,在以往的设备管理工作中硬件维修工作全部由原生产厂商或专业的维护商来完成,一旦设备过了质保期,运营公司都与相关的厂商签订设备维护合同,由这些专业厂商来完成设备的故障维修,每年的维护费用金额十分巨大,像原 1 号线的中央主机 K260 小型机一年的维护费用高达 80 多万元,而近期签订的 3 号线中央主机的维护合同一年的维护费用也接近 60 万元。而目前的 AFC 系统中除 3 号线主机系统是在质保期内,其他的线路中央主机、清分系统主机都仍然在原厂商的质保期内,可以想象在 2 到 3 年以后,这些设备都出了质保期后,运营公司为了维护这些设备的正常运营,需要付出巨额的维护费用,初步估算就高达五、六百万元以上。

2.2　软件维护

2.2.1　操作系统维护

目前运营公司配备的系统管理员主要负责系统资源分配,系统工作人员的权限分配,制定各类备份策略并执行,管理各类后台应用程序的运行。而小型机使用的 UNIX 操作系统是一庞大而复杂的操作系统,一般的系统管理人员经过短时间的培训,只能掌握简单的系统管理命令,只能做到初步管理系统资源的分配,管理简单的网络服务,即便是经验丰富的系统管理员也只是因为经验的积累对系统管理的命令有更熟练的运用,配置一些稍为复杂的网络服务而已,一旦操作系统出现内核上的问题,必须分析系统的源代码进行深层次的故障分析才能找到解决办法,对此我们的系统管理员对这些问题的处理无能为力,必须求助操作系统的生产厂商。因此在与设备维护厂商签订维护合同的时候我们同时也会附加上操作系统维护的内容或者签订专门的系统支持合同以对操作系统、数据库系统进行系统支持,以应对这类问题。

2.2.2　数据库系统维护

应该说轨道交通票务中心在数据库系统管理上投入的人力还是比较充足的、共配备了 5～6 名相关的工作人员,但这些人员目前大量的精力是放在了运营数据的核对与数据分析工作上,而且这些人员的技术水平参差不齐,有些具有丰富的数据库维护经验,有些则只是初学者而已,目前主要对数据库日常运行状况进行管理,检查各类数据对象的可用状况,如遇数据库存储资源不足,及时清理垃圾数据,必要时调整系统资源以满足生产需要,而对于数据库系统最重要的数据恢复工作,则是通过与专业维护厂商签订系统支持合同来保证运营的需要。

2.2.3　网络系统维护

目前轨道交通内部的物理数据线路由通号分公司或者网络建设单位负责,公共数据线路由线路提供商负责提供服务,各节点的网络接入设备如交换机、路由器的配置与管理应由轨道交通票务中心负责,由于这方面的人员匮乏,这些设备的维护工作由系统管理员兼管,对于复杂的网络故障或线路调整,目前仍由系统集成商来负责维护。

2.2.4　人员的配备与管理模式

目前整个轨道交通票务中心配备有 2～3 名系统管理员,5～6 名数据库管理员,人力资源上比较紧张,而且新手较多,往往不能很好地处理各类故障,遇有问题经常还是要寻求系统集成商和外包服务商的帮助。

目前整个轨道交通 AFC 系统有多个中央节点机房,像 1、2 号线中央主机的机房设在新闸路控制中心,3 号线、4 号线中央主机以及清分主机机房设在东宝新路控制中心,灾备中心机房设在威海路文新大楼的华腾公司内,近期还将有中山北路的 8 号线中央机房、虹梅路的 9 号线中央机房将投入使用。以目前的工作职责分配来看,这些机房应由系统管理员负责管理,按照现有规定和条件,必须对这些机房实施定期巡检,以保证系统的安全。

3　运营维护的新思路

3.1　硬件维护合同还是设备更新

根据上面的对硬件维护的分析可以看到,维持小型机正常运行的维护费用是昂贵的。以 3 号线中央主机为例,每年的维护费用约为 60 万元(操作系统的支持),三年就是 180 万,如果能一次签订三年的维护合同,一般可以打 9 折,即 160 万元左右。

根据我们自己和其他一些单位的设备使用情况来看,一套小型机系统合理的使用周期为5~6年,因为这些厂商主流产品生命周期就只有2年,然后就进入到淘汰周期,意味着2年后厂商不再生产这一型号的设备,然后厂商依靠原有的库存配件对设备提供维修服务,等标准的三年质保期一过开始对用户收取高额的费用,开始两年费用略低,因为这个时候设备状况还好,故障发生的次数并不多,然后每年的质保费用都会有所提高,因为设备已经开始逐步老化,故障发生越来越频繁,而且厂商库存的配件也逐步消耗,俗话说物以稀为贵,不提高维护费用如何保证他的利润呢。这个周期在1号线原来使用的K260小型机上得到了充分体现,这套机器是在1998年采购的,在1999年系统投用后设备尚属稳定,虽有故障但对生产并没有产生大的影响,从2001年开始,运营公司与HP公司签订维护合同每年费用为80多万元,每年都有一定程度的增幅,然后从2003年开始HP就开始通知有部分配件将于维护合同结束后不再提供技术支持与保修,同时由于运营的发展客流增幅较大,这台机器的处理能力日显不足,且设备故障发生的频率越来越高,每次故障都给运营带来严重影响。

然后我们可以看一下表1。

表1　3号线主机升级机型对照表

主机	型　号	RP3440	RP5470
	CPU	PA8800 or PA8900 双核 800MHz/1GHz	PA8700 875 MHz
	CPU 缓存	32MB(PA8800) or 64MB(PA8900)	2.25 MB
	CPU 数量	1,2,4	1~4
	最大内存	32GB DDR SDRAM	16GB HD SDRAM
	高度	2U	7U
	内置磁盘容量	900GB (300GB x 3)	292GB (73GB x 4)
	TPCC	约84 000 (4x 1GHz PA8800CPU)	约54 000(4 x 875MHz CPU)
阵列	型　号	EVA4000	VA7100
	控制器缓存	Max 4GB(2C)	Max 2GB(2C)
	主机端口 (host port)	4	2
	最大裸盘容量	16.8TB (300GB x 56)	6.5TB(146GB x 45)
	支持磁盘类型	FC, FATA	FC
	可外接扩展柜	1~4	2
	IOPS	141 000	54 000

注:1. RP3440、EVA4000 为目前对应3号线使用的 RP5470 和 VA7100 的主流。

2. TPCC 与 IOPS 为权威评测机构对设备评测的指标,数值越大性能越强速度越快。

可以看到目前主流产品对应3号线使用的设备,性能由大幅的提高,而配置这样一套设备的价格又是多少呢?RP3440约为30万元,EVA4000约为60万元,按照3号线目前同样的结构配置,2台主机加一套阵列,再加上一些辅助的光纤交换机、带库等辅助设备总体价格也就是150万元左右,这些价格都是包含了HP原厂7*24级别的服务。

因此当主机三年标准质保期到了以后是继续签订续保合同还是直接购买新机器进行替换是可以进行商榷的,购买续保合同可以保证一定时期内系统的平稳运行,而购买新机则可大幅提高系统的性能,而且费用并不一定比续保要贵,但购买新机器替换老机器有一个数据迁移的过程,需要把老机器上的所有数据包括数据库、应用程序等完整地转到新机器上,能否保证数据的完整及程序的稳定运行,这是一个有较大风险的工作。

3.2　软件维护外包应更彻底

美国著名的管理学者杜洛克曾预言:"在十年至十五年之内,任何企业中仅做后台支持而不创造营业额的工作都应该外包出去。"做你最擅长的(核心竞争力),其余的外包!"Do what you do best (your core competency) and outsource the rest!"已经成为一种不可逆转的趋势。

以 ORACLE 数据库为例,应当说票务中心配备的维护力量是蛮强的,有些人专门参加过ORACLE 的原厂培训,也参加过 OCP 认证的考试,但更多的是些低水平的初级管理员。而按照目前与专业维护公司签订的系统支持合同来看,每年每套系统支持费用约为40多万,服务内容包括数据库的定期健康巡检,为用户提供健康报告,用户如有需要可以提供相应的技术咨询,为用户提供数据恢复等工作内容,这些内容与数据库管理员的基本职责往往是相似的,但是提高了分析问题的深度,比如说健康巡检、健康报告等,提供的信息量远远大于我们系统管理员能提供的。

运营公司目前对于许多维护工作都采取了外包模式,目的是节约人力资源,提高效率,而按目前的数据库支持模式来看则外包不彻底,很多维护仍需要自己的系统管理员来完成,是否应考虑将这方面的工作彻底外包,使管理员将精力全面集中到数据的分析上来,为管理者提供更好的数据分析报告,以提高地铁运营的水平。

3.3　巡检还是驻点或是新的方法

如果采用巡检的模式那系统管理员将有大量的人力资源浪费在了各个机房间的交通路途上,且未必能达到效果,因为故障往往不会在系统管理员巡检时发生,一旦发生问题通知负责巡检的系统管理员前去处理时,路途上消耗的时间,将影响问题处理的速度,而处理问题的时间过长的话将会影响对下一处机房的巡检。此外,如果巡检的系统管理员发现问题是需要其他人员到现场处理的,比如是数据库管理员或者是外包服务商,那么等待这些人员赶到也要耗费不少时间。如果采用驻点势必需要增加人员配备,至少是在每个驻点上增加2名以上的维护人员,而在目前的形式下要大量增加人员是不现实的,如果在每个机房都增设驻点根本不现实,如果只增加部分区域驻点,则会分散现有的维护力量,而且仍然存在巡检的弊端。

是否可以采用其他手段来解决问题呢？现在的轨道交通 AFC 系统已经是通过网络连接成了一个整体,特别是清分系统与各线路中央都有可靠稳定的网络连接,应该考虑采用先进的技术来弥补人员的技术,首先应确定每次机房巡检的内容无非就是检查主机物理状况是否正常,机房的供电、温度是否都满足机器的使用要求,其系统内部的检查都可以通过网络远程进行管理(包括主机控制台的使用),而这些需要到现场检查的内容根据现有的条件也可以远程实现,比如可以在各机房内安装 CATV 监控头或网络监控头,在机房的醒目位置设立温湿度计、电压电流表,通过摄像头远程监控来了解机房的实际情况等。

4　结论

上海地铁建设不断发展,投入运营的 AFC 系统也越来越多,必须在有限人力资源的情况下,维护好系统的运行,跟上网络化发展的步伐。本文针对 AFC 中央系统的运营维护,讨论了如下的问题：

(1) 全面回顾了上海地铁 AFC 中央系统的历史与现状,分析了各个系统的组成,介绍了目前 AFC 中央系统运营维护情况,以及针对目前人员的数量、技术水平对系统硬件、软件、网络所采取的不同的运营维护模式及管理模式,分析了以往的经验,同时暴露了一些管理中存在的问题。

(2) 针对暴露的问题,提出了一些对系统运营维护的新的思路,包括指定合理的设备更新周期,用设备更新替代维护合同、系统维护的外包的深化以及将新的技术手段作用于设备管理之中。

AFC 网络构架形式及安全性

翁春慧

（上海地铁运营有限公司轨道交通票务中心）

摘　要： 本文针对上海轨道交通自动售检票 AFC 系统 5 层网络构架特点以及网络通讯要求，从网络架构安全性要求数据传输可靠性、访问权限控制、病毒防护三方面考虑，结合目前现有各线路网络架构以及其特点，通过比较网络设备路由器、集线器两者的对网络通讯安全性提供的保障，通过对星型、环型两种网络拓扑结构的优点比较，从而得到一种以路由器、环型拓扑结构以基础的安全网络结构。

关键词： 自动售检票，网络架构，拓扑形式，路由器

目前上海轨道交通有 5 套自动售检票 AFC 系统。随着地铁线路建设不断完善，网络化地铁运营时代也即将到来，对自动售检票系统而言，随着线路的不断扩充以及网络技术的推陈出新、迅猛发展，其网络架构所采用的形式以及其安全性也是本系统不可忽略的关键问题之一。尤其是 2005 年上海轨道交通"一票通"工程改造后，系统运营网络化、整体化的概念日益明显，不断增加的线路所带来的是运营数据量几何倍数的增长，同时面对各类新需求的产生，如何保障自动售检票系统的稳定性和安全性，是本论文着重关注的问题。

1　AFC 系统构架和安全性要求

1.1　AFC 系统网络构架

在《城市轨道交通自动售检票系统通用技术规范》中，将整个城市轨道交通 AFC 网络根据功能划分为五个层面，其结构见图 1。

轨道交通清分系统主要负责城市轨道交通车票的发行和管理。由轨道交通清分系统对单程票、公共交通卡的交易数据进行采集和票务清分，并对线路自动售检票系统进行运营管理，如统一制订费率表、票务处理、运营数据分析、客流统计、发布运营模式信息等。

线路中央计算机系统是城市轨道交通线路自动售检票系统的管理与控制中心，负责本线路中的票务管理、交易与设备状态的采集、运行管理、客流管理、黑名单管理、软件版本管理、收益管理、统计报表等。

车站计算机系统主要包括车站计算机、车站操作员控制台、紧急按钮等。该系统是车站自动售检票系统的管理中心，负责车站级的票务管理、运行管理、客流管理、交易数据采集、车站终端设备如检票机、售票机等状态的采集、收益管理、统计报表等。

车站设备是安装于各轨道交通线路车站进行车票发售、进站检票、出站检票、充资、验票分析等读写交易处理的终端设备。

车票/票卡：是轨道交通乘车凭证，车票主要类型有单程票、公共交通卡，采用非接触集成电路卡，车票芯片内记录乘客进行轨道交通旅行的有关数据，数据的读写由终端设备进行。

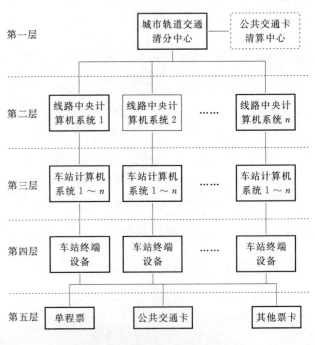

图 1　轨道交通 AFC 系统网络构架图

1.2 AFC 网络通信规范要求

根据《城市轨道交通自动售检票系统通用技术规范》中关于通信接口的相关要求，其中规定轨道交通 AFC"一票通"系统的网络结构采用 OSI 层次模型，其中物理层和数据链路层应根据轨道交通各线路通信系统提供的网络平台实现。网络层采用 IP 协议，传输层采用 TCP 协议，同时采用"会话与交互"通信机制，即请求与应答是一一对应的，一对请求与应答组成一次联机信息交互。

同时《技术规范》对以下几个方面进行了说明：

消息分包：信线路上传送的消息报文有最大长度限制为 8 192 字节，当请求或应答消息长度大于此长度限制时，应当拆分成多个消息报文（以下简称包）来传送，使每个包的长度都小于或等于此长度限制，此时的请求或应答称为多包请求或应答，包的个数最多为 65 536 个。

工作方式：AFC 系统对于请求、处理和应答有同步方式、异步方式两种工作方式：车站设备与车站主机之间采用同步方式，直接影响后续操作的交互采用同步方式，其他均采用异步方式。

联机交易通信规程：采用 4 种连接方式，其适用于信息交互类型以及服务器端处理优先级见表中描述。

表 1　服务器处理优先级别

处理方式	适用于信息交互类型	处理优先级
同步短连接	终端设备向 SC 发送交易数据，终端设备向 SC 签到、签退，向终端设备发送命令	较高发送命令最高
客户端存储转发的异步长连接	SC 向 CC 发送交易数据，CC 向清分系统发送交易数据	最低
服务器端无应答的异步短连接	发送文件	较低
多节点联机交互的同步短连接	信息查询	较高

1.3 AFC 网络系统安全性要求

通过上述轨道交通 AFC 系统网络构架图以及《技术规范》中对自动售检票网络系统的技术要求可以看出，以太网技术以其普遍性以及灵活性的特点，在现行的 AFC 系统中得到了广泛运用。

但是正式由于以太网技术的普遍性使用，使得 AFC 网络的安全性成为现阶段 AFC 系统运营和维护工作中重点考虑的方面。这里所说的网络"安全性"包括了几个方面：

（1）数据传输可靠性。在 AFC 系统中，数据在清分中心—线路中央—各线路车站—车站设备之间传输，其传输的可靠性直接影响到全网络各类报表的准确性以及各收益的经济收入，重要性不言而喻。目前，AFC 系统各条线路经过"一票通"改造后，通过在软件上建立一套完善的数据传输规范以及传输监控机制，例如报文传输方式、包分类传输、丢包和包验证方式等，从而保障数据的可靠性。

（2）访问权限控制。各条新线路的建设和投入使用，形成了 AFC 系统网络化的运营管理。对于全路网各条轨道交通线路之间的网络访问权限控制的问题也随着网络化运营而产生。既要对全路网轨道交通线路进行统一化的通知，又要防止分属各不同运营公司的轨道交通网络的相互独立性和安全性，是一个实际而迫切的问题。在运用以太网的前提下，通过路由控制和建立不同的虚拟网段 VLAN 的方法进行对不同线路网络的划分，从而实现其访问权限控制的安全性要求。

（3）病毒防护。在 AFC 系统网络中，各线路中央级别操作系统大多采用 UNIX 的操作系统，就病毒防治方面考虑，该类系统由于其特殊性和专业性，以及其周到的 HP 服务，其病毒防护全面。而线路车站级别设备大多采用 WINDOWS 操作系统，以其操作容易上手、系统普及性高的特点得到了车站人员的认可，但同时也带来了容易感染病毒的弊端。因此在对线路车站级设备进行安装维护时，要注意对其防病毒软件的安装以及及时更新。

2　目前各条线路网络架构以及优缺点

轨道交通 1、2 号线由于采用原 CUBIC 系统，在经过"一票通"改造后，目前其中央到车站采用的是以太网架构，而在车站到设备的通信沿袭了原 CUBIC 形式，所采用的是由 422 转 485 的通信方式。该通信方式与以太网技术相比，其优点在于其工作的稳定性，由于运用于 DOS 操作系统其对网络资源的消耗也相对小，但其缺点是通信速度慢、带宽窄，无法实现软件版本的远程升级等操作。

轨道交通 3、4、5 号线目前采用的车站设备之间的通信由车站局域网来完成。以轨道交通 3 号线为例，车站设备到中央计算机的通信通过明珠线一期通信系统综合有线传输子系统提供的光传输网 2M 接口来实现，中央计算机系统各组成部分之间的通信由中央计算机系统局域网来完成，中央计算机系统与交通卡清算中心的连接采用 DDN 专线。其示意图如图 2：

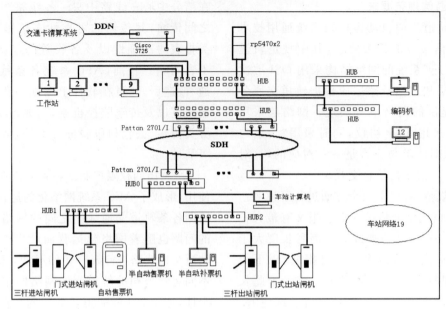

图 2　局域网连接

可以看出,其中央级网络连接以及车站级网络连接都采用星型拓扑结构连接,星型结构是最古老的一种连接方式,也是使用最普遍的以太网星型结构,处于中心位置的网络设备称为集线器,即为HUB。这种结构便于集中控制,因为端用户之间的通信必须经过中心站。由于这一特点,也带来了易于维护和安全等优点。端用户设备因为故障而停机时也不会影响其他端用户间的通信。但这种结构非常不利的一点是,中心系统必须具有极高的可靠性,因为中心系统一旦损坏,整个系统便趋于瘫痪。同时对于端设备其网络连接都是通过单条线路连接,一旦该线路发生故障,便会引起该端设备数据的不能及时上传,从而影响数据的及时性。

其次,由于采用集线器 HUB 设备,网络中的任意一个端口都可以任意访问其他端口,包括车站之间以及车站到中央系统之间,从而,各车站之间以及中央的访问控制权限处于不设防状态。显而易见,该种连接方式只要网络中有任意一个终端设备存在病毒,全网络设备都有被感染的危险。

3　理想网络架构和安全性运作

针对现行 AFC 系统的网络设计中存在的问题和隐患,这里提出安全性网络架构方式。

3.1　路由器与虚拟网段

在清分系统—线路中央—车站设备之间采用路由器方式进行连接,并设置相应的虚拟网段 VLAN。

路由器:毋庸置疑是提高安全性的最重要的工具,是在本地网络和大型系统上设置一个路由器/防火墙。当交换机运行在数据链接层(第二层),通常路由器运行在网络层(第三层),此时大多数路由器处理 TCP/IP 信息。一个路由器/防火墙对应一个单独的 Internet 地址,可允许通过特殊信息。这样,未验证的信息几乎不能通过路由器。

VLAN:VLAN 阻止了网络端口之间未经认证的信息。

主交换设备由两个路由器构成冗余配置,具有3 层交换和虚拟子网设置管理等功能,可以把中央计算机系统、各新建车站计算机系统进行虚拟子网隔离,提高系统的安全性和可管理性。由于中央主机的交换设备具有设置虚拟网和支持第二/三/四层交换处理能力,可以有效地防止非法接入、监控端口状况、对数据包分类处理和设置通信等级等一系列措施和手段,能有效隔离各车站计算机网和相关的分支网,严格执行各子网与中央计算机系统局网间的通信数据从一点(即一个 IP)进、出,符合网络高安全性的定义、实施技术和规范。

3.2　环型网络拓扑结构

在车站级网络建设中采用环型网络拓扑结构。

相比星型拓扑结构,环型结构在 LAN 中使用较多。这种结构中的传输媒体从一个端用户到另一个端用户,直到将所有端用户连成环型。该结构显而易见消除了端用户通信时对中心系统的依赖性。每个端用户都与两个相邻的端用户相连,因而存在着点到点链路。

例如,假设 A 是车站计算机,负责采集各车站设备上的各类数据,在环型拓扑结构中正常情况下,A 可以对 B、C、D 等设备一一进行数据收集,并上传给中央系统。若此时 AB 间的网络连接存在物理上的故障，则 A 可以通过与相反的方向对 B 设备上的数据进行收集。因此可见，采用此类环型拓扑连接，无疑是对某一终端的网络连接进行了双向的传输，从而实现了线路备份的目的，达到了对设备终端数据的保护和及时性要求。

4　小结

目前在轨道交通各线路连接中，上述采用路由器以及虚拟网段设置的方式已经在个别线路实现，但环型拓扑结构还没有得到广泛运用。尤其是在轨道交通 1、2 号线，在终端设备级仍采用较落后的通信方式，从而一方面网络的利用率不高，另一方面还要花费精力进行逐个现场软件升级的方法，对人力和时间都形成了一种浪费。因此，如何更好实现在网络化运营模式下的 AFC 系统网络架构确实是一件刻不容缓的事情，本文仅从个别方面对其进行了讨论，还有很多方面需要对 AFC 网络架构的形式和安全性考虑进行进一步的充实。

参考文献

上海市城市交通管理局. 城市轨道交通自动售检票系统通用技术规范. DGJ08 - 1101 - 2005 J10510 - 2005

上海轨道交通"一票通"AFC系统软件接口设计

李文祥

（上海地铁运营有限公司通号分公司）

摘　要： 介绍为解决上海轨道交通各线路之间的一票换乘问题，而进行设计的"一票通"系统。通过对"一票通"系统五层架构之间软件接口设计的描述，说明整个"一票通"系统的设计思想。在此之前国内还没有成功的先例，所以从"一票通"软件接口设计来看，整个系统的接口设计是比较成功的，在实际使用中也得到了充分的验证。

关键词： 自动售检票（AFC），一票通，接口协议，数据

至2004年底，上海轨道交通已有1、2、3和5号线四条轨道交通线路。但是这几条线路之间不能实现相互换乘，车票相互间不能使用，这给乘客带来极大的不便。同时几条线路的客流等数据也不能实现共享，严重阻碍了运营管理部门对上海轨道交通的科学化管理。为了减少乘客出行的不便，同时为了提高整个轨道交通的网络化运行管理的水平，轨道交通之间实现相互换乘的问题亟待解决。2005年4月上海轨道交通AFC系统的"一票通"改造工程正式启动。整个工程所涉及的车站级改造设备2 000多台，车站计算机系统近100套，4套中央计算机系统。2005年12月31日所有设备改造完毕，整个轨道交通AFC"一票通"系统投入使用。本文介绍该项工程的软件接口设计。

1　系统接口设计

轨道交通网络化运营的一个重要标志就是一票换乘。原有的AFC系统的标准已经不能适应一票换乘这一功能，必须重新制定AFC系统的标准。新的AFC系统的标准从整个系统层次上来看共有5层（如图1所示）。这5层之间的接口设计标准有着严格的规定。其中第一层与第二层之间的接口设计是整个系统设计的关键所在；从另一层面说票卡的设计就非常关键。所谓接口是针对系统在程序设计时，能够正确发送和接收数据的标准。这个标准对整个系统的设计是非常关键的，它设计的好坏直接影响到乘客是否能够正常地进出车站，而且是整个AFC系统的数据准确性的基础。每一层之间的数据交换都必须严格安装软件接口协议进行，不能随意进行数据的组包和解析；上下层之间的交易，必须都有相应的应答机制。

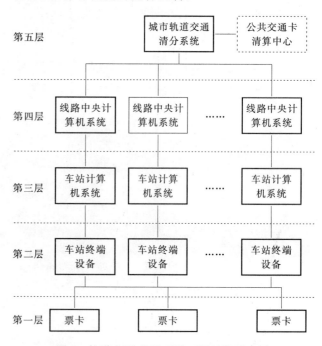

图1　轨道交通AFC系统五层结构示意图

需要说明的是公共交通清算中心并不属于轨道交通AFC系统，但它和轨道交通有业务往来，所以图中也将其列入。下面重点对这5层系统接口设计进行介绍。

2　票卡设计

票卡是AFC系统连接乘客的媒介，它的数据结构设计是整个AFC系统数据结构的设计基础。目

前上海轨道交通所使用的票卡有两大类型，一种是由上海公共交通卡公司所制作的"交通卡"，另一种是由轨道交通票务中心所制作的"单程票"。前种票卡的使用范围很广，除轨道交通外，还有轮渡和公共交通。虽然"交通卡"可以在更广泛的领域使用，但在轨道交通中使用时，所有的交易信息都存储在卡的轨道交通专属区域内，因此不会和其他公共交通的信息混淆。"单程票"只能在轨道交通范围内使用，因此卡内所存储信息都是轨道交通的消费信息。

票卡结构主要包括材质、票内物理结构和数据存储结构三大部分。本文所涉及的是数据存储结构。对整个AFC系统来说票卡的数据存储结构设计是处在系统数据结构最底层，是数据存储的基础。所以票卡的数据存储结构设计好坏和AFC系统数据准确性是密切相关的。

票卡数据存储结构设计主要是考虑信息存储格式、内容、容量和信息存储位置。对于不同城市的轨道交通来说可以有不同的设计，但基本的存储信息应该是相同或相似的。如车票的唯一标识、车票的类型、车票的购票信息、进出站交易信息、备份信息、密钥、交易标志等。这些基本的信息是AFC系统进行统计和分析的数据来源，可以根据实际需要进行筛选使用。

以上海轨道交通系统所采用的单程票为例，它所采用的是非接触式IC卡。该票卡厚度为0.4～0.5 mm，内部嵌装集成电路和天线，通过电感耦合方式与专用读写器进行操作。票内数据存储结构是按照Block形式存储的，每个Block块存储若干条相关信息，票卡内设计共有16个Block数据存储块。需要说明的是轨道交通"单程票"的各个票种内部票卡数据存储类型可以不尽相同，但是数据存储结构是保持一致的，可以根据需要在设计时对数据存储类型进行分别定义。目前轨道交通单程票所使用的主要有普通单程票、应急票、员工票和纪念票等。

票卡在一次使用过程中，它所记录的交易信息内容（购票、进出站、更新等）都是不变的，这些数据是非常重要的，是乘客一票换乘的重要保证。这些不变的信息通过读卡器的读取，传给相应设备的上位机。

读卡器是AFC系统中车站设备的基础，每种车站设备对票卡的最终读写都是通过读卡器来完成的。由于篇幅有限，本文不对读卡器的详细读写流程和读写机制进行说明，只对读卡器的读写过程进行简要说明。当读卡器检测到有票卡在它的检测范围内时，就将票卡内的信息按照读写流程进行读取或者写入，并将读取的信息或者写入后的反馈信息上传给上位机。所有的读写卡操作都是读卡器完成的，上位机不对票卡进行直接操作，只是发送和接收读卡器的命令。

需要说明的是，所有的单程票在轨道交通范围内使用消费前，必须经过编码机初始化处理，将一些初始化信息写入票卡内。

3　车站设备系统设计

车站设备（以下简称SLE）包括人工售票机（BOM），自动售票机（ATVM），闸机（GATE），自动充值机（CVM）。这些设备是AFC系统的最基本的设备，是乘客直接可以接触到的AFC设备。

每种SLE设备主要由读卡器、上位机、控制板和机械设备组成。由于每种SLE设备的提供厂商不尽相同，所以厂商有不同的结构设计。但是AFC系统"一票通"设计的对外接口是必须保持一致的，否则整个系统就会处于混乱之中。前面一小节已经介绍了票卡的设计，这些设计就是SLE设备软件设计的基础。每一种SLE设备必须根据车票的结构进行软件设计，根据交易事件，必须正确读写票卡中相应的数据块（Block）。譬如进站闸机的软件在设计时必须能够正确解析读卡器从票卡中读取的信息，在这些信息中需要考虑的有车票的交易标志位是否已进站，票内金额是否有效，使用期限是否合法，是否可以对票卡进行优惠处理等。这些接口设计必须与其他设备保持一致，否则购票设备卖出来的车票就不能使用。

前面所说的是以票卡结构为基础的交易设计，SLE设备必须有它的状态、审计等数据类型。这些数据结构的设计也是要有统一的标准，要能够让车站计算机正确解析其发送的数据。

4　车站计算机系统设计

车站计算机（以下简称SC）在整个AFC系统软件接口中是非常重要的一环，有着承上启下的作用。一方面它负责接收和处理SLE设备上传的信息与数据，并且将它们继续上传到中央系统；另一方面负责接收上一级系统下发的各种参数、命令和消息。SC系统分为后台处理（SNC系统）和前台监控（SOC）。后台处理一是将SLE设备上传来的数据报文根据规定的格式将报文中的内容进行解析，而后对这些内容进行相应的处理；二是对前台和中央系统下发的各种数据报文和命令进行报文解析和处理。

后台对于交易数据处理设计方法可以根据实际需要进行设计。一般来说对各种交易信息进行数据分析，对有本地数据库设计的系统来说还需要进行入库处理，这种设计思想也是整个 AFC 系统在数据处理方面设计的一个简化版。它可以对一个车站的数据进行统计、分析等处理。但这种设计在具有中央计算机系统的 AFC 系统中又显得没有必要，因为大多数线路和车站的数据统计和分析功能是中央计算机系统的责任；如果采取这种设计思想势必会增加车站计算机的负担。而另一种设计是存储转发，只需要将收到的交易信息做备份保存，而后转发至中央计算机系统，将大多数数据统计和分析功能交给中央来处理，车站只作数据记录的处理。

前台处理有不同的设计方法。可以通过和 SNC 进行实时数据传送或者 SOC 直接访问 SNC 数据进行数据处理。SOC 的三个重要功能就是监控 SLE 设备状态、对 SLE 设备的参数同步和报表统计。前面已经说过 SLE 设备状态和由各个 SLE 提供商所能提供的故障代码有关。而参数同步是涉及软件接口，从 AFC 系统上来说，整个参数设计是自上而下的一整套体系。例如，对于目前上海轨道交通 1、2 号线车站计算机来说，实际上 SOC 参数同步只是给 SNC 发一个参数同步命令，具体参数同步是由后台 SNC 给 SLE 设备下发参数。但是具体参数同步设计可以根据实际需要进行，不局限于文中所提的这些方法。

报表统计由于涉及面比较大，涉及各种算法，这里不作详细介绍。

5　中央计算机系统设计

中央计算机系统（以下简称 CC）与车站计算机的应用软件之间的接口与 SLE 和 SC 之间的接口基本一致。一般来说 CC 与各 SC 之间的网络连接是采用以太网连接，协议是采用 TCP/IP。所以在通讯层上软件接口可以使用业界成熟的标准。而在应用层上所使用的接口基本上和 SC 系统是一样的。主要区别在于它接收的是本线路中所有车站上传的数据，而且必须将所有接收到的数据进行解析入库，作为报表数据来源。另外中央计算机系统还要编辑所属线路的参数，并下发到本线路所属各个车站。如果有清分系统，CC 还要负责处理清分系统下发下来的各种参数、消息和通知。对于没有

实施网络化运营的 AFC 系统来说，CC 系统必须能够出各种相关的业务报表；但对于具有清分系统的网络化运营 AFC 系统来说，大多数报表功能就上移至清分系统。

刚才提到了 CC 编辑参数功能。就参数功能来说，对于具有多线路清分系统的 AFC 系统来说，CC 参数编辑只能编辑本线路内部参数，不能随便修改清分系统下发的参数。所以从某种角度上来说，具有清分系统的 AFC 系统中，中央计算机系统是一个放大化的车站计算机系统。

6　清分系统

清分系统（以下简称 RTCHS）接口主要是针对与线路中央的接口设计。RTCHS 对各个 CC 接口必须保持一致，RTCHS 的参数设计必须考虑网络化运行的需要。RTCHS 的软件接口除了有交易数据、参数、命令与消息等外，还有和各个线路中央报表核对的软件报文接口。报表核对对于 RTCHS 系统来说是最重要的一个功能之一，所以在此接口的设计时必须充分考虑与各条 CC 间的系统接入问题，以免在新线路接入 RTCHS 时对原有系统的数据产生影响。另外，由于上海轨道交通线路内也使用"公共交通卡"，所以必须也提供与公共交通卡公司的结算接口，这也是账务系统的需求之一。

清分系统的建立是整个轨道交通网络运营管理的需要，它汇总了各条线路的客流数据，从而能够在整个轨道交通网络层次上对各条线路的客流数据进行分析和汇总；也能够对各条线路之间的换乘数据进行分析，预测今后线路客流的走向，为轨道交通运营管理部门调整运力提供科学的依据。不仅如此，这些客流数据也为城市相关管理部门的决策提供了参考依据。

7　数据设计

7.1　数据类型

AFC 系统的数据类型有交易数据、寄存器数据、参数数据、状态和事件数据，命令和消息数据。这些数据在 AFC 系统中是以报文形式进行传送的，每种报文在系统中都有自己的识别号，在整个 AFC "一票通"系统中它们都是统一的，这样就实现了轨道交通各线路数据的统一性，为整个轨道交通数据统一分析奠定了基础。

这里需要强调的一点是参数数据。参数是整个 AFC 系统运行一致性的保证。SLE 设备在 AFC 系统中只是接收从上一级下发的参数数据，并且根

据这些参数数据配置本设备的运营参数。每种参数都必须有它的参数类型、参数内容这两大部分，这样 SLE 设备(不仅仅是 SLE 设备)才能根据不同的参数类型进行配置。参数数据的格式是比较复杂的，每种类型的参数也不尽相同，所以参数必须根据实际需要设计。

对于参数数据可分为线路级参数和清分级参数。线路级参数的生成方是本线路的中央，作用范围只在本线路，而清分级参数生产方是清分中心，作用范围覆盖整个轨道交通网络。

对于参数的同步机制目前采用的是版本一致性检查。即检查方向被检查方发送版本同步要求，被检查方比较与检查方的各个参数版本是否一致，如果存在不一致，向检查方上传不一致的参数类型，而后检查方下发这些不一致的参数类型的参数数据。目前参数同步是自动执行，但是也具备人工查询的手段。

7.2 数据安全

对于数据的正确与否，上面所介绍的 5 层也都有它的检查机制。数据安全性考虑在整个 AFC 系统中从票卡的发放、交易认证、数据传送等几个环节都有严格的考虑。由于轨道交通中的消费是属于小额消费，并且可由交易认证码(TAC)来保证交易数据不被篡改，所以在数据传送中没有必要对 MAC(发送方在发送消息时产生的一种验证)进行加密，目前使用的是 MD5 的摘要算法。对于操作员口令，在整个系统中我们规定传送时必须已密文形式传送，保存也是以密文形式保存。

8　结束语

上海轨道交通各条线路从 2005 年 12 月 31 日起正式实现一票换乘，从而成为轨道交通网络化运营的重要标志之一。这次对上海轨道交通领域第一次大规模的系统改造，是国内首次自主设计、自主施工完成的。各个系统之间的接口设计在改造之初就已经完成，虽然在改造期间接口设计存在着不足之处，但是通过不断进行增补修改，逐渐完善了整个系统的接口设计。截止 2006 年 7 月，整个"一票通"系统运营是比较成功的，涉及的软件接口设计都通过了几个月的实际使用，效果是良好的。另外，通过这次改造使我们国内也拥有了具有自主知识产权的 AFC 系统，使一批相关企业得到发展，为今后的 AFC 系统建设奠定了坚实的基础。

非接触式 IC 卡在地铁自动售检票系统中的应用及其发展趋势

张嘉岭

（上海地铁运营公司客运三分公司）

摘　要：本文介绍了非接触式 IC 卡的技术特点，及其在地铁自动售检票系统中的应用，通过与接触式磁卡相比较，阐明了非接触式 IC 卡具有可靠性高、操作方便、快速、防冲突，适用面广和加密性能好等特点；并简述了非接触式 IC 卡的发展趋势。

关键词：CSC 卡，SAM 卡，一卡通

非接触式 IC 卡又称射频卡，是世界上近几年发展起来的一项新技术，它成功地将射频识别技术和 IC 卡技术结合起来，解决了无源（卡中无电池）和免接触这一难题，是电子器件领域的一大突破。国内非接触式 IC 卡目前已经有了一定的应用基础，在以下几个领域建立了一个或几个应用工程：

- 地铁自动收费系统
- 高速公路以及桥梁自动收费系统
- 公交巴士自动收费系统
- 出租车自动收费系统
- 停车场收费系统
- 门禁考勤及巡更系统
- 企事业机关一卡通系统
- 智能楼宇管理系统

1　工作原理

非接触式 IC 卡与读写器之间通过无线电波来完成读写操作。非接触式 IC 卡本身是无源卡，当读写器对卡进行读写操作时，读写器发出的信号由两部分叠加组成：一部分是电源信号，该信号由卡接收后，与本身的振荡产生一个瞬间能量来供给芯片工作。另一部分则是指令和数据信号，指挥芯片完成数据的读取、修改、储存等，并返回信号给读写器。

读写器则一般由单片机、专用智能模块和天线组成（见图 1），并配有与 PC 的通讯接口，打印口，I/O口等，以便应用于不同的领域。

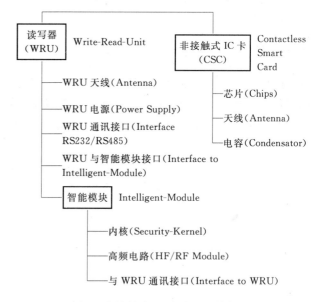

图 1　非接触式 IC 卡读写系统框图

2　在地铁自动售检票系统中的应用

地铁出/入站检票机目前所使用的非接触式 IC 卡读写器 DTD－2210－1 是一块 ISA 总线板卡，需占用主控计算机机箱内一个 ISA 插槽，用一个 RS－232 连接线与主控计算机 COM2 连接，通过一根同轴电缆与天线部件连接。在读写器上有一个 SAM 卡插座，用于对 IC 卡的识别。

非接触式 IC 卡读写器是一个车票处理器，进站闸机及出站闸机各有一个，但对 IC 卡处理程序不同。

每种闸机进口端（自由区域一边）和出口端（付费区域一边）都有一个 IC 卡感应天线，天线对 IC 卡的感应距离通常为 0 至 6 cm。该读写器遵循的标准是上海城市公共交通非接触式 IC 卡收费机

通用技术规范。DTD-2210-1可以识别上海市城市交通非接触式IC卡。卡操作的读写时间不大于300 ms，在有效的感应距离内，场强最大值小于7.5 A/m，最小值大于1.5 A/m。功率传输测试仪PICC上测试，场电压大于3 VDC。DTD-2210-1可以同时识别至少4张非接触式IC卡。当外部电源上电或失电时，该读写器可以承受一定的电冲击。

3　与接触式磁卡相比的优点

（1）可靠性高。非接触式IC卡与读写器之间无机械接触，避免了由于接触读写而产生的各种故障。例如：由于粗暴插卡、非卡外物插入、灰尘或油污导致接触不良等原因故障。

此外，非接触式IC卡表面无裸露的芯片，无须担心芯片脱落、静电击穿而使卡片失效等问题，既便于卡片的印刷，又提高了卡片的使用可靠性以及延长读卡设备和卡片的使用寿命。

（2）操作方便、快捷。由于非接触通讯，读写器最大在10厘米范围内就可以对卡片操作，所以不必插拔卡，非常方便用户使用。

非接触式卡使用时没有方向性，卡片可以任意方向掠过读写器表面，即可完成操作，大大提高每次使用的速度。

（3）防冲突。非接触式IC卡有快速防冲突机制，能防止卡片之间出现数据干扰，因此，读写器可以"同时"处理多张非接触式IC卡。提高了应用的并行性，从而提高了系统的工作速度。

（4）可以适合于多种应用。非接触式IC卡的存储结构特点使其可一卡多用，能应用于不同的系统，用户可以根据不同的应用设定不同的密码和访问条件。

（5）加密性能好。非接触式IC卡的序列号是全球唯一的，制造厂家在卡片出厂前已将序列号固化，不可再更改。

非接触式IC卡与读写器之间采用双向验证机制，即读写器验证IC卡的合法性，同时IC卡也验证读写器的合法性。

非接触式IC卡在处理前要与读写器进行三次相互认证，而且在通讯过程中所有的数据都加密。此外，卡中各个扇区都有自己的操作密码和访问条件。

由于非接触式IC卡具有以上无可比拟的优点，因此越来越受到广大市民的青睐，自从1999年3月1日自动售检票系统在地铁1号线投入使用至今，非接触式IC卡的使用比例越来越大（见图2）。

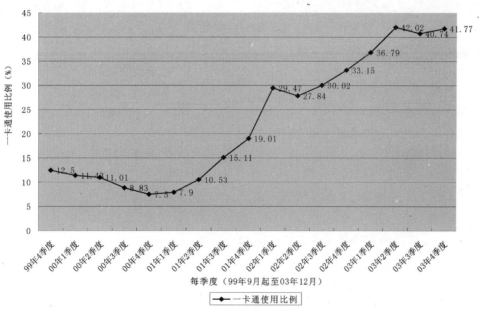

图2　非接触式IC卡在地铁中发展趋势

表1　地铁3号线从2003年11月1日开通
至今车站AFC设备故障统计表

统计 月份	一卡通故障统计	总故障统计	一卡通故障所占比例
2003年11月	5起	278起	1.79%
2003年12月	3起	266起	1.12%
2004年1月	1起	207起	0.48%

从表1中可以看出一卡通故障所占比例只有很小一部分，它不仅降低了运行维护费用，而且大大提高了乘客的通行率。

4　发展趋势

"一卡通"系统已在国内各大城市陆续开发，不论是公共交通还是城市公用事业"一卡通"，由于历史的及现实的诸多原因，各承建单位在系统规划、设计及后期运营中难免会遇到系统的兼容性问题，特别在 IC 卡选型过程中，该问题尤为突出。它不仅关系到各城市能否真正实现"一卡通行"，更是严重影响项目进度的主要原因。

4.1 "一卡通"系统存在着兼容性问题

目前许多城市已经开通公交 IC 卡收费管理系统、地铁自动售检票（AFC）系统，"一卡通"建设首先必须解决新旧系统的融合和平稳过渡问题，我们称之为"系统内兼容"。

随着经济的发展，交通运输承受了越来越大的压力，"大交通"的概念不断被提出，"一卡通"系统朝着更大规模、更大范围发展。除了解决本城市内 IC 卡应用"一卡通行"外，还利用中心城市的影响力将系统覆盖范围延伸至周边城市，因此需要同时考虑地区内各城市"一卡通"系统之间的兼容问题（即"系统间兼容"）。

"一卡通"系统建设不仅涉及复杂的技术，在市场经济的条件下，面临着系统前期投资、利益分配和风险承担等无法回避的问题，这是解决"系统内兼容"的关键，也是兼容性问题长期存在的深层原因。

"系统间兼容"则比较复杂，它涉及技术、管理、体制以及政治等方面的问题。对于一个已经建设完毕、并已在成功运营的系统，需要深入研究的是：

- 对方是否愿意开放系统与你实现互通？
- 兼容的技术是否可行？
- 对方是否愿意参与投资建设？
- 双方投资的额度是多少？
- 双方技术合作的方式和技术投入深度如何？
- 实现兼容的经济效益如何？
- 取得利益如何分配？
- 如何实现双方地位的均等（即 A 城市的卡在 B 城市可以使用，B 城市的卡在 A 城市也可以使用，否则双方地位不对等，就谈不上真正意义上的互联互通）？

4.2 兼容性问题

兼容性问题的存在对系统的开放性提出了更高的要求，最为理想的是开发兼容所有 IC 卡的通用解决方案，使系统推出后能适应不同场合、不同用户的要求，非接触式 IC 卡已经成为"一卡通"系统的理想选择。

4.3 选型的基本原则

（1）技术性能满足要求。"一卡通"系统的设计必须满足用户需求，IC 卡的技术性能和功能满足系统设计要求是前提条件。

（2）成熟可靠。在工程应用中，特别在一个涉及广大市民切身利益的工程项目中，使用不成熟的产品将要冒极大的风险。评价产品是否成熟，最直接有效的方法是看该产品是否在类似项目中大量的、而且是成功的应用，要尽量避免成为第一个"吃螃蟹"的人。

（3）安全保密性高。由于"一卡通"系统主要业务是收费，涉及金钱和离线现金交易，IC 卡及系统的安全性、可靠性直接影响系统与运营单位声誉。

（4）价格经济。产品价格在任何一个项目中始终是最为敏感的问题，它直接关系到项目的可行性及投资效益。在考虑产品价格时，应结合产品的性能指标，性能价格比才是衡量产品的合理尺度。低廉的价格要靠竞争或产品批量生产来达到，多家厂商生产一种产品或性能相近的不同产品都能达到竞争、降低价格的目的，大规模生产也使产品成本下降。尽量不要采用独家垄断的产品。

（5）供货有保障。"一卡通"系统投资大，与市民的工作和生活密切相关，如果出现供货困难或无法供货的情况，后果难以想象。在选择产品和供货商时应当充分考虑这一点，保证供货的前提是厂家有实力，产品有延续性，或者有多个厂家提供同样的产品或相兼容的产品。

（6）符合标准、技术开放。只有选择符合有关国内和国际标准、技术上开放的产品，才能够满足系统不断扩充、升级的需求，才能够摆脱受制于人的局面。

（7）其他特定因素。即系统内或周边城市"一卡通"系统已经发行的 IC 卡类型及其技术标准。

（8）服务有保障。完善的售后服务才能保证系统后期运营无后顾之忧。

5. 结束语

公共交通系统的智能化、信息化是我国城市发展战略之一，它是保证城市可持续发展的必由之路，也是推动国民经济持续、健康、稳步前进的一项重要基础设施。因此，城市公共交通"非接触式 IC 卡"系统的推广与建设具有非常现实的意义。

（发表于《城市公用事业》2004 年第 3 期）

车 辆 技 术

采用"均衡修"提升列车可靠性及投运率研究

周俊龙[1]，程祖国[2]

（1. 上海地铁运营有限公司，2. 同济大学）

摘　要：目前城市轨道交通车辆的维修制度基本上沿用了铁路的经验，采用按运行里程和时间进行预防性"计划维修"和列车发生故障的事后"故障维修"。这种维修制度及修程，检修能力利用率低，影响运行的可靠性和运能发挥最大效能，并且维修成本高。采用"均衡维修"既能保证列车运行可靠性、提高列车投运率，又能降低车辆维修成本。

关键词：城市轨道交通，轨道交通管理，车辆维修，概率统计，可靠性工程

城市轨道交通具有运量大、效率高、节能、少污染、舒适、安全和准点的突出优点，是国际上城市公共交通发展的首选模式。上海目前 3 条轨道交通线路高峰时的日客流量已达到 128 万人次，占到了城市总交通客流量的近 12%。上海到 2010 年将建成轨道交通基本网络，总长度 400 公里，承担 30%～40% 的公共交通任务。按每公里 10 辆车计算，需配属轨道交通车辆约 3 300 辆。由于体制、设施、运营管理等方面的原因，2003 年车辆故障频频发生，影响了上海市轨道交通的正常运营。随着轨道交通通车里程的增加，轨道交通系统将日趋复杂，一旦再发生类似情况，影响将会更大，若计及对整个交通系统的间接影响，影响范围将更大。轨道交通车辆的可靠运行不仅影响轨道交通运营质量和经济效益，更重要的是影响了市民正常的生活和城市的有序运转。除此之外，车辆维修占据运营成本的很大比例，因此，采用怎样的维修策略是亟待研究的重要课题。

目前城市轨道交通车辆的维修制度基本上沿用了铁路的经验，采用按运行里程和时间进行预防性"计划维修"和列车发生故障的事后"故障维修"。日常维修需列车退出每日运行才能进行检修，高级修程虽然采用了互换修，但还是按里程或运行时间进行车辆的解体和组装，进行全面修理的方式，由于车辆部件具有不同的使用寿命和维修周期，造成有些部件得不到及时维护而有些部件又进行了不必要维修的情况。因此目前采用的维修制度及修程，检修能力利用率低，影响运行的可靠性和运能发挥最大效能，并且维修成本高。为此，有必要对车辆的"均衡维修"及其采取哪些相应配套措施进行研究，以保证列车运行可靠性、提高列车投运率，降低车辆维修成本。

1　城市轨道交通车辆维修策略与均衡修

1.1　东京、香港等轨道交通车辆维修策略

东京的城市轨道交通较发达，列车到发站时间以 5 秒为单位。采用了以换件修为主、现车修为辅的维修方式，以加快车辆周转，减少车辆配属数，提高投运率。现正在大力改革车辆检修作业模式，拟通过均衡维修策略保证列车的可用度。其修程见表 1。

表 1　日本东京都营地铁、名古屋市营地铁车辆修程

修　程	检修周期	修停时间（天/列）
日 检 查	≤3 天	0.25
月 检 查	≤3 个月	1.0
重要部位检查	≤40×10⁴ km	12～15
全面检查	≤6 年	18～25

香港、汉堡等市的轨道交通设备检修制度也开始修正，逐步向均衡维修方式过渡。由香港地铁修程（表 2）可见一斑。

表 2　香港地铁车辆修程

维 修 级 别	修　程	检 修 周 期
	周 检	15 天
	月 检	45 天
1	半年检	半 年
	一年检	一 年
	二年检	二 年

(续表)

维 修 级 别	修 程	检 修 周 期
2	三年检	三 年
	小 修	6 年
	大 修	12 年
3	部件修	

1.2　均衡维修策略

均衡维修是建立在充分掌握列车可靠度和零部件故障周期的基础上,调整列车检修修程与之适应,在管理上发挥最大效能,创造合适的维修条件,从而可以大大缩短列车的维修停库时间,提高列车的利用率和运行可靠性的一种修程。

均衡修可用图1形象表示:原修程修若干小时数的维修工作以每天24小时集中在几天内完成,车辆需停运数日,而均衡修则将若干小时数的维修工作分布在较长时间内完成,每天仅需数小时,并不是全天。

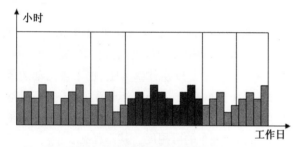

图1　车辆均衡修方式示意图

怎样保证车辆的可靠性又不需停运集中维修,是均衡修策略的核心内容。

1.3　维修策略将提升为行业标准

为了提高城市轨道交通列车安全性、可靠性,各国制定了相应的标准,如德国的 DIN EN 50126、英国的 BS EN 50126、法国的 NF－F67－001－6 等。中国目前没有专用标准,但 2003 年 10 月生效的地铁通用技术条件(国标)和上海市工程建设规范《城市轨道交通车辆技术规范》中已经列入了车辆可靠性内容。

2　均衡修与投运率

2.1　列车运行窗口

地铁运营时段一般为 5:00～24:00,此外,还具有早、晚客流高峰时段特点,如图2所示,在高峰期和非高峰期采用不同的运行图,运行列车数也各有不同。对列车非运营时间我们称作列车运行窗口,可以用于进行列车的检修、维修(图2中红色部分)。

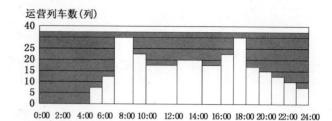

图2　全日运行计划和列车运行窗口

预防性计划修是将列车停运集中进行全面检查,如果利用列车运行窗口时间将其检查内容分散在几个时段及不同场合进行,就可以使检修工作分散而均衡,这就是均衡修方式。其优点是:

避免必须使列车退出每日运行才能进行检修,运能发挥最大效能;

检修力量和检修设备避免忙闲不均现象,检修能力效益最大化。

2.2　采用均衡修将提升投运率

投入运营的列车数与拥有的总配备列车数之比称为投运率。如果某条线路配备 35 列列车,参见图2,根据全日运行计划 9 点到 17 点间约有 10 列车不需上线运行,即 35 列车中每天有 10 列车可在白天停车 8 小时,采用均衡修修程合理利用这段时间维修车辆(参见图1),则最理想状态下 35 列列车每天都能投入运行,投运率达到 100%。

总之,采用均衡修能相对原计划修提升列车投运率。

2.3　实施均衡修应以部件为维修单元

车辆部件具有不同的使用寿命和维修周期,采用化整为零,根据每个系统和零、部件的状况和检修标准,增加以部件为重点检修内容的修程,延长对车辆进行全面大修的周期,这种计划性均衡维修方式可以使车辆维护成本、效率、质量最优化。

采用这种计划性均衡大修的方式,必须具备以下技术条件:

用互换修方式,需要一定的备品、备件周转储备量;

针对车辆不同部件的寿命和维护周期,制订不同的检修策略;

需要必要的车辆系统和部件的检测设备;

需要在列车上安装必要的检测设备,及时掌握列车及其设备的动态技术状态。

3　列车部分部件的可靠性技术指标

3.1　与均衡修相关的列车可靠性技术指标

(1)可靠度。可靠度定义为"产品在规定的条件下和规定的时间内,完成规定功能的概率",通常以"R"表示。考虑到它是时间的函数,又可表示为 $R = R(t)$,称为可靠度函数。就概率分布而言,它又叫做可靠度分布函数,且是累积分布函数。它表示在规定的使用条件下和规定的时间内,无故障地发挥规定功能而工作的产品占全部工作产品(累积起来)的百分率。

（2）平均故障间隔时间（修程周期）。在产品的寿命指标中,最常用的是平均寿命。平均寿命(Mean Life)是产品寿命的平均值,而产品的寿命则是它的无故障的工作时间。地铁车辆为可修复产品,其平均寿命是指相邻两次故障间的工作时间,记为 MTBF。

（3）故障率。故障率为"工作到某时刻 t 时尚未发生故障的产品,在该时刻 t 以后的下一个单位时间内发生故障的概率"。故障失效率的观测值即为"在某时刻 t 以后的下一个单位时间内发生故障的产品数与工作到该时刻尚未发生故障的产品数之比"。对可修复产品维修后故障率下降。可修复产品寿命周期内的故障率特点见图 3。

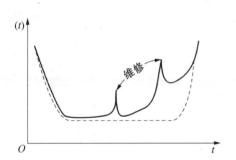

图 3   可修复产品寿命周期内的故障率特点

（4）可用度（投运率）。可用度是指"可能维修的产品在规定的条件下使用时,在某时刻 t 具有或维持其功能的概率"。这里已包括了维修的效用在内。对列车而言可用度即为投运率。

3.2   列车部分部件的故障间隔周期统计

图 4、图 5、图 6 分别为上海地铁车辆车门系统、中央控制系统、各类传感器的故障间隔周期统计直方图。

3.3   地铁车辆车门系统、中央控制系统、传感器等均衡修修程周期特点分析

由图 4、图 5、图 6 可见,上海地铁车辆车门系统、中央控制系统、传感器的故障间隔周期具有不同的统计特性,车门、传感器的故障间隔周期接近指数分布,中央控制系统的故障间隔周期接近正态分布。

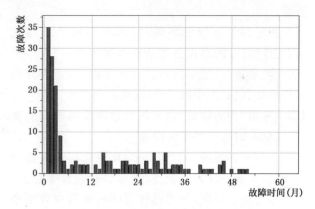

图 4   车门系统故障间隔周期直方图

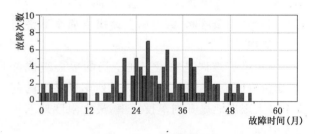

图 5   中央控制系统故障间隔周期直方图

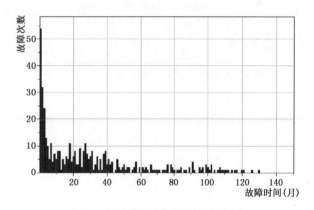

图 6   传感器故障间隔周期直方图

4   采用均衡修需要科学管理

4.1   采用"均衡维修"需要加强部件故障周期的统计管理

统计故障间隔时间：控制车辆故障的发生率研究措施；

细化故障部位：统计列车各系统、子系统、零部件故障发生周期研究对策；

掌握产品可靠性设计参数：对运用故障统计分析,掌握车辆各系统可靠度、故障分布规律等可靠性技术参数,实现车辆的设计可靠性。

4.2   采用"均衡维修"需要加强对维修人员、维修设备的管理

适应维修技术的发展,避免操作、维修中的人为错误,减少其影响,进行维修人员的培训、教育和

激励。

制定均衡维修的各项制度,其中包括维修管理、配件供应、维修设备等条件改进和发展、人员组织、资金预算等,使车辆通过均衡维修,真正提升列车可靠性、提升列车投运率,降低运营成本。

4.3 采用"均衡维修"需要根据故障间隔周期的变化实时修正均衡修修程

对列车各系统、部件实施均衡修需要大量数据的积累,车辆设计水平提高、零部件制造水平提高、列车服役期的持续,使得部件故障间隔周期发生变化,均衡修修程需要相应地调整。这种变化能否使均衡修修程变化需要科学、负责、严谨的管理。

4.4 采用"均衡维修"需要站在轨道交通全局进行管理

列车维护维修是轨道交通全局的重要组成部分,均衡修的最终目标是在不降低列车可靠性的前提下最大限度地提升列车投运率,最大限度地缩短停库时间。

做好这一点需要站在轨道交通作业过程的全局进行管理。

5 结束语

上海轨道交通十多年的发展经历表明,轨道交

通运营车辆数量短缺、新线车辆供应周期与线路建设节点脱节、车辆调度部门既要向正式运营线供车又要向新线供车,导致车辆无暇按照部件、系统的状态进行保养,是导致运营线路故障率上升的瓶颈。针对这种情况,采用均衡修维修制度提升列车可靠性、提升列车投运率是解决建设一条线路造福一方居民,发挥上海轨道交通线效益的重要途径之一,也可为今后减少列车采购量、降低城市轨道交通建设、运营成本创造条件。

参考文献

[1] 何宗华,汪松滋.城市轨道交通运营管理概要.城市轨道交通研究,2003

[2] 仇立新.城市轨道交通系统车辆段设计有关问题探讨,中国铁路,2001

[3] 叶霞飞,李君 等.国内外城市轨道交通车辆段对比研究.城市轨道交通研究,2003

[4] 王方程,倪挺.上海地铁车辆的临修技术.电力机车与城轨车辆,2004.027

[5] 程祖国,任利惠.城轨动车转向架构架电机吊座裂纹研究.铁道车辆,2000

DC01型电动列车辅助逆变器启动失效分析及其解决措施

余　强[1]，陈鞍龙[1]，王　立[1]，陶生桂[2]

（1. 上海地铁运营有限公司车辆分公司，2. 同济大学电子信息工程学院）

摘　要：经试验分析，辅助逆变器启动失效是由蓄电池电压过低、控制电源电流的冲击及相关干扰等因素综合造成的。对该故障，可通过防止干扰引起的误触发、改变保护动作设定值、增设逆变器启动专用DC/DC升压变换器等措施予以解决。

关键词：辅助逆变器，启动失效，改进措施

上海轨道交通1号线DC01型电动列车在辅助系统无法提供DC 110 V电源状况时，列车上的蓄电池将会对应急负载供电。但当蓄电池电压跌落较大时，会发生辅助逆变器启动失效，从而导致列车丧失继续运营能力。为此，必须对此进行分析研究并予以解决。

1　列车辅助逆变器启动失效原因分析

1.1　辅助逆变器主电路结构框图

1号线电动列车为6节编组，每3节车辆（两动一拖）组成一个单元，每节车辆配置一台辅助逆变器，其中拖车上的辅助逆变器包含DC 110 V蓄电池充电机。辅助逆变器主电路原理图如图1所示：

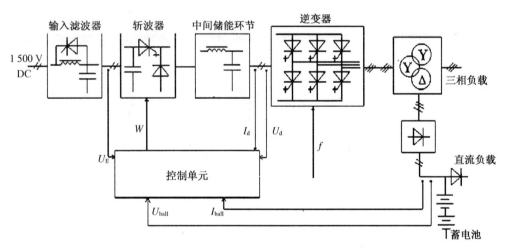

图1　辅助逆变器系统原理框图

辅助逆变器由输入滤波器、门极可关断（简为GTO）斩波器、GTO逆变器、隔离变压器以及DC 110 V蓄电池充电机等组成。充电机一方面给列车控制电路供电，另一方面也给蓄电池充电。由此电路结构可以看出，当电网停电时，蓄电池通过输出二极管向应急照明等直流辅助负载供电。

1.2　辅助逆变器启动失效试验与分析

这里主要是查找蓄电池电压降落造成车辆逆变器启动失效的原因。模拟试验电路如图2所示。

左半部分是车辆逆变器I/O箱中的全桥整流器，通过与右半部分的接触器触头K_1和K_2的通断组合，可模拟蓄电池放电后跌落到不同的端电压对逆变器的启动所产生的影响；通过调节电阻以模拟车辆上的各种负载工况；通过模拟各种情况下的启动试验，用记录示波器和其他仪器仪表对试验波形和数据进行记录。

从启动失效时记录的有关波形分析，可得出启动失效的原因。当蓄电池电压跌落到约88 V时，启

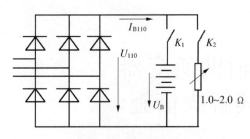

图 2　模拟试验电路

动失效，如图 3 所示。图 3 中示波器通道 1(Ch1) 是 DC 110 V 控制电源输出电压 U_{110}（即 U_{BX}）的波形，通道 2(Ch2) 是控制电源电流 I_{B110} 波形，由此可看出蓄电池端电压 U_B 约为 88 V，启动时电压已基本升到 116 V，但未能建立并保持此电压，启动还是失效了。由 I_{B110} 波形看出，此时电流峰值约为 182 A。

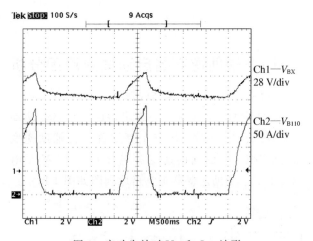

图 3　启动失效时 U_{BX} 和 I_{B110} 波形

图 4 为启动失效时控制电路中的 5 V 控制电源波形。可以看出 5 V 电源向下跌落的脉冲尖峰超过 1 V，这将影响控制系统中 5 V 控制电路的正常工作。

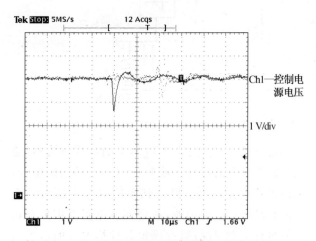

图 4　5 V 控制电源的放大波形（启动失效状态）

此外，在试验中模拟启动失效时显示的故障代码是 F161(5 V 电源失效)、F105(蓄电池电压过低) 和 F201(不明原因引起的误触发) 等。这些故障可

能是由不明原因造成或由于干扰引起的误触发。

对试验结果的分析表明，蓄电池电压较低时辅助逆变器启动失效的原因是蓄电池电压 U_{BX} 过低、控制电源电流 I_{B110} 的冲击及其相关的干扰等因素综合造成的。

2　改进措施

（1）防止干扰引起的误触发

采取的抑制干扰措施：在 DC 110 V 控制电源输出端加装适当的滤波电路。在试验中查找干扰时控制电源 DC 110 V 输出端电压 U_{110} 波形如图 5 所示。

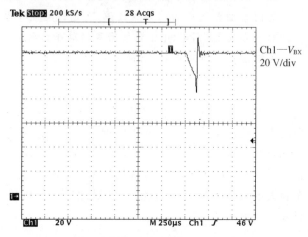

图 5　未加滤波电路时的输出电压 U_{BX} 波形

图 5 中，电压下降的尖峰脉冲幅值接近 35 V。此下降脉冲是由 GTO 逆变器每相桥臂上下 GTO 转换时的死区时间造成的。当加装滤波器前，电压的下降脉冲如果正好处在蓄电池冲击电流发生的时刻，则会明显增强，从而导致干扰。

当加装适当滤波器后，下降尖峰就可以大大减小（如图 6 所示），其幅值在 10 V 以下。

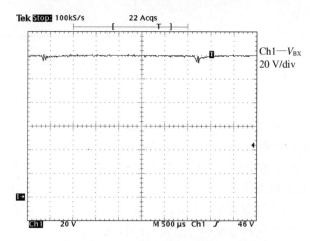

图 6　加滤波电路后的输出电压 U_{BX} 波形

此外，从测量相应的控制电路板的有关信号中也可以看出加装滤波电路后所产生的效果。以控

制器机箱第二层的 A344 控制电路印板的 P119 测孔为例，其电压波形如图 7(a)、(b)所示。

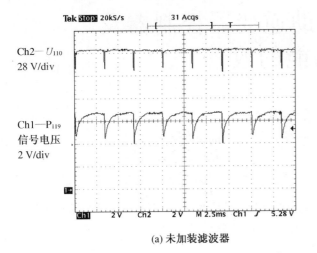

(a) 未加装滤波器

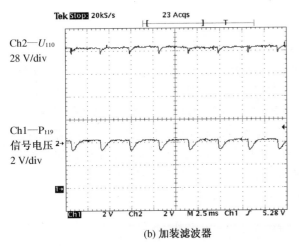

(b) 加装滤波器

图 7　U_{110} 控制电路测孔信号波形与 A344 P119 控制电路板测孔信号波形

（2）改变保护动作设定值及增设 DC/DC 变换器

通过调整原控制系统中信号调理电路的放大系数，可改变保护动作的设定值。同时，在控制电源电路中增设逆变器启动专用 DC/DC 升压变换器，辅助逆变器启动时由 DC/DC 变换器提供稳定的 DC 110 V 控制电源。

3　模拟试验结果

采取上述综合措施后，经地面上的模拟试验，获得了很好的效果。由试验波形（图 8）看出，蓄电池电压跌落到约 80 V 时，车辆逆变器仍然能正常启动，因此保证了列车持续可靠安全运行。图 8 中示波器 Ch1 为控制电源电流 I_{B110} 波形，Ch2 为 U_{110}（即 U_{BX}）波形。由图中可以看出，启动时即使蓄电池电压为 80 V 时，启动后控制电源电压仍能维持并保持在 116 V 左右。当控制电源电压上升并超过 80 V 时，有冲击电流产生，峰值约为 200 A，然后很快下降到由负载决定的稳态电流。

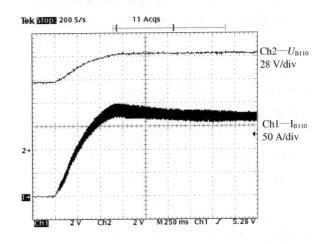

图 8　采取措施后正常启动后 U_{110} 和 I_{110} 波形

参考文献

王安礼.地铁 1 号线工程[M].上海：上海科技出版社，1998

（发表于《电力机车与城轨车辆》2006 年第 2 期）

DC01 型电动列车辅助逆变器控制器及应急启动功能的改善

陈鞍龙[1]，余　强[1]，陶生桂[2]

（1. 上海地铁运营有限公司车辆分公司，2. 同济大学）

摘　要：上海轨道交通 1 号线 DC01 型直流传动车辆在运行中因蓄电池应急供电后电压跌落，造成辅助逆变器启动失效，从而导致车辆丧失运营能力。在分析 DC01 型电动列车辅助逆变器控制器构成和功能的基础上，讨论了产生该故障的原因。通过提高动作保护电流的限界值、实施智能式分级启动控制方案等措施可改善控制器的性能。

关键词：电力动车，辅助逆变器，控制器，应急启动

上海轨道交通 1 号线 DC01 型直流传动车辆于 20 世纪 90 年代初从德国引进，其静止辅助电源系统由门极可关断（简为 GTO）斩波器、GTO 逆变器、隔离变压器、控制与充电电源所组成。GTO 斩波器用来实现降压与稳压，GTO 逆变器将直流电变换为三相对称交流电，变压器用以降压及电气上隔离，控制电源提供控制用的 DC 110 V 直流电源，同时还对蓄电池组进行充电或浮充电。

DC01 型直流列车自引进以来已运营 13 年，虽然由于电力电子技术迅速发展，已淘汰了原辅助电源系统中所用规格的 GTO，而改用新一代的高压绝缘门双极晶体管（简为 IGBT），但其辅助电源系统中部分器件的老化及参数之间的失配，仍会危及运行的安全，如蓄电池电压跌落而发生辅助逆变器启动失效的严重故障。经试验分析，列车辅助逆变器控制器的最初设计并未考虑到目前出现的这些问题，因而还需对控制器的控制电路进行优化与改造。

1　控制器构成与功能

DC01 型列车辅助电源系统的主电路环节和控制器的构成框图如图 1 所示。由图 1 可看出，主电路环节包括输入滤波器、斩波器、中间电路、逆变器、变压器及三相整流桥（提供 110 V 直流控制电源，兼作为蓄电池充电器）等；控制器由 P‑PAC、C‑PAC、I‑PAC 及 F‑PAC 等控制单元构成。其中：P‑PAC 用于提供电源及对触发与关断脉冲功放；C‑PAC 用于列车与辅助逆变器之间的通讯；I‑PAC 用于对逆变器各种参量及工作过程的监控、记录与显示；F‑PAC 用于实测模拟量的实际值，实现逆变器的快速保护及控制。

F‑PAC 的快速保护功能为模拟信号，被控制在规定值以内，如果超出规定值，系统将会封锁触发脉冲，中断逆变器工作；同时调整电压控制板工作状态，或短路晶闸管触发工作，并把逆变器中断原因输入 I‑PAC 中，由 I‑PAC 确定重新启动的可能性。

这些控制单元组装在一个控制器机箱中，其结构框图如图 2 所示。由图 2 看出，控制器机箱分上、下四层：第一层为编号 A301，其将 DC 110 V 变换为 DC 60 V、24 V 和 ±15 V 等控制电源；第二层为编号 A321～A327 的 7 块控制电路印板，其中主要是触发信号的功放电路板；第三层中 A341 为将 DC 110 V 变换为 DC 5 V 控制电路印板，其他 A343～A347 共 5 块为控制和调整给定值与实际值的控制电路印板；第四层为显示与监控的 6 块控制电路印板。控制机箱两侧为控制电路与主电路的相关单元连接用的接口件，由 7 个 44 芯的插接件组成（X1～X7）。

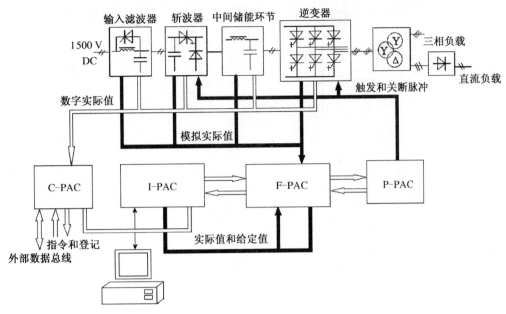

图 1　辅助电源系统主、控环节的构成框图

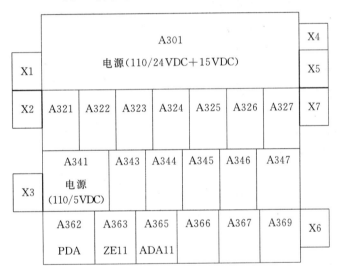

图 2　控制器结构框图

2　控制器的优化

2.1　控制器存在的问题

DC01 型列车 GTO 辅助电源系统的控制器是 20 世纪 80 年代后期的产品，其机箱中所采用的接插件目前均已改型；尤其是原控制器与逆变器整机接口的 7 个（X1～X7）44 芯接插件已被淘汰，目前市场上无法采购到。然而，若采用现在市场可供货的接口件，这将要涉及近 300 根连接导线的改造与改接，不仅带来大量的工作量，并存在危及运行安全性和可靠性的隐患，而且也是很不经济的。为此，对控制器的改造主要是在原控制器上进行，保留原控制器机箱，不变动原接口件。目前控制器在其性能上存在的主要问题是当蓄电池电压跌落后辅助逆变器启动失效，此时应可使用应急电池来紧急启动。但由于应急电池容量有限，并不能支持多次启动，从而仍会导致列车运行延误的严重后果。

经过分析研究，不仅找到了蓄电池电压跌落导致启动失效的原因，同时也从控制电路上探索出解决上述问题的方法。

由于蓄电池电压跌落，在启动过程中，当三相整流桥输出的控制电源电压超过蓄电池端压时，控制电源就承受一个冲击电流；此冲击电流一旦超过动作保护限界值（约 180 A）就会封锁脉冲，使辅助电源停止工作，启动失效。见图 3 所示。

图中，U_{110}（即 U_{BX}）是 DC 110 V 控制电源的输出电压，直接连到蓄电池两端的端压；I_{B110} 为控制电源的输出电流。由图可看出，蓄电池电压约跌到

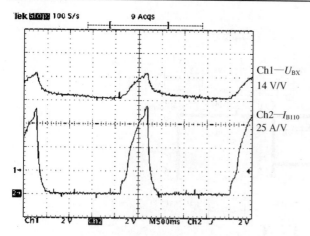

图 3　启动失效时 U_{BX} 和 I_{B110}（或称 I_{BX}）波形

88 V，冲击电流约达到 180 A，启动时控制电压已基本升到 116 V，但未能建立并保持此电压，属启动失效。

按辅助电源系统对直流控制电源所给出的额定功率为 25 kW，当输出 DC 110 V 时对应额定电流约为 230 A。由此可见，180 A 的动作限界值还有提高的余度，在这方面采取相应措施，从控制方面克服列车启动失效问题是可行的。

2.2　控制器的功能的完善

2.2.1　提高动作保护电流的限界值

由上述分析可知，调整即提高控制电源的动作电流限界值，可以减少由于蓄电池端压降落导致冲击电流增加而造成启动失效的概率。对控制电源电流实时检测并给予信号处理是在控制电路印板 A346 上进行的，相应的控制电路如图 4 所示。

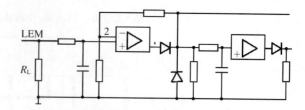

图 4　实测值及其信号调理电路

图中，R_L 为测量控制电源电流的 LEM 电流传感器的测量电阻，可以通过调整运放的信号放大倍数，或改变 LEM 电路中测量电阻 R_L，来改变动作保护电流的限界值，如提高到额定电流或 1.1～1.2 倍额定电流。

2.2.2　智能式分级启动控制方案

提高动作保护电流限界值，同时还要考虑到启动完成后进入正常工作时的电流保护限界，提高幅度不能过大，故控制器功能改善的效果也有限。为了能使辅助逆变器的启动效果达到车辆技术规格书上的额定状态，即允许蓄电池电压波动范围在 77～127 V 范围内，使辅助逆变器的启动性能得到更好的完善，可进一步提出采用智能式分级启动的控制方案。

智能式分级启动控制方案，指在列车启动时，从控制电路出发抑制控制电源对蓄电池充电电流的冲击所带来的影响，而在启动完毕后进入长期工作状态时，控制电源的动作保护限定值又回复到原先的给定值。实现智能式分级启动功能的电路原理如图 5 所示。

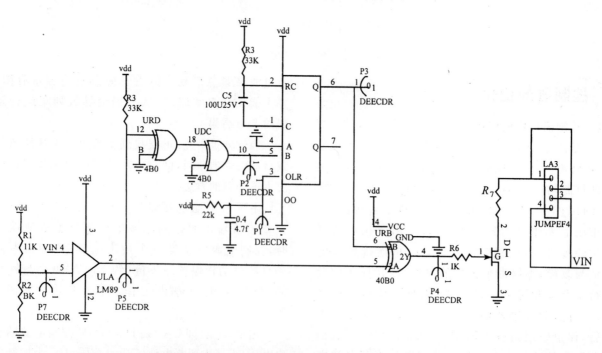

图 5　智能式分级启动电路原理图

图 5 中的场效应管(MOSFET)用符号 T 标记，其与电阻 R_7 串联，然后与测量控制电源电流的 R_L (图 4 所示)相并联。这样就可在启动时提高被监控的动作保护电流限界值，从原来定标的 25 A/V 调整至约 40 A/V。

智能式分级启动的工作原理是：启动时分级启动电路施与场效应管 T 的栅极上是高电位，T 导通，将 R_7 与 R_L 并联，使原来的测量电阻 R_L 减小到由 R_7 与 R_L 并联后的电阻值，计算出相应增大的倍数。系统一旦检测到启动完成的信号，经过一定的延时或通过检测确定控制电源中的电流值已小于动作保护限界值后，将此信号再反馈引入到图 5 中的 VIN，然后使 T 的栅极变为低电位，T 断开，恢复到原测量电阻 R_L，动作保护电流限界值回复到原来的 25 A/V。

将具有分级启动功能的电路板装在控制电路板 A346 上后，在辅助逆变器上进行启动试验，从所记录的试验波形图(图 6)可看出分级启动功能是很有效的，试验过程中蓄电池电压即使跌落到 77 V 以下时，辅助逆变器仍能正常启动。

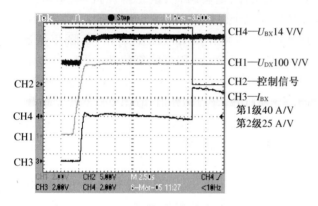

CH4—U_{BX} 14 V/V
CH1—U_{DX} 100 V/V
CH2—控制信号
CH3—I_{BX}
第 1 级 40 A/V
第 2 级 25 A/V

图 6　分级启动试验波形图

图 6 中，CH1 为 U_{DX}(中间回路直流电压)；CH2 为控制信号(高电平 15 V 为分流电阻 R_7 并入，低电平 0 V 为分流电阻 R_7 切除)；CH3 为 I_{BX}(控制电源电流)，CH4 为 U_{BX}(加在蓄电池两端的端压)。由图 6 看出，启动过程中当控制电源电压 U_{110} 大于 U_{BX} 时，就对蓄电池有一个冲击的充电电流(即相应于 I_{BX})，刚启动时保护动作电流被抑制了。启动完成后约 15 s，CH2 控制信号变为低电平，由 CH3 表示的 I_{BX} 对应变高，表明电流又被恢复到原整定值，这就实现了分级启动的功能。从图还可看出，随着时间推延，I_{BX} 还在不断减小，直至进入浮充电状态。

3　应急启动功能的改善

DC01 型电动列车自出现蓄电池电压跌落而使逆变器启动失效的问题以来，曾试图采用应急电池来克服此问题，但蓄电池不能支持多次启动，且易损坏，每年还要花费大量的维护保养费用。为解决该问题，特研制了专用的 DC/DC 变换器以补偿蓄电池电压的跌落。

对于辅助逆变器而言，只要施于控制器的控制电压大于 100 V，就能保证逆变器正常启动。因此，当蓄电池因紧急供电后端电压跌落到小于 100 V 以后，可以通过此升压 DC/DC 变换器将电压升到 100 V 以上(一般将输出电压调整在 105±1 V)，以确保逆变器的正常启动。而当逆变器启动后，蓄电池充电电压或直流控制电源电压升到 110 V(目前调整在约 116 V 左右)后，该升压 DC/DC 变换器就停止输出电能处于空载状态。DC/DC 变换器可靠性好，寿命长，而且具有足够的容量来满足应急启动的要求(该变换器的容量比应急电池的大得多)。使用应急电池启动时，持续时间不能超过 1 min，但其往往达不到此要求，且也只允许连续使用 3 次，如果不能将逆变器启动起来，它的功能便失效。而专用的 DC/DC 变换器则没有这个限制，它足以将逆变器启动起来投入正常的工作。控制器的监控环节一直监视着控制电源电压，当它超出规定范围时，就会给出保护信号，启动过程中各种工况对输入电压造成的影响也会被监控。

4　结语

通过对蓄电池电压跌落造成启动失效的试验、分析、研究，采取了相应的解决措施。DC/DC 变换器可弥补应急电池应急启动功能存在的问题，甚至可以取代应急电池的功能。这样，已运营 13 年的 DC01 型电动车能在蓄电池规定的电压波动范围内实现辅助逆变器正常启动，确保列车安全可靠运营。本文所采取的技术方案和措施对其他地铁车辆的改造也具有一定的参考价值。

参考文献

王安礼. 地铁 1 号线工程[M].上海：上海科技出版社,1998

(发表于《城市轨道交通研究》2006 年第 1 期)

上海地铁车辆客室车门可靠性技术研究

朱小娟，王建兵，印祯民

（上海地铁运营有限公司车辆分公司）

摘　要：本文简单介绍了上海地铁现有列车的内藏门、塞拉门和外挂门的结构和原理，针对三种客室车门进行了故障统计分析，得出了车门的主要故障原因；然后以内藏门为例，采用可靠性分析方法FTA对车门系统的可靠性进行了分析，得出导致车门故障的所有可能因素和薄弱环节，即通过可靠性分析对车门系统的故障原因进行了进一步总结，为今后系统地进行故障整改提供了依据。

关键词：客室车门，故障原因，可靠性，研究

地铁列车客室车门按驱动系统的动力来源，车门可分为电动式车门和气动式车门；按照车门的运动轨迹以及与车体的安装方式不同，又可分为内藏对开式滑门、外挂式移门和塞拉门。上海地铁1、2号线 DC01、AC01/02 型电动列车的客室车门采用了气动内藏对开式滑门，3号线 AC03 型电动列车采用电动式塞拉门，1号线 AC04 型电动列车的客室车门采用电动外挂式移门。但由于上海地铁客流较大，使得列车客室车门故障率较高。地铁车辆的安全性和可靠性不仅影响轨道交通运营质量和经济效益，更重要的是影响到市民正常的生活和城市的有序运转。为了有效地降低客室车门的故障，确保列车的正常运营，本文就上海轨道交通车辆客室车门的可靠性进行研究。

1　客室车门简介

1.1　内藏门

内藏对开式滑门简称内藏门。车门开/关时，门叶在车辆侧墙的外墙板与内饰板之间的夹层内移动。内藏门主要由门叶、车门导轨、传动组件、门机械锁闭机构、紧急解锁机构、气动控制系统以及电气控制系统等组成。车门关闭后，锁闭系统动作，保证车门安全可靠地锁闭。车门系统装有车门锁闭 S1、车门关闭行程开关 S2，车门切除开关 S3、紧急解锁行程开关 S4，实现车门的电气控制。

系统通过中央控制阀来控制压缩空气的流向和流量，实现双作用驱动气缸的前进和后退动，再通过钢丝绳、绳轮和驱动支架等组成的机械传动机构完成车门的开/关动作。

1.2　塞拉门

塞拉门在开启状态时，车门移动到侧墙的外侧，在关闭状态时车门外表面与车体外墙成一平面。塞拉门主要由门叶、支承杆、托架组件、车门导轨、传动组件、制动组件、紧急解锁机构、车门旁路系统以及电子门控单元（以下简称 EDCU）等组成。此外，车门还装有锁闭行程开关 S1、切除开关 S2、紧急解锁开关 S3 和 EDCU 复位开关 S4，实现对车门的电气控制。车门关闭后，制动装置的机械结构能防止门打开，开门动作时，它由电磁阀控制松开。

系统通过电机驱动丝杠和螺母机械传动机构实现门叶的开/关动作。

1.3　外挂门

外挂门的门页、车门悬挂机构以及传动机构的部分部件安装于车体侧墙外侧，电子门控单元和驱动电机装于车体侧墙的内侧。外挂门主要由门页、直流驱动电机、车门悬挂机构、丝杠/螺母机械传动机构和电子门控单元（EDCU）等组成。此外，车门还装有车门关闭行程开关 S2、锁闭行程开关 S1、切除开关 S3 以及紧急解锁开关 S4。车门关闭后触发限位开关 S2 和锁闭开关 S1，给出"门锁闭"信号。如果车门出现故障，可以通过方孔钥匙作用于行程开关 S3 将该车门切除。当紧急手柄动作后，触发限位开关 S4，门被紧急解锁，当列车静止或输出零速信号时，车门才可以手动打开。

系统通过电机驱动丝杠和螺母机械传动机构实现门叶的开/关动作。

2　车门故障分析

由于地铁列车运营线路站距短，客室车门频繁

开启和关闭,因而易导致客室车门的门控电气元件和机械零部件损坏,造成正线运营列车的客室车门故障频发,故障较轻则该车门被切除,故障较重则列车发生掉线、清客或救援。

2.1 车门故障统计

对 2003 年 1 号线列车客室车门故障原因分析如图 1 所示,将车门故障原因划分为 3 类,"尺寸配合、门槛条、驱动气缸、锁闭开关 S1、S 钩、继电器" 6 种故障是影响 1 号线内藏门故障的主要因素;"关门限位开关 S2、解锁气缸"故障是影响 1 号线内藏门故障的次要因素;"护指橡胶条"故障是影响 1 号线内藏门故障的一般因素。

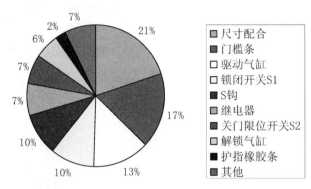

图 1　2003 年 1 号线车辆车门故障原因分析

对 2003 年 2 号线车辆车门故障原因分析如图 2 所示,"解锁气缸、S 钩、尺寸配合、驱动气缸、锁闭开关 S1" 5 种故障是影响 2 号线内藏门故障的主要因素;"关门限位开关 S2、门槛条"故障是影响 2 号线内藏门故障的次要因素;其他故障是影响 2 号线内藏门故障的一般因素。

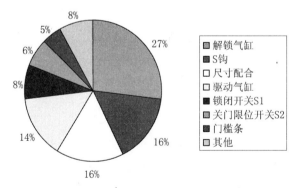

图 2　2003 年 2 号线车辆车门故障原因分析

对 2003 年 3 号线车辆车门故障原因分析如图 3 所示,"EDCU 和解锁开关 S3"故障是影响 3 号线塞拉门故障的主要因素,特别是 EDCU 故障占了 66%,因此是塞拉门改造的重点,其他如"开关继电器、门槛条、关门开关 S1、门定位销"等故障发生频次较少。

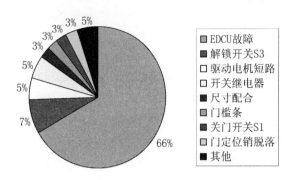

图 3　2003 年 3 号线车辆车门故障原因分析

2.2 小结

地铁 1 号线内藏门发生故障的主要因素集中在尺寸配合、门槛条、驱动气缸、锁闭开关 S1、S 钩、解锁气缸、关门限位开关 S2 以及继电器等几个方面,累计引起车门故障 144 次。

地铁 2 号线内藏门发生故障的主要因素集中在解锁气缸、S 钩、尺寸配合、驱动气缸、门槛条、锁闭开关 S1 以及关门限位开关 S2 等几个方面,累计引起车门故障 58 次。

对地铁 3 号线塞拉门而言,由于投入运营时间不长,除 EDCU 故障引起较多的车门故障外,其他引起车门故障的原因具有很强的随机性。

3 车门可靠性分析研究

3.1 车门可靠性定义

车门系统可靠性是指车门系统在规定的条件下和规定的时间内,完成规定功能的能力,详细定义见下述内容:

(1) 研究的对象

由于车门系统由车门单元、加入到牵引控制系统的控制环路等组成,同时还受到乘客、司机以及维修质量等对车门状态的影响,因此我们的研究对象不能仅局限于车门本身,需从人机系统的观点出发去观察和分析车门及其相关系统的问题。

(2) 规定的条件

一般地,可靠性分析中规定的条件是指,如载荷、温度、压力、湿度、振动、噪声、腐蚀、使用方法、维修方法以及维修操作人员的技术水平等。对上海地铁车辆车门系统而言,规定的条件主要是:车辆及线路的状态引起的振动水平、客流量的波动、乘客对车门的作用、车辆维修保养的水平、司机操作的水平等。特别是在客流高峰时期,很多乘客挤在车门附近,容易造成车门的变形,导致无法正常关闭车门。另外车门受到来自各个方向不同频率激扰振动的影响,也易造成装配尺寸的变化,甚至会造成固定装置的松动,因此需要考虑到这方面的因素。

(3) 规定的时间

可靠度是时间性的质量指标,随着时间的增长,产品的可靠性是下降的。在不同的规定时间内,产品的可靠性是不同的,因此对于一些弹簧、橡胶密封件以及行程开关等易耗件必须定期检查,对于损伤或寿命到限的部件需强制更换才能保证整个系统的可靠度。时间是指广义时间,可以是产品的运行时间,也可以指车辆行驶的里程数、旋转零件的旋转次数及循环次数等。对于车门系统可以用车辆的行驶里程数作为时间参数。

(4) 规定的功能

规定的功能是指车辆技术规格书里规定的车门应具备的技术指标,因此只有对规定的功能有了清晰的概念,才能对车门系统是否发生故障有明确的判断。

3.2　车门可靠性分析

可靠性分析方法有多种,在车门的可靠性分析中,采用了故障模式影响分析法(以下简称FMEA)和故障树分析法(以下简称FTA)[1~3]。FMEA就是通过对产品各组成单元潜在的各种故障模式及其对产品功能的影响进行分析,并把每一个故障模式按其严酷程度进行分类,提出可以采取的改进措施,以提高产品的可靠性。FTA是分析复杂系统安全性和可靠性的常用的有效方法,是故障事件在一定条件下的逻辑推理方法,它以图形的方式表明系统是怎样失效的,是一种适用于设计人员、维护人员和管理人员有效地进行系统分析的方法。FMEA是分析一种失效的后果,基本上是由下而上的单因素分析,是FTA的一种准备。FTA是FMEA的发展和补充,是由上而下追溯系统失效的根源,深入到故障的组合关系,二者相辅相成。

以内藏门为例,采用故障树分析法(FTA)对其进行可靠性分析。

3.2.1　顶事件的确定

取故障发生频率较高的事件为顶事件,即下述故障事件定义为顶事件:

(1) 司机发出开门指令后,DDU显示开门故障;

(2) 司机发出关门指令后,DDU显示关门故障;

(3) 自动开关门故障;

(4) 车门无法切除故障;

(5) 司机发出关门指令后,DDU显示无关门故障,但出现列车关门灯不亮的故障。

3.2.2　建造故障树

从顶事件"门故障"开始,利用演绎法建造故障树,如图4~9所示:

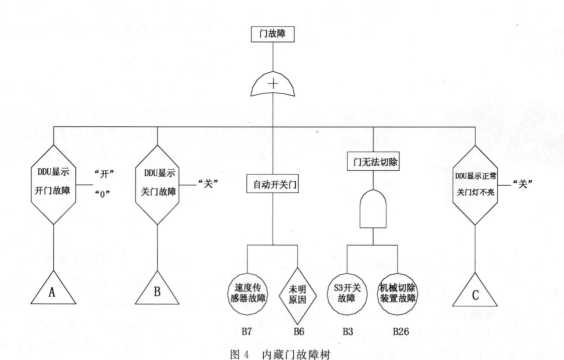

图4　内藏门故障树

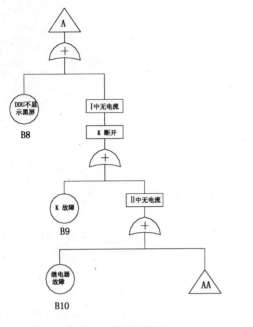

图 5　内藏门故障树

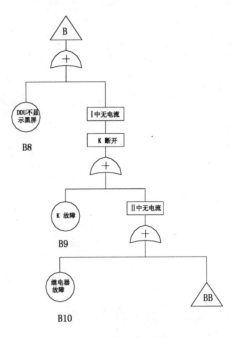

图 6　内藏门故障树

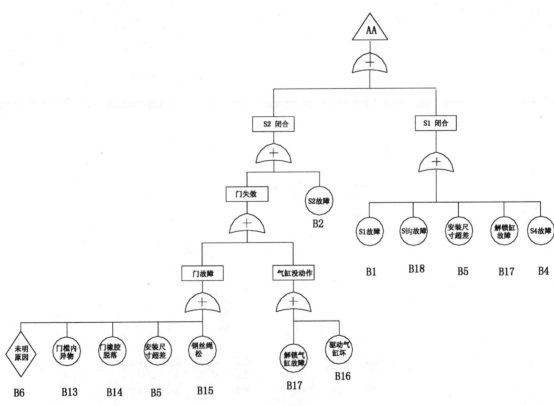

图 7　内藏门故障树

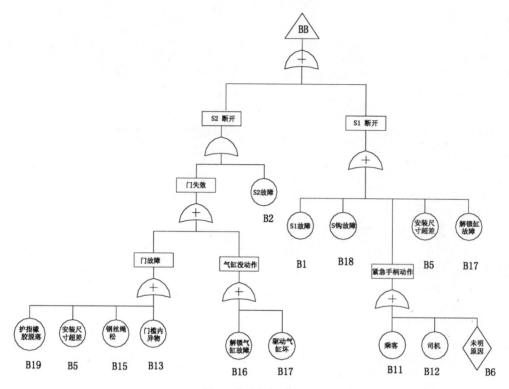

图 8　内藏门故障树

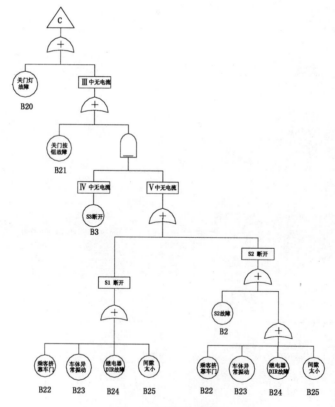

图 9　内藏门故障树

3.2.3　故障树定性分析

故障树定性分析的目的在于寻找导致车门故障发生的原因和原因组合，识别所有故障模式，它可以帮助判明潜在的故障，以便改进设计，还可用于指导故障诊断，改进运行和维修方案。根据内藏门的故障树定义底事件：

B1：S1 开关故障；

B2：S2 开关故障；

B3：S3 开关故障；

B4：S4 开关故障；

B5：尺寸超差；

B6：未明原因；

B7：速度传感器故障；

B8：DDU 故障；

B9：K 故障；

B10：继电器故障；

B11：乘客；

B12：司机；

B13：门槛内异物；

B14：门橡胶条脱落；

B15：钢丝绳松；

B16：驱动气缸坏；

B17：解锁气缸坏；

B18：S 钩故障；

B19：护指橡胶故障；

B20：关门灯故障；

B21：关门按钮故障；

B22：乘客挤靠车门；

B23：车体异常振动；

B24：继电器 DIR 故障；

B25：挡块与开/关间隙太小；

B26：机械切除装置故障；

采用下行法得到割集，并将其两两比较，用逻辑代数的吸收率和等幂率简化得到最小割集，即为故障树的全部最小割集：{B1}，{B2}，{B3}，{B4}，{B5}，{B6}，{B7}，{B8}，{B9}，{B10}，{B11}，{B12}，{B13}，{B14}，{B15}，{B16}，{B17}，{B18}，{B19}，{B20}，{B21}，{B3，B22}，{B3，B23}，{B3，B24}，{B3，B25}，{B3，B26}。

内藏门系统有 21 个一阶最小割集，5 个二阶最小割集，从故障树的定性分析来看，底事件 B1，B2，B4～B21 均出现 1 次，B3 出现 6 次。从图中可以看出，发生车门故障任一最小割集均会导致顶事件门故障的发生，要进一步提高车门系统的可靠性，可以通过提高 21 个一阶最小割集的阶次或通过提高功能元件的可靠度来降低它们的故障率。

3.3 小结

通过车门可靠性分析，得出车门故障主要因数：从车门结构方面分析，限位开关、继电器、门槛条、护指橡胶条、开/关门按钮、橡胶止挡、驱动气缸、解锁气缸、S 钩、钢丝绳是造成车门故障的主要因数；从环境方面分析，车体振动或局部变形、乘客挤靠车门、车门运行环境是造成车门故障的次要因数；从人为因素分析，司机误操作、乘客擅自随意启用紧急设施、检修人员水平的制约是造成车门故障的客观因数。

4　结论

针对上海地铁现有列车使用的三种不同类型的客室车门（内藏门、塞拉门和外挂门）的结构和功能特点，本文仅以内藏门为例，采用可靠性分析方法进行了故障分析，并结合 2003 年车门的故障统计分析结果进行比较，车门现场故障的原因与可靠性分析车门故障的所有可能因素和薄弱环节基本一致，即通过可靠性分析对车门系统的故障原因进行了进一步总结，为今后系统地进行故障整改提供了依据。

车门可靠性数据的采集与处理是可靠性研究的基础工作，为了获得车门系统以及各个零部件的失效分布情况，今后应对车门的使用和故障情况进行长期跟踪，并收集记录各种故障数据，才能更加有效地保证今后地铁列车客室车门的正常工作和列车的正常运营。

参考文献

[1] 黄祥瑞. 可靠性工程[M]. 北京：清华大学出版社，1990

[2] 刘唯信. 机械可靠性设计. 北京：清华大学出版社

[3] 贺国芳. 可靠性数据的收集与分析[M]. 北京：国防工业出版社，1995

（发表于《城市轨道交通研究》2006 年第 2 期）

1号线车辆空调系统故障分析与改进

浦汉亮

（上海地铁运营有限公司车辆分公司）

摘 要： 对上海地铁1号线车辆空调系统作了简单的介绍，并就空调系统产生的几个主要故障，客室通风异常、空调机组压缩机异常损坏与温度传感器故障的产生的原因作了统计与分析，提出了假设，并通过试验加以验证。结合列车在上海地区运营时，其车辆空调系统实际运行工况和制冷系统工作原理，以及对空调系统的实际维修经验，得出解决故障的措施，并对取得的效果作了说明。

关键词： 空调，故障，分析，措施，效果

上海地铁1号线车辆系德国进口列车，列车有A、B、C三种车型，A车为拖车，带司机室；B、C车为动车，运用时，列车按 A—B—C—B—C—A 顺序六辆为一组编挂使用。地铁1号线车辆空调系统由德国 Hagenuk 公司制造，除A车司机室天花板内嵌有一台供暖/通风机组外，每一辆车的车顶两端凹坑内，各装有一台单元式空调机组，它通过吸振元件与车体紧固，外形设计与客车顶部外形相适应，使整个车体在外形上保持一体化。

地铁1号线车辆空调系统是一个集机械、电器、电子、制冷技术于一体的复杂系统，它在几年来的实际运行中，随着运行里程和客流的增加，德方在空调系统设计过程中，没有充分估计到列车在中国上海使用时的工况，存有一些设计上的缺陷，使得车辆空调系统故障频繁出现，乘客反响较大，直接影响到列车的正常运行和地铁文明窗口形象。为减少空调系统故障，我们从处理空调系统运行中出现的故障着手，根据车辆空调机组所采取的工作形式与控制原理，结合制冷与自动控制原理，对空调系统的故障进行了分析与试验，得出产生问题的原因和解决问题的方法。协同德方对空调机组实施多次改进和控制软件的修改，从而使空调系统的故障率明显下降，取得良好效果。

1 空调系统的通风问题

为便于说明问题，首先就车辆的通风系统做一个简单介绍。装于车辆两端的空调机组送风口与回风口，通过软风道与车顶的中央送风道（主风道）和回风道相连，车辆的送风风道沿车辆的纵向分为三个，中间大的为中央送风道，两侧为静压送风风道（副风道），主、副风道由隔板分离，隔板上设有一系列调整风量的气孔；车体内、外顶板与送风风道两侧构成的空间为回风风道。A、B、C车的客室通风是相同的，但A车因带有司机室，所以在靠司机室一侧的送风道两侧各设有一支小风道，由设于司机室顶部的通风机引入司机室，并可单独控制风量。

空调机组将经处理的 8 000 m³/h 空气送入主风道，经隔板上的气孔进入副风道，并在其内使气流平衡、稳定后，通过其底部的孔板均匀送入客室。进入客室的空气，经客室座椅下部并通过侧墙中的夹缝和车辆两端的回风道进入回风风道，回风一部分经车顶的八个静压排气孔排出车外，一部分经回风风道流回空调机组并与空调机组两侧吸入的新风混合，经冷却、过滤后，由离心风机送入中央送风道，就此在客室内形成空气循环，达到空气调节的目的。

1.1 问题的产生

列车动态调试时，我们发现通风系统未能达到车辆《技术规格书》的要求，客室两端气流并未按设计时的设想循环，尤其是A车靠司机室一端，几乎无空气流动，存在问题，并就此问题向德方技术人员提出，但德方技术人员认为，车辆通风系统试验已在样车中实施并通过，应该不会有问题。

1.2 问题的分析

要确认问题存在，就必须做通风系统试验，来验证问题的存在，首先我们在车辆中利用一些烟雾，来确认客室内气流的流向，从中发现两个问题：

（1）在客室两端，烟雾几乎没有飘动，尤其是靠

司机室的那一端。

（2）送风风道与回风风道相邻太近，造成气流短路。

1993年10月8日，我们又在运营中的列车中，对一个单元车辆的客室实施了客室温度的实测。实测温度记录如下：

表1　车辆客室实测温度

位置 状态	A车			B车			C车		
	Ⅰ端	中间	Ⅱ端	Ⅰ端	中间	Ⅱ端	Ⅰ端	中间	Ⅱ端
静止时	31℃	24℃	29℃	30℃	23℃	29℃	29℃	25℃	30℃
运行时	31℃	25℃	27℃	26℃	25℃	27℃	26℃	25℃	27℃

由记录的数据，我们可以看到，当列车静止时，因车辆两端空气无正常流动，造成两端的室温普遍较高；列车行驶时，除A车靠司机室的端部外，车辆的其他端部，因活塞风效应，温度都有所下降。

为进一步确认该问题，我们积极地联系了铁道部四方车辆研究所，借助外部的专家、设备，共同实施了上海地铁车辆空调通风系统试验，现将有关客室内微风速测定和气流均匀性试验情况表述如下：

（1）测试方法。

试验工况参数按照上海地铁1号线车辆《技术规格书》的要求并参照铁道部"铁路客车空气调节试验方法（TB1675-85）"进行。列车在静止状态下，沿车辆纵向取三个车辆断面，每个测量断面中，自上而下布置四个测点，其距地板面高度分别为1.7米、1.2米、0.5米和0.1米，沿车辆的中心线两侧对称布置，总计二十四个测点，如图所示：

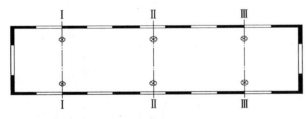

图1　测试点安装

Ⅰ～Ⅲ——微风速测量点

（2）测量数据。

表2　微风速测量数据

位置 车号	Ⅰ-Ⅰ	Ⅱ-Ⅱ	Ⅲ-Ⅲ	0.1m	0.5m	1.2m	1.7m	总平均
92162	0.344	0.418	0.293	0.49	0.425	0.2	0.216	0.355
92173	0.250	0.344	0.184	0.367	0.320	0.275	0.225	0.295
92181	0.428	0.340	0.172	0.325	0.330	0.280	0.317	0.315

表内所列数据为：客室内二十四个微风速测点各测二次的数据，按车体3个断面位置和四个高度位置计算的平均值及全车的平均值。

（3）结论。三辆车内微风速平均值分别为0.355 m/s、0.295 m/s和0.315 m/s，基本符合铁道车辆技术条件之规定（＜0.35 m/s），但车内气流不够均匀，沿车体长度方向的风速差别较大，气流组织应予改进。

1.3　问题确认和采取的措施

上述试验的结果引起了德方的高度重视，迫使他们在德国制造中的列车上也做了相关试验。1994年8月20日德方在给我方的来函中，就他们的试验叙述如下：

（1）试验表明，由于安装空调机组部位（占车长的15％）是回风区域，无直接的送风；且该处回风道与送风道相邻太近，气流有短路现象，因而它没有达到设计要求。

（2）引起车辆两端通风不畅是因为在车辆两端的用于回风的风道其回风孔被电缆槽及隔热材料堵死，没有足够的回风面积，无法形成回风，回风有被断路现象。

为此，中、外双方对该区域的回风道实施了三项改造，保证了回风的畅通：

（1）将堵于回风道的隔热材料取走，同时在过梁和电缆槽上方安装一块U型金属板，以增加过风面积。

（2）考虑到送风与回风相距太近，送风被短路的现象，在两风道间增加一块隔板，延长距离，避免送风短路产生。

（3）利用一些盖板，将一些过大的回风口节流。

经过改造和列车运行时活塞风效应，车辆两端通风得到了一定的改善，但靠司机室一端，因无活塞风效应，通风情况还是不够理想，最终只能通过加装辅助风机以改善该区域的通风。

2　压缩机组异常损坏

为便于说明问题，首先就地铁1号线车辆制冷系统采用的空调机组作一个简单介绍，见附图2。

机组主要由：全封闭压缩机两台、冷凝器两台、蒸发器一台、贮液桶一只、膨胀阀一只等组成，这些部件通过管道、阀门等依次相连，形成一个封闭的制冷循环系统，加上冷凝风机两台、通风机两台、恒压器箱等辅助部件构成一个完整的单元式空调机组，其原理如图所示：

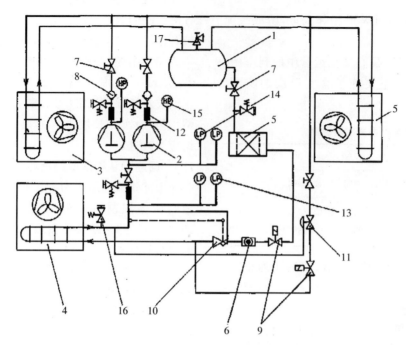

1. 贮液桶　2. 压缩机　3. 冷凝器与风机　4. 蒸发器与风机　5. 干燥过滤器　6. 视液镜
7. 截止阀　8. 单向阀(止回阀)　9. 电磁阀　10. 膨胀阀　11. 热气旁通阀　12. 金属软
管　13. 低压恒压器　14. 抽空恒压器　15. 高压恒压器　16. 顶针阀　17. 角向截止阀

图 2　空调机组原理图

工作原理：制冷剂气体经压缩机压缩，形成高压高温蒸汽，在冷凝器内冷凝，形成高压液体进入贮液桶，由贮液桶排出的液体经干燥过滤后，通过液路电磁阀和视液镜，流至膨胀阀节流膨胀，膨胀降压后的制冷剂经分配器进入蒸发器蒸发，蒸发吸热后的气体经压缩机的吸气管道，吸入压缩机压缩，这就完成了制冷循环过程。制冷机组能量调节，由空调系统控制单元根据测得的各参数，自动调节。

2.1　问题的产生

地铁 1 号线车辆自投入运行后，每年夏天都有不少压缩机损坏，随着投入运营列车的增加，压缩机组的损坏也在不断增加，至 1999 年损坏的压缩机组占压缩机组总数(192)的 71/192×100％＝37％。现将历年来压缩机组损坏的数量统计如下：

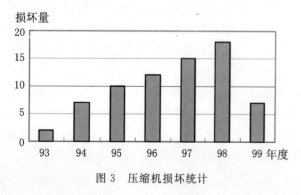

图 3　压缩机损坏统计

2.2　问题的分析

从统计的情况看，此问题是相当严重的，1994 年损坏数量的大幅增长，即引起我方的注意，根据我国压缩机生产厂的规定，一般压缩机出厂后的返修率应在 2‰ 以下，并质保三年，1994 年 7 套压缩机组损坏，显然是不正常的。为找出产生问题的原因，我就空调机组采用压缩机并联工作形式，查阅了大量的资料，并结合其控制系统对其工作控制的过程，分析后得出第一个假设。

从原理图上，我们可以看到，双压缩机并联工作，控制系统按照运行中制冷负荷的变化对机组能量实行调节。当单台压缩机工作时，为防止压缩机排出的高压蒸汽对未工作压缩机的影响，在其管路上装有单向阀，以避免对压缩机损坏，这就产生两个问题：

（1）若单向阀存在问题，不能完全关闭，这对未工作压缩机阀片的损伤是显而易见的。

（2）若单向阀完好，但当制冷负荷要求两台压缩机同时参与工作，则后启动的压缩机，因其两端压差大将造成启动负荷增大，从而影响到压缩机电机工作寿命。

1994 年 8 月我赴德国监造期间，就压缩机组损坏一题，专门与德方技术人员探讨，提出自己的看法，要求德方技术人员对损坏压缩机作剖缸分析，并提供分析报告给我方。1994年底，德方对7套损坏压缩机做了剖缸分析，其中：4套压缩机因液击引起损坏，1套压缩机因电机产品质量问题，1套压缩机因轴承安装问题，1套压缩机因润滑不良引起损坏。

收到德方提供的分析试验报告后，结合维修实际和对故障的统计，我对此报告分析后得出压缩机损坏原因的第二个假设。

压缩机双机并联时，为使两台压缩机的润滑油得到平衡，在压缩机底部设有一根相通的油平衡管。在这种情况下，当单台压缩机工作时，由于工作压缩机的吸气压力降低，引起未工作压缩机油位降低，这将会引起两种可能：

（1）工作压缩机的油位过高，可能会引起阀片的液（油）击。

（2）未工作压缩机的油位过底，一旦需参与工作时，因缺油润滑不良引起压缩机损坏。

1995年1月德方技术人员就空调系统问题来上海作技术谈判，谈判中德方对损坏压缩机的分析和他们在做模拟试验中没有能够得出压缩机液击损坏的原因作了解释。并认为压缩机损坏的原因，可能为润滑油预热不够和空调停机前没有实现抽空功能引起。谈判中我重申了我们对单向阀可能引起压缩机损坏和压缩机油位平衡装置设计考虑欠周的观点，并认为德方提出的关于润滑油预热不够，引起压缩机损坏的解释不太可能，国内同类型空调机组在南方使用时，一般不用油加热措施；抽空功能可以通过控制软件的修改得以弥补。最终德方承诺，他们将对压缩机损坏的原因作进一步分析，并对我方提出的观点，加以确认。

2.3 问题的确认和解决措施

1995年技术探讨后，为证实我的分析，就我提出的第一个假设，我们对一列车的12台空调机组的单向阀做了功能测试，试验发现采用的单向阀70%左右，都存在不能完全关闭的问题，同样这一现象，在德国的试验中也得以证实，这使得德方在1995年底对所有单向阀实施了更换，以解决这一问题。

单向阀更换后，压缩机损坏的情况并未被彻底改善，从历年损坏压缩机组的统计中可以看出，这个情况也引起中、外双方高度重视。1996年秋，德方对30多套压缩机组实施剖缸检查，压缩机组损坏原因的检查结果统计如下：

表3　压缩机组损坏原因

原　因	损坏数量	损　坏　率
液　击	18	42.9%
缺乏润滑	16	38%
其　他	8	19.1%

从统计情况看，液击与缺乏润滑为压缩机损坏的主要原因，符合我提出的第二个假设，为验证这一假设，我们与上海铁道大学的专家共同探讨了这一问题，得到专家们的认可，大家都认为，最好通过模拟试验加以验证。但做这样一次模拟试验花费过于庞大，而未能实现。但德国生产厂有现成的机组试验室，可以完成此项试验，确认问题是否存在。我们虽未能得知德方是否试验，试验结果如何，但从德方1997年度提供的压缩机组备件来看，提供的压缩机组增加了一根气平衡管，从而避免单台压缩机工作时的油位不平衡问题。这个改动，可以看出压缩机组改造前后的不同。这也完全证明了我提出的第二个假设是正确的，已引起德方的重视，而采取了这一措施。从现在的情况看，1997年改进后的压缩机组使用至今尚无损坏现象出现，而且通过替换和改造，新型压缩机组已换上134套，基本解决了压缩机异常损坏的问题，从前面的统计中可以看出，1999年压缩机组的损坏数量大幅降低。这一措施的采取，大大降低了空调机组的故障率和维修成本，减少了列车因压缩机损坏而检修的库停时间，较好地保证了列车的正常运行。

3　有关冷凝温度传感器故障

3.1 问题的产生

冷凝温度传感器是空调机组自动控制中的模拟量输入元件，它的好坏直接影响到空调机组的工作，车辆投入运行后，冷凝温度传感器出现的故障次数也是比较多的。至1998年累计损坏了60多个，占总数35%左右。

3.2 问题的分析

针对上述问题，首先我们对换下的温度传感器作出分析，从损坏的情况看，主要是因高温引起固定探头的填料被熔化，造成探头脱落与铜管接触引起短路致使传感器损坏。温度传感器的结构如图4所示。

根据提供的技术数据，我方分析认为，设计者在温度传感器选型上存在问题，这是因为在上海地区夏季极端高温情况下，空调机组运行时冷凝温度将超过100℃，这也在空调机组维修中，对冷凝温度

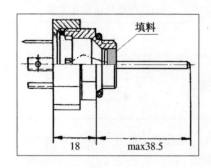

技术数据
型号：NTC-5K/UUA35J1
适用温度范围：-30～100℃
25℃时的阻值：25 kΩ
保护类型：IP65

图4　温度传感器结构

的测量中得以证实(当列车静止时,环境温度为39℃时,测得的冷凝温度为100℃以上)。

1994年8月,我赴德国监造期间,就此问题向德方技术人员提出,得到德方技术人员认可,他们承认固定温度探头的填料存在问题,将重新选择合适的填料,免费提供一批新的冷凝温度传感器。新的温度传感器换上使用至今尚未发现类似问题再次产生,这也证明了我的分析是正确的,同样也为该传感器今后的国产化打下了坚实的技术基础。

几年来,经过对一系列故障的分析,并通过一系列的技术改造和控制软件的修改,解决了空调系统出现的几个问题,使空调系统的故障率明显下降,降低了列车的临修次数与维修成本,给了乘客一个乘坐舒适的环境,确保了列车的运营和地铁文明窗口的形象。同样通过对问题的分析和解决,提高了对车辆空调系统的认识,为上海轨道交通事业空调机组和部件的国产化实施打下了基础。

(发表于第14届土木工程学术交流会,2001年)

MSP43F133 在直流列车主控制器及参考值转换器试验台上的应用

陆 彬

（上海地铁运营有限公司车辆分公司）

摘 要：直流列车主控制器及参考值转换器试验台是为列车控制系统检测及维护而研制的测试设备。本文基于 MSP430F133 单片在该试验台上的应用，着重研究了设备的组成结构，讨论了系统主要硬件和软件模块的具体设计和实现方法。

关键词：主控制器，参考值转换器，单片机

主控制器由司机操作，用于给出列车控制指令，以及给出列车牵引或制动力矩的大小。在 ATO 模式下，主控制器给出 ATO 模式的工作指令，且在必要的情况下，由司机操作，给出制动指令或快速制动指令，并给出制动力矩的大小。因此，主控制器工作的好坏，将直接影响到列车的安全运行。在实际运营中，如果主控制器给出的指令不明确或部分指令缺少，列车将无法正常牵引。并且，如果主控制器给出的牵引或制动力矩不够精确，会造成牵引加速度过低或制动距离过长，也会影响列车的正常运行。

2A05 模块主要用于将主控制器给出的牵引和制动力矩模拟量信号进行转换，将 0～10 V 的低压电压信号或 0～20 mA 的电流信号转换成 60 V，频率为 420 Hz 左右的脉宽调制信号，以便于在列车总线上传输，且能被 TCU，BECU 等控制单元接收。它的正常工作与否，将直接影响到列车的运行状态和运行精度。在实际运行当中，2A05 曾多次发生没有调制信号或 PWM 信号不能调制的状况，造成列车不能牵引。

如果主控制器给出的力矩本身就有较大的误差，而 2A05 在转换过程中也存在较大的误差，则经过误差累积后，最终传到车辆控制系统的信号将会有很大的误差。在日常检修当中，由于没有专门的检测设备对主控制器和 2A05 进行检测，因此对此设备检修在很大程度上依赖于司机的主观判断，或等故障发生后再进行修理更换，缺乏科学的依据，也造成零修或事故维修的不确定性，不利于生产运营的安排。为提高检修质量，做好预防性维修，本实验台的主要功能就是对主控制器和 2A05 的各项电气参数进行综合测试，以便于检修人员进行分析判断。同时，该试验台还与计算机进行通讯，将所测数据进行打印或保存。

1 系统结构及控制流程

主控制器及参考值转换器试验台的结构主要由单片机控制系统、数字信号输入接口、模拟信号调制、A/D 转换、数字量输出、电压信号及电流输出、串行接口等组成。如图 1 所示。

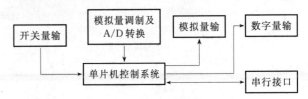

图 1 主控制器及参考值转换器试验台结构图

主控制器及参考值转换器试验台结构简单，不需要对该试验台进行任何操作，所有操作均在计算机上进行。单片机的控制流程如图 2 所示。

开始测试时，先将主控制器的连接端子及参考值转换器的接线端子接到试验台上，打开试验台电源，即可开始测试。操作人员将方式方向手柄推至 ATO 位，这时"ATO 方式"LED

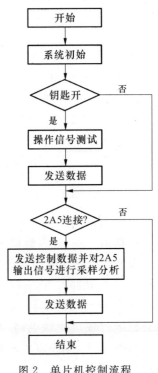

图 2 单片机控制流程

指示灯亮,表示 ATO 方式的各个继电器工作正常。然后,操作人员再将方式方向手柄推至前进位,按下司机警惕阀,缓慢推到全牵引的位置,这时前进 LED 指示灯及牵引 LED 指示灯亮,表示前进和牵引的工作继电器正常。在此同时,检测设备对主控制器的模拟量输出进行检测,依次记录不同位置时主控制器的输出电压。同时还将测量并记录 2A05 的输出波形,记录牵引手柄不同位置时的输出频率、电压幅值以及占空比。当检测人员完成操作时,各项测量指标也将完成。然后检测人员依次将手柄拉到制动位,反向牵引,制动。在操作的过程

中,面板上的 LED 指示灯将指示各项操作的功能是否正常。同时,当所有的操作完成后,本试验台也完成了对主控制器和 2A05 的检测。此时,按下打印键,设备上的打印机将所测得的数据按一定的格式打印出来。到此为止,就完成了对主控制器和 2A05 的所有检测。

在测试的过程中,试验台将所测数据通过串行口发送到计算机进行处理。利用计算机的操作软件,可以将所测数据进行存盘保存,也可以打印出来保存。计算机的操作界面及打印格式如图 3 所示。

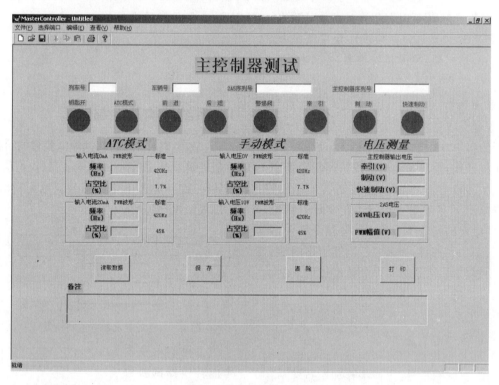

图 3 　计算机操作界面

其中,列车信息由操作人员手工输入,包括列车号、车辆号、主控制器序列号及参考值转换器的序列号。当测试过程完成后,可按"保存"按钮进行存盘。按"清除"按钮可以重新进行测试,也可以进行下一次测试。按"打印"按钮,可以打印测试结果。

2 　硬件系统设计

主控制器及参考值转换器试验台的硬件回路主要包括单片机、外围数据采集、数字信号输出、模拟量控制信号输出及串行接口等回路。

主要组成部件有:MSP430F133 单片机、双路 D/A 转换输出电路、模拟量信号调理及输入电路、计算机串行接口变换电路、开关量输入输出控制。模拟量的 A/D 转换由单片机内带的 A/D 转换器实现。

2.1 　MSP430F133 单片机简介

MSP430F133 单片机是本试验台的控制中心,实现从数据采集到输出控制的全过程控制。主要完成开关量的检测,模拟量的 D/A 转换,控制电压电流的输出,数字量输出及 USAR0 串行口与计算机的通信等功能。

德州仪器(TI)公司的 MSP430F133 单片机是一种超低功耗 FLASH 类型的微处理器。该微处理器机内置 8KB＋256 字节 FLASH,256 字节的 RAM。通过 16 位 RISC 系统 16 位 CPU 集成寄存器和常量发生器来获得最大代码效率,它具有强大的处理能力,具有丰富的寻址方式,片内寄存器数量多,可实现多种运算。片上集成了较多的外围资源。含有 12 位 A/D 转换器,精密模拟比较器,2 组频率可达 8 MHz 的时钟模块,2 个带有大量捕捉/比

较寄存器的 16 位定时器，1 个可实现异步、同步及多址访问的串行通信接口，数十个可实现方向设置及中断功能的并行输入、输出端口等。其运行环境温度范围为 −40～+85℃，所设计的产品适合运行于工业环境下。

2.2　模拟量控制信号输出电路

本试验台有两路模拟量输出回路，其中电压输出回路模拟手动驾驶中，主控制器的转矩参考值给定。通过 D/A 转换器给参考值转换器施加 0～10 V的电压，同时测量 PWM 波形的频率及占空比。另一路为电流输出回路，如图 4 所示。该回路输出 0～20 mA 的电流，模拟在 ATC 驾驶的情况下，ATC 设备给出的转矩参考值信号。

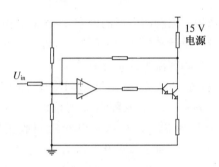

图 4　电流给定值输出回路

2.3　串口通信

MSP430F133 单片机有 USAR0 串行通信接口，主控制器利用该串行接口实现单片机与 PC 机的接口，进行数据交换。

3　结论

本文研制的主控制器及参考值转换器试验台实现了对列车主要操作部件主控制器及参考值转换器的自动测试，提高了对列车操作主要操作部件的维修质量及维修效率，保证了列车的安全可靠运行。该试验台完成对主控制器及参考值转换器各项技术指标的测试，并达到精度要求，性能稳定，可靠性高，设备操作简单方便。

参考文献

胡大可编.MSP430 系列 FLASH 型低功耗 16 位单片机.北京：北京航空航天大学出版社,2001.11

（发表于《电力机车与城轨车辆》2003 年第 6 期）

地铁列车客室车门故障的 QC 分析

王建兵[1]，浦汉亮[1]，李　强[2]

（1. 上海地铁运营有限公司车辆分公司，2. 北京交通大学）

摘　要：根据上海轨道交通 AC01/02 型地铁列车客室车门的故障实际情况，运用质量控制（QC）的理论和分析方法，分析了导致客室车门故障的主要因素，并制定了有效的解决措施。

关键词：客室车门，QC，主要因素，解决措施

随着城市化进程的加速，人口向大中城市集中，城市交通拥堵日趋严重。城市轨道交通具有运量大、效率高、节能、少污染、舒适、安全和准点的突出优点，是国际城市公共交通发展的首选模式。目前上海 3 条轨道交通线路日客流量已达到 130 万人/次，列车客室车门是人机接口的直接界面，由于其引起的故障会直接影响乘客的出行和安全，并造成一定的经济损失和社会影响，因此很值得研究。

为了有效解决客室车门的故障，控制车门故障的频繁发生，成立了 C&O（close and open）客室车门 QC 小组（简称 C&O 小组）。

1　现状分析

上海地铁现有的 AC 01/02 型电动列车的客室车门采用内藏门，是通过气动控制元件控制驱动气缸来实现车门的开/关功能。车辆中客室车门与其他车辆部件和系统相比，是故障较高的系统之一。客室车门产生故障的原因有两方面的因素，一方面是由于车门系统本身的设计和制造缺陷所造成，另一方面也与其使用频率高和客流大的条件有关。

C&O 小组对 2002 年度第四季度 AC01/02 型电动列车客室车门的故障情况进行了统计，客室车门的故障率为 36 次/月，C&O 小组对收集的故障信息进行了分类统计，见表 1 和图 1。

表 1　故障统计表

序号	项　目	故障次数（次）	累计故障次数（次）	累计百分比（%）
1	关门止挡	33	33	31.4
2	门钩复位弹簧销	28	61	58.0
3	驱动气缸	18	79	75.2
4	解锁气缸	5	84	81.4
5	S1 行程开关	5	89	84.7
6	S2 行程开关	4	93	88.6
7	门槛条	2	95	90.5
8	其　它	10	105	100

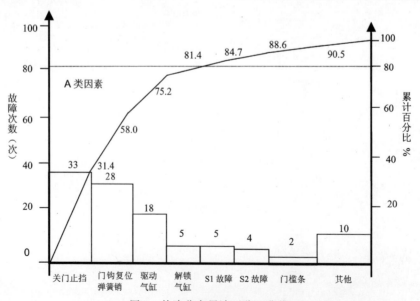

图 1　故障分布累计百分比曲线

根据以上数据分析，2002 年第四季度 AC01/02 列车客室车门共发生 105 次故障，该故障直接对列车的运营准点率产生影响。据此我们确定 3 个 A 类因素为：关门止挡、门钩复位弹簧销和驱动气缸，其故障为车门系统的主要故障。

2 预定目标

C&O 小组根据实际情况制定了降低车门故障的目标，即对车门故障率预定为 20 次/月。如果能实现该目标，可以极大地缓解车门故障对正常运营的影响。

3 因果分析

按照上述分析，关门止挡故障、门钩复位弹簧销故障和驱动气缸故障是造成车门故障的主要因素，造成故障的原因进行如下分析与研究，见图 2。

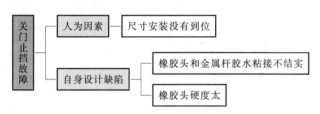

a. 关门止挡故障因果分析图

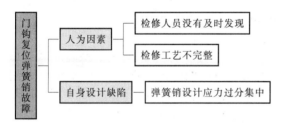

b. 门钩复位弹簧销故障因果分析图

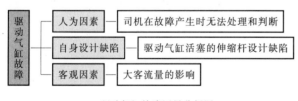

c. 驱动气缸故障因果分析图

图 2   因果分析图

4 要因确定

对上述的故障分析的末端因素进行分析和验证，确定要因，见表 2。

表 2   要素确定表

序号	末端因素	验证方法	验证结果	是否要因
1	尺寸安装没有到位	对故障车门进行尺寸检查	部分车门间隙超差占 2%	否

（续表）

序号	末端因素	验证方法	验证结果	是否要因
2	橡胶头和金属杆胶水粘接不结实	对故障零件分析和统计	橡胶头脱落的故障有 50%	是
3	橡胶头硬度太低	橡胶头硬度测试	少部分硬度太低	否
4	检修人员没有及时发现	对检修人员作业记录进行检查	进行检查，但无法及时发现和判断	否
5	检修工艺不完整	在检修工艺中没有明确提出	检修工人已按要求执行	否
6	弹簧销局部应力过分集中	对所有 28 个故障零件分析和统计	坏件在相同部位折断，几乎占到故障的 100%	是
7	司机在故障产生时无法处理和判断	对因气缸故障导致车门的故障进行分析	司机可以判断为气缸故障的占 5%	否
8	驱动气缸活塞的伸缩杆设计缺陷	对所有故障气缸分析和统计	分解气缸活塞坏件后发现伸缩杆相同部位折断占到故障的 50% 以上	是
9	客流量太大	对所有车门气缸故障引起的原因进行调查	在上班高峰客流密度高，客流量大，车门较难关好	否

5 对策措施

根据故障的要因，提出解决车门故障的对策和措施，见表 3。

表 3   对策措施表

序号	要因	现状	目标	对策	措施
1	橡胶头和金属杆胶水粘接不结实	橡胶头脱落	彻底解决存在的设计缺陷	分析了橡胶头脱落的原因，提出解决方案	对橡胶头连接采用直接硫化工艺技术，试验通过后全部更换
2	弹簧销局部过分应力集中	局部应力集中，销子折断	彻底解决存在的设计缺陷	分析应力集中的原因，提出解决方案	对弹簧销的结构进行设计改造，分批更换
3	驱动气缸活塞的伸缩杆设计缺陷	活塞部件的伸缩杆存在设计缺陷，经常折断	彻底解决存在的设计缺陷	拆解气缸活塞，分析了结构设计缺陷的原因，提出解决方案	对驱动气缸活塞的伸缩杆进行改造，降低车门驱动气缸的压力

6 实施情况

（1）改造车门关门止挡的结构，消除门钩间隙超差故障。由于关门止挡橡胶头与金属杆采用胶粘接的设计，关门时橡胶头变形，引起粘接部位松动，随着作用时间的延长，橡胶头易发生脱落而导致车门门钩的间隙超差的故障。C&O 小组经过分析后，对其进行了改造，采用在金属杆端部直接硫化硬度适宜的橡胶缓冲止挡，试验验证未发现脱落或变形。

（2）改造车门弹簧复位销的结构，确保车门正常开/关功能。门钩复位弹簧销折断将直接引起门钩弹簧失效或丢失，导致车门无法正常锁闭，车门的监控回路将显示该扇车门产生故障。C&O 小组经过分析，认为门钩复位弹簧销的结构在折断处应力过于集中。把原来应力集中的销子结构改为整体加工件后，强度得到提高。经过试验验证未发现折断的故障重现。

（3）改造车门驱动气缸伸缩杆的结构，减少列车故障下线。车门驱动气缸是车门实现开/关的执行机构，驱动气缸的故障将直接导致车门故障，更严重的是可能会引起车门卡死而无法开或关，导致清客的发生，影响了乘客的正常出行和安全。C&O 小组对失效的驱动气缸进行了拆解分析，查出气缸产生故障的主要原因，气缸活塞的伸缩杆端部采用螺纹结构直接与活塞相接，而伸缩杆是薄壁管件，在螺纹处产生应力集中易折断。决定由气缸制造商进行整改，整改方案为改造原有的薄壁螺纹结构，加强其与活塞的连接强度。另外，采取降低车门气缸的工作压力（由 5 bar 降到 4 bar 左右）来改善气缸的工作条件。

7 效果检查

C&O 小组活动完成了一个 PDCA 循环，取得了良好的效果，完成了预定目标，见表 4。

表 4 效 果 对 比 表

时　　间	实施前	实施后	故障降低率(%)
	02 年 10 月～ 02 年 12 月	04 年 1 月～ 04 年 3 月	
平均每月车门系统故障次数	36	20	55.6

8 经济效益和社会效益

通过 C&O 小组对上海地铁 AC01/02 列车内藏门的研究和分析，对引起车门故障的主要因素制定科学的整改措施，提高客室车门的安全性和可靠性，降低维修成本和运营成本。

通过 C&O 小组的成功运作，有效降低因车门故障导致的列车清客掉线故障，保证城市交通系统的畅通，方便乘客的正常出行，具有很高的社会效益。

9 小结

通过 C&O 小组的活动，车门故障的降低率达到了预定的目标。在今后的工作中将继续采用 C&O 小组的工作模式对车门的故障进行研究，不断地使车门故障率降到最低。

（发表于《机械管理开发》2004 年第 6 期）

地铁车辆客室车门故障原因及整改措施

王建兵,朱小娟,浦汉亮

(上海地铁运营有限公司车辆分公司)

摘　要：简要介绍了上海地铁现有列车的内藏门、塞拉门和外挂门的结构和原理,针对三种客室车门故障的主要原因,对其系统地实施了相应的整改措施,有效地提高了车门的可靠度,降低了车门故障率。

关键词：地铁车辆,客室车门,故障原因,整改措施

上海地铁1,2号线DC01,AC01/02型电动列车的客室车门采用气动内藏对开式滑门,3号线AC03型电动列车采用电动式塞拉门,1号线AC04型电动列车的客室车门采用电动外挂式移门。由于上海地铁客流较大,使得列车客室车门故障率较高,客室车门的可靠性成为制约列车安全、正点运营的瓶颈之一。为了确保列车的正常运营,有效地降低客室车门的故障,本文就上海地铁车辆客室车门存在的设计缺陷和故障进行分析,并对所采取的整改措施进行说明。

1 客室车门简介

1.1 内藏门

内藏对开式滑门简称内藏门。车门开/关时,门叶在车辆侧墙的外墙板与内饰板之间的夹层内移动。内藏门主要由门叶、车门导轨、传动组件、门机械锁闭机构、紧急解锁机构、气动控制系统以及电气控制系统等组成。门叶由钢丝绳连接,左侧门叶与驱动风缸直接连接,并通过安装在左门叶上方的钢丝绳夹紧机构与钢丝绳相连;右侧门叶与钢丝绳调整装置连接,通过调整钢丝绳使其保持一定的张力。门叶上方设有一个锁钩,车门关闭后,锁闭系统动作,锁钩钩住两扇门叶上的锁销,保证车门安全可靠地锁闭。此外,车门系统装有车门锁闭行程开关S1、车门关闭行程开关S2、车门切除开关S3、紧急解锁行程开关S4,实现车门的电气控制。

内藏门通过中央控制阀来控制压缩空气的流向和流量,实现双作用驱动气缸的前进和后退,再通过钢丝绳、绳轮和驱动支架等组成的机械传动机构完成车门的开/关动作。机械锁闭机构可以使车门可靠地实现在关闭位置上锁闭。电气控制系统控制中央控制阀来实现车门的开/关和解锁。调节中央控制阀上的调节旋钮可调整开/关门速度及缓冲速度。

1.2 塞拉门

塞拉门在开启状态时,车门移动到侧墙的外侧;在关闭状态时车门外表面与车体外墙成一平面,这不仅使车辆外观美观,而且有利于减小列车在高速行驶时的空气阻力和降低空气涡流产生的噪声。塞拉门主要由门叶、支承杆、托架组件、车门导轨、传动组件、制动组件、紧急解锁机构、车门旁路系统以及电子门控单元(以下简称EDCU)等组成。车门还装有锁闭行程开关S1、切除开关S2、紧急解锁开关S3和EDCU复位开关S4,实现对车门的电气控制。作为车门的控制部件,EDCU起着监控车门状态、驱动门机构和控制门单元通信的作用。

塞拉门由电机驱动丝杠和螺母机械传动机构、丝杆和螺母传动机构带动门叶移动,实现车门的关闭。门叶托架上的滚轮在导轨内滑动,上导轨的端部有一定的弯曲以保证门叶最后的关闭(塞闭),下导轨安装在门叶下部,与安装在车体上的滚轮啮合,从而保证车门与侧墙的平行度。在门关闭状态,制动装置的机械结构能防止门打开,开门动作时,它由电磁阀控制松开。

1.3 外挂门

外挂门采用模块化设计和安装,门页、车门悬挂机构以及传动机构的部分部件安装于车体侧墙外侧,电子门控单元和驱动电机装于车体侧墙的内侧。外挂门主要由门页、直流驱动电机、车门悬挂机构、丝杆/螺母机械传动机构和EDCU等组成。此外,车门还装有车门关闭行程开关(DCS)S2、锁闭

行程开关(DLS)S1、切除开关(LOS)S3以及紧急解锁开关(EES)S4。

外挂门由电机带动丝杆转动,丝套在丝杆上的横向移动带动门叶在导轨上滑动。EDCU是车门的控制部件,具有监视、控制驱动电机和控制单元通信的功能。

2　车门故障

由于地铁列车运营线路站距短,客室车门频繁地开启和关闭,因而易导致客室车门的门控电气元件和机械零部件损坏,造成正线运营列车的客室车门故障频发。故障较轻则该车门被切除,故障较重则列车发生掉线、清客或救援。据统计分析,上海地铁2003年三条轨道交通线车辆客室车门故障的原因主要是:① 地铁1号线内藏门发生故障的主要因素集中在尺寸配合、门槛条、驱动气缸、锁闭开关S1、S钩、解锁气缸、关门限位开关S2以及继电器等方面;② 地铁2号线内藏门发生故障的主要因素集中在解锁气缸、S钩、尺寸配合、驱动气缸、门槛条、锁闭开关S1以及关门限位开关S2等方面;③ 对地铁3号线塞拉门而言,由于投入运营时间不长,除EDCU故障引起较多的车门故障外,其他引起车门故障的原因具有很强的随机性。

采用可靠性分析方法FTA和FMEA对上海地铁现有车辆的三种客室车门的故障情况进行分析,可以得出车门故障的主要因素是:① 从车门结构方面分析,限位开关、继电器、门槛条、护指橡胶条、开/关门按钮、橡胶止挡、驱动气缸/电机、解锁气缸、S钩门锁、钢丝绳是造成车门故障的主要因素;② 从车门控制软件方面分析,EDCU的控制系统软件是车门故障的主要因素;③ 从环境方面分析,车体振动或局部变形、乘客挤靠车门、车门运行环境是造成车门故障的次要因素;④ 从人为因素分析,司机误操作,乘客擅自随意启用紧急设施,检修人员水平的制约等是造成车门故障的客观因素。

3　车门整改措施

我们通过对车门系统的故障统计分析和可靠性研究,针对车门故障的产生原因以及车门系统本身的设计和制造缺陷,系统地实施了多项整改。因篇幅所限,本文仅选取具有代表性的整改措施作简要介绍。

3.1　塞拉门的整改措施

3.1.1　增加门控旁路开关

在AC03型列车的试运营过程中,曾发生无法

判断车门故障的位置和原因的现象,也曾发生无法切除故障车门的情况,这些均导致了牵引系统自动封闭,使得列车无法自行退出运营,给正线的运营带来很大影响。根据现有其他列车的运营经验,司机室内设有车门"门控旁路开关",可以实现对客室车门的旁路,从而解除列车牵引系统的封闭。为此,在原有设计的基础上通过改造线路图增加了门控旁路开关(DBPS)(见图1)。

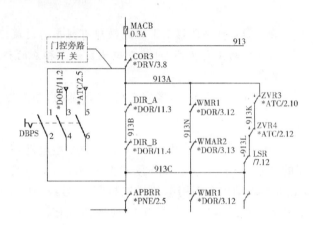

图1　增加门控旁路开关的原理图

当DBPS动作,DIR—A(列车A侧车门监控继电器触点)和DIR—B(列车B侧车门监控继电器触点)被旁路,列车所有车门系统对于牵引系统的影响被旁路。即当出现严重车门故障时,通过使用"门控旁路开关",列车可自行牵引退出正线,避免救援,减少故障影响正常运营的时间,有效地降低了列车车门故障对正常运营带来的不良影响。

3.1.2　更改车门障碍物探测次数

障碍物探测功能是指当车门探测到有乘客或障碍物被夹时,车门夹紧力会在短暂的时间内消失,给乘客一定的时间脱身,然后再继续实施关门动作。但是该功能的探测次数直接影响了车门的性能。塞拉门初始设计的障碍物探测次数为3次,经常发生障碍物探测3次结束后车门自动打开现象,导致更多的乘客涌入车厢,车门无法关闭而使列车晚点。因此将探测次数改为6次,并且减小车门探测后的缓冲反弹幅度。在6次探测时间之内,被夹乘客将通过该扇门进入车内,进行障碍物探测的车门会在没有障碍物的情况下自动关闭,这样就减少了车门无法关闭而带来的列车晚点的影响。

3.1.3　增加车门再关门功能

再关门功能是指当车门遇到障碍物并探测设定的次数后仍无法关闭时,车门会自动完全打开,此时司机可直接按关门按钮关闭未关闭的车门。AC03型列车车门原设计是不具备再关门功能,当

车门障碍物探测数次后仍无法关闭时,车门自动打开,此时司机只有先按开门按钮打开所有车门,然后再按关门按钮才能将未关闭的车门关闭。由于再次打开所有车门会导致更多的乘客挤入车厢,并再次激活再开门功能,所有车门无法关闭,在客流高峰显得尤为突出,严重影响了地铁的正点运营。车门增设再关门功能后,取消了车门自锁信号,当司机再次按下关门按钮,将发出关门脉冲信号,只对未关闭的个别车门进行再关门操作。该功能的优点在高峰客流时显得尤为突出,不需要将所有车门全部打开后再关闭,且防止了因车门再开门功能而影响了车门的正常关闭。

3.1.4　关门夹紧力的调整

地铁列车客室车门关门夹紧力大小与乘客安全和车门故障密切相关。力太小会由于乘客拥挤而造成车门无法正常关闭,车门也容易产生故障,对列车运营有比较大的影响;力太大又会增加夹伤乘客的可能,显得不够人性化。AC03型列车车门原设计的关门夹紧力均为150~200 N,再开门功能频繁启动,车门无法正常关闭。为了降低车门对运营的影响,同时也考虑到乘客免于被车门夹伤的安全性保护,进行了车门的关门夹紧力的试验。当选择较大的车门夹紧力时,车门夹紧力随着障碍物探测次数的增加而由小到大逐步增加,这样就使得乘客在车门夹紧力较小的时候就能脱身,有效降低了夹伤乘客的可能性。根据实际运营情况和试验结果,将列车车门的关门次数设为6次,每次的关门夹紧力分别改为150,200,260,260,260,260 N,有效地解决了因车门关闭困难而对列车造成的晚点。

3.1.5　车门控制软件的改进

针对塞拉门存在的频繁死机和其他控制功能的缺陷,对车门控制软件版本进行改进,新版软件与旧版本软件相比主要做了如下改进:车门驱动电机断路故障(故障代码1)的监测方式由原来的一次监测改为两次监测;当车门检测到有障碍物时(故障代码6),车门控制单元DCU中会记录为"初级故障",并且在车门正常工作后此故障记录将被自动删除;在关门过程中车门遇到障碍物无法关闭时,会自动执行6次关门动作,关门夹紧力分别为150,200,260,260,260,260 N,如果最后一次仍未能关闭到位,车门将处于打开位置,此时可以按关门按钮再关门;当车门死机并处于未完全关闭的状态下,该门页处于自由状态,可以直接手动推门将门完全关闭,然后将该扇门切除。

3.2　内藏门的整改措施

3.2.1　对列车车门驱动气缸的工作风压进行降压整改

AC01/02型列车车门结构与DC01型车门结构基本相同,同属于内藏门。分析DC01车门驱动气缸的工作压力仅为3.5 bar,而AC01/02型列车的车门驱动气缸的工作压力高达5.0 bar,所以AC01/02型列车的车门驱动气缸和车门系统调整尺寸容易变动的故障与工作压力较高有一定的关系。在120#车的I单元A车进行了门控系统的降压试验,即把车门驱动气缸的工作压力由原设计的5.0 bar逐步下调,同时检查车门的工作性能。试验结果显示,在门控系统总风管压力调整为4.0 bar(额定为5.0 bar)时,车门的开关门速度和缓冲功能都正常,改善了气缸及门控传动系统的工况。随后对两列车的所有客室门控系统分别进行压力为4.0 bar的低压试验,运营试验跟踪半年后,整改效果良好。现在已对上海地铁1,2号线所有AC01/02型列车的车门驱动气缸压力进行降压整改。

3.2.2　内藏门的其他整改措施

① 对车门驱动气缸的整改;② 门钩限位销装配方式的改造;③ 车门尺寸超差的整改措施;④ 关门止挡的改造;⑤ 车门解锁小气缸节流阀的整改;⑥ S1和S2限位开关的改造;⑦ 车门电气控制系统的改造;⑧ 车门护指橡胶条的改造。

3.3　外挂门的改造

AC04型列车的客室车门是外挂门,由于该型列车尚处于调试和试运营阶段,故外挂门所存在的设计缺陷或故障均未能充分暴露。现根据AC03型电动列车塞拉门的运营经验,对外挂门设计结构的缺陷提出相应的整改措施。

3.3.1　车门切除与紧急开门装置联锁的改造

AC04电动列车外挂门调试时,发现门在被切除后乘客仍然可以通过紧急解锁手柄将门打开。车门的切除将使司机无法对该门监控,若乘客通过操作紧急解锁手柄将该门打开后,列车仍然可以启动运营,对车内乘客将形成不安全的隐患。因此,对其进行如下整改:在车门的切除装置上增设一个机械止挡装置(销钉),如图2所示,使该止挡在车门切除装置动作时联动,从而锁住紧急开门解锁装置使其无法动作,在机械上实现联锁,保证车门在切除的状态下无法通过紧急开门扳手打开车门。

图 2　车门切除与紧急解锁装置的联锁

3.3.2　外挂门的其他整改措施

外挂门还采用如下整改措施:① 门槛条导向槽的改造;② 车门紧急解锁装置罩板的改造;③ 门控软件参数的改进。

4　结论

上海地铁三条线的客流量逐月逐年递增,特别是在客流高峰时,车内乘客异常拥挤,车门系统频繁承受超常工况,经常导致车门装配尺寸超差变形或行程开关失效等车门故障,影响车门的正常关闭和开启功能。我们根据现有列车使用的三种不同类型的客室车门(内藏门、塞拉门和外挂门)的不同故障原因,系统地对其实施相应的整改,有效地提高了车门系统的可靠度,降低了车门故障率。

(发表于《电力机车与城轨车辆》2006 年第 1 期)

DC01型电动列车TCU及其插件板微机检测装置

钱存元[1],余强[2],谢维达[1],邵德荣[1],周　炯[2]

(1. 同济大学，2. 上海地铁运营有限公司车辆分公司)

摘　要：介绍了上海地铁DC01型电动列车牵引控制单元(TCU)及其插件板微机检测装置的检测原理和软硬件结构,详细阐述了研制该装置需要解决的关键技术及其实现方法。该装置的研制运用提高了TCU系统及其插件板的检修质量和检修效率,为保证DC01型电动列车的安全运营发挥了重要作用。

关键词：DC01电动列车,TCU,插件板,微机检测

上海地铁1号线上运营的DC01型电动列车采用德国SIEMENS公司设计制造的SIBAS-16微机控制系统[1]。该系统采用模块化结构,根据给定的各种指令以及各种状态信号、反馈信号和监控信号对列车进行控制,其中牵引控制单元(TCU)是列车运行控制的最重要的部件。但经过十几年运营使用后,TCU中的许多插件板都发生过故障,影响了DC01型电动列车运营的安全性和可靠性。目前,地铁运行部门缺乏对TCU及其插件板进行测试的设备和方法,只能在车辆大修完成后在列车上做试运行进行验证,检修成本高、效率低。因此,研制一套用于DC01型电动列车TCU及其插件板的地面测试设备,对于提高检修质量和效率,降低维修成本,保证地铁列车行车的安全和可靠,有着重大的实用价值和社会意义。本文介绍的检测装置,采用先进的计算机测控技术,能快速、准确、全面地实现DC01型电动列车TCU系统的地面静态调试及其单个电子插件板的功能检测和故障诊断。

1　检测原理和方法

在现场调研SIBAS-32培训试验台以及其他相关的测试装置的基础上,借鉴以往微机检测装置的研制经验[2],再结合DC01电动列车TCU系统及其电子插件板的具体特点,我们确定采用的检测方法为：

(1) 对TCU插件板检测采用对各个输入输出电路进行功能性检测的方法,即在基本不增加测试点的情况下,使用每块插件板的接插件引脚和板上的测试孔来进行插件板的测试和诊断。具体来说,就是在分析电路原理的基础上,首先将电路按功能划分成块,再分析每个功能块的输入输出关系,然后在电路的有关输入端加入适当的激励信号,对输出响应信号进行测试分析,最后得出检测结论,以判断电路功能是否正常,这种方法可以检测到主要支路的电路故障,便于检修人员进行故障查找和故障维修。

(2) 对TCU系统检测所需的激励信号由微机检测装置模拟产生。激励信号包括地铁列车在各种工况下的信号,如列车控制信号、数字输入信号、继电器和接触器的响应信号等,再结合TCU自带的测试程序来完成。

2　检测装置硬件设计

检测装置是采用工业PC机(IPC)控制的微机自动检测与诊断系统,主要由IPC主机、6U结构电气控制箱、液晶显示器、示波器等组成。其中IPC主机为控制检测诊断中心,承担检测控制、数据采集处理、结果显示等功能。6U电气控制箱主要提供电源、测试信号源及驱动继电器开关控制、总线时序转换等功能,即为各测试点施加测试信号,或将信号送往主机。此外该控制箱还用于插入待测的插件板及相应的检测适配器板。整个微机控制系统均安装于检测机柜中,装置结构如图1所示。

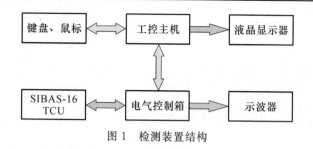

图1　检测装置结构

2.1　工控主机

　　考虑到现场工作条件的影响和干扰,控制主机采用 ADVANTECH(研华科技)公司的 IPC-610H 工业 PC 计算机(IPC),该计算机具有可靠性高、性能强的特点,完全适用于检测装置这种对稳定性要求较高的场合。在 IPC 机箱扩展槽内扩展了一些功能模块,如虚拟仪器信号源模块(AWG)、数据采集模块(DAQ)以及数据输出控制模块(DOC)等。

　　AWG 卡为一块任意波形发生器板卡,有一路波形输出、一路数字计数/测频输入和4个数字量输出。用户可用软件编辑产生所需的任意波形,也可选择正弦波、方波、三角波、锯齿、TTL、白噪声、高斯噪声、梯形、指数、扫频等常规波形;可设置波形的幅度、频率、偏置量等参数。该卡采用 DDS 合成技术、全表贴工艺和大规模 FPGA 技术,具有频率精度高、分辨率高、可靠性好、软件支持丰富等优点。

　　DAQ 卡选用 ADVANTECH(研华科技)公司的 PCI-1710 型 PCI-1710 数据采集卡。该数据采集卡将16通道12位 A/D 和2通道12位 D/A 集于一体,具有精度高、可靠性高的特点,适合应用于个人实验室和自动测试系统。

　　IPC 机箱内有4块带有 ISA 接口的 DOC 卡,用于控制电气控制箱内的继电器开关矩阵逻辑。每块 DOC 卡包括8路控制逻辑电路,每路控制逻辑电路由总线缓冲隔离、数据锁存、光电隔离及译码控制等电路构成,用于实现对继电器开关的逻辑控制,其输出端连接到电气控制箱内的继电器驱动模板上。电路设计中采用光电隔离电路等抗干扰措施,减小电气干扰对系统稳定性和测试结果的影响。

2.2　电气控制箱

　　电气控制箱采用 6U-84R 结构,机箱内包括五种功能模板:电源板、功率驱动板、继电器输出板、静调接口板和总线时序转换模板。此外,待检测的插件板及相应的检测适配器也安装在该机箱中。该机箱内的模板均为自主开发研制。6U 结构电气控制箱中的分布如图2所示。

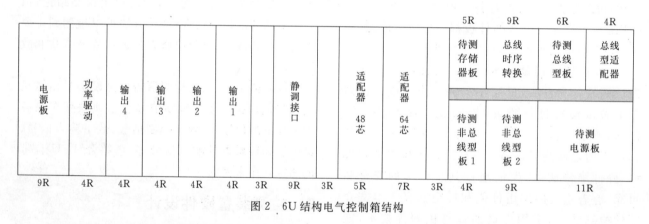

图2　6U 结构电气控制箱结构

　　电源模板由多块集成电源模块构成,在检测系统中起到稳压电源的作用,一方面给电气控制箱提供工作电源,另一方面也作为直流电压信号源,通过继电器开关切换,施加到被测插件板上。电源有 +5 V/10 A、±15 V/2 A、±24 V/1 A 和 +12 V/2 A 六种规格,均具有过压、过流和短路保护功能。

　　功率驱动模板由1路函数发生器信号源驱动电路和4路可变电压源调理及驱动电路组成。函数发生器信号源驱动电路主要对 AWG 卡发出的信号进行放大,信号经功率运放驱动以提高其负载驱动能力;可变电压源调理及驱动电路则主要将 DAQ 卡输出的 0~5 VDC 模拟量转换为 0~±10 VDC 的可变电压,为插件板检测时提供可变电压源信号。

　　6U 电气箱中共有4块 6U 规格的继电器输出模板,用于 TCU 系统的各个插件板的单板检测,这些模板分别与 IPC 机箱中的4块 DOC 卡接口,将DOC 卡中经光隔输出的数字量控制信号通过继电器驱动模块施加到相应的继电器线圈上,控制继电器开关的动作。此部分继电器输出电路设计中,考虑检测装置自检的需要,每路继电器输出均设计了相应的 LED 指示灯显示。每个继电器线圈两端均并联了过压吸收二极管,以提高抗干扰能力。

　　静调接口模板也是一块 6U 规格的继电器输出板,它与上述的4块继电器输出模板复用 IPC 机箱中的4块DOC卡,由DOC卡控制该模板产生TCU系统静态调试所需的各种模拟信号。在此部分继电器输出电路设计中,为了保证微机装置的可靠性工作,在每个继电器线圈两端也并联了过压吸收二极管。

总线时序转换模板为3U规格,主要实现ISA总线与80C186总线的时序转换,用于对总线型接口的插件板进行单板检测。ISA总线的CPU采用嵌入式PC/104 486DX,转换控制逻辑基于Verilog HDL语言书写,由一片CPLD MAX7128实现。同时该模板上扩展有RS-232接口和JTAG接口,以方便486DX与IPC的通信和CPLD在线编程下载。

考虑到实用、操作方便等特点,在电气控制箱中还留有槽位,用于插入待测的TCU电子插件板及其相应的检测适配器。适配器将插件板的输入/输出信号调理成IPC可以处理的信号。根据被检测插件板的类型,适配器板共有3大类11种类型,其中总线型插件板适配器(96芯)3种、非总线型插件板适配器(64芯)7种、非总线型插件板适配器(48芯)2种。

3 检测装置软件设计

检测软件在Windows XP平台上基于VC++6.0开发,采用面向对象的编程方法,具有良好的可维护性和可扩充性。软件的主要功能有:

(1)装置自检:对该检测装置本身及与IPC接口的主要板卡如DAQ卡、AWG卡、DOC卡、继电器输出模板、功率驱动模板等进行功能自检。

(2)插件板检测:对TCU系统的各种电子插件板进行快速、准确和全面的检测(检测时需使用相应的检测适配器模板),并将测试结果自动记录存储。

(3)TCU系统静调:对整个TCU系统进行列车控制信号、数字输入信号、数字输出信号以及GTO触发脉冲信号等的静态测试。

(4)查询及打印:对测试数据进行查询、打印存档,查询内容包括测试日期、时间、插件板型号规格、TCU机箱号、操作人员等。

3.1 主程序模块设计

为简化软件开发,满足测试装置的应用要求,主程序模块采用模块化设计、菜单驱动方式,其结构如图3所示。

3.2 插件板检测程序设计

TCU系统中各种型号的插件板电路功能和电路组成并不一样,因此其检测方法也不相同,每块

插件板的程序代码均需要单独编写。本设计中充分利用了VC++6.0面向对象的编程特点,各种型号插件板采用的检测流程是一致的,非常方便软件编写和代码的维护。单板检测流程如图4所示。

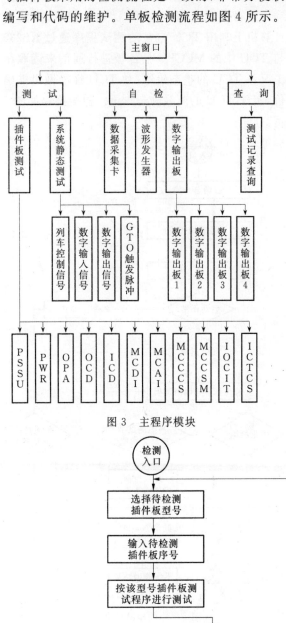

图3 主程序模块

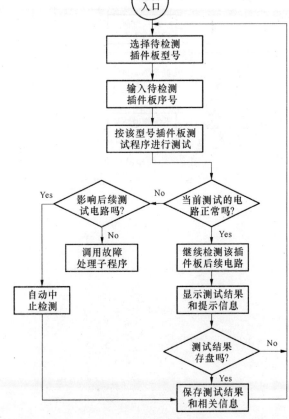

图4 插件板检测流程

3.3 静调程序设计

参照上海地铁 DC01 型电动列车 TCU 上车的静调步骤,由检测装置模拟地铁列车在牵引、惰行、制动等运行工况下相应的 TCU 输入信号,在便携式计算机上利用 TCU 自带的测试程序通过 RS232 口与 TCU 中的 MCCPU 插件板进行通信来读取相应工况下 TCU 的状态信号,对 TCU 性能做出准确评价,实现 TCU 的离线静态测试。检测流程如图 5 所示。

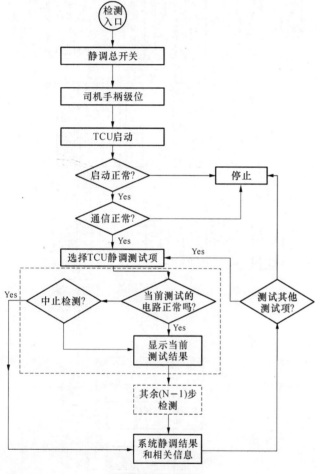

图 5　静调检测流程

4 结论

(1) 该微机检测装置采用基于 IPC 的模块集成技术,具有结构紧凑、兼容性好和可靠性高等特点。采用面向对象的软件设计方法,使程序开发周期短,界面友好,维护工作简便易行。在检测过程中引进先进的计算机测控技术,大大提高了检测的自动化程度,有效地改善了检测的质量和速度。

(2) 在实验室调试过程中,该装置成功实现了TCU 系统(机箱编号为 093)静态调试及其各个插件板的单板检测;对部分正常插件板人为地制造一些故障,该装置能快速、准确地对故障进行定位;2005 年 7 月至今,该装置在现场的使用进一步验证了其可靠性和实用性。

(3) 该装置的研制成功,为上海地铁 1 号线TCU 的维修提供了一定的技术保障。通过本装置研制,我们已基本掌握 TCU 系统及其各个插件板的功能、机理、控制特性和要求,为今后 TCU 系统及其各个插件板的国产化奠定了基础。

参考文献

[1] 朱小娟. SIBAS-16 牵引控制单元的分析. 机车电传动,1993,2:34

[2] 钱存元,邵德荣,谢维达. ND5 型内燃机车电子插件板微机检测系统. 交通与计算机,2003,4

(发表于《城市轨道交通研究》2006 年第 1 期)

数字信号处理器在3号线列车安全检测系统中的应用

王方程

（上海地铁运营有限公司车辆分公司）

摘　要： 本文针对明珠线列车安全检测系统的实际要求，提出了将DSP技术用于振动信号采集的总体方案，介绍了硬件的选择与应用方法并给出软件设计流程，实践证明，用DSP实现高速多通道数据采集完全能够满足信号的真实有效和分析要求。

关键词： 安全检测系统，DSP，振动信号，数据采集

上海轨道交通3号线列车安全检测系统在运营线路上以地对车模式对车辆走行部的状态进行在线检测，其中，平轮检测部分是本项目的重点和难点。列车在运行过程中，车轮踏面常因异常制动等原因造成擦伤，这种踏面擦伤通常称为扁疤或平轮，典型平轮照片如图1所示。平轮是轨道车辆中一种常见的车轮踏面损伤形态，它会引起轮轨间产生周期性的振动冲击，当车轮在钢轨上滚至平轮处时，轮轨之间便产生瞬时冲击，从而使整个车辆、轨道系统产生耦合振动，给轮轨系统带来极大危害。本系统根据振动学原理，采用加速度传感器来检测平轮对钢轨的冲击所产生的振动信号（以下简称平轮信号），进而运用各种现代数字信号处理方法来判别平轮所在位置及平轮大小，因此，振动信号采集的真实性和有效性就成为平轮判别准确与否的前提条件。由于实际的信号采集区长度有限，而地铁车速相对较快，这就要求系统必须在短时间内完成大量数据的采集和预处理工作，在这种情况下，采用数字信号处理器（DSP）技术无疑是最佳的选择。

图1　典型平轮照片

1　运用DSP技术进行平轮检测的总体方案

平轮信号采集方案如图2所示。其中，C1和C2分别为开、关门磁钢，C2和C3之间为信号采集区。采集区每侧有五个加速度传感器Z1至Z5，每枕木空安装一个，总长约3 500 mm，共计十个采样通道。左侧采样数据存入DSP片内存储器M1中，右侧采样数据存入存储器M2中。信号采集以轮对为单位，即第一轴经过C2时开始采集，直到第二轴经过C3时停止采集。

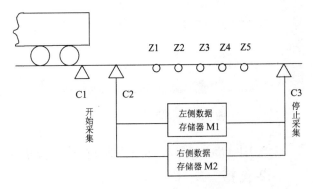

图2　振动信号采集方案示意图

这种采集方法可以最大限度地降低其他轮对的干扰并减小数据量，至于邻轮干扰的解决办法是：通过计算轴速来确定车轮所在采集区的具体位置（通道），提取该通道的数据作进一步处理（如速度、位置补偿），并比较邻轮所在通道的数据值来判定是否为故障信号或邻轮干扰。

平轮信号的采集与处理流程如图3所示。其中，DSP与主机之间的数据交互是通过片内的主机

接口(HPI)以中断的方式实现的,而 DSP 与 AD 转换器之间的数据传输是通过片内的多通道缓冲串口(McBSP)以直接存储器访问(DMA)方式实现的。

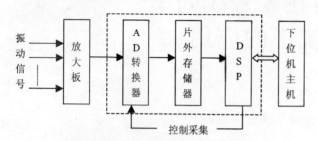

图 3　信号采集与处理流程示意图

平轮信号经放大板放大后,由 AD 转换器进行 AD 转换并在 DSP 控制下把数据传入片外存储器。DSP 对振动信号的采集是实时不间断的,但处理是受主机控制的:当轮对经过采集区时主机向 DSP 发送采集开始和采集结束的中断信号,在此期间 DSP 将片外存储器的数据读入片内进行预处理,每次处理结束就向主机发送中断请求上传数据,主机响应中断将数据取走再进行下一步处理。

由 DSP 采集的典型平轮信号波形如图 4 所示,经过大量试验分析可知,平轮信号的振动频率范围大约在 0~2 500 Hz,所以,根据香农采样定理,每通道采用 13.2 kHz 的高速采集频率完全能够满足信号的真实有效和分析要求。

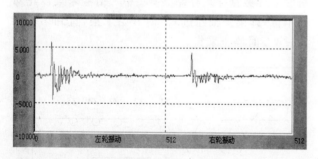

图 4　典型平轮信号波形图

2　运用 DSP 技术进行平轮检测的硬件支持

目前,国内外应用最广泛的 DSP 是 TI 公司的 TMS320C54X 系列,它以极高的性价比和极低的功耗,在便携产品、无线通信、网络、工业和电信系统等方面得到广泛应用。本系统中所采用的微处理器芯片是 TMS320VC5410 DSP,下面对它的主要特点作以简要介绍:

(1) CPU。先进的多总线结构(1 条程序总线、3 条数据总线和 4 条地址总线);40 位算术逻辑运算单元(ALU),包括 1 个 40 位桶形移位寄存器和 2

个独立的 40 位累加器;17 位×17 位并行乘法器,与 40 位专用加法器相连,用于非流水线式单周期乘法/累加(MAC)运算;比较、选择、存储单元(CSSU),用于加法/比较选择;指数编码器,可以在单个周期内计算 40 位累加器中的数值的指数;双地址生成器,包括 8 个辅助寄存器和 2 个辅助寄存器算术运算单元(ARAU)。

(2) 存储器。TMS320VC5410 片内包括 64 K×16 bit 的 RAM 和 16 K×16 bit 的 ROM,其中,RAM 又分为:8 K×16 bit 的双寻址 RAM(DARAM)和 56 K×16 bit 的单寻址 RAM(SARAM)。C5410 具有强大的寻址能力,其程序空间可以扩展到 8 M。

(3) 指令系统。支持单指令重复和块指令重复操作,还包括块存储器传送指令,32 位长操作数指令,同时读入 2 或 3 个操作数的指令,并行存储和并行加载的算术指令,条件存储指令,从中断快速返回指令。

(4) 片内外围电路。包括软件可编程等待状态发生器和可编程的存储器转换,具有内部振荡器或用外部时钟源的片内锁相环(PLL)时钟发生器,可编程定时器,增强型 8 bit 并行主机接口(HPI),3 个多通道缓冲串行口(McBSP),6 通道直接存储器访问(DMA)控制器等。

(5) 电源。可用 IDLE1、IDLE2 和 IDLE3 指令控制功耗,以工作在省电方式。CLKOUT 输出信号可以关断。

(6) 在线仿真接口。具有符合 IEEE1149.1 标准的在线仿真接口(JTAG)。

(7) 速度。单周期定点指令执行的时间是高达 10 ns(100 MIPS)。

(8) 主机接口(HPI)。HPI 是一个 8 位并行接口,属于 DSP 的片内外设,对 HPI 的寄存器初始化后就可以实现主机与 DSP 之间的控制和高速数据交换。主机和 DSP 可以使用 HPIC(HPI 控制寄存器)的 DSPINT 和 HINT 位相互产生中断:当主机向 DSPINT 位置 1 时,会产生一个 DSP 中断;DSP 也可以通过向 HINT 位置 1 来中断主机,主机通过写 HPIC 来响应中断并清除 HINT。

主机还可以通过 HPIA(HPI 地址寄存器)和 HPID(HPI 数据寄存器)来实现对 DSP 的读写访问(详见软件部分说明),从而完成二者的数据交换。

(9) 多通道缓冲串口及直接存储器访问(DMA)控制器。通过正确配置 McBSP 和 DMA 的寄存器(包括串口接收与发送控制寄存器,采样率发生器寄存器,源和目的地址寄存器,同步事件寄存器和传输模式控制寄存器等等),就可以在没有

CPU 参与的情况下完成 AD 转换器和存储器映射区之间的数据传输。

其中，McBSP 的采样率发生器寄存器用来设置采样时钟分频系数，采样频率可通过对 DSP 的 CPU 时钟频率分频获得，但要以实测频率为准；DMA 的同步事件寄存器用来设定 DMA 数据传输的触发事件，本系统中用 McBSP 的接收事件作为 DMA 的同步事件。

由上可知，本系统中用到的 TMS320VC5410 DSP 功能非常强大，为硬件调试和软件编程带来极大的方便，所以这些都成为选择该芯片的强有力的理由。

3 运用 DSP 技术进行平轮检测的软件支持

为了兼顾程序的通用性和运行效率，软件设计上采用了以 C 语言为总体框架，嵌入汇编语言的方法。软件流程图如图 5 所示，其中，初始化包括设置 CPU 状态寄存器和中断寄存器，设置 DSP 时钟，初始化 AD 通道选择，配置 McBSP 和 DMA 寄存器和分配存储器资源等。

由于使用 DMA 的自动缓冲模式（ABU），因此在配置好 McBSP 和 DMA 的寄存器后数据采集可以不需 CPU 参与就能自动完成，数据被存储在外部存储器中，每当缓冲区达到半满或全满时 DMA 控制器将发出中断信号。如果此时主机对 DSP 发送开始采集中断信号（即有轮对经过采集区），则 DSP 会将外部存储器中的数据读入片内并进行滤波和阈值判别，然后再给主机发送中断信号，将处理后的数据和判别结果取走。当主机给 DSP 发送停止采集中断信号（即轮对已经过采集区），则 DSP 停止向片内读数据和数据处理，并回到开始状态。至此，就完成了一组轮对信号的采集。

DSP 主要实现信号采集和数据预处理，而信号处理主要部分是由下位机主机完成，其中涉及到多种信

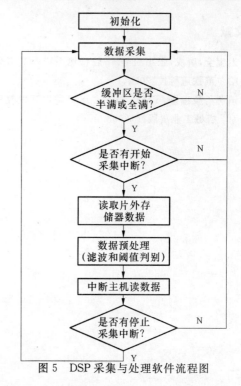

图 5 DSP 采集与处理软件流程图

号处理方法（如插值，拟合，滤波，傅立叶变换和小波分析等等），并非本文所讨论内容，这里就不再赘述。

4 结语

上海轨道交通 3 号线列车安全检测系统于 2005 年 5 月通过上海市科委项目鉴定，表 1 为该系统实际检测出的车辆故障表，其中，具体故障尺寸为人工测量所得。该系统的实际应用情况表明，用 DSP 来完成车轮振动信号的采集，能够如实反映车辆走行部的运行状态，其结果真实有效的。通过对该信号的进一步分析处理就可以对故障位置和损伤程度进行判别，这种方法简单易行，值得在各种轨道交通列车安全检测系统中推广。目前，本系统已经成功地完成了地铁至国铁的应用转型，并在哈尔滨新香坊试验站通过试验验证，拟于 2005 年年底在包头—神木线上安装使用。

表 1 该系统实际检测出的车辆故障表

工令号	日期 04	列车号	故 障 说 明	反 馈 说 明	出故障系统	故障车辆
3A-3202	2005-4-30	321	(03933)II/M 车左侧 IV 轴 20 * 35 * 2 剥离	需镟轮	机 械	运营车辆
3A-3203	2005-4-30	322	(04043)I/M 车 III 轴右侧 3 * 6 * 1, 2 * 2 * 0.5 剥离	无需镟轮	机 械	运营车辆
3A-3194	2005-4-29	325	(04223) I/M 车右侧 I 轴 10 * 15 * 1 mm 剥离	由 ALSTOM 检查，没有发现问题。I/M、II/MP、II/M 车皆无需镟轮	机 械	运营车辆
3A-3233	2005-5-8	307	(03093)II/M 车右侧 IV 轴,有圈状剥离	需镟轮	其 他	运营车辆
3A-3259	2005-5-11	311	(03311)II/TC 车左侧 I 轴有圈状剥离	无需镟轮	机 械	周 检

参考文献

［1］ 迟宝全,唐成,张小松等.平轮检测系统及其谱分析.
　　 哈尔滨铁道科技.2004,1

［2］ 清源科技编著.TMS320C54x DSP 硬件开发教程,北
　　 京:机械工业出版社,2003

［3］ TI. TMS320C54X DSP Mnemonic Instruction Set.
　　 Texas Ins, 1999

［4］ TI. TMS320C54X DSP Enhanced Peripherals. Texas
　　 Ins, 1999

（发表于《城市轨道交通研究》2006 年第 1 期）

地铁列车气制动系统分析与故障诊断

吴文兴

（上海地铁运营有限公司车辆分公司）

摘 要： 根据对地铁列车气制动系统分析，可以发现称重阀与均衡阀的关系实际是一个小流量的减压阀去控制一个大流量的减压阀，从而将能量放大到工作级。然后根据这个过程分析和解决制动压力不够的问题。

关键词： 地铁车辆，气制动，称重阀，均衡阀、故障判断

上海地铁车辆经过十年的运行，地铁车辆渐渐进入了大修修程，列车完成大修后，在静态调整中出现了紧急制动时制动闸缸压力不能达到 2.8 bar 故障。为此在地铁车辆大修过程中，再次认真钻研了地铁车辆制动系统以及紧急制动系统。下面所论述的是对紧急制动系统的进一步理解。

车辆完成大修，在静态调整时发生将手柄拉至紧急制动位时 A 车双针压力表—制动压力能从 0 bar 升至 2.5 bar。没有达到规定值 2.8 bar，将手柄扳到 0 位 A 车双针压力表—制动压力能回落到 0 bar。这样紧急制动缓解位工作正常。

由于列车常用制动的制动施加和缓解工作都正常，所以可以初步认定制动控制单元（BCU）中的重要零件模拟转换阀 a，紧急电磁阀 e 工作正常。

根据气（摩擦）制动的工作原理，紧急制动可以在列车完全失电的状况下正常工作。因此，把故障范围定在气路系统的制动控制单元（BCU）上。

为此首先对气（摩擦）制动系统进行分析。

1 气制动系统分析

气（摩擦）制动分有常用制动和紧急制动。气路见附图 1。

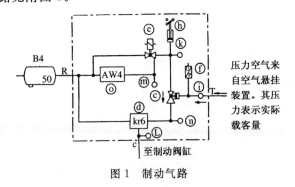

图 1 制动气路

常用制动气路：当紧急电磁阀得电，这时的气路是：

制动储风缸 B_4 →模拟转换阀 a→紧急电磁阀 e（左位 A_3—A_2 通道，参见图 2）→称重阀 c→均衡阀 d→制动闸缸 C_1 和 C_3。

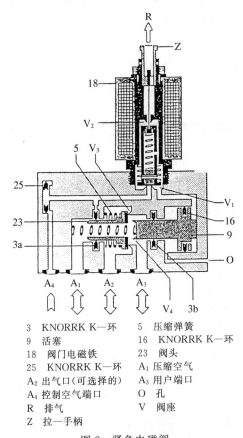

3 KNORRK K—环　　　5 压缩弹簧
9 活塞　　　　　　　16 KNORRK K—环
18 阀门电磁铁　　　 23 阀头
25 KNORRK K—环　　 A_1 压缩空气
A_2 出气口（可选择的）　A_3 用户端口
A_4 控制空气端口　　　O 孔
R 排气　　　　　　　V 阀座
Z 拉—手柄

图 2 紧急电磁阀

紧急制动气路：当紧急电磁阀失电，这时的气路是：

制动储风缸 B_4 →紧急电磁阀 e（右位 A_1—A_3 通道，参见图 2）→称重阀 c→均衡阀 d→制动闸缸 C_1

和 C_3。

由于制造商提供的气路图,仅仅是一张相当于方框电路图的图纸。单从气路图根本无法知道它们是什么类型的阀,起到何种作用以及它们之间的相互关系,为此找来有关的这些阀的结构图以及其他一些相关资料对紧急电磁阀 e,称重阀 c,均衡阀 d 进行深入分析。

1.1 紧急电磁阀 e

根据相关资料说明它是一个电气动二位三通伺服阀。它既是电气转换元件,又是功率放大元件。在系统中将输入的小功率电信号转换为大功率的气压能(流量与压力)输出,是有极快的响应速度和很高的控制精度,其性能对系统特性影响很大。如果该阀出现故障的话,一般地说应该是阀芯不复位,结果是没有压力输出。如输入压力与输出压力相同,可以确认紧急电磁阀 e 工作是正常的(见图2)。

紧急电磁阀 e 得电时,控制压力把气阀芯左移,A_1 至 A_2 的通道被关闭。而 A_2 至 A_3 的通道开通。

紧急电磁阀 e 失电时,气阀芯复位在它的原始位,A_2 至 A_3 通道被关闭,而 A_1 至 A_3 通道开通。

1.2 均衡阀 d

均衡阀的结构见图3。

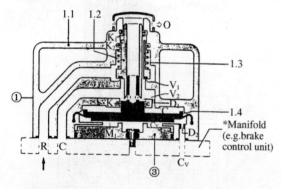

1. KR 均衡阀　　　　　V_1 进气阀座
1.1 控制腔 C_v　　　　V_2 出气阀座
1.2 阀导套　　　　　　D 节气门
1.3 压缩弹簧　　　　　K - KNORR K 环
1.4 膜板活塞　　　　　M_1 膜板
3. 总管的附属装置　　　R 风缸
C 制动缸压力　　　　　C_v 预控压力
* 总管板(如制动控制装置)　O 排气孔

图 3　均衡阀

在制动时:预控压力空气 C_v 经 D_2 孔将压力传递给膜板 M_1 及膜板活塞1.4。并推动膜板活塞1.4上移,克服弹簧1.3的作用力,使排气阀座 V_2 关闭,进气阀座 V_1 打开,这时压力空气从制动风缸 B_4 通过 R 进入阀口 V_1,经阀口 V_1 节流减压后从 C 输出,去推动制动闸缸 C_1、C_3,最后推动单元制动机。一

部分气流经 D_1 阻尼管进入膜板活塞1.4气室。在膜板活塞1.4上产生一个向下推力,这个推力总是企图把进气阀口 V_1 开度关小,使其压力输出压力下降。当作用在膜板活塞1.4上的推力和预控压力空气 C_v 的作用力互相平衡时,均衡阀的输出压力便保持平衡。也就是讲,其输出压力和预控压力相同。

从上述可以看出,均衡阀能迅速进行大流量的充、排气。大流量压力空气的压力随预控压力 C_v 变化而变化。

根据均衡阀的结构图和以上其工作原理的分析可证明其是减压阀的衍生品。只是其预控压力 C_v 取代了减压阀的调压弹簧。

1.3 称重阀 c

根据制造商提供的示意图(见图4),称重阀分三个重要部分:

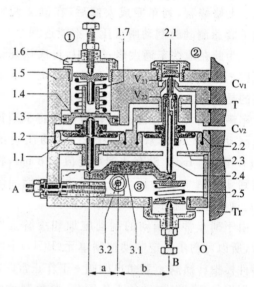

1. 负载信号转换器　　　1.1 膜板活塞(主动活塞)
1.2 膜板　　　　　　　1.3 KNORR K—环
1.4 活塞(被动活塞)　　1.5 阀体
1.6 螺堵　　　　　　　1.7 压缩弹簧
2. 切断阀　　　　　　　2.1 阀头
2.2 膜　　　　　　　　2.3 膜板活塞
2.4 挺杆　　　　　　　2.5 压缩弹簧
3. 机械部分　　　　　　3.1 平衡梁
3.2 转轴　　　　　　　A、B、C 调节螺钉
Tr 管座　　　　　　　O 排气孔
V_{21} 充气阀座　　　　C_v 预控压力
V_{22} 排气阀座　　　　T 空气负载信号

图 4　称重阀

(1) 负载信号转换器①阀体左半部分及远程遥控接口 T。

(2) 由进排气阀②组成的主阀体部分。

(3) 由平衡梁3.1和可调支点组成的杠杆部分③。

调节螺钉 A、B 和 C 的作用是把车辆特性与各

个制动状态相匹配。

(1) 螺钉 B 把弹簧 2.5 预加载，并因此确定了初始压力 P_0。

(2) 阀动作曲线的角度 α 是由平衡梁 3.1 上的杠杆比 $a:b$ 所确定的。杠杆比由螺钉 A 来调节。

(3) 压缩弹簧 1.7 的预紧力，它是由螺钉 C 所定，作用是补偿压力 T_{min}（当它失效时）。

紧急制动时：当车辆有负载时，负载通过空气簧将压力空气经 T 口传递到膜板 1.2、膜板活塞 1.1，通过平衡梁 3.1 传递到挺杆 2.4，挺杆上升使阀头 2.1 离开阀口 V_{21}。

预控压力空气 C_{V1} 经阀口 V_{21} 节流减压后进入 V_{22} 室并输出，同时对膜板活塞 2.2 产生一个向下推力，这个推力总是企图把阀口 V_{21} 开度关小，使其输出压力下降。当作用在膜板活塞 2.2 上的推力与车辆负载信号即压力 T 经膜板 1.2、膜板活塞 1.1，通过平衡梁 3.1 传递过来的力相互平衡时，称重阀的输出压力便保持稳定。输出压力 C_{V2} 随车辆负载信号压力 T 升高而升高，但不会随车辆负载信号压力 T 降低而彻底降为零。

因为如果空气负载信号 T 不起作用（例如：因为一个空气弹簧气囊爆裂或控制管路断裂），此时作用在活塞 1.4、膜板活塞 1.1 上的弹簧 1.7 将会模拟一个相当于空车的负载信号。这个负载信号的大小可以调节并应按照 T_{min} 来选择。这样的话在没有负载压力 T 信号的车辆紧急制动时，称重阀也会输出一个相当于空车的制动力。

对称重阀 c 进行深入的分析后发现，进气阀②组成的主阀部分类似于直动式减压阀（溢流式）的进气阀部分。负载信号转换器①，类似于减压阀的压力调整部，T 口就是其一个遥控口，它们之间通过平衡梁 3.1 连接。通过可调支点称出车轴负载，实际上可以讲它也是一种减压阀的衍生品。

制动控制单元（BCU）的工作原理为：当压力空气从制动储风缸 B_4 进入制动控制单元 B_6 后分成三路，一路连接紧急电磁阀 e，一路连接进入模拟转换阀 a，另一路连接均衡阀 d。

(1) 常用制动时，模拟转换阀 a 由三部分组成：由一个比例进气电磁阀，一个比例排气电磁阀及一个气电转换器组成，当比例进气电磁阀收到制动系统微电脑（EBCU）的指令，会按指令比例打开阀芯使制动储风缸 B_4 的压力空气通过比例进气电磁阀转变成预控压力 C_{V1}，与此同时，C_{V1} 的压力空气同时送气电转换器和比例排气电磁阀，由气电转换器将压力信号转换成相应的电信号，马上馈送回制动

系统微电脑（EBCU）。让微电脑将此信号与制动指令比较。当大于指令时则关闭比例进阀，打开比例排气电磁阀。当小于指令时打开比例进气电磁阀，关闭比例排气阀。直到预控压力 C_{V1} 压力空气通过集成块内管路进入紧急电磁阀 e（左位 A_3—A_2 通道），由于阀及集成块内管路通道阻力使预控制压力略有下降，这个从紧急电磁阀 e（左位 A_3—A_2 通道）输出的预控制压力称为 C_{V2}，同样 C_{V2} 压力空气通过集成块内管路进入称重阀 c，由于模拟转换阀输出的预控制压力是受微处理机控制，而微处理机的制动指令就是根据车轴的负载，车速和制动要求而给出的。因此，在常用制动中称重阀 c 仅起到以防模拟转换阀 a 控制失灵时的保护作用。同样，预控压力 C_{V2} 流经称重阀 c 时受到阀的通道阻力，压力有所下降。成为预控压力 C_{V3} 并通过集成块内管路进入均衡阀 d。

从均衡阀 d 的 D_2 孔进入均衡阀 d 的压力空气 C_{V3}，推动模板 M_1、膜板活塞 1.4 上移，首先关闭了通向闸缸的排气阀 V_2，然后再打开进气阀 V_1，使制动储风缸 B_4 压力空气经接口 R 进入均衡阀 d 并经过进气阀 V_1，经接口 C 充入制动闸缸 C_1、C_3，制动闸缸 C_1、C_3 活塞被推出，带动闸瓦紧贴车轮产生制动力。

(2) 紧急制动时，紧急电磁阀 e 失电，紧急电磁阀 e（右位 A_1—A_3 通道）使制动储风缸 B_4 与称重阀 c 相通，这时预控压力 C_{V1} 越过模拟转换阀 a 进入紧急电磁阀 e（右位 A_1—A_3 通道），紧急电磁阀的通道阻力使预控制压力略有下降，这个从紧急电磁阀 e（右位 A_1—A_3 通道）输出的预控制压力称为 C_{V2}。同样 C_{V2} 压力空气也是通过集成块内管路进入称重阀 c。同样，预控制压力 C_{V2} 流经称重阀 c 时也受到阀的通道阻力压力有所下降，成为预控制压力 C_{V3}，称重阀 c 的工作原理是将空气簧的压力通过 T 接口称出车轴负载总重量，也就是根据车轴的载荷来产生一个最大的预控制压力 C_{V3}。并通过集成块内管路进入均衡阀 d。

从均衡阀的 D_2 孔进入均衡阀 d 的压力空气 C_{V3}，推动模板 M_1、膜板活塞 1.4 上移，首先关闭了通向制动闸缸的排气阀 V_2，然后再打开进气阀 V_1，使制动储风缸 B_4 压力空气经接口 R 进入均衡阀 d 并经过进气阀 V_1，经接口 C 充入制动闸缸 C_1、C_3，制动闸缸 C_1、C_3 活塞被推出，带动闸瓦紧贴车轮产生制动力。

根据以上的分析可以看出：

制动控制单元（BCU）是气（摩擦）制动的关键

部件。主要由模拟转换阀 a,紧急电磁阀 e,称重阀 c,均衡阀 d 等组成。这些零件分别安装在一块铝合金的集成块上。同时,在集成块上安装了 5 个测试接口(图 1 中 j,k,l,m,n)。因此,要测量各个预控制压力和制预动闸缸压力比较方便。同样,整个控制单元安装,调试和检修也很方便。制动控制单元(BCU)在常用制动时主要作用是将来自微处理机(EBCU)的电子模拟制动信号通过模拟转换阀 a 转换成其相应的预控制压力。

根据以上对称重阀、均衡阀的分析,对照气路图可以发现称重阀 c 与均衡阀 d 的关系实际是一个小流量的减压阀(称重阀 c)去控一个大流量的减压阀(均衡阀 d),从而能量放大到工作级。然后大流量的减压阀(均衡阀 d)再去控制制动闸缸 C_1、C_3 的多级控制方式。由于了解了制动控制单元(BCU)的工作及控制原理,所以也明确了五个压力测量点的作用,M 点可以测预控压力 C_{V1}、K 点可以测预控压力 C_{V2}、N 点可以测预压力 C_{V3}、J 点可以测车轴负载压力 T、L 点可以测制动闸缸 C 压力。

2　故障判断

2.1　紧急电磁阀 e

由于地铁列车制动分常用制动位和紧急制动位两挡。而且紧急制动时,手柄必须先经常用制动位,才能到达紧急制动位,如果该阀出现故障的话,一般地说应该是阀芯不复位,结果是没有压力输出。在测压点 K 接压力表,测出预控压力 C_{V2} 的压力与制动储风缸 B_4 压力相同,可以确认紧急电磁阀 e 工作是正常的(更高层面的故障是响应速度,它将影响紧急制动的反应时间,这里不展开论述)。如果压力不同,则拆下维修或更换。

2.2　均衡阀 d

根据均衡阀 d 的工作原理得出的结果是其输出压力与预控压力相同,也就是讲制动闸缸压力与预控压力 C_{V3} 相同,因此在测压点 L 接压力表测出制动闸缸 C 压力与在测压点 N 接压力表测出预控压力 C_{V3} 压力比较,如果压力相同,可以确认均衡阀 d 工作正常可靠。如果压力不同,则拆下维修或更换。

2.3　称重阀 c

在理解 A、B、C 三个调节螺钉的作用是把车辆特性与各个制动状况相匹配后,可确认称重阀 c 是否有故障,在测压点 L(制动闸缸压力)接压力表。

为了确认称重阀 c 的曲线角度 α(调节螺钉 A)是否有变化,首先假设初始压力 P_0(调节螺钉 B)正确,模拟空气负载信号 T_{min}(调节螺钉 C)也正确,并

在调节螺钉 A 上做好记号,此时空气簧传来的压力空气信号 T 是一空车的负载信号,制动闸缸压力应该是标准的 2.8 bar,如实测制动闸缸压力(测压点 L 压力)不到 2.8 bar,这样说明称重阀 c 的曲线角度 α(调节螺钉 A)发生了变化。

当调节螺钉 A 逆时针旋转时闸缸压力(测压点 L 压力)慢慢地上升,到 2.8 bar 时,螺钉停止旋转,然后用防松螺母固定。这样就说明称重阀 c 的曲线角度 α(调节螺钉 A)也可以调整。如果调节螺钉 A 逆时针旋转时,闸缸压力(测压点 L 压力)不能达到 2.8 bar,则说明称重阀 c 的曲线角度 α(调节螺钉 A)已发生了质的变化,只能更换称重阀 c。

为了确认模拟空气负载信号 T_{min}(调节螺钉 C)是否有变化,故同样假设初始压力 P_0(调节螺钉 B)正确,曲线角度 α(调节螺钉 A)已调整正确。假设空气弹簧气囊爆裂,而截断空气簧传来的压力空气信号 T。此时由调节螺钉 C 施加在弹簧 1.7 上产生的力将模拟一个相当于空车的负载信号,此时制动闸缸压力(测压点 L 压力)应该在 2.8 bar,如实测制动闸缸压力(测压点 L 压力)不到 2.8 bar,说明模拟空气负载信号 T_{min}(调节螺钉 C)发生了变化。

在调节螺钉 C 上做好记号,调节螺钉 C,顺时针旋转时,制动闸缸压力慢慢地上升,到 2.8 bar 时停止旋转,这样说明模拟空气负载信号 T_{min}(调节螺钉 C)可以调整,并用防松螺母固定。如果调节螺钉 C 顺时针旋转时,闸缸压力(测压点 L 压力)不能达到 2.8 bar,则说明称重阀 c 的曲线角度 α(调节螺钉 A)已发生了质的变化,只能更换称重阀 c。

通过以上的判别方法,可以得出,如实测制动闸缸压力(测压点 L 压力)不到 2.8 bar,可以说明模拟空气负载信号 T_{min}(调节螺钉 C)与称重阀 c 的曲线角度 α(调节螺钉 A)发生了变化。同时可以判断这个变化究竟是由量变还是由质变引起。如因由质变引起,只能更换称重阀 c。如果由量变引起,则可以通过拆下称重阀 c,送到专用的试验台,对其 A、B、C 三点进行重新调整。若没有专用的试验台,也可以在现场调整。

3　结束语

气压传动是指以压缩空气为工作介质来传递动力和实现控制的一门技术,它包含传动技术和控制技术两个方面的内容。

气压传动系统类似于液压传动系统,它与其他传动系统相比具有防火、防爆、节能、高效、无污染等优点。

正确的分析和阅读气动系统图,对于气动设备的分析、研究、使用、维修、调整和故障排除均具有重要的指导作用。

要能正确而又迅速地读懂气动系统图,首先必须掌握气动元件的结构、工作原理、特点和各种基本回路的应用,了解气动系统的控制方式、职能符号及其相关标准。现在结构复杂的新型阀不断涌现,分析和研究工程设备中气动阀的工作原理,工作特性及应用场合,对于分析气动设备的故障及设备维修工作有着非常重要的作用。仔细分析气动系统中所有气动元件及它们之间的关系,弄清回路中各个测压点、气动元件各调节点的功用,对一些用方框图表示的专用元件,要特别注意它们的工作原理,要读懂各种控制装置及变量机构。

只有读懂气动系统图,理解气动系统的控制及传动方式,才能做到故障判断正确、维修迅速、调整到位。

通过相关的模拟试验,证明用以上判别方法能够方便地确认紧急电磁阀、均衡阀、称重阀的工作状态好坏与否,特别是可以方便地判断由于称重阀上调节螺钉因各种因素引起变化而导致紧急制动压力不足的故障。(同时也能判断由于称重阀上调节螺钉因各种因素引起变化而导致过制动的故障。)

上述文中有关气制动系统关键是小流量的减压阀(称重阀 c)控制大流量减压阀(均衡阀 d)的观点,使年轻同志更加容易理解气制动,用文中的判断方法,可以改变以往的替换法,即通过用"备件"逐个换下制动控制单元(BCU)上的气动阀。从而可以减少维修时间,减轻劳动强度,避免了因多次拆装可能对气动阀造成损坏,使气制动故障判断工作简单化。

以上有关故障判断的论述均是以上海地铁从德国进口的直流车型 A 车为蓝本。B、C 车及交流车型,只是制动闸缸压力相应有些变化。

参考文献

上海地铁运营有限公司车辆分公司.车辆机械.2002

咸阳机器制造学校.机床液压传动.机械工业出版社,1979

刘延俊.液压与气压传动.机械工业出版社,2003

3 号线地铁列车安全保护装置

金　浩,穆华东

（上海地铁运营有限公司车辆分公司）

摘　要：介绍了一种用于上海明珠线地铁列车的信号识别和防错开门保护装置,它主要在地铁的 ATP(自动驾驶保护)和 ATO(自动驾驶)系统还未装的前提下的一种过渡保护装置,适用于新线在开通初期时使用。该装置能防止司机在驾驶地铁车辆时闯信号以及开错门等问题,保障了列车的安全运行。

关键词：岛式站,侧式站,磁性开关,信号,臆测动车

3 号线(明珠线)是国内第一条高架轻轨线路,所用的车辆是由法国 ALSTOM 公司制造的,其第一列车将于 2002 年 5 月交货。因此开通初期至今所使用的列车是从上海地铁 1 号线和 2 号线借用的,并且目前 ATC、ATP 未正式运用,驾驶的方式全部采用人工操作。由于列车的驾驶方式较为机械,而且站距较短,容易引起司机的疲劳,故从 2000 年 12 月试运行开始至 2002 年 6 月期间,由于线路上安装的临时过渡信号,与列车安全系统没有安全联锁,发生了 7 起司机在红灯状态下驾驶列车动车的现象,我们称之为司机的"臆测动车",其中 4 起发生在列车载客,在折返端(列车空载)发生 3 起。列车到达每一个车站,车门的开关由司机人工确认并操作完成,因此在站台分"岛式"和"侧式"交替布置的线路上运营时,经常会发生司机"开错门"的现象,即开启非站台侧列车车门,对乘客人身安全带来了重大的安全隐患。为了确保明珠线列车在 ATC、ATP 未正式运用之前的运行安全,防止在红灯时启动列车和"错开门"的现象,确保旅客的人身安全和地铁设备的安全,有必要研制、开发安全保护装置,消灭红灯启动列车和"错开门"的现象的发生。

1　设计方案

1.1　信号识别系统的设计方案

(1) 由于站台信号机与地铁列车本身无电气上的连接,因此考虑采用无线发射的原理,将信号机的信号通过一定的处理后传到车辆上。

(2) 现场无合适电源供信号发射装置使用,故信号发射装置的电源由蓄电池提供,为直流 12 V。在车站上发射装置采集的是出站信号的光源,根据地铁列车在运行时实际情况和装置本身的要求,采集绿灯信

号的光源加以控制。其原因如下:

如果通过采集出站信号机的红灯信号的光源,此时当司机驾驶列车停到位后,进行开关门操作后,由于出站信号机的信号一直处于红灯状态,此时在发车信号(绿灯)给出前,司机还能启动列车,这样就达不到预期的效果。而采集绿灯信号的光源,则列车进站时,不受红灯光源影响,并可多次启动和停止,使列车停车到位,开门上下乘客完毕后,然后根据给出的绿灯信号的光源,列车才能启动。

列车运行间隔时间是 10 分钟,其中红灯亮约为 9 分钟,绿灯亮约 1 分钟,由于系统发射装置的采集信号是绿灯,因此发射装置的工作时间大大缩短,延长了发射系统的蓄电池使用时间。

(3) 信号接收装置的电源由车辆提供,为直流 24 V,将采用接收天线以增加接收的可靠性。

(4) 信号采用编码方式以保证列车在上、下行互相不干扰。

(5) 接收装置的设计中,考虑到列车在进站时,为了正确停到位,有可能重复启动列车的次数来保证停车到位,故将开门信号引入到列车的牵引控制线路中,当列车开门后,将列车牵引回路切断,只有当接收到出站信号机的绿灯信号的光源时才能启动列车,否则就无法启动列车,保证了只有在绿灯时才能启动列车。

(6) 为了保证地铁列车的正常运行,设置有故障切换开关以旁路接收装置。

1.2　防"错开门"的设计方案

防"错开门"关键是要识别靠站台侧的车门,检测方式有红外线遥控开关;超声波遥控开关;高灵敏度、高可靠性记忆性磁性开关。这 3 种方案,从原理来讲都能够实现所要求的功能,关键是可靠性和

抗干扰性的比较。方案1和2发射的作用距离和发射功率、频率及周围空间的介质有关，当发射功率一定、频率一定时，发射的作用距离就决定于周围空间的介质（接收灵敏度也一定时）。而周围空间的介质随着空间的各种污染，它不是一个常数而是一个变量，空间污染越严重，影响发射的作用距离就越大，抗干扰性也差，可靠性不高，所以方案1和2就不适宜作为地铁列车"防错开门"的保护装置。而高灵敏度、高可靠性记忆性磁性开关控制与方案1和2相比之下显出绝对优点，因为磁场几乎不受周围空间介质的影响，抗干扰性强，是作为地铁列车"防错开门"保护装置的最佳方案，其最大优点在于原理简单、性能可靠、不需外接电源、体积小巧美观；它的唯一缺点是作用距离比较小。

2 系统方框图及安装示意图

2.1 信号识别保护系统的方框图及安装示意图

信号识别保护系统分为两部分，第一部分为出站信号采样、放大和开停信号编码、无线发送，简称发射装置（见图1），安装在沿线车站的出站信号机上，一个车站2台，如图3所示。

第二部分为信号接收、解码及列车启动装置，简称接收控制装置，见图2，安装在运行列车上的两个司机室中，各装1台。

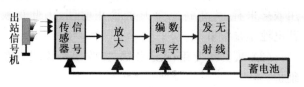

图1 发射装置

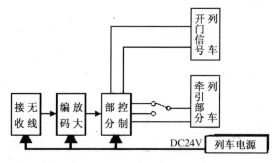

图2 接收装置

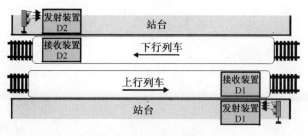

图3 车站设备安装示意

2.2 防"错开门"保护系统的方框图、安装示意图

2.2.1 方框图

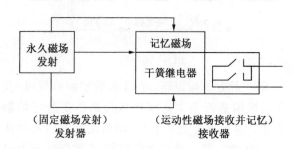

图4 防"错开门"保护系统的方框图

2.2.2 安装示意图

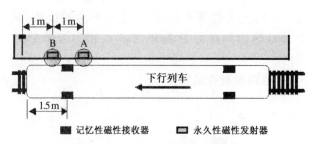

图5 信号发射装置电路图

2.3 防"错开门"保护系统的原理

记忆性磁场接收器是安装在地铁列车A车（带司机室的拖车）车体两侧（距列车前端1.5 m处），永久磁场发射器是安装在站台上，离停车线距离为2 m。

记忆性磁场接收器是随列车向前运动的，当接收器通过永久磁场A发射区时干簧继电器动作吸合，当离开永久磁场A发射区时，由于记忆磁场的作用使干簧继电器保持吸合状态，列车在停车线停位，记忆磁场接收器给司机"可以开门的信号"（指示灯亮），驾乘员开门使乘客安全上下列车。

当列车再次启动向前开，记忆性磁场接收器通永久磁性B发射区时，记忆磁场接收器的干簧继电器再次动作使触点释放（复位），此时司机就不能够打开列车车门，绝对防止了因误开门而发生的意外安全事故。

3 信号识别保护系统的数字编码和防"错开门"保护装置磁场发射源选择

3.1 信号识别保护系统的数字编码

为了提高信号识别保护系统在运行时的安全性和可靠性，在这个系统中其控制信号采用编码方式。数字编码无线发射和接收与常规信号控制无线发射和接收比较，具有不受环境、电离层、气候等因素的影响，信号之间相互干扰小，电源动态范围大等优点。数字编码的格式由3部分组成，见图6。

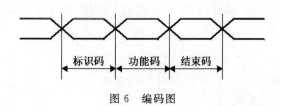

图 6　编码图

第一部分为标识码,由 14 位数字编码组成,其作用是识别是否为本系统信号和是否要进行控制码传送。第二部分为功能码,识别执行不同的功能如 D1、D2 等。第三部分为结束码,在实际使用中只有当三部分编码信号完全一致时,才能被接收装置接收。因此对不同系统的数字编码信号或其编码方式不同或发射频率不同时,绝对不会被接收,从中可以得出结论数字编码方式是相当可靠和稳定的。

3.2　磁场发射源的选择

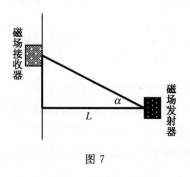

图 7

依据:由于实际最大作用距离为 15 cm,而作用距离与磁场发射源的磁性强度成正比,与磁场发射源的夹角成余弦关系(实际安装中就是记忆磁性开关的落差),也就是作用距离与落差成反比。为此选择磁场发射源的作用距离应该比实际的作用距离大,应该满足:

$$L \geqslant L_{实际} + L\cos \alpha \geqslant 20 \text{ cm}$$

磁场发射源(称永久磁铁)材料,采用钕铁硼材料

磁场强度:在满足作用距离为 $L \geqslant 20$ cm 的情况下:

磁场强度应满足:

$$3\,800 \leqslant B_m \leqslant 5\,800$$

为了使在同样的磁场强度作用下,作用距离能获得最大,所以磁场源的体积必须选择恰到好处的最佳体积:

$$V = 50 \times 70 \times 40 \text{ mm}^3$$

注意:最大作用距离的选择还应该满足不干扰列车其他设备的条件

记忆磁场采用 $10 \times 10 \times 2$ mm 的软性铁氧体,其导磁率 $\mu \geqslant 1\,000$ 以上的磁性体。

磁性开关(继电器)选用常开(或常闭)双触点的干簧继电器(玻璃封装密封型),触点的最大负载电流大于 5 A,触点电压大于 500 V。

4　使用情况和效果

(1)自正式采用保护系统以来,明珠线上没有发生一起司机"臆测动车"事件和一起"错开门"事件,有效地保障了行车安全。

(2)发射器由于采用了蓄电池供电,从实际使用效果来看,可维持三个月的使用时间,因此更换蓄电池不是很麻烦。

(3)从实际使用情况来看,接收器可以做到免维护。

(4)记忆性磁性开关可以做到免维护。

（发表于《机车电传动》2003 年第 4 期）

地铁车辆转向架构架的强度试验和分析

王建兵[1]，浦汉亮[1]，李　强[2]

（1. 上海地铁运营有限公司车辆分公司，2. 北京交通大学）

摘　要：本文简要介绍了上海地铁 1、2 号线地铁车辆转向架构架裂纹的整改方案，进行静强度和疲劳强度试验的试验方法；以线路运营试验检测到的载荷数据为基础，综合考虑构架裂纹的部位和各种影响因素，确定了本试验的试验载荷；提出了试验结果的评定标准，并对试验结果进行了分析。

关键词：转向架构架，强度试验，试验载荷

上海地铁部分列车的转向架构架在使用一段时间后，构架的电机吊座、齿轮箱吊座和牵引拉杆座出现了不同程度的裂纹。经过对转向架构架裂纹部位在运营线路上的受力检测和有限元强度计算之后，提出了相应的整改方案。对于电机吊座采取的整改方案是在原电机座上部的凹形圆弧面上补焊四块工字形铸件加强筋，加强筋的上部与构架横梁相连，下部与电机上安装座相连，四块加强筋平均分布在电机座上部的凹形圆弧面。同时，将原电机座下部的铸件支撑板完全割下，重新焊接尾部加长且带燕尾槽形的铸件加强筋板。对于牵引拉杆座采取的整改方案是在牵引拉杆座与齿轮箱悬挂底座连接处的外侧补焊一块长形的带有齿轮箱安全止挡孔的加强筋板。对于齿轮箱吊座处采取的整改方案是在齿轮箱吊座处的下端焊接一块三角弧形加强筋板。为了检验整改方案的效果，结合其在运营线路上实际所承受的载荷进行本文下述试验。

1　试验目的

本次试验的主要目的是对地铁车辆转向架构架的电机吊座、齿轮箱吊座和牵引拉杆座补强后的强度进行试验验证，以检验补强构架静强度和疲劳强度是否满足运营条件的要求。

2　试验方法与要求

本次试验的试验大纲是以 UIC615-4 标准为基础并考虑地铁车辆转向架供货商的设计经验拟定，该大纲主要规定了在试验台上进行试验的试验载荷和试验步骤，验证转向架构架在运用载荷作用下的承载能力。试验载荷是依据该类转向架于 2001 年在广州地铁 1 号线和上海地铁 1 和 2 号线运营试验中所测得的载荷数据，见表 1，综合考虑构架裂纹的部位和各种影响因素进行修正后作为本试验的作用载荷，其中静强度试验的试验载荷为试验线路里程中所检测到的最大载荷，疲劳试验的试验载荷是以在运营线路试验所检测到的载荷峰值和产生的频度为基础，并用 200 万次的试验次数等效模拟转向架 30 年使用寿命中构架可能所受的疲劳载荷进行确定。

表 1　广州地铁 1 号线和上海地铁 1 和 2 号线运营试验中所测得的载荷

	电机重量（kg）	电机纵向载荷（kN）	电机横向载荷（kN）	电机垂向载荷（kN）	牵引拉杆载荷（kN）	齿轮箱吊杆载荷（kN）
广州 1	575	+31.9	+20.7	(+18.3, -26.4)	+16.0	+44.0
上海 1	1 045	+15.7	+31.4	(+24.0, -28.2)	+17.5	+32.0
上海 2	575	+13.8	+13.8	(+10.9, -15.5)	+20.5	+40.0
设计载荷		0	0	(0, -19.8)	+22.1	+22.4

补强构架的材料为 ST52（德国牌号），弹性模量 E 为 2.1×10^5 MPa，抗拉强度为 510 MPa，屈服极限为 355 MPa，泊松比为 0.29。

静强度试验中，构架安全系数取 $S=2$，所以许用应力为屈服极限的 1/2 倍，即 177.5 MPa，试验中所检测到的最大应力不能超过许用应力。

疲劳强度试验中，每进行 50 万次试验，采用着色和超声波探伤检查是否产生裂纹，完成 200 万次

后用着色和超声波探伤检查,不能有任何裂纹出现为疲劳强度合格。

3　试验条件

3.1　试验设备

试验需要的主要设备和仪器:设有 5 个电液伺服激振头的构架静载荷和疲劳载荷加载试验台,可进行垂向、横向、纵向加载;22 通道静态和动态应变检测仪;应变片;应变花;A/D 转换器;专用接口卡;计算机。

3.2　试验加载点和工装

图 1 显示试验构架的加载点,图示载荷方向为载荷的正值。

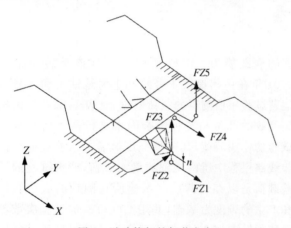

图 1　试验构架的加载方案

牵引电机所产生的三个方向的载荷应作用于电机的重心。

电机产生的垂向载荷为 $FZ3$;

电机产生的纵向载荷为 $FZ1$,但是考虑电机启动或制动所引起的反作用扭矩所产生的载荷,所以 $FZ1$ 作用点应偏离电机重心,经过研究分析 $FZ1$ 偏离电机重心的偏移量 n 为 89 mm;

电机产生的横向载荷为 $FZ2$,是考虑电机和齿轮箱的轴向窜动所引起。

牵引拉杆所产生的纵向载荷 $FZ4$。

齿轮箱吊杆所产生的垂向载荷为 $FZ5$。

由于本次试验仅对构架的补强部位进行加载试验,故构架没有加载的对称部位需要借助工装装夹,以防止在试验过程中发生构架移位或翻转的情况。

3.3　试验载荷

所有试验载荷通过液压气缸施加,载荷大小和激振频率可以通过检测装置检测并完全控制。施加的试验载荷的最大值见表 2。

表 2　试验载荷

载荷代号	载荷名称	静载荷(kN)		疲劳载荷(kN)	
		最大值	最小值	最大值	最小值
$FZ1$	电机纵向载荷	+31.9	-31.9	+22.4	-22.4
$FZ2$	电机横向载荷	+20.7	-20.7	+15.5	-15.5
$FZ3$	电机垂向载荷	+18.3	-26.5	+14.9	-23.1
$FZ4$	牵引拉杆载荷	+16.0	-16.0	+15.0	-15.0
$FZ5$	齿轮箱吊杆载荷	+44.0	-44.0	+29.0	-29.0

3.4　应变片的布置

本次试验使用的应变片规格和种类有 6 mm 的应变单片、3 mm 的应变花、120 Ω 的温度补偿片。在构架上布置应变片时,能确定主应力方向的位置粘贴应变单片,不能确定主应力方向的位置应粘贴应变化。应变片布置的说明,见表 3。

表 3　应变片说明

应变片编号	通道数	说明	静应力	疲劳应力
1	3	电机吊座横梁上盖板	记录	记录
2	3	电机吊座横梁上盖板	记录	记录
3	3	电机吊座腹板左侧	记录	记录
4	3	电机吊座腹板右侧	记录	记录
101	1	横梁上盖板左侧(吊座圆弧处)	记录	记录
102	1	横梁下盖板左侧(吊座圆弧处)	记录	记录
103	1	电机吊座,铸造筋板	记录	记录
104	1	电机吊座,铸造筋板	记录	记录
105	1	齿轮箱下盖板左侧	记录	记录
106	1	齿轮箱下盖板,牵引拉杆座补强筋板(焊接面)	记录	记录
107	1	齿轮箱下盖板,筋板(焊接面)	记录	记录
108	1	补强筋板,铸件正前面	记录	记录
109	1	齿轮箱横梁上盖板	记录	记录

4　强度试验

4.1　试验依据和评定标准

试验依据是以 UIC615-4 标准为基础并考虑转向架供货商的设计经验和实际运营线路的条件所拟定的试验大纲。

静强度试验的评定标准为构架在试验载荷下产生的应力不超过规定的许用应力,疲劳强度试验的评定标准为构架在试验载荷作用下不会产生裂纹。

4.2　静载荷试验

在试验过程,对构架所受载荷分别依次进行加载,每次试验所施加的最大静载荷见表 4。

表 4　试 验 静 载 荷

载荷工况	试验静载荷(kN)									
	S01	S02	S03	S04	S05	S06	S07	S08	S09	S10
FZ1	+31.9 −31.9									
FZ2			+20.7 −20.7							
FZ3					+18.3 −26.5					
FZ4							+16.0 −16.0			
FZ5									+44.0 −44.0	

4.3　疲劳载荷试验

在疲劳强度试验中，按照规定的载荷序列对构架加载，所施加的试验疲劳载荷见表5，试验疲劳载荷加载序列见图2。

表 5　试验疲劳载荷

载荷序列 (见图4)	试验疲劳载荷			
	载荷循环数/载荷序列	载荷频率(Hz)	载荷序列数	载荷循环数(10⁶)
FZ1　0±22.4 kN	80x	80	6.15	25 000	2.0
FZ2　0±15.5 kN	72x	72	5.54	25 000	1.8
FZ3　−4.1±19.0 kN 88x	88	6.77	25 000	2.2
FZ4　0±15.0 kN	80x	80	6.15	25 000	2.0
FZ5　0±29.0 kN	80x	80	6.15	25 000	2.0

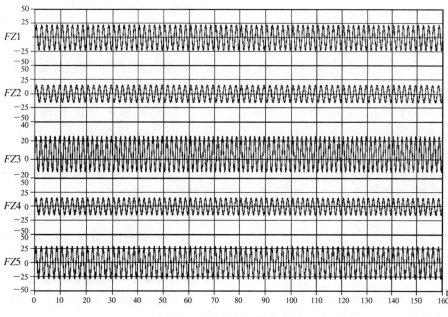

图 2　疲劳载荷加载次序

5　试验结果

（1）按上述试验静载荷加载，所测得的最大应力为102♯应变片所在的部位，应力值为148.7 MPa 和 −160.3 MPa，均未超过许用应力 177.5 MPa。本次试验证明补强构架的静强度合格。

（2）按上述试验疲劳载荷加载，疲劳试验每进行50万次，进行一次着色探伤和超声波探伤检查，试验完成了200万次，经着色探伤和超声波探伤检查未发现裂纹产生，补强构架的疲劳强度通过试验验证。

6　总结

（1）本试验按照试验大纲的要求进行，试验结果说明了地铁列车该类型的转向架构架的补强方案是可行的，试验为同类型构架的补强整改措施提供了依据。

（2）通过对构架的裂纹处采取补强措施改善了构架的应力分布并提高了构架的强度，为地铁列车的安全运营提供强有力保证。

（3）提高运营线路的维护等级和线路质量将会改善地铁列车的转向架构架和其他设备的运营条件。

参考文献

[1]　上海地铁1号线车辆技术规格书，上海地铁总公司，1989

[2]　上海地铁2号线车辆技术规格书，上海地铁总公司，1996

[3]　Stress Calculation Report of Motor Bogie Shanghai Metro. DUEWAG, 1990

[4]　UIC615‒4 Motive power units, Bogies and running gear, Bogie frame structure strength tests. International Union of Railways, 1st edition, 1.1.94

（发表于《城市轨道交通研究》2005 年第 1 期）

上海地铁车辆人字弹簧的
国产化研制及其应用

王生华

（上海地铁运营有限公司车辆分公司）

摘　要：介绍了上海地铁1号线人字弹簧的主要性能及开发过程，着重论述了其在使用中应注意的一些具体问题，并给出了建议。

关键词：地铁车辆，人字弹簧，国产化

上海地铁车辆的一系定位系统采用人字弹簧定位方式，其三维刚度由人字弹簧（见图1）的三维弹性决定，其特点是结构简单，维修方便，无磨耗，噪声小，易通过小半径曲线。但由于人字弹簧完全依靠进口，成本高，依赖性强，而目前国内生产技术条件已成熟，利用现有条件，吸收国外先进技术，先将一部分部件国产化，继而实现整车国产化，是一种行之有效的方法。

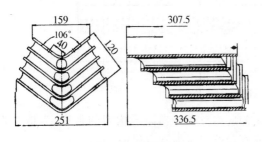

图1　人字弹簧

1　人字弹簧的研制

上海地铁转向架的一系悬挂采用人字弹簧，取消了垂向减振器等部件，使结构简化，但对人字弹簧的性能要求很高。如何同时达到其垂向、横向、纵向定位刚度，给研制工作带来很大困难，这也是开发的关键。上海地铁运营有限公司根据多年的使用经验，首先对进口人字弹簧进行试验、分析、研究，在获得其基本性能、掌握其设计思想的基础上，联合其他单位，共同对人字弹簧进行了国产化研制。

1.1　人字弹簧的技术要求

（1）人字弹簧的使用环境温度为 $-40℃ \sim +50℃$

（2）橡胶层表面应光滑、平整，表面无裂纹、裂口等缺陷，也不得有气泡、海绵状存在。

（3）橡胶层不允许有夹杂现象存在。

（4）金属板不允许有锈蚀、弯曲、变形现象存在，上下金属板之间的平行度公差不得超过 ±0.15 mm。

（5）橡胶层与金属板之间的粘结面不允许有剥离现象存在。

（6）人字弹簧的性能指标：

① 静态特性。在垂向压缩载荷作用下，人字弹簧平均刚度应符合以下要求：动车 1 350(1±6％) N/mm，拖车 1 120(1±6％)N/mm。

② 垂向刚度。在规定的垂向压缩载荷作用下，一对人字弹簧应符合表1的要求，其允许偏差应小于 $\pm10％$。

③ 横向刚度。在规定的垂向压缩载荷作用下，对一对人字弹簧施加横向作用力，使之达到 ±5 mm 的横向变形值时，测定其承载下的横向剪切刚度应符合表1的要求，其允许偏差应小于 $\pm10％$。

表1　动车与拖车转向架人字弹簧性能

理论数值/kN	动车转向架			拖车转向架		
	AW_0	AW_2	AW_3	AW_0	AW_2	AW_3
	42.45	65.70	73.20	37.35	60.55	68.05
垂向刚度 $Cz/(kN \cdot mm^{-1})$	1.25	1.35	1.45	1.05	1.05	1.05
横向刚度 $Cy/(kN \cdot mm^{-1})$	5.6	7.1	7.7	4.7	5.8	6.4
垂向刚度 $Cx/(kN \cdot mm^{-1})$	8.6	12.1	13.5	6.9	10.1	11.2
静态垂直变形/mm	29.7	47.6	53	31.8	54.8	62.0

④ 纵向刚度。在规定的垂向压缩载荷作用下，对一对人字弹簧施加纵向作用力，使之达到 ±5 mm 的纵向变形值时，测定其承载下的纵向剪切刚度应

符合表 1 的要求,其允许偏差应小于 ±10%。

1.2　人字弹簧橡胶材料的物理机械性能

人字弹簧橡胶材料物理机械性能见表 2。

表 2　人字弹簧橡胶材料物理机械性能

车　型	动　车	拖　车
材　质	天然橡胶	天然橡胶
硬度(shore A)	55±5	55±5
扯断强度/MPa	≥20	≥20
扯断伸长率/%	≥500	≥500
永久变形/%	≤30	≤30
老化系数(70℃×72 h)	≥0.7	≥0.7
与金属的粘结强度/MPa	≥4.0	≥4.0

1.3　人字弹簧的疲劳试验

(1) 人字弹簧在疲劳试验后橡胶表面不应产生裂纹、裂口,橡胶与金属板之间不得出现剥离等疲劳现象。

(2) 疲劳性能试验过程中,人字弹簧温升不超过室温 20℃。

(3) 人字弹簧的垂向、横向和纵向振动疲劳试验要求见表 3。

表 3　人字弹簧疲劳试验要求

方　向	垂向加载/kN 动车	垂向加载/kN 拖车	变形量/mm	激振次数	刚度变化率要求
垂向试验	95.0	90.0	—	$2×10^6$	<±10%
横向试验	73.20	68.05	横向±5	$6×10^5$	<±10%
纵向试验	73.20	68.05	纵向±5	$1×10^6$	<±10%

1.4　人字弹簧的试验结果

人字弹簧 2 个一组进行疲劳试验,见图 2。试验前,人字弹簧置于环境温度为 (23±2)℃ 下放置 24 h 后,测量疲劳试验前的刚度。试验后,人字弹簧于环境温度为 (23±2)℃ 下放置 24 h 后,测量疲劳试验后的刚度。人字弹簧(动车)疲劳试验前后的垂向、横向和纵向刚度变化及温升见表 4。

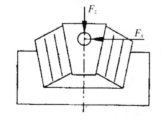
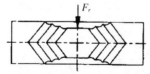

图 2　人字弹簧疲劳试验装置

由表 4 可见,人字弹簧疲劳试验前后的垂向、横向、纵向刚度变化率均小于 10%,最大温升不超过 20℃。疲劳试验后,人字弹簧橡胶表明未产生裂纹、裂口,橡胶与金属板无剥离等疲劳破坏现象,符

合技术要求。

表 4　人字弹簧疲劳试验前后的刚度变化及温升

方　向	试验前刚度 /(kN·mm⁻¹)	试验后刚度 /(kN·mm⁻¹)	刚度变化率/%	最大温升 /℃
垂　向	1.39	1.43	2.88	6
横　向	7.095	7.17	1.1	3.5
纵　向	13.82	14.43	4.4	9

2　人字弹簧的应用

2.1　人字弹簧的选配

人字弹簧使用前的选配是在 Megi—2000 试验台上进行的,该试验台可在静态和部分动态条件下测试人字弹簧的性能。根据人字弹簧的技术要求,试验台首先对人字弹簧施加一个 45 kN 的负载,加载后卸载。为了调整好人字弹簧,需循环加载 3 次。然后对人字弹簧施加一个 7 kN 的预加载,此时,所有的测量数值置 0。正式测量开始,施加负载一直达到 30 kN,计算机屏幕显示负载变形图及测试数据。测试数据可打印出来,也可储存起来供以后调用或人字弹簧匹配。

经选配,在同一公差等级组范围内的 8 个人字弹簧才能装在同一转向架上,以满足列车的均衡要求。公差等级组如表 5 所示。1 组人字弹簧外形尺寸应在规定范围内,自由高度差小于 0.5 mm。

表 5　动车与拖车转向架人字弹簧选配标准

动车人字弹簧		拖车人字弹簧	
公差组	变形量/mm	公差组	变形量/mm
1A	32.15～33.17	0A	41.33～42.64
1B	33.18～34.20	0B	42.65～43.96
1C	34.21～35.23	0C	43.97～45.28
1D	35.24～36.26	0D	45.29～46.60

2.2　人字弹簧座的检测

(1) 大修或构架遭受严重冲击或列车脱轨时,应对构架进行测量。将构架安装在测量装置上,测量构架拱形结构内的人字弹簧座与弹性支座之间的距离(见图 3)。每一拱形结构(内与外)共测量 12 点,测量工具用千分垫尺或塞尺。

(2) 所有的测量偏差都必须低于 1.3 mm。如果有任何测量偏差大于 1.3 mm,则应从测量装置台上移下构架,调转 180°,再测量一次,如果仍有测量偏差大于 1.3 mm,则应校正构架。

(3) 对于每组测量,如 A 或 B 或……H,所有测量点平均偏差必须低于 1.0 mm。如果有任何一组

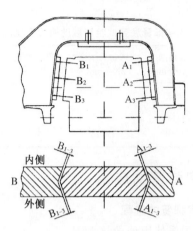

图 3　人字弹簧座间隙测量装置

的所有测量点平均偏差大于 1.0 mm，则应从测量台上移下构架，调转 180°，再测量一次，如果仍有测量偏差大于 1.3 mm，则应校正构架。

2.3　人字弹簧的装配

（1）新的人字弹簧安装后应满足表 6 的整车挠度要求。

表 6　静态安装后的整车挠度

载　荷	动　车	拖　车
转向架总成后	8.96	5.29
空车落车后（AW$_0$）	31.44	33.3
额定载荷（AW$_2$）	48.66	54.05
超载荷（AW$_3$）	54.21	60.76

（2）轴箱与转向架构架之间距离的调节。

① 对于动车转向架，轴箱与转向架构架之间正确高度 h（见图 4）为：新的人字弹簧静态变形后动车为 35 mm，拖车为 41 mm（装车 48 h 时后测定）。静动态变形后动车为 30 mm，拖车为 36 mm；

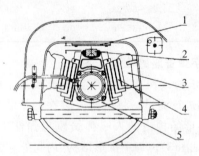

1. 调节板；2. 辅助弹簧；3. 人字弹簧座；
4. 人字弹簧；5. 轴箱体。

图 4　上海地铁转向架轮对定位系统

② 如果高度小于 30 mm（动车）或 36 mm（拖车），则通过拆除或更换调节板来调节；

③ 如果拆除所有的调节板后，高度仍小于 30 mm（动车）或 36 mm（拖车），则按如下步骤进行

调节：测量人字弹簧刚度，其刚度必须为 1 350 N/mm（动车）或 1 120 N/mm（拖车）。如果弹簧刚度正确，则在人字弹簧与人字弹簧座之间安装补偿板，否则必须更换人字弹簧（注意：任一人字弹簧需更换，则此转向架上的 8 个人字弹簧都要更换）。如果弹簧刚度不正确，则更换人字弹簧并重复轴箱与转向架构架之间距离的调节。

（3）人字弹簧的垂向变形量要求见表 7。

表 7　人字弹簧的垂向变形量

装车 48 h 后	运行 60 d 后	永久变形
≤5	≤10	≤12

2.4　人字弹簧的使用情况

人字弹簧的寿命一般为 8a～10a，而实际运用 3a 后，人字弹簧就开始出现裂纹、裂口等现象。到 5a（或运行 50 万 km）架修时，基本上都是更换新的人字弹簧。换下来的弹簧需在检查并重新选配后才能继续使用，而堆放时间过长则会自动报废。由于上海地铁公司 Megi—2000 试验台进厂较早，处于停用状态，使用时故障不断，影响了人字弹簧的选配。为了保证列车运营，同时降低成本，一方面急需修复试验台，对旧的人字弹簧进行筛选、匹配；另一方面需大力开发国产弹簧，以替代进口弹簧。

3　结论

（1）试验研究表明，上海地铁公司与其他单位联合开发的人字弹簧，其性能基本符合设计与使用要求。

（2）在使用过程中，建议定期检查并调节轴箱与转向架构架之间的距离。

（3）对于换下来的人字弹簧，建议清洁后粘贴标记，标明日期、弹簧型号、区分代码等内容，供以后选配之用。

参考文献

[1]　Technical Specification of Shanghai Metro Line 1—Rolling Stock[Z],1989

[2]　上海地铁工程 1 号线. 转向架手册[Z],1989

[3]　株洲时代橡塑有限公司. 上海地铁人字簧（动车）疲劳试验报告[R].1998

[4]　姜卫星,沈培德,鲁立荣. 径向非等值刚度圆锥形橡胶堆的设计与计算[J].上海铁道大学学报,1997,18(1)

（发表于《铁道车辆》2002 年第 4 期）

气动车门增加自动检测功能设计

何伟荣

（上海申通地铁运营有限公司车辆分公司）

摘　要： 地铁车辆上广泛使用电动式和气动式客室车门，从地铁车辆外观观察电动式车门具有平整性、符合现代化感；气动式车门具有实用性、符合乘客较多的线路上。电动式车门在设计上考虑到乘客比较多的情况，使用车门自动检测装置，使地铁车辆运营时间和乘客安全得到保证起到重要作用。所以建议气动式客室车门须安装车门自动检测装置，确保车辆运营和乘客安全。

关键词： 气动式客室车门，自动检测装置，车辆运营时间，乘客安全

1　概述

在地铁车辆上广泛使用的客室车门，按驱动方式一般可分为电动车门和气动车门；按车门的运动方式分有：电动式内藏移门、外挂移门和推拉门，同样气动式门也分为这三种运动方式。目前上海地铁车辆中所使用的车门中，气动式内藏移门应用在上海地铁1号线、2号线；电动式推拉门和外挂移门分别应用在上海地铁3号线、4号线、5号线和上海地铁1号线西延伸线。它们的操作方法基本是一样的，都是司机手动操纵，通过按动左侧的开关门按钮和右侧的开关门按钮，由列车线将信号传输到每个车门的控制单元上，进行集中式开门或关门。所不同的是在车门信息显示内容上有多少而已，像上海地铁1号线车门的信息显示不足之处，只能显示车辆每个单元车门信息，而不像其他线路车辆那样能显示每个车门信息。如今车辆中有了车辆网络系统，这给每个车门的信息显示带来了优点。车门的信息显示主要包括开门、关门和车门隔离及车门有关信息等。另外，在车门控制单元中，气动式车门利用电磁阀控制车门的汽缸工作(推拉式)，进行开关门功能，而电动式利用PLC控制器对电机进行正、反转控制(旋转式)，达到开关门的功能。它们的最大区别是电动式车门有自动检测功能，而气动式车门目前没有此功能。自动检测功能对地铁的运营时间和乘客安全起到重要作用，比如在车辆进车站时，由于乘客的拥挤，车门往往无法及时而迅速关闭，这时如果像电动车门那样有车门自动检测功能，那么可以至少节约8秒钟时间，既能确保列车正常发车又能保证乘客的安全。所以在气动式车门上安装自动检测功能，必将引起有关部门的高度重视。

2　设计

车门自动检测功能的实现，对地铁车辆运营时间得到保证、司机的操纵判断和乘客人身安全的保证起到重要作用。有案例报道由于列车的气动式车门的设计缺陷和司机操纵失误导致至少两起重大事故。所以在气动式车门上增加车门自动检测功能非常必要，笔者根据实际情况，曾在上海地铁1号线车辆的车门上设计了气动式车门自动检测装置，经实际调试，满足设计要求。

2.1　目前气动式车门工状简介

气动式内藏移门如图1，电气控制原理如图2，气动控制原理如图3，采用集合式电磁阀(内有：四个节流阀、两个快速排气阀)，其作用分别为开门电磁阀、关门电磁阀和解锁电磁阀。在司机按动开门或关门按钮时，所有车门的开门电磁阀和解锁电磁阀同时得到信号或关门电磁阀得到信号，车门在汽缸的作用下得到开启或关闭。当在关门时，当有乘客被车门夹住时，由于气动式车门没有自动检测功能，被夹的乘客在汽缸推力的不断作用下无法脱离，司机也无法及时发现，只有等待所有车门关闭后，司机通过在操纵台上的指示灯才能做出判断，然后再次开启车门和关闭车门各一次，时间最少需要6秒/门。有时车门虽然正确关闭，车辆能正常启动，但是乘客的随身物品，如：雨伞柄、公文包等硬件仍然暴露在车门外，司机可能较难发现，有时在严重的情况下会侵列车限界，造成严重事故。

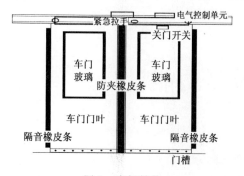

图 1　车门结构

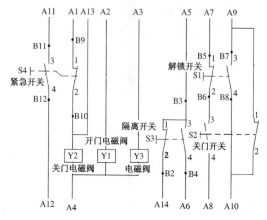

图 2　电气控制

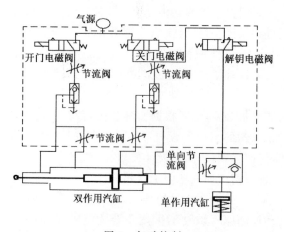

图 3　气动控制

2.2　改进后的气动式车门工状简介

气动式内藏移门的电气控制如图 4,气动控制如图 5,在关门的气路中增加一个气/电数字转换器,其结构如图 6,安装非常方便,不影响原有的电气功能。同时利用原有的列车备用线作网络监控,进行远程监视所有车门气/电数字转换器的工作情况,本系统最大特点是:不需要开发通讯软件协议就能达到车门信息的网络化传输功能。当乘客被车门夹住时,气动车门的关门压力逐渐提高(额定气源压力为 4.5 kg/cm² 时,其关门压力 150 N),当达到 4.5 kg/cm² 时气/电数字转换器开始工作,通过内部触点使关门电磁阀停止工作(二位三通),这时车门原位不动,门处于自由状态,被夹乘客可以迅速推开车门并且离开,经过延时器延时 1 秒(可调)后,车门便自动开始启动关门功能,其功能可以重复进行(电动式车门只能 3 次或 6 次),关门的压力逐步提高到 150 N,直到障碍物移去,车门才正确关闭。同时防止了雨伞柄、公文包等暴露在车门外和人群特别多情况下车门无法关闭的现象。从而达到与电动车门有相似的功能,并且在车门的工作性能上比电动车门稳定和可靠,抗干扰性能强。同时对每个车门自动检测装置可以进行远程监控,将在每个自动检测装置上含有一个编译码器,最多可以监控 1 024 个车门,在司机室同样有一个编译码器数字显示装置,可以循环对每个车门的控制工况进行寻址访问(或可以是软件,加载在显示器中),一旦有车门自动检测装置发生故障、开关门故障等,便可以显示这个车门的地址号码和故障代码,并且有声音报警功能,以提示司机注意。对于车门的地址号码和故障代码也可以在 DDU 上显示,需要一个软件安装在 DDU 内,完全满足列车正常功能要求。

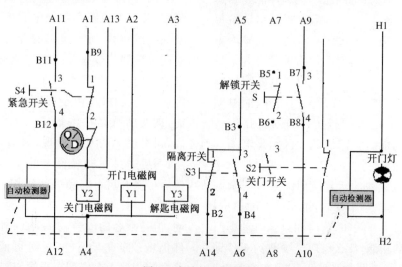

图 4　改进的电气控制

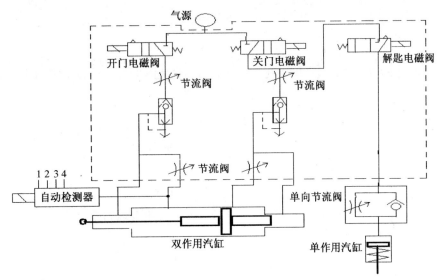

图5 改进的气动控制

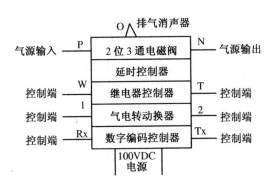

图6 气/电数字转换器

3 结论

本设计的气动车门自动检测装置,无论对于车辆的运营时间正确性还是乘客的人身安全性都具有实际意义。特别考虑到车门工作在运营过程中的特殊性,所以必须具有设计的可靠性,如果新增的自动检测装置一旦发生故障,也不影响原车门所有的功能。同时本车门自动检测装置中的数字网络功能设计已经考虑到目前电动式车门的PLC控制器的"死机"现象,可以单独对气动车门自动检测装置的控制器进行远程复位功能和开关门的控制功能。所以气动车门自动检测装置的设计具有一定的独创性。值得参考和应用。

(发表于《城市轨道交通研究》2006年第4期)

地铁车厢乘车站名动态显示的设计和应用

何伟荣

（上海地铁运营有限公司车辆分公司）

摘　要：介绍一种基于专用的语音识别芯片 HM2007，应用于地铁车厢内乘车站名动态显示系统，在车辆不作任何改动的基础上实现车厢内广播报站与站名显示器的同步。

关键词：语音识别，地铁车厢广播，车站名动态显示

语音识别技术成为当代数字时代的重要开发领域，在计算机应用、多媒体技术应用和远程工业自动化控制应用等方面，成果令人瞩目。语音识别技术简单说是指用电子装置来识别某些人的某些特征语音，以实现自动化控制。语音识别的手段一般分为两大类，一类利用在 PC 机或微型计算机上开发语音识别系统，通过编程软件达到对语音的识别，另一类采用专门的语音识别芯片来进行简单的语音识别。前者对软件、硬件要求高、体积大、费用高，通常应用在识别容量很大的、复杂的系统。后者硬件体积小、价格便宜、使用非常方便，但识别容量比较小，它是简单语音识别在自动控制应用中的一种优先方案。语音识别芯片又分为 SI 和 SD 两种，SI(Speaker Independent，与说话人无关) 及 SD(Speaker Dependent，与说话人有关) 的语音识别功能，SI 可利用单片机实现多人的识别，而 SD 为单独人的识别，它具有保密性。语音识别芯片的型号目前也比较多，如：OKI 公司的 MSM6679 A - 110、TOSHIBA 公司的 TC6658、台湾 HMC 公司的 HM2007 等，它们在应用上各有特点。根据本项目的设计要求，采用台湾 HMC 公司的 HM2007 语音识别芯片。

1　HM2007 的性能特点

HM2007 是 CMOS 语音识别大规模集成电路，外接 64 K 非易失性 SRAM，能识别 40 个字组的语音(0.9 秒字长)，或 1.92 秒字长，但识别仅 20 个字组的语音。按正常人的讲话速度，一般每秒吐字 2 到 4 个，如选择 0.9 秒，那么每字长的汉字以 1 到 3 为宜。控制方法通过键盘手工操作或 CPU 自动控制，可以开发成 SD 和 SI，识别响应时间小于 300 ms。芯片采用单片结构，将语音识别需要的全部电路：CPU、A/D、ROM、语音的 AMP 放大器、压缩器、滤波器、震荡器和接口界面等集中在一片芯片内，这样外围电路就非常少。

DATA OUT 为数据输出端。HM2007 语音识别的过程是以模型为单元进行识别的，首先通过输入放置语音的地址号，将语音录入到 SRAM 中，便在系统中建立了特定的语音样本(模型)，然后进行识别样本、分析。当有语音输入时，它与预存的模型进行比较，如果比较匹配相同，其输出不同相应的数据编码(八位)，如：D1、D2、D3、D4、D5、D6、D7、D8，其中前四位的数字为十位数显示从 0 到 4、后四位的数字为个位数显示从 0 到 9，如果识别结果是 01010101 编码(十进制：55)，表示语音太长；如果识别结果是 01100110 编码(十进制：66)，表示语音太短；如果识别结果是 01110111 编码(十进制：77)，表示语音不匹配。所有录音的语音样本内容存放在 SRAM 中，数据可在断电情况下永久保存 10 年以上。

HM2007 的技术参数：工作电压 4～5.5 V，工作电流 1.5 mA，工作温度 －20～＋70℃，正常的语音输入电压：20 mV。

2　设计和应用

项目主要针对目前上海地铁列车在车厢内无 LED 动态站名显示而设计，通过将列车车厢广播的模拟信号转换成数字信号，自动控制 LED 发光二极管，使得广播的内容(每个车站站名)与发光二极管显示面板声光同步，将显示面板放置在地铁车辆的每扇车门上方，并且显示面板以地铁运营线路为背景，列车进站和出站时能分别指示，让乘客非常直观地、一目了然地随时了解车辆在运行时自己所乘的位置，从而方便乘客的上下车，提高了地铁服务

水平。在国外的地铁列车上应用已相当普遍。

通过对语音模板多次试验和分析，发现所设计的语音识别芯片及附件组成的电路在实际生活的应用中，其识别效果不够理想，因为人的发音随人的身体状况和周围的环境变化，其前后的发音有一定的区别，故在模型匹配上有一定难度，所以在家庭、玩具、通信和工业自动控制领域，难以推广。然而应用在本项目中，其效果特别好，通过增加特殊的硬件电路设计成的样品，经试验识别率高达到100%左右。因为地铁车厢内广播的内容具有规律性，内容和音量具有恒定不变的特点。

LED站名显示用HM2007语言识别芯片和特殊电路设计而成，具有独特性和创造性，能达到简单的语言识别，语音识别显示器的输入端间接地与车载广播功放器相连接（采用变压器或光电结合器），实施广播模拟信号发出的语音进行车站名的自动识别。区别以前所设计的利用交流载波原理控制LED显示、复杂的编程技术等方法。

语音识别器组成：输入控制部分，噪音滤波部分，语言识别部分，执行显示部分。

（1）输入控制部分。通过结合器连接，要求模拟语音输入 A 点的电压必须控制在大约 20 mV 左右，以确保后期语音识别的正确性。在输入电路中增加了RC微分电路和延时电路，即将模拟信号转变成数字方波信号，对语音输入进行开关量的控制，确保在 $T<0.9$ s 内正确输入语音字长。

（2）语音识别部分。利用语音识别芯片HM2007和外接6264SRAM存储器组成为主要部分，（HM2007中ROM已经固化了语音语法技术）对语音的存储及语音语法算法进行控制。附加电路：扫描键盘电路 3*4 键盘12个（其中 0~9 为地址号码数字键，TRN为录音键，CLR为清除键）、地址显示采用两片数码管和数据锁存器74LS373、74LS47。HM2007的详细内容见产品说明书。

（3）噪音滤波部分。功能是自动识别（阻挡）无用的语音，例如：司机的讲话及杂音等，确保输入语音的可靠性、稳定性，因为目前地铁车辆广播报站内容在车站与车站之间（区间）有两次广播。在建立模型时，我们将第一次的广播语音内容放在第77地址内，第二次的广播语音内容放在第01到40之间的地址内（如果车站有40个），而我们只要识别其中第二次的一段语音，如："衡山路车站到了，乘客可以下车……"就是"衡山路"三个字长度。为了能滤波55、66、77地址号码，（其中：55、66在实际使用中不会产生）正确显示01到40之间地址内的内容，特采用C031与门和UM3758串行编译器进行滤波电路。

（4）执行显示部分。将车厢广播喇叭的模拟信息通过语音识别器转变成数字信息，最终经过译码电路、多路数据选择器CD4514及RS485接口，去控制车厢内车门上十个LED显示面板。在进行广播内容更改时，本项目最大的特点是：不需要任何手段的手工软件编程的修改，而是通过远程电路控制技术进行按顺序自动录音地址和内容。如图五：利用滤波电路和脉冲键控多谐荡器电路实现远程集中输入录音功能。远程输入电路由与门电路、RC微分电路、延时电路和编码电路组成，输入 IN 来自与门电路C031的控制线，输出 OUT 到键盘 3*4，模拟二次地址编码号码的输入，达到自动录音功能。

3 结论

语音识别器及LED显示面板的样品设计和初试，符合设计要求，完全能应用到以前没有LED显示面功能的地铁车辆上，与其他所设计的方式相比较，如：无线RF、红外线和磁性控制，语音识别控制简单、可靠性好、安装方便、相对投资最小和不改动车厢内任何电器，仅提供110 VDC和音频接口线。其缺点：一旦音频线路发生故障，语音识别器就无法工作。

本项目的开发具有一定社会效益，能得到国内外乘客、残疾人员的欢迎，提高了地铁服务质量。

参考文献

[1] HUALON MICRELECTRONICS CORPORATION TIWAN PRODUCT NUMBER：HM2007

（发表于《电力机车与城市车辆》2004 年第 12 期）

平轮在线自动检测方法综述

王方程

（上海地铁运营有限公司车辆分公司）

摘　要：分析了平轮产生的基本原因，介绍了几种国内外常见的平轮在线自动检测方法，并简析了各自的优缺点。

关键词：平轮，在线，自动检测

列车在高速运行过程中，当紧急制动或钢轨表面上有冰雹树叶等杂物时，车轮会由滚动变成滑动，剧烈摩擦产生的高温使车轮踏面出现擦伤、剥离、裂损和掉块等现象，统称为车轮扁疤或平轮。平轮是轨道车辆中一种常见的车轮踏面损伤形态，它会引起轮轨间产生周期性的振动冲击，当车轮在钢轨上滚至平轮处时，轮轨之间便产生瞬时冲击，从而使整个车辆、轨道系统产生耦合振动，给轮轨系统带来极大危害。通常情况下，致使平轮产生的原因还有：车轮及闸瓦的材质不好，车轮过道岔时的挤压碰撞，空重车调整装置漏调或误调致使空车时在重车位制动力过大，调车作业的铁鞋制动，机车司机的操纵水平不高以及车辆缓解不良等等。而目前列检对车轮踏面故障的检查，主要是靠检车员在接车过程中和停车后的耳听、眼观、锤敲，这种传统的人工检查方法受人为因素、故障所处的部位、现场工作条件、气候以及技检时间等因素影响，既不易及时发现车轮踏面故障，造成漏检、漏修，又增加工人的劳动强度，延长技校时间。因此，研制一种在线的自动检测系统，迅速、准确地检测出踏面的擦伤情况，对提高检修质量、效率、保障行车安全以及列车高速化和重载化的实现有重要意义。

20世纪70年代后期，世界各国相继开展了平轮在线自动检测工作的研究，其中，开发较早、发展比较成熟的国家有德国、美国、俄罗斯和日本等。近年来，我国在这方面也做了大量的研究工作，并取得了长足的发展。目前，国内外对平轮在线自动检测的方法主要有如下几种：

（1）根据踏面与轮缘之间高度差变化采用踏板法检测踏面的擦伤情况；

（2）利用列车高速运行时踏面擦伤处的瞬间腾空来检测踏面擦伤；

（3）利用踏面擦伤与轨道产生的噪声不同来检测踏面擦伤；

（4）利用踏面擦伤引起的钢轨所受的冲击力或振动的变化来检测踏面擦伤；

（5）对运行中的车轮踏面进行高速CCD摄像结合相关软件处理来检测。

下面，将对以上各种方法加以介绍，并简要分析它们的优缺点。

1　平轮在线自动检测方法

1.1　踏板检测法

踏板检测法又称为位移检测法，这种方法由北方交通大学等单位申请技术专利，并在郑州铁路局平顶山列检所和郑州车辆北段进行过现场正线试验。其基本原理是：以轮缘外沿为基准，通过测量车轮踏面相对于轮缘的高度变化来测量车轮的踏面擦伤。也就是说，通过测量轮缘相对钢轨位置的变化来测量车轮扁疤的深度。测量系统主要包括：平行四边形机构、位移传感器、数据采集处理系统以及计算机与数据通信系统四大部分。其测量方法是：当列车通过此测量装置时，车轮轮缘顶部压下平行四边形机构的上平板，使得此平板产生平动，非接触式位移传感器可以直接测量平板相对于钢轨的垂直位移，再经过简单数据处理即可得出擦伤深度。

该法的优点为：低速下测量结果较准确，安装简单，数据处理容易。其缺点是：测量精度受机械装置的加工精度影响；高速时的车轮冲击会引起踏板振动，甚至损坏踏板装置，因此改方法不适合高速测量；即使低速下，该系统的机械装置每年必须经过数百万次以上的车轮冲击的考验，不仅机械装置容易发生故障，传感器在激烈振动下发生位置改变后,其状态需要经常调整。此外,该设备对工务维修也有一定程度的影响。

1.2 电信号检测法

电信号检测法也就是瞬间腾空检测法,这种方法在德国、瑞典等欧洲国家应用较多,它的基本原理是:当列车高速行驶时,车轮行驶至扁疤位置时,将脱离轨面,并有一段腾空时间,腾空时间的长短与扁疤大小有关,通过电信号来测量腾空时间,再经过简单换算就可以得出擦伤大小。

图 1 为电信号检测法的结构原理图,其中一条钢轨是连续的,另一条钢轨上有 2 段定长的绝缘短轨,A、B 为剪应力传感器。发送电路向连续轨发出一频率为 100 kHz、24 V 的高频信号,当无扁疤车轮通过该区段时,车轮紧贴轨面,两条钢轨被短路,输出信号为零;如果车轮有扁疤,车轮在扁疤腾空处,接受电路将得到一交流脉冲信号。该信号经检波后变成方波信号,根据脉冲宽度即可求出扁疤长度。

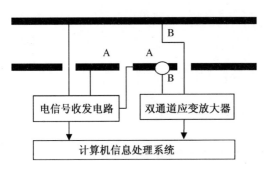

图 1 电信号检测法

电信号检测法的优点为:高速下测量准确,信号幅度大,防干扰能力强,信号处理容易,电路结构简单;其缺点是:无法测量低速下无腾空状态的车轮擦伤;安装困难,必须设置数根绝缘短轨,在施工中会严重影响行车;另外,短绝缘轨的寿命远低于无缝钢轨,对线路安全也极其不利,这在工务规则上是不允许的。因此,这种方法不宜在我国推广。

1.3 声音检测法

在列车行进过程中,轨道间通常发出均匀的、有规则的声响,而带有擦伤的车轮通过轨面时,则可明显听到车轮对钢轨的撞击声。根据这种声音信号,可以大致判断平轮的大小和位置。

日本利用噪声检测法原理,研制了一种自动检测装置,其测试方法是将一只话筒对准轨头,另一只话筒距车体一定距离处采集当时的背景声。将两个音频信号进行比较后,可从记录波形中分辨出平轮信号。采用两个话筒的目的是为了提高信噪比,防止误判。

声音检测法的优点为安装简单,可作为辅助测量方案。其缺点是无法克服邻轮干扰,只能判断出平轮所在的轮对,测试精度不高。但随着现代信号采集与处理技术的发展,这种方法也可以作为一种轴承故障早期诊断的有效方法,目前,这种方法已经由哈尔滨铁路科研所在全路推广,并取得了很好的效果。

1.4 加速度检测法

加速度检测法在日本和俄罗斯应用较多,它是根据振动学原理,采用加速度传感器及轮重传感器等来检测平轮对钢轨的冲击所产生的振动信息,进而以谱分析的方法进行识别、预报。

加速度检测法的检测系统由磁钢(轮重传感器)、加速度传感器(压电传感器)、电荷放大器、A/D 转换电路、工控机主机、通信接口电路、上位机、打印机等组成。其工作原理为:当列车通过测试区时,由磁钢发出采样开关门信号,控制采样的开始和中止动作,轮轴间的相互作用在压电传感器上产生微弱的电信号,然后经电荷放大器放大后送至 A/D 转换电路,于是模拟量转换为数字量,工控机上的数据采集程序对采集来的数据信号保存文件,再用相应的数据处理程序对数据进行分析处理,最后将处理结果通过调制解调器送至上位机并打印输出。其检测系统原理图如图 2 所示。

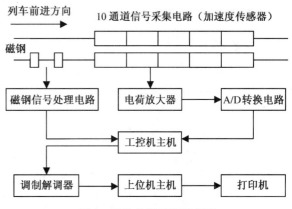

图 2 平轮检测系统原理图

加速度检测法的优点为测量较准确,能够适应不同车速和轨面环境下的测量,安装方便。其缺点是:受环境影响较大,需要考虑不同车速、车重、车体状况以及枕木道床刚性和产生冲击相对于传感器的位置等因素,而且需要定期对传感器进行标定,数据处理困难。

目前,哈尔滨威克公司与上海地铁运营公司采用这种方法合作开发了明珠线列车车下走行部状态在线检测系统,业已通过上海市科委的项目鉴定。该系统应用 DSP 进行信号采集,并采用了小波分析等多种现代信号处理方法,取得了良好的效果。

1.5 图像检测法

图像处理技术是近几年发展起来的新技术,其原理是通过安装在轨道上的高速数码摄像头获取车轮的图像,再由计算机对进行图像还原或边缘提取等数字化处理,然后通过与标准轮缘几何尺寸进行比对,即可测出车轮擦伤大小。

罗马尼亚、澳大利亚等国用该原理研制的车轮踏面进行自动检测。该系统由机械装置、照明装置、摄像装置、计算机及外围设备组成。系统可对所测图像进行显示、处理和打印,并对超限车轮发出报警信号。

图像检测法优点为测量准确。其缺点是:成本高;安装困难;受图像采集速度的限制,不适合高速运行车辆;图像处理速度慢,方法复杂,会影响系统的实时性。

随着高速摄像设备的发展和现代图像处理技术的进步,以往限制这种方法推广的瓶颈都将得以很好的解决,而准确定量的测量正是这种方法的优势,这也是未来高速铁路车辆故障检测的发展方向,所以,图像检测是一种值得期待的检测方法。

2 结束语

本文通过对 5 种平轮在线自动检测方法的介绍后认为,目前加速度检测法的技术比较成熟且检测效果较好,值得在轨道交通部门大力推广;图像检测法具有优越的检测精度,随着技术的发展,必将成为未来平轮在线自动检测方法的发展方向。

参考文献

[1] 迟宝全,唐成,张小松等.平轮检测系统及其谱分析. 哈尔滨铁道科技.2004,1

[2] 李景泉,刘继.车轮踏面擦伤自动检测方法的研究和试验.同济大学学报,2003,4

[3] 王孝炎,杨占平.车轮扁疤动态检测方法综述.铁道车辆,2002,6

[4] 是泽正人(日).地铁车轮踏面损伤现状和滑行机理的研究.国外铁道车辆,2000,5

(发表于《城市轨道交通研究》2006 年第 1 期)

上海地铁车辆运行与检修的质量管理

宓群恩

（上海地铁运营有限公司车辆分公司）

摘　要：上海的轨道车辆，伴随着先进技术的引进、消化、吸收，质量管理工作已历经 10 余年的发展历程。该文主要介绍上海地铁运营有限公司的车辆质量管理体系及其在质量的控制、保证、改进等方面的经验。

关键词：地铁车辆，质量管理，运行，检修

上海轨道交通自 1993 年 5 月 24 日 1 号线南段试运营至今已经有 10 年多了。经过这些年来的建设和发展，上海现已拥有 1 号线、2 号线和明珠线三条线路，线路总长达 65 公里，每天投入运营的地铁列车有 64 列，384 辆，近期每天的客流量约 125 万人次/日，节假日最高达 180 万人次/日左右。车辆作为轨道交通的主要设备每天要进行高频次、大负荷运营，如何确保其始终保持最佳工况，安全、准时、舒适地迎来、送走南来北往的乘客，建立、健全一个严密、高效的质量管理体系，积极、有序地开展质量管理工作是至关重要的。

1　质量管理体系

质量管理体系是质量方面指挥和控制组织的管理体系。是企业若干管理体系中的一个组成部分，它致力于建立质量方针和质量目标，并为实现质量方针和质量目标确定相关的过程、活动和资源，帮助企业提供持续满足要求的产品，以满足顾客和其他相关方的需求。上海轨道交通现有 3 条线路上所有轨道车辆和相应的质量管理工作均由上海地铁运营有限公司辖下的车辆分公司归口管理和全面负责。其车辆系统的质量管理体系主要通过质量管理组织机构、质量管理职责、质量管理网络系统、质量信息沟通和流转以及质量管理体系的持续改进这五个方面得以体现和进行运作。

1.1　质量管理组织机构

组织机构是质量管理体系的基本组成之一，一个正常、协调、高效的质量管理体系离不开具有配置合理的组织机构以及具备较高质量意识、质量素养的组成人员。车辆分公司实行经理负责制下，由总师具体指导、协调、督促和检查分公司下属各职能部门、分厂的质量管理工作。各单位按已分解的质量目标开展工作，单位负责人对本部门的质量工作负责。各分厂配备一名专职质量主管，并设置检验小组，按照分级检验的原则进行工作。维修一厂、二厂、三厂分别对 1 号线、2 号线、明珠线的列车质量负责。大修分厂则对到期限的架修、大修车辆的维修质量负责。同时分公司针对列车故障易发、频发的部位、部件成立了"转向架""客室车门"和"主回路"这 3 个专题质量小组，定期开展质量分析，进行质量攻关。

1.2　质量管理职责

明确质量管理职责是开展质量管理工作的基本前提。为了全面贯彻、实施和完成企业质量方针目标，必须制定工作层次分明、上下环环相扣的质量管理岗位职责。在此方面，车辆分公司围绕致力于提供质量完好、性能优良、安全舒适的轨道车辆这一目标，按照决策层、管理层、执行层和操作层这四个不同层面不同的要求，制定出了不同的质量岗位职责，既涵盖了上至分公司经理下到一般检修人员，同时也兼顾了相互的工作接口，体现了质量管理的全员参与性。

1.3　质量信息的沟通和流转

企业的运行、检修、质量等都离不开信息的沟通和流转。准确、及时、灵敏的质量信息可以提高企业的管理效率和运作水平。在地铁运营初期，我们按运行、检修、故障等质量信息每天分门别类进行收集、整理、统计、归纳，并通过《电动列车日报表》、《电动列车运行故障代码日报表》、《质量月报》等报表、报告形式，与上下、横向相关部门作及时的交流和传递，初步建立了质量信息交流的框架。然而随着时间的推移，上述这些质量信息传递方式渐

显弊端。首先它不能适应地铁质量信息快速、动态的传递要求,特别是对在线运行的列车进行实时监控。其次对质量信息的查询不方便,耗时费力。鉴于上述原因,我们从1998年初开始了计算机质量管理信息系统的开发工作,并于当年投入了使用。该系统具有系统故障的统计与分析、故障零部件的统计与分析、电子履历簿和数据库的修改与添加四种功能。2000年又开发并投入使用了地铁车辆运行情况分析系统。在硬件方面我们建立了企业局域网,为各职能部门、分厂、班组配备了计算机实现了联网,把信息沟通的触角延伸到了各个层面,为信息共享创造了较好的物质条件。

计算机质量信息管理系统的开发,极大地提高了质量信息沟通和流转的水平,使质量管理工作上了一个台阶。最近公司与复旦大学联手新开发的、意在进一步提高整个企业管理水准的计算机企业资产管理系统已经投入了试运行,可以预期作为该系统的一个子系统——质量管理系统,其功能、内容、要求也将在原有的基础上有一个新的拓展和提高。

1.4 质量管理体系的持续改进

质量管理是一个动态的管理过程,随着时间的推移和事物的发展、变化,也必然需要对质量管理体系进行审核调整,以增强满足要求的能力。按照ISO9001:2000版标准要求,我们建立了企业内部质量体系审核小组,请有关单位对该组成员进行资格培训,持证上岗;同时定期召开专题会议,对质量管理体系的适宜性、充分性和有效性进行评价,找出薄弱环节,确定改进目标,提出实施内容,检查落实情况和效果,并正式更改方案。我们先后对列车运行、检修不合格项纠正处置单等单据的格式、流转程序以及相关规定,按照ISO标准进行了规范,完善了质量手册的内容。对各职能部门、分厂、班组的专职、兼职质量管理人员的分布、配备进行定期审定、调整和培训,使得我们的质量管理体系能够适应、控制处于动态变化的地铁车辆的运行、检修工作。

2 质量方针和质量目标

质量方针是由组织的最高管理者正式发布的该组织总的质量宗旨和方向。它是企业经营总方针的组成部分,是企业管理者对质量的指导思想和承诺。质量目标是质量方针的具体体现。较高水准的质量方针和质量目标,可促进、提高企业的质量管理水平,为乘客提供舒适、优质的服务。上海

地铁运营有限公司的质量方针是:行车——安全快捷;服务——规范文明;管理——争创一流。质量目标是:运行列车正点率≥92%;乘客有责投诉≤1 PPM(每百万人次);列车运行速度≥34 km/h(旅行速度);行车重大、大事故为零。客伤有责事故≤0.1 PPM(每百万人次)。为了保证方针、目标的顺利实施,需要把方针目标按职能部门、分厂、班组、个人进行层层细化、分解;制定相应的激励机制和考核要求;重视职工的质量意识教育和质量技能培训;加强技术服务,对惯性故障成立专题小组攻关;强化质量节点监督等。从而有效保障质量方针目标的顺利贯彻和实现。

3 质量控制

质量控制是质量管理工作的主体,是质量目标具体落实的保障,它直接反映了质量管理水平的高低。质量控制的重点是防止差错或问题的发生。按控制方式和内容的不同,一般可分为状态控制和过程控制。

3.1 状态控制

轨道车辆质量状态控制主要通过列车预防性检修、质量普查、质量跟踪、质量预检等方式进行,使列车能够始终保持良好运行状态和较低的故障率。

3.1.1 列车预防性检修

车辆运行后会产生磨耗、变形、老化和损坏等情况。为了使列车始终处于良好的运行状态、延长其使用寿命,就必须根据车辆损坏、老化的规律和实际工况,合理安排相关的修程,以使车辆恢复到最佳状态。目前,上海地铁车辆的检修修程除了乘务员每天出乘前和日检组运行结束后的功能检查和状态检查外,可分为:双周检、月检(质保期外的老车)、双月检(质保期内的新车)、定修、架修和大修这6种模式。这些修程的有序进行,有效保证了列车始终保持良好的车况。

3.1.2 质量普查

列车运行或检修中一旦发现某种质量问题,为防患于未然,需要组织力量有针对性地对所有列车相应部位的类似质量问题进行全面检查,发现异常立即检修。我们曾对受电弓拉伤、转向架裂缝、齿轮箱悬挂螺套裂缝等问题开展过普查,消除了隐患,保证了行车安全和较低的下线率。

3.1.3 质量跟踪

为了掌握故障规律、零部件损坏原因和部件的国产化装车试验等都需要进行质量跟踪以获取第

一手资料。近年来我们进行过轮对非正常磨耗、牵引电机轴承漏油轴承损坏、橡胶联轴节的裂缝等方面的质量跟踪，也对国产化受电弓、国产化制动电阻、国产化牵引电机以及国产化转向架等重要零部件装车试验开展了质量跟踪，获得了大量翔实的数据，为产品质量攻关和国产化工作积累了经验，提供了科学的依据。

3.1.4 质量预检

根据部件的库存（或停用）时间、技术状态和季节性规律，安排一些预检、预修，如临近夏季，对列车空调系统进行预检、预修，保证其到时能够正常工作；雨季到来前，对存放时间较长的电机、电器等备品、备件作次测试、复检。其他还有重大部件装车前的再次检验认定等。

3.2 过程控制

列车的过程控制，包含两方面内容。其一是对列车运行时是否处于正常状况进行实时监控。主要通过内部闭路电视系统、计算机信息管理网络、电话、无线电对讲机等方式实施。其二是对处于非正常状态的列车迅速作出反应、进行处置。使列车始终处于受控状态。一旦列车出现异常情况即由司机或站点工作人员报告总调，总调接报后迅速启动预案，指示司机或驻站点检修人员作出快速应急处理，尽量减少列车滞站时间，保证线路畅通。

4 质量保证

轨道车辆的质量保证主要是通过质量分级检验制度、质量分析会制度、质量考核制度以及质量教育、培训和讲座等形式得以体现。

4.1 质量分级检验制度

现阶段车辆检修的质量主要是通过分级检验制度来保证。以相关技术规程作为统一标准，根据不同的检修项目及其重要性分自检、互检、专检三个层次进行质量控制。自检、互检为一般性常规检查；专业性较强的诸如合格性、功能性检查及完工后交验等质量节点或重要检修项目实行自检、互检、专检依次进行，并由专检作最后决定。对自检与互检存在质量认定上的疑问与分歧由专检裁决。专检也对自检、互检内容进行抽检。

4.2 质量分析会制度

质量分析会制度是使列车正常运行和检修的又一有力保障。会议由总师定期召开，分析小组由总师、技术部以及各分厂技术、检验等有相关人员组成。会议的议题既有突发性的重大事故分析和

对策；也有阶段性的车辆主要故障分析和对策，既有对作业人员的操作规范进行研究分析，也经常对工况条件的影响、技术规程的不足开展探讨；既要就讨论、分析、研究的结果拿出应对措施，也要检查以往会议决议的落实情况。

4.3 质量教育、培训

终身教育是知识经济时代的必然，质量教育、培训也应始终贯穿于企业的整个质量管理过程之中。要提高企业的质量管理水平必须首先提高包括领导层、各管理层在内的全体员工的质量意识，加强培训，更新质量观念；学习知识，掌握新的质量管理手段。我们曾多次请大学的管理专家来单位举行企业管理、质量管理知识的讲座，派员参加市质量管理协会举办的质量培训班，组织质量管理人员参加全国注册质量工程师的培训、学习和考试，以此来带动企业广泛、深入的质量教育和质量培训工作。

4.4 质量考核

质量考核是质量意图、质量要求得到具体落实的保障。质量考核不但要求建立、健全质量责任制，而且要有量化的质量考核指标，考核结果除了与薪金挂钩外，还作为技术职称、技术等级的评聘、职务的升降、荣誉称号的获得等衡量条件之一。突出质量工作在企业工作中的地位和作用。

5 质量改进

质量改进是对现有的质量水平在受控的基础上再加以提高，使质量达到一个新水平、新高度。质量改进是一个过程，要求遵循 PDCA 循环的原则。地铁车辆的质量改进主要是通过 QC 小组活动和技改技措来进行的。

5.1 QC 小组活动

QC 小组是指在生产或工作岗位上从事各种劳动的职工，围绕企业的经营战略、方针目标和现场存在的问题，以改进质量、降低消耗、提高人的素质和经济效益为目的、运用质量管理理论和方法开展活动的小组。多年来公司职工以极大的热情积极投入此项活动，每年仅车辆系统就有十几个 QC 项目展开，数量虽不是很多，但参与的人数却不少，覆盖面达 90％以上，且质量较高。如《提高司机的运行及服务质量》、《交流电客列车主回路故障跟踪、分析与处理》、《客室车门在线切除的分析与排除》等，这些项目的投入使用，不但改进了列车运行质量，为企业带来了较大的经济效益，而且极大地提高了职工的质量意识和参与意识。

5.2　技改技措

　　质量改进的另一常用而有效的手段是技改技措。相对 QC 小组活动的小、实、活、新的特点而言，它主要侧重于难度较大的专业技术攻关。针对地铁列车在运行、检修、部件更换、试验中遇到的质量难点，先后进行了进口轮对压装机的工装设计，辅助逆变器试验装置，制动试验台，车轮踏面形状测试仪等几十项技改技措项目。

6　结束语

　　上海轨道车辆伴随着先进技术的引进、消化、吸收，质量管理工作也历经了十几年的发展历程。无论是在质量管理体系、质量控制还是在质量保证、质量改进方面都取得了较为显著的进步，为轨道交通的安全、畅通、高效运营打下了坚实的基础。但是毋庸讳言，这些成果与美国、日本等发达国家和我国的香港地区相比，还有一定差距。尤其是在质量控制水平、质量成本管理方面还须作进一步的努力。目前我国已加入了 WTO，与其他行业一样，轨道交通的运营和管理所面临的各方面的挑战与竞争也将日趋激烈。但与此同时也为我们面对全国、走向世界提供了广阔的舞台和空间。只要我们努力学习、扎实工作、锐意进取，我们轨道交通车辆的质量管理水平必定会有新的提高。

（发表于《城市公用事业》2004 年第 5 期）

地铁列车救援运载小车的设计

董　辉[1]，汪　伟[2]

（1. 上海地铁运营有限公司车辆分公司，2. 上海癸荣机电科技有限公司）

摘　要： 针对城市轨道交通车辆的转向架轮对救援运载小车的设计就小车轮强度、多车型通用、材料热处理、制造工艺、限界等关键因素进行了介绍。

关键词： 救援，小车，设计

轨道交通具有运量大、效率高，安全和准点等突出优点，是城市公共交通发展的首选模式，也是乘客出行的首选的模式。上海地铁目前有四条线运营线路，总里程已达 92 公里，日平均客流量 190 万人次/天，占全市交通客流总量的 14% 左右，其中 1、2、3 号线三线运行里程达 77 公里，节假日单线客流已超 100 万人次。轨道交通已成为上海市民出行必不可少的交通工具。因此车辆的安全性和可靠性不仅影响轨道交通运营的经济效益，更重要的是影响到市民正常生活和城市的有序运转，具有更大的社会效应。

日常运行中，地铁列车的走行部分——转向架轮对会发生故障，如轴承烧损、齿轮咬死、齿轮箱悬挂装置失效等，致使转向架中某个轮对不能转动，造成列车停运、整个运行线路瘫痪。列车救援运载小车是一种小巧轻便、拆装灵活的转向架救援活动架装置，一旦列车转向架上某个轮对不能转动，救援人员立刻使用救援活动架，将故障轮对托起并脱离轨道，由救援活动架上的轮子替代车轮转动，使列车尽快撤离事故现场，缩短地铁列车的停运时间，保证地铁系统快速有效地运行。

1　技术关键

1.1　小车轮强度

由于考虑到特殊情况承载力必须按 25 吨甚至 30 吨来进行设计，为此滚动轮踏面的点接触压力达到 2 550 MPa ϕ180 直径的小车轮设计是关键。

1.2　多车型通用

目前电客列车车型有四种（西门子直流车 DC01 型、西门子交流车 AC01 型/AC02 型、阿尔斯通车 AC03 型）。不同的地铁客车车型轮对内侧距不同，A 车的 ATC 线圈安装支架形式不同，几何尺

寸也不同，故活动小车的拼装形式和几何尺寸要适应各种形式的车型，以便通用。

1.3　材料热处理

车轮轴热处理裂纹，支撑板弯曲、扭曲，车轮踏面裂纹等问题通过改变热处理方案和加工方法而满足技术要求。

1.4　制造工艺

钛合金板支撑板由于长达 1.4 m，厚度才 2 cm，在加工时板的弯曲、扭曲很大，成品合格率很低，经过几个月的反复试验，采用最佳热处理方案，使支撑板达到技术要求。

1.5　救援运载小车技术参数

走行速度：	最大为 15 km/h
实际承重量：	允许 16 t，设计为 25 t
设备自重（单件重量）：	
支撑板为 14.5 kg（钛合金）	
滚动轮为 24.4 kg（合金钢）	
安装时间：（一个轮对，现场安装）	25～30 m
温升（5 km/h）：	不超过 70℃

2　设计计算

2.1　小车构架

2.1.1　构架长度

根据国内车辆资料，转向架轮对轴距为 1 750 ～ 2 500 mm，其中电客车辆为 2 500 mm，所以故障走行器构架长度应小于 1 750 mm，但由于有单元制动器影响，最小长度又不能小于 1 100 mm，构架长度应在 1 100～1 750 mm 之间，现为 1 360 mm。

2.1.2　构架厚度

经实测以轮对内侧与电机传动齿轮箱侧壁距为最小（25 mm），构架内侧板厚度则宜为 20 mm；见表 1 各类转向架主要数据对照表。

表1 各类转向架主要数据对照表

电客车辆形式	转向架中心距	车辆转向架固定轴距
DC01 型	15 700 mm	2 500 mm
AC01/AC02/AC03 型	15 700 mm	2 500 mm

2.1.3 构架支撑板材质的选用

构架单件重量要控制在 15 kg 左右的要求,支撑板材质选用钛合合金板材。

图1 电客列车救援运载小车对车钩等影响示意图

2.2.2 托轮高度

托轮高度的限制因素是车钩高度限度,铁路机车车辆的车钩高度限度为 890 mm,地铁车辆的车钩高度范围为 118~121 mm,半永久车钩高度限度为 118~121 mm;所以托轮建议高度为 50+10 mm 的要求,实际抬起高度为 45~78 mm;图2为电客列车救援运载小车对车钩等影响示意图;表2为轮对提高计算值表;表3为车钩结合面距转轴的距离。

表2 轮对提高计算表

轮对提高计算值	轮对提高实际值	DC01 C车	AC02 B车
$h_0 \not> 200$ mm	h'	72 mm	68 mm
车端处提高值 h'		132 mm	130 mm

表3 车钩结合面距转轴的距离

项目 车型	全自动车钩	半自动车钩	半永久车钩	垂向转动角度	转换系数	车钩端面中心线在垂向最大偏转距离
DC01		1 130	1 130	6	0.105	118.65
AC01/02	1 325	1 155	1 155	6	0.105	121.275
AC04	1 325	1 155	1 155	6	0.105	121.275

2.2.3 滚动轮踏面的接触应力计算

由于滚动轮承重量大,几何尺寸受限制,所以要先计算出滚动轮踏面的接触应力后才能确定它的材质、结构、热处理等。

其计算公式为:

$$\sigma = 600\sqrt{\frac{2P_j}{bD}} \qquad (1)$$

2.2 小车滚动轮

2.2.1 滚动轮直径

根据地铁车辆转向架技术参数,转向架最低点(齿轮箱)离钢轨平面最小距离为 60 mm(见图1),加上托轮高度(50+10 mm)的限制,滚动轮外直径不能大于 240 mm,扣除轮缘高度 28 mm,确定滚动轮踏面直径为 180 mm。

其中: P_j 为滚动轮计算承重量;

P_X 为滚动轮承重量,取 25 t;

$$P_j = K_C \times P_X;$$

b 为车轮与轨道的接触宽度(cm);

K_C 为冲击系数,取 1.3;

D 为车轮直径 18 cm;

经过计算滚动轮踏面的接触应力为 2 550 MP。

2.2.4 轮形的确定

2.2.4.1 轮轨关系分析

(1) 轮轨间的摩擦力。车辆在曲线上运行,实际上是转向架在曲线上的运动,可以看作转向架沿轨道前进和绕转心回转的合成运动。沿轨道前进时是轮对滚动,绕转心回转是车轮踏面在轨面上的滑动。此滑动产生的摩擦力方向与滑动方向相反,且与转心引向各轮轨接触点的射线相垂直。摩擦力的大小为 $Q\mu$(Q 为轮重,μ 为轮轨间的摩擦系数)。

转向架在曲线上可分为三个特征位置(见图1)。由图1所示转向架通过曲线时,第一轮对的外轮认为总是贴靠外轨的,而后面轮对的位置,依机车车辆速度的不同而异。低速时,后轮对的内轮贴靠内轨此时转向架处于最大偏斜位置1。速度稍高,则后轮对既不贴靠内轨,也不贴靠外轨,处于自由位置2。当速度提高到一定数值时,后轮对的外轮贴靠外轨,是为最大外位移3。在最大外位移位置时,转心在轴距中点。在最大偏斜位置时,转心接近后轮对。

转向架在曲线上时,凡是内轮贴靠内轨时都存在轮缘摩擦力,其大小与所处位置有关。例如转向架处于自由位置时,就不存在轮缘力(F_2)。

（2）轮缘力 F_1、F_2。图 2 所示是作用于导轮的力。轮缘力 F_1（由钢轨侧面作用于轮缘）所产生的力矩用以克服作用于转向架的所有阻力矩，使转向架得以回转而通过曲线。若车辆低速通过曲线处于最大偏移位置时，则由内轨侧面作用于后轮对内轮轮缘的轮缘力 F_2 也起导向作用。通常，导向轮对的轮缘磨耗剧烈，就因为此轮缘力 F_1 的作用，特别当车轮的冲角较大时，轮缘磨耗更大。根据美国铁路试验，轮对在曲线上的冲角，对轮轨磨耗影响甚大，如冲角由 0.25°上升至 0.75°，则轮轨的磨耗增加约 12 倍。这是因为冲角大，则轮缘与钢轨接触点导前且下移，使该点的相对滑动速度增大，磨耗就加剧。轮缘与钢轨接触点的超前量（图 3）可由下式计算：

$$b = r\tan\gamma\sin\alpha \qquad (2)$$

其中，r 为车轮半径；γ 为轮缘角；α 为冲角。

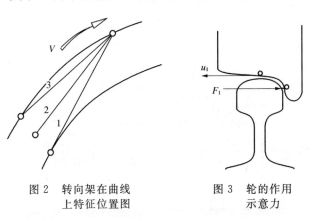

图 2　转向架在曲线　　　图 3　轮的作用
　　　　上特征位置图　　　　　　示意力

轮缘力与冲角的乘积 $F_1\alpha_1$ 称作轮缘磨耗因数，作为评价轮缘磨耗的准则。

一般要求此值不超过 1 kN。轮缘的磨耗与轮缘力和钢轨侧面的摩擦速度的乘积成正比，而摩擦速度又与超前量即冲角成正比。

（3）等效斜度。

等效斜度是轮轨几何关系中一项重要参数。斜度为 1：20 的锥形踏面，它的踏面斜度是个常数，与钢轨顶面形状、轨底坡和轨距的大小等无关。而磨耗形踏面车轮的等效斜度 J，可按下式定义：

$$J = \frac{r_0 - r_i}{2y} \qquad (3)$$

式中，r_0、r_i 分别为较大的和较小的车轮滚动圆半径，y 为轮对偏离线路中心线的位移。

实际上，J 是轮对每单位横向位移时，左、右两滚动圆半径之差的一半。

磨耗形踏面车轮的等效斜度值，是指轮对处于平衡位置附近（约 2～3 mm 内）时的数值，并以常数表示。例如英国 P8 型磨耗形踏面车轮，它的等效斜度 $J = 0.3$。当轮对相对于轨道做较大的横向位移时（如在小半径曲线上），等效斜度是个变量，或以非线性等效斜度特性来表示。设 $\Delta r = \dfrac{r_0 - r_i}{2}$，则 $\Delta r / y = J = f(y)$。

等效斜度它是设计磨耗形踏面车轮的一个重要参数。

2.2.4.2　磨耗形踏面（或称凹形踏面）

由于轮缘力的作用，标准踏面车轮在曲线区段发生轮缘及外轨侧面的剧烈磨耗。经过观察，在车轮经过一段时间运用后，踏面呈磨耗状态，轮轨磨耗就逐渐明显减缓。所以，将新的踏面做成磨耗形，合理、科学。

磨耗形踏面的优点如下：

减少曲线上的轮缘磨耗，延长镟轮间的走行公里数，减少镟轮时的车削量；

在同样接触应力下.容许更高的轴重；

减缓踏面的磨耗及剥离。

2.2.5　轮缘外形的选择

比较了地铁车轮与国内外铁路车轮的轮缘外型图及尺寸，选用以混合磨耗型轮缘为基形的车轮轮缘踏面。图 4 为地铁车轮轮缘踏面。

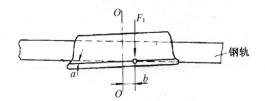

图 4　轮缘与钢轨接触点的超前量

2.2.6　滚动轮材质的选用

根据承重在 16 吨（或 25 吨）和最大行驶速度不大于 15 km/h 的两个必要条件经过计算，滚动轮踏面的点接触应力为 2 550 MPa，故选用合金钢，并热处理。

2.3　轴承和润滑脂

滚动轮在运行时承受横向冲击力，所以采用特种轴承和润滑脂。

2.4　限界及几何尺寸校核

地铁限界是以地铁车辆的轮廓尺寸和运行的动力性能为基本依据，按车辆在平直线路上运行制定。在曲线段和道岔区，其限界必须按车辆的有关尺寸进行加宽和加高。救援时，故障轮被托起在线路上运行时是同时等高地提起转向架四个轮子，故不存在侵入左右地铁限界的可能性，但对车辆顶部的地铁限界是有影响的，由于车体被整体托起，列车受电弓与接触网及其支架距离会变小，受电弓的升起允许值也有变化。在隧道区间段限界中,1号线漕宝路段由于是 60 年代开挖的试验段,为整个隧道区间最小。受当时的技术限制,其隧道内部有效直径为 φ5 200 mm。轨面至接触网的高度只有 4 040 mm,而轨面高度至车顶的实际高度为 3 800 mm(840 mm 新轮径),该段有效运行高度只有 240 mm。因此,救援小车的设计以该段区间为主要参考依据。如采用列车自行牵引驶离现场,这时的车体顶部(指受电弓顶端)距轨面为 3 860 mm,该端的有效运行高度仅有 180 mm。见表 4 漕宝路区间限界数据表。图 5 地铁圆形隧道限界示意图;图 6 滚动轮尺寸图;图 7 支撑板示意图;图 8 电客列车救援运载小车承载示意图;图 9 轮对故障走行器组装图。

表 4　漕宝路区间限界数据表

	接触网高度	车顶高度	有效间距
被动牵引(落弓)	4 040 mm	3 800 mm	240 mm
自行牵引(升弓)	4 040 mm	3 860 mm	180 mm

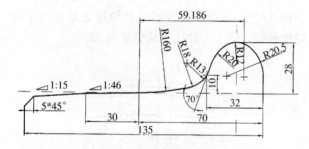

图 5　地铁车轮轮缘踏面

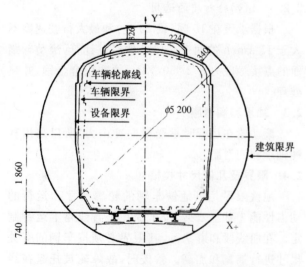

图 6　区间直线地段圆形隧道建筑限界图

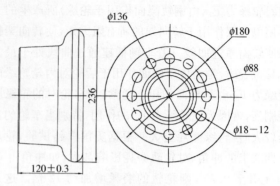

图 7　滚动轮尺寸图

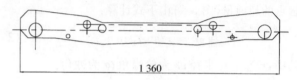

图 8　支撑板示意图

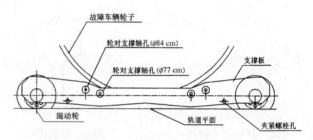

图 9　电客列车救援运载小车承载示意图

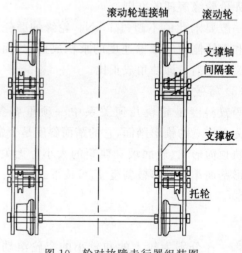

图 10　轮对故障走行器组装图

(发表于《城市轨道交通研究》2006 年第 6 期)

AC01/AC02 型电动列车辅助逆变器测试台构建

石 璇，沈 涛

（上海地铁运营有限公司车辆分公司）

摘 要：本文介绍了 AC01/AC02 型电动列车辅助逆变器的主要用途、特点，在维修辅助逆变器的过程中遇到的主要问题，以及如何利用已有的设备、材料，通过搭建辅助逆变器试验平台简单、经济、有效地解决了这个问题。

关键词：辅助逆变器测试台，模块化，负载

1 电动列车 AC01/AC02 辅助逆变器的主要用途、特点

AC01/AC02 型电动列车辅助逆变器 A15.1/A15.2 主要提供列车所需的空调、照明、设备通风及控制用电源。辅助逆变器 A15.1/A15.2 采用了交叉设计、冗余设计与模块化设计。

A 车上安装的是 A15.1，整列车的 2 台 A15.1 通过两条交流电路分别向主照明组 1 和 2 供电，主照明组 1 和 2 是相互交叉布置的。一旦一个辅助逆变器 A15.1 故障时，还能够保证客室内有一半照明，而且照明是均匀的。2 台 A15.1 由优先供电继电器、优先供电接触器控制，通过两条交流电路，同时向通风风扇供电。即使 1 台辅助逆变器 A15.1 故障，仍能保证通风风扇正常工作。

B、C 车上安装的是 A15.2，每一单元的 2 台 A15.2 通过两条交流电路分别向空调单元 1 和空调单元 2 供电，如果 1 条交流电路上有 1 台 A15.2 故障，还有另一台 A15.2 能保证客室有一半空调。

2 搭建辅助逆变器测试台的目的

辅助逆变器主要由 4 只逆变器模块组成，某一只模块发生故障时可以很方便地拆卸、更换、维修。

车辆分公司大修厂从 2004 年 6 月开始进行逆变器模块维修，2004 年共维修 44 只，2005 年共维修 112 只。维修需要预检和测试，由于没有专用测试台，需将修复的模块装在列车上进行试验，但由于运营繁忙，很难抽出车来进行上车试验，而且上车试验既影响了电动列车的正常投运，又可能造成对试验车辆部件的损坏。同时，因为维修量大而仓库备件少，需要及时维修好返回仓库，以维持仓库一定数量的备件。为了加快维修速度，保证地铁正常运营，搭建 AC01/AC02 型电动列车辅助逆变器测试台是十分必要的。

3 搭建辅助逆变器测试台

3.1 单个模块测试

辅助逆变器试验分高压试验和低压试验。高压试验进行 1 500 V 测试，低压试验进行 220 V 以下的低压测试，辅以辅助逆变器控制系统 CCU Ⅱ 的 PROVI 监测控制软件及 PDAREADER 故障读取软件。低压试验又可分为整体测试和单个模块测试。低压整体测试和高压测试可利用辅助逆变器试验平台，单个模块测试可利用单个模块测试。

如图 1 所示，CCU Ⅱ 是逆变器模块的控制单元，两个 110 V 电源，一个向 CCU Ⅱ 提供控制电源，一个向逆变器模块提供低压电源，模块硬件配置包括测试逆变器模块所需的电感、电容、电阻等，以构成一个完整的回路。示波器用于观察波形，便携式计算机用于监控数据和读取故障。

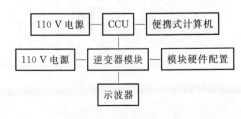

图 1 单个模块测试框图

3.2 辅助逆变器测试台

如图 2 所示,辅助逆变器测试台主要由三部分组成:电源、模块测试电路及负载。电源我们利用辅助逆变器负载校验台。因为辅助逆变器 A15.1/A15.2 是模块化设计,这就为我们提供了最简单有效的模块测试电路。因此我们就利用 A15.1/A15.2 作模块测试电路。负载有 3 种:感性负载、容性负载及阻性负载,根据有效、方便、经济的原则,我们目前暂时利用制动电阻的电阻片作为辅助逆变器测试台的负载,为了模拟更加真实,我们正在研究试验感性负载。即我们在辅助逆变器 A15.1/A15.2 前面接了电源,在辅助逆变器 A15.1/A15.2 后面接了负载,巧妙地构成了一个简单实用的辅助逆变器测试台。

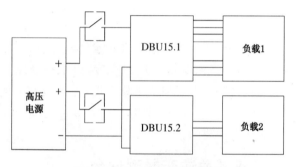

图 2　辅助逆变器测试台框图

辅助逆变器 A15.1/A15.2 被我们用作模块测试电路,其前视图如图 3 所示(A15.2 没有 A16)。

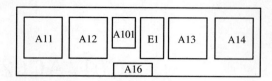

图 3　辅助逆变器前视图

如图 4 所示,辅助逆变器 A15.1 主要由带预充电谐振变换器模块 A11、谐振变换器模块 A12、降压谐振变换器模块 A13.1、升压逆变变换器模块 A14.1 组成。A11、A12 串联连接,共同分担 1 500 V 输入电压,并联向 A13.1、A14.1 输出 300～600 VDC。A13.1 经过降压变换将 300～600 VDC 未整定电压变为 280 V 整定电压,再经谐振变换器变为 120 VDC,提供控制用电源并给电池充电。输出额定功率为 22 kW,10 分钟短时间输出功率为 30 kW,开关频率为 20 kHz,属于软开关,开关损耗很低。A14.1 经过升压变换将 300～600 VDC 未整定电压变为 650 VDC 整定电压,再经正弦脉宽调控的逆变器变为 3/N 380 VAC,开关频率为 6 kHz,负责客室照明及设备通风。

如图 5 所示,辅助逆变器 A15.2 主要由带预充电谐振变换器模块 A11、谐振变换器 A12 模块、升压变换器模块 A13.2、逆变变换器模块 A14.2 组成。A11、A12 串联连接,共同分担 1 500 V 输入电压,并联向串联的 A13.2 和 A14.2 输出 300～600 VDC。A13.2 有 2 个升压变换器并联以提高功率,经过升压变换将 300～600 VDC 未整定电压变为 650 VDC 整定电压,开关频率为 5 kHz。A14.1 经正弦脉宽调控的逆变器变为 3 AC 380 V,开关频率为 6 kHz,负责客室空调。

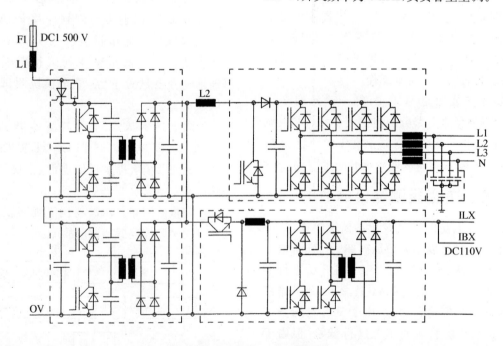

图 4　辅助逆变器 A15.1 原理图

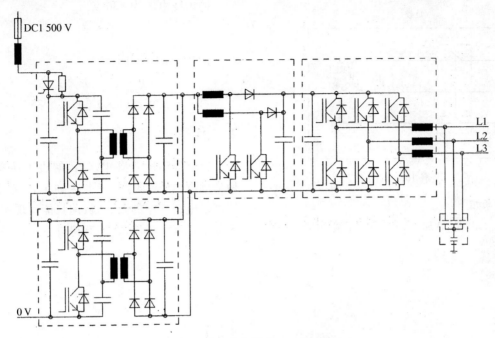

图 5　辅助逆变器 A15.2 原理图

根据辅助逆变器 A15.1、A15.2 电路图，设计出 A15.1、A15.2 负载电路图。

如图 6 所示，图中 L1、L2、L3、N 为 A14.1 的 3/N 380 VAC 输出，RL1、RL2、RL3 为客室照明及设备通风负载，RN 是考虑到三相负载不一定平衡，中性线会有电流流过。ILX 是 A13.1 的 120 V 输出，提供控制用电源，R1、R2 是考虑到额定功率 22 kW 和 10 分钟短时间最大功率 30 kW 的电流不同。IBX 是 A13.1 的 120 V 输出，负责给电池充电。

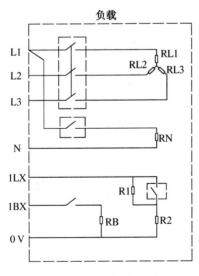

图 6　A15.1 负载电路图

负载计算如下：

L1、L2、L3、N 是 A14.1 的输出，输出功率为 45 kW；

ILX、IBX、0 V 是 A13.1 的输出，输出功率为 22 kW，10 分钟短时间功率为 30 kW；

$\cos\phi = 0.85$；

电阻 RB 的充电电流为 48 A。

设 RN 功率为 5 kW；

RL1、RL2、RL3 功率共为 40 kW；

L1、L2、L3 之间的线电压为 380 V；

L1、N 之间的相电压为 220 V；

ILX、IBX 输出电压相等，为 120 V；

R2 的电流为 IR2；

R1+R2 的电流为 I

$$RL1 = RL2 = RL3$$
$$= U^2/P = U^2/(P * 0.85/3)$$
$$= 220^2/(40 * 1\,000 * 0.85/3)$$
$$= 4.27\ \Omega$$

$$RN = U^2/P = U^2/(P * 0.85)$$
$$= 2202/(5 * 1\,000 * 0.85)$$
$$= 11.39\ \Omega$$

$$RB = 120/48 = 2.5\ \Omega$$

$$I = (P/U) - 48 = 22 * 1\,000/120 - 48$$
$$= 135\ A$$

$$IR2 = (P/U) - 48 = 30 * 1\,000/120 - 48$$
$$= 202\ A$$

$$R1 + R2 = U/I = 120/135 = 0.89\ \Omega$$
$$R2 = U/IR2 = 120/202 = 0.59\ \Omega$$
$$R1 = 0.89 - 0.59 = 0.4\ \Omega$$

如图 7 所示，图中 L1、L2、L3 是 A14.2 的 3 AC 380 V 输出，RL1、RL2、RL3 是客室空调负载。

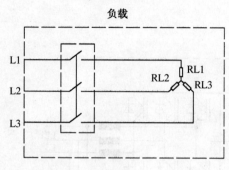

图7 负载15.2电路图

负载计算如下：

L1、L2、L3 是 A14.2 的输出,输出功率为 90 kW；

输出线电压为 380 V；

$$\cos\phi = 0.85$$

$$RL1 = RL2 = RL3$$
$$= U^2/P = U^2/(P \times 0.85/3)$$
$$= 220^2/(90 \times 1\,000 \times 0.85/3) = 1.9\ \Omega$$

4 总结

逆变器测试台搭建好后,解决了逆变器测试不便的问题,效果良好,基本达到了预期目标。但由于高压电源功率的限制,目前只能实现 40.5 kW,还不能实现满负荷测试,还有待进一步完善。

AC02 型列车辅助逆变器三相交流输出过压监控故障分析

顾耀君

（上海地铁运营有限公司车辆分公司）

摘　要： 辅助逆变器 DBU15.1 安装于 A 车，由其将触网供给的电压转变为 3 相电压和直流充电电压，用于对客室照明、车载蓄电池充电等负载供电。辅助逆变器 DBU15.2 安装于 AC02 车的 B/C 车，由其将触网电压转变为 3 相交流电压，负责对空调系统供电。2004 年 5 月 26 日，检修中发现 209 号列车 I 单元 C 车辅助逆变器有故障代码为 E115 的故障，经检查故障非辅助逆变器本身故障，而是由空调控制接触器故障引起的。经过反复试验与利用电工学中的楞次定律证明该故障的真正原因，为今后辅助逆变器的检修提供可借鉴的经验。

关键词： 辅助逆变器 15.1，辅助逆变器 15.2，E115 故障，楞次定律

轨道交通车辆辅助系统主要为除牵引系统以外的所有用电系统供电，其主要负载有：列车空调、客室照明、设备通风冷却、电器电子装置、蓄电池充电等。整个辅助电路由逆变器、蓄电池及相应的部件组成。而为辅助系统供电辅助逆变器的工作状态正常与否直接影响整列车的功能和乘坐舒适度。因此，及时排除辅助系统故障，保证列车运营质量，成为车辆检修部门的重要任务。本文就上海地铁 AC02 型电动列车上的由庞巴迪（Bombardier）德国公司提供的辅助逆变器作简单介绍和典型故障进行分析。

1　辅助逆变器 15.1 简介[1]

辅助逆变器 DBU15.1 安装于 A 车，由其将触网供给的电压（1 500 VDC）逆变为 3 相交流电压（3/N AC 50 Hz，380/220 V）和直流充电电压（110 VDC）。2 个 DBU15.1 独立对 2 个 3 相 4 线电源系统供电，并为照明系统、插座等提供电源。如 1 个 DBU15.1 故障，另一个逆变器为所有用电器供电。DBU15.1 还产生 110 VDC 电源，用于对车载蓄电池充电并作为其他车载直流负载（控制、应急照明、制动电阻风机等）供电。

辅助逆变器 DBU15.1（见图 1）主要由谐振变换器（resonant converter）A11、A12，降压变换器与谐振变换器（bucker converter ＋ resonant converter）A13，升压变换器和脉冲控制逆变器（boost converter＋3/N AC inverter）A14，滤波电容 A15（filter capacitors）等部件组成。

辅助逆变器 DBU15.1 产生 3 相 4 线 380 V、50 Hz 交流电压和 110 V 直流电压。1 500 VDC 通过输入滤波器（L1）与 2 个串联的谐振变换器（A11，A12）连接。

谐振变换器的输出电压 UD1X 是未经变换的：UD1X 由 A14 的升压斩波器进行直流变换，并作为直流电压 UD2X。变换后的电压通过 A14 的中间连线对脉冲控制逆变器供电；UD1X 由 A13（降压变换器）的降压斩波器进行直流变换，并作为直流电压 UD3X。调节后的电压通过另一个隔离谐振变换器为车辆提供低压电源并向主蓄电池（110 VDC）充电。

2　辅助逆变器 15.2 简介[1]

辅助逆变器 DBU15.2 安装于 AC02 车的 B/C 车，由其将触网电压（1 500 VDC）逆变为 3 相交流电压（见图 2）。DBU15.2 各自形成 3 相供电网络（3 AC 50 Hz 380 V），负责对空调系统供电。

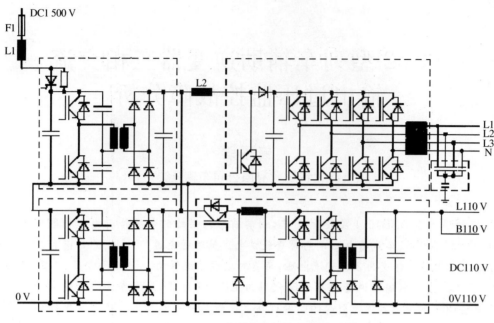

图 1　辅助逆变器 DBU15.1 结构图

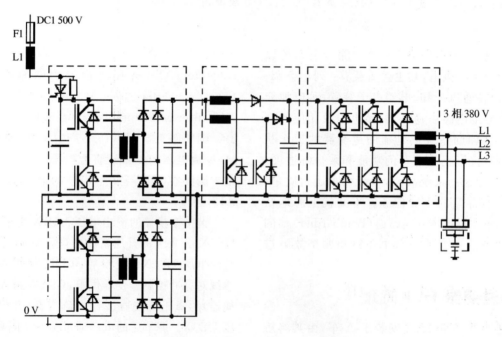

图 2　辅助逆变器 DBU15.2 结构图

辅助逆变器 DBU15.2 主要由谐振变换器(resonant converter)A11、A12,升压变换器(boost converter)A13,脉冲控制逆变器(3 AC inverter)A14 和滤波电容 A15(filter capacitors)等部件组成。其结构图见图 2。

触网电压(1 500 VDC)经过输入滤波器(L1),进入串联的两个谐振变换器(A11,A12)。谐振变换器的输出电压 UD1X(见图 3)未经直流变换,由升压变换器(A13)将其变换为直流电压 UD2X,变换后的电压输入到脉宽调制(PWM)控制逆变器(A14)。

3　三相交流输出的过压监控[1]

为了保证负载的安全工作,逆变器具有各种保护与监控功能。结合 2004 年 5 月 26 日 209♯出现的故障现象,下面主要介绍 DBU15.2 三相交流输出的过压监控。

谐振变换器的输出电压 UD1X 由电压传感器监控(见图 3)。监控系统会显示 UD1X 是否高于 UD1-MAX。如果发生故障,2 个输入谐振变换器的控制脉冲会中断 100 ms。如果在 T-UD1-MAX 时间段内故障发生次数超过 N-UD1-

MAX,所有半导体元件将截止,控制单元需要重新

启动辅助逆变器。

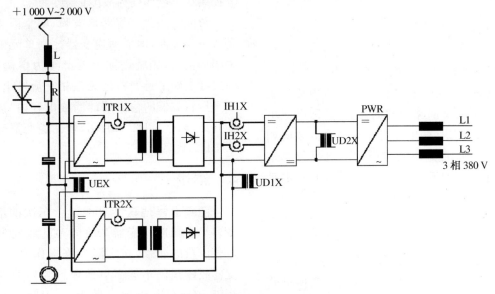

图 3　辅助逆变器 DBU15.2 传感器分布图

升压变换器的输出电压 UD2X 由电压传感器监控。监控系统会显示 UD2X 是否高于 UD2 - MAX。如果发生故障,2 个输入变换器的控制脉冲会中断 100 ms。如果在 T - UD2 - MAX 时间段内故障发生次数超过 N - UD2 - MAX,所有半导体元件将截止,控制单元需要重新启动辅助逆变器。

- 故障代码 E114　　　UD1X 电压过高
- 故障代码 E115　　　UD2X 电压过高

3.1　E115 故障分析

2004 年 5 月 26 日,检修中发现 209 号列车 I 单元 C 车(00573)辅助逆变器有故障代码为 E115 的故障,且故障呈间隙出现,不影响空调正常工作。

根据故障现象与故障代码,初步判断为 DBU15.2 升压变换器 A13 模块中的对 UD1X 和 UD2X 进行监控的 A310 电路板故障,对换 I 单元 C 车与 I 单元 B 车的 A310,故障还在 I 单元 C 车上。检查升压变换器 A13 模块也未发现异常。

根据 DBU 专用软件 PDAREAD 对故障代码 E115 的提示:输入电压过高、输入电压突变或负载关停(Too high input voltage,input voltage jump or load switch off),首先检查 A13 模块的前级谐振变换器 A11、A12 模块,无异常且故障依旧,且其输出电压即 A13 的输入电压 UD1X 正常,可以排除 A11、A12 模块引起故障的可能。

然后考虑可能由负载引起故障,由于 C 车辅助逆变器为 I 位端空调供电,B 车辅助逆变器为 II 位端空调供电,且空调控制单元(ACU)无故障记录,所以把 I 位端与 II 位端的空调逐个对换,发现 E115

故障还是出现在 C 车辅助逆变器,证明该故障非空调引起。

从严格上讲,辅助逆变器与空调之间的输出控制电器(AEB 箱内)也应视为辅助逆变器的负载。所以在排除空调引起故障的情况下,分别对换 I 单元 C 车与 I 单元 B 车的逆变器三相输出接触器 31 - K02 和接触器工作控制辅助继电器 31 - K02.1,发现故障依旧。然后,在对换 I 位端空调压缩机保护控制接触器 63 - K15 和 II 位端空调压缩机保护控制接触器 63 - K16 后,发现 ACU 面板显示 II 端空调压缩机工作指示灯和保护单元工作指示灯反复通断,同时 E115 故障由 I 单元 C 车转移至 I 单元 B 车辅助逆变器,而且这两个指示灯均由压缩机保护控制接触器控制通断,反复试验检查发现接触器 63 - K15 偶尔会出现得电后不能一次完全吸合,出现反复吸合、断开多次后才完全吸合的情况,由于这一系列动作是在瞬间进行的,所以对电路产生冲击,导致 DBU 的 A13 模块输出 UD2X 电压过高。

用新接触器更换接触器 63 - K15,并清除故障纪录后,重新启动空调,进行反复测试,故障不再出现。

3.2　原理分析[2]

由电工学原理可知,负载的频繁开关会对电路造成冲击。本案例中,63 - K15 接触器的频繁吸合、断开势必对由 DBU15.2 输出,经控制电器、空调,然后接地的闭合回路造成影响。从 DBU15.2 的内部电路图可以看到多个电感元件,而且辅助逆变器 DBU15.2 的主要负载空调也是感性元件(压缩机),

而感性元件对电流突变十分敏感,主要表现为产生感应电动势:

$$\varepsilon_L = -L\frac{\mathrm{d}i}{\mathrm{d}t}$$

其中:L 为自感系数,i 为电流,t 为时间。

该公式为楞次定律的数学表达式,式中负号表示自感电动势将反抗回路中的电流变化,即电流增加时,自感电动势引起的电流与原来的电流方向相反;当电流减小时,自感电动势引起的电流与原来的电流方向相同。由于 L 保持不变,所以自感电动势 ε_L 与电流的变化率 $\mathrm{d}i/\mathrm{d}t$ 成正比。

本案例中,63 - K15 瞬间断开时,自感电动势与原来电压同向。由叠加原理可知,在连接电感处的回路电压比原来值会出现相应的减小和变大。E115 故障的发生,就是由于 A13 的升压变换电路中的电感在 63 - K15 瞬间断开时产生的感应电动势与原来电压叠加,经过升压斩波器按比例放大[4],得到高于正常值的电压 UD2X。另外,由于空调压缩机工作与否受客室温度控制,即当温度不高于 ACU 的设定值时,压缩机停止工作;温度高于设定值时,压缩机重新启动,而这一过程是由压缩机保护控制接触器实现的。因此,由 63 - K15 引起的 E115 故障并非连续出现,而呈间隙性出现。

由图 3 可以知道,UD1X 是谐振变换器的输出电压,其范围在 DC300～600 V[3] 之间,即只有在 UD1X 的值不在范围内时,传感器才会作故障记录;UD2X 的电压范围是 DC650 V±10%,其监控精度大大高于 UD1X。因此,当 UD2X 电压突变并由电压传感器记录故障时,UD1X 必然受到影响,但由于

UD1X 电压没有超出 DC300～600 V 的范围,所以监控系统不会作任何故障记录。

从能量的角度解释该故障,则是因为 63 - K15 是非正常关断,即辅助逆变器控制单元未收到空调关闭的信号,则辅助逆变器继续为空调提供能量,而实际上辅助逆变器已无三相交流输出,能量聚积于升压斩波器的输出端的滤波电容内,该点电压随即升高,超过 UD2 - MAX,辅助逆变器控制单元显示 E115 故障。

4　结论

随着上海地铁 2 号线运营车次的增加,AC02 型列车的辅助逆变器高故障率已经成为制约提高运营质量的瓶颈,在实际检修操作中,对于辅助逆变器故障代码不能简单地理解为辅助逆变器自身故障,必须仔细考虑包括负载、中间控制电器在内的整个辅助回路。经过对故障的分析,使检修人员积累了经验,开拓了思路,在今后的检修过程中更加快速、准确地排除故障,保证列车的运营质量。

参考文献

[1]　German Shanghai Metro Group,Operator's Manual of Shanghai Metro Line 2 Rolling Stoc,GERMANY,1999

[2]　林铁生,高伟光. 新编大学物理. 中国铁道出版社,2000.1

[3]　STATIC INVERTER DBU 15. 1/15. 2,Bombardier Trancportation Propulsion and Controls(Germany)GmbH. 2004

[4]　林渭勋. 现代电力电子电路. 浙江大学出版社,2002.7

电动列车故障应急处置手册的编制

彭友坤，杜晓红

（上海地铁运营有限公司车辆分公司）

摘　要：《电动列车故障应急处置手册》是轨道交通列车运营中司机在正线处理紧急故障的指导性关键文件。本文讨论了手册应包含的内容、使用范围；定义了手册的含义和定位；论述了手册的编制过程中，对各类故障进行精准分类的原则和确定故障处理步骤的办法；综合分析考虑了线路运营的实际情况和使用各方分歧等，详细阐述了"3分钟处置原则"以及处理办法，最后对手册的审核、下发和使用办法进行了进一步说明。

关键词：电动列车故障应急处置手册，故障处理，行车组织，3分钟处置原则

《电动列车故障应急处置手册》是地铁运营中必不可少的指导性文件，是每一条线路开通前必备的、关系着地铁能否正常运营的重要文件之一，是公司进行运营管理的必备文件。作为司机正线处理故障的指导性文件，目前经过多次的修改，已经到了正式的第二版了。一本完整的列车正线应急处置手册应包括车辆、信号、无线系统、运营方式等方面的处置指导。本文简述了《电动列车故障应急处置手册》的整个编制过程中所考虑的因素及解决措施。

1　定义

《电动列车故障应急处置手册》的定义：一本用于在正线上指导司机处理遇到的紧急故障时的指导性操作文件，是《司机手册》的补充，是每一位司机上岗前必须知道的操作性文件。它和《司机手册》的区别在于：《司机手册》中是每位司机必须掌握的日常性基本操作，它对车辆基本操作、基本性能、车辆的设备情况以及设备分布等情况进行概括性描述。《电动列车故障应急处置手册》则是指司机必须掌握的故障处理方法，是《司机手册》的补充和完善。

《电动列车故障应急处置手册》在条目上包含故障的描述、故障处理详细措施和步骤、行车方案等。

在涉及系统中包含车辆系统、通讯系统、ATC系统、行车组织办法以及附录。

2　手册的编制

《电动列车故障应急处置手册》的编制直接关系到该手册的使用效果和故障处置的结果。手册内容的可操作性就是手册价值的体现。在运营中，不论遇到何种故障，通过手册中的相关步骤能做到避免清客、救援和大间隔是手册使用价值和实用性的体现。因此，如何成为一个有效实用的手册，是编制本手册的最大目的和需要解决的问题之一。

手册的编制牵涉到多个专业分公司和多个职能部门，下图阐明了各部门在手册编制过程中的职责和主要任务。

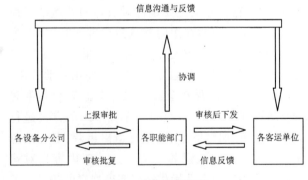

图1　手册编制过程

手册的编制涉及车辆、信号等所有系统，还涉及运行安全、行车调度、协调等各个方面，总体而言，编制过程包括下述四个部分：

2.1　内容方面

（1）故障现象及分类。首先，《电动列车故障应急处置手册》应包含列车所有可能出现的故障。目前的《电动列车故障应急处置手册》在车辆故障处理方面包含了几乎所有常见的故障、少发但相当严重的故障、可能发生的严重故障等。

在故障内容描述方面力争尽可能全面的同时，需尽量概括故障的类型和分类，一本种类和名目繁多的手册是不能满足应急处置的要求的，所以概括、总结和提炼故障类型，细致合理的分类是必要的，也是必需的。目前每一次修订时都会对原有的条目进行梳理，尽可能地简化手册，但又不遗漏。

这一部分内容是故障现象的描述部分，司机根据看到的故障现象在这里查找相对应的故障分类，从而进行下一步的故障处理。

（2）故障处理步骤。在列车故障的处理步骤确定过程中，为使步骤最简化、最有效，车辆技术人员首先从理论上分析，经过实践和反复论证最终确定处理步骤。针对严重故障，车辆技术人员经过与客运部门反复研究和试验，找出最为简单有效的步骤。正线处理故障的首要目的是要排除故障让列车安全地运行起来，避免对其他列车造成影响等。但是有些故障不能立即排除，遇到这些不能马上排除和修复的故障，则应设法将故障进行隔离或者采用其他措施，让列车能自己运行到终点站或者折返线、存车线等，待车辆检修人员来进行故障判断和维修。总之，原则上，不论何种故障，都应尽可能地避免清客、救援和大间隔。这一部分内容是《电动列车故障应急处置手册》的核心部分，也是技术含量最高的部分，是司机排除故障的详细步骤描述，司机根据这部分进行实际的故障排除操作。

（3）行车组织方案。《电动列车故障应急处置手册》中的行车方案主要是针对故障的处理结果而言的。如果故障能在短时间内排除并运行，那么列车按照原定线路继续运行即可。如果列车采用了非常手段才能使列车运行起来（如：使用制动旁路、车门旁路时），运营安全部在综合考虑运营和乘客安全等因素后，需要对故障列车接下来的方式进行必要的约束，如继续运营、就近退出运营、下一站重试正常模式、清客、救援等等。这一项内容是对司机处理故障后的后续操作进行明确规定的条目。

（4）特殊操作规定。《电动列车故障应急处置手册》中的附录主要是对手册中部分操作的详细说明、补充或是针对《司机手册》完善过程中尚未添入《司机手册》的但属于日常常识性操作的内容进行规定和定义。如：AC04列车辅助逆变器的应急启动步骤。又如：AC05型列车轮径设置步骤、MVB配置步骤以及紧急牵引后的牵引自检等。这几条内容应属于常识性操作，但是由于列车处于质保期，《司机手册》还处于更新过程中，相应的内容还没有添加到最终的《司机手册》中去，而正线的操作

中可能需要用到。因此，暂时以附件的形式记录在《电动列车故障应急处置手册》中向司机明确操作步骤，以免遗漏。

2.2 流程图

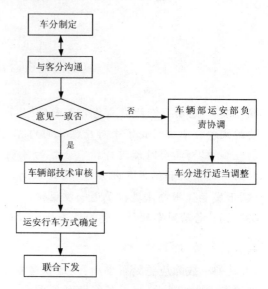

图2　手册编制流程图

2.3 各方面矛盾的调和

一辆列车在正线发生故障，将牵涉到多个专业单位，要处理故障，先需要理顺各方之间的关系，当然，在各个单位之间，作为全局的控制者，总调所和司机之间的时间矛盾是最突出的。

首先说车辆与信号的关系。根据行规规定，为了安全起见，列车失去ATP保护后，必须清客退出运营。假设AC03型列车遭遇车门监控回路瞬间故障，列车需要使用车门监控旁路，而使用旁路就失去了ATP保护功能，就必须清客。然而，很可能列车的瞬间故障很快就好了。

其次，车辆与运营方或者运营安全方的关系。作为车辆技术方，遇到故障，总是想想尽一切办法弄清楚是什么故障，并直接排除掉，而不希望列车发生清客、救援等问题，最多使用列车旁路开关等。然而，作为运营安全方来说，则需要考虑更多的是时间因素和乘客因素，例如如果列车车门监控回路发生故障需要使用旁路开关，此时，列车需要切除ATC系统，此时其实列车车门是可以保证安全，不会自己打开的，但是作为运营安全方来说，他们不允许这样操作，因为存在潜在的危险因素。另外对于司机来说，也将遇到这样那样的问题，毕竟列车发生故障时，车辆处于故障状态，可能发生的故障和他看到的有少许差异，此时按照单个手册的内容来说就很难操作了。还有有时候由于其他因素的干扰，司机在实际情况下无法执行手册中所列出来

的步骤,造成列车清客或救援等……。毕竟理论上的分析以及试验线上的试验和正线上的运营都是有区别的。

最后,车辆方、司机和总调度所之间的关系。在很多时候,发生故障在正线时,车辆方和司机都希望能马上判断并处理好故障使列车继续运营。然而此时作为全线列车的控制者,他们需要考虑的不仅仅是这些,他们需要从全局来考虑,是否同意你进行下一步的工作。或许只是一个很简单的故障,但是由于处理不方便接近等问题,列车晚点时间长,那么,列车可能产生掉线、清客、救援等问题。

2.4 3分钟处置原则所引起的矛盾

为了保证列车的正线运营,为了不影响后续列车,目前各条线路的故障判断和处理时间都只有3分钟,这对车辆和司机来说都是很困难的,随着列车的功能不断增加,可能发生的故障类型就越多,同样,相同的现象,可能的原因也就越多了。如前面所说的,对于同一现象,如果判断不同,处理方式不同得到的结果也就完全不同。最典型的就是列车制动不缓解,它的可能性是最多的。如果司机在3分钟内没有判断并处理好故障,或者判断出但没有处理掉故障,总调就会按照不能处理故障来安排救援,以免造成更大的影响。

然而此时,作为司机或者车辆检修人员,他们总是希望多尝试几种方法来处理故障。哪怕是就多几秒钟时间,最后当发出救援命令时,车辆方都希望总调能够允许司机进行一次列车重启来尝试恢复故障,因为列车电脑化程度的不断提升也带来了很多的瞬间故障,这些故障一旦重启就消失了,但,这都将对总调的整体控制产生影响,往往是不能实现的。

因此,从技术方来说,3分钟的时间限定就是一个最主要的矛盾点,也是最大的时间目标。

2.5 手册的审核与下发

本手册在车辆分公司编制完成,并与客运单位沟通后上报到公司职能部门车辆部,由车辆部对手册中的技术措施进行审核,检验其可操作性和可行性,检查是否有遗漏和差错等,并和运安部一起对手册的正线实用性进行审核,对车辆分公司和客运分公司存在意见分歧的故障处理步骤进行协调,使之最终达成一致。

总之,公司职能部门需要综合考虑各方面因素来对手册进行审核,需要对手册作总体的把关,以保证手册的准确性、实用性和可靠性。没有通过职能部门审核的手册是不能下发使用的。在审核过后,职能部门将通过相关的形式下发并通知使用手册。

3 手册的使用

对于车辆技术方来说,尽可能地完备手册内容是一方面,尽可能地精练是他们的另一个目标,故障可以千变万化,但是在手册内,不可能逐一而详,技术编制者都希望司机能够熟记活用手册。但是对于司机来说,一个同样的语句,对于每个人都有不同的理解。对于不同的驾龄、不同的驾驶经验,对故障有着不同的判断能力,一个熟练的司机或许能跳过很多步骤,直接跳到真正故障点的处理上,而对一个新司机来说或许需要一步一步的走下来才行。这就是为何目前针对同一故障,有的司机遇到了需要清客甚至救援,而有的司机则按照手册一步一步做下来最终还是没有解决问题。

《电动列车故障应急处置手册》需要每一个司机熟记并活用,同时需要注意到,手册是《列车正线应急排故手册》,只是一个特殊情况下的技术指导,并不是司机驾驶的全部内容,也不等同于《司机手册》,司机的基本操作还是需要按照《司机手册》进行,只有在掌握了《司机手册》上的基本内容的前提下,再进一步学习《电动列车故障应急处置手册》,提高自己的正线驾驶、处理能力。如果《司机手册》熟悉了,《电动列车故障应急处置手册》不熟,或许在遇到故障时还能处理好,但是如果仅仅熟悉了《电动列车故障应急处置手册》,而不熟悉《司机手册》,那么可能造成的是故障处理中,故障没处理掉,反而带来新的问题……这也就是为何客运单位要不断地加强司机培训,提高其驾驶水平并对司机进行考核的原因之一。

供 电 技 术

上海轨道交通直流电力电缆的故障统计与分析

达世鹏[1],沈建强[1],窦同江[1],沈小军[2]

江秀臣[2],曾　奕[2],白建社[2]

（1. 上海地铁运营有限公司供电分公司，2. 上海交通大学）

摘　要：地铁直流 1 500 V 电缆是保障地铁正常运行的关键设备，自投运以来时有故障发生。本文介绍了上海地铁直流电缆的敷设方式和环境，在统计历史故障的基础上对直流电缆故障进行了分类，文章最后提出了改进措施和建议，为提高今后地铁电缆的正常运行的指明了方向。

关键词：直流电缆，故障统计，故障分析

　　地铁牵引变电站将交流高压电经降压、整流得到 1 500 V 直流电能，是实现电能形式转换的重要环节。1 500 V 正极通过配电设备、直流电力电缆将直流电能提供给接触网，1 500 V 负极通过配电设备、直流电力电缆接到钢轨。地铁牵引供电系统采用悬浮的供电方式。钢轨对地采取了绝缘措施，地铁列车在钢轨上，通过集电弓从接触网上获取电能。

　　通过接触网安装的分段绝缘器将供电系统分成若干个独立的供电区段。为了提高牵引供电的可靠性，减少杂散电流对环境产生电腐蚀。每个供电区段采用双边供电。即两座牵引变电站各有一个供电支路，通过直流电力电缆向同一个接触网区域供电，如图 1 所示。

　　在地铁 1,2 线运营过程中，发生了多次直流电缆故障，本文就直流 1 500 V 电力电缆的运行、故障处理、原因分析及改进措施作一探析。

1　电缆结构与运行情况

1.1　电缆电气结构

　　直流 1 500 V 电力电缆联接于直流断路器和接触网隔离开关之间，长度在 100～400 m 不等，电缆的截面为 400 mm²，为提高供电的能力采取五根并联方式运行（见图 1）。

　　电缆的结构采用非紧压型、多股圆铜线组成的导体、乙丙橡胶（EPR）绝缘和低卤阻燃护套。由于该结构的电缆未采用阻水带和铠装，在防止径向渗水和一般机械外力伤方面存在着不足。

1.2　安装敷设及运行环境

　　采用多股圆铜线、无金属铠装的结构形式，为安装敷设带来了便利，尤其在接触网隔离开关的一端，受铁塔的空间所限，带铠的硬电缆曲率半径过大，连接困难，容易造成电缆头与连接铜排长期受力。

　　地铁 1 号线南延伸段及车辆段均采用了穿管与土壤直埋相结合的敷设方式，地下变电站采用电缆桥架敷设。由于电缆层的高度所限，位于站台下层高仅 1.2 m，给电缆的敷设和今后的巡视带来了困难。

1.3　故障统计

　　地铁运营至今已发生多次直流电缆绝缘故障，对地铁的安全运营造成了一定的影响。历史故障统计见表 1。

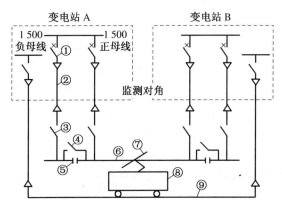

① 直流断路器；
② 直流电力电缆 5×400 mm²；
③ 隔离开关；④ 联络开关；⑤ 分段绝缘器；
⑥ 接触网；⑦ 集电弓；⑧地铁列车；⑨ 钢轨

图 1　地铁牵引电气结构示意图

表1　上海地铁直流电缆历史故障统计一览表

线路号	牵引站名	时　间	电缆编号	停电时间	敷设方式	备　注
1	陕西路	2001.7.28　22：50	NC24	12 min	桥架	未影响运行
2	静安寺	2001.8.21　18：05	NC24	35 min	桥架	影响运行
1	莲花路	2002.2.25　8：00	NC21、NC23	50 min	直埋	影响运行
1	车辆段	2002.3.20　15：18	NC21	10 min	直埋	未影响运行
1	莲花路	2003.9.14　15：18	NC22、NC24	18 min	直埋	影响运行
1	莲花路	2003.10.12　14：30	NC22、NC24	12 min	直埋	影响运行
1	莘庄	2004.12.26　23：41	NC22	15 min	电缆沟	未影响运行
1	莘庄	2005.4.13　23：50	NC21、NC23	—	电缆沟	测试发现
2	龙阳路车库	2005.6.9　23：55	NC22	—	电缆沟	测试发现
1	莲花路	2005.7.6　5：43	NC23	5 min	电缆沟	未影响运行

注：影响运行是指造成地铁列车的晚点5分钟以上

地铁牵引供电系统中，接触网的供电区段采用双边供电，一旦发生直流电缆的绝缘故障，会造成两个牵引变电站的直流开关跳闸，致使这一供电区段停电。由于两侧直流开关均有直流电缆，寻找电缆故障点，进行故障隔离需要花费一定的时间，因此，电缆的绝缘状况直接影响地铁牵引安全供电。

2　故障原因分析

通过故障统计及现场发生故障点的运行环境分析后，认为直流电缆发生故障主要的原因可分为以下几类：

2.1　电缆敷设时外力伤引发

由于地下站电缆层高仅1.2 m，施工人员只能俯身作业，400 mm² 截面的电缆有一定的重量，敷设长度数百米，作业难度较大，难免发生绝缘层拉伤。一旦电缆浸水、受潮，易引发故障。2号线静安寺、龙阳路故障属此类。

2.2　电缆受电动力作用引发

五根 400 mm² 截面的电缆平行敷设，由于关键部位电缆绑扎带的数量不够，供电线路发生过电流，直流断路器跳闸时，电动力作用使得电缆晃动，撞击电缆桥架的联接螺栓引起短路。陕西路牵引的故障属此类。

2.3　外力伤后直埋敷设引发

电缆穿钢管敷设时，管口处理不当，造成电缆护套拉伤，直埋敷设运行后，受潮发生间隙性短路直至烧断，此类故障往往造成多根电缆同时烧坏。莲花路、莘庄、车辆段均属此类故障。

2.4　阻水功能缺乏引发

电缆联接接触网隔离开关的终端头，采用自粘胶带或热缩套管将铜接头与电缆导体端口进行密闭处理，日久发生开裂，造成雨水侵入。在电缆的导体与绝缘层之间形成积水，从绝缘破损处渗出，或从开关柜内电缆终端头渗出，形成短路。莘庄站曾有发生直流断路器柜内电缆头发生渗水短路的情况。

2.5　敷设曲率半径不够引发

地面站的直流电缆采取直埋敷设，在铁塔基础的底部，由于敷设的曲率半径不够，造成电缆外侧的绝缘层受力拉延，诱发绝缘逐渐下降，最终造成短路。莲花路曾多次发生此类故障。

2.6　耐压水平不够引发

地铁牵引系统的直流电缆运行电压1 500 V，耐压要求为3 000 V。运行中，采用在线监测仪测量发现，地铁列车的再生制动往往使得系统瞬时的电压高于3 700 V，大于3 000 V/us 的电压脉冲波形经常出现。此类高压脉冲的长期作用，是诱发直流电缆的绝缘水平下降的因素之一。

3　改进措施

3.1　预防措施

采用在线监测手段，检测电缆绝缘参数，分析电缆绝缘的劣化趋势，进行故障监测，提前预警体制。

定期测试直流电缆的对地绝缘电阻。由于牵引供电系统采用悬浮供电，其测试数据只能作为参考，当测试数据较历史记录下降幅值较大时，增加测试频度，必要时对电缆进行逐根测试，以确认数值较低的电缆。

对直流电缆敷设情况进行排摸，改善运行环境，改直埋敷设为电缆沟架空敷设。

对桥架敷设的电缆进行适当固定，对有金属突出物的弯角，采取适当增加绝缘的方法处理。

新建线路或改造项目，尽可能采用带铠装的软电缆，有条件的可以采用在线检测，专家评估系统，评定绝缘的优劣。

3.2 补救措施

建立故障预案，规定处理流程，以提高故障处理的效率。

在接触网铁塔边安装热线电话，及时与电力调度沟通现场信息，提高故障处理的效率。

将现有的接触网上网隔离开关，由手动操作改为电动操作，减少操作人员往返的时间。实现SCADA遥控、站内遥控的二级控制，以提高故障处理的效率。

4 结束语

轨道交通的建设，正在我国许多城市形成迅猛的势头。作为牵引供电系统中的一个重要环节——直流电缆。由于采用无金属铠装的结构，直流电缆的隐性故障持续的时间较长，很难发现。尤其在采用第三轨供电的牵引供电系统中，一旦发生直流电缆故障，故障将很难隔离，势必造成停电时间的增加。因此，建议设计单位在新线建设或改造项目设计中，尽可能采用带铠装的软电缆，以提高绝缘测量数据的准确性和可信度。有条件的可以通过在线检测手段，建立专家评估系统，评定绝缘的优劣并预警其劣化的趋势。此外，改进直流电缆制造工艺，提高直流电缆敷设质量，改善直流电缆的运行环境，也是行之有效的手段。

（发表于《城市轨道交通研究》2006 年第 1 期）

局部放电试验在地铁整流变压器中的应用

伊桂玲,达世鹏

（上海地铁运营有限公司供电分公司）

摘　要：局部放电试验对干式变压器具有很重要的作用,本文主要介绍了上海地铁整流变压器进行的局部放电试验方法,以及通过试验查出的局放量超标的原因和解决方案,并对试验方法进行了讨论,最后总结了几点相关经验。

关键词：整流,干式变压器,局部放电试验

上海地铁 1 号线牵引变电站选用的整流变压器是由德国 T－U 变压器公司生产,为环氧树脂浇注型轴向分裂四绕组（Dd0,Dy5）干式变压器。2002 年底其中一台整流变压器突发故障,此次故障引起了地铁供电部门的极度重视,经过初步分析,局部放电引起绝缘劣化的可能性最大,因此在两年内对全线的整流变压器的局部放电量进行测试,结果发现若干台变压器局放指标都偏大,而且有劣化趋势。为此,地铁供电部门展开一系列调研,最终查明原因。本文着重介绍此次试验的方法,以及局放量超标的原因,并对整流变压器的运行提出了几点意见。

1　局部放电试验的意义

研究表明,局部放电既是绝缘劣化的原因,又是绝缘劣化的先兆和表现形式,与其他绝缘试验相比,局部放电的检测能够提前反映变压器的绝缘状况,及时发现变压器内部的绝缘缺陷,预防潜伏性和突发性事故的发生。IEC 标准和我国的有关试验标准均将局部试验提到重要位置,并作为变压器投运前必须进行的试验项目。对于环氧树脂浇注干式变压器,由于其绝缘破坏是不可恢复的,局部放电量的大小直接反映变压器的使用寿命。

整流变压器是地铁正常运行的重要设备,一旦发生故障,可直接导致地铁车辆不能正常运行。1 号线在短短十几年的运行时间内,就发生若干台整流变压器局放量超标,这无疑是地铁运营的重大隐患。因此分析引起局放指标超标的原因,判断变压器的使用寿命,就成为我们迫切需要研究和解决的问题。

2　整流变压器局部放电试验

2.1　试验电路

GB6450－86[1]中对电压的施加方式的规定如下：根据变压器是三相还是单相来决定其低压绕组由三相还是单相电源供电。对于三相变压器：

（1）当绕组接到直接接地或通过一个小阻抗接地的系统时,应先加 $1.5U_m/\sqrt{3}$ 的线对地的预加电压,其感应耐压时间为 30 s（U_m 为设备的最高电压）,不切断电源,降至 $1.1U_m/\sqrt{3}$ 的线对地电压 3 min,测量此期间的局部放电量。

（2）当绕组接到不接地或通过一个消弧线圈接地的系统时,测量相加 $1.5U_m$ 的相对相的预加电压 30 s,有一个线路端子接地。然后不切断电源,降至 $1.1U_m$ 的相对相电压 3 min,测量此期间的局部放电量,然后将另外一个线路端子接地,重复进行本试验。

鉴于地铁 35 kV 等级系统属于不接地系统,因此,局部放电试验采用方法（2）。

由感应电势公式 $U = 4.44 fw\Phi$ 可知,要达到 1.5 倍系统电压,可通过改变励磁频率 f 和主磁通 Φ 来达到,但主磁通 Φ 提高 1.5 倍会严重过励磁,本次试验采用三倍频 150 Hz 试验电源,在被试变压器低压侧施加单相励磁电压,高压侧绕组同时感应相应的试验电压。试验仪器用 JF－2001 抗干扰判别式局放仪。

图 1 是 Dy5 联结组别的 a 相励磁试验电路,其他相及 Dd0 联结组别试验接线见表 1。

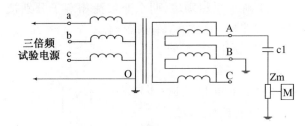

图 1   Dy5 联结组别局放试验电路

表 1   Dy5 和 Dd0 联结组别局放试验电路接线

联结组别	被试相	励磁方式	接地端	检查阻抗位置
Dy5 接线	A	an	Bn	A
	B	bn	Cn	B
	C	cn	An	C
Dd0 接线	A	ab	Bb	A
	B	bc	Cc	B
	C	ca	Aa	C

2.2   干式变压器局部放电量的允许水平

CEELA101－2003《干式变压器产品质量分等》（替代原标准 JB/T56009－1998）中对包封绕组干式变压器的局部放电量作了规定，见表 2。

表 2   CEELA101－2003 标准中规定的局部放电量（单位：pC）

电压等级（kV）	合格	一等	优等
6,10	30	10	5
35	50	20	10

2.3   高压绕组各相局部放电试验结果

以一台整流变压器为例，从表 3 高压绕组各相局部放电试验结果可以看到，U 相局部放电量已超出表 2 中 50 pC 的合格标准。

表 3   高压绕组各相局部放电量

试验电压（kV）	加压时间（min）	U 相（pC）	V 相（pC）	W 相（pC）	试验现场背景干扰
36.3	3	104	16.7	18.4	8

3   局部放电量超标的原因

局放试验结果表明 U 相放电量远超过标准，但掌握的试验数据和图形中还不能判断出放电的位置。为找出局部放电量超标的部分，必须进行深入试验。

深入试验分成两次测量，第一次将高压绕组的环氧绝缘三相联接线（参见图 2）拆除，高压绕组每相分两次测，每台变压器共测六次，以 Dy5 联结组别的 a 相励磁为例，试验电路见图 3，其他相试验接

线见表 4。第二次为将高压绕组的环氧绝缘三相联结线恢复，高压绕组每相测一次，每台变压器测三次。试验电路即为图 1，可参见前文。

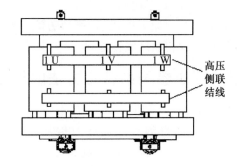

图 2   整流变压器高压侧正面图

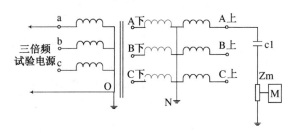

图 3   Dy5 绕组（高压绕组的环氧绝缘三相联结线拆除）局放试验电路

表 4   局放试验电路接线（高压绕组的环氧绝缘三相联接线拆除）

联结组别	被试相	励磁方式	接地端	检查阻抗位置
Dy5 接线	A 上	an	Nn	A 上
	A 下	an	Nn	A 下
	B 上	bn	Nn	B 上
	B 下	bn	Nn	B 下
	C 上	cn	Nn	C 上
	C 下	cn	Nn	C 下

高压侧联结线拆除前后高压绕组的局部放电量如表 5。由试验结果可知，在相同的试验电压下，整流变 U 相环氧绝缘三相联结线拆除后上下线圈分开测量局放量合格，但环氧绝缘三相联结线恢复后，总线圈局放量就超出了标准，所以得出结论：高压绕组环氧绝缘三相联结线就是造成局放量超标的部分。

表 5   高压侧联结线拆除前后高压绕组局部放电量

整流变绕组	试验电压（kV）	加压时间（min）	U 相（pC）	V 相（pC）	W 相（pC）	试验现场背景干扰
上线圈	拆除高压侧联结线	36.3	3	11	11	15	3
下线圈		36.3	3	9	9	11	4
总线圈		36.3	3	84	26	26	

随后的分析显示，在浇注过程中，高压绕组环

氧绝缘三相联结线内部存在空隙,以致产生局部放电。虽然变压器出厂时局部放电量不大,但投运后,在局部放电的长期作用下,绝缘性能逐渐遭到破坏,最终导致局放量超标。

局放量超标的原因查出后,解决方案是将高压绕组环氧绝缘三相联结线拆除,更换为铜管联结。

4 干式变压器局部试验方法的讨论

本次试验比较成功,查出了放电点,但通过分析会发现试验测得的具体局放数据缺乏严格性。前面第二小节详述了局放试验的国标规定,这里结合本次试验对国标的规定讨论如下:

(1) 三相变压器能否单相励磁。国标指出根据变压器是三相还是单相来决定其低压绕组由三相还是单相电源供电。但并无明确规定,三相变压器不能单相励磁。

(2) 对于单相励磁,两个非被测相端子分别接地进行测量时,对测量值有何影响。

对于以上两个问题,以 Dy5 联结组别为例分析 A 相单相励磁时对各相的绝缘考核。A 相匝间电压以及各相对地电压可以从磁路的角度分析,见图4,A 相单相励磁,因 A 相铁心磁通不对称,B

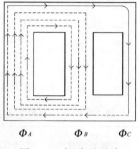

图 4 A 相励磁磁路

相、C 相磁通不均匀分布,B 相产生的感应电压大约是 A 相感应电压的 3/4,C 相产生的感应电压大约是 A 相感应电压的 1/4。A 相相间和各有关部位对地电位见表 6。

表 6　Dy5 联结组变压器被试端相间和各有关部位对地电位

电源	励磁电压	$U_{A-地}$	U_{AX}	U_{AB}	$U_{B-地}$	$U_{C-地}$	$U_{X-地}$	$U_{Y-地}$	$U_{Z-地}$
三相	1.5 Um	1.5 Um	1.5 Um	1.5 Um	0	−1.5 Um	0	−1.5 Um	1.5 Um
单相(B接地)	1.5 Um/$\sqrt{3}$	1.5 Um	1.5 Um	1.5 Um	0	3×1.5 Um/4	0	3×1.5 Um/4	1.5 Um
单相(C接地)	1.5 Um/$\sqrt{3}$	1.5 Um/4	1.5 Um	1.5 Um	3×(−1.5 Um)/4	0	3×(−1.5 Um)/4	0	1.5 Um/4

由表 6 可知,A 相单相励磁,B 相接地时,被试相 A 对地、相间、匝间电压与三相励磁时相同,但 C、Y 两点的考核被降低了。

A 相单相励磁,C 相接地时,虽然匝间、相间电压与三相励磁相同,但被试相对地电压降低了,这就降低了对被试相主绝缘的考核。

对应前面提出的两个问题,可见单相励磁必然会影响对某相主绝缘的考核,而且非被测相端子分别接地时对三相的影响不同。

由于干式变压器的局放试验受到许多试验条件的限制,在单相励磁时,是满足被测相的绝缘考核条件,而牺牲非被测相的绝缘考核,这样在具体试验数据上也就不可避免地缺乏严格性,但对于单相励磁和三相励磁在具体试验数据上存在多大差异,还需要进一步进行研究。本次试验具体数据虽然缺乏严格性,但高压绕组联结线拆除前后的试验数据对比还是具有实际意义的,也因此帮助我们找到了放电点。

5 结论

局部放电试验的目的在于查出放电点,本次试验比较成功,排除了绕组内部放电的可能性,从而避免了更换整台变压器,节省了投资。更为重要的是消除了地铁运营中的重大隐患,确保了供电安全。

查找变压器隐患的过程也为我们积累了一些经验,在今后的运营维护中,需要注意以下两点:

(1) 改善变压器的运行环境,尤其是克服造成变压器长期震动的因素;

(2) 定期对 35 kV 等级的干式变压器进行局放测试,建立档案,并进行相对比较,以便及时掌握变压器的劣化趋势,作出相应的应急措施。

(3) 定期局放测试中,增加红外线检测,并记录局放开始点和终止点的电压值,以利于分析。

干式变压器局部放电的试验标准还不成熟,本文仅作为经验和大家交流和借鉴,希望大家能够提出宝贵意见来共同探讨。

参考文献

[1] GB6450-86. 干式变压器. 北京:国家标准出版社,1986

[2] 于成公,李禾. 关于浇注干式变压器局部放电测量的几点意见. 变压器,1999(11)

[3] 杨治业. 三相干式电力变压器的局部放电试验. 变压器,1997(9)

[4] IEEE Std C57.24-1991. IEEE Recommended Practice for the Detection of Partial Discharge and the Measurement of Apparent Charge in Dry-Type Transformers

基于 PLC 的变电站自动化系统设计

潘志群

（上海地铁运营有限公司供电分公司）

摘　要：通过采用 PLC 技术，实现了变电站自动化功能。利用成熟的 PLC 技术、总线技术、通讯技术设计出的变电站自动化系统，简化了繁多的线缆接线，系统中采用分散式控制，简化了系统结构，构建了一个高可靠性的变电站自动化系统。

关键词：自动化，PLC，总线

鉴于建设的需要和市场的因素，变电站自动化一直是我国电力行业中的热点之一。目前全国投入电网运行的 35 kV～110 kV 变电站约 18 000 座（不包括用户变），220 kV 变电站约有 1 000 座，则 500 kV 变电站大约有 50 座。而且每年变电站的数量以 3%～5% 的速度增长。

变电站自动化系统，经过几代的发展，已经进入了分散式控制系统时代。遥测、遥信采集、遥控命令执行和继电保护功能等均由现场单元部件独立完成，并将这些信息通过通讯系统送至后台计算机系统。变电站自动化的综合功能均由后台计算机系统承担。

将变电站中的微机保护、微机监控等装置通过计算机网络和现代通信技术集成为一体化的自动化系统。它取消了传统的控制屏台、表计等常规设备，因而节省了控制电缆，缩小了控制室面积。

此类分散式变电站自动化系统代表了当今技术发展的潮流。

1　变电站自动化系统组成

可编程序控制器（PLC）技术经过几十年的发展，已经相当成熟。其品种齐全，功能繁多，已被广泛应用于工业控制的各个领域。用 PLC 来实现地铁变电站自动化的 RTU 功能，能够很好地满足"三遥"的要求。对应于变电站的电压等级和点数的多少，可以选用大、中、小型不同容量的 PLC 产品。

本系统采用了 Modicon Quantum 系列 PLC，来实现变电站自动化的 RTU 功能。Quantum 具有模块化、可扩展的体系结构，用于工业和制造过程实时控制。随着当地保护装置功能的日益强大，可以通过与保护装置的通讯来实现遥控和遥信功能。

一些特殊要求的情况下，采用 DI、DO、AI 模块来实现遥控和遥信。使用 PLC 的 DI 模块来实现遥信、用 PLC 的 DO 模块来实现遥控、用 PLC 的 AI 模块来实现遥测、用 PLC 的通信功能来完成与微机保护单元的通讯。利用 PLC 的各种模块可以很方便地实现"三遥"基本功能。

2　系统设计

2.1　分层分布式系统

整个系统采用分层分布式，基于功能分割，系统纵向分三层，即变电站管理层、网络通讯层和间隔设备层。分层式设计有利于系统功能的划分，结构清晰明了。

整个系统包括微机控制、微机测量、微机采集、微机防误闭锁、当地后台监控、中央通讯处理、远动信息传送功能。

2.2　开放式、宜扩展性设计

可以与满足相应标准规约（profibus, spabus, modbus 等）的其他公司相关的（IED）相联进行信息交换。充分考虑到变电站扩建、改造等因素，间隔层设备基于模块式标准化设计，可根据要求随意配置，变电站层设备设置灵活。

网络通讯层设计考虑到工业以太网、CAN、422、modbus＋等现场总线的接口设计，能充分满足大流量实时数据传送的实时性和可靠性。

2.3　系统结构

变电站管理单元内的主监控部分采用可编程控制器 PLC。CPU 模块，采用 80586 处理器，主频 66 MHz，内存 2 M，并配有存放数据、可调参数和软件的 RAM 和 FLASH MEMORY。能对 CPU 及 I/O 进行自诊断。

电源模块,采用冗余配置。电源采用冗余配置,系统输入两路直流电源,保证系统在1路电源失电时,系统仍可无扰动安全运行,提高系统的可靠性。通讯模块采用Modbus+通讯模块。系统结构如图所示。

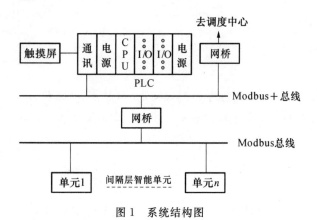

图1　系统结构图

间隔层的微机保护装置经过RS485总线分成几个组,连接到网桥的Modbus通讯口上,通过网桥收集数据并将这些数据通过MB+网络送到主监控单元PLC。

系统的主监控单元可通过可编程网桥编制不同的规约,满足与不同智能设备之间的接口需要。MODBUS网桥NW-BM85C002 MB+网桥/多路转换器,每台网桥具有4个通讯口与间隔层的智能设备通讯,网桥将MODBUS协议的数据进行协议转化,通过MB+网络与PLC建立网络通讯;同时在中央信号屏中还配有可编程网桥NW-BM85C485,通过MB+网络与PLC连接,每个可编程网桥具有四个通讯协议可编程的RS485口,在本方案中对其中的两个口进行编程,使之通过IEC-60870-7-101与中央控制中心通讯。

系统网络通讯层向上通过可编程网桥的RS422接口采用IEC60870-5-101国际标准规约实现与控制中心通讯;向下网络通讯层通过网桥RS422接口MODBUS标准规约实现与主变电站内的各开关柜或保护屏内的微机综合保护测控单元等智能装置通讯,满足变电所综合自动化系统控制、测量、保护的技术要求。通过网桥与智能设备及控制中心通讯,由网桥实现协议转换,降低PLC的CPU模块负荷率,提高系统的可靠性。

配置液晶显示器,用于变电所内监控、软件维护、设备调试、站控层操作等人机接口。带有液晶显示器实现站内数据的显示和控制。液晶显示以汉字实时显示所内所有事故、预告信号、所内各微机综合保护测控单元的运行状态。事件变位的内

容、时间等。当多个事故信号同时发生时,液晶显示报警装置按新旧次序,在所内时间分辨率的范围内依次显示各种信息,并能存储。操作员通过按钮对显示进行选择,必要时操作员可通过该组操作按钮对开关进行所内集中控制。

"就地-远方"控制切换装置。为便于系统的运行,在中央信号屏内装有"就地-远方"切换开关,实现就地控制和远方控制之间的方式切换和闭锁。在变电站控制上,方便分层控制和管理。

系统的电源采用冗余配置,系统输入两路直流电源,保证系统在1路电源失电时,系统仍可无扰动安全运行,提高系统的可靠性。

2.4　软件设计

PLC软件方面,由于PLC以循环扫描和中断两种方式来执行程序。为了完成所有RTU功能,PLC采用循环扫描方式,与各个间隔层保护单元进行通讯。通过Modbus总线,读取各个保护单元的遥测、遥信信息,同时通过总线通讯对各个智能保护装置进行设点操作,实现对开关的遥控功能。

Quantum系列PLC配套的concept编程软件,是一个很好的PLC编程软件。通过它可以很方便地对PLC进行内存管理、分配。它支持符合IEC1131-3规范的五种编程方式:LD(Ladder Diagram)、FBD(Function Block Diagram)、SFC(Sequential Function Chart)、IL(Instruction List)和ST(Structured Text)。用户可以根据自己的喜好,以及控制对象的特点来选用合适的编程组态方式。本系统采用了FBD方式,进行了PLC的组态,实现了变电站自动化的"三遥"功能。

如图2所示的遥控功能的组态,通过使用合适的功能块的组合,可以实现你所要的功能。其中的功能块有concept软件的FFB libarary提供的标准功能块,也可以自己定义独特的功能块。

遥信的实现,有两种方式。一种是通讯方式,当变电站设备发生变位时,通过PLC与智能保护装置的通讯,读取变位的信息到PLC中,并将其上送给控制中心。另一种为DI模块方式,通过连接设备的位置继电器,PLC的DI模块能够感知设备的变位信息。

遥测的实现也包含两种方式。一种是通讯方式,PLC通过与智能保护装置的通讯,实时获取保护装置采集的遥测量信息,相当于由保护装置完成现场级的采集功能。另一种为AI模块方式,由PLC自己来完成现场的遥测量采集,并将采集到的数据存放在RAM中。网桥将RAM中的遥测量信息作为二级数据,实时地与控制中心进行通讯。

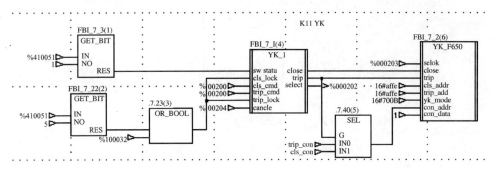

图 2 遥控组态

网桥中的报文接收分析程序分析控制中心传来的报文，如果分析认为其是遥控报文，对其进行报文解析，将获取的遥控对象信息写入 PLC，由 PLC 程序与智能保护装置通讯来完成遥控功能。

2.5 实际运行经验的总结

在实际运行中，网桥与控制中心的双通道设计，给运营和检修带来了很大的便利。因为是软件自动切换，克服了进口系统手动切换通道的缺点，通道的状态由软件来判断，大大提高了发现问题的及时性。双通道同时出现故障的概率并不是很高，实际运营中有在备用通道长时间运行的情况，这样就给检修人员预留了充足的时间来检查问题。

PLC 硬件由于是高可靠性设计，又不采用通用操作系统，因此实际运行中非常可靠，绝少出现死机的情况，可靠性远高于采用 Windows 操作系统的通用计算机。从交付使用到现在，PLC 还没有出现过硬件故障，凸显了 PLC 对地铁的潮湿、高温环境的适应性。模块化的设计也使得系统的检修和更换更为便捷。

需要更改进的方面，就是对通信的改进。现在采用的双绞线的通信方式，虽然能够满足实际的性能要求，但在运营中也发现如果布线不合理，会对通讯造成一定的影响。特别是各设备对由绝缘检修和线缆破损窜进来的高压电，不能非常有效地隔离，会造成设备的高压击穿，造成不必要的损失。

对这种问题，以后的系统设计中如果可以采用光纤通讯模块，通过光缆进行连接，就可以很好地避免这种问题。

3 结束语

PLC 设备的高可靠性，保证了变电站自动化系统的稳定运行。从运行到现在的两年无故障运行，证明了 PLC 的现场优越性。通过 PLC 的编程，可以方便地实现变电站自动化的基本功能。对一些变电站系统的高级功能，基于 PLC 自身功能的限制，实现起来比较麻烦或难以实现，这也是它的弱势。但作者认为高可靠、高免维护性才是地铁 SCADA 系统最重要的。

参考文献

[1] 陈剑云，杨丰萍. HY200 电气化铁道 SCADA 系统. 电力自动化设备，2000.20

[2] 黄益庄. 变电站综合自动化技术. 中国电力出版社，2000.1，2

[3] 谭文怨. 变电站自动化系统的结构和传输规约. 电网技术，2001，25(9)

[4] 熊泳. INT - SCADA 变电站监控系统的设计与实现. 西安交通大学 2003 年硕士学位论文

（发表于《地下工程与隧道》2006 年第 1 期）

1号线 SCADA 系统通道改造

于 伟

（上海地铁运营有限公司供电分公司）

摘 要：本文介绍了上海地铁1号线SCADA系统通道的现状和存在的问题，并根据通道存在的问题和1号线北延伸SCADA主机系统的通讯配置，提出了改造方案，此次SCADA系统通道的成功改造为2号线的改造和国产化积累了经验。

关键词：SCADA系统，DPDM码，通道，RTU

SCADA（Supervisory Control And Data Acquisition）其含义是：监控和数据采集。电力SCADA系统又称电力监控系统。系统一般由主站系统、通讯系统和远方终端（RTU）三大部分组成。

地铁1号线现有变电站29座（110 kV 主变2座、牵引变9座、降压变18座），现用SCADA系统是德国西门子公司20世纪80年代的计算机产品。主机系统采用SICOMP M56专用工控机。其硬件、软件和外围设备都是专用产品。

2002年，地铁1号线北延伸线开始建造。根据设计，北延伸共16座变电站独立使用一套SCADA系统。该系统是上海新华控制工程有限公司产品，采用服务器做主机，工控机为工作站，扩容性好。主站与RTU通讯采用IEC-870-5-101规约。该系统已于2004年8月底安装调试完毕并交付使用。

由于1号线SCADA主站系统和通讯系统存在许多问题，经我公司领导、技术人员反复讨论，确定改造的目标为：保留1号线各变电站RTU；改造通道设备；放弃控制中心西门子SICOMP M56主机系统，将控制中心1号线SCADA系统监控信息接到1号线北延伸SCADA主站系统中去。由1号线北延伸SCADA主机系统完全取代西门子SCADA主机系统。

本文主要对改造通道设备进行一些技术探讨。

1 1号线 SCADA 通道现状

SCADA系统通道是指：主站前置机向通讯接口至RTU通讯接口中的全部设备。它包括：主站前置机向通讯接口、脉码调制（解调）、通讯线路、电光转换装置、光缆、RTU通讯接口等设备和部件。

1.1 1号线 SCADA 系统主站与 RTU 通道连接

1号线SCADA系统共有十条通道。主站与RTU通道连接有两种形式：一种是点对点式（见图1），有两路，用于主站与主变RTU连接；另一种是点对多点式（见图2），有8路，用于主站与其他变电站RTU连接。主站与RTU通道采用单通道连接，无备用通道。

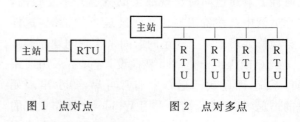

图1 点对点　　　　图2 点对多点

1.2 监控对象的信号上传方式

点对点式：RTU采用"逢变则报"方式；一旦发生变位即向主站传送信息。实时性好。

点对多点式：RTU采用"有问再报"方式；只有主站询问到本RTU，RTU才能向主站传送信息。实时性差。

1.3 DPDM（Digital Pulse Duration Modulation）码传输

所有通道传送的信息都是用DPDM（脉宽调制）码传输。DPDM码不是用脉冲电平的高低表示数字"0"和"1"，而是用脉冲的宽窄表示"0"和"1"。本系统传输波特率600 Bd，脉宽比为1：2.2，即脉宽1.66 ms＝"0"，脉宽3.66 ms＝"1"。当脉宽大于4.4 ms，时，一帧报文结束。如图3就是用DPDM码表示"00110101"

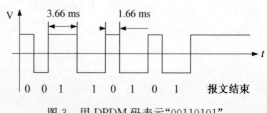

图3 用DPDM码表示"00110101"

1.4 信息在通道硬件的传输过程

下行方向：主站前置机 V24 接口→MODEM（音频信号）→双绞线→控制中心 SDH（同步数字系列通讯设备）→光缆（联接控制中心与各地铁车站通信设备）→地铁车站 SDH→电话线→MODEM→V24 接口→变电站 RTU。见图 4（原通道图）。

上行方向：与下行方向相反。

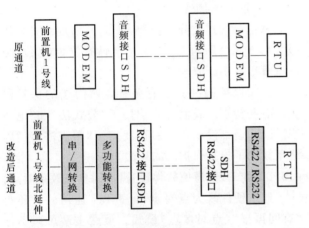

图 4　通道改造前后对比框图

1.5 主站与 RTU 通讯规约

采用德国西门子自动化系统专用规约——SINAUT 规约。

2 问题提出

1号线 SCADA 系统通道存在如下问题：

2.1 误码率高

在原有通道中有一部分信息是通过音频信号传输的。音频信号抗干扰能力较差。在每天报警信息中有 10%～20% 的信息是通道故障和报警信息。

2.2 实时性差

在系统中有八路点对多点通道。点对多点的通信特点："有问再报"，而主站是循环询问 RTU。所以，有时就会出现"先变化后报，后变化先报"。这样容易造成电力调度误判断。

2.3 MEDOM 无备件

系统中使用的 MEDOM 是德国西门子 20 世纪 80 年代专用的产品，十年前就不再生产。目前，已买不到备件和其他附件。

2.4 便于系统改造调试

这次系统改造的目的是用 1 号线北延伸 SCADA 主机系统完全取代原西门子 SCADA 主机系统。当 1 号线每一台 RTU 分别接入北延伸 SCADA 主机系统时，要对每个 RTU 进行"三遥"调试。由于原系统通道硬件结构，对调试好的 RTU 还必须接回原系统。只有一路通道上的所有 RTU 都调试好，才能正式接入 1 号线北延伸 SCADA 主机系统。

3 通道改造方案

根据原通道存在的问题和 1 号线北延伸 SCADA 主机系统的通讯配置，我们经过反复探讨研究，确定了通道改造方案（见图 4）。图中阴影部分为改造或增加部分。

改造方案说明：

（1）将所有点对多点式改为点对点通讯模式；

（2）更改 RTU 通讯软件设置，将点对多点式改为点对点式；

（3）在 RTU 端，用 RS232/RS422 转换装置取代 MODEM。用数字通讯取代模拟通讯；

（4）RTU 到地铁车站通讯设备（SDH）之间的通信线路（电话线）不变；

（5）地铁车站通讯设备（SDH）改用 RS422 接口；

（6）控制中心通讯设备 SDH 到 SCADA 主机机房敷设 29 路通道；

（7）原西门子 SCADA 主机系统不再使用；

（8）在北延伸 SCADA 主机系统的前置通讯机柜内增加一套"多功能转换装置"。该转换装置是这次改造的关键点。它主要有以下功能：

- RS422/RS232 接口转换；
- DPDM 码/PCM 码转换；
- 报文格式转换；
- 根据 SINAUT 规约通讯流程与 RTU 通讯；
- 对接收到的报文计算保护效验；
- 通讯规约（SINAUT/IEC－870－5－101 规约）转换；
- 上行信息"一收两发"（因为上位机有两台而通道只有一路）；
- 下行信息"两收一发"（只发送一台上位机命令）。

（9）增加异步通讯服务器（MOXA CN2500 Async Server），用于网/串转换装置，将串口信息与以太网互换；

（10）通过交换机与北延伸 SCADA 主机系统前置通讯机连接。

4　主要技术问题解决

在1号线SCADA系统改造方案中,由于RTU不改,所以RTU使用的通信规约、DPDM码和传输速率(600 Bd)不变。

4.1　DPDM码与PCM码转换

在1号线SCADA通讯传输过程中使用的是DPDM码,而一般计算机通信口不能识别DPDM码。所以,要改造主机系统和通道,就必须将DPDM码转换为PCM码。

由于一般计算机通信口不能识别DPDM码,所以必须先将DPDM码转为PCM码。根据掌握的一些资料和实际测试结果,我们得知:在报文传送时,无论是传送多个"1"或"0",DPDM码的电平始终在变换、脉宽1.66 ms＝"0"、3.66 ms＝"1"、允许最大误差：±20％等。依据这些结果,我们采用单片机对DPDM码的输入和输出进行处理。

DPDM码转PCM码：RTU(DPDM码)上行报文传送到控制中心,单片机通过中断接收电平。当出现电平变换时,向CPU发出中断信号。转换程序根据两次中断信号之间的时间长短和误差范围判别该电平是"1"还是"0"并存入内存,然后进入下一周期检测；当两次中断信号之间的时间大于4.4 ms时,说明一帧报文结束,转换程序将内存中的报文转换为规定报文,并按RS232接口标准发送到上位机。

PCM码转DPDM码：控制中心(PCM码)向RTU(DPDM)发送报文,单片机使用时间中断控制电平长短和正负电平转换。当发送"1"时,输出脉宽为3.66 ms的脉冲；当发送"0"时,输出脉宽为1.66 ms的脉冲；报文结束,长发低电平。

这样,就完成了DPDM码和PCM码的转换,也就可以用一般计算机与西门子RTU通讯,为下一步工作铺平道路。

4.2　SINAUT通信规约破译

一般通信规约包括三个主要方面：报文格式和定义、上下行通信流程、报文保护码(CRC效验)。

4.2.1　报文格式和定义破译

在西门子提供的资料中,只对部分上行SINAUT通信规约报文格式和部分位的定义有简单说明,还有许多报文没有说明。我们用一般计算机编制了相应的监视软件,通过DPDM码/PCM码转换装置,对RTU与控制中心通信过程进行监视和记录；通过正常操作和模拟一些故障,经过对记录报文的对比和分析,我们掌握了常用SINAUT通信规约报文格式和每位的定义。

4.2.2　上下行通信流程

掌握了常用SINAUT通信规约报文格式和每位的定义,我们就可以用计算机仿真RTU与西门子SCADA主机通信；我们模拟了RTU可能出现的各类故障和特殊情况,记录下了主机各种不同的回应报文。同理,我们用计算机仿真西门子SCADA主机与RTU通信,记录下了RTU各种不同的回应报文。经过对记录报文的分析,我们掌握了SINAUT通信规约上下行通信流程。

4.2.3　报文保护码

从记录的报文分析,SINAUT通信规约是采用报文后加冗余码的方法；从冗余码的位数(9位)可以推算出海明距 $d = 4$。

报文保护码的算法有多种。西门子的保护码算法有些特别。我们先后使用了"公式法"和"电路法"计算,但都没成功；最后,我们用"图表法"计算,终于找到了报文保护码的算法。

4.3　改变RTU通信软件设置(点对多点改点对点)

通道硬件改为点对点,可RTU通信软件还是"有问再报"(点对多点)模式。虽然主站可以不停询问RTU以提高"实时性",但这将占用RTU和主站CPU大量时间；而且主站总是循环询问RTU,还是没有根本解决"先变化后报,后变化先报"的问题。要想根本解决这一问题,就必须改变RTU通信软件设置。

我们从RTU设备资料知道,所有RTU同类型模板都是一样的,而且增加RTU模板只需硬件设置。我们用编程器对点对多点和点对点的内存程序模块进行了比较,发现RTU程序都是一样的,只是EEPROM多处设置不同。我们将EEPROM按点对点参数设置,就把RTU点对多点通信方式改为点对点通信方式。

4.4　电话线传输数字信号

按技术要求传输数字信号应采用屏蔽双绞线。由于地铁车站装潢漂亮、站内设备众多、布线复杂、走向不明,要想敷设29对屏蔽双绞线,不但电缆(约万米)及附件费用高、工作量大,而且安装困难、影响面大。那能不能用现有电话线传输数字信号呢?答案是肯定的。这主要有如下理由：

(1)系统采用低波特率(600 Bd)传输。我们知道电话线传输3 400 Hz以上频率信号性能较差。假定所传输数字信号 $S(t)$ 是重复周期为 T 的方波,我们可以用傅里叶级数来表示这个波形：

$$S(t) = A_0 \left(\frac{1}{2} + \frac{2}{\pi}\cos\omega t - \frac{2}{3\pi}\cos 3\omega t + \frac{2}{5\pi}\cos 5\omega t - \cdots \right)$$

其中，A_0 是键控信号的幅度，$\omega = 2\pi/T$ 是键控信号的基本重复角频率，$T/2$ 是键控信号的持续时间。周期 T 与方波传输波特率有关。从上式可以看到：方波传输波特率越高重复角频率 ω 也越高，方波在电话线中传输性能也越差，变形越大。如图 5，一串 9 600 Bd 方波其主频大于 3 400 Hz，经电话线传输后，将发生大于 10% 的变形。而一串 600 Bd 方波其主频小于 3 400 Hz，经电话线传输后其变形要小很多（<1%），如图 6 所示。

图 5　9 600 Bd 方波经电话线传输后变形示意图

图 6　600 Bd 方波经电话线传输后变形示意图

用专用设备实际测试，经 RS232→RS422 转换、电话线传输（>500 米）、RS422→RS232 转换后，脉宽变化小于<1%。

（2）系统采用 DPDM 码传输。DPDM 码在传输过程中，每发送一位，其传输电平就要变化一次，因此 DPDM 码不存在累计误差；DPDM 码允许每位方波有 ±20% 的误差，对传输硬件要求不高。DPDM 码的缺点是：传输速率低（最高 1 200 Bd）、不能与一般计算机直接连接。

（3）选用合适的 RS232/RS422 转换器。选用自带电源、传输距离远的 RS232/RS422 转换器。

5　结束语

地铁 1 号线和 2 号线 SCADA 系统都是从德国西门子引进的设备。通过这次改造，我们不但解决了 1 号线 SCADA 系统中的一些问题，而且用国产设备取代了进口设备，同时为 2 号线 SCADA 系统的改造和国产化积累了经验。

参考文献

［1］　盛寿麟主编. 电力系统远程监控原理. 中国电力出版社，1998

［2］　何立民编. MCS-51 系列单片机应用. 航空航天大学出版社. 1992

［3］　SIEMENS. Telecontrol System SINAUT 8-FW 1024

［4］　SIEMENS. Telecontrol System SINAUT 8-FW PDT

［5］　SIEMENS. SINAUT Telecontrol Interface TCI 16

防止33kVGIS组合电器误操作的技术措施

达世鹏

（上海地铁运营有限公司供电分公司）

摘 要：本文通过33kVGIS组合电器操作情况的介绍，提出了该设备在操作时易发生误操作的问题，同时提出了解决该问题的解决方法与措施，并作出了相关论证。

关键词：33kVGIS组合电器，误操作

1 33kVGIS组合电器简介

地铁1号线主变电站、牵引变电站的33 kV中压设备，选用了SIEMENS公司生产的GIS组合电器。组合电器的每个柜体中安装了真空断路器和三位置隔离开关。A、B、C、三相母线分别设置在三个金属铝浇制的筒内，充以SF₆气体进行绝缘。这种分相绝缘设计，避免了相间故障的发生，使设备结构更加紧凑，减少了设备的占地面积，具有运行安全可靠、维护简单等优点。

按照电气设备操作的原则。设计时，在断路器与三位置隔离开关之间加装了闭锁功能，保证操作的安全。送电操作时，必须遵守规定的操作顺序，先将三位置隔离开关合于母线，然后再合上断路器，将电能送上母线或由母线将电能送出。当三位置隔离开关接地时，合上断路器，就能将电缆线路连同断路器一起接地。在断路器合闸的状态下，三位置隔离开关的操作孔是关闭的。此时，不能进行三位置隔离开关的操作，以防止带负荷拉闸的误操作发生。此外，根据三位置隔离开关具有合闸（合于母线）、分闸、接地（合于接地）三个位置的特点，为防止一次操作将三位置隔离开关从合于母线改为接地而发生误操作，在操作机构上也加装了闭锁，使其每次操作只能改变一个位置。要使三位置隔离开关由合闸位置改变到接地位置必须经过两次操作。改到接地位置后，以黄色的接地标志作警告，作为线路及断路器预接地指示。以引起电气运行人员的警觉，保证操作的准确性。与此同时，还设置了两个断路器合闸按钮，以区分送电合闸和接地合闸不同的操作需要。

三位置隔离开关与断路器的组合状态如图1所示。

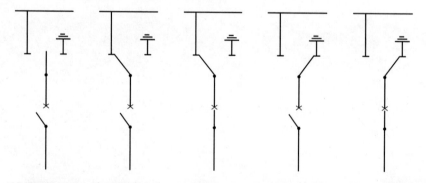

三位置隔离开关分　三位置隔离开关合　三位置隔离开关合　三位置隔离开关合于接地　三位置隔离开关合于接地
断路器分　　　　　断路器分　　　　　断路器合　　　　　断路器分（线路预接地）　　断路器合（线路接地）

图1　三位置隔离开关与断路器组合状态图

2 问题的提出

由于主变电站和牵引变电站采用了同类型的设备，在供电线路由运行改为检修的操作中，无法按操作惯例对GIS组合电器进行验电、放电。设备又在不同的站内，一旦疏忽就会发生带电挂接地的误操作，对设备和运行人员构成威胁。

当线路正常供电时，由主变电站向牵引变电站

输送电能。有时由于牵引变电站需要进行设备检修保养，必须将全站停电。在供电线路由运行改为检修的操作中，如果在线路带电的情况下，将三位置隔离开关合于接地位置，合上断路器，就发生了带电挂地线的误操作。

故障示意如图 2 所示。

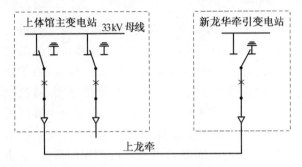

图 2　误操作故障示意图

在地铁 1 号线的运行过程中，曾发生过两次这样的误操作，幸亏继电保护行动灵敏，未酿成大祸。但已造成瞬间的系统故障，不仅影响供电系统的设备正常运行，同时使设备受到损害。在 2 号线设计施工中，电业部门也提出了类似的建议，要求设计时，增加防止误操作的措施。为此，有必要对设备的内在结构进行分析，采取相应的技术措施和组织措施，以满足电气设备的五防要求之一——防止带电挂接地线。

3　解决方法与措施

在电力系统中，根据不同的设备结构、不同的运行状态和方式，采取相应的技术措施和组织措施，是保证系统正常运行的重要手段。

在地铁供电系统中，正常的运行方式是由主变电站向牵引变电站供电。主变电站 33 kV 出线断路器是送电端，牵引变电站的进线断路器是受电端。上述带电挂接地线的误操作，在通常情况下，只会在牵引变电站发生。即在线路带电，三位置隔离开关接地的情况下，合牵引站的进线断路器，造成三相电源同时对地短路。为此，可以从牵引变电站 33 kV 进线断路器的机构、电路中加以分析，增加与设备操作相适应的技术措施和组织措施，防止误操作的发生。

3.1　防止误操作的技术措施与实施方法

牵引变电站 33 kV 进线断路器的合闸条件，可以用逻辑表达式 $U_{母=0} + U_{L=0} = 1$ 来表示。其含义是：母线电压为零或线路电压为零时，合闸条件满足，断路器可以合闸。该断路器具有双向送电的功能。既可以利用 $U_{母=0}$ 的条件合闸，将线路上送来的

电能送上母线；又能利用 $U_{L=0}$ 的条件合闸，在一座主变电站停电的情况下，将另一个主变电站送来的电经过牵引变电站母线，通过线路倒送至停电的主变电站。实现故障情况下的应急供电。正常情况下是以前者作为合闸的条件。

在三位置隔离开关于接地位置时，断路器的电动合闸、（送电合闸）和保护分闸控制回路都被切断，此时只能用机械合闸（接地合闸）按钮直接驱动合闸机构合闸，使断路器和供电线路按检修要求接地。

检查进线断路器机构，发现有一个编号为 F_1 的线圈。此线圈类似于失压分闸线圈。此线圈得电是断路器合闸的必要条件。在线路有电的情况下，使 F_1 线圈失电，进线断路器就不能合闸了。显然也就避免了带电挂的线路误操作。利用线路有电指示的电压继电器 A_{50} 的辅助接点，就能在线路有电的情况下，使 F_1 失电，断路器就不能合闸，便能实现这样的闭锁。

为了解决正常情况下线路有电时能向母线供电，不使原先 $U_{母=0}$ 的合闸条件被破坏，可以利用三位置隔离开关合于母线时的辅助接点，在线路有电的情况下，使 F_1 线圈得电，也就满足了原先的送电合闸条件。

改进后的合闸条件为 $(U_{母=0} + U_{L=0}) \& S_1 = 1$（即母线电压为零或线路电压等于零和三位置隔离开关合于母线位置才能合闸）。实施起来十分方便，将三位置隔离开关备用的常开辅助接点与电压继电器 A_{50} 的常闭接点并联后，串入 F_1 线圈的控制回路，这样，当三位置隔离开关合于母线时，F_1 线圈经三位置隔离开关常开辅助接点得电，断路器可以合闸，将电能送上母线。当线路电压等于零时，F_1 线圈经 A_{50} 继电器常闭辅助接点得电，断路器可以合闸，将线路和断路器接地，从技术上增加闭锁功能。

改进后的 F_1 线圈控制线路如图 3 所示。

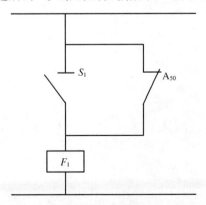

图 3　改进后的 F_1 线圈控制线路图

3.2 防止误操作的组织措施

在正常运行方式下，主变电站 33 kV 出线断路器是送电端，不可能发生此类的误操作，但是在线路检修完成后，牵引变电站的进线断路器状态未改变的情况下（线路接地时）送电，仍会发生带地线送电的误操作。对于这类的误操作，很难用闭锁功能加以避免。技术上很难对线路是否接地进行判断，敷设控制电缆增加闭锁功能，显然是不经济的，实施起来也有难度。对于线路上没有安装 A_{50} 电压继电器的上体馆、人民广场两座牵引变电站内的断路器，也就无法实现闭锁。加装电压继电器，不仅在技术上存在一定的难度，需解体 GIS，工作量大，同时需要一定量的外汇购置继电器和备品件，显然也是不经济的。对于上述可能发生的误操作，必须通过组织措施来加以避免。

首先，必须使有关人员了解 33 kVGIS 组合电器的结构、运行状态的定义，尤其是检修状态的定义。

其次，严格规定 33 kV 线路的停送电操作顺序。在电力调度的模拟屏上，应有相应的线路停电接地的提示符号。在变电站内，根据停、送电的线路，两站的运行人员应按规定相互联系，以确定对方站内操作所涉及的设备状态。

最后，对《规程》进行充实完善。确定特殊电气操作的典型操作票，将操作步骤作顺序化规定。结合实际需要，添加必要的检查项目，规范操作。

4　结语

电气设备的安全运行是涉及地铁安全的重要环节。33 kVGIS 组合电器的引进，因其优越的性能，为设备的安全运行提供了保证。但是，限于使用环境的不同、有关运行人员的操作习惯不同、设备改检修的方式不同，对设备的结构了解不够深入等诸多原因，在设备运行的过程中，会出现一些从未涉及的问题。问题的出现不仅对我们研究、解决问题提出了要求，与此同时，也使我们对设备有了更深的了解。

我们必须从人力、物力、财力上，从技术措施、组织措施方面，根据设备出现故障的机率，严重的程度加以权衡；提出最为经济、合理、最易实施的方法。并对可能出现的更深层次的问题进行研讨，做到防患于未然，确保供电系统的安全运行。

3号线电力自动化系统中
PLC"闭锁"的解锁方案

黄志明

（上海地铁运营有限公司供电分公司）

摘　要：电力自动化系统是供电系统的重要组成部分，系统运作的状况将直接影响到轨道交通供电系统的安全性和稳定性。以下将以全国第一条国产化线路的 SCADA 系统为蓝本，对 PLC 在地铁自动化系统中的运用及运用中出现的问题进行简要的分析和探讨。

关键词：SCADA，PLC，RTU，综合保护装置，GENIUS BUS，PROFI-BUS DP

上海轨道交通明珠线（3号线）是早期国内的第一条国产化地铁线路，该线路的一期包括21个变电站和两个主变电站，其中纯降压站12个，牵引降压站（混变）10个，由于该系统采用了先进的 PLC 控制技术，从而其自动化程度从整体上来说是比较高的，同时由于采用了分散控制技术，各 PLC 通过总线连接，从而具有界面清晰、接线简洁的特点。但同时由于设计经验的不足，设备操作存在过多的软硬件闭锁，因此给实际的使用和维护带来了不小的难度。

1　系统构成要素

1.1　上层以态网

上层是一个 NT 局域网，在控制中心 Windows NT4.0 平台上运行着 CIMPLICITY HMI 软件，这是 GE Fanuc 公司拥有的一款组态软件，开发环境完全符合 Windows 风格，具有很强的开放性，这主要体现在数据的采集、共享、历史数据登录及安全性等众多方面。两台冗余的功能强大的服务器充当网关，连接着控制中心的两层以太网，完成对实时数据的处理及对网络登入安全系统的验证等工作，它们维持着一个实时数据库，为用户提供数据共享服务。同时，CIMPLICITY HMI Server 通过 ODBC 将有关操作和事故信息写入 SQL Server 数据库，以备历史数据查询。网络结构如图1所示。

1.2　站控层网络

1.2.1　10 kV 及 35 kV 自动化系统网络

在每个变电站，配置着一套 9070PLC 和若干套 9030PLC，它们彼此之间通过 GENIUS BUS 连接，这是个令牌（Token）网，网中各节点无主从之分，令

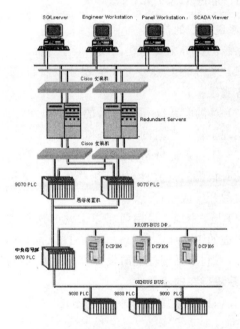

图1　明珠线电力监控自动化系统图

牌在各节点间循环传递，因此，各节点通讯机会均等，一旦获得令牌，该节点即可发送全局数据，其他节点只可接收数据。目前，明珠线各变电站的 GENIUS BUS 网的通讯速率为 153.6 Kbps，总线的扫描周期小于 10 ms。在 35 kV 和 10 kV 开关柜中配置了一块可编程协处理模块（PCM），其中 Port1 与 CSP1-L 差动保护继电器连接，Port2 通过 RS-485 总线与 MR 系列保护装置连接，保护信息通过 PCM 处理后写入 PLC 寄存器，再经 PLC 打包处理后以全局数据（GLOBAL DATA）的方式在网络中广播，中央信号屏 9070 PLC 收信后将数据上传控制中心。

1.2.2 牵引自动化系统网络

除 GENIUS BUS 外,站内自动化系统中还包括一个 PROFI-BUS DP 网,这是个主从关系网,中央信号屏 90 - 70PLC 作为该系统的 Master 节点,各直流开关柜内的 DCP106 作为 Slave 节点,主站(Master)PLC 中配有一块 VME 与 PROFI-BUS 总线的接口卡,用于与 DCP106 通讯,在明珠线一期的系统中,该网络的通讯速率设定为 500 Kbps(个别站点为 1Mbps),各直流开关柜的遥信、遥测信息采集到主站后,再通过点对点的通信方式,遵从 SNP 通信规约,将信息上传至控制中心 SNP 主站(通讯前置机),前置机通过以太网将数据传至 CIMPLICITY 服务器进行处理,然后由服务器将有关信息"翻译"后在上层以太网中广播,并将相应的报文信息登录 SQL Server 数据库服务器。

2 系统存在的优缺点

2.1 系统存在的优势

系统的优势主要体现在以下几个方面。

(1) 采用 PLC 总线方式实现分散控制,便于系统扩容和维护;

(2) 对供电系统相关信号的采集非常全面,特别是实现了保护信息的可视化和数字化;

(3) 软件系统与 Windows 有很好的兼容性,同时也具有很强的开放性,便于用户作一些更符合自身需要的开发应用;

(4) 层次明晰,采用两层以太网的通信方式将性能先进的工业 PC 机与性能相对落后的 PLC 设备分开,有利于系统性能的发挥和保持系统的稳定。

2.2 系统存在的不足

当然,目前系统也存在一些不足,主要有以下几个方面。

(1) 继保信息传送至控制中心的速度比开关动作的信息有时会出现滞后现象,这主要是因为继电保护信息是通过 PCM 模块与柜内 PLC 进行交换,多了一个通信环节,而开关信息则是通过 I/O 模块直接由 PLC 采集,这样,在通信状况不佳时,就会发生继保信息传送比开关信息慢的现象。

(2) 系统对开关分合的闭锁条件太多,甚至存在软硬件双重闭锁的情况,这给用户的维护工作增加了不少麻烦。

(3) 系统设计中存在多个信号并一个出口的问题,这对于 SCADA 系统来说是不完善的,因为调度员从系统中只能知道一个总的信号,无法知道具体的故障信号位置。

(4) 主变电站监控系统与降压站和牵引降压站监控系统的相对独立,降低了 SCADA 监控系统的兼容性,同时对系统的升级改造带来不利,并增加了系统维护的难度。

3 对系统不足的改进方案

通过多年的实际运营,在以上的不足因素中,影响最大的就是软硬件的双重闭锁给实际操作带来的不便,不少情况下就是由于 PLC 软件的闭锁使得开关无法远动操作,但实际两次回路并没有问题,这种情况在降压站无人值守的情况下是极端不利的。图 2 是原设计的合闸程序流程图。

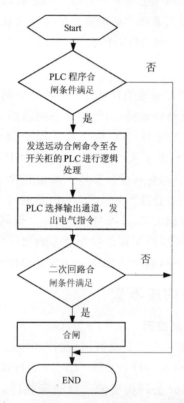

图 2　现有(原设计)的合闸流程示意图

两种供选择的解决方案:

(1) 第一种方案。修改 PLC 逻辑程序,去除过多的合闸条件闭锁。这种方案牵涉到进/出线及母联开关 PLC 程序的修改,工作量相对要大,而且一旦闭锁解除,设备是否具备合闸条件将较多地依赖于调度员的判断。图 3 是第一种解决方案的合闸程序流程图。

(2) 第二种方案。保持原有的闭锁条件不变,但是新增强行解锁操作功能,以应对紧急情况时的操作需要。正常情况下,调度员按有多重闭锁的操作流程操作,如果操作被闭锁,说明系统中可能存在某一元器件有问题,在条件允许的情况下可通知检修人员检修;但如果碰到紧急情况,如时间急促根本无法通知或给予检修人员进行检修工作时,则可启用强行解锁操作功能，以使设备尽快恢复送电，强行解锁操作通过调度台发出，由 PLC 负责执行，因此该方案也需要修改 PLC 程序，与第一种方案相比，该方案更为合理。图 4 是第二种解决方案的流程图。

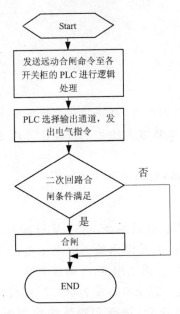

图 3　按第一种方案时的合闸流程图

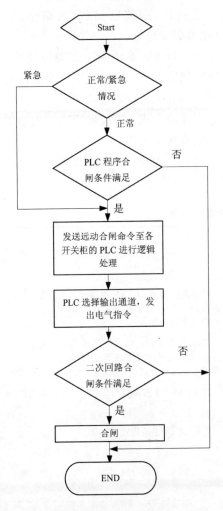

图 4　按第二种方案时的合闸流程图

4　与 1、2 号线的 SCADA 系统比较

1 号线、2 号线的 SCADA 系统与 3 号线的 SCADA 系统相比要相对简单，上层以太网结构基本配置仍然是通讯前置机、服务器及 SCADA 调度台工作站，但站内自动化系统则有明显不同，它采用了集中控制的模式，各开关柜的遥信信息通过硬接线的方式接入远程终端设备（RTU），再经 RTU 处理后上传至控制中心，遥控信息也是通过 RTU 以硬接线的方式传送至各个开关柜，受制于 RTU 输入/输出（I/O）通道数量的影响，因此遥信信息的数量相对较少，而且这种集中控制的模式势必带来大量的电缆接入 RTU 柜，这对系统故障的排除是不利的。3 号线的情况则不同，中央信号屏以总线方式与各开关柜进行数据交换，各开关柜与中央信号屏之间只通过一根通讯电缆相连，各开关柜的两次电缆分别集中在各自柜内，这对检修工作是有利的。

5　结语

随着自动化能力的增强，PLC 控制技术在 SCADA 系统中的运用也越来越普遍，合理化系统控制逻辑，对电力自动化系统的安全、高效运营具有重要意义。目前，随着微机保护装置功能的不断增强，PLC 功能已经被嵌入众多的微机保护产品中，呈现出了取代单纯 PLC 控制的趋势。同时，随着总线及网络技术的日臻完善，也使得电力自动化系统的集成和维护标准化、简单化。

电压互感器故障分析及解决方案

李跃进

（上海地铁运营有限公司供电分公司）

摘　要：针对明珠线 35 kV 系统电压互感器一次熔丝屡次熔断的现象，经分析认为故障发生的主要原因是工频谐振过电压和谐波谐振过电压。并进一步阐明工频谐振过电压和谐波谐振过电压产生的原因，最后在此基础上提出了解决方案。

关键词：电压互感器，过电压，工频谐振过电压，谐波谐振过电压，电磁饱和

3 号线主变电站 35 kV 侧，牵引变电站和中心变电站 35 kV 进线的线路压变为大连第一互感器生产的 JDZX9 - 35Q 电磁式电压互感器。运行至今，屡次出现高压侧一次熔丝烧毁故障。根据国内外相关电网运行经验，在中性点不接地或小电流接地的 35 kV 系统中比较容易发生电压互感器饱和引起的铁磁谐振过电压。这也是一个老大难问题。为了摸清故障的原因我们对故障现象发生的时间、地点、运行方式、倒闸操作程序进行了大量的调查，并对 35 kV 系统的设备配置、中性点接地方式、接线形式等进行了分析。

1　35 kV 系统的设备配置

主变：35 kV 系统为单母线分段接线方式，I / II 段母线配有母线压变，每个压变的开口三角形接

有消谐电阻。虹桥主变：35 kV 母线有一路进线，一路站用变，五路馈出线。宝兴主变：35 kV 母线有一路进线，一路站用变，三路馈出线。

牵引变：35 kV 系统为单母线接线方式，母线没有配母线压变，进线和联络线路侧配有线路压变，线路压变二次侧没有三角形接线组别。35 kV 母线有一路进线，一路联络线，两路整流变出线。共有 10 座牵引变电站。

中心变：35 kV 系统为变压器组接线方式，每一路进线有线路压变，线路压变二次侧没有三角形接线组别。共有三座中心变电站。

中心点接地方式：经接地变和接地电阻串联接地。属小电流接地系统。

下面是前两年的 35 kV 压变熔丝熔断记录：（摘自变电站的运行日志记录）

2004～2005 年 35 kV 压变熔丝熔断纪录表

年	月	日	时	分	地　点	压变名称	电压等级	熔断相别	运　行　方　式	操　作	容抗和感抗比值 i
2004	9	4	7	55	虹桥路牵引	35 kV 溪桥牵	35 kV		虹桥路牵引站：35 kV 溪桥牵开关运行；35 kV 虹桥牵开关运行；35 kV 系统正常运行方式	无操作	0.005 435
2005	1	9	9	40	漕溪路牵引	35 kV 虹溪牵	35 kV		漕溪路牵引站：35 kV 虹溪牵运行；35 kV 溪桥牵开关热备用；35 kV 系统正常运行方式	无操作	0.005 435
2005	5	20	23	15	中山公园中心变	35 kV 虹宁 I	35 kV	A	35 kV 虹宁 I 开关运行	无操作	0.005 435
2005	1	25	2	49	虹桥主变	35 kV I 段母线	35 kV	B	空充 35 kV I 段母线	合　闸	0.76
2005	2	24	3	2	虹桥主变	35 kV II 段母线	35 kV	A	空充 35 kV II 段母线	合　闸	0.76

日 期					地 点	压变名称	电压等级	熔断相别	运 行 方 式	操作	容抗和感抗比值 i
年	月	日	时	分							
2005	2	26	4	0	虹桥主变	35 kVⅡ段母线	35 kV	C	35 kV 系统正常运行方式	无操作	0.005 435
2005	2	25	8	30	停车场中心变	35 kVⅡ段线路	35 kV	C	35 kV 系统正常运行方式	无操作	0.005 435

从上面统计可以看出：

（1）35 kV 线路压变熔丝熔断的发生大致可分为两类情况：一类是在空充单母线（即只有电压不带负荷）操作情况下发生的；另一类是无操作情况下发生的。

（2）从发生 35 kV 线路压变熔丝熔断的时间来看可分为两种：一种是操作时发生；另一种是列车发车、收车时和运行高峰时（而此时一般不进行操作）。

2 初步分析

（1）该故障的发生和倒闸操作有关，因为倒闸操作顺序不当会引起工频位移过电压的发生。

（2）该故障的发生和列车运行以及 35 kV 系统参数匹配有关，因为牵引变的整流器是一个很大的谐波源，经测量证实明珠线 35 kV 系统的谐波主要来源于牵引变的整流器。随着早上 4:30～9:30 和晚上 10:30～24:30 左右是列车发车、收车时间和运行高峰的到来，作用在明珠线 35 kV 系统上的谐波频率的强度和系统参数在不断发生着变化，当它和明珠线 35 kV 系统的自振频率相吻合时，并且有激发因素时，就会发生谐波谐振过电压。

3 理论分析

明珠线 35 kV 系统是中性点不直接接地或称小电流接地系统，电磁式电压互感器发生熔丝熔断的原因主要有两类：一类是谐振引起的；另一类是非谐振引起的。非谐振引起的熔丝熔断一般是在线路单相接地瞬间发生，而 3 号线无线路接地现象，所以主要考虑谐振产生的可能性。而这种作用在电磁式电压互感器上的谐振又分为二种情况，一种是工频位移过电压，另一种是谐波谐振过电压。前者和倒闸操作以及 35 kV 系统运行方式有关，后者和列车运行以及 35 kV 系统参数匹配有关。

3.1 工频位移过电压

电磁式电压互感器的线性电感和系统的对地电容构成简化的等值电路如图 1：

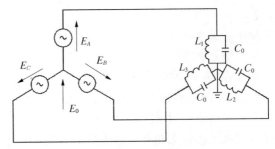

图 1 等值电路

对每一相而言，都有每一相对地电容和互感器的励磁电感构成并联支路。按电路第一定律得：

$$E_0 = -\frac{E_A Y_A + E_B Y_B + E_C Y_C}{Y_A + Y_B + Y_C}$$

其中：E_0 为中心点对地电位；E_A，E_B，E_C 为各相电压；Y_A，Y_B，Y_C 为各相导纳。正常运行时，各相导纳相等，$E_0 = 0$，而且各并联支路是呈容性的。当系统受到某种冲击扰动时，产生了过电压，使互感器各相呈现不同程度的饱和，使某一相铁芯电感下降使并联支路变成感性，而其他支路仍然是容性，使得各相导纳相不相等，从而破坏了三相电路的对称性，产生中性点电位偏移。电压向量图如图 2。因为互感器各相铁芯饱和是随机的，所以这样的偏移也是随机的。偏移电压越高，相对地电压越高。这种偏移电压的频率是工频频率。

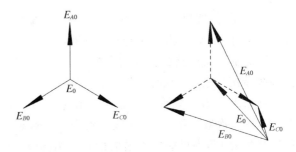

图 2 电压向量图

另外电力系统中的有功负荷是阻尼振荡和限制过电压的有利因素，所以通常只有在空载或轻载的情况下才会发生振荡。（但对零序回路参数配合不当形成的谐振，系统有功负荷是不起作用的。）运行经验表明，当电源向只带有电压互感器的空母线合闸时,容易产生工频位移过电压。这显然和倒闸操作以及 35 kV 系统运行方式有关。这一点在后面的理论计算加以证明。

3.2 谐波谐振过电压

所谓谐振是一个含有 L、C 元件无源端口在某些频率电源激励作用下,其输入端阻抗呈电阻性,即感性无功等于容性无功[视在功率 S = 有功功率-(感性无功-容性无功)],这种工作状态为谐振。此时由系统 L、C 参数决定的自振频率等于激励源频率。这个频率不仅仅包括电源的工频频率,还包括谐波源的频率。由于明珠线 35 kV 系统谐波源的存在,并随着列车运行的变化而变化,其谐波强度、系统的电感量 L 和电容量 C 也在不断发生着变化。这一点主变站的 35 kV 无功电度表每天清楚地反映了感性无功和容性无功的变化:夜间列车停运,系统容性无功大于感性无功。列车发车后直到运行高峰,感性无功逐渐大于容性无功。运行低谷时,感性无功又逐渐小于容性无功。经仔细观察发现容性无功量值是基本不变的,经常改变的是感性无功的量值。这显然是列车的数量和负荷时常变化所至。根据公式,最大感性无功 $W = \dfrac{\omega L I_m^2}{2}$,最大容性无功 $W = \dfrac{I_m^2}{2\omega C}$,可以看出系统的感性无功的变化实际上反映了系统的电感量 L 变化,因而系统的自振频率 $\left(\omega = \dfrac{1}{\sqrt{LC}}\right)$ 也在发生变化。当系统由 L、C 参数决定的自振频率等于谐波源频率时(不过这个时间段失是很短促的),并且伴有激发因素时,才会发生谐振。另外当线路很长,C 很大,或者互感器的励磁电感 L 很大,回路的自振频率就较小,在低频段有可能产生分频(通常为 $\frac{1}{2}$ 次)谐振过电压。反之,线路很短,C 很小,或者互感器的励磁电感 L 很小(如铁芯质量很差或电网中有很多台电压互感器),使回路的自振频率就较大,有可能产生高频谐振过电压。明珠 3 号线 35 kV 系统符合后面一种情况。谐振频率一般是工频频率乘以整流器脉波的奇次数。例如,明珠线牵引变电站整流器的脉波数为 12,则可能发生谐振的频率为 50×13;50×15;$50 \times 17 \cdots 50 \times (12+1;+3;+5;\cdots)$(Hz)。谐波谐振过电压也会破坏三相电路的对称性,此时产生中性点偏移电位是谐波电压,其频率是谐振频率。(由于受测试和试验条件限制,目前无法得到相关录波图形和数据,谐波谐振过电压的定量分析本文只能不做深入的讨论。)

3.3 二种过电压的特点

(1)工频位移过电压的频率是工频频率;

(2)谐波谐振过电压的频率是谐振频率;

(3)铁磁谐振形成后能"自保持"一段时间;

(4)铁磁谐振时,因某一并联支路容性变感性,流过电压互感器的电流的相位角会发生 180° 的翻转;

(5)不管哪一种过电压都是某一相电压互感器铁芯在谐振的作用下发生电磁饱和,破坏了三相电路的对称性,而使电压互感器一次熔丝熔断。

3.4 谐振过电压产生的必要条件

(1)系统电源中性点对地绝缘,或者是小电流接地方式,这样才可能产生中性点偏移;

(2)电压互感器一次绕组中性点直接接地,互感器的电感和系统对地电容形成并联支路;

(3)系统对地电容和互感器的励磁电感要匹配,且初始感抗应大于容抗。只有这样,在系统受到冲击时,系统对地电容和互感器的励磁电感组成的并联支路才会发生变化,造成三相不对称。系统电容越大,出现谐振的可能性越小。通常系统容抗和感抗之比 $i = \dfrac{X_C}{X_L} < 0.01$ 时认为不会出现谐振;

(4)系统一定受到激发因素的冲击或扰动。因为只有在系统受到冲击扰动时,产生过电压,才能使互感器铁芯饱和,导致中性点偏移。激发因素有:① 对带有电压互感器的空母线或空载线路突然合闸充电。在这种情况下,即使三相断路器同期,但由于三相电压相差 120°,合闸时有的相在电压过零,电流最大时合闸,这样会在电压互感器的绕组中流过幅值很大的不平衡电流,导致铁芯饱和。② 由于雷击或其他原因,使线路发生瞬间单相弧光接地,健全相电压突然升至线电压,在接地消失后,故障相又可能有电压的突然上升,这些过程都会在电压互感器内产生很大的励磁涌流,导致铁芯严重饱和。③ 由传递过电压也可以使电压互感器达到铁芯饱和。例如,在电源变压器的高压侧发生瞬间单相接地或断路器不同期操作时,其零序电压也会传递到接有电磁式电压互感器的这一侧。在此传递电压作用下,造成互感器铁芯电感饱和。④ 断线引起铁磁谐振过电压。当然激发因素还有许多,在此就不一一列举了。

很明显,明珠 3 号线 35 kV 系统电压互感器满足过电压产生的第(1)、第(2)和第(4)个条件,而第(3)个条件电容和电感的匹配方面可以通过以下近似计算加以验证。

3.5 系统对地电容和互感器的励磁电感的匹配近似计算验证

系统对地电容和互感器的励磁电感匹配情况，主要是看系统容抗和感抗之比 $i = \dfrac{X_C}{X_L}$ 是否小于 0.01，如果是小于 0.01，系统一般不会发生谐振，反之则很容易发生谐振。

设每公里线路容抗和感抗之比为 i，当频率为 50 周/秒，每公里线路的电纳（容纳）为 b_0，取 $b_0 = \omega_0 c_0 = 2.7 \times 10^{-6}$ s/km，$C = c_0 \times \sum L_n = \dfrac{b_0}{\omega_0} \sum L_n$，$C$：35 kV 系统线路对地总电容（电容并联电容量直接相加），L_n：投入 35 kV 系统的线路长度；$\sum L_n$：投入 35 kV 系统线路长度之和（单位：公里）

单只电压互感器励磁电感：

额定一次电压：$35/\sqrt{3}$ kV

剩余二次电压：$0.1/\sqrt{3}$ kV

额定二次电压：$0.1/\sqrt{3}$ kV

电压互感器参数：总阻抗 Z_m，二次相电压 $U_{2N} = 58$ V，励磁电流 I_0，空载功率 P_0，内阻 r_m，感抗 X_m，励磁电感 L_m。$I_0 = 0.23$ A；$P_0 = 8$ W。

$$Z_m = \frac{U_{2N}}{I_0} = \frac{58}{0.23} = 250 \ \Omega$$

$$r_m = \frac{P_0}{I_0^2} = \frac{8}{0.23^2} = 151 \ \Omega$$

$$X_m = \sqrt{Z_m^2 - r_m^2} = 199 \ \Omega$$

$$X_m = wL_m = 2\pi f L_m$$

$$L_m = \frac{X_m}{2\pi f} \approx 0.63 \text{ H}$$

归算到一次：$X_{m1} = \left(\dfrac{35}{0.1}\right)^2 X_m = 24.37 \times$

$10^6 \ \Omega = 24.37$ MΩ

35 kV 系统内所有电压互感器的励磁电感抗：

$$\frac{1}{X} = \frac{1}{X_{\text{母}m}} + \frac{1}{X_{m1}} + \frac{1}{X_{m2}} + \cdots + \frac{1}{X_{mn}}$$

$X_{\text{母}m}$：35 kV 母线压变感抗；X_{m1}，$X_{m2} \cdots X_{mn}$：35 kV 线路压变感抗；因为 $X_{m1} = X_{m2} = \cdots = X_{mn}$，并取 $X_{\text{母}m} = X_{mn}$（参数很相近），所以：$X = \dfrac{X_m}{n+1}$（电感并联相加）。

35 kV 系统内所有电压互感器的励磁电感：

$$L = \frac{X_m}{\omega(n+1)}$$

35 kV 系统容抗和感抗之比：

$$i = \frac{X_c}{X_L} = \frac{\dfrac{1}{\omega C}}{\omega L} = \frac{1}{\omega^2 LC} = \frac{1}{\omega^2 \dfrac{X_m}{(n+1)\omega} \dfrac{b_0}{\omega} \sum L_n}$$

$$= \frac{n+1}{X_m b_0 \sum L_n} = \frac{n+1}{65.8 \sum L_n} \tag{1}$$

其中 n 为投入 35 kV 系统中的电压互感器数量。加 1 代表未投入线路压变，只有一台母线压变。

由式（1）分析得：

（1）式（1）中未考虑主变压器在 35 kV 系统中的电感量，若将其算入，i 的值将比式（1）更高；

（2）当 35 kV 母线进线开关空充母线时，i 值将很高，很容易发生谐振；

（3）投入线路时，系统内电压互感器的数量越少越好，被投入的线路越多、越长越好；i 值将很小，不容易发生谐振。

由式（1）估算几种运行方式的 i 值得表 5-1 和表：

表 1

单一投入的线路（即其他线路都不投）	虹桥主变：35 kVⅡ段馈线开关运行方式	中心和牵引站运行方式	线路长度（公里）	35 kV 系统内电压互感器数量	i 值
虹桥主变-停车场牵引	35 kV 虹车牵开关运行	35 kV 虹车牵开关运行；35 kV 车泾牵开关热备用	6.6 公里	1+1	0.004 6
虹桥主变-虹桥牵引	35 kV 虹桥牵开关运行	35 kV 虹桥牵开关运行；35 kV 虹溪牵开关运行	0.4	3+1	0.152
虹桥主变-中山公园牵引	35 kV 虹宁牵开关运行	35 kV 虹宁牵开关运行；35 kV 宁杨牵开关运行	2.4	3+1	0.025
虹桥主变-中潭路牵引	35 kV 虹潭牵开关运行	35 kV 虹潭牵开关运行；35 kV 潭宝牵开关热备用	10.6	1+1	0.002 9

表 2

投入第二条的线路 （即投入一条线路后， 再投一条线路。）	虹桥主变：35 kV II 段馈线 开关运行方式	中心和牵引站运行方式	线路长度(公里)	系统内电压互 感器数量	i 值
虹桥主变-虹桥牵引	35 kV 虹潭牵开关运行； 35 kV 虹桥牵开关运行	35 kV 虹桥牵开关运行； 35 kV 虹溪牵开关运行	10.6＋0.4	4＋1	0.006 9
虹桥主变-中山公园牵引	35 kV 虹潭牵开关运行； 35 kV 虹宁牵开关运行	35 kV 虹宁牵开关运行； 35 kV 宁杨牵开关运行	10.6＋2.4	4＋1	0.005 8
正常运行方式下的 i 值(以 虹桥主变 35 kV II 段为例)	主变：35 kV 馈线开关 全部运行	中心、牵引站的 35 kV 进 线开关全部运行	6.661×2＋0.3＋ 0.944＋10.6	8＋1	0.005 435
主变：空充 35 kV 母线时 的 i 值	主变：35 kV 馈线开关 全部热备用	中心、牵引站的 35 kV 进 线开关全部热备用	母线长度：0.02 km	1	0.76

4　分析结果与解决方案

从上述估算可以看出：

(1) 单独投入虹桥牵引和中山公园牵引馈线和进线开关时，这两条线路长度都较短，i 值将很大，都超过了 0.01，而投入第二条线路后，i 值则大大减小；

(2) 投入长线路时，i 值不会很大；

(3) 主变空充 35 kV 单母线时 i 值很大；

(4) 正常运行时 i 值很小。

由此验证了明珠线 35 kV 系统在某些运行方式下进行倒闸操作，特别是空充母线和空充短线路的情况下 i 值很大，超过 0.01，很容易发生工频位移过电压。这种过电压主要发生在操作时刻。

另外由于明珠线 35 kV 系统存在着大量的谐波源，电网中谐波分量很高，并随着列车运行的变化其谐波强度、系统的电感量 L 和电容量 C 也在不断发生着变化。当系统由 L、C 参数决定的自振频率等于谐波源频率时，就很容易发生谐振。这种过电压主要发生在运行高低峰过渡时段。

当然最终会不会发生过电压还要看是否满足上述另外三个必要条件。

根据产生谐振过电压的上述四点必要条件来看，第(1)和(2)点我们无法改变，但第(3)和(4)点我们可以尽量避免。即设法增加 i 值，避免有冲击的操作方式，并且增加谐振时的阻尼。

建议解决方案：

(1) 主变空充母线之前，先空充一条长线路(不送电压也不带负荷)，以增加系统的电容量。此条措施主要是针对操作时产生工频过电压。

(2) 改变主变 35 kV 馈线开关的操作方式：先投线路最长的馈线开关，再投线路短的馈线开关。牵引站先投进线开关，当这类开关全部投完后，最后投变压器开关(包括中心变电站也是这样)，以增加线路电容。这样做不仅可以改变系统 L、C 的匹配，还可以减轻操作过电压对设备的冲击。

(3) 将虹桥路牵引变和宝山路牵引变 35 kV 联络线开关改热备用，以减少短线路投入的压变数。

(4) 在线路压变一次绕组中性接地点串接入一电阻(有现成产品)，再接地，增加谐振时的阻尼。这一条主要针对谐波谐振过电压。

(5) 对全线的线路压变进行一次励磁特性试验，以排除压变本身存在的问题。

变频串联谐振耐压试验原理分析

史文钊

（上海地铁运营有限公司供电分公司）

摘　要：对 SF_6 组合电器(GIS)变压器，特别是电力电缆等电容量较大的被试品进行交流耐压试验，需要大容量的试验设备，传统试验往往受到装置及现场条件的制约，无法有效地发现设备的缺陷。本文提出可采用串联谐振试验装置，利用 L–C 串联谐振的原理，它能够以较小的电源容量试验较大电容和较高试验电压的试品，使用方便。

关键词：串联谐振原理，串联谐振装置，交流耐压试验

随着越来越多的电容量较大的高电压电力设备，特别是大容量、长距离交联聚乙烯(XLPE)电力电缆投入运行，做好其现场安装后的交接试验是保证电力系统安全运行非常重要的工作。但是，过去沿用的传统试验方法不但不能查出缺陷，反而损坏被试设备，不能满足要求。为此，根据设备容量和试验等效性要求，论证采用变频串联谐振耐压试验的必要性、紧迫性和可行性。

1　串联谐振的原理

目前常用的串联谐振成套试验装置，根据调节方式的不同，分为工频串联谐振装置（带可调电抗器、或带固定电抗器和调谐用的电容器组，工作频率为 50 Hz）和变频串联谐振装置（带固定电抗器，工作频率一般 50～300 Hz）两大类。工频串联谐振装置所用电抗器的电感量能够连续可调，当试验电压较高时，可以做成几个电抗器串联使用。变频串联谐振装置依靠大功率变频电源调节电源频率，使回路达到谐振，所用的电抗器是固定的，试验频率随被试品电容量不同而改变。

典型串联谐振试验装置配置如下：

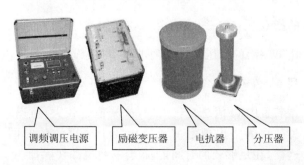

调频调压电源　　励磁变压器　　电抗器　　分压器

试验电路如下：

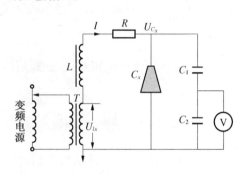

图1　串联谐振试验电路

等效电路如下：

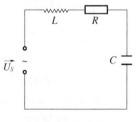

图2　等效电路

当电源频率 f、电感 L 及被试品电容 C 满足下式时回路处于串联谐振状态，此时

$$f = \frac{1}{2\pi\sqrt{LC}}。 \tag{1}$$

回路中电流为

$$I = \frac{U_{lx}}{R}, \tag{2}$$

式中 U_{lx}：励磁电压；R：高压回路的有效电阻。被试品上的电压为

$$U_{Cx} = \frac{I}{\omega C_x}, \tag{3}$$

式中 ω：电源角频率；C_x：被试品电容量。

输出电压 U_{Cx} 与励磁电压 U_{Lx} 之比为试验回路的品质因数 Q_S。

$$Q_S = \frac{U_{Cx}}{U_{Lx}} = \frac{\omega L}{R}。 \tag{4}$$

由于试验回路中的 R 很小，故试验回路的品质因数很大。在大多数情况下，Q_S 可达 50 左右，即输出电压是励磁电压的 50 倍，因此用这种方法能用电压较低的试验变压器得到较高的试验电压。由于试验时回路处于谐振状态，回路本身具有良好的滤波作用，电源波形中的谐波成分在试品两端大为减少，通常输出良好的正弦波形电压。而此时在试品上的电压 U_{Cx} 与调谐电感上的电压一样大。即

$$U_{Cx} = U_{Lx} = I\left(\frac{1}{\omega C}\right) = I(\omega L) = \left(\frac{U_{Lx}}{R}\right)\omega L = QU_{Lx}, \tag{5}$$

所以 U_{Cx} 及 U_L 远大于电压 U_{Lx}。试验用的励磁变压器的容量为

$$W = U_S I = \frac{U_S^2}{R} = I^2 R。 \tag{6}$$

从此式可以看出，在谐振时试验所消耗的功率仅为电阻上的有功功率，故试验用励磁变压器的容量比普通工频耐压所用的试验变压器要小得多。

2　谐振试验设备的优点

串联谐振成套试验设备的优点在于：

（1）供电变压器 T 和调压器的容量小。这是因为上面曾分析过的，试品上的电压 $U_C = QU_S$。U_S 为高压供电电压，既然高压回路中流过的电流是一样大的，所以供电电源的容量，在理论上可以比试验所需容量小 Q 倍。

（2）串联谐振设备输出的电压波形较好。这是因为仅对特定频率产生谐振，而对其他由电源所带来的高次谐波分量来说，回路阻抗很大，所以试品上谐波分量很弱，试验波形就较好。

（3）若试品在试验过程中发生了闪络，则因失去了谐振条件，高电压立即消失，从而使电弧熄灭。

（4）恢复电压建立过程较长，很容易在下次达到闪络电压之前保证控制电源跳闸，避免重复击穿。

（5）恢复电压并不出现任何过冲所引起的过电压。

正因为上述（3）、（4）的特点，这种装置使用起

来比较安全，既不会产生大的短路电流，也不会发生恢复过电压。且试品击穿后形成的烧伤点并不大，这有利于对试品击穿原因进行研究。对于（4）、（5）两个特点，作如下分析和说明：

根据等值电路图，可以得到工频高压串联谐振试验设备做试验时，试品在初次闪络熄弧后的恢复电压 U_{0-1}（如图，选择 $U_S = \cos(\omega t - \theta)$ 和 θ，使试品 C 两端的稳态电压恰好为 $\cos \omega t$）

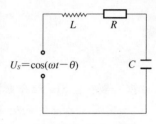

图 3　LRC 等值电路

$$u_{0-1} = \cos(\omega t) - \left[\cos(\beta t) + \frac{\alpha}{\beta}\sin(\beta t)\right]e^{-\alpha t} \tag{7}$$

式中 $\beta = \sqrt{\dfrac{1}{LC} - \dfrac{R^2}{4L^2}}$；$\alpha = \dfrac{R}{2L}$。

因 $Q = \dfrac{\omega L}{R} = 40 \sim 80$，$\dfrac{1}{2Q}$ 约为 10^{-2} 的数量级，

$$\beta = \sqrt{\frac{1}{LC} - \frac{R^2}{4L^2}} = \sqrt{\omega^2 - \frac{\omega^2}{4Q^2}} \tag{8}$$

$$= \omega\sqrt{1 - \frac{1}{4Q^2}} \approx \omega,$$

$$\alpha = \frac{R}{2L} = \frac{\omega}{2Q}, \tag{9}$$

上式可改写为

$$u_{0-1} = \cos \omega t - \left[\cos \omega t + \frac{1}{2Q}\cos \omega t\right]e^{-\frac{\omega}{2Q}t}, \tag{10}$$

$\dfrac{1}{2Q}$ 很小，上式可进一步改写为

$$u_{0-1} \approx (1 - e^{-\frac{\omega}{2Q}t}]\cos \omega t。 \tag{11}$$

把上式中的 ωt 改写为 ωnT，n 为从 $t = 0$ 开始算起的周期数，T 为正弦波的周期。则 $\omega nT = 2\pi f \cdot n \cdot \dfrac{1}{f} = 2\pi n$（式中 f 为正弦波的频率）。这样式中的指数 $\dfrac{\omega t}{2Q} = \dfrac{\pi n}{Q}$，如果第二次的闪络（重燃）出现于比第一次的耐压值略低的电压下，假设指数项衰减到 5% 左右，那么 $\dfrac{n\pi}{Q} \approx 3$，$\dfrac{n}{Q} \approx 1$ 即 $n \approx Q$，由于谐振装置中 Q 值总是较大的，故 n 值也较大，所以在另一次闪络出现之前要经历几十个周波的时间。这样，在足够长的时间内，很容易将电源切除掉。

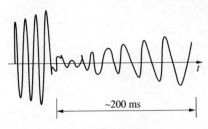

图 4 达到重燃的时间

一台实际的串联谐振装置在试品闪络后所出现的恢复电压波形，该装置的品质因数 $Q = 40$。

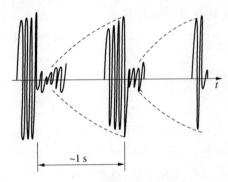

图 5 多次闪络的周期

由图，试品闪络后并不会出现负向过冲过电压。恢复电压重新达到击穿值的时间间隔接近 1 s。

3 总结

串联谐振装置不仅对变压器进行工频耐压试验时经济有效，对电力电缆和 GIS 耐压试验也同样可靠。

（1）对电缆现场试验的目的是发现与排除缺陷，而又不对正常绝缘造成损坏。工频耐压试验因电场分布符合运行实际情况，30～300 Hz 的变频耐压试验可等效于工频耐压试验。为了便于进行现场交流耐压试验，可以利用不同形式的谐振试验设备。如果同时进行局部放电测量则效果更好。

对于运行中的中压电力电缆，尤其是 10 kV XLPE 电缆，在进行工频耐压试验时，由于自身电容很大，耐压试验时的试验电压 U_t 和电容电流 I_C 都显著增大，通常需要试验装置的容量至少为 $W_t = I_C U_t$，加上调压装置及场地限制，困难比变压器还要突出，而采用串联谐振耐压方法不仅同样有效，试验设备也很轻便。例如，对一段 2 km 的 XLPE 电缆进行工频耐压试验时，需要 75 kVA 的试验电源，而串联谐振只需要 1.5 kW 即可。这样小容量的电源，在任何现场均可方便地找到。在进行老化试验时，加压时间长，额定电压较高时，所需试验设备的容量巨大，一般的工频试验变压器也不易使用，同样应当利用串联谐振方法进行试验。在串联谐振耐压试验过程中，由于被试电缆电容中的电场能与谐振电抗器中的磁场周期性地自动互相交换，电源只需供给有限的有功损耗。对于有绝缘缺陷的电缆迟早需要更换，而应用现场工频耐压试验方法，可以最少的资金投入，合理安排电缆的更新顺序。

（2）根据国内外的试验研究结果，一般认为交流耐压试验对发现 GIS 装置内部是否清洁或存在导电微粒等异物比较敏感；雷电冲击耐压或振荡冲击耐压试验对发现电极损坏等电场畸变比较有效；操作冲击耐压或振荡冲击耐压试验对以上两种情况都较有效。利用串联谐振方法对 GIS 进行耐压试验有着特殊的优越性——当设备内部发生放电现象时，由于电流很小，不会造成残留烧伤，同时电压的正弦波形良好，便于进行局部放电试验。

参考文献

[1] DL/T596-1996电力设备预防性试验规程

[2] 解广润.电力系统过电压.水利电力出版社,1997

[3] 杨津基.气体放电.科学出版社,1985

[4] 朱德恒,严璋.高电压绝缘.清华大学出版社,1998

[5] 李修斌,张节容.SF₆高压电器和气体绝缘变电站.华北电力试验研究所,1985

[6] 成永红.电力设备绝缘检测与诊断.中国电力出版社,2001

[7] W. Zaengl. Experience of AC Voltage Test with Variable Frequency Using Light Weight On-Site Series Resonant Device. CIGRE 23-07,1982

无人值守与远动复位的试验研究

黄志明

（上海地铁运营有限公司供电分公司）

摘　要：随着设备现代化程度的提高，变电站无人值守是必然的趋势。供电分公司领导根据设备的实际运行情况，适时提出了变电站无人值守的构想，这是地铁供电运行模式上的一大进步。但要实现这个构想还必须从提高管理能力和设备技术水平两个方面加以保证，本文将从这两个方面阐述观点。

关键词：无人值守运营模式，框架保护远动复位，PROFI－BUS DP 网，PLC

随着地铁线路的不断增多，人员配置也越来越庞大，为降低地铁运营人力资源成本，供电分公司提出了一系列的方案，其中变电站无人值守就是其中之一。降压变电站首先实现了无人值守，但考虑到牵引供电的重要性，在第一阶段的运营模式调整中，牵引变电站仍然保留了有人值班的运行模式。经过一段时间的探索积累，分公司领导审时度势，进一步提出了牵引变电站无人值守的构想。为实现这个构想，我们必须在提高设备的技术水平和提高管理能力两方面多下功夫。

1　实现无人值守的技术条件

设备的技术水平是实现无人值守的前提和基础。在目前投运的线路中，3 号线、4 号线已具备无人值守的硬件条件，所有触网闸刀均为电动闸刀，只要实现远动技术方面的突破，在发生牵引系统框架保护闭锁或直流电缆故障的情况下，能远动对框架保护进行复位及拉开触网闸刀，则牵引变电站无人值守在技术层面上的问题就迎刃而解。由于种种原因，1、2 号线触网闸刀的原设计为手动操作，暂不具备牵引变电站无人值守的硬件条件，为解决此问题，供电分公司已将 1、2 号线触网闸刀的电动改造项目纳入工作议程。

根据分公司运营模式调整的设想，我们在 3 号线漕溪路牵引变电站进行了一次电流型框架保护远动复位的试验，试验结果令人满意。现将本次试验的相关资料整理成文，以期与读者们共同探讨。

3 号线的框架保护复位是通过负极柜（－N008）面板上的按钮－S20 来触发的，试验中我们采用了如图 1 所示的框架保护复位二次回路的临时接线方式，通过中央信号屏 PLC 输出一路遥控信号送往负极柜，与复位按钮－S20 串接，以此实现框架保护远动复位功能，同时该方式保留了站内复位功能。试验准备阶段，我们在控制中心服务器上增加了一个远动复位遥控布尔变量 CXL 9070 Q10 W，与该变量相对应，在调度 SCADA 控制台 HMI 人机界面上产生一个动态画面及按钮（BUTTON），具体情况可参照文后所附的框架保护远动复位 SCADA 操作流程图，正常情况下（即无框架保护闭锁情况发生），该动态画面及按钮处于不可见（invisible）状态，一旦发生框架保护闭锁，该动态画面即变为可见（visible），并不停闪烁以提示调度员，此时调度员点击复位按钮即可进入远动复位界面进行远动复位操作，操作反馈信息通过开放数据库连接（ODBC）登录 SQLServer 数据库。控制中心远动复位命令下发后，作为站级控制中心的中央信号屏 GE FANUC 90－70PLC 将复位命令进行翻译并选择相应的通道输出，通过修改 PLC 程序将复位信号成功接入了框架保护复位二次回路，操作反馈信号取用系统原有的框架保护遥信点 CXL 9070 I22。图 2 是远动复位的界面流程图和逻辑功能块图。

通过以上流程，我们实现了框架保护的远动复位。这次试验验证了框架保护远动复位的可行性，为 1、2 号线的远动复位效果提供了比照。从本质上讲，1、2 号线的远动复位流程与 3 号线的流程基本一致，所不同的是远动复位信号与站内复位信号是在作"或"关系后，通过开关量输入模块将复位信号输入 S5 PLC 作逻辑判断，采用"或"逻辑使得远动和就地复位功能同时具备。

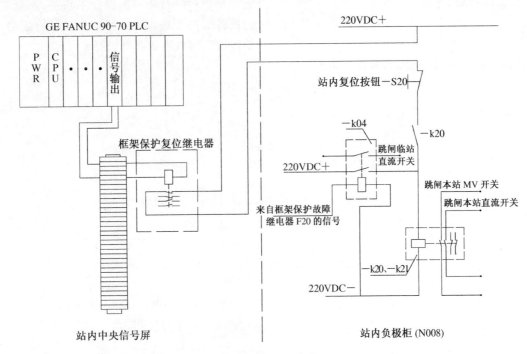

图 1　框架保护远动复位原理图

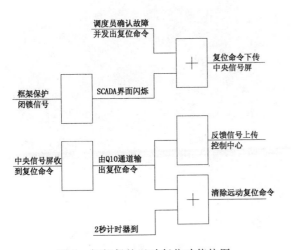

图 2　框架保护远动复位功能块图

2　与其他线路远动复位方式的比较

与现有的 1、2、3 号线不同，4 号线的牵引系统已具备纯软件复位的硬件基础。4 号线的牵引自动化系统是一个由 S7/300PLC 和若干个 SITRAS DPU96 直流保护组成的单主站（MASTER）PROFI-BUS DP 网络系统，框架保护的检测和保护跳闸及闭锁全部由主站 S7/300PLC 负责完成，目前框架保护的复位信号由 I125.4 通道输入 PLC，经 PLC 程序接收后解除框架闭锁。而该主站 PLC 已经通过以太网通讯模块接入 4 号线 SCADA 系统，因此，控制中心完全可以通过下发遥控命令，并与 I125.4 开关量输入信号作逻辑"或"后再进行框架保护复位的逻辑判断，即不论是由站内复位信号 I125.4 被激活或是由远动发来复位命令，都可解除框架保护的闭锁，关于 4 号线软件复位的问题，我们正在进一步的探索中，关于这部分内容，作者将在以后的文章中作专题探讨。就远动复位的意义而言，它是实现牵引变电站无人值守的必备条件之一，也是实现无人值守运营模式的关键技术难点，供电分公司正在努力进行技术突破，以期早日实现变电站无人值守，从而大幅降低人力资源运营成本。

3　实现无人值守的管理和组织措施

除了技术层面的保障之外，还必须有管理方面的措施跟上，我们必须建立一种设备故障处理快速反应机制，以少量运行精锐人员按区域点状分布于各个区间，这对多种故障并发情况下的处理是非常重要的。例如，当遇到框架保护发生并伴随断路器或闸刀机械故障时，运行人员能第一时间赶到现场，配合电力调度调整供电运行模式，使设备尽快恢复运行。当然，这种故障并发情况发生的几率微乎其微，但还是应该积极应对。除了运行人员的配备外，设备检修单位包括触网检修和供电检修两个部门，平时的检修工作质量也必须严格控制，尤其是对远动 SCADA 系统及触网闸刀的维护和检修质量必须严格控制，这对确保地铁牵引供电的安全、可靠运行至关重要。当然，这些方面必须通过有效的管理制度和管理手段来加以保证。

4 结语

随着设备现代化程度的提高,地铁变电站无人值守是必然的趋势。加强技术攻关,不断提高我们的设备维护管理水平,是实现公司的战略部署,降低地铁运营成本的必然选择。

影响地铁迷流因素分析验证及其防护

宋政严,刘拥政,潘国荣

(上海地铁运营有限公司供电分公司)

摘　要：通过简化情况下迷流计算公式的推导,得出了影响迷流的几个关键参数。并分别改变这些参数进行1、2号线迷流测试,在试验中进一步验证。在此基础上,针对试验中极化电压接近迷流规程标准的区段提出了智能型排流法,以及在日后跟踪测试中如果出现严重腐蚀区段采用隔离法的建议,从而减少迷流的发生。

关键词：迷流,极化电压,过渡电阻,直流牵引系统

上海地铁迅速发展,地铁供电系统以走行轨作为回流承载,在钢轨与道床之间不是绝对绝缘,有一部分电流偏离钢轨而流入道床或结构钢筋,因电化学作用引起结构钢筋或其他周边金属腐蚀造成事故。香港地铁曾因迷流引起煤气管道腐蚀漏气,北京地铁1号线某些区域结构钢筋已发生严重腐蚀等,一系列的事故不得不让我们引起对这部分电流的重视,分析影响地铁迷流因素从而有针对性地采取措施显得尤为重要。

1 牵引系统中迷流分析

1.1 牵引电流和迷流走向

如图1,上海地铁采用1 500 V直流牵引供电系统,电流经馈出短电缆流入触网,通过受电弓供给列车,流经钢轨在S棒回流点铁牌处汇集,中途经过回流排,再流回牵引站NB负极柜,这就是牵引电流走向。钢轨虽与道床加强绝缘,但因不可避免污染、潮湿、渗水导致两者不可能完全绝缘,I_{11}、I_{12}在流经钢轨时少量泄露到道床,部分会承载在迷流收集网上,再流回牵引回流处周边钢轨,与牵引电流会合,流回NB负极。如果迷流收集网与NB负极连接即排流,迷流大部分可以通过这一方法流回负极,但是这一方法也有负面影响,本文后面有进一步分析[1,2,3]。

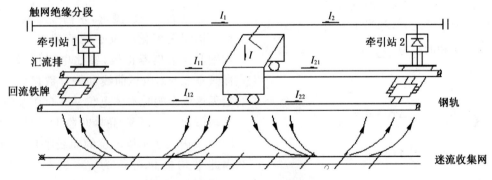

图1　牵引电流及迷流走向

1.2 影响迷流的关键参数

牵引系统中的电流始终处于动态变化过程中,钢轨与道床各处绝缘情况又不一样,在这种太复杂情况下推导的计算公式复杂得不具有工程意义,不如在近似条件下讨论迷流的计算公式,可以一目了然地看出与哪些物理量有关,对减少迷流采取到位的措施有很重要的意义。近似条件：① 单边供电,单列负荷。② 钢轨纵向电阻、钢轨与道床电阻线性均匀分布。③ 直流馈线电阻等于0[4]。

如图2(1)列车运行到c点(b是ac中点),在不接地系统中,而且迷流收集网没有连接到NB负极柜,迷流从钢轨bc段流入道床,部分承载在迷流收

集网上,再从 ab 段流回负极。中点 b 与道床电压相等,迷流无流出流入。图中 2（2）考虑了迷流收集网、结构钢筋层和大地的等效电路,r_1、r_2、r_3 分别是钢轨、迷流收集网、结构钢筋纵向电阻。ω_1、ω_2、ω_3 分别是钢轨/道床、迷流网/结构钢筋、结构钢筋/

大地过渡电阻。I_1、I_2、I_3 分别是流入钢轨、收集网、结构钢筋的电流。i_1、i_2、i_3 分别是泄露到道床、结构钢筋、大地的迷流,ab 之间的距离设为 x。为了推导简单,只考虑上两层。

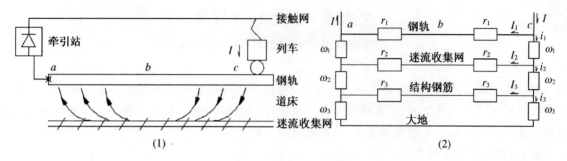

图 2 迷流等效电路

列车电流 I 流过的等效电阻为 R,

$$\frac{1}{R} = \frac{1}{2r_1 * x} + \frac{1}{2\omega_1 + 2r_2 * x}$$

$$R = \frac{2r_1 * x * (2\omega_1 + 2r_2 * x)}{2r_1 * x + 2\omega_1 + 2r_2 * x}$$

实际中 ω_1 数量级为 10,r_1、r_2 数量级为 10^{-2},x 也不是无穷大,所以 $\omega_1 \gg r_2 * x$,因此

$$R = \frac{2r_1 * x * {}_2\omega_1}{2r_1 * x + 2\omega_1} = \frac{4r_1 * x * \omega_1}{2\omega_1} = 2r_1 * x$$

$$IR = i_1 * 2\omega_1$$

$$i_1 = \frac{R}{2\omega_1} * I = \frac{2r_1 * x}{2\omega_1} * I = \frac{r_1}{\omega_2} * I$$

上述只考虑了钢轨纵向电阻,如果考虑钢轨横向电阻的话,那么流入钢轨某点的电流密度应是 i_1/d。要求 ab 段所有迷流之和,相当于无数个点 Δs 乘以该点电流密度之和的极限 $\sum \Delta s_k * i_k$。在 ab 段取一无穷小 Δx,则

$$\sum_{k=1}^{n} \Delta s_k * i_k = \sum_{k=1}^{n} \Delta x_k * d * \frac{1}{d} * i_k$$

$$= \sum_{k=1}^{n} \Delta x_k * i_k$$

$$\lim_{\lambda=0} \sum_{k=1}^{n} \Delta x_k * i_k = \int_a^b i \, \mathrm{d}x \text{（极限存在证明略）}$$

当列车行至与牵引站相距 L 处时,a 到 b 积分即是 0 到 $L/2$ 的积分

$$\int_a^b i \, \mathrm{d}x = \int_0^{L/2} \frac{r_1}{\omega_1} I * x \, \mathrm{d}x = \frac{r_1}{\omega_1} I * \frac{L^2}{8}$$

可见,迷流与轨道/道床过渡电阻 ω、钢轨纵向电阻

r、列车电流 I、列车到牵引站距离 L^2 有关。

2 实际测试

以上分析得出影响迷流的关键参数,有一定的工程意义,在此基础上参照《迷流防护技术规程 CJJ49－92》（以下简称《规程》）,有针对性地设置各种情况改变各种参数进行试验,在试验中进一步证明迷流与上述参数的关系。

2.1 各点极化电压的测试

自然本体电位是在不受迷流影响时即地铁停运半小时后被测对象与其附近参考电极之间的电位。极化电位是指受迷流影响时被测对象与参比电极的电位减去自然本体电位。《规程》规定对混凝土结构中的钢筋极化电位不能超过 0.5 V。

通过 1.2 号线测量,东昌—陆家嘴下行区间隧道结构钢筋极化电位平均值偏大。试验中隧道结构钢筋接采集器正极,参比电极接采集器负极,采样频率 2.5 s,电压曲线和统计数据如图 3。列车停运无迷流影响时本体电位从 $4\,000$ 点到 $8\,000$ 点求平均值为 -0.45 V,高峰时段 $14\,000$ 点到 $16\,000$ 点 $5\,000 \text{ s}$ 内大于本体电位的曲线平均值为 -0.30 V,因此平均极化电位为 $[-0.30 - (-0.45)] = 0.15 \text{ V}$,有 938 个时间点大于本体电位,有 14 个点超过规程标准,相对于其他隧道区间结构钢筋极化电压偏大。

测试数据分析得知 1 号线其他区间平均极化电压 0.07 V 左右,2 号线区间平均极化电压 0.10 V 左右。

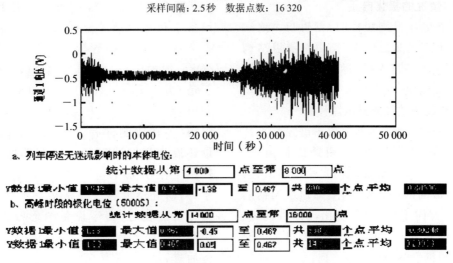

图 3　东昌路—陆架嘴下行区间隧道结构钢筋极化电压分析

2.2　大双边供电情况下极化电位

以上推理得出迷流与 L 有关，大双边供电便模拟了这种情况。图 4 为双边供电时陕西路—衡山路下行区间隧道结构极化电压，按照 3.1 同样的分析方法得出平均值为 0.069 V，图 5 大双边供电情况，其极化电压平均值为 0.188 V，后者为前者的 2.7 倍。需要补充的是图 5 由于没有在夜间测试，本体电位用的是经验值，即为曲线平均值。

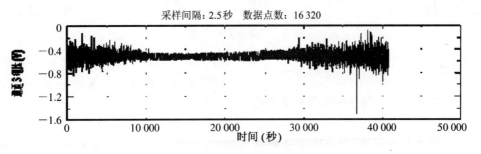

图 4　双边供电时的极化电位

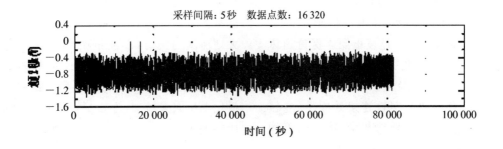

图 5　大双边供电时的极化电位

2.3　排流柜 0 A、25 A、33.3 A、100 A、∞ 四种排流量情形下极化电位

1、2 号线都进行了这样的试验，把排流柜的排流电阻设置在不同位置，比较不同情况下的极化电压，得出东昌路隧道结构钢筋的极化电压（表 1）来说明排流柜排流量不是越大越好。

表 1　排流柜不同排流量下钢筋极化电位

序号	排流柜设置	平均极化电压	超过本体电压点数	超过 0.5 V 点数
1	不排	0.186 V	7 399	154
2	25 A	0.186 V	6 989	107
3	33.3 A	0.086 V	7 730	12
4	100 A	0.017 V	7 673	74
5	∞	0.192 V	7 277	70

2.4 NK11 短接情况的极化电压

NK11 在钢轨电压升高短接时,钢轨与大地短接,这种情况下迷流泄漏比较大,衡山站隧道结构极化电压平均值为 0.554 V(超标),所以 NK11 短接动作后要能自动恢复。

2.5 过渡电阻在线测试和泄露电流计算

极化电压是间接指标,泄漏电流密度才是直接定量。但是前者测量容易,后者测量比较困难。《规程》中的 0.6 mA/md² 标准应是实验室结果,因为首先要知道迷流的准确大小,再要知道结构钢筋外表面积。迷流方向不定,动态变化,从此钢筋流入,马上又从彼钢筋流出。试验中我们探讨了下面的方法,对直接测量泄漏提供一个方向。

图 6 中设备 9 和 10 记录直流高速开关电流,设备 1 和 8 记录排流柜电流,设备 3、11、6 记录 a、b、c 钢轨对地(迷流收集网、结构钢筋)电压和 ab、bc 段的电压,ab、bc 段的电流分别是 I_{ab}、I_{bc}。于是 $(I_9 + I_{10}) - (I_{ab} + I_{bc})$ 便是 b 点泄漏到道床的电流,$U_{b点对收集网}/I_{b点泄漏}$ 便是钢轨道床过渡电阻,这种在线测试有工程意义。同样的方法,测量迷流收集网泄漏到结构钢筋的电流。同时比较两个牵引站 $I_{NC2×}$、I_{NB}、$I_{排流柜}$ 之间的大小关系,对研究迷流有一定意义。但是试验完毕后数据分析比较时,由于设备图形没有时钟显示,没法在同一时刻比较各个值大小,只能下次调换设备后进行。

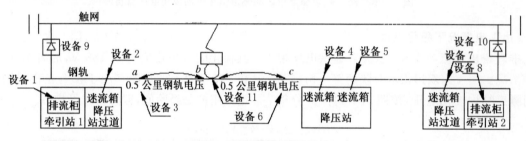

图 6　过渡电阻在线测试

3 迷流的防护

根据实际测试结果除了 1 号线中山北路 1# 迷流箱隧道结构钢筋极化电位超出规程外,其他地方都在标准范围内。如果超出标准,对主体钢筋翻修是十分困难的,所以有必要对这些区段加强监视,建议采纳一些补救措施。

3.1 增强绝缘水平,减小轨道纵向电阻[5,6]

加强钢轨与道床的绝缘,必须保持道床的清洁,带有油污的灰尘极易降低过度电阻。保持道床干燥,堵住隧道内渗水,避免往隧道内排水,避免隧道内施工清洁用水排水。经常检查钢轨扣件与钢轨的绝缘,经常检查钢轨与钢轨连接处螺栓、连接电缆的可靠连接,擦净连接处的灰尘,检查均流线是否可靠连接。

3.2 调整排流柜排流量设置或装设智能排流柜

3.2.1 排流柜的作用

用电缆把迷流收集网与牵引站 NB 负极相连,可以回收承载在收集网上大部分迷流,防止迷流再次从收集网上泄漏到结构钢筋或周边其他埋地金属管道,减少腐蚀。排流柜即是连接收集网和 NB 负极的设备。由于线路上列车相互影响、运行位置的改变以及制动等原因有时会引起迷流收集网收集处的电压低于牵引站负极,出现倒流到收集网上

的情况。于是在排流柜中安装单向流通的二极管,这便是极性排流。静安牵引站排流柜柜面电流表曾经反偏便是这个原因。

3.2.2 排流柜的副作用

如图 7 排流柜开关短接,相当于在 ω 上并联电阻 R,而且 R 一般很小(2 号线最大 2 Ω),这样就减小迷流回路电阻,人为地增加了迷流泄露,增加了泄露到结构钢筋和周边管道的迷流,上述试验中排流量大时极化电压反而增加了即是证明。增加对大地泄露的同时,即使钢轨与大地过渡电阻不变,但轨地电压伸高,有时甚至会导致 NK11 动作。NK11 动作接地后,电流直接泄露到大地,结构钢筋极化电压大大增加,上述也有 NK11 接地时极化电压的测试。

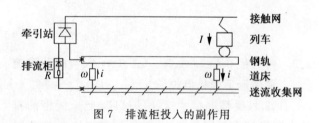

图 7　排流柜投入的副作用

3.2.3 使用智能型排流柜

既然作用与副作用同在,什么情况下排流,什么情况下不排流,排流量设置多大值得研究。《规程》中既然规定迷流引起的极化危险电压大小,那

就按照这规定值大小来决定排流柜的接通与否、流量大小。把极化电压检测系统与排流柜统一起来，装设成智能型排流柜，根据测得的极化电压值来调节排流柜排流量。避免1、2号线固定电阻人为调节局限性，减少了工作量和增加了准确性。

3.3　隔离区段，并加装带放电间隙的单向导通装置[7]

对于钢轨道床过渡电阻比较小、泄露比较大的区段可以采用隔离和加装具有放电间隙单向导通装置的方法，具体描述如下。如图8虚线框内是泄露比较大的区段，把这段钢轨与周边钢轨用绝缘节分开，并加装具有放电间隙单向导通装置，放电间隙主要避免列车制动时产生反向电压烧毁绝缘节。被隔离开的钢轨用钢轨同等电阻的电缆连接，如果影响信号感应线圈，可以避开感应线圈。当车从右至左未到 b 点时，流向左边牵引站的电流经过连接线避开严重泄露区段钢轨，减少泄露。当行驶在 ab 之间时，电流各自通过二极管流回牵引站，泄露不变。当列车开过 a 点，流向右边牵引站电流通过连接线也避开严重泄露区段，减少泄露。

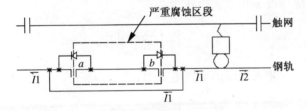

图8　严重腐蚀区段的防护

4　结论

（1）迷流是一个不可避免的问题，也是一个不可忽视的问题。通过近似条件下理论分析和试验验证，迷流与钢轨道床过渡电阻、钢轨纵向电阻、牵引站之间距离、列车负荷电流等诸多因素有关。

（2）两条线极化电位比较大的区域：1号线中

山北路1#迷流箱隧道结构钢筋极化电位平均值达到1.39 V（标准0.5 V），2号线东昌—陆家嘴下行区间隧道结构钢筋极化电位平均值0.15 V。除了中山北路外，其他都在《规程》标准之内。

（3）根据试验数据看来，新线（延伸线）差于老线，2号线（平均极化电压0.10 V）差于1号线（不包括延伸线平均极化电压0.07 V）。

（4）为了进一步减小迷流，建议正常区段可以采用智能型排流柜动态调节排流量大小，发挥其积极的一面。在严重腐蚀区段结构翻新又很困难的情况下可以采用隔离法，或者采用阴极保护法（本文没有谈及），可以达到减少迷流的目的。

由于测试小组初次涉足迷流，对迷流的观点只是些初浅认识，愿与同行们深入探讨，减少迷流的发生。

参考文献

[1]　朱宏，王伟.直流电力系统牵引中不平衡电流及谐波对地铁信号系统的影响.城市轨道交通研究，2005.1

[2]　郭玉臣，王伟，段亚鸣.轨道交通牵引回流方式对轨道电路影响分析.城市轨道交通研究，2005.1

[3]　张云太.明珠线迷流设施设计技术交底.天津电气化勘测设计院

[4]　胡斌.地铁迷流及上海地铁迷流防护措施.电世界，1994.3

[5]　王蛟.城市轨道交通出入段线钢轨电分段方式研究.城市轨道交通研究，2005.2

[6]　王志宏，何丽军，沈建强.九五年上海地铁杂散电流测试测定工作总结

[7]　北京地下铁道技术研究所.地铁杂散电流腐蚀防护技术规程 CJJ49-92

[8]　Mondy. Kennth J. Stray current characteristics of DC transit systems. Materials performance, V33, Jun. 1994

[9]　K. Zakowski, W. Sokolski. 24-hours characteristics leaking from tram traction. Corrosion Science, 1999

补偿电容器谐波危害及其对策

程　锦

（上海地铁运营有限公司供电分公司）

摘　要：在地铁供电系统中，0.4 kV 母线装设并联电容器组是最基本的无功补偿方式。然而在运行过程中，不断有电容器损坏现象发生。本文主要分析地铁供电系统中造成电容器损坏的主要原因，其中重点对无功补偿电容器中谐波的产生及其影响进行分析，并给出相应的抑制措施。

关键词：无功补偿，谐波，串联电抗

在地铁供电系统中，降压站 0.4 kV 主要供给车站用设备，其中包括环控，照明，电梯等等负荷。其中环控设备中的交流异步电机，照明大量采用荧光灯等等都造成了严重的谐波污染。谐波对无功补偿电容器组的运行带来了不利的影响。一方面，无功补偿电容器组可能引起谐波电流的放大，这不仅加重系统谐波污染，而且可能导致电容器谐波过载，缩短寿命，甚至损坏。更为严重的是在一定条件下，无功补偿电容器组与系统参数共同作用还会造成谐振，出现危险的过电流或过电压，危及设备和系统运行安全。

为保证电容器组自身和系统的安全，必须高度重视无功补偿电容器组的运行状况，分析其谐波环境特征，确定其串联电抗器合理的参数，抑制其谐波放大作用，避免出现谐波谐振。

1　并联电容器组谐波分析

电力系统的谐波源主要是谐波电流源，且可以认为是恒流源。图 1(a) 所示为具有谐波电流源和并联电容器组（带串联电抗器）的简化系统图，图 1(b) 为其谐波分析等值电路。图中，谐波源的 n 次谐波电流为 I_n，系统的谐波阻抗为 $z_{sn} = r_{sn} + \mathrm{j}x_{sn}$，并联电容器组支路的谐波阻抗为 $z_{cn} = r_{cn} + \mathrm{j}(x_{In} - x_{cn})$。

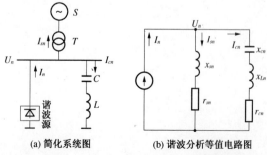

(a) 简化系统图　　　(b) 谐波分析等值电路图

图 1　并联电容器谐波分析电路图

设系统的基波电抗为 x_s，电容器的基波电抗为 x_c，串联电抗器的基波电抗为 x_I，谐波次数为 n，则有：

$$x_{sn} = nx_s, \quad x_{cn} = x_c/n, \quad x_{Ln} = nx_L。$$

设电容器组未加串联电抗器。忽略电阻，则系统母线 n 次谐波电压为：

$$U_n = \left| \frac{x_{sn}x_{cn}}{x_{sn} - x_{cn}} \right| I_n。$$

注入系统的谐波电流为：

$$I_{sn} = \left| \frac{x_{cn}}{x_{sn} - x_{cn}} \right| I_n。$$

电容器支路的谐波电流为：

$$I_{cn} = \left| \frac{x_{sn}}{x_{sn} - x_{cn}} \right| I_n，$$

设电容器支路与系统等值支路的谐波电抗之比为 a，即

$$a = -x_{cn}/x_{sn} = -\frac{x_c}{n^2 x_s}。$$

则母线谐波电压和支路谐波电流与总谐波电流 I_n 的比值与 a 有关，即

$$U_n/I_n = \left| \frac{a}{1+a} \right| x_{sn}，$$

$$I_{sn}/I_n = \left| \frac{a}{1+a} \right|，$$

$$I_{cn}/I_n = \left| \frac{1}{1+a} \right|。$$

当 $a = -2$，即谐波次数 $n = \sqrt{\dfrac{x_c}{2x_s}} = n_a$ 时，

$I_{sn}/I_n = 2$，$I_{cn}/I_n = 1$，$U_n/I_n = 2x_{sn}$，注入系统的谐波电流放大一倍。

当 $a = -1/2$，即谐波次数 $n = \sqrt{\dfrac{2x_c}{x_s}} = n_b$ 时，$I_{sn}/I_n = 1$，$I_{cn}/I_n = 2$，$U_n/I_n = x_{sn}$，电容器支路的谐波电流被放大一倍。

当 $a = -1$，即谐波次数 $n = \sqrt{\dfrac{x_c}{x_s}} = n_0$ 时，系统出现并联谐 I_{sn}，I_{cn} 和 U_n 都达到最大值，谐波放大达到最严重的程度。

显然 $n_a < n_0 < n_b$，在谐波次数处于 $n_a \leqslant n \leqslant n_b$ 范围内，谐波电流放大严重，这一谐波范围称为严重放大区。

2 串联电抗器的作用及选型

设电容器组加有串联电抗器。忽略电阻。记

$$a = (x_{Ln} - x_{cn})/x_{sn}。$$

对应于 $a = -1$ 的并联谐振频率次数为

$$n_0 = \sqrt{\frac{x_c}{x_s + x_L}}。$$

对应于 $a = -2$ 和 $a = -1/2$ 的谐波次数分别为

$$n_a = \sqrt{\frac{x_c}{2x_s + x_L}},$$

$$n_b = \sqrt{\frac{2x_c}{x_s + 2x_L}}。$$

可见，在电容器支路加入串联电抗器后，与未加串联电抗器时相比，n_0，n_a 和 n_b 都有所减小，即加入串联电抗器可以降低并联谐振的谐波次数，缩小严重放大区的宽度。加入串联电抗器还可以降低电容器投入时的涌流。

在加入串联电抗器的情况下，当 $a = 0$（$x_{Ln} = x_{cn}$），即谐波次数 $n_0 = \sqrt{\dfrac{x_c}{x_s}}$ 时，电容器支路发生串联谐振。此时，$I_{sn}/I_n = 0$，$I_{cn}/I_n = 1$，$U_n/I_n = 0$，谐波源的该次谐波电流完全被电容器支路吸收。串联电抗器的电抗值常用电抗率，即其基波电抗与电容器基波容抗的比值 k 表示

$$k = \frac{x_L}{x_c} \times 100(\%)。$$

改变串联电抗器绕组的匝数或并联电容器的投入容量都可影响 k 值。并联谐振谐波次数和严重放大区的宽度是 k 和系统基波电抗与电容器基波容抗之比的二元函数。如 k 值给定，则产生并联谐振

的并联电容器容量 Q_c 可用下式近似估算：

$$Q_c = \left(\frac{1}{n^2} - k\right)S_d,$$

式中，S_d 为系统母线短路容量。

在设计或运行中，可根据系统最大和最小运行方式利用上式估算 Q_c，以免投入该数值附近的电容器容量，以避开谐振点。如系统谐波以 5 次、7 次为主，在电容器支路中，应串入 6% 电抗器；如系统谐波以 3 次为主，则应串入 12% 电抗器；在系统基波电抗与电容器基波容抗之比较小或 5 次谐波含量很小的情况下，可考虑装设 2%～4% 电抗器。需要注意的是，当针对某主要谐波串入对应的百分数电抗器后，虽然避免了该次谐波的谐振和放大，但可能会造成较低次谐波的谐振或放大。要确定合理的电抗百分数，需要对系统运行方式、谐波源变化和电容器的投切组数进行全面的分析。

3 结合地铁实际选用合适的电抗器

3.1 串联电抗器电抗率的选定

如图 2 所示，为电容器串联电抗器的单相等值电路图。图中：U_n 为母线的 n 次谐波电压，E_n 为 n 次谐波源电动势，x_s、K_l 分别为系统、电抗器的基波感抗，x_c 为电容器组的各相等值基波容抗，R 为各相的等值电阻。

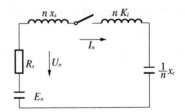

图 2　电容器串联电抗器等值电路

显然：

$$I_n = \frac{E_n}{\sqrt{R_s^2 + \left[n(x_s + x_L) - \dfrac{x_c}{n}\right]^2}}, \quad (1)$$

$$V_n = I_n\left(nx_L - \frac{x_c}{n}\right)。 \quad (2)$$

由式（1）可知，串联电抗器 K_l 越大，谐波电流 I_n 越小，为了避免 n 次及以上谐波谐振，应使自振频率次数小于 n，令 $x = x_s + x_L$，当 n 次谐波谐振时，即有：

$$nx = \frac{x_c}{n}, \text{所以} \ n = \sqrt{\frac{x_c}{x}}, \text{此时，应该使}$$

$$\sqrt{\frac{x_c}{x}} < n。 \quad (3)$$

3.2　结合地铁实际选用合适的电抗器

以在 1 号线电容器损坏较为严重的黄陂南路降压站为例。

通过在地铁谐波测试中发现：

降压站 0.4 kV Ⅰ段母线：所带低压负荷产生较大的 3，5，7，11，13，23 等谐波电流，由于谐波放大，使无功补偿电容器组注入系统的 3，11，13 次谐波电流较大。

降压站 0.4 kV Ⅱ段母线：所带低压负荷产生较大的 3，5，7，11，13，25 等谐波电流，由于谐波放大，使无功补偿电容器组注入系统的 3，5，7，11，13，23 次谐波电流较大，25 次谐波电流超标。

由测试可知，流入电容器的谐波电流容易使电容器过载，造成电容器的故障和损坏。

又由测试可知，对于电容器回路来说，起主要作用的是 3 次及以上高次谐波。为了抑制 3 次及以上谐波谐振，由式（3）可见，$n = 3$ 时，应该满足 $x > 0.11x_c$，因 x_s 很小，所以 $x = x_L$，故应使 $x_l > 0.11x_c$。

又由式（2）可知，当 $n = 3$ 时，即当 $3x_L > \frac{1}{3}x_c$，即当 $x_L = 0.11x_c$ 时，母线上 3 次谐波电压为零，从而不致使 3 次谐波电压放大，这正是所希望的。

综上所述，为限制 3 次谐波电流，应取 $x_L > 0.11x_c$；而为降低母线上 3 次谐波电压，应取 $x_L = 0.11x_c$，以上两者兼顾之，通常取 $x_L = 0.12x_c$。

3.3　其他改造措施

地铁供电系统中电容器损坏还有以下几种原因：

（1）运行中的环境温度过高　运行中的环境温度过高，使电容器的散热和发热失去平衡，导致热击穿。

（2）电容器过电压　切断电容器时，可能引起电感，电容回路的振荡，从而产生操作过电压。如果在操作过程中，断路器发生电弧重燃，将引起强烈的电磁振荡，出现更高的过电压。

（3）电容器的合闸涌流　当电容器的合闸涌流为零时，涌流数值为正常电流的峰值；当合闸瞬间电压为最大值时，涌流数值为正常电流峰值的几倍。因为合闸涌流时高频率和高幅值的电流，所以必须采取措施限制合闸涌流。

4　总结

本文主要对有无功补偿电容器的低压配电系统做了理论上的初步分析。

首先以地铁低压配电网中无功补偿电容器大量损坏的事例为切入点，通过对电容器损坏原因的查找，并结合在谐波测试中的数据，初步得出电容器损坏的主要因素。以此为方向，对低压配电系统做有侧重的理论分析。

通过分析，我们可以得出以下的结论：在存在谐波源的无功补偿系统中，电容器组会对谐波有放大效应并反馈到系统中，不仅对电容器本身产生致命的损坏，并且危害到其所处的系统，造成系统不稳定和设备损坏。

在此分析基础上，本人初步给出抑制谐波因素的方法：在无功补偿电容器回路中串联电抗器。在补偿电容器组串联电抗器不仅能有效抑制高次谐波，而且能削减电容器组的合闸涌流。经过理论计算，以黄陂南路降压站为例，确定其串联电抗器的电抗率。

除去抑制谐波措施外，在电容器实际运行中还应该对电容器柜做相应改造，以改善电容器工作环境，延长电容器使用寿命。

参考文献

[1] 陈怡.电力系统分析.中国电力出版社,2005
[2] 张直平,李芬辰.城市电网谐波手册.中国电力出版社,2001
[3] 柳春生.实用供配电技术问答.机械工业出版社,2000

馈线绝缘子断裂分析及对策

蒋义华

（上海地铁运营有限公司供电分公司）

摘　要：针对馈线离直线方向偏移形成馈线绝缘子侧向力，因环境温度降低引起馈线张力增加导致馈线绝缘子侧向力增大而使馈线绝缘子断裂，对馈线安装偏移、张力、馈线绝缘子侧向力进行探讨、分析。提出避免馈线绝缘子断裂的主要对策是遵循馈线离直线方向的最大偏移应小于 5°，并严格按照馈线安装曲线进行施工。

关键词：绝缘子，馈线偏移值，断裂

馈线通过馈线绝缘子悬挂在隧道接触线之上，由电联接线与接触线并联，以便获得所需的载流量。因特殊原因，在施工中馈线存在偏离直线现象，导致馈线绝缘子产生侧向力。2005 年 1 月 3 日，1 号线锦江乐园站—上海南站站上行 S55 支架馈线绝缘子断裂，造成馈线接地事故。本文对馈线安装偏移角度、张力、馈线绝缘子侧向力进行探讨、分析，提出整改补强对策和规范。

1　S55♯支架馈线绝缘子断裂原因分析

1.1　S55 支柱安装位置

S55 支柱安装位置因受隧道内排风机影响，偏离中心线，馈线离直线方向的最大偏移 7.85°（斜率 1∶7）。接触网馈线在该处形成半径为 $R = 350$ 的曲线状，产生馈线绝缘子侧向力。

1.2　S55 支柱馈线绝缘子受力分析[1]

1.2.1　张力情况

根据施工记录，每根馈线最大安装张力为 7 kN，四根馈线张力为 28 kN。事故当日大雪降温，与馈线安装时温差近 20℃，根据隧道内馈线安装曲线图查得温度差引起每根馈线收缩张力增量 $\Delta T = 5.4$ kN，四根馈线张力增量 $\Delta T = 21.6$ kN。

1.2.2　侧向角度分析

因 S55 支柱受风机位置影响，如图 1 中 S55 安装位置，馈线偏移直线方向，在该处形成半径为 $R = 350$ 的曲线，产生馈线绝缘子侧向力，侧向力如图 2 所示。

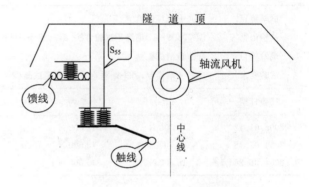

图 1　S55 安装位置（隧道截剖面）

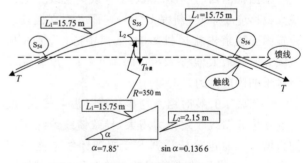

图 2　侧向拉力分析

1.2.3　绝缘子侧向受力情况

绝缘子侧向受力为最大安装张力及温差引起张力增量之和与馈线离直线方向的最大偏移正弦分量，即：$F = (T_1 + T_2) \times \sin 7.85° = (28 + 21.6) \times 0.1366 = 6.78$ kN。

考虑双向受力情况，绝缘子受力为 2 倍侧向受力：6.78 kN $\times 2 = 13.56$ kN。

其中：静态力 $F_{静} = 28 \times 0.1366 \times 2 = 7.65$ kN；

温差引起张力增量 $F_{增} = 21.6 \times 0.1366 \times 2 = 5.91$ kN。

依据产品出厂检验报告,环氧树脂绝缘子的允许弯曲力最大为9 kN,根据以上数据分析在不考虑其他未知因素情况下,绝缘子侧向受力已大于允许值9 kN约1.51倍。

1.3 馈线绝缘子质量检验

1.3.1 产品出厂检验报告[2]

铁道部电气化工程局接触网器材测试中心   No. SH2005 - 01

	检验项目	技术要求	1#	2#	3#	4#	5#
抽查检验	拉伸试验 kN	≥50.0	50.0 kN 无异常	50.0 kN 无异常	50.0 kN 无异常,53.0 kN 中部断裂	50.0 kN 无异常	50.0 kN 无异常
	弯曲试验 kN	≥9.0	9.0 kN 无异常	9.0 kN 无异常,12.0 kN 中部断裂	9.0 kN 无异常	9.0 kN 无异常	9.0 kN 无异常

	检验项目	技术要求	试验值	数量/件	检测结果
监督检验	逐件抗拉试验 kN	≥19.0	19.0	260	合格
	逐件抗弯试验 kN	≥4.0	4.0	260	合格

1.3.2 试样送检报告[3]

试验地点	上海电瓷厂试验室
试验依据	GB775.3 - 87 绝缘子试验方法,第三部分:机械试验方法
试验项目	弯曲负荷试验
试验要求	试品一端固定,另一端垂直受力,直至试品破坏。记录万能材料试验机(编号 FW - 5 - 4)上显示的数据。

试验日期	1#	2#	3#	4#	试验室温	试品型号
2005.01.12	10 000 N	12 000 N	7 900 N	11 700 N	11℃	OEW03 - 12L - F
2004.09.15	13 700 N	10 500 N	11 700 N	13 500 N	/	OEW03 - 12L - F
2004.08.26	16 800 N	15 600 N	/	/	/	8WL3120 - 5

1.4 断裂原因分析

根据德国西门子设计规范:馈线离直线方向的最大偏移应小于5°(斜率1∶11)。而S55支柱安装位置因受隧道内排风机影响,偏离中心线,馈线离直线方向的最大偏移7.85°(斜率1∶7),形成馈线绝缘子的侧向拉力。

由于施工安装时温度与事故当日温差较大,温差变化引起馈线收缩张力增大,导致馈线绝缘子侧向力增大。通过分析计算 S55 支架馈线绝缘子侧向受力 13.56 kN,根据产品出厂检验报告和试样送检报告馈线绝缘子弯曲破断数据,事故当日馈线绝缘子侧向力已超过绝缘子的最大允许弯曲力,绝缘子断裂,引发馈线接地短路。

2 整改补强对策

在接触网 S55 支柱上加装 3 个馈线绝缘子,以均分受力。通过加装三个绝缘子(共四个),把绝缘子受到的侧向力分散成较小的受力并进行加固。加装绝缘子后每个绝缘子可能受到的最大侧向力约为 6.78 kN(其中静态力约 3.83 kN,温度变化最大增力 2.95 kN),符合产品技术要求。

具体安装方式如图3绝缘子安装方式:

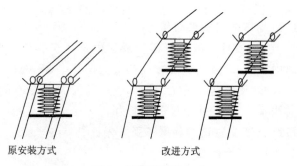

原安装方式   改进方式

图3 绝缘子安装方式

3 结语

加装馈线绝缘子补强仅仅是对现有设备施工缺陷的补救。对馈线,特别是无补偿的馈线,必须严格遵循设计规范:馈线离直线方向的最大偏移应小于5°(斜率1∶11)。施工时还必须严格按照隧道内辅助馈线安装曲线图进行施工,馈线绝缘子两边馈线弛度一致,所受张力均衡。此外,曲线段馈线还应考虑从曲线内侧通过,尽可能减小偏移引起的馈线绝缘子测向力。在极端气温下,还应加强对馈线弛度、张力均衡检查。

参考文献

［1］　德国 Kießling，Puschmann，Schmieder，中铁电气化集团有限公司译.电气化铁道接触网.中国电力出版社,2004.1

［2］　铁道部电气化工程局接触网器材测试中心.NO.SH2005 - 01,北京,2005

［3］　上海电瓷厂质量检验部.支柱绝缘子试验报告.NO. LDGS002 - 2005. NO. LDGS001 - 2005. NO. LDGS026 - 2004

轨道交通电力系统接管投运程序的规范化

曹 莉

（上海地铁运营有限公司供电分公司）

摘　要：上海轨道交通事业快速发展，每年均有新的线路建成通车，运营里程不断增加。在此过程中，运营单位如何与工程建设合理衔接，高质量、高效率、规范化地开展新线接管投运工作，保证新线的安全投运，显得尤为重要。本文从成立接管小组、提前介入工程建设、开展配套工作、系统启动受电、建立安全评估体系五个方面对电力系统接管投运程序的规范化进行逐步探讨。

关键词：电力系统，接管投运程序，规范化

随着上海轨道交通建设的快速推进，新线的接管投运工作也必须同步展开。如何高质量、高效率、规范化地进行新线接管，如何全面了解、掌握各种设备及系统的情况，为接管后的运营管理做好充分准备、打下坚实基础，是开展接管投运工作的关键所在。根据各专业特点制定规范化的接管投运标准，是顺利完成新线接管工作的有效保证。

1　新线电力系统接管投运程序

轨道交通工程中，电力系统是机电各专业的"第一关"。变电所受电投用，方可为车辆、通信、信号、环控、自动售检票、电梯等专业提供调试所需电源。因此，新线电力系统的接管投运成为运营接管工作中的重中之重，有必要制定规范的、系统的、可操作性强的接管实施程序，确保电力系统接管的顺利完成。接管投运程序流程图如图1。

2　成立新线接管投运专项工作组

为确保接管工作有效开展，首先应成立新线接管投运专项工作组。工作小组由负责计划财务、物资开办、安全保卫、工作制度、技术支持以及运行车间等相关部门组成，小组成员分别从"接管费用预算"、"生产、办公设施配置"、"消防器具配置"、"特种操作安全工器具及备品备件配置"、"操作运行规程、施工管理办法等规章制度的制定"、"技术资料、竣工档案的收集和学习消化"、"人员的配置及培训"以及"现场配合，参与安装、调试、试验过程"等方面开展工作。各部门分工明确，通力协作，保证电力系统接管投运工作高效、有序地逐步推进。

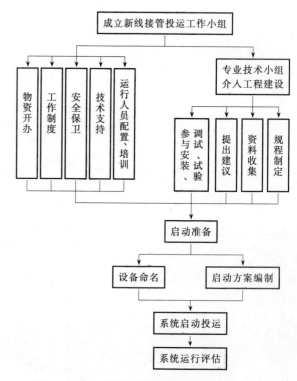

图1　新线电力系统接管投运程序流程图

工作小组的建立，应特别注意专业技术人员的配置。电力系统专业覆盖范围广，专业性强，应按主变、牵引、降压、接触网、SCADA等进行划分，挑选各专业中经验丰富、业务精通的技术人员组成专业技术小组，根据工程进度适时介入工程的建设，积极参与工程安装、调试以及试验等工作，较为深入地了解、掌握各种设备及整个供电系统的设置情况，同时还可进行技术资料的收集、消化，并在参与的过程中结合运行经验及时提出有利于日后运行管理的各种意见和建议。小组中的专业技术人员在接管投运工作中，应从技术资料的收集整理、现

场掌握设备的电气及机械性能、系统的继电保护功能等情况，从而为运行值班人员提供技术支持发挥重要的作用。

3 提前介入工程建设，参与并配合相关工作

3.1 参加设备（系统）的安装、调试、试验

工作技术小组提前介入工程建设，是整个接管工作中最为重要、难度也是最大的一个环节。专业技术人员应跟踪施工进度，参与施工现场的系统设备安装、调试，掌握各种试验的相关内容，尤其对系统的各种闭锁功能、继保功能需要重点测试，并做好相关记录。

（1）主变电站：110 kV 线路保护；110 kV 接地闸刀与线路开关；闸刀之间的操作闭锁；SF6 开关气室压力、储能的闭锁；35 kV 分段自切与变压器高低压侧进线开关，Ⅰ、Ⅱ段母线之间的闭锁功能等；

（2）牵引变电站：电压型、电流性型框架保护功能；33 kV 进线开关纵差、过流保护；正负极闸刀、整流变开关之间的闭锁，直流开关的保护功能；

（3）降压变电站：测试 400 V 分段开关自切、自复功能；400 V 分段开关与三类负荷开关之间的联动功能；10 kV 分段自切的测试，进线开关与 10 kV分段开关之间的闭锁；

（4）接触网：接触网遥测绝缘、导通测试、冷滑及热滑试验；

（5）SCADA：遥测、遥信、遥调、遥控功能测试。

同时，通过收集、整理各专业的技术资料，将理论数据与现场实际相结合，从而更好地掌握系统中各种设备的性能特点、闭锁功能，为接管投运及日后的运行管理奠定扎实的技术基础。

3.2 结合运营要求和经验，提出意见和建议

根据参与系统安装、调试过程所掌握的现场实际情况，主要针对以下几方面：

（1）系统各电压等级继电保护配置的功能是否符合运行需要；（2）系统设备的现场安装位置、照明安装位置是否满足运行要求；（3）各变电站的土建施工情况是否符合运行要求；（4）设备操作机构的闭锁是否满足运行安全要求；（5）接触网遥测绝缘是否符合运行要求；（6）SCADA 系统的四遥功能是否实现。

结合运营的要求和经验，对设备或系统中存在的不足和缺陷，及时提出处理意见或建议，尽可能在工程建设阶段消除各种隐患，完善系统功能。同时将运行安全保障工作进行前移，有利于提高电力

系统的运行水平，增强系统的运行实效性。

当新线建设与既有运营线路存在系统共用的情况时，专业工作小组应根据建设工程的施工方案和计划，结合既有线路的运行状态，制定现场安全监控措施，并由专人负责落实。在接口环节的施工过程中，与施工单位密切配合，不仅要保证既有线路的运营安全，同时要为各种施工、调试尽可能创造条件，推动工程建设顺利进行。

4 掌握工程进度，各项配套工作同步展开

4.1 设备（系统）的技术分析和运行规程制定

专业技术小组依据收集到的设备型式试验报告、出厂试验报告以及现场系统保护功能调试的有关情况，从主变电站、牵引变电站、降压变电站、干线电缆、接触网以及电力 SCADA 六个部分对供电系统进行接管前的技术分析、总结，全面梳理各种可能存在的隐患，为受电作好前期准备。

同时，专业技术小组应根据新线设备及系统的特点，分析现有的各种运行规程、事故预案以及施工管理办法等是否适用；若有不适用之处，须及时进行规程的补充说明完善，规程的补充说明应根据新线的系统运行方式、高压配电装置、低压配电装置、系统继电保护、主要设备操作的注意事项、供电设备的事故处理、供电运行管理等几个方面进行详细说明。同时，根据运行规程补充编制相应的事故预案，确保各种规章制度与供电系统的运行管理要求相互匹配、支持。

4.2 生产、办公设施准备

生产、办公设施的配备同样十分重要。根据工程进展情况，在系统启动受电时间节点确定后，应将变电站投用所需的各种生产、办公设施准备就绪。主要包括相关设备用房、值班用房、操作所需的安全器具、站内消防器材、办公用品，以及各种运行日志和设备图纸资料等。

4.3 人员配备及培训工作

（1）人员配备。根据供电系统的设计特点及具体功能情况，并结合运行管理模式的相关要求，围绕确保安全、人员精简的原则，提前做好运行人员的配置工作，相关配置内容如下：① 供电系统各区域的划分；② 值班人员的配置、倒班模式；③ 系统管理人员、技术人员的配置；④ 运行管理部门、各区域之间的管理流程。

（2）培训工作。人员到位后，由专业技术人员根据新线设备的特点开展各项技术培训工作。

① 分专业安排授课计划,统一进行技术讲座培训;② 现场根据设备机械、电气性能进行实地操作培训;③ 系统中采用的新设备,邀请厂家进行系统培训。

通过课堂理论讲授和现场实际操作相结合,提高运行人员的技能水平。经考核通过后,担任运行值班的相关岗位,为供电系统的安全运营提供强有力的技术保障。

5　供电系统的启动受电

5.1　启动受电准备

启动前系统应具备下列条件:① 属启动范围的所有设备均应验收合格,一/二次接线验收通过;② 启动设备编号及铭牌应齐全、清楚;③ 消防、通讯、照明等设施验收合格完好;④ 系统的图纸、资料、继保整定书等均应齐全;⑤ 站内安全用具齐全;⑥ 现场运行规程及事故预案已制定并掌握。

由运营公司相关部门会同建设方,对系统启动受电的各项条件进行验收,商讨确定系统的启动受电时间,并随即开展启动受电各项准备工作。该项工作需运营、建设、施工单位等各相关部门密切配合、通力协作完成。由调度所对系统设备进行现场核对,根据系统的运行方式进行设备的标准命名,并且编制系统启动方案。启动方案中,明确启动的范围、启动前具备的条件、启动前设备的状态、启动前汇报内容、启动步骤等。运行人员根据下发的设备命名及启动方案进行启动准备工作。

5.2　现场启动受电

系统现场启动时,建设、运营、设备供货商、施工及质检等各相关单位均派负责人到场提供技术支持,确保启动工作顺利进行。启动现场的运行人员根据启动方案要求,核对现场设备状态并汇报电力调度,由调度员进行现场发令。运行人员进行设备的倒闸操作,操作过程应严格按发令、复诵、记录、汇报等倒闸操作制度执行。启动过程中的发令、核相、倒闸操作等各项工作必须有序地、正确进行,若有环节出现问题,必须待查明故障原因,排除故障,方可继续送电,确保万无一失。

6　建立安全运行评估体系

新系统接管投入运行后,根据系统功能的可靠性、设备运行状态的稳定性以及故障缺陷处理的及时性,对系统的安全运行状况进行科学的分析评估。通过分析评估工作不断深入和完善,逐步建立一套安全运行的评估体系,客观地评价系统运行的安全状况。

新系统投运之初,可能由于种种原因设备(系统)故障率较高。建立科学、有效的运行评估体系,客观、准确地评价系统的运行状况,针对系统出现的故障类型、故障范围、继电保护动作情况,分析查找存在的缺陷、隐患,并提出切实可行的改进措施,从而降低系统的运行风险,确保系统安全、可靠地运行。

7　结语

随着轨道交通的高速发展,对轨道交通运营的可靠性、安全性的要求也不断提高,高质量、高标准、高效率、规范化地进行系统接管投运则显得尤为重要。在新线系统接管投运过程中,需要各单位、各部门团结协作,不断地摸索探讨,逐步将各专业、各系统的接管投运工作进行规范化,并形成操作性文件进行推广执行。

参考文献

中华人民共和国建设部. GB50299 - 1999 地下铁道工程施工及验收规范, ISBN GB50299 - 1999. 中国计划出版社, 2004.4

2号线节约用电技术方案

陶章荣

（上海地铁运营有限公司供电分公司）

摘　要：通过对2号线变电站2005年度采集的全线实际用电量数据分析比较，得出用电负荷分布情况，全线用电量中，降压用电量要大于牵引用电量；夏季用电量中，空调系统用电量要大于其他设备用电量。据此从建立职工节约用电的意识到在照明、自动扶梯、环控等方面的用电管理提出了节电方案。这些方案实施后，能节电2％以上。

关键词：2号线，用电量，节约用电

2号线供电系统采用的是集中式供电方式，即由城市电网区域以110 kV等级的电压向主变电站供电。主变电站将110 kV等级的电压降为33 kV等级的电压送至牵引变电站，再经整流输出1 500 V直流电压对电动列车供电；主变站将110 kV等级的电压降为10 kV等级的电压送到降压变电站，再经降压输出400 V交流，对车站动力、照明等供电。2005年全线平时每月用电量在六百万度左右，而夏季的用电高峰时突破一千万度，最高达到一千二百万余度。随着今年西延伸开通，负荷增加近25％，到时月最高用电量将达到一千五百万度左右。

供电运行车间，担负着整条线路的输电、供电及供电系统日常运行管理的工作，对各类运行参数值的正确抄录和分析比较，是不可缺少的一部分。近年来，国家把降低能源消耗作为一项重要工作狠抓落实，上海市政府明确将万元GDP能耗下降20％作为本市"十一五"规划的核心约束性指标。本文从运行岗位角度，通过对2005年在2号线变电站中所采集的实际用电量数据作为依据，对如何做好节约用电，降低用电量，提出了节电方案。

1　用电量分析

大家都知道，电能经过变压器和不同电压等级的输电线路输送并被分配给用户。在这过程中，电流通过变压器和输电线路的阻抗时会产生功率损耗。电压施加于变压器和输电线路的对地等值导纳时也产生功率损耗，即$\Delta S = \Delta P + \mathrm{j}\Delta Q$，这是电力系统中网络元件自身的功率损耗。与用户端用电设备消耗的负荷功率一起统称为用电功率[1]。由于网络元件自身的功率损耗要远远小于负荷功率，

这里为叙述方便，把网络元件自身的功率损耗不单独列出而把它作为负荷功率来考虑。图1是2号线2005年2座主变电站110 kV表计实测的全年每月用电量统计数。从表中可以得到如下几个特点：

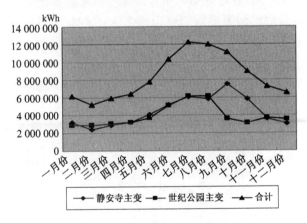

图1　2号线2005年度用电量汇总

（1）全线每月的用电量大小差异很大，平时每月用电量基本在六百万度左右，而夏季六月、七月、八月、九月这四个月的用电高峰，用电量最大，突破一千万度，最高达到一千二百万余度，是低谷用电量的2倍多。这是因为，在夏季为确保舒适的乘车环境，全线开启了冷水机组等制冷设备，而这些设备正是耗电大户，造成了全线用电量猛增。采集到的数据真实地反映出了全线实际用电量情况。

（2）每月静安寺主变的用电量与世纪公园主变的用电量基本上持平。2号线是一条连接浦东浦西的东西走向的轨道交通线，2号线的供电方式是以黄浦江为自然分段点，静安寺主变供电给浦西段用电，世纪公园主变供电给浦东段用电，虽浦东比浦西站点数量略多，线路略长，但浦西商业用电多，因

此,正常情况下两个变电站的用电量基本上持平。另外从供电安全性考虑,设计要求供电系统一旦如果某一个主变电站遇到设备检修保养,需停一段进线电源或全部进线电源时,可以通过调整 33 kV 联络线供电方式,从另一个主变向该主变倒送电。表中所反映的两座主变电站用电量除 9 月份、10 月份外基本持平,而正是 9 月份、10 月份,当时由于世纪主变 110 kV Ⅱ 段压变故障和 2 号主变差动继电器故障在检修,世纪主变 Ⅱ 段电源由静安寺主变提供,所以,该两个月静安寺主变的用电量明显高于世纪公园主变的用电量,但总用电量仍与正常供电方式时相同。

（3）前面已经谈到,主变电站的电,如果不考虑输电过程中的线路和变压器等损耗因素,应为牵引用电和降压用电两部分组成（见图2）,从图2上可以看出:全线月 33 kV 牵引用电量比较平均,每月从二百伍拾万度起至列车开空调的夏季最高四百万度,相差不到 2 倍,而全线月 10 kV 的降压用电量变化较大,从最低不到三百万度到夏季最高八百多万度,相差接近 3 倍。每月降压用电量所占全部用电量的比例明显高于牵引用电量所占全部用电量的比例。

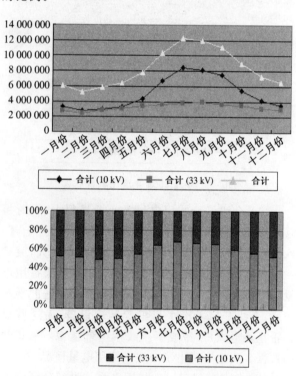

图 2　2 号线 2005 年度牵引用电量和降压用电量汇总

通过以上数据分析比较,我们可以得到下列结论:

（1）电量中,降压用电量要大于牵引用电量。

（2）夏季用电量中,空调系统用电量要大于其他设备用电量。

随着 7 月份西延伸列车调试和年底西延伸开通,负荷将增加近 25％,月最高用电量达到一千五百万度左右。因此,在确保安全供电的前提下,合理地控制用电,做到节约用电是每个员工,特别是我们搞供电运行人的职责。

2　对做好节约用电的方案

在节电方面,我们可以除了对电动列车的牵引用电进行控制外,特别应重点放在占全部用电量比例相当高的降压用电量上,尤其在夏季用电高峰时,完全可以对用电量进行控制,降低降压用电量的用电比例,从而达到用电、节电两不误。为此,本人建议采取下列措施:

（1）倡导并认真落实节约用电,符合国家节约资源和保护环境的基本国策,是国家和企业发展经济的一项长远战略方针。在有限公司的统一领导和协调下,通过多种宣传形式,增强全体员工的节约用电意识。各分公司上下树立起安全用电、节约用电的大局观,并积极采取具体措施,加强用电管理,共同搞好和确保轨道交通供电系统的正常运行。我们要从自己的工作中着手,因地制宜,采取技术上可行、经济上合理以及环境和社会可以承受的措施,减少各个环节中的损失和浪费,更加有效、合理地利用电能。

（2）牵引供电系统负荷的大小取决于列车在线路上的运行状态。如运量的大小、线路的路况（上下坡、曲线等）、行车速度、机车车型和操作方法等。在运量客观存在的前提下,在线路的路况已建成的条件下,建议有关分公司根据客运实际情况,进一步调整 ATC 系统的参数设置;对机车车辆检修再精细些;对列车司机操作更规范化,从而进一步降低牵引列车运行时的用电负荷;把对停在车库的车辆,要求关闭车辆内的照明和空调等用电设施的措施进一步落实到位,供电分公司继续加强做好对停车库牵引电流的测试工作;发现电流值有异常变化,做到及时与有关单位沟通,采取手段加以监管。

（3）供电分公司继续加大实施对重要用户和大用户用电负荷的监管力度,坚持每月对这些用户的实际电流进行一次测量,并做好测量数据记录统计工作,确保这些用户的负荷在可控范围内。在夏季,加强对空调系统的监管,对空调系统设备做到季前保养、季中保养、季后保养,保持设备完好,减少冷量的损失;严格控制好空调系统的风量、温度自动控制与调节设置及空气对流。

（4）在乘客通行的公共区域，对电梯、照明、空调等用电设施设备，进行测试监控。必要时对设施设备加以调整，在确保乘客安全舒适的前提下，关闭一些作用不大，使用频率不高的用电设施设备；并通过技术改造方案，例如采用电机调频方式来控制马达的转速、用户端电源采用功率因数补偿等，从而提高输送电效率；而对于车站内的普通照明灯，可以通过用节能型荧光灯替换白炽灯，在公司内部的一些非经常性工作区域或房间，可以通过加装声光控照明装置，做到有人时亮灯，而无人时自动熄灯。

（5）对各外单位的用电，在已经纳入管理范围的继续做好这方面工作，对还未纳入管理范围内的应尽快纳入管理范围，并对这些单位的用电量进行容量核算和计量收费，以经济手段为杠杆，促进大家共同做好节约用电。

3　结语

据专家测算，每套电脑、显示器、打印机、扫描仪，每天在接通电源而无其他负荷时，本身无用功电能耗约 60 W；节能型荧光灯的综合电能利用率比白炽灯高 70% 以上，一只功率 9 瓦的节能型荧光灯相当于 40 瓦普通白炽灯的亮度；一台 1.5 匹分体式空调机，如果温度调高 1℃，按运行 10 小时计算能节省 0.5 度电。按照文中所提出的方案，采取积极措施后，2 号线全线必能达到预定的节电目标。到那时，人人能消除关电脑时不关显示器，开空调时不关窗户，打印机不用也常开，人走灯不灭，车入库空调不关……这些费电陋习，加上 2 号线全线普通照明全部采取对车站照明用节能型荧光灯和在非经常性工作区域照明改装声光灯等措施，则全线每月可节约用电近万度；根据客流变化具体情况，在非高峰时，通过合理调整自动扶梯的运行时间，适当关停部分自动扶梯，则全线每月可节约用电十万度；夏季用电高峰期，能合理使用空调，将空调温度控制在不低于 26～28℃，空调温度每调高 1℃，则全线每月再可节约用电 12 万度。只要我们重点做好结构优化、技术进步、依法管理，初步形成了上下成线、纵横成网、机制完善的节约用电管理体系，就能为构建资源节约型、环境友好型企业打下坚实基础。

参考文献

[1]　何仰赞.温增银.电力系统分析.第 3 版.华中科技大学出版社,2002

信 号 技 术

直流电力牵引中不平衡电流及谐波对地铁信号系统的影响

朱 宏，王 伟

（上海地铁运营有限公司通号分公司）

摘 要：本文探讨了直流电力牵引的整流原理、谐波成分，通过现场动态测试，分析了直流电力牵引不平衡对轨道电路的影响，并获得了单列列车运行时所产生的谐波成分及牵引不平衡电流对信号系统的影响都在允许的范围之内。

关键词：信号传输系统，电磁干扰，谐波，不平衡电流

车辆的电力牵引方式多采用轨道作为其回流线，由于强电系统的电力牵引与弱电系统的轨道电路利用同一对钢轨传输电能和信息，尽管从系统设计、工程技术（回流线、平衡棒、迷流网、轨旁选频）等环节做了许多防范，然而，电力牵引对轨道电路信息是否具有干扰以及干扰机制还没有定论。上海地铁目前已经投入运营的三条线路均采用了与我国电气化铁路的交流电力牵引有很大的不同直流电力牵引方式，直流电力牵引对地铁信号系统的电磁干扰研究作为一个新的课题，值得我们研究探讨。

1 牵引供电方式

上海地铁的直流 1 500 V 牵引供电系统采用"浮空"供电方式（即正、负极均不接地）[1]。图 1 为地铁牵引供电系统示意图。

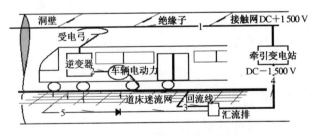

图 1 地铁牵引供电系统示意图

其中，牵引变电所正极由接触网（图中线 1），经车辆负载（图中线 2）到轮对入轨条再由回流线（图中线 3）直接返回到牵引变电所的负极（图中线 4），构成供电系统主回流。另外，由于钢轨直接敷设在整体道床中（整体道床中预制钢筋组成排流网），钢轨对地并非完全绝缘而形成迷流（图中线 5）经迷流收集网和两极

管回流到牵引变电所的负极，以减缓洞体和道床中的钢结构骨架的电化腐蚀。

目前上海轨道交通牵引供电方式有的是直接用高压三相电网电压，由牵引变电所 6 相牵引变压器变压，经全波整流形成相对平滑，12 脉波的 1 500 V 直流电压；也有的是由前、后各相移 7.5 度的两组 6 相牵引变压器，并联成 12 相电压，再经全波整流形成具有 24 脉波的 1 500 V 牵引电压，给牵引接触网供电。以后一种方式为例，12 相全波整流 24 脉波的 1 500 V"直流"电压，经计算其理想波形的脉动系数仅约 $\frac{50}{1\,500}\times100\% \approx 3.3\%$。应该说，它对信息传输系统的影响很小，所以研究电力牵引对轨道电路传输系统的影响，切入点应该是在列车运行期间，由于电源波动、整流件换向、大负载变化、列车启动、制动、供电臂切换、车辆逆变[2]等产生的谐波的影响以及不平衡电流的影响。

2 牵引电流的谐波对信号系统的影响

通过在线动态监测，全线仅一列试验车运行时，牵引电压、电流随列车运行状态而有明显变化。实际监测结果如下图 2 所示。

从图中可以看出：

◇ 接触网 1 500 V"直流"电压波动 1 400～1 800 V，时有突变。

◇ 列车制动时逆变反馈电压增幅近 100 V。

◇ 接触网直流电流波动 0～1 400 A，与列车运行关系密切。减速滑行不耗能，且时有逆变反馈电压。

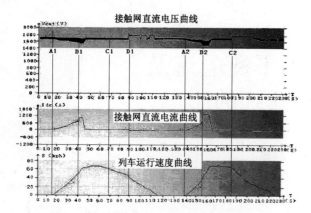

图2　接触网直流电压、电流与速度曲线图

◇ 接触网交流电流波动，峰值近100 A，其谐波能量应予特别关注。

测试结果说明，接触网电压、电流随列车状态而有明显变化。而且它们产生的相对高能谐波成分可能会随机地介入到地铁信号传输系统的频带内。

3　牵引电流不平衡对信号系统的影响

（1）牵引电流不平衡系数。牵引电流不平衡示意图如下图3所示。

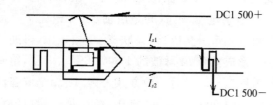

图3　牵引不平衡电流示意图

牵引电流不平衡系数[3]

$$K = \frac{|I_{s1} - I_{s2}|}{I_{s1} + I_{s2}}$$

其中：K：牵引电流不平衡系数

I_{S1}：第一根钢轨中的牵引回流电流

I_{S2}：第二根钢轨中的牵引回流电流

（2）牵引电流对轨道电路的影响机理。两侧轨道阻抗的不平衡会造成牵引电流在两轨条上流过不相等的电流值，产生不相等的电压降，而在轨间形成不平衡电压差 $\Delta V = V_{左轨条} - V_{右轨条}$，该电压差和轨道电路信号叠加，其谐波极有可能骚扰轨道电路信号的正常传输。牵引电流不平衡对轨道电路影响机理如下图4所示。

（3）牵引电流不平衡对轨道电路影响测试。在现场按照下图5所示进行测试。

Ⅰ棒的中心是牵引电流回流点，选取A、B两处，来比较两条钢轨上的牵引电流。测试的电流波形如下图6所示。

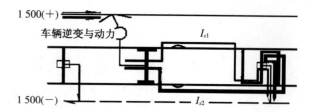

图4　牵引不平衡对轨道电路影响机理示意图

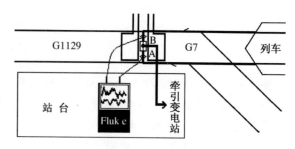

图5　牵引电流不平衡测试示意图

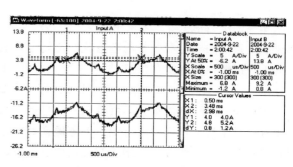

图6　牵引电流不平衡测试波形

根据前面分析，可知在直流电力牵引方式下，牵引电流的直流部分不会对信号造成干扰，所以只分析牵引电流的交流部分的不平衡系数。

由非正弦信号有效值的定义式：

电流有效值 $I_{rms} = \sqrt{\dfrac{1}{T}\displaystyle\int_0^T i^2(t)\,\mathrm{d}t}$

$= \sqrt{I_0^2 + I_1^2 + I_2^2 + \cdots + I_n^2}$

电压有效值 $U_{rms} = \sqrt{\dfrac{1}{T}\displaystyle\int_0^T u^2(t)\,\mathrm{d}t}$

$= \sqrt{U_0^2 + U_1^2 + U_2^2 + \cdots + U_n^2}$

式中，T：周期

i：周期电流

u：周期电压

$\mathrm{d}t$：单位时间

$I_0 \sim I_n$：各次电流谐波分量

$U_0 \sim U_n$：各次电压谐波分量

测得数据的牵引电流交流成分的不平衡系数为：

$$\tilde{K} = \frac{|A \text{通道电流有效值} - B \text{通道电流有效值}|}{|A \text{通道电流有效值} + B \text{通道电流有效值}|}$$

$$= \frac{|\sqrt{I_{A1}^2 + I_{A2}^2 + \cdots + I_{An}^2} - \sqrt{I_{B1}^2 + I_{B2}^2 + \cdots + I_{Bn}^2}|}{|\sqrt{I_{A1}^2 + I_{A2}^2 + \cdots + I_{An}^2} + \sqrt{I_{B1}^2 + I_{B2}^2 + \cdots + I_{Bn}^2}|}$$

$$= \frac{|7.52 - 7.29|}{|7.52 + 7.29|} = 1.55\%$$

测试中所得的牵引电流不平衡系数小于国家标准规定的 5%[4]，因此从测试的结果来看，轨道交通的牵引电流是符合要求的。

4 结语

直流电力牵引方式对地铁信号系统的影响，主要来自其非理想直流中的交流成分所产生的谐波和牵引电流的不平衡。它产生的谐波成分，可能会随机地介入到地铁信号传输系统的频带内，对信号系统的传输造成影响。它的交流成分也可产生牵引电流的不平衡，从而影响信号系统的传输。

对通过动态监测获得的大量数据进行分析，发现谐波成分及牵引不平衡电流对信号系统的影响都在允许的范围内。然而测试过程中只使用了一列车，这和现场运营时的情况是不同的。因此在实际运营环境下，直流电力牵引对信号传输系统会不会产生影响还有待进一步研究。我们测试和分析的结论仅供参考。

参考文献

[1]　郑瞳炽,张明锐.城市轨道交通牵引供电系统.中国铁道出版社,2003.4
[2]　徐安.城市轨道交通电力牵引.中国铁道出版社,2003
[3]　铁道部科技情报研究所.国外无绝缘轨道电路及ATCS.北京,1988.4
[4]　TB/T3073-2003.铁道信号电气设备电磁兼容性试验及其限值

（发表于《城市轨道交通研究》2006 年第 1 期）

轨道交通牵引回流方式对
轨道电路的影响分析

郭玉臣[1]，王　伟[2]，段亚鸣[2]

（1. 同济大学，2. 上海地铁运营有限公司通号分公司）

摘　要：通过对上海市轨道交通直流电力牵引回流方式的比较分析，结合现场实例、实测数据，分析了不同类型的牵引回流方式对轨道交通轨道电路的影响，并结合实际运用情况，比较说明了牵引回流方式中对轨道电路影响较小的方式。

关键词：牵引回流，直流牵引，轨道电路

上海城市轨道交通电力牵引系统都是采用直流(DC)1 500 V"浮空"供电方式[1]，正极由牵引变电站正极引出，通过接触网给列车供电，直接经由钢轨和电气绝缘棒的回流线引至牵引变电站负极。由于作为强电系统牵引回流途径的轨条和棒，是与弱电系统轨道电路传输信道共用，所以回流是否畅通与平衡，对轨道电路的信息传输起有着直接的影响。目前，在上海城市轨道交通已投入运营的线路中，虽然在正线上大致是每隔 1.5 km～1.8 km 设置牵引回流点，但是牵引回流方式却不尽相同；其回流线的线径、长度、根数、连接方式也都不相同；而且为平衡邻线回流，有的线路还将上、下行的回流线连在一起。因此，牵引回流线的布置方式和维护水平的优劣，可能会对轨道电路的正常工作造成影响。为了摸清牵引回流方式对轨道电路工作的影响，我们对现有轨道交通的牵引回流方式进行了比较分析，并结合测试数据进行了初步验证。

1　回流方式

目前城轨交通常用的牵引回流方式有两种，一种是"无回流阻抗棒"方式，通过轨道电路电气绝缘阻抗棒作为回流点；另外一种是采用"回流阻抗棒"方式，通过专设于轨间的回流阻抗棒作为回流点。

（1）无回流阻抗棒方式。由于轨道电路阻抗连接器主要有 WZ 棒和 S 棒，因此无回流阻抗棒牵引回流方式相应地采用 WZ 棒或者 S 棒作为回流点。

以 WZ 棒作为回流点的无回流阻抗棒的牵引回流方式的回流线从阻抗连接器的中心抽出，与另一条线路上的阻抗连接器中心抽出的回流线相连接，然后再回流到牵引变电站的负极。该种牵引回流方式的结构如图 1 所示。

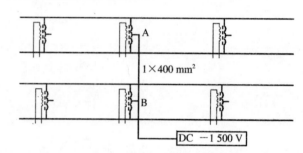

图 1　WZ 棒牵引回流方式示意图

这种方式中，当两条轨条直流牵引电流严重不平衡时，尺寸有限的铁芯，会被直流磁化而饱和，引起轨道电路信息非线性畸变失真。

以 S 棒为点的无回流阻抗棒的回流方式在回流处设置一个铁牌，棒线用螺丝拧在铁牌上。同时牵引回流线也用螺丝固定在铁牌的两边，不同的牵引回流点所使用的牵引回流线个数也不一样，一般是 6～8 根。该种牵引回流方式如下图 2 所示。

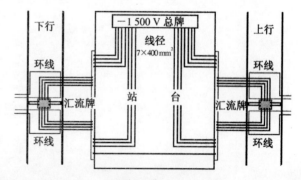

图 2　S 棒牵引回流方式示意图

这种方式中，为保证两条钢轨上牵引电流的平衡度，牵引回流点的抽头位于两条钢轨的铁牌中间。这种牵引回流方式在牵引回流点使用的电缆较多，相对 WZ 棒作为回流点的牵引回流方式来说，具有更好的特性，而且各牵引回流点直接回到牵引变电站负极，减少了上、下行牵引电流串扰的可能性。

（2）回流阻抗棒方式。回流阻抗棒方式的牵引回流点和轨道电路电气绝缘的棒线分开设置的。该方向专设具有隔交走直特性的回流阻抗棒（见图3），构成牵引回流通道。该种牵引回流方式结构如下图4所示。

图3　回流线阻抗棒

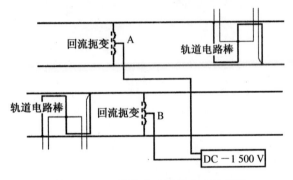

图4　回流阻抗棒牵引回流方式示意图

这种方式中，上、下行的信号电流不再通过轨道电路的阻抗棒，从而避免相互串扰。牵引电流可以通过专设的回流阻抗棒电缆连接回到牵引变电站负极。这样的设置减少牵引回流对轨道电路信息传输系统的骚扰，也降低了上、下行串扰的可能性。

2　回流方式比较

（1）方式比较。在以 WZ 棒为回流点的牵引回流方式中，牵引回流线和轨道电路阻抗棒连接在一起，并且上、下行两条线路也相互连接在一起，这既干扰了同线路的轨道电路，也干扰了相邻线路的轨道电路。而且阻抗连接器 WZ 棒使用铁芯，当钢轨的牵引电流不平衡时，非常容易造成磁饱和，有可能造成轨道电路跳"红光带"。

以 S 棒为回流点的牵引回流方式在布线方式上和以 WZ 棒为回流点的牵引回流方式类似，也是从轨道电路棒线中间引出牵引回流线，并且也是上、下行连接在一起。所以，单从回流方式看，这种牵引回流方式也非常容易出现钢轨的牵引不平衡电流影响轨道电路正常工作的故障。但由于采用 S 棒的轨道电路利用环线（非铁磁耦合）将轨道电路信号耦合至钢轨的方式传输信息，环线的介质是空气。因此，不会造成磁饱和，只有牵引不平衡电流的交流成分才可能对轨道电路产生影响。

具有回流阻抗棒的牵引回流方式是将牵引回流点与轨道电路阻抗棒分开，以便减小牵引不平衡干扰轨道电路信息传输的概率。但由于如果采用注入式轨道电路，则当信号传输至钢轨，这种回流方式将无法避免牵引不平衡电流造成轨道电路耦合单元磁饱和的可能性。

（2）实例分析。我们对现场故障现象有关信息资料的初步分析表明，在列车高速运行或启动时，由于回流不畅，牵引不平衡直流磁化，会造成 WZ 棒铁芯的磁饱和[2]，使相邻区段和邻线轨道电路信息幅度跌至原值的 30％ 以上，从而使轨道电路"跳红光带"。

出现红光带的区段，往往存在回流线，且在上、下行有列车高速通过时。实际测试表明，牵引速度越高，轨道电路信号幅度降低越明显，相应区段轨道电路"跳红光带"现象也越严重。下图所示为 WZ 棒在被牵引不平衡电流直流成分磁化时，轨道电路信息发生畸变原理示意：

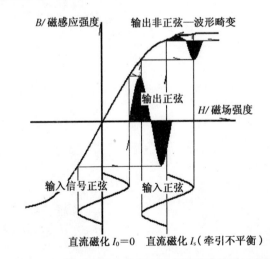

图5　WZ 棒磁饱和与轨道电路信息畸变关系示意图

（3）原理分析。通过直流电力牵引对轨道电路的电磁骚扰实测数据分析和故障的统计分析，可以看出,牵引回流不畅和牵引电流不平衡是重要的骚扰原因。在全线牵引供电网仅一列车在相邻区段启动、制动试验时,牵引"直流"电网波动电压可达 300 V,直流电流可达 1 400 A,它的交流电流峰峰值在 100 A 内变化,特别是它们随机产生的高能脉冲(毛刺),所包含的频谱能量较大,这些能量经过阻抗连接器电磁耦合介入系统,从而构成对轨道电路信息传输的骚扰。

3　结语

通过对上海市轨道交通各种牵引回流方式、工作原理以及实例分析,可以看出牵引回流的配置方式,会对轨道电路的正常工作造成影响。从实例和实际运用情况来看,设置回流阻抗棒的轨道电路工作比较稳定,跳红光带的现象较少。本文对牵引回流方式的比较分析,对于进一步深入研究牵引回流方式对轨道电路甚至整个信号系统的影响,给出了一些思路和可以借鉴的方法,对于以后的城市轨道交通建设和维护具有参考价值。

参考文献

[1] 郑瞳炽,张明锐.城市轨道交通牵引供电系统.中国铁道出版社,2003.3
[2] 李瀚荪.电路分析基础(下册).高等教育出版社,1993

（发表于《城市轨道交通研究》2006 年第 1 期）

2号线岔区轨道电路分析

刘金叶

（上海地铁运营有限公司通号分公司）

摘　要： 简要介绍了上海地铁2号线岔区轨道电路的系统功能、工作原理、结构特性和信息内容等。正线轨道区段的列车检测和机车信号是由AF-904数字移频键控(FSK)轨道电路完成的，而正线联锁区道岔区段轨道电路列车检测是由50 Hz工频(PF)轨道电路完成的，机车信号是由道岔区段机车信号长环线向渡线上运行的列车发送的。

关键词： 上海，地铁2号线，岔区轨道电路，列车检测，机车信号

上海地铁2号线列车自动控制(ATC)系统是引进美国US&S公司的Microlok ®微机联锁系统。该系统包含了两类轨道电路：一类是AF-904数字移频键控(FSK)轨道电路，用于正线轨道区段；另一类是50 Hz工频(PF)单轨条轨道电路，用于正线联锁区的道岔区段。正线AF-904数字FSK轨道电路的列车检测和机车信号是由同一套设备完成的，其工作原理与国内移频自动闭塞类似，在此不再赘述。而正线联锁区道岔区段的列车检测和机车信号却是由不同的设备完成的，下面针对2号线典型的渡线岔区轨道电路工作原理做简要分析介绍。

正线联锁区渡线区段是一个轨道电路区段，用于实现列车检测，而机车信号是由轨旁机车信号长环线向列车发送。50 Hz工频(PF)轨道电路工作原理如图1所示。

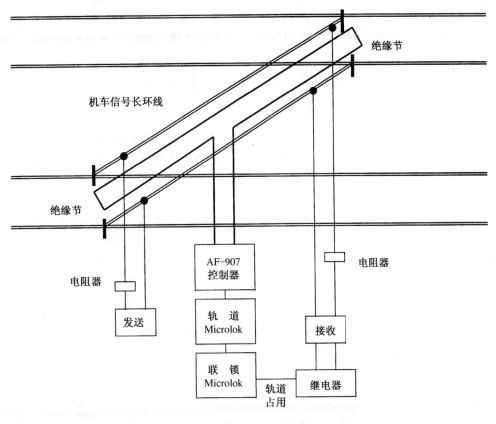

图1　50 Hz工频(PF)轨道电路工作原理

1　列车检测

发送端:包括一个 W400 型变压器和一个电阻器(见图1)。通过发送端变压器将 110 V、50 Hz 交流电压降为 8～17 V 低电压发送到钢轨。发送端变压器的次级有不同的电压抽头,用来调整轨道电路的发送电压。当列车分路轨道电路发送端时,通过电阻器来限制通过变压器的电流。

接收端:包括一个电阻器、一个 1:1 变压比的变压器和一个 PV250 型继电器(见图1)。PV250 型继电器有两个线圈,一个是局部线圈,其所用 110 V、50 Hz 电源由室内直接供给;另一个是轨道线圈,其所用 110V、50Hz 电源由室内供出,通过电缆送到室外发送端,通过钢轨,由接收端送到继电器的轨道线圈。当轨道线圈和局部线圈所得电源满足规定的相位和频率(具有相位和频率选择性)要求时,轨道继电器吸起,反之轨道继电器落下。

2　机车信号

在正线联锁区道岔区段,轨道 Microlok 使用 16.5 kHz 载频,采用移频键控(FSK)调制方式通过 AF-904 控制器连续向机车信号长环线发送数字格式数据。机车信号长环线将 AF-904 控制器发送来的机车信号信息直接耦合到列车的 ATP 接收线圈。列车上的 ATC 系统(使用通过前一轨道电路区段接收到的信息)自动调谐车载接收器,使其只接收当前轨道区段的数据。

发送到列车上,由车载 ATP 子系统译解的信息总计包含 61 比特的信息。最前面的 8 比特(标题位)有一个固定的形式(01111110),并用来同步译码。接下来的 37 位是轨道系统的专用数据。最后的 16 位是周期冗余检查位,用于错误检查。

由轨道 Microlok 编译的 37 个数据位通过安全串行通信连接到 AF-904 控制器。信息包括表 1 所示的内容:

表 1　AF-904 数据位

位　数	功　能
12	轨道电路 ID
4	线　速度
4	目标速度
7	目标距离(要行驶的距离)
3	下一载波频率
2	方向控制
2	耦合/不耦合(没有使用)
1	停　站
2	保留用途

与轨道电路 ID 相对应的 12 位包括轨道电路区段名称、地形数据、车站数据等。列车 ATP 子系统的存储器包含 2 号线运营系统中每个轨道电路区段的信息,总共可以存储 4 096 个轨道电路区段信息。

控制列车速度包括下列三个参数:线速度、目标速度和目标距离:

- 当目标速度和当前列车速度不同时,列车加速或减速到目标速度;
- 目标速度是列车在控制线末端要求的速度;
- 目标距离表示到达目标速度可用的距离。

接下来的频率位告诉列车下一个轨道电路区段的机车信号频率。车载 ATP 设备包含 2 个带电子调谐的接收器,受 1 个逻辑单元控制。当列车进入轨道电路区段 n 时,所接收到的信息中包含有后续轨道电路区段 $n+1$ 的机车信号频率,由逻辑单元识别并控制接收器 2 调谐至 $n+1$ 轨道电路区段的机车信号频率,做好接收准备,以保证列车能连续接收轨旁信息。

停站位是发送到站台轨道电路区段和与它相邻的轨道电路区段的。该位告诉列车它处在车站站台的可用范围内,列车然后决定是否停车,并打开车门。

综上所述,正线联锁区道岔区段轨道电路检测是由 50 Hz 工频(PF)轨道电路完成的,机车信号是由道岔区段机车信号长环线向渡线上运行的列车发送的。

参考文献

[1] 上海地铁 2 号线列车自动控制技术规格书
[2] 吴汶麒.国外铁路信号新技术.中国铁道出版社,2000
[3] 吴汶麒.城市轨道交通信号与通信系统.中国铁道出版社,1998

(发表于《铁道通信信号》2004 年第 9 期)

3号线轨道电路分析

张　郁[1]，黄佩伟[2]

（1. 上海地铁运营有限公司通号分公司，2. 上海交通大学）

摘　要：对上海城市轨道交通地铁3号线采用的DTC921数字轨道电路主要部件、工作原理作了较为深入的分析；把3号线的轨道电路与1、2号线的轨道电路进行了对比，探讨了轨道电路的发展趋势。

关键词：轨道电路，机车信号，S-BOND，轨道数据

轨道电路是利用钢轨检测列车是否占用轨道、发送机车信号等信息，保证列车安全运行的重要部件。

上海城市轨道交通3号线采用法国ALSTOM的DTC921轨道电路为数字无绝缘节轨道电路，以频率划分各段轨道电路，其工作频率范围为：9.5 k～20.7 kHz。具有调制效率高、传输信息量大等特点。

1　DTC921轨道电路构成

DTC921轨道电路是由室内处理单元、室外调谐单元、S-BOND、连接电缆以及钢轨构成。

处理单元设于车站信号机械室内，用于发送、接收以及处理信号；两个调谐单元谐振于本段轨道电路工作频率；S-BOND和调谐单元共同把发送信号耦合到钢轨上。处理单元具有与ATC、VPI(微机联锁)设备的接口，ATC设备提供轨道电路发送给列车的SACEM报文信息（机车信号），另外还提供维护用的接口。

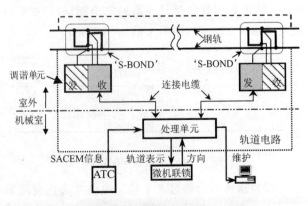

图1　轨道电路框图

2　处理单元工作原理

处理单元的主要功能原理见图2。

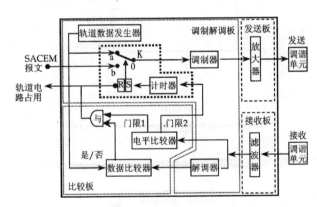

图2　处理单元主要功能框图

处理单元由发送/接收板、比较板以及调制解调板组成。电路中的门限2高于门限1，以保证开关K置"a"值大于置"b"值（类同轨道继电器返还系数）。

本段轨道空闲时，调制解调板产生400 bit/s的轨道电路调制数据（简称轨道数据），以分配给本段的载频，用MSK调制方式发送至钢轨。

接收部分的数据比较器将解调后得到的轨道数据与调制电路的轨道数据比较，如果一致就表示轨道数据收悉；电平比较器检测接收信号的电平，如果接收信号电平高于门限1，而解调后的数据又与本轨道数据一致，则与门输出"1"，开关K置"a"，保持继续向轨道发送轨道数据，并向VPI发送轨道电路空闲信号（+24 V）。

如果轨道被列车占用，列车轮轴分路轨道信号，信号接收电平低于门限1，则与门输出"0"，开关K置"b"，调制数据改为500 bit/s的SACEM报文，经由钢轨发送给列车，用于列车自动控制。

当列车出清本轨道电路时,电平比较器得到高于门限1的电平,但是开关K置"b",所收数据与轨道数据比较不一致,不能立即发送空闲信号。当电平高于门限2的电平时,触发计时器,计时结束后进行接点转换,开关K置"a"。解调器收到轨道数据,当数据比较一致后并满足电平要求后,向VPI发送空闲信号。所以,列车出清轨道后要经过一定的延时才可以发送空闲信号。

3   S-BOND 及调谐单元工作原理

S-BOND与调谐单元、钢轨以及连接电缆并联谐振于所处轨道的载频,用于选频及滤波。调谐单元中含有可调电感,用以调整谐振频率在载频中心频率,见图3。一个调谐单元由2个对称部分组成,分别用于前个轨道电路的接收和后一个轨道电路的发送。

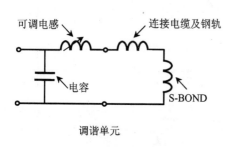

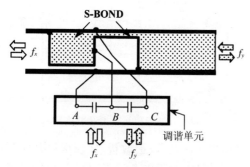

图 3   S-BOND 调谐单元原理图

图4是S-BOND工作原理图。可以看出S-BOND由两个半环构成,假设右半环用于向左方向发送信号,那么下一个S-BOND的左半环则用于接收,这两个半环与它们所连接的调谐单元谐振于本轨道的载频。

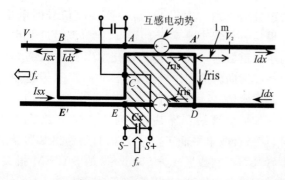

图 4   S-BOND 工作原理图

S-BOND的另一个作用是均衡两根钢轨之间的牵引回流。

此外,"S"型的设计可以使发送具有方向性。发送信号由$S+$、$S-$开始(我们这里只考虑正半周),$S+$端电流经过C到B,再分成两路Isx、Idx,其中Isx去向本轨道电路的接收方。经C到D方向的电流在流经AA'和DE时分别产生互感与自感电流与Idx抵消,致使发送电流只向左发送。在发送方,S-BOND两端外侧1米处的轨面电压比值V_1/V_2应大于2.5,在接收方的比值V_2/V_1应大于2.2。"S"型的设计可以消除轨道电路的"死区段",即当列车轮轴分路在A点附近时,保证相邻2个轨道电路都处于占用状态。而不能出现都空闲的"死区段"现象。

地铁3号线S-BOND的原理与2号线的基本相同。所不同的是耦合线圈的连接方式,如果说2号线S-BOND是互耦方式的话(如图5),那么3号线采用是注入型的自耦方式。

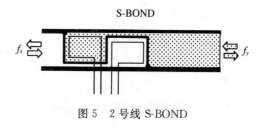

图 5   2 号线 S-BOND

4   轨道电路频率划分及方向性

由于此轨道电路没有绝缘节,为了避免干扰,频率的配置按照一定的规律安排,见图6。此轨道电路提供8个频率,F7、F9和F11依次用于下行线,F8、F10和F12依次用于上行线。F13和F14用于特殊地区。各个频率以400 bit/s的速率调制不同的轨道数据(例如C19,C22等)。每个频率分配3种轨道数据,例如F7分配的是C19、C20、C21。轨道数据其实就是一系列二进制码(例如C19就是7589,C20是7623,C21是8AB9)。

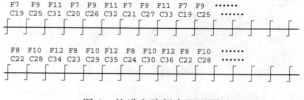

图 6   轨道电路频率配置图

按照这种组合经过8个轨道电路才会出现频率相同轨道数据也相同的情况,例如F9/C25。由于信号的自然衰耗,在最不利条件下,这两段轨道电路互不影响。

当轨道电路空闲时,各个载频调制轨道数据。一旦被占用,则轨道电路调制 500 bit/s 的 SACEM 报文。

无论轨道数据还是 SACEM 报文都采用迎头发送(即迎着列车车头的方向发送)。VPI 向轨道电路发送 DOT 命令(倒换方向命令),用于列车反向行驶。通过处理单元中的继电器可以倒换发送方向。

5 道岔区段的应用

由于岔区的存在,SACEM 信号在侧股采用环线发送的方式,环线的发送频率不同于直股(直股机车信号载频与本轨道载频相同),信号通过 LIU (环线调谐单元)发送给环线。与直股不同的是环线发送是时时发送(不间断发送),直股是轨道电路占用时才开始发送 SACEM 信号。SACEM 设备并联发送给各个道岔分支和直股,所以在整个道岔区段使用相同的 SACEM 报文。

岔区采用统一的轨道载频和轨道数据来实现列车占用检测和断轨检测。如图 7 所示,如果列车运行方向自右向左那么最左面的 S-BOND 为发送 S-BOND,其他三个都起接受作用。图 7 所示为一送三收轨道电路。如果列车从左向右运行,VPI 发送 DOT 命令(倒换方向命令),则最右的 S-BOND 起发送作用。

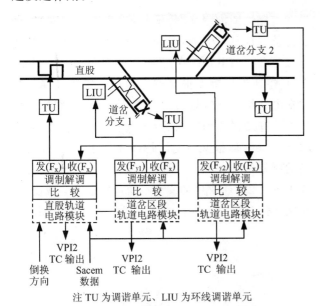

注 TU 为调谐单元、LIU 为环线调谐单元

图 7　道岔区段轨道电路示意图

6 信号调制方式

轨道电路的轨道数据采用 MSK 调制方式,调制速率为 400 bit/s。

6.1　MSK 的特点

MSK 信号具有三个主要特点:

(1) MSK 是 FSK 的一种,相关系数 $\rho = 0$,

∵ FSK 相关系数

$$\rho = \frac{\sin(\omega_m - \omega_s)T_b}{(\omega_m - \omega_s)T_b} = \frac{\sin 2\pi(f_m - f_s)T_b}{2\pi(f_m - f_s)T_b} = 0$$

∴ $2\pi(f_m - f_s)T_b = K\pi$。

由于是最小频移所以 $K = 1$(其中 ω_m 为传号频率;ω_s 是空号频率;T_b 为码元宽度);$\rho = 0$,所以是二元正交集,便于检测。

(2) 最小移频指数 $h = 0.5$。

最小移频指数

$$h = \frac{2f_d}{r_b} = \Delta f \cdot T_b = (f_m - f_s)T_b,$$

如图 8 所示,当 $K = 1, \rho = 0$ 时,$h = (f_m - f_s)T_b = 0.5$。

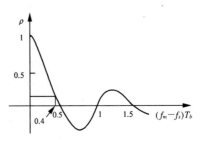

图 8　FSK 相关系数

(3) MSK 还有相位连续的特点

此外,恒包络带外辐射小也是 MSK 的特点。

6.2　在 3 号线轨道电路中的应用

在 3 号线轨道电路中载频分别为 9.5,11.1,12.7,14.3,15.9,17.5,19.1,20.7(kHz),频偏 ±100 Hz,调制速率 400 bit/s,所以 $h = \frac{2f_d}{r_b} = \frac{2 \times 100}{400} = 0.5$,符合 MSK 要求。

但是,当轨道电路占用时,轨道电路发送 SACEM 报文的调制速率为 500 bit/s。此时 $h = \frac{2f_d}{r_b} = \frac{2 \times 100}{500} = 0.4$,就不满足 MSK 调制的条件,如图 8 所示 $\rho \neq 0$。所以只能以 CPFSK 的方式进行调制,势必降低了码元的正交性,增加解调误码率。

以往 SACEM 报文都是以全线敷设环线的方式发送,用轨道电路发送 SACEM 报文是首次尝试,虽然损失一定的正交性,但在保证安全的前提下降低了全线成本。

7　SACEM 报文以及模糊区段的处理

上文已经提到过当轨道电路空闲时,各个载频调制轨道数据。一旦被占用,则轨道电路调制 500 bit/s 的 SACEM 报文。SACEM 报文包含丰富的信息,是车载 ATP 设备用于计算列车运行状态的基础。

7.1　报文的基本形式

报文由固定长度的帧组成,帧长度:80 bit + 4 bit 的起始/停止符。

4 bits	64 bits	6 bits	10 bits 循环冗余校验码
起始/停止	信息	解码	第一级检测码

"起始/停止"部分标志报文的起始与结束,4 bit

"信息"部分包含应用处理的有效信息,64 bit

"解码"部分包含如下信息,6 bit

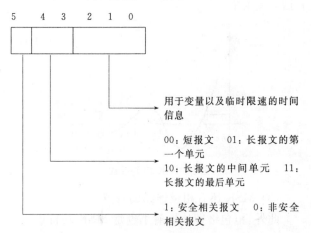

用于变量以及临时限速的时间信息

00:短报文　01:长报文的第一个单元

10:长报文的中间单元　11:长报文的最后单元

1:安全相关报文　0:非安全相关报文

"第一级检测码"用于检测和校正传输中的干扰,10 bit。

7.2　报文的分类

报文按类型分为:(这里的报文指 64 bit 信息位)

(1) 安全相关不变量报文;

(2) 安全相关变量报文;

(3) 临时限速报文;

(4) 非安全相关变量报文。

安全相关不变量报文是长报文,它包含进路地图中的一些不变量的信息数据,例如道岔、信号机、信标位置、永久限速点等等。长报文长度比较长,长度≤512 bit,因为一帧只包含 64 bit 的有用信息,所以长报文要分成若干帧传送给车载 ATP,并且按次序循环发送。

安全相关变量报文属于短报文,只有一帧。它反映一些安全相关的变量,例如道岔位置、信号机状态等等,一帧中变量的最大数量是 22。安全相关变量也是循环发送,但当安全性变量一旦发生变化,轨旁

ATP 设备立即通过轨道电路发送给车载 ATP 设备,例如此时正在发送长报文,当地面安全相关变量发生变化时,立即打断长报文发送,插入发送安全相关变量,等发送完成后再继续长报文的发送。

临时限速报文属于长报文,它向车载 ATP 提供线路的临时限速命令,一个传输区有 4 帧临时限速信息,并循环发送。

非安全相关变量报文属于短报文,只有一帧。它包含一些非安全的变量以及同步时间信息,并循环发送。

所有的这些报文都有自己的二级检测码,来保证信息位的传输正确性。第二级检测码包含在 64 bit 信息位中,和上文所述的第一级检测码一起来保证码位的传输正确性,克服由轨道电路发送 500 bit/s 的 SACEM 信息所增加的误码率。

7.3　模糊区段的处理

在电气绝缘(S-BOND)中有一段区域是信号电平模糊区段,由于信号电平低,而且又是两个频率的切换点,所以模糊区段中,车载设备所收到的信息是不可靠的。3 号线信号系统是采取如下措施来解决此问题的。

当列车通过此模糊区段(根据道碴及分路条件,最长 5 米)时,列车将忽略所接收到的信息,所以频率的转换不会影响车载设备的工作。这种处理方式是采用一种"传输间隙"的方式来处理的,是通过在进路地图内定义"传输间隙"奇点来实现的(奇点是位置信息,例如道岔位置,信号机位置)。当列车接近图 9 PK1 奇点,图 10 的时间 t1 时,车载 ATP 将在当前接收报文的末端停止接收信息。然后在电气绝缘节区域内的 PK2 及时间 t2 切换接收频率。并搜寻适当区域(PK3 及 t3)内的报文,重新启动接收处理报文信息。PK1 的位置以及所要切换的频率信息在列车运行到模糊区段前已经提前存在于 SACEM 报文中的安全不变量发送给车载设备,车载设备在到达 PK1 后立即完成上述一系列动作。

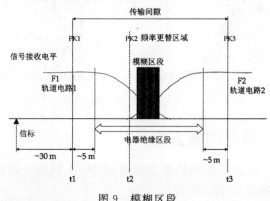

图 9　模糊区段

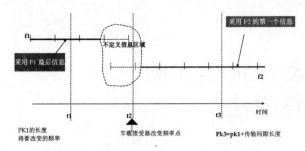

图10　机车信号在模糊区段的信息处理方法

8　上海1、2、3号线轨道电路比较

上海城市轨道交通先后投入运营的三条线采用的是不同制式信号系统，其中轨道电路分别是：

上海轨道交通1号线：美国GRS的模拟音频轨道电路；

上海轨道交通2号线：美国USS的数字式轨道电路；

上海轨道交通明珠一期（3号线），明珠二期（4号线）：法国ALSTOM的数字报文式轨道电路。

表1是对这三条线轨道电路的对照比较。从表中可以看出轨道电路技术发展的趋势：轨道电路在信号方式上是从模拟→数字；调制方式从AKS、FSK到MSK；调制效率以及轨道电路传送信息量不断提高；在机车信号方面，1号线机车信号采用单一的、不同于轨道电路载频频率的发送方式，而2、3号线已经采用与本轨道电路相同的频率发送。在岔区采用的轨道电路方面，1、2号线在岔区采用相敏轨道电路，在3号线采用单一的轨道电路。在轨道电路制式方面，1号线采用阶梯式信号，列车收到不同频率的信号代表不同的行车速度。2号线通过地面设备计算出目标速度和目标距离通过轨道电路以200 bit/s的二进制序列发送给机车。而3号线智能化设备从地面向车载转移，实现了准移动闭塞。这一设计思想也对轨道电路产生一定的影响。1、2号线智能化设备从属于轨旁设备，轨旁设备计算出列车允许运行速度通过轨道电路传给列车。而3号线轨旁设备以广播的方式把地面路况信息发送给在本传输区运行的所有列车，列车通过地面信息，自行计算出自己的速度曲线。这种方法的优点是可以减少轨道电路的数量。获得同样的追踪间隔时间性能，1号线的速度码系统比3号线的距离定位系统需要增加大约30%到50%的轨道电路。

表1　上海1、2、3号线轨道电路的比较

	1　号　线	2　号　线	3　号　线
生产厂家	美国GRS	美国USS	法国ALSTOM
轨道电路制式	模拟（阶梯式）	数字（目标距离）	数字（报式）
轨道检测信号	载频：2 625，2 925，3 375，4 275（Hz）	载频：9.5，11.5，13.5，15.5，10.5，12.5，14.5，16.5（kHz）	载频：9.5，11.1，12.7，14.3，15.9，17.5，19.1，20.7（kHz）
	调制方式：ASK	调制方式：2FSK　频偏±200 Hz	调制方式：MSK　频偏±100 Hz
	调制信号频率：2 Hz或3 Hz	调制速率：200 bit/s	调制速率：400 bit/s
机车信号	载频：2 250 Hz	机车信号同于轨道检测信号	载频：同于轨道检测信号
	调制方式：ASK		调制方式：CPFSK
	调制信号频率：3 Hz(10 kph)4.5 Hz(开左门)5.54 Hz(开右门)6.83 Hz(20 kph)8.31 Hz(30 kph)10.1 Hz(45 kph)12.43 Hz(55 kph)15.3 Hz(65 kph)18.14 Hz(80 kph)		调制速率：500 bit/s
岔区轨道电路	二元二位轨道电路	二元二位轨道电路	同正线
分路灵敏度	0.15 Ω	0.25 Ω	0.5 Ω
轨道电路长度	20～400 m	20～305 m	20～400 m

参考文献

[1]　吴汶麒.国外铁路信号新技术.中国铁道出版社,2000

[2]　宋文涛　罗汉文.移动通信.上海交通大学出版社,1996

[3]　上海地铁1.2.3号线信号专业技术规格书

（发表于《城市轨道交通研究》2004年第4期）

车载信号系统制动保证单元的
原理及调整方法

徐宏基

（上海地铁运营有限公司通号分公司）

摘　要：信号车载系统制动保证单元对电动客车的安全运行具有不可缺少的作用。讨论和分析了制动保证单元的工作原理，研究和分析了不同系统的制动保证单元的调整方法。

关键词：制动保证单元(BAU)，数字制动保证单元(DBAU)，减速率

信号车载系统制动保证单元在自动电动客车控制系统(ATC)中起了安全作用，它是用来检测电动客车在超速时制动是否达到规定的减速率及车门打开时车辆是否移动。用于确保使用全常用制动时列车以最小码率 0.715 m/s/s(1.6 m/h/s) 减速。如果在 3.4 秒内没有达到最小的制动减速率，自动电动客车保护系统(ATP)CPU 将命令紧急制动。一旦紧急制动开始，它将一直作用到列车完全停止。地铁 1 号线车载信号有 GRS 和 Micro Cabmatic®Ⅲ 两种系统，下面分别进行讨论分析。

1　GRS 信号系统

地铁 1 号线车载 GRS 信号系统的制动保证单元是由一个机械摆和红外线检测装置组成，摆由电动客车在加速或减速运动时做惯性摆动。红外线检测装置提供一个已经达到规定的减速率的表示信息，当电动客车在减速时达到规定的减速率，制动保证单元(BAU)输出一个表示信息，输送到安全输入板，并传送到系统 CPU 板，当系统 CPU 板辨别出一个超速条件时，将监督 BAU 的输出。若在 3.4 s 规定的时间内，没有检测出 BAU 的输出，系统 CPU 将使紧急制动继电器 EBR 失磁，施加紧急制动，保证电动客车的安全。当车门打开时，若 BAU 有输出被系统 CPU 检测到，则系统 CPU 认为电动客车正在移动，为保证乘客的安全，将使 EBR 失磁施加紧急制动。若在车停时，如系统 CPU 检测到 BAU 输出，则将施加紧急制动。

BAU 校正方法：将列车停在水平轨道上，将 BAU 从 ATC 机架上拆下，将专用水平仪安装在原 BAU 位置上，并用螺母紧固，查看水平仪上的水泡是否在中间位置。如不在中间位置，需将 ATC 机架进行水平调整，直到水平仪上的水泡在中间位置。

2　阿尔斯通公司的 Micro Cabmatic®Ⅲ 系统

Micro Cabmatic®Ⅲ 系统减速率是由数字制动保证单元(DBAU)感应到的。DBAU 是位于 ATP 模块上安全电源控制器(VPC)板上的一块子板。DBAU 产生一个校核字到 ATP CPU。如果制动保证码率没有获得则产生一个失败的校核字，如果制动保证码率获得则产生一个正确的校核字。当 ATP CPU 认可一个超速条件时，它监控 DBAU 的响应。如果在 3.4 秒内没有检测到 DBAU 输出，ATP CPU 产生一个紧急制动命令。作为一个安全检查，无论车门何时打开，都将检查 DBAU 的输出。当车门打开时，DBAU 输出显示一个 DBAU 故障，当这种情况出现时，紧急制动施加。在自动和手动模式下，制动保证子系统和超速防护子系统都将一起工作。

DBAU 板位于 VPC 板上，其功能为制动施加时安全地测量减速率。DBAU 围绕位于其上的数字加速计设计。为了获得安全性减速测量，使用两个加速计。这两个加速计的安装使得其相差 180 度。通过这样安装，对于相同的减速率，每一个加速计都产生一个不同的输出(一个上升，一个下降)。CPU 确认每一加速值在正确的方向上变化，且其值正确对应。这有助于消除使 ATC 系统计算不正确减速率的共同模式故障。每一加速计输出通过一低通滤波器。该滤波器能消除由于列车震动产生的高频噪音。每 100 毫秒滤波器输出由

ATP CPU 读取,由 CPU 处理数据并决定减速率。测量显示制动操作是否正常。制动保障是通过确认制动施加时有正确的最小制动力而完成的,如果没有最小的制动力,紧急制动系统将被自动启动。当没达到最小制动率时,DBAU 每 100 毫秒就传送一个特定的 32 位的校核字给 ATO CPU。

当数字制动保证板更换或记录一个 DBAU 错误时,数字制动保证单元必需校准。DBAU 校准程序如下:(DBAU 必须在水平轨道上校准,在梅陇基地检四线轨道和停车库 2 道比较水平)

2.1 静态测试

必须将电动列车停在水平轨道上校准。① 打开个人电脑上的 PTU 应用程序;② 点击工具下拉菜单;③ 选择校准 BAU,出现一个口令窗口。输入口令并按回车键。出现校准 DBAU 屏幕(见图 1);④ 选择"CALIBRATE"(校准)按钮;⑤ 在校准文本框出现"Please validate brake rate displayed below"

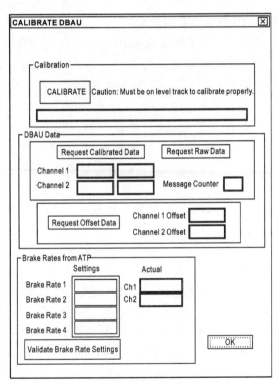

图 1 DBAU 校准界面图

(请确认以下所列的制动率)的信息;⑥ 核实在"Brake Rates from ATP"(ATP 制动率)框中的制动速率 1 设为 1.6;⑦ 选择"Validate Brake Rate Settings"(确认制动率设置)框,然后选择"CALIBRATE"以便系统初始化校准程序。

当校准程序结束时,在校准文本框中将显示"DBAU CALIBRATION SUCCESSFUL"(DBAU校准成功)信息(见图 1)。选择"OK"按钮退出程序。

2.2 动态测试

为保证 DBAU 在运行时的可靠性,还必须进行动态测试。① 设置 PTU 控制列车制动率,包括非安全继电器 DR、BR 和 P-line 的控制。ATP 防护仍有效。列车以 ATO 模式运行;② 接收的允许机车信号大于 20 kPH,驾驶列车使其速度达到 20 kPH;③ 使用 PTU,命令列车以 0.65 m/s/s 制动率制动(PTU 请求 40% 制动)。用表达式监视软件监视制动保障真值检查字。制动保障检查字(BRAKE_RATE_1=)不应变"真"。注意:并联模式时,必须检查 ATP1 和 ATP2 的制动保障检查字;④ 重复执行步骤②;⑤ 使用 PTU,命令列车以 0.75 m/s/s 制动率制动(PTU 请求 60% 制动)。用表达式监视软件监视制动保障真值检查字。制动保障检查字(BRAKE_RATE_1=)应变"真"。注意:并联模式时,必须检查 ATP1 和 ATP2 的制动保障检查字。

经过静动态测试并全部通过,DBAU 才能投入使用。动态测试中的制动率参数是庞巴迪车辆调整值,不同车辆制造商车辆特性有所不同,要进行相应调整。

3 结论

信号车载系统制动保证单元调整的好坏直接影响到自动列车行驶的安全,上海地铁信号设备采用不同的制造厂商,但信号车载系统制动保证单元的原理基本一致。我们可以根据不同的信号系统摸索出相应的调整方法,保证地铁列车行驶的安全。

列车自动监控系统的安全维护

关秋雁

（上海地铁运营有限公司通号分公司）

摘　要：列车自动监控（ATS）系统安全可靠的运行，对于地铁的运营效率是至关重要的。通过对ATS系统在软件安全、设备安全、网络安全和管理安全方面的几点看法，来进一步讨论安全维护的技术手段，强化维护的安全意识，以及面对城市轨道交通未来的发展趋势，在ATS系统的维护安全模式上提出网络化维护管理的建议。

关键词：ATS（列车自动监控），维护，安全

列车自动监控（ATS）系统是地铁信号系统的指挥中心，它负责监视和控制线路中所有列车的运行状态。ATS系统是一个分布式系统，设备安装在控制中心、各集中车站和停车场内，中央和各集中站之间通过远程通信网络相互连接。在系统正常运行时，ATS系统自动根据时刻表以及系统内置的调整策略对列车及信号设备进行监控，必要时，操作员可通过人机界面（MMI）对系统运行进行干预[1]。因此，ATS系统极大地降低了工作人员的劳动强度，并且提高了系统的运行效率和自动化程度。

1　列车自动监控系统的重要性

随着城市轨道交通的发展，地铁日益成为了人们外出的首选工具。地铁列车多数情况下是在高载客量、高密度下运行的，列车之间的运行间隔时间越来越小，对这样的系统不可能完全采取人工方式进行调度和管理。因此，工作人员对列车自动监控系统的依赖程度越来越高。

由于通信技术的发展，ATS系统的功能也越来越强，已不仅仅是传统意义上的"列车自动监控"，ATS系统正在向集成化方向发展。轨道交通系统的其他子系统如无线通信系统、公共广播系统、闭路电视系统、环控系统、电力监控系统、火灾报警系统、乘客信息系统等的监督和控制功能，都逐渐地与列车自动监控系统等功能集成在一个系统中。

所以，列车自动监控系统安全可靠的运行对于整个地铁交通系统的运营效率是至关重要的。

2　ATS系统维护安全

2.1　ATS系统设备的安全

通常，ATS系统设备使用高可靠性的硬件，并采取冗余手段保证系统的安全可靠性，在控制中心和各个集中站，都有两套ATS系统同时工作。当其中的一个系统在线运行时，另一个热备系统也在不断更新其系统数据，随时准备接替当前系统的工作，在发生故障，系统自动切换时，系统会在很短时间内完成对轨旁信息的扫描，以保证获取系统的最新数据[3]。通过上述办法，基本上满足了运营的安全问题，但在系统维护安全方面还需要考虑以下几个方面：

（1）加强计算机设备输入/输出端口的安全管理。计算机设备与外界通讯的输入/输出端口包括光盘驱动器、软盘驱动器、USB接口、键盘和鼠标等。在没有授权的情况下使用这些设备会导致CPU使用率增加，系统内存资源开销增大，信息处理的实时性降低，从而导致系统性能下降，更不幸的情况，会导致病毒的侵入，威胁系统安全。因此，建议把不使用的输入输出设备能封闭端口的封闭端口，能拆除的拆除，能上锁的上锁，通过上述办法来尽量阻止外界对系统不必要的干扰。

（2）加强设备的性能检测。ATS系统需要具有很高的实时数据采集和处理能力。在正常情况下，ATS系统是24小时不间断工作的，随着运行时间的不断增加，会影响内存的页面调度和占用情况、网络的工作状态、CPU的使用率等方面的安全和稳定；而地铁运能方面的变化（如加车），也会影响设备的性能。通过检测可以确认系统的可用性，

采取适当的维护措施（如重启、增加、更换高性能卡件等）来保证系统的健康、安全。

（3）加强设备的巡检工作。ATS 系统是双冗余的，当有些设备出现故障时，系统仍能正常工作（如其中的一套路由器、网卡等发生故障）；有时计算机设备存在小故障时，系统也不一定会马上停止工作（如机箱风扇故障）；另外设备的运行环境（温度、湿度、烟尘），不间断电源保障能力，消防保障能力对系统的运行质量和安全也非常重要，一旦发生火灾等问题，后果不堪设想。通过周期性的巡检工作，可以及时地发现故障隐患。

（4）做好更新换代工作，保障备品安全。随着科学技术的发展，计算机等设备更新换代的速度不断加快，往往是一两年就会更新一代产品，老的产品相继被淘汰而停止生产。ATS 设备往往投入使用没几年就已经过时，这就给寻找备品工作带来困难，情况严重时还会影响系统的正常运行。因此，有必要做好寻找替代产品的工作，通过使用最新设备替代老旧设备来解决备品的后顾之忧，从而不断地提高设备的质量和性能。

2.2 ATS 系统软件的安全

在实际工作中，人们往往比较重视设备硬件方面的安全，而忽视系统软件方面的安全。其实，确保系统软件的安全更为重要，根据统计，软件故障一般要占到总故障的 70%～80%。因此，软件方面的安全维护工作更应引起重视，具体表现在：

（1）确保操作系统的安全。安全、稳定、可靠的操作系统是保障 ATS 系统应用软件稳定运行的前提。由于目前的操作系统或多或少都客观地存在安全漏洞，特别是 WINDOWS 操作系统一向都是以Bug 和 Patch 多而著称，所以要做好以下工作：

● 及时打系统补丁和系统更新；
● 关闭不必要的服务，只开该开的端口；
● 屏蔽操作系统界面，做到专机专用；
● 做好系统备份。

（2）确保 ATS 应用软件的安全。在日常工作中，ATS 系统监控着所有车辆的运行状态，负责车辆、信号的运营安全，只有操作人员才能使用；同时 ATS 系统要处理大量的数据，这些数据对日后的运营情况分析，信号故障处理等具有重要作用；随着城市轨道交通系统的不断延伸和扩展，就必须对 ATS 系统进行扩展和更新，以适应系统今后运营能力的变化。为此要做到：

● 加强操作人员的口令安全管理，专人专用；
● 掌握 ATS 应用软件的安装方法；

● 掌握 ATS 应用软件参数的配置方法；
● 每日对回放数据文件、报警文件进行备份。

（3）确保文件系统的安全。ATS 系统在工作中产生大量的数据文件会占用大量的磁盘空间，文件过多会降低系统的性能，甚至会威胁系统的安全，引起程序无法正常运行；文件的存放都有自己的路径，擅自移动、删除文件或改变文件路径，都会影响运行安全；文件的非正常修改，也会影响对运营情况的准确判断。所以应该做好以下几方面的安全工作：

● 定期整理文件系统，清理磁盘，释放磁盘空间；
● 设定文件和目录的访问对象以及访问权限；
● 设置文件和目录不可改变位置；
● 定期做文件系统完整性检测。

2.3 ATS 系统网络的安全

ATS 系统网络基本上属于封闭的局域网，在已知的网络维护安全事件中，约 70% 的攻击是来自内部网，而 ATS 系统网络中，一些系统资源是共享的，存在着受到攻击的安全隐患；由于 ATS 系统操作人员较多，难免有些内部人员有意或者无意的执行非法操作和使用禁用设备，存在病毒侵入的可能；ATS 系统网络设备分布在中央和各个集中站内，分布较广，需要有实时的设备监控手段。所以在安全性、可靠性等方面尚有需完善的空间，主要做法是：

（1）设置系统用户的安全级别。为了维护 ATS 系统的网络安全，有必要将用户分为不同的安全等级。维护人员设为超级用户，而操作人员设为受限用户。通过对操作人员的受限，只允许对 ATS 系统软件的操作，限制对系统网络资源的非法访问和修改，可以有效地减少系统内部对网络安全的威胁。

（2）安装杀毒和病毒监控软件。虽然 ATS 系统网络属于封闭的局域网，由于客观因素的存在，也不能完全排除病毒的侵入，通过安装杀毒和病毒监控软件，可以有效地减少系统外部对网络安全的威胁。

（3）安装网络设备监测工具。ATS 系统设备众多，分布广泛，只有通过安装网络监测工具，才能有效地掌握网络的通信状况和系统各设备的运行情况。如：安装 ipscan 网络地址巡查工具就可以知道所有设备的实时通讯情况。

（4）定期检查进程和事件日志。通过对进程和事件日志的分析，可以知道是否有异常进程运行，是否有非法访问和攻击的记录，从而得知系统目前的运行是否正常。

2.4　ATS 系统的管理安全

建立完善的安全管理制度,可以很大程度上弥补 ATS 系统其他方面的安全漏洞,提高整个 ATS 系统的安全系数。安全管理可以从以下几方面入手:

(1)建立和健全设备安全管理制度。各项管理制度是确保 ATS 系统安全必不可少的措施。一方面起到了提高安全意识的作用,同时也明确了责任和义务。如制定人员管理制度、机房管理制度、设备技术规程、设备维护规程、设备安全检查制度等等,要考虑到安全生产的每一个环节,与其对应的都要有严格的规章制度来规范。

(2)采取有效的安全技术措施。只讲安全制度还不够,还要提高安全技术能力,安全技术措施是实现安全生产的保障,为此要做好以下几个方面工作:

- 做好 ATS 系统应急预案工作;
- 完善 ATS 系统故障抢修流程;
- 做好故障分类统计和分析工作。

(3)加强维护人员的技术培训和安全能力的培养。ATS 系统的维护人员应当接受安全生产教育和培训,掌握本职工作所需的安全生产知识、安全生产技能,更为重要的是对安全能力的培养。

安全能力就是对安全的处置能力,是一个人自身的安全素质和技能的综合体。安全能力需要靠自身长期安全意识的培养和安全知识的积累以及安全技能的提高,具有较高安全能力的人能够及早预见并避免事故的发生,并能随时对一些险情做出正确的判断和处置,安全能力主要体现在两方面:

- 作业安全能力。就是对作业区内可能导致的后果能及时、正确地作出判断,并采取相应的纠正措施避免事故的发生。
- 专业技术能力。就是要有较高的专业技术素质,能够应付各种复杂的情况,并对所遇到的险情采取正确的方法加以排除,用高超的专业技能保证设备、生产及全过程的安全[2]。

3　建议

按照目前城市轨道交通的发展趋势,地铁的运营里程越来越长,这就给 ATS 系统的维护工作带来更多的挑战。为了提高系统的安全性、可靠性,减少维护费用,建立一套网络维护管理系统是非常必要的。它应该包括 ATS 系统的配置管理、故障管理、性能管理、维护人员管理和备品管理等。这样就可以实现远程的参数配置,故障诊断,备品备件的统一调度,维护人员的区域联动,使得故障能够在最短的时间内排除。

4　结语

从维护角度看,列车自动监控系统的维护应以预防性维护为主。在实际工作中,要遵守安全操作规程,强化维护人员的安全意识,不超负荷使用设备,设备的备品齐全可靠。只有在设备的日常维护保养中做到制度化、规范化,不断完善故障抢修预案,丰富安全维护的技术手段,才能提高 ATS 系统的安全性和可靠性。

参考文献

[1] Florence Boutard. Shanghai Pearl Line ATS Functional Specification RevC. 2002

[2] 张建国. 安全之我见. 安全文化网(www. anquan. com. cn),2006. 2

[3] CASCO,上海明珠线 ATS 系统维护手册

通信技术

2号线车地通信(TWC)系统分析

余 辉

（上海地铁运营有限公司通号分公司）

摘 要：介绍了上海地铁2号线ATC信号系统中TWC子系统硬件设备，分析了通信传输的数据格式以及TWC子系统实现列车程序停车功能的过程。

关键词：列车自动控制，车地通信，非安全仿真逻辑，连续发送模式

车地通信(TWC)系统是在整个ATC信号系统中，实现车载设备与轨旁设备之间数据信息的非安全通信子系统。TWC系统分为车载TWC和轨旁TWC两部分。它的主要功能一是保持大部分信息在轨旁TWC和车载TWC之间的通信过程中不变，二是支持列车在ATO程序停车过程中准确定位。

1 设备构成

整个TWC系统由非安全逻辑仿真(NVLE)、轨旁TWC和车载TWC组成。轨旁TWC包括电源板、轨旁串行通信控制板(SCC)、轨旁TWC接收发送(Rx/Tx)板、轨旁TWC耦合单元(CU)和轨旁TWC环线。轨旁TWC安装在车站和折返线内。车载TWC包括电源板、车载串行通信控制板(SCC)、车载TWC接收发送(Rx/Tx)板、TWC天线。车载TWC随车载ATC设备安装在列车A车上。系统框图如图所示。

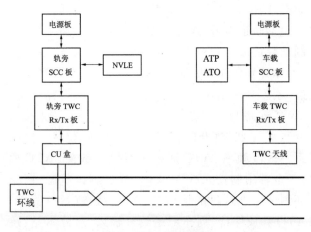

图1 TWC系统框图

2 TWC通信的数据格式

2.1 NVLE与轨旁车地通信控制器之间的通信

NVLE与轨旁车地通信控制器之间的通信信息要遵循表1所示的信息格式和表2所示的信息头定义。

表1 NVLE与轨旁TWC之间的信息格式

字 段	长 度
信息头	1字节
环线地址	1字节
车辆PVID	2字节
控制/表示数据	根据系统设计要求
CRC16校验和	2字节
信息结束符(F6)	1字节

表2 NVLE与轨旁TWC之间的信息头定义

信息值	信息定义	发送方向
F1	确认信息	仅轨旁TWC
F2	数据确认信息	仅轨旁TWC
FC	数据传送信息	仅NVLE
F9	非确认信息	轨旁TWC和NVLE
FE	从CTM模式转换到双工通信模式	仅NVLE

每个集中站的非安全逻辑仿真(NVLE)是链路主机控制多个轨旁TWC控制器，对应每个轨旁TWC都有一个唯一的地址。这个地址码由轨旁串行通信控制板(SCC)上的DIP开关设置。NVLE通过全双工RS485串行链路与轨旁TWC通信，轨旁TWC只响应NVLE发送的含有正确地址码的信息。NVLE与轨旁TWC之间的通信信息格式包括信息头、TWCW地址、车辆永久编号(PVID)、控制/表示数据、CRC16位校验和、信息

结束符。NVLE 至轨旁 TWC 的控制数据包括轨道编号、目的地编号、主控时钟、ATP 命令(静态出发测试、车门测试)、ATO 命令(跳停本站、跳停下一站、取消跳停、惰行设置、惰行取消、关门、运行等级设置、停站时分、轨旁 TWC 与 NVLE 的链路状态、站台停车制动率)。轨旁 TWC 至 NVLE 的表示数据包括轨道编号、ATP 报警(紧急制动、溜车检测、制动释放故障、摩擦制动故障、ATP 故障、备用模式、非计划停车、失去机车信号、允许开门、耦合状态、紧急全常用制动命令)、ATO 报警(轮径不符、TWC 链路故障、超过或低于限速、ATC 模式改变)、ATP 状态(开门、关门、运行方向、位置、时钟、下一区段频率、ATC 遥控串行链路故障、ATC 模式、全常用制动)、ATP 诊断(静态测试状态、门循环测试状态)、目的地编号、ATO 状态(运行等级、ATO 释放保持、列车原始编号输入、跳停本站、跳停下一站、停站制动率、惰行模式、列车停站、司机编号、列车长度)。

NVLE 以 250 ms 的查询周期通过 RS485 串行链路发送数据传送信息(信息头 FC)轮询每个 TWCW。TWCW 根据地址码响应对应的正确信息,并且存入缓冲作为下一个发送给车载 TWC 的信息。轨旁 TWC 发送相应的响应信息(信息头 F1 或 F2)时,NVLE 作为接收到来自该单元的有效信息。当 NVLE 要求轨旁 TWC 与车载 TWC 通信时,NVLE 发送一个转换到半双工通信模式的信息(信息头 FE),强迫轨旁 TWC 转换到半双工通信模式。

2.2 轨旁 TWC 与车载 TWC 之间的通信

轨旁 TWC 与车载 TWC 之间的通信通过轨旁环线和车载天线进行信息交换,信息内容遵循表 3 所示的信息格式和表 4 所示的信息头定义。

表 3 轨旁 TWC—车载 TWC 的信息格式

轨旁 TWC 至车载 TWC		车载 TWC 至轨旁 TWC	
字段	长度	字段	长度
信息头	1 字节	信息头	1 字节
环线地址	不用	环线地址	不用
不用	不用	ETA(用于启动轨旁半双工通信)	2 字节
车辆 PVID	2 字节	车辆 PVID	2 字节
控制/表示数据	根据系统设计要求	控制/表示数据	根据系统设计要求
CRC16 校验和	2 字节	CRC16 校验和	2 字节
信息结束符(F6)	1 字节	信息结束符(F6)	1 字节

表 4 轨旁 TWC—车载 TWC 的信息头定义

信息值	信息定义	发送方向
F2	数据确认信息	仅车载 TWC
FC	数据传送信息	仅轨旁 TWC
F8	数据信息无响应	仅轨旁 TWC
F9	非确认信息	仅车载 TWC

轨旁 TWC 通过轨旁 TWC 接收发送板、耦合单元、TWC 环线与车载车地通信控制器之间进行信息交换。车载车地通信控制器通过车载 TWC 接收发送板、车载 TWC 接收发送天线与轨旁车地通信控制器之间进行信息交换。轨旁 TWC 与车载 TWC 之间的通信是基于线圈感应的移频键控半双工通信,传输速率为 4 800 bit/s,信号载频为 64 kHZ。轨旁 TWC 的串行通信控制板收到来自 NVLE 的信息,经过缓冲、编码和格式化后由轨旁 Rx/Tx 板把 RS232 数据变成移频键控信号,通过耦合单元发送到轨旁 TWC 环线上。轨旁 TWC 发送给车载 TWC 的信息格式包括信息头、车辆 PVID、控制数据、CRC16 位校验和、信息结束符,其中控制数据包括轨道编号、目的地编号、主控时钟、ATP 命令(静态出发测试、车门测试)、ATO 命令(跳停本站、跳停下一站、取消跳停、惰行设置、惰行取消、关门、运行等级设置、停站时分、轨旁 TWC 与 NVLE 的链路状态、站台停车制动率)。

来自车载 TWC 天线的串行数据在列车通过轨旁 TWC 环线时由耦合单元传送到轨旁 Rx/Tx 板,把接收到的移频键控载波转换成 RS232 极性数码序列,然后送到轨旁串行通信控制板,通过 RS485 通道传送到 NVLE。车载 TWC 发送给轨旁 TWC 的信息格式包括信息头、ETA(用于启动轨旁双向通信的预定到达时间)、车辆 PVID、表示数据、CRC16 位校验和、信息结束符,其中表示数据包括轨道编号、ATP 报警(紧急制动、溜车检测、制动释放故障、摩擦制动故障、ATP 故障、备用模式、非计划停车、失去机车信号、允许开门、耦合状态、紧急全常用制动命令)、ATO 报警(轮径不符、TWC 链路故障、超过或低于限速、ATC 模式改变)、ATP 状态(开门、关门、运行方向、位置、时钟、下一区段频率、ATC 遥控串行链路故障、ATC 模式、全常用制动)、ATP 诊断(静态测试状态、门循环测试状态)、目的地编号、ATO 状态(运行等级、ATO 释放保持、列车原始编号输入、跳停本站、跳停下一站、停站制动率、惰行模式、列车停站、司机编号、列车长度)。

3 程序停车功能

上海地铁 2 号线的车地通信系统支持列车的自动程序停车功能。当列车进入站台接近区段时，轨旁 TWC 启动连续传输模式(CTM)，这样当列车经过轨旁 TWC 环线的交叉时，车载 TWC 就能检测到环线磁路的变化。每个环线的交叉位置都记录在车载 ATC 的数据库中，当列车进入站台区域车载 TWC 天线检测到轨旁 TWC 环线时，车载 ATC 系统通过车载 TWC 发送出一个预定时间(ETA)，在 ETA 不为零的时间段里轨旁 TWC 保持连续传输模式，车载 ATC 系统根据程序停车曲线启动自动停车程序，通过环线固定交叉的坐标来不断地修正程序停车曲线。在这期间轨旁 NVLE 改变轨旁 TWC 发送数据时，ATO 命令会通过轨旁 TWC 立即传送给列车，并且强迫轨旁 TWC 转换到半双工通信模式。如果轨旁 TWC 没有改变发送数据，那么连续发送模式在这期间将一直保持，车载 TWC 不能改变轨旁 TWC 正在运行的发送模式。当 ETA 为零时意味着轨旁 TWC 在接下来的 250 ms 的通信周期内改为半双工通信模式，车载 ATC 系统将在这个通信周期内完成列车的定点对位停车。

总而言之，上海地铁 2 号线 TWC 系统车地通信的信息量比较大，特别是车载 ATC 的状态信息、故障信息和诊断信息发送到轨旁后，可以让行车和维护人员及时地了解车辆信息，更好地进行运营组织与设备维护。而且在支持列车程序停车功能时，对比其他通过标志线圈、对位天线修正的程序停车系统时，轨旁 TWC 连续发送支持的列车程序停车，提高了列车对位停车的精确度和列车程序停车曲线的平滑度，使乘客在列车自动程序停车时更加感到舒适。

参考文献

[1] 吴汶麒. 国外铁路信号新技术. 中国铁道出版社,2000
[2] 宋文涛,罗汉文. 移动通信. 上海交通大学出版社,1996
[3] 上海地铁 2 号线信号专业技术规格书
[4] 肖雅君,吴汶麒. 用于轨道交通列车自动控制系统的通信技术. 城市轨道交通研究,2002,Vol.5(2)

（发表于《铁道通信信号》2004 年第 4 期）

上海城市轨道交通通信传输网组网探讨

阮 文

（地铁运营有限公司通号分公司）

摘 要：本文通过对上海轨道交通传输业务种类和业务量的分析，针对上海轨道交通的发展，结合传输技术发展趋势，提出了组网规划原则和网络总体设计方案。

关键词：轨道交通，传输网，组网规划

轨道交通通信传输网是承载轨道交通各类信息的网络平台，它为轨道交通各部门的运营、管理和各类子系统提供话音、数据和图像的传输，是实现轨道交通安全、准点、高效运营的重要保障。目前上海已有三条轨道交通线投入运营，到 2020 年要建成 17 条城市轨道交通线，所以对通信传输网应及早规划。本文仅对上海城市轨道交通的近、远期业务量作一分析，并对上海城市轨道交通通信传输网的规划原则和组网方案作初步探讨。

1 城市轨道交通业务量分析

目前，上海城市轨道交通已投入运营的是：地铁 1 号线、2 号线和明珠线一期，虽在传输网上传送各个不同系统的信息，但仅就业务种类来分，可分以下几类：

表 1 近、远期通信业务量分析表

业务种类	业务范围	接口类型	远期业务量发展趋势
语音	普通行政电话、专用电话	64 Kbit/s，2 M接口	→
数据	其他专业系统的控制信号和数据	10 M 以太网接口和 2/4 线音频接口、V. 24、RS232、RS485、RS422 等低速数据接口	↑
视频	电视监控系统的图像		↑

（1）语音业务。主要是指内部公务电话网和专用电话网的 2 M 中继信息和部分 64 kb/s 通道。内部公务电话网主要提供内部工作人员的行政联络并能与外部公网相连接。专用电话网提供调度电话（包括行车调度电话、电力调度电话和防灾报警电话）、站间闭塞电话、站内集中电话和区间隧道内的轨旁电话（供列车司机和维修人员应急使用）。语音业务占整个上海轨道交通业务量的 90% 以上。

（2）数据业务。是指为无线通信系统、广播系统、电视监控系统、防灾报警系统、信号（ATC）系统、电力远动（SCADA）系统和票务（AFC）系统的控制信息及相关数据提供通道，主要是一些低速数据和 10 M 以太网，低速数据的接口类型较多，主要是 2/4 线音频接口、V. 24、RS232、RS485、RS422 等数据接口。虽然数据业务目前的量不大且是低速，但随着轨道交通和各系统的技术发展，数据量将大量增加，传输速率和带宽要求也会大大提高。数据业务量在整个轨道交通业务量的比重也将随之提高。

（3）视频业务。电视监控系统所提供的各站图像是为调度所调度员、车站行车人员和列车司机了解车站客运和行车情况服务的，而这些图像的传输目前是模拟视频传输和数字视频传输，但随着技术的发展，城市轨道交通中的视频信号的传送，必将会从模拟走向数字化。这就要求传输系统能支持数字视频的传输，传输网也要有更高的带宽和更高的传输质量。

2 组网规划原则

（1）轨道交通通信传输网的规划应符合当前通信技术发展的趋势特别是传输技术的发展方向，符合我国产业导向和相应行业标准、规范的要求。

（2）轨道交通通信传输网应统一规划和统一管理。根据上海城市轨道交通的发展规划，从现在到 2020 年建成 17 条城市轨道交通线，应实现统筹安排，分线分期实施以及逐步全线联网的原则。单线应充分考虑本线的业务要求，还应根据总体规划的要求预留必要的光纤、电路及接口，以便与其他线

互联互通实现信息交换和进行统一的管理,无论以后的轨道交通运营模式如何,信息资源的共享和高效的管理都是必需的。

(3) 轨道交通通信传输网建设应立足满足近期多业务的需求,还应考虑未来数据和数字视频业务的增长,系统容量应预留一定余量。当今通信传输技术迅速发展,系统还应具有可扩展性、可兼容性,保护前期投资。

(4) 轨道交通通信传输网传输轨道交通的各类信息,这类信息直接影响轨道交通的运营安全和票务结算的资金安全,所以要求网络具有很高的安全性和可靠性,网络拓扑结构要有自愈功能,技术要求成熟和稳定可靠。

(5) 网络还应具有较好的经济性,不仅表现为在建设时降低建设成本,而且应考虑建成后的运营维护成本,包括运营维护的人员成本。制造商的良好售后服务和技术支持也是必需的。

3　网络总体设计方案

目前投入运营的城市轨道交通线有三条,分别是上海地铁 1 号线及南延伸段、地铁 2 号线和明珠线一期,由于这三条线的建设是分线分期建设的且时间跨越十年,所以这三线所采用的通信传输系统的制式不同(见附表),且这三线的传输网相互独立自成网络。根据规划,上海到 2020 年要建成 17 条城市轨道交通线,形成庞大的城市轨道交通网络。这也就决定了传输网建设也是分线分期进行的,根据这个特点,可以将整个通信传输网划分成骨干网和支线网。

支线网:指单条轨道交通线的传输网,承载本线内的业务传输。

骨干网:由各支线网的一个或多个骨干节点组成,实现跨线的业务传输。随着轨道交通线的逐一完成,可以将该线的骨干节点并入骨干网。

表 2　目前采用的通信传输系统的制式

城市轨道交通线	传输系统制式	速率	备注
上海地铁 1 号线及南延伸段	PDH	34 M	模拟视频传输
上海地铁 2 号线	OTN	600 M	数字视频传输
明珠线一期	SDH、ATM	622 M SDH 155 M ATM	视频传输采用 ATM

3.1　骨干网

目前在通信界关于 SDH、ATM 和宽带 IP 等技术的争论比较激烈,随着 Internet 的迅速普及和所

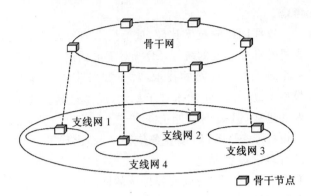

图 1　城市轨道交通通信传输网总体示意图

有的业务都将基于 IP,即所谓的 everything on IP,而承载 IP 的有 SDH、ATM 和宽带 IP 三种技术,从性能、价格和发展趋势综合考虑,宽带 IP 是首选。但轨道交通通信网属于专用网的范畴,通过上述业务类型分析,目前除票务计算机系统基于 IP 外,其他业务为非 IP 业务,并且总的业务量不大。加之宽带 IP 路由器覆盖范围还十分有限,因而宽带 IP 目前不适合在骨干网传输中使用。但随着将来信息系统、票务系统和数字视频的大量使用,宽带 IP 不失为一种较佳的选择。那么,究竟选用 SDH 或ATM 呢?下面对 SDH 及 ATM 进行一下比较。

SDH 具有同步复用、标准光接口、强大网管和自愈功能、与现有网络兼容、能接纳各种新的电信业务的特点。ATM 是为宽带业务综合数字网而研制开发的技术。ATM 相比 SDH 主要有以下劣势:其一就是其价位偏高;其二网络体系结构复杂且重复,网络管理复杂。现在通信界人士普遍对其持观望态度,厂家基本上已不对其进行研发及生产。针对城市轨道交通多业务的特点,SDH 也较为适合,对于 2M 业务可直接进入 SDH,对于数据和多媒体业务可使用 IP over SDH,SDH 也能接纳 ATM信元。

OTN(Open Transport Network)是 SIEMENS 公司为专用通信网开发的传输系统,该系统提供的业务接口丰富,符合轨道交通多业务的需求。但目前产品中最高速率为 600M,无后续产品,不利于骨干网不断扩容的需求,同时 OTN 没有一个相关的国际标准存在,不确定因素较多,不利于招投标。

综上所述,从各方面要求和组网规划原则来看,目前的最佳选择应是 SDH,即在骨干网建设SDH 环路。

3.2　支线网(单条轨道交通线的传输网)

从以上对轨道交通业务种类的分析,支线网要满足多业务接入和传输的需求,不仅要考虑目前的话音、数据、图像业务,还要为将来的 IP 业务的接入

考虑。

支线网传输技术比较　对于技术的考虑要做到先进性和成熟性的统一,SDH 对于电话语音业务是一个既先进又成熟的技术,对于数据业务,传输却效率不高。ATM 技术过于复杂、成本过高。IP 虽发展迅猛,但 QoS 问题仍需改进。目前有一种全新的设备形态 MSTP(多业务传输平台)出现了,国内已有多家设备制造商推出了该类设备。MSTP 具有以下特点:① 可以兼容传统的网络体系,支持多种物理接口。MSTP 系统能提供各种物理接口来满足不同终端接入用户的设备要求。能够提供多业务灵活接入　② 支持多种协议。可以实现对新业务的灵活支持,避免对新业务的新设备投资。多业务主要有:IP、ATM、SONET/SDH、Ethernet/FastEthernet/GigabitEthernet、　TDM、　FDDI、ESCON、FibreChannel。③ 传输的高可靠性和自动保护恢复功能。

用 MSTP(多业务传送平台)设备构建网络可以接入 TDM 业务、ATM 业务、IP 业务且能高效传输,多种业务还可以进行交叉和交换。因此多业务传送平台能较好满足支线网的要求,即能兼容目前大量的电话语音业务,又可满足将来快速增长的数据业务,采用了成熟的 SDH 组网和保护技术,又结合了 ATM 和 IP 自身所具有的保护属性。

综上所述,用 MSTP 构建支线网较为合适。国内几大制造商如贝尔、华为、中兴、大唐都有该类设备,在建设新的支线网时,可以作比选。

对于目前已投入运营的三条轨道交通线的传输网,上海地铁及南延伸段的 PDH 系统已不能满足业务增长的需求且技术落后,应结合正在建设的地铁 1 号线北延伸段进行改造。上海地铁 2 号线和明珠线一期的传输系统还能满足目前的业务需求,可以适时接入构建骨干网。

4　结语

以上的组网方案是基于建成上海轨道交通城域传输网提出的,目的是能为各运营、管理部门和系统提供多业务接入和传送,对所采用的技术即要成熟可靠又要具有先进性。除此之外,还应顺应专网的发展趋势。

参考文献

［1］ 韦乐平.光同步数字传送网.人民邮电出版社,1998
［2］ 李兴明.SDH 网络管理及其应用.人民邮电出版社,1999

(发表于《城市轨道交通研究》2002 年第 2 期)

上海地铁运营远程图像监控系统
方案设计与应用

严婵琳

（上海地铁运营有限公司通号分公司）

摘　要： 就上海地铁运营远程图像监控系统的方案进行设计和比较，并介绍了工程的实施和应用情况。

关键词： 地铁运营，远程监控，方案，设计，比选，应用

上海地铁运营有限公司拟建立远程图像监视中心，将轨道交通1号线、2号线和3号线各车站图像信息全部传送至衡山路总值班室，显示、记录相关的图像信息，以实现公司对三条地铁线各车站运营情况及行车安全的远程图像监控。尤其是在突发紧急情况时，能进行快速、实时的指挥和决策。为此，需进行详细的方案设计与比选。

1　设计背景

上海轨道交通1、2、3号线远程图像监控系统均设计成能由车站值班员控制和中央控制室调度人员远程遥控的系统，包括车站设备和控制中心设备两大部分。各车站分别安装站台上、下行定焦摄像机各2台，站厅层变焦摄像机2台（个别车站的摄像机数略有增减）。各地铁车站图像除由本站值班人员操作监控外，均传送至相应的控制中心（CCR），由CCR调度员（总调、列调和环调）通过键盘操作将所需的图像显示在对应的8台监视器上，从而实现远程图像的监控。

三条地铁线的图像传输方式各不相同。1号线车站图像经光纤、光发送器、光接收器完成图像实时传输。每4个车站为一组占用1根光纤，控制信号经PCM通道传送；2号线各车站8路图像（其中2路为站台合成图像）送至车站开放式传输网络（OTN）视频接口板，经光纤送至CCR，由OTN传输网络完成图像传输，再经CCR OTN视频接口板输出送入CCR的CCTV视频矩阵电路切换出所需的图像显示在相应的监视器上；而三号线CCTV图像传输是通过ATM宽带异步传输方式，将车站的摄像机视频信号转化成数字压缩信号传输至控制中心，其所采用的压缩标准是H.261(ITU-T)。控制中心根据各调度发

出的控制切换信号将输入的ATM数字信号经光纤传输分配到指定的8台监视器上。

2　方案设计与比选

鉴于上海轨道交通三条线远程图像监控系统所采用的传输方式各不相同，为满足三条地铁线各车站站台、站厅图像信息全部传送至衡山路，达到公司能对其进行远程监控的要求，为此考虑了两套技术方案，具体如下：

2.1　直接远程监控

建立独立的图像传输系统，达到公司能直接远程监控，不受原有地铁图像系统的影响

由于三条地铁线图像远程监控方式各不相同，遥控软件也各不相同。三线合一集中遥控后必须对软件分别重新升级，所涉及的人力和费用较大。同时预想到今后随着运营线路的增加，公司需远程监控的对象必将随之增加，为此，在保证整个系统先进、稳定可靠的同时为今后系统扩容留有充分的余地，考虑从各车站直接取出站台视频图像（可单独1幅，也可2合1合成1幅），通过建立一独立的传输通道，将图像传送至衡山路，实现公司对各地铁车站的远程监控。

该方案可以有模拟传输和数字传输两种方法实现：

（1）模拟图像传输。取各地铁车站站台摄像机上行C1、C2，下行C3、C4和站厅层C5、C6的图像，也可先送入图像合成器合二为一，组成一幅完整的车站站台、站厅图像，再将合成的站台上、下行和站厅视频信号经均衡补偿后送入矩阵电路，矩阵输出再送入光发送机，将电信号转换成为光信号，通过光纤传送出去。在衡山路总值班室用光接收机将

车站传送来的光信号接收下来,再转换成电信号,还原出所需的视频信号显示在公司监视屏上,从而完成图像的实时传输。

采用这一方法的特点是:公司总值班室可对所有地铁车站图像进行远距离实时监控,与三条线各控制中心调度的遥控互不影响。所传送的图像质量稳定清晰、干扰少,但需增加光纤、光端机等设备。如需合成图像,还必须增加图像合成器。

(2) 数字图像传输。由于我国视频图像带宽为0~6 MHz,多幅图像的远程传输所占的带宽过大,而且在不压缩的条件下,其传输速率可在140 Mbit/s左右。为了节约带宽,必须对视频信息进行高效压缩。随着数字电视压缩技术的发展,已出现了H.261、H.263、MPEG-1、MPEG-2和MPEG-4等一系列视频压缩的国际标准。即使HDTV高清晰电视经压缩后的速率也只需20 Mbit/s,TV电视经压缩后的速率只需5 Mbit/s。同时随着多媒体通信网络的发展,已能由宽带传输网络承担远程图像监控的任务。

因此另一种实现方法是将各地铁车站站台、站厅摄像机图像(独立或合成)进行视频压缩后直接送至ATM或OTN传输网络,完成图像的远程监控,见图1。

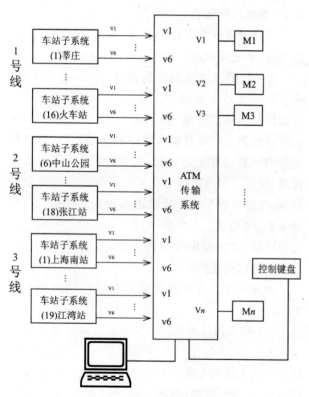

图1　数字图像传输原理图

注:Mn—公司控制室监视器数量
　　V1~V6—各站台上、下行和站厅层图像

图像传输采用ATM宽带异步传输方式时,将各车站的摄像机视频信号转化成数字压缩信号传输至衡山路总值班室。公司控制室根据需要发出控制切换信号,将输入的ATM数字信号经光纤传输分配到指定的N台监视器上。同时公司控制室人员可操作键盘通过ATM软件系统,把控制信号送往各车站,控制摄像机转动。

各地铁车站的摄像机图像(独立或合成)也可直接送至OTN传输网络,完成图像的远程监控。

采用这一方法的特点是:公司控制室可自由地对所有地铁车站站台图像进行远距离实时监控,同时该视频图像传输网的构成必将带来地铁传输系统的发展,有着广泛的意义。缺点是数字图像传输经压缩、还原后的视频信号可能达不到模拟方式传输的技术指标,但能满足主观评定的标准。

2.2　间接远程监控

基于现有的图像传输系统,实现公司对3条地铁线各车站的远程监控

从现有轨道交通1、2、3号线各控制中心CCTV机柜各调度图像输出端直接取样,将三条线各8幅,共计24幅图像通过光纤传送至衡山路总值班室电视墙上,实现对各车站图像的远程监视。

该方案的优点是费用较省,只需添加视频分配器、光纤、光端机和监视器等设备,但有限公司控制室无法进行远程切换,只能随各控制中心调度选择的图像观看,即所观察的图像与各条线控制中心调度观看的图像相同。

2.3　方案比选

上述两种方案均能实现公司总值班室对轨道交通1、2、3号线各车站图像信息的监控。

若采用前一方案建立独立的图像传输系统时,公司总值班室能自由地对所有地铁车站图像进行远程实时监控,不受原有三条线地铁图像系统的影响。同时新的视频图像传输网的构建,必将带来地铁传输系统的发展,尤其是能结合地铁1号线的传输系统改造,有着深远的意义。但其系统工程量大,造价极高,费用预计可达一千多万,且涉及的硬件购置和软件设计时间周期长,无法满足在短期内实现系统的开通使用。

而后一方案建立在现有的图像传输系统上,虽然公司总值班室所观察的图像只能与各条线控制中心调度观看的图像相同,但当车站发生紧急情况时,两者所监视的对象是一致的,而且公司总值班室值班人员也可根据需要,通过公司内部电话通知相应的控制中心调度切换到所需的画面,从而满足

远程监控的需要。同时该方案工程量小，采用模拟传输方式时仅需增加视频分配设备、光纤和光端机等设备，工程造价少，设备采购周期短，施工周期短，约为 3 个月左右，且所传送的图像质量稳定清晰，干扰较少。

经过上述方案比选，最后确定采用后一方案，即基于现有的图像传输系统，从各控制中心各调度图像输出端直接取样，采用模拟传输方式，将三条线的图像传送到地铁运营有限公司总值班室，见图 2。

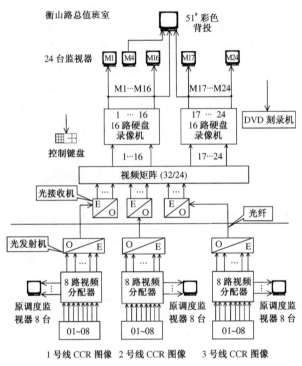

图 2　方案原理图

3　方案详述

通过采用模拟图像传输技术，衡山路总值班室可分别接收来自轨道交通 1 号线、2 号线和 3 号线各控制中心调度处输出的各 8 幅图像，共计 24 幅图像显示于电视墙上。公司总值班室调度人员分别通过各自的光端机观察三条线路的站台、站厅情况。根据公司有关使用部门的要求，在衡山路公司总值班室共设置 24 台监视器，并设硬盘录像机和 DVD - ROM 刻录机，供有关人员观察、切换和记录相关的有用信息，从而实现对各车站图像的远程监视。

由于总值班室不具有对各地铁车站的图像进行直接切换控制和选择的功能，其所观察的图像只能与各控制中心调度观看的图像相同。具体方案如下：

3.1　视频部分

从轨道交通 1、2、3 号线各控制中心 CCTV 机柜各调度图像输出端直接取样，将每条线各 8 幅图像分别送入 3 台 8 路视频分配器分配后，一路输出至 CCR 调度人员用监视器，另一路输出至 8 路单模视频光发射机，通过 3 根光纤分别传输至衡山路总值班室。也就是说，各线在各自控制中心解调（或解压缩）还原的 8 路视频模拟图像信号经视频分配器分配后，一路输出至原设备，另一路输出至 8 路单模视频光发射机，通过单根光纤传输至衡山路总值班室。

衡山路总值班室共设 3 台光接收器，接收还原 24 路视频信号（即 3 条线每条线各送 8 路图像）。由于要求在公司总值班室共设置 24 台监视器，考虑到今后系统扩容留有充分的余地，如 1 号线北延伸等线路将交付运营，故视频切换矩阵的输入选择 32 路。将接收到的 24 路视频信号送 32 选 24 的视频切换矩阵的输入端，其输出送入 2 台 16 路硬盘录像机（160 G）的输入端进行记录，然后经环通输出至 24 台 14 英寸彩色监视器显示。其中第 4 台 14 寸彩色监视器环通输出至 51 英寸彩色背投电视机的第一路输入端 AV1。2 台硬盘录像机重放的图像信号分别输出至 51 英寸彩色背投电视机的第 2 路和第 4 路输入端 AV2、AV4 显示。

控制键盘可对输入的 24 路视频信号进行手动、自动切换。

为了备份重要的图像信息，配置一台 DVD - ROM 刻录机。该 DVD - ROM 可根据需要将信息刻录在光盘上，供长期保存。

3.2　光缆部分

鉴于目前 3 条线的光缆使用情况，本监控系统的实现必须重新敷设光缆，方案如下：

（1）2 号线中山公园站与 3 号线中山公园站间敷设一根 48 芯约 600 m 长的光缆。

（2）可直接借用现有的传输公司新闸路控制中心至衡山路站传输机房 3 芯光缆。

（3）衡山路站机房敷设一根 48 芯光缆至公司通信机房。

（4）公司通信机房与总值班室间增设 5 芯软光缆（其中 2 芯供 ATS 系统使用）。

3.3　电源部分及其他

衡山路公司总值班室电源需考虑由强电系统单独提供 220 V，50 Hz，6.5 kVA，30 A 的单相交流供电线路及电源开关 C45N 30 A 一路，并应配置专门的配电箱及明显标志，以确保系统设备能长时间工作正常。

系统管线应与大地连接,其接地电阻应小于 1 欧姆;总值班室应设专用接地装置。

4　工程实施与应用

该工程于 2002 年 6 月开工,首先进行光缆敷设。由轨道交通 3 号线中山公园站通信机房至 2 号线中山公园站通信机房增敷一根 48 芯光缆,与原有光缆跳接至新闸路控制中心通信机房,控制中心的通信机房与控制中心的传输机房跳通,在控制中心传输机房跳接至 1 号线衡山路站传输机房。衡山路站传输机房增敷一根 48 芯光缆到衡山路公司三楼通信机房,再由 48 芯光缆交换箱放 5 根软光缆从通信机房电缆通道至总值班室。从而构成地铁运营有限公司远程图像监控系统的光缆传输通道。

光缆敷设完成后,测得传输公司现有光缆衰耗较大,从东宝兴路至衡山路的总衰耗值达 26.15 dB (1 550 nm 时),为此对 3 号线选用了 50 km 高接受灵敏度、大发射功率的光端机,对 1、2 号线则选用了 30 km 光端机。

经设备安装调试,系统于去年 8 月 15 日开通并投入试运行,目前已通过了系统验收。测试结果详

见下表。

测试项目 　　　　　及指标 测试结果	随机信噪比 (加权)≥50 dB	图像灰度 ≥8 级	系统清晰度 ≥270 线
1 号线	52.5 dB	9 级	350 线
2 号线	51.8 dB	9 级	300 线
3 号线	50.0 dB	8 级	350 线

5　结语

上海地铁运营远程图像监视系统的建成,构建了国内地铁首例多线路运营集中图像监控的高层平台。能将轨道交通 1、2、3 号线各车站图像信息全部传送至衡山路总值班室,实现了对各条地铁线车站运营情况及行车安全的实时远程图像监控。该方案工程量小,工程造价少,具有显著的经济效应。采用模拟传输方式所传送的图像质量稳定清晰,干扰较少。尤其是在突发紧急情况时,能辅助领导和有关人员快速、及时地进行实时指挥和决策,有着理想的实用效果和深远的社会意义。

(发表于《城市公用事业》2003 年第 3 期)

折射路由法在光分组交换网络中的运用

戴翌清[1]，唐棣芳[2]

（1. 上海地铁运营有限公司通号分公司，2. 上海交通大学）

摘　要：本文就 OTDM 光分组交换网络的交换节点功能和关键技术进行了分析和探讨。对无缓冲折射路由法在街区网络上的应用和路由算法进行了深入研究，并根据概率分析模型，求得在稳定状态下吞吐量和平均延时的计算公式，最后与有缓冲区的存储转发网络的性能进行了比较。

关键词：光时分复用，交换节点，折射路由，缓冲

随着现代数字通信的高速发展，网络上传输的数据量越来越大，原来的电分组交换网已不能满足通信的要求，取而代之的是可以在链路上传输高达几百 Gb/s 速率数据的光分组交换网。

在电分组交换网络中，主要有两类，一是采用广播式的拓扑结构，为了共享广播媒质带宽，通常采用 MAC 协议，如以太网、FDDI 网等；二是采用任意的网状拓扑结构，也称为存储转发网络，如 ATM 网。光分组交换网络与电的拓扑结构相同，主要区别是在交换节点内的信息处理全部在光域中进行，基本实现全光交换，这是全光网络中最为关键的部分。

在光交换路由节点内的信息处理要比在电域中难得多，尤其是缓冲问题。本文将介绍折射路由法——在光分组交换网络中的另一种思路来解决需要缓冲的问题。

1　光交换路由节点的功能模型和关键技术

光交换路由节点的功能模型如图 1 所示。为了便于分析，这里只对 2×2 的模型进行讨论。

两个输入的数据流在交换前首先必须同步，不妨假设数据包的长度相同，周期也相同（设为 T），两个数据流之间的时延差设为 Δt。在光解复器和复用器部分，存在固定的时延，这可通过加设一定长度的光纤延迟线来解决。而关于数据流之间的时延差 Δt 等问题，此时的 Δt 是动态变化的，这个问题可以通过采用可调延迟线自动调整延迟时间来解决。有关同步问题本文不作深入阐述，这里只介绍头部识别和缓冲技术。

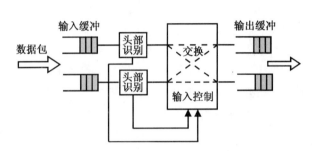

图 1　2×2 交换节点功能模型

1.1　头部识别

分解和处理长度相同的数据包头的时间是相同的，数据包的其他部分（净荷和验证部分）可以利用一定长度的光纤延迟线来缓冲。根据控制开关的输入要求，头部处理可以采用电的方式，也可以采用光的方式。处理时依据包含在头部的目的节点信息，通过查找路由表来决定输出的链路。对于图 1 中 2×2 的交换开关，路由表将决定交换开关应处于直通位置还是交叉位置，如两个数据包要求输出到同一输出链路，就出现输出链路冲突的问题。

目前有几种常见的技术来实现头部识别功能：一是用比传输数据包中的数据部分更低的速率来传输头部信息，这样头部信息在交换节点中更容易被接收和处理；二是包头采用一个不同于数据包其他部分的波长来传输，或者在相同的波长中采用不同的子载波。

1.2　缓冲

通常交换节点在交换转发数据包之前要先将数据包储存或缓冲，以获得头部识别时间、输入输出端口排队等待时间等。在电域交换网中，硬件上是将缓冲部分与开关部分集成在同一基层上来实现的。但是在光域分组交换网中，就目前的技术和

工艺而言,根本无法实现在硬件上把缓冲部分与开关部分集成在同一基层上。

在OTDM网络中,由于光缓冲区代价很高,因此在具体使用中尽量少用缓冲。实现光缓冲主要采用光延迟线,它一般只用于数据包头部识别时无法避免的缓冲,而极力避免用于其他用途。在电子处理时,可以在任意时刻访问已被缓存的数据包,而在光域中,数据包只能在缓冲区内延迟一个固定的时间,这个固定延迟时间即是光在光纤延迟线中的行程时间,在设计时可以利用同一光纤中的重复延迟,以获得一定的离散型时延。在光分组交换网络中,光开关的速度大致与输入输出链路的数据流的速度相同,但通常不可能更快,所以数据从光开关到输出链路的速率不可能超过从输入链路到光开关的速率。因此在输出链路上,数据包一旦到达就可立即被传输,可以不设置输出缓冲。考虑图1中2×2的开关模型,如果两个输入端同时有一个数据包要交换到同一输出端口,由于开关和输入链路是以一样的速率传输的,因而只有其中一个数据包能立即被交换到输出链路。在这种情况下,通常有几种处理方法:一是在已为头部识别提供缓冲的基础上,在额外为存储无法立即交换的数据包提供缓冲,这在光域中是很难实现的(前面已有说明);二是丢弃需等待的数据包,但这将降低链路的利用率,对于传送相对容量较大的数据流的网络来讲是不可行的;三是把无法立即交换的数据包发送到空闲的、"错误"的链路上去,这种方法称之为"折射路由法",它一经提出,便在光分组交换网络中引起了广泛地关注,本文就"折射路由法"的原理、算法和性能做了深入地分析和研究。

2 无缓冲区的折射路由法

折射路由是Baran于1964年首先提出的,20世纪80年代在互联网中被广泛研究和应用。它的最大特点是只要数据包被网络所接受,就不会因拥挤而需要排队或阻塞,而是通过暂时错误的路由来代替昂贵的缓冲。

2.1 街区网络模型

图2是一个当$n = 6$时的街区网络模型,成螺旋形网状结构。图中各个交换节点的距离都很近,发送和接收数据包可以认为是同时完成,每个节点可看作是一个如图1中所示的2×2的交换节点。在一个离散的时隙$t(t = 0, 1, 2, 3 \cdots)$,每个节点最多只能接收来自邻近节点的两个数据包,同时自己最多能产生一个数据包,而却在下一时隙最多只

能传送两个数据包。传送时总尽可能采用最短路径法,设交换节点$N(i, j)$共有k个数据包需要发送,其中$0 \leqslant k \leqslant 3$,则可以按以下几种情况来讨论:

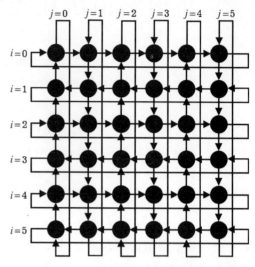

图2 6×6的街区网络

(1)$k = 3$,同时有三个数据包需要传送而发生阻塞,即在时隙t,节点$N(i, j)$接受了来自邻近节点两个数据包,但它非目的节点,同时自己也产生了一个新数据包,此时节点本身产生的新数据包将不被网络接收,需等待下一时隙。

(2)$k = 2$,同时有两个数据包需要传送,即在时隙t,节点$N(i, j)$接受了来自邻近节点两个数据包,但它非目的节点;或者,在时隙t,节点$N(i, j)$接受了来自邻近节点一个数据包,但它非目的节点,同时自己也产生了一个新数据包。

(3)$k = 1$,有一个数据包需要传送,即在时隙t,节点$N(i, j)$接受了来自邻近节点一个数据包,但它非目的节点;或者没有接收数据包,自己产生了一个数据包。

(4)$k = 0$,无数据包需要传送。

以上的情况中,$N(i, j)$视作交换节点,它所接受的数据包的目的节点都非它本身。若$N(i, j)$所接受的数据包的目的节点是它本身,则立即被处理,此时对于这个数据包来说,$N(i, j)$已是目的节点而非交换节点,从交换的角度来看,应将此数据包舍去不计。

综上所述,交换节点$N(i, j)$最多在$t + 1$时隙可以同时传送两个数据包,如果两个数据包的输出链路不同,则各自从适当的链路输出,如果输出链路相同,就会发生冲突。发生冲突时,节点会触发一个解决冲突规则,让其中一个数据包选择它期望的输出链路,另一个数据包从剩下的错误路由输出,即折射路由。

对于图 2 中 $n \times n$ 的街区网络，记 $i(i = 0, 1, 2, 3, \cdots, n-1)$ 为行的编号，记 $j(j = 0, 1, 2, 3, \cdots, n-1)$ 为列的编号，$N(i, j)$ 是第 i 行第 j 列上对应的节点。若目的节点为 $N(u, v)(u \neq i; v \neq j)$，那么数据包在选择输出路由时有以下几种优先级方式：

第一种，行列任意，无论行还是列的输出链路，都可选择为从 $N(i, j)$ 到 $N(u, v)$ 的最短路径。

第二种，行优先，选择行输出链路为从 $N(i, j)$ 到 $N(u, v)$ 的最短路径。

第三种，列优先，选择列输出链路为从 $N(i, j)$ 到 $N(u, v)$ 的最短路径。

关于优先级的问题将在下一章节中做具体说明。

2.2　折射路由的算法

如果节点 $N(i, j)$ 在时隙 t 接收到一个或两个数据包，它(们)在节点 $N(i, j)$ 的输出路由优先级是行列任意，则在时隙 $t+1$，节点将采用一个公平掷币算法来决定数据包是行输出还是列输出。如果节点 $N(i, j)$ 在时隙 t 接收到两个数据包，其中一个数据包在节点 $N(i, j)$ 的输出路由优先级是行列任意，另一个数据包在节点 $N(i, j)$ 的输出路由优先级是行优先或列优先，则在时隙 $t+1$，节点先让后一数据包选择相应的行或列输出链路传送，让前一数据包选择剩下的输出链路传送即可。如果在时隙 t，两个数据包在节点 $N(i, j)$ 的输出路由优先级分别是行优先和列优先，则在时隙 $t+1$，它们分别选择相应的行输出和列输出链路传送即可。如果在时隙 t，两个数据包在节点 $N(i, j)$ 的输出路由优先级都是行优先或都是列优先，则在时隙 $t+1$，交换节点 $N(i, j)$ 的输出链路发生冲突，则会触发一个解决冲突规则，大致有三种常见的规则：

(1) 随机法。采用一个公平掷币算法来决定两个数据包的输出链路。

(2) 直线优先法。来自行输入链路的数据包从行输出链路上传送，来自列输入链路的数据包从列输出链路上传送。

(3) 最近目的节点法。与目的节点较近的数据包选择它的路由优先级输出，另一个数据包从剩下的输出链路上传送；若两个数据包与它们的目的节点距离相同，则采用随机法。

2.3　性能概率分析

假设在图 2 的街区网络中所有节点产生的新数据包的概率相同，那么如以任一节点 $N(i, j)(0 \leqslant i \leqslant n-1, 0 \leqslant j \leqslant n-1)$ 为原点，则可对网络中的所有节点重新编号。重新编号可便于在概率分析时算法推导的统一性。

$$N_{ij}(x, y) = N(u, v) \qquad (1)$$

其中应注意原街区网络模型中奇、偶行(列)方向的相反特征，则，

若 j 是偶数，$x = (u-i) \bmod n$；若 j 是奇数，$x = (i-u) \bmod n$；

若 i 是偶数，$y = (v-j) \bmod n$；若 i 是奇数，$y = (j-v) \bmod n$；

这样，第 i 行重新的编号为 0，其他行沿 $N(i, j)$ 的列输出链路方向循环依此重新编号为 1，2，3，$\cdots$，$n-1$；第 j 列重新的编号为 0，其他列沿 $N(i, j)$ 的行输出链路方向循环依此重新编号为 1，2，3，$\cdots$，$n-1$。

这样在时隙 t，从节点 $N(i, j)$ 上产生一个目的节点是 $N(u, v)$ 的数据包的概率，就等于从节点 $N_{ij}(0, 0)$ 上产生一个目的节点是 $N_{ij}(x, y)$ 的概率。

在时隙 t，设节点 $N_{ij}(0, 0)$ 按一个固定的概率 G 产生一个新的数据包，即

$G = Pr$ (在时隙 t 产生一个新数据包)

这样对于原节点 $N_{ij}(0, 0)$，设 $P(x, y)$ 表示目的节点是 $N_{ij}(x, y)$ 的数据包，那么可以设定以下三个参量：

$R_t(x, y) = Pr\{$节点 $N_{ij}(0, 0)$ 在时隙 t 沿行方向发送数据包 $P(x, y)\}$

$C_t(x, y) = Pr\{$节点 $N_{ij}(0, 0)$ 在时隙 t 沿列方向发送数据包 $P(x, y)\}$

$Bt = Pr$ (节点 $N_{ij}(0, 0)$ 在时隙 t 的新数据包被阻塞 / 节点 $N_{ij}(0, 0)$ 在时隙 t 产生一个新数据包)

若 $(x, y) = (0, 0)$，表示无数据包输出。

原节点 $N_{ij}(0, 0)$ 的行输出链路空闲的概率是 $R_t(0, 0)$，列输出链路空闲的概率是 $C_t(0, 0)$。则任何行的输出链路的利用率是 $1 - R_t(0, 0)$，任何列的输出链路的利用率是 $1 - C_t(0, 0)$。因此网络中平均输出的数据包个数为：

$$N^2(1 - R_t(0, 0) + 1 - C_t(0, 0)). \qquad (2)$$

原节点 $N_{ij}(0, 0)$ 产生一个需通过行输出链路传送的数据包的概率是 $R_t(1, 0)$，产生一个需通过列输出链路传送的数据包的概率是 $C_t(0, 1)$。因此网络瞬间输出的数据包个数为：

$$N^2(R_t(1, 0) + C_t(0, 1)). \qquad (3)$$

而网络瞬间输入的数据包的个数为:

$$N^2(G(1-B_t)).\qquad(4)$$

当网络达到稳态时,即 $t \to \infty$,分别用 $R(x, y)$、$C(x, y)$、B 表示稳态时的相应值,根据(2)、(3)和小数定律,在稳定状态下数据包的平均时延为:

$$D = (2-R(0, 0)-C(0, 0))/(R(1, 0)+ \\ C(0, 1))\qquad(5)$$

2.4 与有缓冲区存储转发网络的性能比较

在折射路由的过程中,影响网络性能的主要是时延和吞吐量。就时延而言,一个数据包的时延由两部分组成,其一是在交换节点里的排队时延,这在折射路由中为零,其二是数据包从源节点到达目的节点所经链路的传播时延,在折射路由中交换节点有时要把数据包发送到"错误"的链路上去,因而这比有缓冲区的存储转发网络的传播时延要大。综合以上两点,经实际比较,折射路由网络中数据包的时延要大于有缓冲区的存储转发网络。

吞吐量是数据包从源节点向网络中传输的最大速率,它主要由网络的拓扑结构和在链路上的传播速度有关,另外还与流量模式有关。理论上假定对于任何节点 $N(i, j)$,产生目的节点是 $N(u, v)$ 的速率相同,这样,吞吐量就和链路上的传输速率成一定的比例关系。经实际比较,对于节点数是几百到几千个的街区网络(如 Manhattan 街区网络),折射路由的吞吐量是有缓冲区路由的 55%~70%,而对于同样规模的网络(如 ShuffleNet 网络),折射路由的吞吐量只是有缓冲区路由的 20%~30%。这说明折射路由更适合用于如图 2 所示的街区网络。

3 结语

与电分组交换网络不同,光分组交换网络提供了实现超大容量分组交换的可能,但仍有许多重要的技术课题需要突破,如缓冲区的问题。折射路由法应该说是解决有关缓冲的问题的有效方法之一,已引起了国内外众多研究人员的重视。

参考文献

[1] 周晓钟.概率论及数理统计.黑龙江人民出版社,1974

[2] 唐棣芳.光延迟线的最新应用.半导体光电,1991

[3] Paul R. Prucnal. Optically processed self-Routing, Synchronized and contention resolution for 1 - D and 2 - Dphotonic switching Architectures. IEEE Journal of Quantum Electronics, Feb. 1993

[4] A. G. Greenberg and J. GoodMan. Sharp approximate models of deflection routing in mesh networks. IEEE Transactions on Communication,1993(1)

[5] N. F. Maxemchuck. Comparison Deflection and store-and forward Techniques in the Manhattan Street and Shuffle-Exchange Networks. Proceeding of IEEE Infocom,1989

[6] K. L. Hall. All-Optical buffers for High - speed slotted TDM Networks. In IEEE/LEOS Summer Topical Meeting on Advanced Semiconductor Lasers and Applications,1997

(发表于《光纤与电缆及其应用技术》2003 年第 3 期)

1号线 SDH 传输系统网管及故障的分析与处理

柏伟萍

（上海地铁运营有限公司通号分公司）

摘　要：介绍上海地铁 1 号线 SDH 传输系统网管 ITM－SC，ITM－SC 可按照告警的来源级别、状态、告警的严重等级和故障类别来对告警分类。通过对网管 ITM－SC 的分析和研究，以及如何用它监视、处理传输设备的相关故障，包括硬件和软件故障，及对 SDH 网管通信失败的实例及相应解决办法进行分析与处理，更好的帮助维护人员日常处理 SDH 传输设备有关故障。

关键词：SDH，网管系统，ITM－SC

一个完整的轨道交通信息系统由多个系统组成，包括通信传输系统、图像监控系统、数据网络系统、无线调度系统、电源系统以及时钟系统等。传输系统是整个信息系统的基础和骨干，是控制中心与车站及车辆段、车站与车站之间信息传递和交换的重要手段。传输系统需要为其他多个系统（如公务和专用电话、数字视频监控、车站广播、电力监控系统、自动售票系统、环境监控以及防灾系统等）提供各种传输接口和带宽。而网管系统作为传输系统中不可或缺的组成部分，其结构和功能也随着技术的发展不断地深化。

1　1号线传输系统

上海地铁 1 号线传输系统，主要用于控制中心与各车站之间传递语音、资料等各种信息。当出现紧急情况时，该系统应能迅速及时地为防灾救援和事故的指挥提供通信联络。在传输系统层面上，是由朗讯科技提供一个多功能、多业务的 SDH（2.5 G）综合传输系统，即 MSTP 传送平台。可提供 2 Mb/s 至 155 Mb/s 多种传输接口以及以太网的综合接口，支持不同种类业务传送功能，实现全网"端到端"快速调度，完全能够满足多种传输速率的信息传递。根据地铁 1 号线光缆中 4 根空闲光纤的既有资源，以及地铁线路从新闸路站、人民广场站、黄陂南路站、陕西南路站、常熟路站、衡山路站、徐家汇站、上体馆站、漕宝路站、上海南站站、锦江乐园站、莲花路站、外环路站、莘庄站，以及控制中心、车辆段信号楼、地铁公司衡山路 12 号共计 17 个站

点的需求，组建了一个 2.5 G 速率采用子网连接保护的 17 点环路。

根据这种网络状况，在传输层上，采用朗讯 Metropolis ADM Universal 设备和 ITM－SC 网管系统。朗讯的网管系统 ITM－SC，意即 Integrated Transport Management SDH Subnetwork Controller（综合传送管理—子网管理器），采用 HP B 2000 机型，运行于 Unix 平台，以图形化方式管理。

2　ITM－SC 网管

2.1　ITM－SC 概述

ITM－SC 是网元级的监控系统。ITM－SC 实现的也是面向网元的功能，但它可以访问网络中的所有网元，完成设置、配置和在线监测功能。ITM－SC 可提供其分区中所有 SDH 网元数据库的备份、维护网元的当前、历史告警信息和网元的配置数据。ITM－SC 通过 Q－LAN 与网关节点（GEN）通信，并通过 GEN 与各网元通信。由 Q－LAN 构成的本地通信网络（LCN）可用来传送网管信息。

2.2　ITM－SC 的系统组成

ITM－SC 整个系统由服务器和工作站及其相应的软件所组成。其中服务器是系统的核心，用于完成整个网络管理数据的处理。服务器通过 LAN 与本地网元相连并借助 DCC 通道管理到网络中的其他网元。工作站主要用于提供人机交互界面，使用户能够通过图形用户界面访问服务器完成对整个网络的监控。工作站和服务器通过基于 TCP/IP 的 LAN 和 WAN 相连。

2.3　ITM－SC工作原理

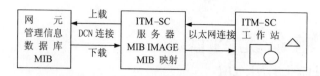

图1　ITM－SC系统工作原理示意图

　　各网元的系统控制单元盘中都保存有该网元的节点信息、配置信息、告警信息等，这些信息构成了管理信息数据库(MIB)。要管理这些网元，实际都是对这些MIB进行处理。ITM－SC可提供图形界面对整个网络中的所有网元进行集中监控。通过网元与ITM－SC的服务器之间的DCN连接，ITM－SC可以把每个网元的MIB上载，并在服务器上产生一MIB映射数据库，而通过工作站与服务器之间的连接，工作站可以得到服务器上的映射数据，并以图形的形式显示出来。

　　对于维护人员，只需观察工作站的图形显示就可了解整个网络中各网元的工作情况。当需要对网元配置进行修改时，维护人员只需在工作站上，利用鼠标与键盘与图形界面进行对话，输入数据，实际修改了服务器上网元MIB的映射。由于网元与服务器之间具有数据同步功能，服务器立即将MIB映射的修改通过DCN下载到网元的系统控制单元盘。这样ITM－SC就可以实现对网元的监控与管理了。

2.4　ITM－SC的功能

　　ITM－SC作为综合集中网管系统，具有对全网进行集中监控的功能。传送网络中各个网元一旦发生故障都能在ITM－SC上反映出来。ITM－SC对各种告警进行管理，即实现网元维护功能。

　　ITM－SC分为系统管理员(Administrator)、系统监控员(Supervisor)、系统操作员(Operator)、Unix用户(Unix user)四级。其中Administrator级别的用户只能进入网管系统管理层，进行LOG管理、PASSWORD管理、数据备份等，不能进入日常维护的界面进行网元参数的修改，可避免在进行系统管理时发生误操作的可能；Unix user级别的用户在维护操作上是属于Supervisor或Operator级别的，但他只能进入SC网络中指定的系统进行操作，而不能跨系统操作。

2.5　ITM－SC事件管理

　　所谓事件管理实际就是ITM－SC对各种告警的管理，即实现网元维护功能。

　　ITM－SC可按照告警的来源级别、状态、告警的严重等级和故障类别来对告警分类，其中按故障类别又分为：

　　◇ 设备(Equipment)：机盘故障或激光器故障；
　　◇ 传输(Transmission)：检测到传输信号发生故障；
　　◇ 处理(Processing)：数据处理过程中的矛盾引发告警；
　　◇ 环境(Environment)：其他外部设备引发告警；
　　◇ 管理(Management)：由ITM－SC与网元之间通信联系引发的故障。

　　首先，ITM－SC可以通过多种形式报告告警的产生与清除。当ITM－SC接收到新告警消息时或接受到告警清除的消息时，马上会发出响声，提醒维护人员有告警事件发生。此外在ITM－SC的操作界面上，在主菜单栏的下方是系统告警信息区，该区域显示了当前系统的各类告警数目，并显示最近产生的一条告警或事件的具体信息。

　　在ITM－SC的地图区域，各网元图标有不同颜色，在网元子架显示菜单中，各机盘及其端口也以不同颜色显示，这些颜色都表示了不同严重等级的告警状态。ITM－SC通过以上方法提示维护人员告警的发生与清除。要进一步了解告警的具体信息可以通过告警列表来查看告警。

3　故障案例与分析

　　维护人员在日常使用ITM－SC网管监控过程中，经常会碰到一些ITM－SC管理系统的故障，就故障的现象、排除及产生原因进行分析和说明。

　　当SDH传输设备发生故障时，会产生大量的告警事件和性能数据，分析这些信息，可基本上判断出故障的类型和相应的位置。得到这些告警信息和性能信息的方法一般有两种，即通过网管系统ITM－SC和观察设备机框的运行告警灯。

　　利用ITM－SC的告警、性能数据，可帮助我们随时了解全网设备的运行情况，检测到故障的先兆，将故障解决在萌芽期。故障发生时可知道当前设备存在什么告警，什么时间发生的，以前曾发生过什么告警，性能不好时将给出误码有多少等。利用网管告警性能数据分析故障时，一定要注意网络中各网元的当前时间设置，倘若网元时间设置错误，将使告警、性能数据上报出错或根本不报。

　　故障发生时，一般首先看告警事件和性能事件，并分析业务流，初步判断故障点的范围，分清是传输设备内故障还是传输设备外故障。如果是设备告警，先将故障定位到单站，再把故障排除。一名维护人员必须掌握SDH原理，搞清各种告警产生的机理、相应的回传信号以及对下游的影响。同时须具备良好的心理素质和丰富的工作经验,熟练掌握故障定位的常用方法,才能在处理故障的过程中沉着冷静,避免误操作使故障扩大。[2]下面是两种故障的分析与处理。

3.1 案例一

处理故障中有时网管会出现大量的告警性能事件,有时又不出现任何告警,使维护人员无从着手。环回法是 SDH 设备定位故障最常用的方法之一。环回法判断故障最大的一个特点就是可以不必依赖于对大量告警及性能数据的深入分析而可以将故障较快地定位到单站乃至单板,而且操作简单,容易掌握。它可以逐段定位故障,最终将故障定位到单站或单盘。这种方法也有它自身的缺陷,就是可能会影响正常的业务,并要求维护人员必须清楚设备的连接,如纤芯的连接方向、DDF 架的分配、业务通道的组织等,以免误操作耽误故障的排除。SDH 设备的环回操作又分为软件环回和硬件环回。硬件环回相对于软件环回要更为彻底,但需到现场。SDH 网管提供了软件环回功能,在电路开通和处理单个业务时十分方便。但在做光路环回和 VC4 环回时要十分小心,应避免环回后发生远端站数据通路 DCC 中断。

在图 2 所示的组网简图中,控制中心为网管中心站,业务方式为集中型,即人民广场站和陕西南路站均与控制中心有 2Mb/s 业务。从网管 ITM - SC 上发现控制中心和人民广场站之间的 2 Mb/s 业务中断,控制中心 2 M 接口板有告警指示信号(AIS 告警)信息,人民广场站 2 M 接口板有信号丢失告警(LOS 告警)信息,初步判断是人民广场站有问题。在控制中心挂接 2 Mb/s 误码测试仪,监测一条控制中心与人民广场站之间的 2 Mb/s 中断业务。此时,误码测试仪指示业务中断。通过 ITM - SC 网管做人民广场站的支路软件内环回,仪表显示业务正常,确定是人民广场站有问题。在人民广场站对应支路板的接口板或 DDF 配线架上,对相应通道再做一个传输设备的硬件内环回,发现业务不正常,说明是支路板、接口板问题。此时更换了一块支路板,业务恢复。

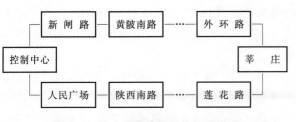

图 2　地铁 1 号线传输系统组网简图

3.2 案例二

SDH 网管设备在运行过程中又出现了通信失败的问题,即网元管理器或网络管理器与其所监控的网元之间不能进行正常的通信。就维护人员而言,重要的是掌握 SDH 网管系统的具体配置和实施方案,了解引起通信失败的原因,迅速解除通信失败故障,使 SDH 网管系统尽快恢复正常运行,以便充分发挥其监控管理的作用及功能。

ITM - SC 网管具有对 NE 通信状态进行测试的功能:在 Management 菜单下,选 Data Comms Test,显示屏上出现 EMS - Data Communications Test 窗口,用鼠标点击 Edit 键,选择需测试的 NE 或全部 NE,然后点击 Apply 键,ITM - SC 即可对 NE 进行通信功能测试。若正常,显示 passed;若通信失败,则显示 failed。

ITM - SC 常见通信失败故障的处理:在 Management 菜单下,选 Manage Associations,显示屏上出现 EMS - Manage Associations 窗口,在 Operation 区选 Disable,单击 Apply 键,以断开 NE 与 ITM - SC 的连接。断开后,再回到 EMS - Manage Associations 窗口,在 Operation 区选 Enable,单击 Apply 键,重新连接该 NE 与 ITM - SC,ITM - SC 与 NE 通信恢复正常。故障产生的原因可能是:数据拥塞等。

3.3 故障原因及分析

通过上述两个实例,我们可以看出,引起通信失败的原因一般可分为两类:软件故障和硬件故障。其中软件故障多为数据拥塞,数据处理紊乱等原因,经过拔插相关通信板,或断开后重新连接等方法,便可实现数据清零或重启动,使网管系统恢复正常;硬件故障多为相关通信板,转换器及通信连接器件的故障,通过更换这些故障件即可使通信恢复正常。而朗讯设备 DCC 的相关设置则比较简单,只需将 DCC 的配置选项分别设为"Enable"状态即可,但总的说来,DCC 状态的正确设置都很重要,所以当我们遇到通信失败故障的时候,也不妨检查一下 DCC 通道的相关设置。

4 结语

以上是对上海地铁 1 号线 SDH 传输系统网管 ITM - SC 的简单介绍,以及如何用它监视、处理传输设备的相关故障。正确而熟练的掌握 ITM - SC 的操作与应用,对我们维护人员日常处理地铁 1 号线 SDH 传输系统的设备故障是非常有用的。

上海轨道交通光传输设备的故障诊断与处理

王 珣

（上海地铁运营有限公司通号分公司）

摘　要： 由于传输业务中断故障对地铁的正常运营的影响是很大的，特别是对信号、无线、票务、调度电话等系统的影响比较大，因此要求尽快拿出处理方案地给予定位和排除。文章通过用自环法、替换法、告警分析法等对策，能及时定位和排除故障，在实际工作中排除故障的效果非常好。

关键词： SDH，定位，排除，自环法，替换法

现结合上海地铁运营公司使用的郎讯和阿尔卡特的 SDH 传输设备的故障判断处理情况进行阐述。

1　业务中断的原因

业务中断的可能原因是多方面的，如外部的供电电源故障、交换机故障、光纤电缆故障，人为的误操作、配置错误以及设备本身的故障等。设备问题引起的业务中断，有些可能是由于指针调整太大引起的，有些可能是误码过大引起的，保护倒换失效也会导致的业务中断。

2　处理业务中断故障的一般过程与方法

各种类型的业务中断故障，除瞬断问题处理比较特殊和复杂外，其他类型故障都可以按一般的业务中断故障的处理方法进行处理。对于业务瞬断问题，只能通过长期对全网告警、性能数据的仔细分析，通过对设备、单板运行状态的深入查询，并通过替换法等多种方法，如板子替换，逐一排除电源低压问题、光纤电缆问题、接地不良问题、单板软硬件稳定性等问题，最终将故障排除。

处理一般业务中断故障的过程和方法和非中断故障的处理方法相仿，处理原则为：① 先外部，后内部，也就是先考虑传输设备以外的因素，比如光纤，电源等；② 先单站，即把故障点定位到某一站，后单板，在具体把故障确认到某块板子；③ 先线路，后支路；④ 先高阶，后低阶。

具体的处理过程和方法如下。[3][5][6]

2.1　排除外部设备故障

先通过自环法、替换法、告警分析法等方法排除外部设备故障的可能性。

2.2　定位故障在单站

然后，在通过告警性能事件分析法一时无法确定故障点的情况下，应用逐段环回法迅速将故障定位到单站；故障定位到站点后，再利用状态、配置数据检查、分析法排除掉人为误操作、配置错误、设备状态异常等情况，最后通过更换单板、重下配置、更改配置、复位、掉电重启等方法将故障排除。

我们知道，通过逐站自环的方法，可以将故障定位到单站或两站之间的光板上。下面讲述的是通过自环法将故障定位到单站或两个站间的光板之后，如何再进一步排除业务中断故障。

2.3　故障定位到两站之间的光板后的业务中断故障处理

第一步：分析故障现象，并根据各种单板处理信号的特性，判断可能是哪个站的哪块板有问题。

第二步：若通过分析法无法定位故障的单板，则只能带上备用光板，到现场通过对光口硬自环的方法判断出问题的光板了。

2.4　故障定位到单站后的业务中断故障处理

（1）若能通过告警性能事件分析法迅速定位出故障的单板，则通过更换单板排除故障。

（2）若一时无法定位出故障位置，则按以下步骤进行。

第一步：检查有无误操作。如支路板、线路板通道有无软自环或硬自环的现象等。

第二步：检查一些基本配置是否正确。如对于通道环，应检查逻辑系统属性以及支路板通道属性

配置是否正确；对于复用段，应检查逻辑系统属性以及节点参数配置是否正确；检查时隙配置、母板类型配置、业务装载配置是否正常等。这一步在改动了网元数据的场合尤为重要（比如升级扩容），因为我们经常发现由于命令行配置文件的小错误而导致业务中断。

第三步：检查系统自动生成的数据以及单板状态参数是否正确。如，对于通道环，检查交叉板备用总线生成的数据是否正确；对于复用段，检查各页面数据是否正确；检查单板的状态参数，如内、外定时、总线选择等参数是否正确。

第四步：若通过以上步骤都无法定位故障，则使用经验处理法，如重下配置、复位拔插单板、掉电重启等方法尝试能否排除故障。

第五步：若以上处理法都无效，则只能通过逐一更换单板的方法，排除故障。

3 传输网上常见的业务中断问题

3.1 配置没有下发到单板

查询配置是否正确下发到单板。

3.2 交叉板设备处在保护倒换状态时不允许配置业务

交叉板在倒换时是不允许进行业务配置的。交叉在保护倒换时不允许配置业务，这是出于保护当前业务的目的，在交叉进入保护时，表明原有业务已经处于保护态了，这时还下发新的配置是不合理的。此时如果配置业务会导致：

（1）下发了新的业务配置，主机校验后，向所有相关板发送新的配置，包括线路板、支路板、交叉板。线路和支路接受了新的配置，但交叉板不理睬，从而导致业务不通；

（2）然后主机产生新的复用段的保护页面数据；

（3）这时停止协议时，主机下发部分新的数据（交叉连接），业务还是不通的，因为交叉板的其他配置未下发。

（4）因此这种情况下必须拔插或复位交叉板，修改的数据才能加载到单板。

3.3 删除逻辑系统导致业务中断

逻辑系统被删除后，其相应的业务也被删除。

这就要求进行网管操作的时候特别小心，考虑清楚以后再进行下一步的操作。

4 保护倒换失效所导致的业务中断处理

4.1 通道环业务中断故障处理的基本思路和方法

在处理通道环的业务中断故障时，首先应检查一下逻辑系统的属性和支路板的通道保护属性这两项基本配置是否正确。逻辑系统属性配置为"通道保护环"，支路板通道属性配置为"保护"，如果这两个属性配置错误，业务倒换就无法实现。

在故障定位的时候，可以采用硬件和软件的方式强制支路板选取主环或备环的业务。硬件方式，一般我们将通道环改造成两条链来进行处理——东向一条链和西向一条链。方法比较简单，任意断掉一个站东向或西向一侧的收、发两根光纤即可。当然，若业务中断时，通道环已经是一个断环，则不需改造了。改造成链后，先排除一个方向主备通道的问题，再排除另一个方向主备通道的问题。软件方式，可以用命令强制支路板选取主环或备环业务，看是支路板的倒换有问题还是主备环业务路径的其他环节有问题。

当然，任何故障都一样，若能通过故障现象的简单分析就可以定位出故障的单板，则不需要上面繁琐的操作步骤了。

4.2 复用段环业务中断故障处理的基本思路和方法

查看APS协议是否正常。

对于复用段保护倒换故障，首先要判断APS协议是否正常，判断的依据是APS参数、状态、事件的内容。若倒换协议异常，如协议不能正常启停、保护倒换不动作或部分站点倒换状态不对、交叉板页面切换错误等，则首先要排除协议问题，然后再排除设备存在的其他问题。

排除协议问题后的处理。

如果已经排除了协议异常的问题，则此时的业务中断有两种情况：一种是全网保护倒换处于正常状态，保护倒换还没有动作；还有一种情况是保护倒换已经正常动作。

对于第一种情况，有两种处理办法：一种是将协议停掉，将复用段环当作一条环型的链来进行故障定位。另一种方法是启动保护倒换，将中断的业务倒到保护通道，看能否先恢复业务，若业务能恢复，则先恢复业务，然后再来定位故障的原因；若不能恢复业务，则仍按方法一进行处理。显然，若启动协议恢复业务后再来定位故障，则增加了故障定位的难度。但是，此时业务已经恢复，维护人员可以静下心，慢慢对故障进行分析、定位。

对于第二种情况，一般是单板故障等问题，我们可以按一般的业务中断故障来进行处理，即先通过自环法定位出故障的站点，然后再对故障站点进行故障排除。

5　结语

然而在 SDH 设备的实际维护过程中，由于有些故障告警不是一个一个孤立地出现的，某一设备的故障往往引发相关设备的连锁告警反应，因此，在分析故障告警时，不要仅对某一个告警进行孤立的分析，要从网络系统的角度去分析故障告警现象，再加于以上所述的几个方法，以便正确定位故障点。

综上所述，如何利用简单方法和成熟的技术手段对 SDH 传输设备的故障实时地给予处理，恢复 SDH 传输设备正常工作，上述几个方法在实际工作中取得了良好的效果。对地铁的正常运营起到了很好的作用。

参考文献

［1］朗讯科技中国有限公司.光传输技术.清华大学出版社,北方交通大学出版社

［2］韦乐平.光同步数字传送网.(第二版)北京人民邮电出版社,1998

［3］邓忠礼.光同步数字传输系统测试.北京人民邮电出版社,1998

［4］张应中等.数字通信工程基础.北京人民邮电出版社,1991

［5］李兴明.SDH 网络管理及其应用.北京人民邮电出版社,1999

［6］杨世平等.光同步数字传输设备与工程应用.北京人民邮电出版社,1998

1、2 号线无线通信系统的噪声干扰问题及抗干扰措施

翁迅骞

（上海地铁运营有限公司通号分公司）

摘 要：地铁 1、2 号线无线通信系统是引进德国 BOSCH 公司的技术，450 MHz 半双工工作方式的点对点专用移动无线调度指挥系统。本文结合设备维护工作中所遇到的实际案例，从无线通信中噪声、干扰形成的机理入手、对同频干扰、邻道干扰、互调干扰、噪声等进行了分析，并介绍了解决问题的方法。

关键词：移动通信，噪声，干扰

地铁 1、2 号线无线通信系统是引进德国 BOSCH 公司的技术，属于半双工工作方式的点对点专用移动无线调度指挥系统。该系统开通 10 年来，设备稳定、工作情况良好，但噪声、干扰问题始终存在，对行车调度指挥造成一定影响。无线移动通信中的噪声和干扰，是影响通信质量的主要因素，通信系统中任何不需要的信号都是噪声或干扰，噪声是指内部热噪声和外部自然噪声或人为噪声，干扰指无线电台间的干扰，包括电台本身产生的干扰及组网产生的干扰，如同频干扰、邻道干扰、互调干扰等。地铁 1、2 号线无线通信系统所遇到的噪声和干扰也不外乎包括在以上所列的种类中，我们作为设备维护部门采取了一系列消除噪声和抗干扰的措施，大大改善了无线通信质量。

1 人为噪声对无线通信的影响

无线移动通信的外部噪声分为自然噪声和人为噪声两种，自然噪声是指大气噪声、宇宙噪声和太阳噪声等，由于其一般比电台的固有噪声低得多，可以予以忽略。人为噪声主要是指电气设备产生的噪声，对无线通信的影响比较大，以下介绍两起维护工作中遇到的人为噪声对无线通信干扰的案例。

1.1 案例一

2002 年我们曾在 1 号线处理过一起故障，情况是这样的，当时地铁梅陇基地的零信道无线系统受到一不明信号的干扰，无线控制台的扬声器发出持续不断的噪音，使运转值班室调度员与列车司机之

间的无线通话无法进行，影响了正常的调车作业。我们在现场用无线场强仪检测出一段频谱范围从音频到 800 MHz 左右的白噪声带，如下图所示：

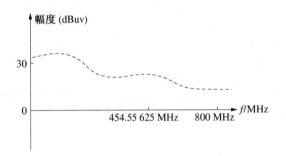

图 1 白噪声频谱图

虽然其信号强度随频率增高逐步降低，但落在我们的零信道低端频点 454.556 25 MHz 上的噪声强度仍达到 25 dBu，远远超过我们无线基站收信机的接收灵敏度 −3 dBu，该噪声信号通过我们无线基站收信机接收到无线控制台，无线控制台的扬声器随即发出时断时续的噪音，影响了正常的无线通话。我们在检查周围环境时发现，设有零信道无线基站机房的信号楼正在进行内部装修，当时正有工人使用电锤在墙上钻洞，我们请他关掉电锤，噪声立即消失。毫无疑问，噪声信号就是由电锤内的电机工作时产生的电火花发出的。

1.2 案例二

我们还处理过一起人为噪声干扰列调无线信道的故障，2005 年 3 月前后，信号车间车载班组接连不断接到 1 号线列车车载电台受到噪声干扰的报修，故障现象是司机在接听调度员的话音时夹杂大

量噪音,无法听清内容,而调度员可以听清司机讲话。这种现象在全部29列交直流电客列车的大部分列车上均有发生,而且不分行驶区域,车载设备维护人员通过更换电台和更换天线等手段都没能消除噪声干扰,所以当时怀疑车站无线基站甚至无线交换系统出了问题,为了找到答案,我登车进行了现场测试,我手持一台收发频率与车载台相同的对讲机,进入司机室,对讲机立即收到了噪声干扰信号,但当列车到站,我持对讲机离开驾驶室后,对讲机收到的噪声干扰信号立即消失了,反复多次登车试验后我确认噪声干扰信号源在车上,与无线基站和无线交换系统无关。后经由频谱分析仪现场定量测试,发现有一不明信号,其中心频率正落在车载台接收频率464.468 75 MHz上,信号强度在12 dBu左右,频谱图如下所示:

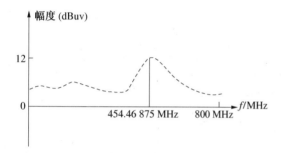

图2　LED导向屏电磁信号干扰列调信道频谱图

车载无线电台的接收灵敏度为-3 dBu,因此当司机使用车载电台时,收信机静噪门打开,幅度为12 dBu的噪声信号即进入车载电台,干扰正常通话。后经过检查车辆设备,发现噪声信号来自列车LED乘客自动导向屏,经厂家整改后噪声信号消失。

2　邻道干扰、同频干扰等对无线通信的干扰

除人为噪声干扰以外,在无线通信系统中其他的干扰还有:邻道干扰、同频干扰、及互调干扰等,这些干扰是在系统组网过程中产生的。

2.1　邻道干扰

邻道干扰是指相邻或邻近频道之间的干扰,对地铁移动无线通信系统中使用的450 MHz、UHF频段的电台来说,由于调频信号的频谱很宽,理论上有无穷边频分量,因此当其中某些边频分量落入邻道电台的收信机频带内时就会造成邻道干扰。地铁2号线龙阳路基地零信道无线系统曾受到附近一个建筑工地上的对讲机的干扰。当时,龙阳路基地调度室的无线控制台经常收听到不明话音,影响了正常的调车作业,增加不安全因素。维护人员根

据话音内容判断可能是建筑工地使用的对讲机,经仔细查找,在距基地四公里左右的一个建筑工地上找到了正在使用的对讲机。地铁基地零信道无线基站收信机的接受频率是454.556 25 MHz,而建筑工地上的对讲机的发射频率经查是454.660 MHz,当建筑工地上的工人使用对讲机时,该对讲机发射信号的谐波分量落入我零信道无线系统接受频带内造成了干扰。查明情况后,分公司技术部门与该建筑公司进行了沟通,该建筑公司及时停用了这些对讲机,干扰信号未再出现。

2.2　同频干扰

无线通信中的同频干扰是指相同载频电台之间的干扰,当两个或两个以上邻近无线基站同时处于发射状态时,两个或两个以上无线基站采用相同频率的载频。由于发射机的频率准确度和稳定度等因素,发射载频之间存在着微小差别。这样当用户收到主信号的同时,也会收到另一个干扰信号,它们之间产生几百~几千Hz的低频差拍。当载波频率稳定度容限为±500 Hz时,其同频干扰形成的差拍为低于1 kHz的正弦波,因此干扰差拍分量与话音信号叠加,形成噪音干扰。我们在维护工作中曾遇到过同频干扰的案例,当时1号线莘庄站折返线由于距离设在锦江乐园站的无线基站太远,无线信号太弱,影响正常通信,为了解决这个问题,技术部门在莘庄站增设了一个无线基站,这样折返线的问题解决了,但出现了一个新的问题,在外环站和莘庄站之间出现了一段100 m左右的通信中断区域,表现为司机通过车载台讲话总调度室无线控制台可以收听到,但行车调度员下传话音司机无法听清,如下图所示:

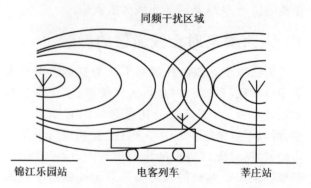

图3　1号线南延伸无线通信同频干扰示意图

而在莘庄站增设无线基站之前,这个盲区是不存在的,很明显,这是同频干扰造成的,行驶在这个区域的电客列车上的车载电台既收到锦江乐园无线基站发射的无线电波,又收到莘庄站无线基站发射的无线电波,由于两个信号的频率差大于300 Hz,这

两个频率相近的信号之间产生低频差拍信号，低频差拍信号频率大于 500 Hz 而小于 1 000 Hz，低频差拍信号强度大于话音信号，使车载台无法有效接收话音信号，造成通信质量下降，通信话音模糊，噪音大量出现，司机与行车调度员之间无法进行有效通话。解决同频干扰问题的办法通常有两个，一是使其中一个无线基站发射的无线电波的强度远小于另一个，但我们现在的实际情况难以做到。另一个办法是使两基站的频率差小于 300 Hz，由于目前基站的频率稳定度难以达到这个要求，因此使用光纤直放站成为解决该问题的首选。光纤直放站近端机在其中一个基站对射频发射信号取样，然后通过光纤传输系统将该信号传送至另一个基站（将其拆除）所在位置上的光纤直放站远端机，由直放站远端机代替另一个基站进行覆盖，这样两地覆盖信号的频率值完全一致，同频干扰的问题即可得到解决。在工程技术部指导下我们在莘庄站增设了光纤直放站，拆除了无线基站，光纤直放站的信号取样点设在锦江乐园无线基站，这样锦江乐园无线基站发射的无线电波的频率与莘庄站光纤直放站发射的无线电波的频率完全一致，频率差为零，因同频干扰造成的通信中断区域自然就消失了。

3　互调干扰对无线通信的影响

我们在工作中还碰到过其他类型的干扰，比如目前仍存在的互调干扰，即由于通信设备中一些器件的非线性而产生的多次谐波对通信频道的干扰。1 号线沿线各站无线基站所用分合路平台由于使用已超过十年，分合路平台中的双工器线性参数变差，由此而产生的二次谐波、三次谐波进入通信频道，对正常的无线通信造成干扰。为解决这个问题，我们分公司聘请了专业通信公司使用射频扫频仪对 1 号线沿线车站无线基站的双工滤波器的技术参数进行测试，测试中发现大部分双工滤波器的重

要技术参数如隔离度和驻波比等均偏离标称值，以下（表1）是测试数据：

表 1　双工滤波器测试参数

车　站 \ 参　数	隔离度	驻波比
虹梅路站	50 dB	1.5
漕宝路站	48 dB	1.6
上海体育馆站	39 dB	1.6
徐家汇站	25 dB	2.0
衡山路站	40 dB	1.6
常熟路站	55 dB	1.4
陕西南路站	57 dB	1.4
黄陂南路站	60 dB	1.2
人民广场站	55 dB	1.5
新闸路站	26 dB	2.0
汉中路站	38 dB	1.7
上海火车站站	45 dB	1.6

双工滤波器的标准隔离度值应大于 60 dB，驻波比应小于 1.5。我们对有数据偏差的双工滤波器进行了修正，使 1 号线无线通信的干扰问题得到了很大改善。

4　结论

地铁无线通信系统的噪音干扰问题可归结为四类：人为噪音、邻道干扰、同频干扰和互调干扰。对人为噪声和邻道干扰问题可采取寻找干扰源并消除干扰源的办法来解决问题，对同频干扰问题可采取使用光纤直放站的办法来完成区域覆盖以避免干扰。

参考文献

[1]　韦惠民,李白萍. 蜂窝移动通信技术. 西安电子科技大学出版社,2002

[2]　沈振元,聂志泉,赵雪荷. 通信系统原理. 西安电子科技大学出版社,1993

MPEG-2编码技术在视频监控系统中的应用

樊 盈

（上海地铁运营有限公司通号分公司）

摘 要：介绍了上海轨道交通视频监控系统的概况及 MPEG-2 编码技术的特点，并通过对比分析，阐明了采用该技术的系统性能稳定，具有良好的监控效果。

关键词：轨道交通，视频监控，MPEG-2编码技术

随着多媒体技术、电讯技术、网络通信技术等的迅猛发展，上海城市轨道交通视频监控系统也逐步从模拟系统转向数字系统。作为数字视频监控系统的核心技术，视频编码技术的发展变化也是日新月异，目前已出现了 H.261、H.263、H.264、MPEG-1、MPEG-2 和 MPEG-4 等一系列视频压缩的国际标准，其中 MPEG-2 编码技术更是得到了非常广泛的应用。上海轨道交通 4 号线和 5 号线（莘闵线）的视频监控系统就采用了 MPEG-2 编码技术。

1 上海轨道交通视频监控系统概况

1.1 监控系统的组成与功能

上海轨道交通视频监控系统均由车站监控子系统和控制中心视频传输系统两大部分组成。

在车站监控子系统中，每个车站分别安装有 6 台摄像机（个别车站的摄像机数量略有增减）。在车站控制室，安装两台监视器供车站值班员选看本地图像，实时掌握列车运行、客流、出入口及售检票口等情况，另设有站台监视器或车载电视设备，供司机观察列车开关车门情况。

控制中心视频传输系统的功能是将车站视频信号不失真地传输至控制中心，供调度人员选看车站图像，实现对客流及其流向的观察、统计、记录等，同时在发生突发事件时，能在第一时间掌握现场情况，做出果断处理。各条轨道交通线路采用的视频传输技术也不尽相同，有模拟视频传输和数字视频传输两种方式。其中除地铁 1 号线采用模拟传输方式之外，其余轨道交通线路均采用数字传输方式。

1.2 MPEG-2 编码技术的应用

轨道交通视频监控系统具有监控点多、传输距离长、图像清晰度与稳定性要求高以及监控对象的高密度性和快速活动性等特点，而且数字视频传输系统的实际传输率有限，因此视频编码技术的合理选用就显得尤为关键。

目前常用的视频编码压缩标准如表 1 所示。

表 1　常用的视频编码压缩标准

标　准	应　用	比特率
H.261、H.263	视频会议及可视电话	20～300 Kbit/s
H.264	无线视频	20～100 Kbit/s
MPEG-1	VCD	1.5 Mbit/s
MPEG-2	DVD 及数字电视	3～40 Mbit/s
MPEG-4	网上流媒体及无线视频	20～300 Kbit/s

MPEG-2 编码技术能较好地适应轨道交通监控系统的功能要求，它可以实现在几乎感觉不到质量损失的情况下，将视频传输速率从 140 Mbit/s 左右降低到 4 Mbit/s，具有出色的图像品质，还能保证在数字传输系统上传送的大型、高速视频流完整性的同时，消除技术故障，故在 4 号线和 5 号线中采用了 MPEG-2 编码技术。

2 MPEG-2 编码技术

2.1 MPEG-2 技术特点

MPEG-2 是 ISO 于 1994 年通过的"活动图像及相关声音信息的通用编码"国际标准——ISO/IEC13818。它的主要部分为：ISO/IEC13818-1 系统、ISO/IEC13818-2 视频、ISO/IEC13818-3 音频、ISO/IEC13818-6 DSM-CC 扩展、ISO/IEC13818-7 先进音频编码（AAC）。基于轨道交通视频监控系统纯图像的特点，下面浅析有关

MPEG－2在视频方面的技术特点：

（1）支持隔行扫描图像。专门设置了"按帧编码"和"按场编码"两种模式，允许在"按帧编码"的模式中进行以场为基础的运动补偿和DCT，从而显著提高编码效率。

（2）MPEG－2视频编码以混合编码为基础。它的核心算法是MC－DPCM＋DCT＋Q＋VLC＋BUFFER，在MPEG－1的基础上补充了非线性量化，10 bit像素编码。采用了较高的系数精度，不同直流系数和帧内/帧间DCT交流系数的VLC表，4：2：0，4：2：2和4：4：4色度信号格式的处理方法以及其他技术。

（3）引入了"档次/等级"结构，允许通过部分解码从一个编码数据流中得到不同质量等级或不同时空分解率的视频信号，如表2所示。

表2　MPEG－2档次和等级组合

等级 ＼ 档次	简单档次	主用档次	SNR可分级档次	空间域可分级档次	高档次
高等级（1920＊1152＊60）		80 Mbps			100 Mbps
高－1440等级（1440＊1152＊60）		60 Mbps		60 Mbps	100 Mbps
主用等级（720＊576＊30）	15 Mbps	15 Mbps	15 Mbps		100 Mbps
低等级（352＊288＊30）		4 Mbps	4 Mbps		

注：表中列出的数值仅是上限，没有数值处尚未定义。

（4）在MPEG－1基础上，扩大了重要的参数值，允许有更大的画面格式、比特率和运动矢量长度。

（5）可以直接对隔行扫描视频信号进行处理。

（6）输入/输出图像格式不限定。

（7）输出码率可以是恒定的也可以是变化的，以适应同步和异步传输。

2.2　轨道交通监控系统中MPEG－2技术指标

上海轨道交通视频监控系统中采用的MPEG－2技术指标如表3所示。

表3　轨道交通监控系统中MPEG－2技术指标

参　数	指　标
编码标准	IBO/IEC13818（MPEG－2）MP@ML
系统层	TS
TS码速率	1.5～15 Mbit/s可调
视频制式	支持NTSC,PAL
视频格式	D1、HD1、SIF、QSIF可选

参　数	指　标
帧结构	I、IP、IBP、IBBP可选
帧速率	25Hz、30Hz可选
宽高比	4：3，16：9可选
数模转换分辨率	9比特
垂直分辨率	576（PAL）和480（NTSC）
水平分辨率	720

3　MPEG－2编码技术与其他技术在实例应用中的比较

在轨道交通地铁1号线中，使用了模拟光端机，采用PFM调制技术。各车站的模拟视频信号经调频调制后合成一路复合信号，再进行电光转换，经光纤传至控制中心，并经过光电转换和解调恢复出视频信号。由于采用了PFM调制技术，视频信号经过传输后失真很小，具有很高的信噪比和很小的非线性失真，但同时也存在一系列问题：

（1）单根光纤实现多路图像传输较困难，性能会下降。

（2）由于采用的是模拟调制解调技术，其稳定性不够高，随着使用时间的增加或环境特性的变化，光端机的性能也会发生变化，给工程使用带来一些不便。

（3）轨道线路的不断增加，多级联网控制成为一种必然趋势，而采用PFM调制技术的模拟系统扩展能力差，多级控制技术复杂，不易实现。

轨道交通4号线和5号线采用MPEG－2视频编码技术，将压缩后的数据流通过以太网接口进入传输网络（4号线：IP OVER SDH网络）或打包转换为ATM信号，接入ATM传输交换网络（莘闵线）。它能克服模拟视频传输的局限性，其优点在于：

（1）由于采用了MPEG－2视频压缩技术，大大降低信号传输带宽，以利于占用较少的资源就能传送视频图像。同时可以利用已有的电信传输设备的富裕通道传输监控图像，为工程应用带来了方便。

（2）采用MPEG－2方式，通过软件设置可以方便地对传输速率、图像品质等一系列参数进行设置。根据网络资源情况，可将传输流速率在1.5～15 Mbit/s范围内任意调节。因此，在线路带宽允许的情况下图像质量较高。

（3）MPEG－2的编解码设备采用嵌入式操作

系统,有效地减少系统的故障环节,增加系统稳定性。

(4)可以采用大规模集成电路,制成的设备体积小、成本低、可靠性高,易于调试维修,也使系统的扩展和设备的升级变得十分便利。

MPEG-2视频编码技术与轨道交通3号线采用H.261编码技术相比,具有更良好的图像品质,表现在以下几点:

(1)MPEG-2的图像压缩效率高,与H.261相比,其运动矢量的搜索范围广、搜索精度可达1/2像素。相同码率情况下图像质量更好,或在图像质量大体相当时,仅需较低的编码速率。

(2)MPEG-2包含的运动补偿和帧间预测算法使得轨道交通监控系统在传输高速运动和变化剧烈的图像时也不会出现"马赛克"现象,更适合轨道交通监控系统的特点。

(3)MPEG-2具备"R-S"纠错能力,在信道干扰及误码率达到10^{-4}的情况下也能产生令人满意的图像质量,而H.261设备对信道误码率的要求为10^{-7}或更高。

不过采用MPEG-2编码技术的也有其固有缺点:视频压缩和解压缩需要一定的时间,因而一般会对所传输的图像产生1~2 s的延时,给调度员在遥控或录像操作时带来一定的困难;同时经过压缩后视频信号达不到模拟传输方式的技术指标,图像会产生一定的失真,但能满足主观评定的标准。

4 结语

目前,MPEG-2编码技术的应用相当广泛,采用这种技术的编解码器产品也较为成熟。将MPEG-2编码技术应用于轨道交通视频监控系统中,具有较高的稳定性和较好的图像品质,可使视频传输业务得到高效的传输和控制。但同时我们也应看MPEG-2编码技术还存在着不太完善的地方,视频编码技术也在不断的进步和提高,朝着压缩比更高、质量更加完美的方向发展。

参考文献

[1] 沈兰荪等.视频编码与低速率传输.电子工业出版社,2001

[2] 严婵琳.数字视频传输技术在城市轨道交通中的应用.城市轨道交通研究,2002,(3)

[3] 余兆明等.MPEG-2标准及应用.北京邮电大学出版社,2002

工务与监护

上海地铁监护实践

王如路[1]，刘建航[2]

（1. 上海地铁运营有限公司，2. 上海市市政工程管理局）

摘　要： 自 1995 年地铁 1 号线开通以来，在地铁安全保护区内实施了数以百计的新建、改建和扩建工程及市政工程项目，工程距离地铁近，施工难度和施工风险较大。地铁监护任务是对地铁安全保护区内工程实施全过程的监控，以保障地铁运营安全，本文简要介绍上海地铁监护情况。

关键词： 地铁结构，变形，开裂，漏水，自动化，测量，监护

上海地铁 1 号线投入运营已超过 8 年，南段部分已经超过 10 年。目前上海地铁已投入运营的线路有三条，运营里程达到 65 km 计 48 个车站。在进行地铁线路规划和选线时，考虑到吸引客流、方便乘客等因素，地铁线路一般通过市区繁华的商业街道和居住区，在靠近交通繁忙的路口设立站点。在地铁投入运营后，又进一步带动和促进了地铁沿线各类工程开发。目前，三条线累计日均客流量已超过一百多万人次，最大日客流量已达到 179 万人次，早晚高峰时段一辆 6 节编组的列车运载乘客已超过 2 000 人。与此同时，为保障地铁安全正常运行，地铁运营单位的责任也越来越大。

由于市区土地资源宝贵，地铁安全保护区内的建设项目越来越向"深、大、近"方向发展，施工带来的风险也越来越大。许多新建、改建和扩建工程距离地铁非常近，如 M8 线人民广场站与 1 号线车站共用地下围护结构，4 号线地下三层的上海体育馆站从 1 号线地下二层车站的底板下方穿过，4 号线地下三层的张杨路站紧靠 2 号线地下二层的东方路站，位于 1 号线隧道上方的 M8 线淮海路北风井挖土 9 m 深的卸载施工，M8 线地下二层的虹口足球场站的围护结构紧靠 3 号线两桥基础，4 号线区间隧道多次紧靠穿越 3 号线高架桥基础，4 号线隧道下穿 2 号线隧道等，紧邻地铁线路施工的工程枚不胜数。许多大型深基坑距离地铁仅有 3 米左右，开挖深度超过 20 多米，大面积的隧道上部卸载，大管径管道从地铁结构的上下方近距离通过，施工难度和施工风险非常大，在工程实施过程中和结束后的相当长一段时间内，工程都会直接或潜在对地铁安全构成威胁，实施过程中某一环节稍有不慎，都会引发地铁安全问题。因此，地铁安全保护区内工程实施和安全监护是涉及地铁安全运营的一个重要问题。

1　上海地铁简况及地质条件

上海地铁 1、2 号线基本属于地下线路，3 号线属于地面及高架线路。地下车站一般是由站台层和站厅层组成的双层结构，个别车站是地下三层和地下一层结构，分别采用双柱三跨、单柱双跨、单跨密肋式无柱折板式结构，车站按照 8 节编组设计建设的，车站一般长 230 m，站台长 186 m，地面站多为地面侧式站台，3 号线全部为地面站和高架车站。1、2 号线的区间多为隧道结构，3 号线的区间为桥梁结构。3 号线的桩基深度一般在 25～55 m 深度范围内，1、2 号线的车站和隧道多位于地面以下 2.5～30 m 深度范围内的土层中，一般埋藏深度位于③、④、⑤号土层中，隧道所处的地层多属于饱和含水的流塑或软塑粘性土层。这类土层具有孔隙比大、压缩性高、含水量高、灵敏度高、抗剪强度低、渗透系数低、重新固结变形量大等特点。这些地层具有中高压缩性和较大的流变性，土层一经扰动，其强度明显降低，且在长达数年的时间内进行固结和次固结沉降。土层所具有的这些复杂特性，对地铁安全保护十分不利。表 1 是上海典型土层的一些特性，这些土层也是在地铁安全保护区内工程经常所遇到的土层，除桩基工程外，地铁结构基本敷设在⑤层以上的土层内。

2　地铁保护法律法规

上海市历来高度重视地铁安全保护，曾在不同时期以不同形式通过了相关法律、法规、法令。1993 年 6 月上海市人民政府发布了 37 号令"上海市地铁管理办法"，1997 年 12 月上海市人大通过了

"上海市地下铁道管理条例",2002 年 5 月上海市人大通过"上海市轨道交通管理条例"。前述不同时期的各种法律、法规为上海地铁安全提供了法律、法规上的保障。

表 1 上海地区典型土层土性参数简表

层序	土层名称	一般层底埋深/m	含水量/%	容重/kN/m³	孔隙比 e_0	塑性指数 I_P	压缩模量/MPa	渗透系数/cm/sec		固结快剪(峰值)	
								水平	垂直	内聚力 c/kPa	内摩擦角 ϕ/°
①	杂填土层	0～3.0									
②	粉质粘土	2.0～13.0	41.0	17.9	1.16	16.5	2.75	3.2e-7	3.1e-8	23	17.0
③	淤泥质粉质粘土	7.0～10.0	47.4	17.4	1.29	17.4	3.29	3.15e-6	2.9e-7	12	20.0
④	淤泥质粘土	12～18.0	65.0	17.0	1.44	20.1	2.26	1.47e-7	9.3e-8	11	11.5
⑤	粉质粘土	22～28.0	41.7	17.6	1.1	14.5	4.8	2.98e-7	1.1e-6	17	18.5
⑥	粉质粘土	26～40.0	24.0	19.7	0.7	12.9	7.01			24	21.0
⑦	砂质粉土	42～52.0	27.5	19.6	0.7	10.8	11.5			3	35.0

3 地铁保护技术标准及解释

地铁安全保护区内的工程建设都会对地铁安全带来一定影响,对地铁结构变形实施全过程监控则是保障地铁安全的重要一关。地铁结构变形体现在隧道保护方面表现为:隧道结构纵向沉降或隆起,隧道横向水平位移,隧道管径收敛变形。如果隧道结构变形超过结构保护标准,轻则引起隧道管片间张开过大,隧道结构环缝或通缝渗漏水,重则引起管片开裂、继而锈蚀钢筋、导致使用寿命缩短、地铁结构损坏(如道床与管片的脱开)等,危及地铁列车运行安全。

一条区间盾构隧道是由一系列单环隧道串联而成,环与环之间通过纵向 17 根螺栓连接,单环隧道由 6 片管片组成,环向管片间通过环向 12 根螺栓连接而成一环,管片厚度 350 mm。相对于一般地下建筑结构来讲,地铁隧道的纵向刚度和整体结构刚度都比较小,自身抵抗外部荷载的能力也较差。由于地铁结构一般敷设于第③、④、⑤土层中,当在安全保护区内近距离进行工程实施时,极易对这种流变、流塑性土层引起扰动而产生变形,地铁结构也随周围土层的变形而随之改变。当隧道结构变形超过设计承受极限而产生破坏时,会直接导致结构损坏,影响行车安全。

上海地铁专家针对上海地质条件、上海地铁结构特点、列车性能及运行条件,参照了国内外相关资料,在进行了大量工程和技术比较后制定一套适合本市实际情况的地铁保护技术标准,量化地提出了施工引起地铁隧道变形的控制值,并以此标准来保护地铁安全指导设计施工。

3.1 地铁运营线路轨道静态尺寸容许偏差管理值

对于轨距 1 435 mm、行车速度 120 km/h 及以下的线路,线路作业验收值:两轨道横向高差＜4 mm,轨距(+6 mm,−2 mm),水平及水平三角坑4 mm/10 m,高低差＜4 mm/10 m。但由于现场施工的复杂性、监测误差以及其他因素,一般取以上述指标的 50% 作为现场监护时的控制指标。

3.2 地铁结构保护技术标准

由于深基坑高楼桩基、降水、堆载等各种卸载和加载的建筑活动对地铁工程设施的综合影响限度,必须符合以下标准,监护单位按以下标准对隧道进行监测工作:① 地铁工程(外边线)两侧的邻近 3 米范围内不能进行任何工程。② 地铁结构设施绝对沉降量及水平位移量≤20 毫米(包括各种加载和卸载的最终位移量)。③ 隧道变形曲线的曲率半径 $R \geqslant 15\,000$ m。④ 相对变曲≤1/2 500。⑤ 由于建筑物垂直荷载(包括基础地下室)及降水、注浆等施工因素而引起的地铁隧道外壁附加荷载≤20 kpa。⑥ 由于打桩振动、爆炸产生的震动隧道引起的峰值速度≤2.5 cm/s。

3.3 地铁结构保护技术标准由来及含义的解释

(1) 第一条:地铁工程(外边线)两侧的邻近 3米范围内不能进行任何工程。这一标准对于地铁结构安全起到直接的保护作用。地铁运营正线线路的土建结构主要由车站和区间隧道两大部分组成,地下车站宽度 17～23 m,深度 12～24 m,车站底板为一般为 800～1 000 mm 厚,顶板为 700 mm 厚,中楼板为 350～450 mm 厚,单一结构侧墙厚不小于 800 mm,复合结构厚不小于 1 000 mm(侧墙内衬的结构厚度一般为 350～450 mm)。3 米禁止施工距离对地铁结构有直接的保护作用,无论从横向、径向还是纵向,车站结构的刚度要比隧道大的多,对同一工程的施工来讲,位于隧道附近或处于车站旁边,施工对地铁结构的影响程度是不同的,但 3 m 以内进行工程施工会直接扰动地铁结构周围土体，施工稍有不慎就会直接影响地铁安全。上海市区土地资源十分宝贵，不可能划定很宽的禁止施工范围，3 m范围的施工禁区划定基本上合适、合理。

（2）第二条：地铁结构设施绝对沉降量及水平位移量≤20毫米（包括各种加载和卸载的最终位移量）。这一指标既考虑了地铁结构变形引起内力改变和隧道结构安全，还考虑了轨道扣件的调整量及接触网的可调整量。

不同工程、不同施工方法和步骤对地铁结构变形的影响程度和方式及最终结果也是不同的。堆载或卸载、基坑开挖与排水、管线的上下穿越等都会引起地铁隧道垂直向位移的不同隆起和沉降。1、2号线地下部分采用整体道床、长轨枕的形式以减少日后维修工作量，长轨枕两端凹槽部分的深度仅有20 mm（见图1），凹槽内有固定轨道的扣件系统、减振降噪的橡胶垫等装置，当沉降过大而导致垫高超过20 mm时，固定轨道的扣件系统就相应抬高，使轨道处于非稳定状态，垫高过大亦会导致触网和钢轨等都不能满足安全正常运营需要。实际上，当局部结构沉降超过10 mm时，如将其垫高10 mm，就极有可能会发生轨道固定问题，隧道的超标准沉降或隆起都会造成线路顺坡困难而引发安全问题。

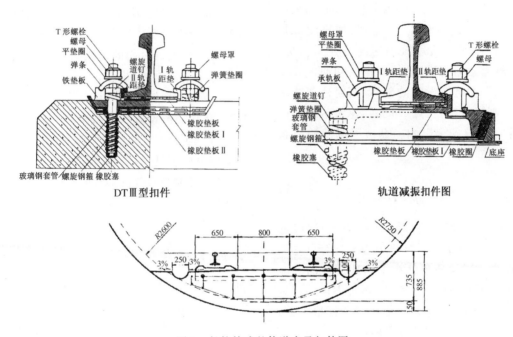

DTⅢ型扣件　　　　　　　　　　　轨道减振扣件图

图 1　长轨枕式整体道床及扣件图

工程施工对地铁隧道结构下卧层土体的扰动引起隧道的沉降或隆起，对运营安全影响极大。由于隧道长度与直径之比总是非常大，结构呈柔性，一般认为隧道各衬砌环是随其下卧土层的沉隆而沉隆。施工对隧道下卧层土体扰动后，隧道将随其下卧土体的长期的固结、次固结产生的沉降而沉降。施工过程中，一方面要控制隧道局部沉降量，使隧道线形满足第三条要求，另一方面要严格控制累计沉降量，使其满足本条要求，累计沉降量的过大或差异沉降过大都对隧道结构安全产生威胁。结构变形速率过大往往预示施工已引起危险或施工不到位，目前已对地铁结构的沉降速率进行严格控制。

（3）第三条：隧道变形曲线的曲率半径 $R \geqslant$ 15 000 m。该项技术指标主要反映地铁隧道纵向变化的平顺情况和变形曲率大小。1、2号线隧道最小竖曲线半径一般为5 000 m（车站端部竖曲线半径为 3 000 m），施工引起隧道的附加变化与原设计最小竖曲线半径相比，是其1/5～1/3。隧道变形曲线的曲率半径计算一般采用布置在地铁区间隧道内（道床或管片上）监测点的测量数据，其经验计算公式如下所示：$\rho = \dfrac{(L/4)^2}{\delta_m}$，$L$ 为沉降范围，δ_m 为沉降最大值，如对沉降曲线采用微分方式计算，则计算结果是连续的、计算精度更高。

（4）第四条：隧道的相对变曲≤1/2 500。

（5）第五条：由于建筑物垂直荷载（包括基础地下室）及降水、注浆等施工因素而引起的地铁隧道外壁附加荷载≤20 kpa（即不超过 2 T/m²）。该技术指标是指在地铁隧道上方加卸载允许量。

此技术指标综合考虑地铁区间隧道的自身特点（管片的刚度，管片的接缝，螺栓应力等）及隧道敷设情况，并通过力学计算而提出的。在工程实施过程中,必须对作用在隧道外壁的附加外荷载进行严格控制,以确保隧道结构的变形能满足列车运营安全需要。在地铁区间隧道上方实施大面积的加卸载工程中,该指标是极其关键的一个的指导性的技术指标。

(6)第六条:由于打桩振动、爆炸产生的震动隧道引起的峰值速度≤2.5 cm/s。

在地铁附近的基坑工程拆除钢筋混凝土支撑时经常采用爆破,为加快建筑拆除速度和降低拆除成本,在线路运营附近也经常实施爆破,还有打桩作业。此类作业影响传递远,对地铁结构的影响是动态的、连续性的,必须严格控制。不同国家对爆破震动引起建筑破坏的控制值各不相同,但都采用建筑(构筑)物质点的振动速度、位移、加速度等指标,而最常用的则是以质点振动速度为控制指标。对地面高架轨道交通来讲,除控制振动和冲击外还应防止个别飞石对运营设施的破坏;而对地下隧道来讲,主要控制爆破冲击、爆破震动、建筑落地时的振动冲击等对隧道安全影响。爆破引起的质点振动速度为:

$$v = k\left(\frac{\sqrt[3]{Q}}{R}\right)^a$$

式中:v——质点的振动速度,cm/s;Q——同段起爆的最大炸药量,kg;R——爆炸中心至计算点之间的距离,m;a——同地质条件有关的地震波的衰减系数,$a = 1 \sim 3$;K——同岩土性质、爆破方法等因素相关的系数,一般为:$50 \sim 200$,岩土松软时取大值,K、a的值可通过小型爆破试验来确定。

根据《中华人民共和国爆破安全规程》,钢筋混凝土框架房屋的质点最大允许振动速度为5 cm/s,水工隧道为10 cm/s。考虑到位于软粘土层中地铁结构的厚度小、刚度较小,高速运行的列车对轨道基础变形要求高,取2.5 cm/s作为控制指标。在对爆破工程实施监护时,根据建(构)筑物与地铁结构的空间对应关系,要求实施微差、定向爆破,并控制一次起爆最大炸药量和单次爆破拆除体积,通过改变起爆顺序来控制爆破方向、施加辅助技术措施等以降低爆破引起地铁结构振动以及爆破体落地时对地铁结构的冲击,爆破时间应严格控制在地铁停止运营后进行。

现在除了对震动峰值速度进行控制外,对连续性的震动控制则更为严格。

4　地铁监护所进行的主要监测手段

根据地铁保护技术标准对整个运营线路和安全保护区内发生工程的区段视情况不同进行定期和不定期的监测,根据工程的危险程度和难易程度决定采用不同的监测方法和监测手段。

4.1　运营线路的长期定期监测

对刚投入运营的新线路和非稳定区段来讲,一年对整个线路进行4次沉降监测,一次收敛监测,一次位移监测;对于投入正常运营超过两年以上的相对老线路,一年进行2~3次沉降监测,一次收敛监测,一次位移监测;对局部异常地段,重点监测,根据具体情况,一年多次。由于安全正常运营是一个长期过程,因此测量工作需要连续不间断进行,每条线路都建立了统一的地铁平面和高程控制网,对地铁结构纵向长期沉降以本市城市基岩标为基础进行监测。

4.2　安全保护区内工程项目的监测

对工程项目引起的地铁结构变形,通常监测的指标有隧道的收敛、位移、沉降,对施工难度大的项目,还需另对地铁结构的受力状态及变形进行监测。

4.3　自动监测设备和监测技术

(1)电子水平尺自动监测系统。电水平尺的工作原理及应用见"地下工程与隧道"2003年第二期。

(2)巴赛特收敛系统(Bassett Convergence System)。巴赛特收敛系统是一种新型的隧道剖面收敛自动测量系统,以它的设计人 Richard Bassett 的姓氏命名。巴赛特收敛系统的工作原理主要体现在其数据的测量装置方面,它由多个杆件单元(一个长的和一个短的组合成为一对杆件单元)首尾互相铰接安装在待测剖面四周,构成一个测量环,杆件单元内置一种特制的高精度电解质倾角传感器,每对长短臂的一个铰接点通过固定件与洞壁相固定(图2中称"固定点"),另一个铰接点是浮动的,当洞壁发生变形时,必定使变形区内的几个固定点产生(空间)位移,也带动相关的长短臂活动,即长短臂产生角度变化。这时分别安装在长、短臂上的倾角传感器就可测出这种微小的角度变化。如果洞壁多处发生变形,每处变形对长短臂的作用是叠加的,即倾角传感器所感知的变化是总变化,根据倾角变化和各相应长短臂的长度就可算出各固定点的位移,再参照各固定点原始位置的坐标,就可得到各固定点在变化后的实际位置。只要有足够多的固定点,每个时刻各固定点的连线就可近似代表洞壁的轮廓线,与之相连接的计算机可快速计算、显示各次测量结果,将这些过程中的计算结果分别与首次测量数据比较可获隧道轮廓动态变化显示,效果非常直观,对分析数据变化动向很有帮助。当变化量超过设定值时,还可以自动报警,提醒要加强对施工过程控制或调整施工。巴赛特收敛系统是一种高精度、自动化监测隧道变形的系统,整个系统从数据自动采集到计算结果的显示完全实现计算机化,巴塞特收敛系统的安装与结果显示见图2示。

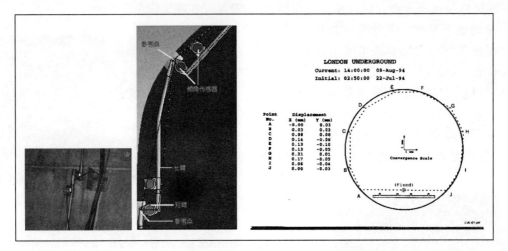

图2 巴赛特收敛系统布设及数据处理结果

(3)无反射棱镜自动跟踪全站仪在隧道收敛变形系统。根据隧道结构变形规律,经过多年研究和持续改进,地铁运营公司已初步成功开发了隧道断面变形扫描仪器系统。本测量系统可对单环隧道的全断面进行扫描(视测量精度一环隧道内侧可设置几十至上百个监测点),并通过连线与计算机相连,可即时观测到整个隧道断面的变形。该监测系统可在几分钟内完成一个断面的扫描和计算,根据精度要求可加密或减少监测点个数,并可对隧道的一些特征点或管片连接处进行两次扫描,消除或减小测量误差,提高测量精度。目前,该隧道收敛变形监测系统已经在地铁1、2号线隧道长期监测和工程项目监测中试应用。本系统实际上是对巴赛特收敛系统为数不多的监测点进行大量的扩充。将实测断面与未发生变形前的原断面比较,即可求得整环的变形,该系统比巴赛特收敛系统更好地反映整环隧道的变形情况。本系统具有自动化程度高、精度高等特点,将隧道一周的变形情况展开,即可清晰地发现一环隧道整体的变形情况,监测仪器及数据处理结果见图3。该系统的后续开发工作正在进一步地完善和研究之中。随着该系统研究的不断深入和完善,可与隧道结构变形计算密切结合,计算隧道结构的受力状态和安全状态,应用前景广阔。

(4)固定式自动测斜仪(In-place Inclinometer)。在利用普通的测斜管对建(构)筑物、基坑围护结构和土体的位移进行测量时,是通过人工上下拉动探头(在测斜管内滑动)测得其位移量变化量的。当测量要求较高或需要定时大密度监测时,就需采用自动化程度和精度较高的固定式测斜仪才能完成测量。

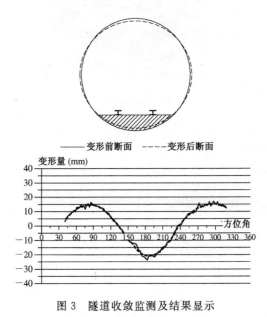

图3 隧道收敛监测及结果显示

固定测斜仪的工作原理及安装使用相对比较复杂。一般情况下,将测斜管置入钻孔中并灌浆固定,测斜探头由连接管和万向接头连接在一起后置入测斜管中,固定在测斜管导槽中的每个探头的顶部安置的滑轮用于确保调整传感器的定位。探头可以固定在测斜孔内的所需要测定的深度(通过改变接杆长度的办法),一个测斜孔内可以在不同深度上固定多个探头。探头为双向的,由两个伺服加速计组成,对应于监测两个直交平面上的倾斜。当探头倾斜时,其受到的重力的分力引起磁场中的线圈旋转,线圈中产生的电流产生了一股与重力方向相反大小相等的力不断去平衡重力的分力,这股电流与倾斜的角度成正比,提供了探头的输出量。安装在探头内部的编码器将该输出量编码(地址)后送出探头,经过一条4芯的总线电缆送到地面,通过对所有探头读数的综合计算就可以得到测斜管不同深度部位的相对位移。不断地读取数据并将这些读数表示的位移与前面所得到的位移进行比较，就能轻易地得到地下某些位置的位移精确值。读数可以通过在测斜管口旁的总线电缆上连接便携式读数装置和电脑来读取，一条或者多条总线电缆上的探头也可以连接在自动数据采集器上。连接了数据采集器后，可以通过调制解调器由办公基地的电脑来读取和使用数据。固定式测斜仪的量程大精度高，具有较宽的工作温度范围，固定式测斜仪见图4。

图4 固定式测斜仪

（5）静力水准仪。静力水准仪系统是用于精密测定多个测点的垂直位移及相对沉降变化的仪器系统。它根据固定在监测点上众多单元的内液面相对变化来确定监测点的相对沉降或隆起，将待测区域的沉降（隆起）与基准点相比较即可得到施工影响区内的测点的绝对沉降（隆起）量。该系统由一系列监测沉降（隆起）单元组成，可沿着隧道纵向布置，该系统具有监测点多、测量范围大、精度高、数据可自动化采集、施工和维护工作量少等优点。其缺点是易受外界影响，如列车振动、温度变化幅度大引起数据漂移等，系统的单元漏液、沉降（隆起）变化滞后（相对电子水平尺来讲）等问题也是今后需要改进的重要方面。静力水准仪系统的安装及单元连接情况见图5示。

图5 静力水准仪的安装及使用

5 地铁保护常用技术

实施地铁保护的一般原则：根据上海市有关地铁保护法律、法规、地铁保护技术标准、地铁结构安全状况，全过程审查作业方案（尤其对设计和施工方案的审查及变形计算），制订对应的地铁保护方案，对工程实施全过程监控。由于工程和施工情况千差万别，工程所在与地铁结构的相对位置、工程的空间尺寸、地铁状况决定了地铁保护等级、保护技术方案也千差万别。

在审查深基坑作业方案时，软土深基坑时空效应理论也已成为指导基坑设计施工的最具权威性、广泛性的指导理论之一；在进行其他性质工程的实施过程中，需结合其他理论或类似工程实践经验对工程作业进行综合审查，并辅以信息化施工和其他土木建筑施工技术。经常碰到的市政工程穿越施工就是采用盾构法施工理论、注浆施工技术等指导施工。图6a即是一紧邻1号线隧道开挖深度24 m的深基坑工程，施工引起隧道振陷后采用水平和垂

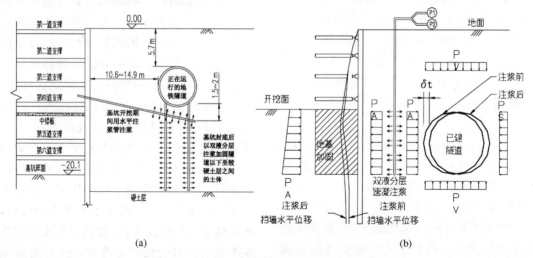

(a)   (b)

图6 隧道变形注浆控制

直双液注浆技术加固隧道下卧软弱土层的情况，图6b 是一基坑工程施工引起隧道收敛变形过大而采取的隧道纠偏注浆。隧道上方土体大面积和大深度的卸载工程，除了对隧道上方的土层进行加固抗隆起外，尚需辅以抗拔桩等措施，限时开挖隧道上方的土体，快速形成底板并及时进行回压砂袋等，控制隧道的回弹。总之，根据地铁保护标准，针对不同工程采用不同的地铁监护技术。

6 结论

本文简要介绍了上海地铁监护状况以及地铁保护的法规、保护技术标准、常用监测设备和仪器，地铁保护所常用的方法和技术。尽管有很多工程的设计施工难度极大，但在地铁专家精心指导和帮助下，地铁监护人员依靠强烈的责任心和高超的技术及高科技设备，尽心尽责，与建设施工单位一道共同努力，确保了地铁运营的安全。

（发表于《地下工程与隧道》2004 年第 1 期）

上海地铁长期运营中纵向变形的监测与研究

王如路[1]，刘建航[2]

（1. 上海地铁运营有限公司，2. 上海市政工程管理局）

摘　要：上海地区的地质情况属于饱和淤泥质软粘土，在此类地层中建设地铁控制地层位移缺少经验是一项难题；地铁建成投入运营后，如何控制此类地层中已建地铁结构沉降变形，保障地铁运营安全也是一项艰巨的任务。本文根据上海市地铁1号线运行期间对地铁结构的监测数据和安全保护区内所发生的工程实际情况编写。

关键词：地铁结构，沉降，变形，开裂，漏水

上海地铁1号线自1995年投入使用至今已超过六年，尚未发生由隧道和车站结构问题引发的重大安全事故，但由于上海地铁所处复杂地质环境条件，大部分地铁隧道埋置于流塑软塑的淤泥质土层中，部分区间隧道结构变形量及结构累计沉降已超出设计值，此种现象已引起设计、建设、运营和相关部门的高度重视，加强了对地铁隧道在长期运营中纵向变形的监测与研究，并及时采取了可靠措施以确保列车运行安全。

1　地铁变形原因以及与此相关问题

根据六年多来对地铁结构所实施的监护发现，引起地铁结构沉降变形的因素很多，并有下列事实与结构沉降变形密切相关：

1.1　上海市区地表沉降与地铁结构沉降相关

根据地铁结构长期定期沉降资料和上海市地表长期监测资料分析得知：凡是地表沉降量大的地方，地铁结构的沉降量也较大。通过对已有的资料研究分析，表明地表沉降量与城市建设施工和地下水开采密切相关。由于上海市区建筑密集，进入20世纪90年代以来，城市基础建设速度加快，在中心城区兴建了大量的高层和超高层建筑。大规模城市建筑施工所进行的大量降水以及众多大体积大重量建筑建设导致市区地表下沉，资料表明，凡是工程建设集中的地方，地面形成了沉降漏斗；由于地质条件复杂，地下水的开采导致了市区域性的不均匀沉降；在地铁建设时期由于隧道和车站施工已经对地铁通过的一定宽度和深度的带状原地层产生了扰动，运营时期的列车高密度振动又加大了地铁沿线地层的沉降；地铁的发展带动和引导了沿线物业和商业的开发，这些开发的项目有很多是位于地铁安全保护区内，工程建筑活动引起地铁结构的沉降和变形。近五年来市区地表累计沉降情况见图1。

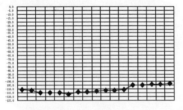

衡山路车站上行线沉降累计图

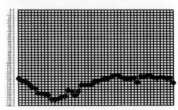

上行线人民广场以北沉降累计

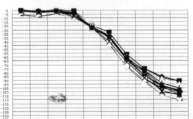

上行线衡山路车站沉降历时变化曲线

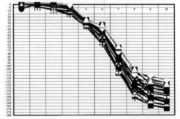

上行线人民广场以北历时沉降

图1　典型沉降情况

目前,地铁沿线尚未进行深地层的分层沉降监测,所以地表沉降与地铁沉降之间的定量化关系尚不很清楚,但从宏观上可以看出:2号线"人民公园站～陆家嘴站"之间的地面沉降已经形成了一个东西直径为3 km的地面沉降漏斗,自1995年以来地表累计沉降已达100～250 mm,河南中路是沉降中心之一,地铁1号线衡山路站也是一个较大的沉降漏斗,自1995年来的地表沉降累计已达100 mm(地铁隧道沉降累计110 mm);明珠二期黄浦江两岸南浦大桥处有一个较大的沉降漏斗,自1995年以来地表累计沉降量已达150～200 mm。由于地铁结构埋藏深度一般在地表下30 m以内,地表沉降量在一定的程度上反映了地铁结构的沉降情况,但由于不同区段的地质情况和周围环境差异较大,施工因素也千差万别,几年来部分线路的地铁结构累计沉降已超过了地表沉降,这表明:地铁结构除随区域性地层沉降外,其本身还产生了明显的附加沉降,地铁结构沉降及变形未终止。

1.2　地铁结构沉降速率及沉降极限

自1993年1月上海地铁总公司就开始对地铁1号线建好的隧道和车站进行了长期沉降测量。根据现有的沉降资料分析得知:在地铁隧道建成但尚未正式通车这段时间里,地铁结构基本处于上浮状态,整体道床的绝对沉降总量不大,总沉降量在2～6 mm,但在地铁投入试运营之后,随着列车车流密度的增加,车站和隧道沉降速率和绝对沉降量开始急剧增大。截止1995年12月陕西南路站至上海火车站段的总沉降量达到30～60 mm,在此范围内地铁结构沉降速率为5～10 mm/月,此沉降速率一直保持到1998年,此后沉降速率时大时小。到目前为止,道床沉降速率时高时低,累计沉降还没有呈现出较强的稳定趋势。根据衡山路站、宁海西路、人民广场站以北等典型区段地铁结构沉降分析,发现结构沉降速率有一定的减小,但规律性不强。地铁结构沉降和变形到达稳定还需要多长时间?结构总沉降量将达到多少?对结构带来的安全影响如何评价?这都是地铁保护一直在关切和研究的主要工作之一。根据数据分析,结构趋于稳定尚需要一段较长的时间,如果地铁结构一直不停地沉降和变形,当变形量超过地铁结构所能承受的程度时,就会发生灾难性的事故,危及列车的运营安全。而这些问题应该在建设地铁的前期就应综合思考,并应拿出相应的对策,但由于上海地铁在20世纪90年代初还没有经验,加上上海地区特殊的地质条件,要对上述问题考虑得面面俱到,实属困难。几

个典型区间的沉降累计变化情况和历时曲线见图2。

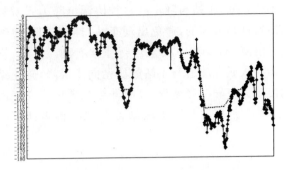

图2　1号线全线沉降图

自2000年6月地铁2号线投入使用以来,地铁结构正处于加速沉降过程中,每个月的沉降量在3～6 mm左右,其沉降情况与地铁1号线开通时的情况类似。

1.3　地质条件与地铁隧道的沉降量密切相关

根据上海市地质情况分布资料得知:地铁沿线的地质情况与地铁结构沉降变形有密切关系。浦东地区和徐家汇以南地区的地质条件较好,所对应地表和地铁结构的沉降量也较小。六年来上海体育馆站的最大累计沉降仅有10 mm;"陕西南路站～上海火车站"间的地质条件最差,地表和地铁隧道的沉降量也最大,地铁投入使用后地铁累计沉降一般在60～200 mm左右;"徐家汇站～陕西南路站"的土质情况介于前两者之间,地铁结构相应的累计沉降量也介于前两者的沉降量之间,见图3。

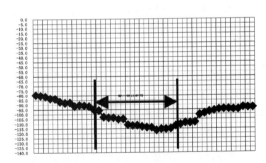

图3　衡山路车站与隧道沉降图

在图3中,因大地地层区域性沉降引起地铁结构沉降为折线所示,除此之外,其他因此引起的地铁结构的附加沉降量已达20～100 mm。

1.4　车站与区间隧道沉降协调关系

根据地铁1号线长期定期监测发现,同一地质条件下车站部分与区间隧道部分结构的累计沉降量和沉降速率是一致的,由于车站本身的体重与隧道相比要大,因此,在条件相同的情况下,车站沉降量比隧道部分要稍大一些。但到目前为止,车站和隧道联结处的沉降量变化无明显的差异。车站和

隧道的这种沉降协调关系避免了车站与隧道之间会出现较大的拉应力,从而保证车站和隧道联结部分不会拉断,车站与隧道的这种协调沉降关系对整条地铁都是有利的,避免出现车站与隧道间的过大差异沉降,对于列车安全运行非常有利。因此,进一步深入研究隧道与车站的协调同步沉降,防止结构出现大差异沉降变形,具有非常重要的意义。图4是衡山路车站与隧道联结部分的结构累计沉降情况。

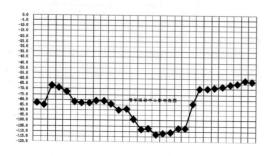

图 4　青年活动中心漏斗

1.5　地铁安全保护区内建筑活动对地铁结构的影响

到目前为止,在地铁保护区内发生的建筑活动累计已经达到 200 余项,如香港广场、香港新世界、新世界商城、上海时代广场、仙乐斯广场、中央公寓、郁家浜桥,……,等,为保障地铁安全运行,在这些项目施工过程中地铁运营公司投入了大量的人力物力和财力。建筑活动改变了隧道结构的受力状态,加大了地铁结构不均匀沉降及隧道变形。这也是我们对安全区内施工活动提出严格施工要求并实施严密监控的主要原因。由于建筑活动施工时间长,工后土体固结时间长,引起地铁结构沉降变形将是长期的,因此,需要投入大量的财力、物力、财力对工程实施现场监护和工后长期监护。进一步深入研究不同条件下由于建筑活动引起的地铁沉降、测向位移、隧道变形,对于保障地铁安全运行,将安全隐患消灭在萌芽之中是十分必要的。根据近 7 年来的长期沉降变形观测表明:凡是在已建地铁安全保护区内进行的建筑活动,都不同程度地引起地铁结构的沉降、位移、变形,如果对安全保护区内工程设计和工程施工失控,必然会影响列车运行安全。由于每一项工程规模、深浅、距地铁的远近、施工水平和工期不同,虽然施工时也进行了严格的施工控制和地铁监控,但每一项建筑活动都导致该处地铁沉降形成一个明显的沉降漏斗,引起地铁结构沉降量一般在 10～60 mm。图 5 是青年活动中心施工对地铁车站结构沉降影响。

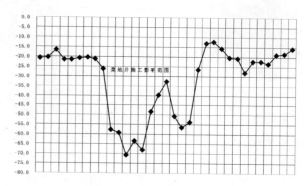

图 5　菜地井南北沉降图

1.6　地铁建设的施工工艺和施工设备与运营后期隧道沉降和变形相关

在地铁建设时期,采用不同施工设备和施工工艺对地铁运营后的沉降影响是不同的。即使在相同的地质条件下,不同的施工设备、施工工艺、施工参数、注浆材料和施工过程中对环境扰动程度和扰动范围不同,由此而引起对地铁投入运营后的地铁结构沉降变形影响不同。为此,设计施工单位应积极配合,开展影响地铁运营后与结构沉降有关的研究,为地铁百年大计而献策。

盾尾注浆材料不同对地铁结构投入运营以后的结构沉降变形也不相同,在"上体馆站～漕宝路站"的 151 井南北 300 m 范围内,由于隧道施工时采用不同的盾构设备和注浆材料,地铁正常运营后,151 井南北段隧道的沉降差异明显。建议设计和建设有关单位积极研究注浆材料,对惰性浆液和结硬性浆液注浆的性能进行深入细致的研究,特别是存在高密度列车行车和渗漏实际情况下,对浆液的所表现出的特性进行研究,减少地铁结构沉降和变形。结构沉降变形必须限制在一定的限度内,使变形后的结构在强度、刚度、防水等方面满足列车安全运行需要。

1.7　地铁结构的破坏问题

到目前为止,隧道管片破坏的情况偶有发生,但道床与管片的脱离现象在地铁 1 号线已经发现。在 1 号线"上海火车站～衡山路站"之间的小曲率半径隧道管片与道床存在着程度不同的脱离,这些脱离主要分布在建筑施工活动距地铁较近的地方。建议在解决道床与管片之间的连接问题应从以下几个方面思考:增加隧道的纵向刚度,提高结构抵抗变形能力;凿毛管片与隧道结合部位,增加道床与管片之间的粘结力,也可考虑在拱底管片上植入钢筋以增强管片与道床之间的粘结力;将排水沟与道床一起浇筑,增加整体性。

1.8　车站和隧道漏水问题

隧道渗漏和防堵措施将是今后地铁监护的一

项长期艰巨的任务。1号线的车站现在基本上已无漏水现象（常熟路除外），2号线车站仍有漏水，漏水点主要集中在环缝、手孔、封顶块相连的"十字缝"处及旁通道等。根据我们对隧道检查，每年秋季隧道比较干燥，冬季隧道潮湿漏水多。较难处理的位置是两环缝之间漏水。随着地铁运营时间的增加，环缝之间的漏水现象会增加。

引起隧道管片环缝漏水的因素很多：如管片制作精度问题、遇水膨胀止水带质量问题、施工工艺施工质量，线路投入运营后列车振动产生的振陷，安全保护区内建筑活动等。

堵漏问题应从"隧道设计—隧道施工—隧道维修保养"等三阶段统一考虑，全面解决。没有一个万能的方法适用所有的漏水情况，应根据不同区段的地质情况、隧道施工情况、已发生的漏水和堵漏情况、该地段的沉降和收敛情况、隧道通车使用时间等，采取不同的施工工艺和施工材料（刚性、柔性、半刚性半柔性材料）。

1.9 地铁的曲率半径对轨道磨损、道床破坏等直接相关

根据统计，在地铁1号线使用6年的时间里，曲率半径在300～400 m区段道床破坏、隧道沉降量相对较大，钢轨磨损严重，小半径处的轨道已经全部更换过一次，有些已经更换两次。建议在设计规划时应尽力避免使用小曲率半径，这对今后的运营、维护保养有莫大的好处。根据近几年的资料表明：道床的开裂、结构沉降、隧道外观破坏、地面房屋裂缝有一定的关联性，但其之间的量化关系需进一步深入研究。

2 地铁监护对策

目前，上海地铁开通的里程已达到65 km，随着运营年限的增加和客运量趋于稳定增长，影响地铁安全正常运营的各种问题会越来越多地暴露出来。地铁监护属于地铁安全运营的技术保障体系之一，是地铁安全运营的眼睛。由于地铁结构处于地下，其安全状态具有很大隐蔽性和随机性，要全面完全了解地铁结构的安全状态会受到很多不可知因素的影响和制约。因此，建立和完善上海地铁监护系统，建立地铁结构安全状态的评估系统，建立可靠的预警系统，确保地铁结构的绝对安全是必要的。在建立和完善地铁监护地理信息系统后，地铁结构的安全状态就处于像水晶球般清晰透明，地铁结构安全处于稳定可控状态。

2.1 建立和完善地铁监护档案

根据地铁的现状，沿线建立定期和不定期的地铁监测体系，与地铁有关的一切历史数据及文图资料都是永久性保存的珍贵资料，包括：地铁建设时期的设计和竣工资料，施工工艺、施工设备、注浆材料、隧道检查与修复和地铁监护历史资料、车站和隧道长期变形资料（道床长期沉降、隧道位移、管径收敛）、安全保护区范围内的工程活动等。

2.2 建立永久性地铁监测体系确保监测数据连续性和准确性

地铁沿线建立永久性地层分层沉降监测点，恢复已遭破坏的水准点。密切掌握地铁的沉降位移及收敛情况，及时研究和分析。对沉降和变形处于非稳定期的区间隧道，要从地铁安全的战略高度重视它。对车站和区间隧道要坚持长期、定期监测，分析历史资料，及时掌握地铁变化情况，使地铁处于可控状态。

2.3 全线优化地铁监护活动频率和活动范围

根据对现有隧道检查和对已有资料分析的基础上，对1号、2号线的隧道部分要有预期、有重点地进行跟踪监护分析和研究。尤其对发生过工程活动并且对地铁结构产生了影响的区段、弯道，或沉降量或沉降速率较大的区段进行重点监护，经常分析，将安全隐患消灭在萌芽状态。

2.4 积极开展与地铁保护有关的科研

积极参与与地铁安全运营紧密相关的多项科研：分层沉降、振动、堵漏、数字化地铁监护等。

3 结论

通过对目前上海地铁结构进行地铁监护所发现的问题进行分析，认为地下水开采是区域性地面沉降的主要原因之一，应进一步加大控制地下水开采和回灌力度，调整开采层次，减少由于地层沉降引起整条地铁的不均匀沉降；对安全保护区的建筑活动理应严格控制，确保地铁结构安全，尤其对规模大、近距离大深度、施工时间长基坑工程；由于地层的缺失和实际建筑环境条件不同，地铁隧道和车站需要道穿过不同地质条件的地层，不同的地层具有不同的沉降速率和敏感性，引起地铁结构的沉降变形不同，尤其是不均匀沉降产生较大的影响，加大对地铁线路所穿越地区的地质灾害的研究；同时地铁隧道建设和运营过程中地层水土失水及对原状土层的扰动也是隧道沉降变形不可忽视的因素，由于上海区软粘土地层所具有的流变性特点，在地铁施工期间应严格控制对周围土体的扰动；在地铁建设时应加强研究上海地铁究竟能否长久存在的问题，并应有相应的对策，并且从地铁结构设计、施

工工艺、注浆材料等方面加以改进；在抵抗列车振动防止结构变形等方面采取行之有效的预防措施，确保地铁运行后的安全和维修方便；由于地铁属于百年大计工程，是城市的生命线工程，在路网规划过程中除了考虑方便换乘外，还应考虑地铁投入使用后的维修量小和维修便利，应尽量避免小曲率半径曲线，减少线路维修和土建维修工作量。

（发表于《地下工程与隧道》2001 年第 4 期）

东方路下立交工程施工期间的地铁监护

王如路，于　斌

（上海地铁运营有限公司总师室）

摘　要： 东方路下立交工程从地铁2号线隧道上方2.6 m左右的位置斜穿通过，土体开挖深度达到6.3 m，卸载超过11吨，对地铁2号线运营安全影响较大，施工难度大和施工风险较高。根据地铁保护要求，建设设计和施工单位对此做了深入的工作，使工程顺利完成，确保了地铁安全。

关键词： 地铁，变形，监测，安全

1　工程概况

东方路下立交工程位于浦东世纪大道、张杨路和东方路多条重要路口的交汇处，见图1。工程大体呈南北走向，全长600 m，与地铁2号线相交处位于东方路站西端100 m左右，从2号线隧道上方斜穿而过。该下立交分为矩形箱型结构和敞开坞式结构两种形式，箱型结构长度为200 m，位于交叉路口处，南北两端为敞开坞式结构，长度为270 m。下立交每隔20～30 m设置一道沉降缝，按此划分原则，下立交共分为23段，分别为S01～S12、N01～N11，开挖深度6.3 m。下立交为双向4车道，地道两侧设双向4车道地面道路。为保证东方路管线穿越，本工程南北两侧各设东西向的管廊一座，其中北管廊平面尺寸95.2 m（长）×22.0 m（宽），基础底板底标高－5.90 m；南管廊平面尺寸80.2 m（长）×15.3 m（宽），基础底板底标高最低为－6.30 m。由于整个工程施工范围内有大量的管线通过，地下构筑物众多，既有运营中的地铁2号线，又有正在建设

中的4号线，还有预留站位的9号线车站。工程的N01（南侧）和N02段（北侧）从地铁2号线隧道上方通过，结构底板距离地铁2号线隧道不足2.6 m。由于基坑开挖卸载较大，开挖过程中基坑坑底的回弹带动土层内的地铁隧道一起向上隆起。开挖施工对正在运营中的地铁2号线安全影响极大，施工稍有不慎，极有可能危及地铁安全，如何控制施工卸载引起的隧道沉降和隆起问题是设计施工之关键。

2　施工难题及相应的对策

由于土体开挖深度达到6.3 m，坑底以下隧道上方的覆土厚度仅2.6 m，土体开挖卸载超过11吨，大深度开挖卸载会直接引起基坑坑底以下土层带动地铁隧道一起回弹。根据计算，如不采取可靠措施控制隧道的变形，隧道的隆起量将超过隧道变形控制指标，隧道结构变形将不能满足地铁运营安全，必须从设计和施工两方面着手解决这一施工难题。涉及地铁安全运营近距离的施工主要包括两部分内容：从地铁2号线隧道上方近距离斜穿段和张杨路北侧管廊的深基坑施工，对地铁隧道影响最大的施工是隧道顶部斜穿越段的施工，也是本工程施工能否成功之关键。

穿越地铁2号线隧道部分的基坑围护结构采用SMW工法桩施工，该类围护结构具有施工效率高、防水性好、造价相对低廉等优点。但在穿越地铁隧道部位的基坑围护结构的插入比严重不足，不能满足基坑抗滑安全，需对该部位基坑围护结构外侧近10 m范围内的土体进行加固，以满足基坑安全要求。为减少和有效控制隧道的隆起，必须对穿越地铁隧道部分的基坑内部土体实施满堂加固，采用旋喷桩和SMW工法桩加固，水泥掺入量不少于

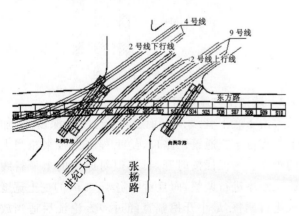

图1　下立交与隧道平面关系图

20％，为确保加固质量，开挖前须对加固质量进行取样检测。加固体距隧道顶部及隧道两侧的距离严格控制在 0.5～0.7 m。为有效控制基坑开挖到底部时隧道的隆起，沿隧道两侧的 SMW 桩体内插 H 型钢，使之与加固土体形成一个有效约束系统，以备挖土施工时控制隧道的隆起，型钢插入深度不小于 25 m。穿越隧道部分的土体开挖按照地铁隧道的上下行线分别实施，沿上下行线纵向将土体分成多块分别施工。沿基坑深度共分两层土体开挖，第一层土体开挖深度不超过 2 m，其余为第二层土体，以期控制早期的卸载。在土体开挖施工过程中，严格按照"分层、分块、对称、平衡、限时"开挖支撑和回压进行施工。在开挖顺序上，先开挖中隔墙位置，快速形成中隔墙，而后由中隔墙沿隧道纵向分别向两个方向施工，单块挖土宽度原则上不超过 3～4 m。在进行第二层土体开挖时，单块土体的挖土时间控制在 3 小时内，为控制单块挖土和浇筑砼的总施工时间，不做垫层。挖土之前要预先加工好底板钢筋，适当提高混凝土标号并具有微膨胀性能，混凝土浇筑一旦完成，及时采用砂袋回压，单块土体施工的总施工时间控制在 7～9 小时内。对相邻不同块体之间的施工要求与前述相同。由于施工距离地铁隧道非常近，施工稍有不慎极有可能危及地铁安全，每一道工序的施工极具有风险性。在实施旋喷桩和搅拌桩时，需要对其位置精确定位并保持其垂直度，对施工桩深须严格控制，隧道的位置和覆土深度须经地铁运营单位现场复核确认。隧道顶部及附近的施工须在列车停止运行后进行，并先试验施工对隧道的影响情况，再决定是否允许在白天施工还是在夜间施工，并在施工顺序上优化施工。同时要求即时的信息化施工，发现异常及时报警，对隧道的管径收敛采用巴塞特收敛系统进行监测，对隧道的沉降和隆起采用即时的高精度静力水准仪自动监测，做到每 10～20 分钟显示一次隧道变形的数据。要求施工单位进一步深化施工组织设计，精心组织施工，对施工过程中可能发生的危及地铁运营的各种情况备有预案，使每一个施工环节具有可操作性，最大可能地减少基坑底部暴露时间，有效控制地铁结构的变形，确保地铁运营安全。

3　施工过程中的地铁监控及分析

3.1　基坑围护结构及地基加固

2003 年 4 月 25 日夜间开始对下行线隧道顶部实施旋喷桩试验性加固，并进行即时监测。旋喷桩施工时对隧道结构顶部产生向下的瞬时最大位移达

到 2.5 mm，顶部两侧 45 度方向达到 1.5～1.7 mm，稳定后最大位移 1.0 mm，隧道腰部的变形 0.5～0.7 mm，旋喷桩施工对运营中的隧道影响明显。因此，要求旋喷桩施工一定在列车停止运行后进行，并对施工参数进行优化和调整，既满足加固要求又对隧道产生的影响要小。与此同时，在不同的隧道断面两侧实施 SMW 工法桩试验性施工，采用 $\phi 650$ 和 $\phi 850$ 的搅拌桩施工，搅拌桩中心距离隧道边缘 1.4 m，桩长 25 m，单根 SMW 工法桩对隧道产生挤压作用，靠近搅拌桩一侧的隧道挤压 2.1 mm，远离一侧产生 0.4 mm 的挤压，隧道顶部产生 3.0 mm 的向上隆起。鉴于搅拌桩施工对隧道影响比较大，要求最靠近隧道的第一排桩在列车停后的这一段时间内施工，并要求跳做，其他各排搅拌桩按照"先近后远"的顺序逐排进行。在围护结构和地基加固的整个施工过程中，全程采用静力水准仪和巴塞特系统对地铁隧道的变形进行监测，地基加固见图 2 示。基坑加固施工持续到 6 月 30 日，在隧道上方土体开挖前地铁 2 号线上下行线隧道的局部隆起最大量已经达到 6～7 mm。

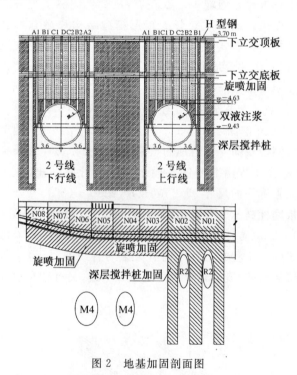

图 2　地基加固剖面图

3.2　隧道上方基坑开挖施工

由于底下管线众多而且复杂、埋藏深度大，加上工程位于交通繁忙路口，给工程施工带来相当大的难度。为保证按时开通，不但对原定的上下行线施工顺序进行调整，而且对原定 3～4 m 的挖土宽度也进行调整，最小开挖幅宽经过多方论证后适当放宽，以缩短施工工期。先施工 N01 段，后施工 N02

段。调整后的上下行线分块施工顺序见图3示。

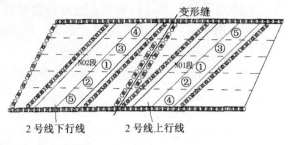

图3　上下行线分块施工图

自2003年4月27日进行土体加固到7月15日开挖，上行线隧道的累计沉降局部已经达到7 mm。2003年7月15日开始施工上行线第一层土体的中隔墙处，上行线隧道回弹1.5～2 mm。7月17日开挖第二层中隔墙处的土体，先挖除隧道两侧的土体，最后挖除隧道上方的土体，在22：30时土

体开挖结束，然后绑扎钢筋立模板，18日3时开始浇筑中间隔离墙混凝土，5时完成，9时并回压砂袋高度3 m。整个施工过程中，隧道的持续隆起达到1～3 mm，隧道累计隆起量达到12.1 mm。20日开始施工第2块土体，21日开挖第3块土体，24日开挖第4块土体，此时隧道的最大隆起量已经达到16 mm。25日开挖第5块土体，6时浇筑结束，11时回压结束，最大累计隆起量17 mm。在8月2日在中隔墙和侧墙混凝土浇筑完成后，上行线隧道基本保持稳定在16～17 mm左右。自基坑加固开始至开挖及回筑期间2号线上行线隧道隆起历时曲线图见图4和图5所示，图中sCJ15～18点是位于基坑中部下方隧道的监测点。而在此期间，下行线由于受上行线隧道上部卸载的因素由开挖前的隧道隆起6～7 mm，累计达到10 mm，影响达到3.5 mm以上，见图6。

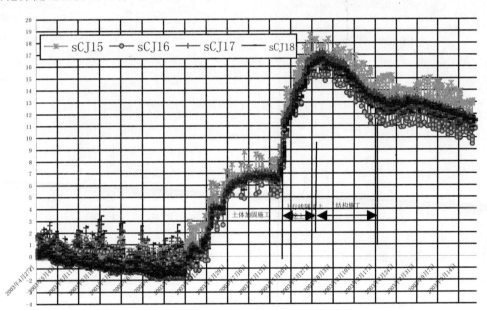

图4　隧道上方基坑加固-开挖及回筑期间2号线上行线隧道隆起历时曲线图

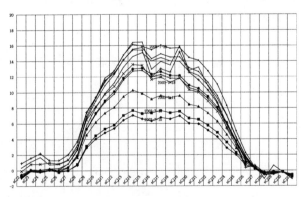

图5　隧道上方基坑加固-开挖及回筑期间2号线上
行线隧道隆起曲线图

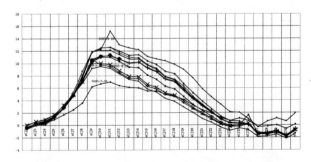

图6　各种不同施工因素对下行线隧道变形的影响

自2003年4月下旬对2号线下行线隧道上方及两侧土体的加固，8月18日进行开挖地表层

1.5～2.0 m，8月19日19时开始挖隧道上方第一块土体，24：00挖土结束，20日4时混凝土浇筑结

束,10 时回压完毕。其后,每天施工一幅底板,直到 8 月 24 日完成最后一块。施工要求与上行线施工要求相同,9 月 4 日完成顶板的混凝土浇筑。期间,上行线隧道的隆起增量达到 6 mm,使累计隆起量达到 15.24 mm。自基坑加固开始至开挖及回筑期间

2 号线下行线隧道隆起历时曲线图见图 7。图中 xCJ12～17 点是位于基坑中部下方隧道的监测点。从图上可以明显表示,上行线隧道上部基坑开挖施工对下行线隧道隆起达到 3 mm。

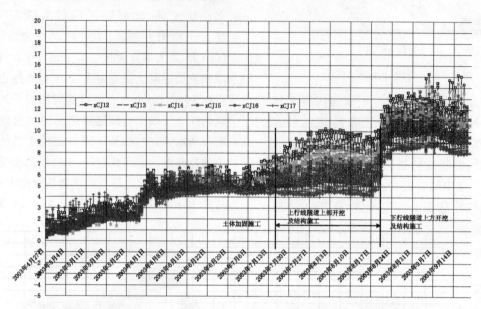

图 7　自基坑加固开始至开挖及回筑期间 2 号线下行线隧道隆起历时曲线图

4　结论

在各相关单位的协助和积极配合下,通过建设、设计和施工单位的精心组织,历时近 6 个多月的施工,较顺利地完成了工程,并有效控制了地铁隧道的变形。在整个施工过程中,通过实施全过程的严格监控,确保了地铁隧道结构和运营安全,得到了如下几点经验可供今后类似工程参考:① 适当适量地对隧道上方及两侧土体进行加固是控制隧道隆起是一种非常有效的手段。地基加固的目的是为了改善土体力学参数,控制隧道变形,但土体加固的不恰当同样会引起地铁隧道较大变形,这在今后类似的工程施工中有进一步优化施工参数之必要。② 尽最大可能压缩单块土体的施工时间和

总施工时间是控制隧道变形的十分有效的手段。主要内容包括:缩短土体开挖时间、钢筋绑扎和混凝土浇筑时间,并及时进行回压加载。该套施工参数已逐步成为控制隧道上方大深度卸载而引起的隧道隆起的标准化的施工方法。尽管对已经形成底板处进行压载,但后一块土体的开挖施工仍会带动已经形成的底板和下部隧道继续隆起。因此,缩短整个施工工期对控制隧道隆起十分重要。③ 即时的高精度自动化监测对保护运营中的地铁隧道的一个十分必要的手段,它对于即时掌握因施工引起的地铁隧道变形情况,确保地铁运营安全具有十分重要的意义。

(发表于《地下工程与隧道》2004 年第 4 期)

地铁运营隧道上方深基坑
开挖卸载施工的监控

王如路,刘 海

(上海地铁运营有限公司总师室)

摘 要:上海轨道交通 M8 线淮海路车站的北风井基坑工程位于运营中的地铁 1 号线区间隧道上方,基坑挖土深度 9.1 m,隧道上方因土体开挖引起的卸载达 16 t。根据计算分析,若不采取特殊设计施工措施,工程施工引起的地铁隧道变形将不能满足地铁安全正常运行。地铁运营单位、工程建设设计施工单位进行深入研究分析,改进设计和施工方法,对施工全过程跟踪监控,克服诸多困难,在工程进展顺利的同时保障了地铁安全。

关键词:基坑开挖,地铁隧道,结构变形,监测,监控

1 工程概况

淮海路北风井工程是上海轨道交通基本网络线路 M8 线淮海路车站的附属工程,该工程由一个风井和一个出入口组成。基坑占地面积约 1 300 m²,南北长约 50 m,东西宽约 30 m。基坑位于淮海路站北端头井西侧,为地下一层结构。基坑挖土深度超过9.1 m,隧道上方的土体开挖卸载 16.3 t。在基坑坑底以下 7 m 处有地铁 1 号线上行线隧道,此处是一转弯半径为 350 m 的小半径曲线隧道,距离旁通道近 8 m 左右,基坑与 M8 线淮海路车站的平面相对关系,如图 1

所示。在隧道上方进行如此大深度的基坑施工将会引起坑底土层中的隧道发生较大回弹,如何控制回弹还少有可供借鉴的经验。通过计算分析得知,如不采取切实可靠措施,基坑施工引起的隧道变形将不能满足地铁安全运营要求。

2 设计施工对策

工程地面标高为+3.10 m,坑底标高−6.0 m,基坑开挖深度 9.1 m,地铁 1 号线上行线区间隧道顶标高为−13.25~−13.94 m,隧道底部为−19.45~−20.14 m,地铁隧道上部覆土约为16.3 m,基坑坑底距隧道顶部 7.3~7.9 m。隧道顶部是④淤泥质粘土,隧道位于⑤1 层粉质粘土层内,隧道底部以下为⑤2 层砂质粉土,施工稍有不慎极易造成流砂和渗漏水。经过地铁专家多次深入分析研究,对原设计进一步深化和优化,以确保隧道变形控制在地铁运营安全许可范围内。

(1)基坑围护结构。北风井结构东侧借用淮海路车站 1 m 厚的地下连续墙,车站结构施工已完成,其刚度较大,其他三面采用 φ650SMW 工法桩作围护结构,一般 SMW 工法桩桩长 18 m,型钢长17.75 m,按照"隔一插一"设置型钢。围护结构下方有地铁隧道通过的部位,SMW 工法桩要短一些,桩长为 14.45 m,内插型钢长 14.45 m,要求按照"隔一插二"放置型钢,并慢速插入,由于此处插入比较小,为保证基坑开挖期间基坑安全稳定性,需对围护结构的外侧一定宽度进行适量加固。

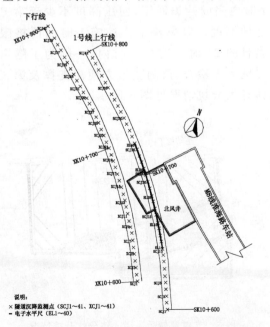

说明:
× 隧道沉降监测点(SCJ1~41、XCJ1~41)
— 电子水平尺(EL1~40)

图 1 北风井平面图

（2）地基加固及控制坑底隆起措施。为保证基坑稳定性和减少施工对隧道的影响，须对坑底以下 5 m 至坑底上 1 m 范围内采用 SMW 机械进行满堂加固，水泥掺入量不少于 20％，在开挖之前对加固质量进行抽检，以确保加固质量和工程安全。坑底抗隆起措施除对基坑底部及以下 5 m 范围进行加固之外，并沿隧道纵向两侧 0.7 m 水平距离实施 SMW 工法桩，内密集插入 26 m 的型钢，并在型钢适当位置设置好预埋件，以期在开挖时与基坑主体结构连接成控制隧道上隆的抗拔桩。对隧道顶部 0.5 m～2 m 距离范围内的土体加固在列车停止运营的时间段内实施旋喷，要求桩位定位和旋喷桩深度精确、压力控制得当，既保障加固效果又减少隧道变形。对紧靠地铁结构的土体进行加固和抗隆起的桩体施工都必须等到列车停止运行后进行。实施顺序：沿隧道的纵向实施"先近后远"的顺序施工，最靠近隧道一排内插型钢的 SMW 桩对深于隧道部分须掺入 1～3％的早强剂，在列车达到前 2 小时完成，以期加固过的土体已经具有相当的强度。在接下来的挖土过程中，抗拔桩与加固土体、基坑底板等共同抵抗坑底回弹，控制隧道的隆起。SMW 围护与地下墙接头处、阴角处均采用二重管旋喷搭接，并加强加固期间对地铁隧道变形的同步监测。土体加固和抗隆起设置的平面、剖面见图 2 所示。

（3）基坑土体开挖及支撑。基坑开挖采用明挖顺作法施工，共分二道支撑三层土体开挖，支撑体系为两道 609 钢支撑。为保证施工期间尽量保持较多的土体压在隧道上方，在保障基坑安全的前提下，尽量提高第三层土体的开挖深度，以更好地控制隧道的回弹。总体开挖支撑原则：每一层土体的开挖都必须严格按照"分区、分层、分块、对称、平衡、限时"开挖支撑，首先开挖距隧道较远部位的土体，再挖距离隧道较近的土体，最后开挖隧道上方的土体。

（4）隧道上方第三层土单块土体施工要求。开挖顺序，先挖除距隧道较远的土体，并快速形成底板，待其底板与下部桩体形成可靠抗力体系后，再进行隧道上方的底板施工。总体要求：沿隧道纵向按 3 m 宽 9 m 长将隧道上方土体分成许多单个挖土单元，这样，地铁上方土体开挖和结构施工都是按照一定的顺序分块进行的。每块挖土时间控制在 3 小时以内，绑扎钢筋及立模板的时间在 3 小时内，后一幅底板钢筋与前一幅钢筋之间的连接是通过钢筋接驳器来实现，为缩

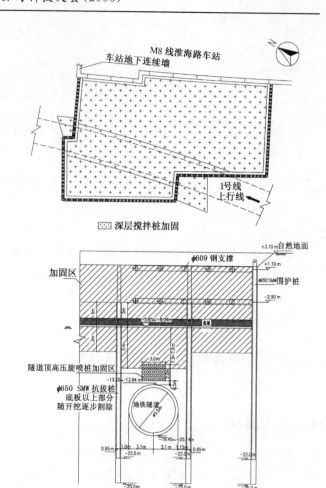

图 2　地基加固平面及剖面图

短绑扎钢筋时间，应预先加工钢筋，在完成绑扎钢筋后，及早完成混凝土浇筑。混凝土应具有早强、微膨胀性能，浇筑混凝土的时间控制在 1 小时内。这样，单块土体开挖至浇筑混凝土完成时间控制在 7 小时内。在浇筑混凝土完成后的 1～2 小时内完成砂袋回压，回压高度不少于第三层土层的厚度。对单块土体的施工时间严格限制在当日的 21 时～次日 5 时内，一则为了隧道安全二则人工检查、监测隧道方便。支撑及第三层土体开挖分块情况见图 3 所示。

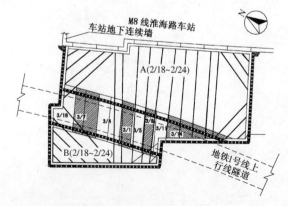

图 3　支撑及最后一层土体分块开挖情况

（5）信息化指导施工。由于施工风险性大，必须对监测数据的传输、反馈、措施对应、地铁结构安全状态及施工状况实施即时的全过程监控。在监测手段上，采用自动化程度和精度较高的监测系统对运营线路的结构安全状况进行即时监测，高危施工单元进行要点施工，对可能危及地铁安全的施工及对策给出了相应的处置预案。

3 施工过程中的隧道变形监控及变形分析

淮海路北风井基坑工程自 2003 年 6 月 9 日土体加固施工，顶板浇筑 2004 年 4 月 13 日，整个工程施工工期历时 9 个多月，主要施工工况及过程见表1 所示。

表 1 施工顺序表

序号		施 工 内 容	施工起止时间	备 注
1		在隧道上方实施近距离旋喷加固	2003.06.19～2003.08.09	距离隧道 0.5～2 m 加固
2		隧道上方搅拌桩加固	2003.08.26～2003.09.28	坑底以下至旋喷桩之间
3		基坑围护结构 SMW 工法桩施工	2003.10.09～2003.11.05	基坑的西、北、南三面
4		隧道以外搅拌桩加固	2003.11.27～2003.12.24	
5		第一层挖土及支撑	2004.01.30～2004.02.05	层高 2 m
6		第二层挖土及支撑	2004.02.06～2004.02.17	层高 4 m
7		隧道东、西侧土体开挖	2004.02.18～2004.02.24	层高 3 m
8		隧道上方 7♯块土体	2004.03.01～2004.03.01	
9		隧道上方 5、6♯块土体	2004.03.04～2004.03.04	
10	第三层土体开挖	隧道上方 8♯块土体	2004.03.05～2004.03.05	
11		隧道上方 3、4♯块土体	2004.03.07～2004.03.07	
12		隧道上方 9♯块土体	2004.03.08～2004.03.08	
13		隧道上方 10♯块土体	2004.03.11～2004.03.11	
14		隧道上方 11♯块土体	2004.03.14～2004.03.14	
15		隧道上方 2♯块土体	2004.03.18～2004.03.18	
16		隧道东面一侧的底板施工	2004.02.25	挖土结束立即施工底板
17	结构施工	隧道西面一侧的底板施工	2004.02.27	
18		隧道上方各块底板施工	2004.03.01～2004.03.18	开始挖土后 9 小时内
19		顶板浇筑	2004.04.13	顶板浇筑前一直有压载

在施工过程中，较为关键的施工控制如下：

（1）抗拔桩的施工。根据地铁保护要求，为减少控制坑底以下地层及地铁隧道的隆起，沿隧道两侧设置抗拔桩，采用 SMW 工法桩插入 200×500 的型钢（隔一插一）形式，桩插入地面以下深度为 26 m。抗拔桩深已经超过隧道底部深度 6 m，由于深部加固过的土体强度在短时间内比原状土的强度大为降低，为保证施工期间运营隧道安全，深度超过隧道底部的部分桩体在施工时掺加了早强剂，当列车第一列车通过时，加固过的土体已经有了相当的强度，使施工对隧道的影响更小。在 SMW 工法桩施工过程中，距离隧道最近的桩边缘仅为 0.7 m，桩施工对隧道产生挤压，使隧道的收敛变形发生变化。根据自动监测表明，隧道环向变形有如下规律：隧道竖向呈向上变大趋势，变形最大量为 2.5 mm，隧道腰部呈向内压缩趋势，最大变形量 1.7 mm。在抗拔桩施工期间，隧道总体呈上抬趋势。

（2）土体加固实施。对隧道顶部以上 0.5～2.0 m 范围内实施旋喷加固，以期改善土体力学性能，控制坑底土体回弹。在隧道拱顶部横向宽度 3 m 范围进行旋喷，加固桩径为 1.2 m，水泥掺入量为 20%，旋喷压力为 28 mPa。在列车停止运行后的旋喷过程中，如此高的压力引起隧道发生了较大的变形，旋喷直接影响的隧道环缝发生了渗漏水，立即通知现场重新调整施工参数，调低了压力至 14 MPa，使隧道的收敛变形大大降低，避免了此类危险的再次发生。基坑内其他部位则采用 SMW 桩满堂加固。加固深度：坑底以下 5 m 至坑底以上 1 m 深度范围内水泥掺入 20%，其余为 8%，坑底以下局部与旋喷桩搭接成一体。由于隧道安全重要性和隧道对变形非常敏感，旋喷桩和近隧道的 SMW 工法桩施工都是在列车停止运行后进行的，围护结构和坑内地基加固的施工自 2003 年 6 月 19 日开始，同年 12 月 24 日完成。

（3）土体开挖支撑及结构施工。① 基坑内第一层土挖至地表以下 2.6 m，为减少或控制挖土引起隧道隆起，有意将三道支撑改为两道支撑，将第一道支撑下压。第一道支撑于 2004 年 1 月 31 日～

2月5日全部完成。② 第二层土体开挖。第二层土挖至标高－3.5 m，安装第二道支撑。于2004年2月6日～2月17日完成。此时，部分隧道已经发生了最大3 mm的隆起。③ 第三层隧道两侧土体的开挖及结构施工。第三层A、B两块土体分别位于隧道东西两侧，开挖2004年2月18日～2月23日完成，2月23日晚浇A块素混凝土垫层，B块素混凝土垫层在2月24日晚完成。2月25日～2月27日绑扎A、B两块底板钢筋，2月27日完成B块底板混凝土，2月28日完成A块底板混凝土。为控制隧道两侧大底板的回弹带动隧道，要求施工单位加快挖土施工及随之而来的绑扎钢筋和混凝土浇筑施工。基坑的南、北两侧同时出土，基坑内有3台0.25 m³的小型挖土机，南侧有一台长臂挖机，北侧一台吊机。隧道两侧土体的开挖施工同样会对隧道的隆起加剧。④ 第三层隧道上部土体的开挖及结构施工。在完成A、B两块土体后，开始进行隧道正上方留土的挖除及结构施工，按照施工可行性及地铁保护要求将隧道上部40 m的留土又分成10小块分别施工。

（4）隧道上方最后一层土体的施工。隧道上方第三层土体也是最后一层土体，层高3 m宽9 m。根据"分层、分块、对称、平衡、限时"开挖支撑的施工要求，沿着地铁隧道的纵向从中间开始施工第一块土体，然后分别向南北两个方向分块施工。单块土体的挖土面积大约为30～40 m²左右，先挖除隧道垂直投影线以外的隧道上方土体，最后挖除隧道正上方的土体，挖土时间严格控制在3小时以内。每一块的施工必须在有要点施工的情况下进行，施工内容主要包括土体开挖、底板钢筋绑扎和立模及混凝土浇筑，施工时间严格控制在21时至次日5时之内。在此日7:00之前完成底板上的压载，压载量以不少于同等重量的砂袋代替，挖土施工期间对隧道进行人工和自动监测，及时反馈和分析监测数据，并设定控制隧道变形值。由于基坑内部进行了满堂加固，为快速施工，素混凝土垫层全部取消。每一单块的钢筋混凝土需与临近的小块联接，单块与A、B两块联接，为缩短单块施工时间，单块之间全部采用接驳器进行联接。隧道两侧的H型钢割至底板底，H型钢上割空，穿入8根Φ25钢筋并于底板联接，与底板形成一个整体。第三层地铁1号线上行线隧道上方的土体开挖及底板的施工时间是2004年3月1日～3月18日之间。单个块施工顺序：7#(3/1)、5#和6#(3/4)、8#(3/5)、3#和4#(3/7)、9#(3/8)、10#(3/11)、11#(3/14)、2#

(3/18)。风井的侧墙结构及顶板于2004年4月13日浇筑完成，5月底恢复地面绿化。

（5）施工过程中隧道结构变形分析。对隧道上方0.5～2.0 m处进行旋喷加固的过程中，隧道略有上抬，上抬量0.3～0.5 mm。在对基坑底至隧道上方2.0 m范围内的土体进行搅拌桩加固时，使隧道产生明显向下沉降趋势，隧道沉降增量达到0.7～1.0 mm。在搅拌桩和围护结构完成后，隧道的下沉累计量达到－1.0～－1.9 mm。土体开挖前各种施工引起的隧道最大隆起和沉降差量达到3.0 mm。

第一层土体开挖结束时，隧道隆起增量为0.45～0.5 mm。第二层土体开挖结束时，隧道隆起增量为1～2 mm，使隧道累计隆起量达到1.1～1.5 mm。第三层土体开挖结束时，隧道隆起增量为2～3.94 mm，一般增量为3～3.9 mm之间，隧道累计隆起量达到3.54～5.1 mm。在隧道一侧挖土同样会引起隧道的隆起。整个挖土期间引起隧道的隆起量为3.55～6.45 mm，一般为5.9～6.3 mm。

在底板结束后，结构回筑至顶板的20天施工中，隧道继续呈隆起趋势，隆起增量为0.5～0.85 mm，隧道最大隆起累计量达到5.72 mm。之后，进行防水施工和地面绿化恢复，隧道隆起呈下沉趋势，此后的46天内隧道隆起量下降了1.1～1.4 mm，下沉到2.6～4.6 mm。整个施工期间地铁隧道的沉降与隆起情况见图4和历时沉隆曲线见图5。

4 结论

经过地铁监护、地铁建设、设计施工等多家单位9个多月的协力工作，对工程实施了全过程严格监控，较为顺利地完成了淮海路北风井基坑工程的施工，确保了地铁隧道安全。在整个设计施工过程中，有如下几点经验可供类似工程借鉴和参考：① 建设设计施工单位对工程风险性的深刻认识和重视是保障地铁运营安全和施工安全的第一步。② 适当对隧道上方及两侧土体进行加固以及增加抗隆起设计是控制隧道隆起是一种较为有效的控制手段。③ 应优化加固施工参数控制施工对隧道变形的影响。地基加固目的是为了改善土体力学参数，以期加固土体与抗拔桩共同作用控制隧道变形。但是，不恰当的施工参数和工序反而会引起隧道的更大变形。因此，加固施工是一柄双刃剑。在实际应用中，一定清楚要加固的目的和如何实现这一非常具体的施工问题。④ 尽最大可能缩短整个

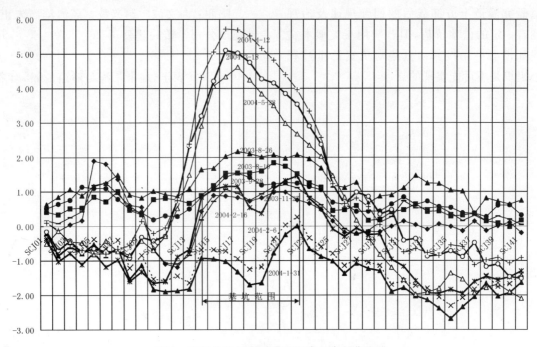

图4　不同施工过程隧道的沉降和隆起曲线图

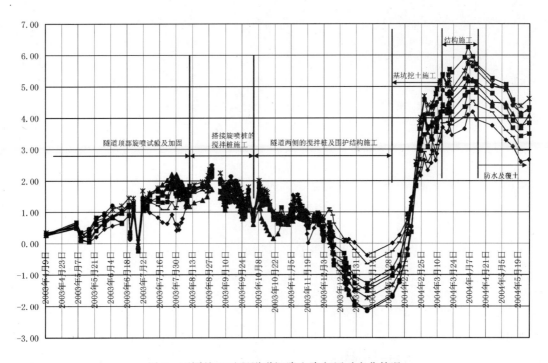

图5　不同施工过程隧道沉降和隆起历时变化情况

工程施工工期和严格控制单块土体的施工时间都十分重要。尽管在施工过程中密切注意各施工工序之间的搭接,缩短了单块的施工时间,使单块土体开挖到砂袋回压时间控制在7～9小时内,对控制隧道隆起变形十分关键,但数据监测表明,一旦开挖土体,隧道随之产生持续变形。⑤ 不同土层施工和不同块体施工都会对相邻块体(不管是否已经施工)下方隧道的持续隆起变形,隧道变形持续到结构完成后相当长一段时间。⑥ 隧道两侧的土体开挖会立即引起隧道的上抬;即使在底板完成并已压载的情况下隧道还会呈继续隆起的趋势。⑦ 基坑坑底隆起量与基坑开挖深度之比小于0.8‰。⑧ 利用自动化即时监测系统掌握隧道变形情况,对监控施工保证地铁运营安全十分重要。

最后要特别指出的是:这类工程毕竟对地铁的安全运行风险太大,非万不得已不为之,本文总结的经验对研究隧道上方卸载后的回弹规律及治理方法可能有一定的借鉴价值,但若应用于类似本文所述工程如没有一个极其认真绝对负责的全过程监控核心组织是不可能实现的。

鸣谢:白文波　赵兴波　黄海滨　朱正峰　地铁建设公司　市一建公司

（发表于《地下工程与隧道》2005 年第 1 期）

4号线盾构隧道穿越地铁运营线路的监护工程

王如路[1],蔡轶旻[1],刘建航[2]

(1. 上海地铁运营有限公司总师室，2. 上海市市政工程管理局)

摘　要：轨道交通4号线盾构隧道从正在运营中的2号线隧道下方垂直距离1.03 m处呈小角度小转弯半径通过，穿越是在没有进行地基加固的条件下完成的，对2号线安全运行威胁很大。穿越前，我们对工程施工进行了较充分的论证和分析，并预估盾构推进对2号线隧道可能带来的影响，制订了科学严密的信息化施工方案和施工措施。严格按照"分步慢速推进，均匀小步转弯，保持稳定压力，适时适量注浆，少量低压地基加固"的施工技术要点组织施工。在保障2号线运营安全的前提下，顺利地完成了盾构穿越施工。

关键词：盾构施工，地铁隧道，隆起，自动监测，地基加固

1　工程情况简介

建设中的轨道交通4号线与已经投入运营的1、2、3号线一起构成上海市的"申"字形轨道交通。正在建设中的4号线"张杨路站~浦电路站"区间隧道采用盾构法施工，盾构从正在运营中的2号线隧道下方呈小角度小转弯半径穿过，穿越部位的四条交叉隧道在平面上呈斜"井"字形状见图1所示。施工难度主要体现在：① 施工距离近。从运营隧道下方最小垂直距离仅1.03 m处穿越。② 穿越段是小半径曲线隧道。4号线隧道的曲线半径仅380 m，盾构沿小半径曲线推进比直线推进对周围环境影响更大。③ 施工影响范围广。盾构推进对2号线隧道的直接影响范围：上行线为60 m，下行线为94 m；上下隧道间距在一倍隧道直径范围内的长度超过300 m。④ 穿越前未对穿越区域2号线隧道的下卧土层进行地基加固。穿越区位于多条道路的交汇处，地面交通十分繁忙，地面和地下基本没有加固条件。⑤ 地质条件差。2号线运营隧道所在的第4层土层具有高压缩性、流变性特点，该类地层一经扰动，其强度明显降低，且会在长时间内发生固结和次固结沉降。⑥ 国内外类似工程的施工经验很少。在2号线建设时期虽曾成功地从1号线隧道下方穿越，但穿越前已对隧道的下卧土层进行过加固。综观前述各种不利因素，要在确保地铁运营安全的前提下从没有加固过的淤泥质软黏土层下方近距离穿越，风险性很大，施工稍有不慎，可能会引发极为严重的后果，施工难度和风险都是空前的。

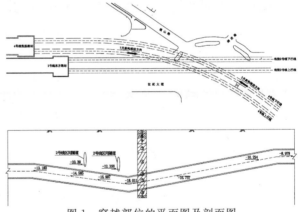

图1　穿越部位的平面图及剖面图

2　盾构穿越施工过程分析及对策

根据以往的盾构施工经验和施工技术水平，从未经加固的软弱土层（地铁运营隧道所在的土层）斜下方近距离穿越，如果没有对应的高水平施工技术和措施，地铁隧道变形及运营安全是没有保障的。因此，在整个施工过程中不但要采取更为严格而科学的施工方法，而且需要采用高精度、自动化的隧道监测设备监控隧道变形，以即时的隧道变形数据为施工指导，精心组织，精心施工，方能使穿越获得成功。

2.1　盾构穿越施工的全过程分析

在盾构穿越施工之前，我们针对盾构施工特点

进行了深入细致地分析,并预估了盾构施工中各种工况和施工参数的改变对地铁运营隧道结构的影响程度。通过理论分析得知:当盾构推进到达地铁2号线隧道中心线之前,盾构推进施工会改变2号线隧道周围业已平衡的土层应力状态,对土层产生扰动,改变土层和2号线隧道结构的应力分布,使2号线隧道产生垂直向上的和沿盾构推进方向的变形。当盾构穿越2号线之后,由于盾构推进所产生的超孔隙水压力会逐渐消散,扰动过的土体会产生固结和次固结沉降,2号线列车通过时会产生的振动,这些因素都会导致2号线隧道会发生持续的沉降和变形。为控制2号线隧道的沉降和变形,需要对4号线隧道进行同步压浆和二次压浆。注浆施工将会引起2号线隧道产生隆起变形,接下来隧道又会发生沉降。当运营隧道沉降变形达到控制值后,需要再进行注浆控制,重复"沉降—注浆—隆起"这一工序,在适当时间对两隧道之间的土层进行地基加固,直至完全控制和解决2号线地铁结构的永久性沉降。因此,在盾构推过2号线隧道的前后,2号线隧道可能会发生水平的纵向挠曲和竖向平面的纵向挠曲,分解为隧道纵向的水平位移、隧道竖向的沉降或隆起,以及隧道径向的收敛变形,见图2。

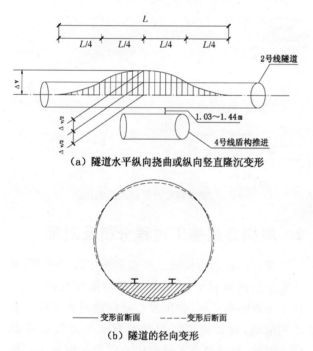

(a) 隧道水平纵向挠曲或纵向竖直隆沉变形

——变形前断面　　-----变形后断面

(b) 隧道的径向变形

图2　施工过程中地铁2号线隧道的可能发生的变形情况

2.2　盾构推进过程的主要影响因素分析及施工控制

虽然盾构推进引起地铁2号线隧道变形的因素有很多,但归纳起来主要有以下三种:① 盾构推进中盾壳及盾壳外凸物引起的地层损失 V_{e1}。V_{e1} 的大小与盾构的推进速度密切相关,为尽量减少地层损失,必须严格控制盾构推进的速度,使其尽量低速均匀。根据理论分析,结合盾构自身特点以及以往施工经验,设定盾构推进速度 $v=5\sim10$ mm/min,并且要求每推进 10 分钟停止推进 $10\sim30$ 分钟甚至更长时间。根据前述地铁保护标准和自动监测设备所即时测量的资料为依据,调整盾构停推时间的长短。② 盾构曲线推进引起的地层损失为 V_{e2}。盾构曲线推进,每推进 10 cm 盾构轴线产生一偏角 α,按此要求推进所产生地曲线推进引起之地层损失为 V_{e2}。V_{e2} 的大小与盾构长度的平方成正比,与曲线半径成反比。为减少地层损失,盾构铰接装置要正常使用,以减少盾构的计算长度。为尽量减小 V_{e2},必须控制一次纠偏量的幅度。根据理论计算,每推进环宽度 1 200 mm 的一环作一次纠偏,其纠偏量为 17.6 mm,当分成 12 次纠偏时,每次的纠偏量不到 1.5 mm,小幅度勤纠偏的直接影响的面积仅为原来一次纠偏的 1/12,扰动范围大大缩小,引起的地层损失 V_{e2} 也相应大为降低。③ 盾构正面压力不平衡引起之地层损失 V_{e3}。盾构正面压力与地层原始静止土压力之差值 ΔP 引起之地层损失 V_{e3}。在盾构推进趋近2号线隧道的过程中,为减少盾构穿越后盾尾压浆不足及固结沉降引起的地铁隧道沉降,ΔP 应取正值,即正面压力比原始静止土压力大 0%～5%。由于4号线此处的隧道处在小转弯半径曲线上,与2号线隧道形成小角度斜交,在盾构逐渐穿越2号线的过程中,盾构刀盘左右压力不均匀,还存在压力突变问题。保持盾构正面的稳定土压力(尤其在管片拼装时千斤顶会松弛),使土体呈微微隆起的趋势,对控制穿越期间的2号线隧道下沉较为有益。因此,动态地调整和保持盾构正面土压力成为施工成败的关键因素之一。盾构推进中所需调整的主要参数就是前述的盾构推进速度 v、盾构的正面压力、盾构每推进 10 cm 其轴线发生的偏角 α(一般按预定的数值维持不变),这三种主要因素引起地层位移的综合效应,反应在2号线隧道的平面和竖向两个方向的纵向挠曲以及隧道的径向变形上,即:δ_v、δ_h 及隧道径向收敛变化。

根据地铁结构变形要求和列车运行安全要求,2号线隧道的水平纵向挠曲和竖向平面纵向挠曲变形的最大允许值设定为 ±5 mm,隧道结构的收敛变形严格控制在 20 mm 内。

2.3　即时的信息化施工

盾构推进过程中必须控制运营隧道的水平纵向挠曲和竖向平面纵向挠曲 δ_v 和 δ_h。盾构每推进一步,都要分析 δ_v 及 δ_h 的变化速率,并按照 δ_v 和 δ_h 的最大变化幅度不超过 ±5 mm 的要求及时调整盾构推进的施工参数,以控制地铁隧道的变形在要求限度内。在盾构推进施工过程中,采用自动化水平高、精度高的监测系统即时地监控 2 号线隧道的安全状态。采用高精度的电子水平尺测量隧道的纵向沉降及两根钢轨的横向差异沉,采用巴塞特收敛系统监测隧道收敛系统。在列车停运后,还采用人工监测系统对 2 号线上下行线隧道(一个断面上设置 3 个沉降监测点,道床上 1 个,管片上 2 个,沿隧道纵向 2 m 布置一个监测断面)的沉降、位移、收敛等进行监测。电水平尺的精度比普通光学设备高得多,它能检测到微小至 1 秒的倾角变化,相当于一根 1 m 梁两端发生 0.005 mm 的高差(位移)变化。采用这种高精度、自动化程度高的系统监测隧道结构变形,对于保障列车运行安全是非常必要的,并设定电子水平尺每隔 5 分钟采集一次资料,即时发送到盾构指挥中心,以实时的监测资料调整施工参数,指导盾构施工,对施工参数进行预控,并要求在 2 号线隧道沉隆值分别达到 1.5 mm(沉降)和 2.5 mm(隆起)时立即报警。

2.4 注浆及地基加固分析

盾构推过地铁 2 号线隧道中心线后,盾尾空隙未能及时适量充填成为地铁隧道纵向变形的主要因素之一。在这个过程中,盾构千斤顶顶压隧道管片会使地铁隧道发生与以前方向相反的平面扰曲,但 δ_h 的控制值不应超过 −5 mm。盾构通过后,地铁隧道下卧层的固结沉降也是不可忽视的因素。因此,盾构通过 2 号线地铁隧道的下部以后,适时、多次低压力、少量地跟踪注浆十分重要,它关系到控制地铁 2 号线隧道沉降的成败,为此要做好如下准备:

(1) 浆液配置:衬砌刚脱出盾尾时宜用惰性浆,可防止损坏盾尾密封并减少堵管,从而能用流动性和支承性较好地浆液充填盾尾空隙(惰性浆的稠度在 7~9),注浆效果明显;而在衬砌脱出盾尾后 5 环以上的隧道中宜用双液注浆,用以提高地铁隧道周围长期的稳定性。

(2) 为在盾构推进过程中适当地选择注浆孔位要预先把 2 号线地铁隧道遮盖范围内的 4 号线隧道的衬砌环编号及其注浆孔在平面上的投影位置,均标注在图上,以便于按监测资料的反馈及时地选定注浆孔位。

(3) 在盾构推进结束后,需要对 4 号线与 2 号线隧道之间的土体进行加固,以控制后期的沉降。

通过对盾构穿越过全过程进行了深入的分析,使我们对盾构穿越 2 号线隧道的施工有了更深刻的认识,并对施工可能会引起 2 号线运营隧道的变形趋势和可能出现的多种可能性进行了预估。

3 盾构推进施工技术要点和主要施工参数的预控

通过深入分析,在明确了穿越施工的难度后,开始为盾构穿越作技术准备。在盾构推进轴线的前方 50 m 范围内埋设了 4~5 个断面的深层点,模拟盾构穿越地铁 2 号线的施工,以优化和掌握施工参数。要求施工单位以确保地铁 2 号线运营安全为前提,量化施工参数,以即时的监测数据指导施工,根据对 2 号线隧道变形的监测调整施工参数,并对量化的施工参数进行预控。简单地讲,就是根据地铁结构保护技术标准和列车安全运营控制指标,以自动化、高精度监测资料为指导实施即时信息反馈,发现偏差及时纠正,使施工对地铁的影响始终保持在安全可控状态下。为确保地铁 2 号线运营安全,配合建设单位对通过该施工区段的 2 号线列车实施限速 45 km/h 以下。

根据上述分析,我们制订了施工技术要点用于指导施工,并制订了科学严密的施工方案。在施工过程中,认真贯彻"分步慢速推进,均匀小步转弯,(保持盾构)稳定正面压力(盾尾密封),适时适量(跟踪)注浆,(单次)少量低压地基加固"施工技术要点。将施工技术要点分解为:① 2 号线隆沉控制值为 ±5 mm,当隆起达到控制指针的 50%、沉降达到控制值的 30% 时立即报警,使隧道基本处于微微隆起状态。② 盾构推进应保持均匀慢速,推进速度维持 5~10 mm/min,盾构每推进 10 cm 停止推进 10~90 分钟,停推时间长短取决于 2 号线隧道"隆起~回落"到安全保护标准内的时间。③ 盾构正面土压力大小应调整至对 2 号线隧道影响最小为标准。保持稳定的正面土压力至关重要,将盾构正面土压力预设为原始静止土压力的 100%~105%,但应以 2 号线隧道内的即时监测数据为标准进行调整,在管片拼装时,应备有防止正面土压力减小的可靠措施,拼装时间越短越好。④ 盾构施工纠偏,严格控制盾构单次纠偏量,单次纠偏幅度应尽量地小,要求每推进 10 cm 进行一次纠偏,勤纠、勤测、勤报,并开启盾构铰接装置,减少盾构的有效长度。⑤ 同步注浆压力应小于 0.4 mPa,力求更小,注浆量为 1.1~1.8 倍的空隙体积,具体注浆量的多少以 2 号线隧道内的即时监测数据为准进行调整,同步注浆采用惰性浆液。⑥ 二次压浆采用双液注浆，要求一定做到低压力、多次、适量、适时，以控制2号线隧道的变形量及变化速率。压力控制在0.2 mPa，单环单次注浆量为50～100升，并要求跳环注浆，以减少和控制对上方2号线的影响，一般要求在列车停止运营的时段进行注浆。⑦ 地基加固是为了控制盾构穿越完成后2号线隧道的不断沉降而采取的必要措施，严格控制注浆压力、注浆量、注浆时间、注浆管的退出速率、浆液配比和浆液稠度。力求对上方隧道的影响最小。⑧ 在2号线隧道内设置自动化、高精度电子水平尺监测系统。沿隧道纵向在隧道道床上连续布置电子水平尺，每5根间距设一根横向1 m长的电子水平尺，每隔5分钟自动监测系统向盾构现场指挥中心传递一次监测数据。现场指挥中心根据监测据数决定是否调整盾构推进的主要施工参数以及调整量的大小。通过以上技术措施，将盾构推进施工对2号线隧道的影响控制在最小范围内。将施工技术要点和已量化的施工参数控制形成一个有效预的、可靠的预控系统，用于指导盾构推进施工，见图3。

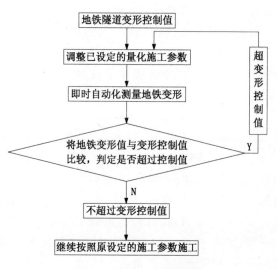

图3　盾构施工预控系统

4　盾构施工的监控及运营隧道变形分析

4.1　工程施工顺序

盾构机长8.625 m，外径φ6.34 m，管片厚350 mm，单环纵向长度1.2 m。施工顺序如下：① 盾构第一次穿越施工。4号线下行线盾构先穿越2号线上行线，后穿越2号线下行线。② 盾构进入张扬路车站后，需对穿越部位的隧道间的土体进行加固，以保证2号线运营安全。③ 盾构第二次穿越施工。盾构在张扬路车站调头后进行4号线上行线推进，先

穿越2号线的下行线，后穿越2号线上行线。④ 区间隧道施工完成后，对穿越部位隧道的土体进行加固。4号线下行线隧道与2号线的上行线隧道平面投影交叉部位在355～376环，下行线384～404环，直接影响60 m，隧道间的平面投影交角分别为26°和21°；4号线上行线（回推）盾构隧道与2号线的下行线隧道平面投影交叉部位在138～180环（正上方2号线隧道最近处162环处1.03 m），下行线189～216环，直接影响94 m，隧道间的平面交角分别为14°和21°。由于穿越段处于小半径转弯曲线上，4号线与2号线隧道交叉处在投影平面上呈小交角斜"井"字形，盾构推进施工对2号线的影响范围较大，上下两隧道一倍隧道直径范围内的影响长度超过300 m。

4.2　盾构第一次穿越施工的过程描述及现场监控

盾构第一次穿越施工是从浦电路车站开始推进的，2003年2月15日20时盾构刀盘已推进到2号线上行线隧道平面投影线的下方，2月18日9时起盾构刀盘推进到2号线上行线轴线的正下方，2月22日17时盾构刀盘已推进到2号线下行线隧道投影线下方，2月26日9时起盾构刀盘推进到2号线下行线隧道轴线的正下方，3月1日8时盾尾脱离2号线隧道投影线。第一次盾构穿越的持续时间为15天。

在盾构推进亦始，设定施工参数能使2号线隧道呈稍微隆起的趋势，2月12日盾构刀盘推进轴线距离2号线隧道尚有6环时（盾构机头侧向距离为4 m），盾构推进已经对2号线隧道产生了影响。2月15日0:00～12:00时间内盾构刀盘逐渐推进到2号线隧道上行线隧道投影线下方时，此时调整盾构正面土压力和推进速度，但隧道依然呈隆起趋势，在此时间段内2号线上行线隧道隆起变化量达到0.2～0.5 mm。在盾构推进过程中，机身外侧不同位置的土体因受力状态不同，对2号线隧道的影响也不尽相同。盾构纠偏时，盾构机左肩外侧的土体处于受挤压状态，而右肩外侧的土体处于应力释放状态，盾尾右侧外的土体处于受压状态，而盾构左侧的土体处于应力释放状态。图4中监测点UP22～UP27处于盾构机身的右侧，也是隆起量最大的部位。当盾构刀盘推进到2号线隧道轴线的正下方时，此时盾构距离2号线隧道的垂直距离仅1.44 m，盾构正面土压力已由此前的0.23～0.27 mPa迅速调低到0.166 mPa，比原来设定的土压力要小得多，此时上行线隧道隆起已达到2.5～3.1 mm。盾构刀盘的中心位置的监测点UP16，为了控制隧

道隆起量尽可能降低盾构正面土压力,使得盾构正面上方2号线隧道内监测点 UP14～UP17 隆起量仅为 0.5～1.14 mm,而盾构右侧的监测点由于纠偏和同步注浆引起隧道隆起量达到 1.5～3.1 mm。当盾构刀盘已经部分从隧道投影线推出来后,由于纠偏和同步注浆不当所引起的2号线隧道瞬时隆起最高达 3.3 mm。盾构穿越2号线上行线的施工过程中,不同日期和时间2号线隧道的沉降和隆起情况见图5。

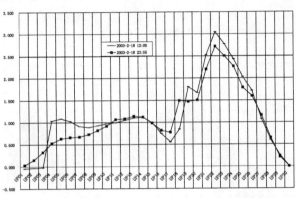

图4　2003 年 2 月 18 日 12:00～24:00 上行线
隧道隆起情况

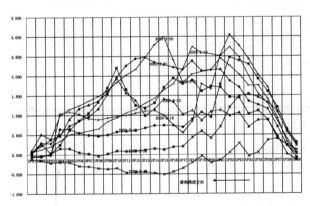

图5　盾构第一次穿越2号线上行线隧道的沉降情况

2月22日17时盾构刀盘已推进到2号线下行线隧道平面投影线,盾构右肩上方对应2号线隧道内的监测点 DW26、DW27 号,隧道隆起由原来的 0.2 mm 抬生到 0.7 mm,盾构右肩逐渐靠近2号线隧道投影中心线,对应监测点为 DW27～DW18,隆起变化量由 0.5～1.8 mm,最大隆起量在隧道右上方,见图6。4号线下行线的盾构穿越时间共持续 15 天(2月15～3月1日),在推进过程中,2号线地铁隧道的隆起一般控制在 2.5 mm以内。随着穿越的进程,隧道隆起的峰值也自右向左移动。盾构隧道推进第一次穿越时2号线上下行线隧道最近处沉降点的历时隆沉情况见图7和图8所示。

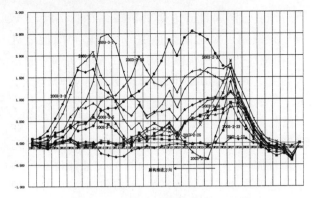

图6　盾构第一次穿越过程中2号线
下行线隧道沉隆情况

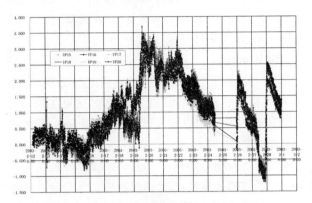

图7　盾构第一次穿越2号线上行线隧道
最近处的隧道历时沉隆情况

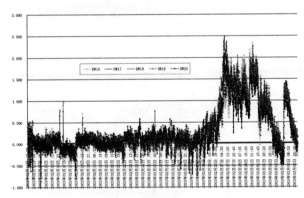

图8　盾构第一次穿越2号线下行线隧道
最近处的隧道历时沉隆情况

4.3　盾构隧道第二次穿越施工过程描述及现场监控

盾构隧道第二次穿越施工是从张杨路车站开始推进的,2003 年 6 月 26 日 4 号线盾构施工推进到侧向距离2号线下行线隧道外投影线不到 2 m 远的地方,已影响到2号线的结构沉降和隆起。6月30日盾构机头进入2号线下行线隧道投影线,盾构推进首先穿越2号线的下行线,接着穿越2号线上行线,7月22日盾尾完全脱离2号线,整个穿越历时 23 天。

盾构首先穿越2号下行线隧道,两隧道的竖直最小净间距为 1.03 mm,穿越期间对2号线隧道影响大,尽管对施工参数实施了严格控制,但盾构施工对2号线隧道的影响十分明显,7月1日2号线下行线隧道隆起量已达到 2.5 mm。7 日 7 时,2 号线下行线隧道隆起曲线呈现 M 头型,中间最低处(盾构机身部位)的隆沉量为 −0.2 mm,头部隆起最大为 1.5 mm。此时,调整盾构施工参数对机身上方 2 号线隧道的沉隆影响能力非常有限。7 月 10 日盾构的左尾位于隧道中心线,11 日晚进行二次注浆,2 号线下行线隧道抬高到 1.5～1.9 mm。在列车运行后,与 2 号线隧道平面投影交叉部位在盾构推过之后产生了明显的震陷,下行线隧道在 12 日的 14 个小时内沉降了 0.5～0.8 mm。13 日夜间注浆,中间部位抬高到 1.5 mm,14 日下午中间部位沉降到 0.2 mm,下沉量达到 1.3 mm,沉降速率超过 0.11 mm/h。14 日停运后对穿越交叉部位注浆,2 号线隧道抬升到 1.5 mm 左右。此后,连续几天在列车停运后进行注浆以控制 2 号隧道的沉降,从图 10 中可以明显看出,自 7 月 7 日之后反复注浆对 2 号线隧道的影响。由于同步注浆采用具有流动性好的惰性浆液,惰性浆液注浆对已经衬砌完成的 10 环左右隧道有明显影响。由于 4 号线上行线穿越距离 2 号线隧道非常近,在穿越过程中 2 号线隧道呈现明显的震陷,只有通过同步注浆和二次双液注浆加以控制。4 号线的上行线在进行第二次穿越时地铁 2 号线下行线、上行线隧道的沉隆情况见图 9～12。

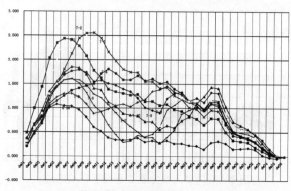

图 9　盾构第二次穿越时 2 号线下行线隧道的沉隆情况

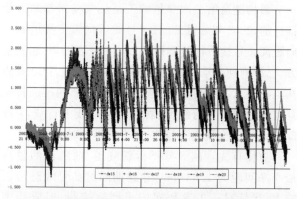

图 10　第二次穿越时地铁 2 号线下行线隧道的历时沉隆情况

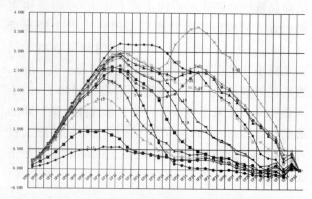

图 11　盾构进行第二次穿越时地铁 2 号线上行线隧道的沉隆情况

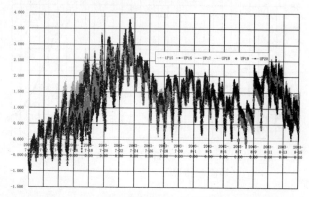

图 12　盾构进行第二次穿越时地铁 2 号线上行线隧道的历时隆起和沉降变形情况

4.4　注浆及地基加固问题

在盾构的推进过程中,为有效防止盾构推过后 2 号线隧道的沉降,采用惰性浆液进行了同步注浆,以使浆液能快速及时补充盾尾空隙,同时对发生震陷的隧道部位进行同步注浆和二次压浆,二次补浆采用双液注浆以改善土层的力学性质。穿越段的每一环隧道管片上留有 16 个注浆孔,便于盾构推过之后能及时对周围土体特别是上部土体进行注浆加固。由于盾构推进过程中已对 2 号线隧道下卧层土体产生了扰动,2 号线列车的行驶振动会对已扰动的土层进一步产生扰动,必须适时、少量、不间断地对已扰动过的土体进行改良,以保持 2 号线隧道的安全状态。注浆引起 2 号线隧道的隆起量必须控制在 3 mm 内,要求少量注浆,而且是在 2 号线停止运行后进行,施工条件较为苛刻。一般在盾构通过 3 天后开始时二次注浆,隔一环注浆,开始时一天注浆一次,慢慢过渡到两天一次注浆甚至更长时间。反复注浆增大了孔隙水压力,但又很快会变小,隧道结构沉降不止,这对列车的长期运营安全构成极大威胁。因此,在适当的时间必须对 2 号线与 4 线之间的土体进行加固,以期改善土层力学性质,永久性解决 2 号线隧道的长期沉降问题。注浆参数:

流量控制小于 25 L/min，一般为 10～15 L/min，打入管子 1.5 m 左右，拔管子速度 10 cm/min，均匀慢速地拔出，力求扰动小。地基加固注浆见图 13。在盾构推过之后，经过近一年来反复进行地基加固，现已基本控制了 2 号线隧道的沉降。

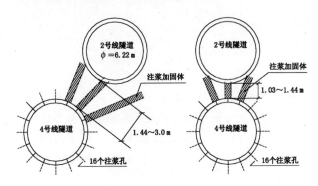

图 13   隧道穿越部位地基加固示意图

5   结论

经过一年多的精心施工和现场监控，2 号线隧道沉降和隆起终于趋于稳定，确保了施工期间的地铁运营安全。本工程施工中有一个显著特点就是：依靠高精度、稳定、可靠的自动监测系统为眼睛，首次实现以 5 mins 一次数据传输的信息化指导施工。综观整个施工过程，我们始终以高精度、高自动化的自动监测数据为标准，严格而认真地按照施工技术要点组织施工，较顺利地完成了在地铁 2 号线下方从未经加固的土层中穿越，确保了 2 号线运营安全，积累了宝贵的实践经验，可为上海今后类似的施工提供宝贵的指导资料。纵观整个施工过程，盾构施工对 2 号线运营隧道的影响始终处在可控状态

下，并有下列经验可在今后施工中加以借鉴：

（1）盾构在进行小半径曲线隧道推进施工时，由于盾构前后和左右不同位置受力不同，在不同时间盾构不同部位所对上部隧道产生的变形也大不相同。

（2）盾构推进速度对上方隧道的隆起影响很大，但可以通过调整和预控主要施工参数进行对其影响进行控制。

（3）盾构的纠偏对上方隧道的影响是非常大的，两隧道处在不同的相对位置，有不同的隆起和沉降。

（4）盾构尾部注浆对周围的隧道影响较大，影响范围可达 10～15 m 范围。应保持较低的压力、低注浆量和适当的浆液，以减少对环境影响。

（5）列车运行引起隧道震陷，其危险性很大，应及时补充浆液，进行同步注浆或二次注浆。地基加固和双液注浆是控制隧道沉降的重要手段。

（6）对类似地质条件和类似工程来讲，"分步慢速推进，均匀小步转弯，（保持盾构）稳定正面压力（盾尾密封），适时适量（跟踪）注浆，（单次）少量低压地基加固"施工技术要点是十分重要的。

（7）严格的高精度自动监测和信息化施工是工程顺利实施的最重要的技术保障之一。

鸣谢：感谢白挺辉，葛世平，沈成明，孙连元，倪成禹等同志提供的帮助。

（发表于《地下工程与隧道》2004 年第 3 期）

轨面不平顺调整方法研究与应用

钱一新

（上海地铁运用有限公司工务分公司）

摘　要： 2000 年上海地铁明珠线（即 3 号线）个别地段出现下沉，在对该段轨面调整时，使用高刚性的酚醛环氧玻璃板调整轨面，最大调高量达 73 mm，超过 WJ－2 型扣件的 40 mm 调高量。本文就调高以后轨道刚度的变化，轨道几何形位的稳定性等方面进行研究，认为在目前条件下轨道结构尚处于稳定状态，但轨道结构的动态稳定性还需作进一步的研究，以求降低整体道床结构轨道轨面调整的维修养护费用和保持轨道结构的稳定性。

关键词： 城市轨道交通，整体道床，轨道，轨面调整，轨道结构稳定性

城市轨道交通是一种大容量、对环境污染小的运输工具。城市轨道交通一般采用整体道床，若整体道床路基或高架桥桥墩的局部下沉，就会造成轨面的不平顺，影响行车的平稳性。对整体道床维修养护的关键之一就是采取何种方法、何种材料调整轨面的不平顺[1]，以求调整以后的轨面具有良好的平顺度，同时轨道结构具有良好的稳定性和动力学性能。

上海地铁 3 号线的高架轨道交通采用大调高量、小阻力的无挡肩扣件（WJ－2 型）。该扣件轨下调高垫板的调高量为 10 mm，铁垫板下调高垫板的调高量为 30 mm。但在石龙路～龙漕区间（K1＋570～670）地段的整体道床轨道，最大的下沉量达 73 mm，超过 WJ－2 型扣件的调高量，所以在该地段采用加长铁垫板螺栓，增加铁垫板下调高垫板厚度的办法，以满足线路下沉量较大地段对调高量的要求。本文就增加铁垫板下调整垫层（最大 65 mm）高度对行车、轨道的稳定性进行分析，通过试验和理论计算来论证大调高量在实践上的可行性，并通过实践也证实了理论计算和试验的正确性。

1　调高垫板的刚度特性

垫板越厚，刚度越小。动力仿真计算表明，当刚度大于 75 kN/mm 时，垫板刚度的增大对轮轨冲击荷载和钢轨、铁垫板的振动加速度影响减小[2]。为减小轨道刚度的不均匀性，要求调高垫板的刚度较大，故选用刚性较大的酚醛环氧玻璃板作为调高垫板材料。用两块厚 10 mm，长 60 mm，宽 45 mm（面积 $\omega_1 = 2\,400\ \text{mm}^2$）试样测试铁垫板下调高垫板的刚度。刚度值（割线刚度）的计算式为 $k_S =$

$(P_{i+1} - P_i)/(y_{i+1} - y_i)$，$P_i$，$y_i$ 是第 i 次试验时的作用荷载和产生的位移，计算得刚度值如表 1 所示。

表 1　酚醛环氧玻璃板试样的力与位移的关系

序号	作用荷载 （kN）	变形量 （mm）	试样刚度 kN/mm	调高垫板刚度 kN/mm
1	3	0.32	90	2 587
2	30	0.62	333.33	9 580
3	40	0.65	300	8 622
4	55	0.7		

调高垫板的面积为 $\omega_2 = 68\,974\ \text{mm}^2$，可得 20 mm 厚调高垫板的刚度为 $k = k_S \cdot \omega_2/\omega_1$，如表 1 所示。

如果铁垫板下使用 60 mm 调高垫板，则相当于 3 块 20 mm 厚的调高垫板，可得垫板刚度为 $k/3$。由于铁垫板下调高垫板的刚度量级为 1 000 kN/mm，而轨道弹性垫层的刚度一般很少大于 300 kN/mm，所以调高垫板的使用不会导致轨道基础刚度变化过大而引起轨道的动力刚度不平顺。

2　调高垫板的横向阻力试验

为保证轨道几何形位的稳定性，在同济大学铁道工程实验室进行了使用调高垫板后的横向力与钢轨横向位移之间的稳定性试验。在试验时，为单一钢轨支座，在轨头上作用有垂直荷载 P 和横向荷载 H，并根据 WJ－2 型扣件要求设定扣件螺栓的扭矩 80 N·m。根据不同的铁垫板螺栓扭矩，测得轨头、铁垫板和酚醛环氧玻璃调高垫板的横向位移，测点的布置如图 1。在试验时垂直力和铁垫板螺栓扭矩的组合如表 2。

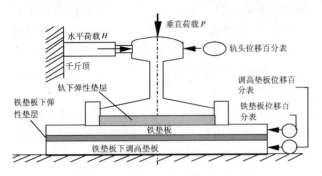

图 1　调高垫板的横向抗力试验

表 2　横向抗力试验时的垂直荷载与铁垫板螺栓扭矩的组合

序号	1	2	3	4	5	6	7	8	9
P(kN)	80	60	40	80	60	40	80	60	40
T(N·m)	300	300	300	240	240	240	150	150	150

在测试时，每种荷载组合状态测三次，取其平均值，得图 2～5（图中每条线的编号见表 2）。从图 2～5 可知，铁垫板螺栓的扭矩越小，则横向位移就越大。图 2 中，铁垫板的最大横向位移为 0.45 mm，此时的铁垫板螺栓扭矩最小。图 5 中轨头的最大横向位移达 7 mm，从此图也可看出，铁垫板螺栓扭矩小，则相应的轨头横向位移就大（图 5 中的第 8 条曲线可能数据有测试误差）。

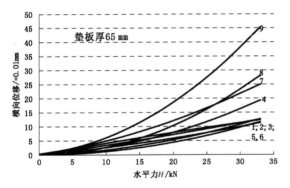

图 2　铁垫板横向位移与横向荷载的关系

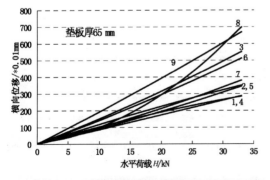

图 3　轨头横向位移与水平荷载的关系

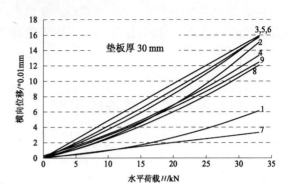

图 4　铁垫板横向位移与横向荷载的关系

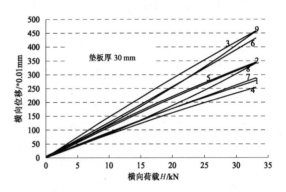

图 5　钢轨横向位移与横向荷载的关系

30 mm 厚的调高垫板引起铁垫板和轨头的横向位移均小于 60 mm 厚垫层所引起的位移，说明调高垫板的厚度的确对横向位移不利。在试验时所用的钢轨是短轨，实际钢轨是弹性地基上无限长梁，钢轨在侧翻时，钢轨本身就具有较大的抗扭作用，在同样横向力的作用下，轨头的横向位移要小得多。

试验时 40 kN～80 kN 的轨头横向推力是根据现场情况确定的。根据文献[3]可知，当轨头上作用有一横向力时，这一横向力由几个扣件共同承担，离荷载作用点越近的扣件，所受的横向力也越大。当某一钢轨支点处的轨头上作用有横向力时，该支点处一组扣件所受的横向力为：

$$R = H\left\{1 - \frac{1}{2}\left[\varphi_4\left(\beta_2\,\frac{a}{2}\right) + \varphi_4\left(\beta_1\,\frac{a}{2}\right)\right]\right\}$$

式中 R 为钢轨支座上作用的横向力；H 为轨头上作用的横向力；$\varphi_4(\beta x) = e^{-\beta x}\cos\beta x$；$a$ 为轨枕间距；$\beta_2^4 = \dfrac{K_1 K_2}{4EJ_y(K_1 + K_2)}$，$\beta_1^4 = \dfrac{K_1}{4EJ_y}$，$K_1$ 为扣件及轨下垫层的横向分布刚度；K_2 为铁垫板下垫板的横向分布刚度；EJ_y 为钢轨的横向抗弯刚度。

由于 $\varphi_4\left(\beta\,\dfrac{a}{2}\right)$ 为一小于 1 的数，所以必然存在 $R < H$。在一般情况下，当曲线半径为 600 m 时，货车运行速度为 60～80 km/h，轮轨所受的最大横向力 H_{max} 一般不大于 60 kN，所以单个钢轨支座所受

的横向力 R 就必然小于 60 kN。明珠线石龙路车站北端路基地段线路，曲线半径为 400 m，由于地铁车辆的轴重较轻，运行速度小于 60 km/h，所以估计横向力一般也不会大于 60 kN。

3　轨道下沉后轨面调整的实施

2000 年 10 月份明珠线投入运行以前，由于各种的原因，造成局部地段的轨面下沉，最大下沉量达 73 mm（图 6），超过 WJ－2 型扣件的可调高量 40 mm。但为了保证轨面的平顺性，认为应把轨面调整到原设计轨面标高，所以轨下和铁垫板下的调高量之和最大为 73 mm。由于轨下调高垫板的最大调高量为 10 mm，所以铁垫板下的最大调高量理论值为 63 mm（实际调高量为 65 mm）。

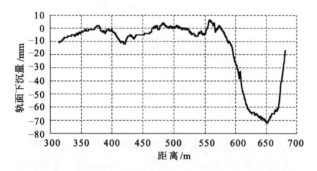

图 6　上海明珠线 K1＋314～700 处轨面下沉情况

在调整轨面高低是时，为了保证轨道的方向不发生变化，一次垫板松开数不能太多，起道量不能太高，而扣件松开数与起道高度密切相关[1]，如表 3。在一般情况下松开 20 块垫板，可垫入 30 mm 的调高垫板。如果调高量大于 30～60 mm，则要分两次调整；大于 60 mm，则需调整三次。这是为了在调整轨面时，轨道的几何形位不发生较大的变化，轨面调整以后，需对所有铁垫板螺栓拧到规定扭矩，并对轨面的几何形位进行检测，如轨道的几何形位达不到标准，则需重新调整，直至各项指标符合规范要求。

表 3　起道力、铁垫板松开数、钢轨中应力的关系[1]

起道力 /kN	钢轨应力 /MPa	铁垫板松 开数/块	可起道高度 /mm
25	184.37	33	157
50	184.37	17	39
75	193.58	12	20
100	184.37	9	10

4　调高垫板对轨道几何形位稳定性的影响

自 2000 年 11 月份对轨面进行调整以来，有关部门对调整以后的轨道几何形位的变化进行了跟踪观察，观察地段为 K1＋400～800，第一次的观察日期为 2001 年 6 月 20 日，测点间隔为 6.25 m，由于上下行线的情况类似，故只列出了上行线的轨距和水平误差。

从图 6 可知，在 K1＋650 处的调高量为最大，图 7～14 也表明在 K1＋650 附近的轨距和水平误差也有增大趋势，但运行 3 年半后，误差仍在允许范围内，这说明了使用调高垫板后，轨道的几何形位仍处于稳定状态。图 13 中的轨距误差较大，这主要是曲线轨道钢轨侧磨增大所致（最大钢轨侧磨已达 4 mm）。由于没有进行过现场测试，所以无法确定轨道结构的动态稳定性。

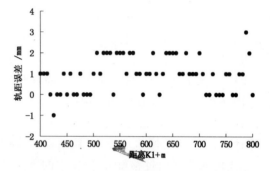

图 7　2001 年 6 月 20 日测得的轨距误差散点图

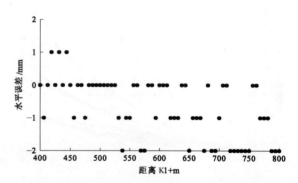

图 8　2001 年 6 月 20 日测得的水平误差散点图

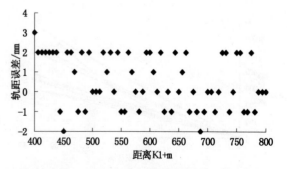

图 9　2002 年 5 月 20 日测得的轨距误差散点图

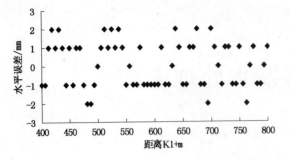

图 10   2002 年 5 月 20 日测得的水平误差散点图

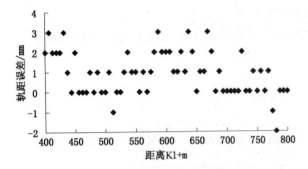

图 11   2003 年 5 月 19 日测得的轨距误差散点图

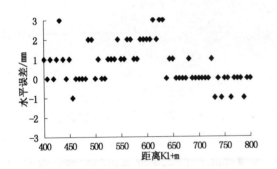

图 12   2003 年 5 月 19 日测得的水平误差散点图

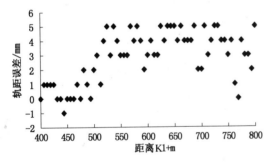

图 13   2004 年 2 月 13 日测得的轨距误差散点图

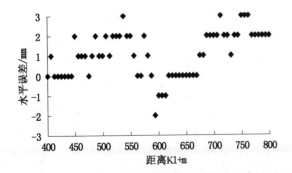

图 14   2004 年 2 月 13 日测得的水平误差散点图

5   沉降段目前状况及结论与建议

2003 年经有关部门对地铁 3 号线石龙—龙漕路区间沉降段线路进行了沉降跟踪观测，该段线路（K1＋550～680）有继续沉降情况，最大达 80 mm 左右，由于沉降较为均匀，纵断面形成一个大凹坑（线路高低变化较大，局部线路形成对洼），尽管如此，该段经过大调高量后的线路，在运营 3 年后其局部轨距水平依然保持相对稳定，从图 7～14 的散点图可以佐证。但考虑到路基沉降在继续发展，难以估计何时达到稳定期，另外调高量也不可能无限制地增加，为确保列车运行安全，有关领导和专家拟考虑将其沉降段（K1＋500～700）的整体道床改成碎石道床，以通过碎石道床的起道调整来适应日益增大的沉降变化。

由于上海处于软土地区，地基下沉不可避免，如何合理可靠地调整轨面，使轨面保持规范要求的平顺度，同时降低线路的养护维修费用，是设计、施工、运营管理部门需要研究探索的课题。通过对轨面平顺性调整的实施，可得出以下结论：

（1）使用刚性较大的酚醛环氧玻璃板作为轨面的调高垫板是可行的；

（2）通过对调高以后的轨道结构进行测量，认为在目前调高量的情况下；使用调高垫后轨道几何形位处于稳定状态。

通过研究分析，提出如下建议：

（1）从实验室对酚醛环氧玻璃板的试验可知，调高垫板越高，则铁垫板及轨头的横向动态位移就增大，为保证轨道结构横向的稳定性，除了在曲线地段使用轨距拉杆外，建议曲线外侧的扣板尽可能采用带轨撑扣板，从总体上提高轨道结构的稳定性；

（2）为了掌握轨道结构的动态稳定性，建议在可能的条件下，使用调高垫板后，对钢轨动态横向位移进行现场测试。

（3）设计部门应对 WJ－2 型扣件的最大调高能力进行重新评估，可相应增加铁垫板螺栓长度，以适应特殊调高之需，并指导线路的养护维修。

参考文献

［1］ 许恺,葛方等.高架铁路整体道床轨面不平顺调整的研究.铁道学报,2000.5,Vol.22,(5)

［2］ 许恺,练松良,葛方等.城市高架铁路轨道结构弹性对轮轨受力的影响.上海铁道大学学报,2000.10,Vol.21,(10)

［3］ 童大埙主编.铁路轨道.中国铁道出版社,1990

地下结构变形缝渗漏水处理方法

朱 妍

（上海地铁运营有限公司工务分公司）

摘 要：本文通过分析上海地铁地下结构变形缝渗漏水的原因，结合工程实际提出了一系列针对性的处理方法，取得了较好的实践效果，对今后地下结构变形缝渗漏水的处理具有一定的实践指导意义。

关键词：变形缝，渗漏水，处理

为防止混凝土结构的开裂或破坏，在不同结构联结处一般都设置变形缝，以吸收或缓冲结构中因温差、沉降、震动等产生的应力，但由此带来的问题是变形缝渗漏水。上海地铁1号线自1995年投入运营以来，地下结构中设置的变形缝很多都出现了不同程度的渗漏水，其中尤以车站站厅出入口的变形缝渗水最为严重，如人民广场4#、5#口和徐家汇3#环控机房等，这不但影响了地铁的窗口形象，也对旅客的出行安全带来巨大隐患。

1 原因分析

一般，地铁隧道、设备用房、站厅及出入口的变形缝的设置都对防水性、气密性有一定的要求，通常采用止水带进行防水处理。按照止水带的安装方式的不同，一般可分为可卸式止水带和埋入式止水带两大类。

可卸式止水带，是指在浇注混凝土结构时先预埋带有螺栓的钢板，待混凝土固化后，把与螺栓位置一致并且带孔的橡胶止水带置入，再压上钢板并拧紧螺栓，如图1。埋入式止水带，是在浇注混凝土结构时直接将止水带浇注在混凝土中，如图2。

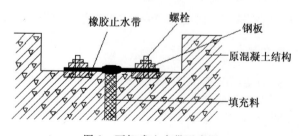

图1 可卸式止水带示意图

经过分析，发生变形缝渗漏水的主要原因有二：① 止水带本身问题，如有砂眼或已老化失效；

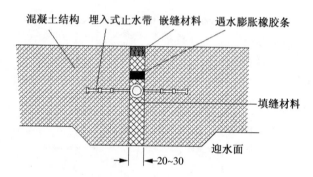

图2 埋入式止水带示意图

② 密贴问题。如止水带与钢板或混凝土黏结不牢，或止水带周围不密实，可能是由于有蜂窝麻面、止水带粘有杂物或施工时振捣不密实（墙角转弯处）所致。

2 治理方法

针对止水带不同的安装形式，变形缝渗漏水采取的处理方法也不一样。对于采用可卸式止水带的，一般通过更换止水带，同时注浆堵漏给予解决。对于采用埋入式止水带的，渗漏水处理可采用注入膨胀膏法和表贴式止水带法。其施工流程见图3。

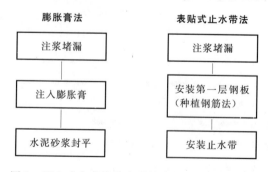

图3 埋入式止水带的变形缝渗漏水处理施工流程图

对于采用注入膨胀膏法处理变形缝渗漏水的，其成败的关键是选好膨胀膏。一般要求膨胀膏干燥后延伸性要达到 100% 以上，可抵抗的最大水压达到 2 个大气压，与混凝土基面的剥离强度要满足温度应力及变形的要求，一般不应小于 0.5 N/mm²。其施工工艺见图 4。

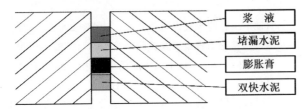

图 4　注入膨胀膏法处理变形缝渗漏水施工工艺图

对于采用表贴式止水带处理的，其关键是解决好密贴问题，主要包括：① 第一层钢板与原混凝土基面的密贴；② 止水带角部与混凝土的密贴。

对于第一层钢板与原混凝土基面的密贴问题，经过反复试验表明，无论是种植钢筋技术还是钢板直接焊在原混凝土板的钢筋上，在钢板和混凝土间均会出现不同程度的缝隙。只有用填充料填密该空隙，才能密封防水。对该填充料有一定的性能要求，不但要具有与混凝土、钢板都有良好的粘接性，而且必须具有一定的柔弹性。经过比选，我们选择弹性还氧浆液打孔注浆，将钢板与混凝土间空隙填满，效果不错。

对于止水带四个角的安装不密贴问题，目前尚没有找到一个一劳永逸的方法，我们通过摸索，发现以下两种方法效果还可以，其施工工艺见图 5。

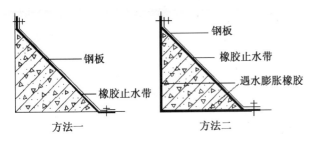

图 5　安装止水带四角密贴处理施工工艺图

方法一：现场安装模板，模板与墙及底板均成 45 度角，将原墙壁及底版在模板内的部分凿毛，现浇混凝土。经养护后在新浇混凝土表面安装橡胶止水带，可以避免 90 度角转弯带来的不密贴问题。顶板亦然。

方法二：预制一个三角形混凝土块，通过打喜利德螺栓使之固定在墙与底板（或顶板）的转角处，三角形混凝土块与墙体及底板接触面要进行处理，一般为凿毛后打遇水膨胀橡胶，然后将橡胶止水带安装在三角形预制混凝土块上，同样可起到上述作用。

另外，在变形缝渗漏水的处理中，还有一个重要环节是注浆堵漏。无论是埋入式止水带还是可卸式止水带的变形缝，其渗漏水处理一般均需进行注浆堵

漏。注浆的质量直接关系到渗漏水治理的成败，成败的关键是浆液和注浆的工艺。

（1）注浆液的选择。选择注浆液时，应充分考虑到变形缝渗漏水处的结构变形及释放温度应力等特性，须选取柔弹性好且与原混凝土基面黏结强度高的材料。常用灌浆材料主要物理性能要求见表 1，其反应活性要求见表 2。

表 1　常用灌浆材料物理性能要求表

	物理性能指标	灌浆料（浆液）	灌浆催化剂
固化前	黏度（mPa·s）	650	5
	密度（kg/dm³）	1.1	1.0
	闪点（度）	>132	170
	腐蚀性	无	无
固化后	密度（kg/dm³）		1.05
	抗拉强度（mPa）		1.1
	收缩率（%）		<4
	延伸率（%）		250

表 2　常用灌浆材料的反应活性要求表

温度	浆液催化剂用量%	凝固时间
10 度	1	7′50″
	3	3′50″
	5	2′25″
20 度	1	6′00″
	3	3′00″
	5	1′55″
30 度	1	5′50″
	3	2′30″
	5	1′45″

（2）注浆工艺。关键是注浆管的埋设和注浆的次序。变形缝内预埋的单透性注浆管必须贯穿全缝，而且每隔 5 米须预留一个注浆嘴。注浆时，应从底部开始，后侧墙，最后顶部，对称逐个注浆。当最后一个注浆口压力达到 0.4 MPa 时，才能扎紧浆管结束注浆。其施工工艺图见图 6。

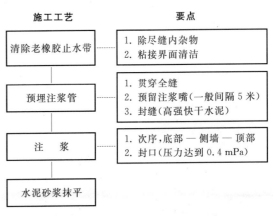

图 6　变形缝注浆堵漏施工工艺图

3 结论与建议

经过试验和实践摸索表明,采用以上治理方法能有效处理地铁地下车站变形缝的渗漏水,安装橡胶止水带治理效果尤其明显。为了解决第一层钢板与原混凝土基面的密贴问题,我们还曾尝试采用取消第一层钢板,直接用防水密封胶使凹凸不平的混凝土基面找平,然后用喜利德公司出产的自粘性螺栓直接安装止水带及起固定止水带作用的钢板,治理效果初期表现良好,长期效果尚待时间检验。

为尽量减少地铁车站变形缝的渗漏水和便于今后的维修养护,建议在设计和施工中变形缝应尽量选用高质量的防水材料,同时在车站出入口等关键部位的设计中应考虑预埋注浆管,以备日后养护维修之用,这样不但可以大大降低养护维修的成本,也可以减少维修过程中因埋设注浆管而对结构的损害,延长地下结构的使用寿命。

参考文献

[1] 《地下工程防水技术规范》(GB 50108—2001)
[2] 《地下铁道工程施工及验收规范》(GB 50299—1999)
[3] 沈春林,詹福明. 防水工程实例手册. 中国建筑工业出版社,2000.8
[4] 叶琳昌. 建筑防水工程渗漏实例分析. 中国建筑工业出版社,2000.5

(发表于《上海建设科技》2003 年 8 月)

盾构法隧道道床与管片间加固补强技术研究

朱 妍

（上海地铁运营有限公司工务分公司）

摘 要：本文通过对上海地铁1号线刚性整体道床与隧道管片脱离的原因进行分析,结合工程实际提出合理有效的施工方法。对今后的类似病害的处理具有一定的指导意义。

关键词：注浆,整体道床,管片,隧道沉降

上海地铁1号线是1989年开工建设的,限于当时地铁设计施工的水平和上海地区复杂的地质情况,对列车运营可能造成的隧道沉降缺乏足够的估计,同时由于地铁安全保护区内建筑物施工活动频繁,致使刚性道床与隧道管片非同步下沉产生了地铁区间隧道不均匀沉降和变形,使道床和管片脱离,给行车安全造成了极大的隐患。

1 调查分析

从地铁1号线上、下行线区间隧道沉降的调查情来看,问题比较严重,发现部分区间隧道累计变形量已大大超出设计要求(0.1%)的4～10倍,具体沉降曲线见图1。

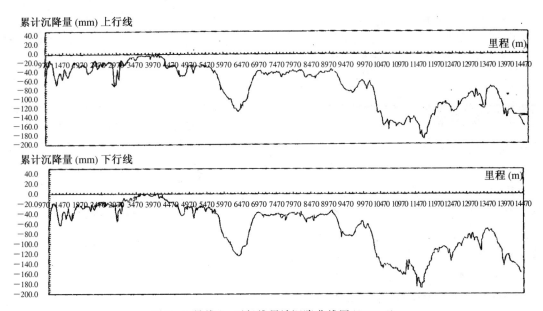

图1 1号线上、下行线累计沉降曲线图(2000.6)

为了能对症下药,首先对各区间隧道变形病害进行了统计分析,汇总表见表1,发现各区间隧道均存在不同程度的沉降变形,特别是黄陂南路——新闸路端头井内250 m范围内,病害比较严重,区间所有范围内的隧道道床均与管片发生了不同程度的脱离,裂缝宽度一般为3～5 mm,最大裂缝12 mm;列车行驶时钢轨噪音严重;轨道的水平三角坑超限13处。这已严重影响到了列车的平稳、安全运行,必须进行补强处理。

表1 隧道区间变形病害统计表

序 号	区 间	频数（千米）	百分数（%）
1	黄陂路—人民广场	3 270	70.8
2	人民广场—新闸路	420	9.1
3	衡山路—常熟路	370	8.0
4	汉中路—火车站	260	5.6
5	新闸路—汉中路	180	3.9
6	徐家汇—衡山路	120	2.6
	合 计	4 620	100

2　材料的比选

根据地铁运营的特点，在地铁隧道施工中采用的材料必须具备以下特点：① 施工工艺简单，单位长度作业时间短；② 施工时所需设备安全、简易，易于运输和装卸，便于当天作好清场工作，以确保地铁次日准时开通；③ 浆液渗透性好，与原混凝土基面的黏结强度高；④ 浆液固结后需产生一定的强度，最好与原混凝土道床强度相近。⑤ 浆液在动荷载作用下固化后不产生收缩。⑥ 由于病害范围较大，所采用的浆液价格不能太高。

通过对可能选用的多种材料的综合比选，决定采用国产环氧浆液，具体比选见表2：

表2　盾构与管片间补强材料比选表

材　料	优　　点	缺　　点
水泥浆	成本低，固化后有一定抗压强度，与原结构物理性能相似。	流动性和渗透性差，所需设备复杂不易运输，固化时间难控制。
聚 氨 酯	流动性和渗透性好，固化时间易于控制，施工操作简单。	黏结强度低，固化后物理性能差，没有混凝土补强作用。
进口高纯度环氧	黏结强度高，流动性和渗透性好。固化时间短。	成本高。
EAA环氧	黏结强度高，流动性和渗透性好。成本低。	有刺激性气味，现场配比复杂，固化时间较长。

3　工艺流程及要点

根据地铁区间隧道监测的资料，及对病害原因的分析研究，最终决定采用深层次注浆方法，以从根本上解决盾构与管片间开裂渗水渗沙的问题，从而达到标本兼治的目的。

深层注浆的工艺流程为：确定孔位—钻孔—清孔—埋管封缝—侧沟注浆—道心一次注浆—道心二次注浆—道床清理。其施工要点如下：

（1）组织施工分为两个阶段，第一阶段为钻孔埋管，第二阶段市注浆。每15 m为一个施工段进行埋管。待15 m范围内的埋管全部结束后，进行一次形注浆，这样有利于行车安全。

（2）管片与道床外侧水沟裂缝封闭，清理处理面，沿缝开V型槽，缝宽2～3 cm，缝深3～4 cm，采用速凝、早强水泥嵌缝封闭，以防止注浆过程中的浆液蹿冒，确保注浆效果。

（3）道床面布注浆孔处理道床与管片底部的结合面裂缝，布孔排距55～60 cm，孔距80～85 cm，呈梅花孔，设计扩散半径50～55 cm（布注浆孔在两轨

枕中间进行）。

（4）根据管片剖面图，计算出不同道床宽度所对应的道心打孔位置道床的厚度，即打孔深度。得出弦长（即道床宽度 B）与孔深 H 的关系 $H = R - \sqrt{R^2 - (B/4)^2}$（$R$ 为隧道内径）。

（5）现场放样。按梅花形布孔，见图2。通过对现场道床宽度的测量算出的孔深进行钻孔，当钻孔至计算深度时，多数孔有水冒出，说明管片与道床底部已产生空隙，不密实。

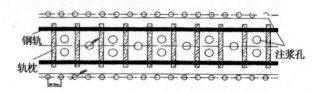

图2　道心注浆平面布置图

（6）注浆。孔位断面设计主要依据隧道与整体道床的剖面而定，见图3。化学注浆的最小单元为相邻四根轨枕的范围，钢轨外侧孔位按一字型布局，钢轨内侧道心孔位按梅花型布局。单元孔位分布图见图4。每15～20 m作一次注浆，注浆按排序

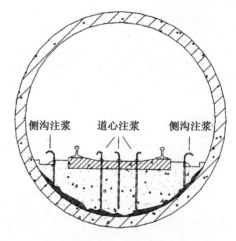

图3　注浆剖面图

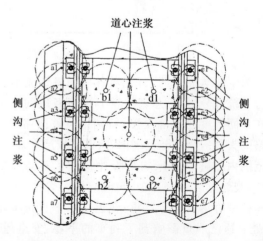

图4　单元孔位分布及浆液扩散平面图

进行，先对水沟一排注浆，后对梅花孔注浆。注浆压力由小变大，由 0.3～0.4 MPa，直到达到 0.5～0.6 MPa，采用逐级升压施灌。在道床内注浆时，要求对道床内各排两侧进行封闭注浆，形成全封闭注浆条件，提高注浆效果。

4　效果与存在问题

从注浆的结果来看，采用梅花型与一字型相结合的布孔方式是成功的，它使化学浆液扩散达到全面覆盖。经过对整个区间进行病害整治后，使整体道床与管片脱离的现象基本得到控制，列车重新恢复运行速度，钢轨噪音明显降低，基本达到了预想效果，在旁通道以南 100 m 即 10+569 处共注入了 30 kg 环氧浆，有效地填补了道床底部与管片间的巨大空隙，而且，局部地段水沟及管片接缝处有冒浆现象，说明注浆饱满后浆液并未流到管片外，这也旁证了采用环氧浆液来加固盾构与管片间的连接是成功的。

当然，采用环氧浆液带来的环保问题在今后的施工中必须引起足够的重视。因为环氧浆液的刺激性气味较重，在施工中应该采取一些切实有效的措施来尽量减少对环境的污染。

（发表于《上海建设科技》2002 年 10 月）

小半径曲线钢轨的磨耗控制

张津宁

（上海地铁运营有限公司工务分公司）

摘　要：为了有效控制小半径曲线外侧钢轨的侧面磨耗，减少运营成本，文中采用要因分析的方法，通过对小半径曲线钢轨侧磨的产生原因和养护方法的分析，找到控制钢轨磨耗加快的有效途径，并且制订了一套养护方案，来减小钢轨磨耗增长速度。该方案经过三个月的落实后，通过现场采集数据的比较，确实将钢轨侧磨的月增长值控制在一定的范围内，对钢轨侧磨的发展起到了预期的控制作用。

关键词：钢轨侧面磨耗，轨道几何形态，小半径曲线，钢轨磨耗涂油

上海地铁1号线自1992年投入试运营，至今的13年中，无论是线路长度，还是客流量，都比运营初期有了很大的增长。近年来，1号线的日均客流量已逐步逼近100万大关，因此，为了满足广大市民日益增长的出行需求，上海地铁运营有限公司不断地增加运能。但是，车次的急剧增加给承载旅客的线路设备带来了很大的影响，钢轨伤损增多，小半径曲线的钢轨磨耗加快，给线路的养护维修工作带来了很大的负担。为了减小小半径曲线的钢轨磨耗速率，我工务分公司人员做了很多的努力，试图寻找到控制小半径曲线钢轨磨耗的具体有效措施，希望通过对钢轨磨耗的控制，达到减少线路养护维修工作量和降低运营成本的目的。

1　现状调查

小半径曲线主要指半径小于1 000 m的曲线，其磨耗主要是外股钢轨的侧面磨耗，随着运量的大幅度提高，钢轨侧磨的严重性，在钢轨伤损中已居突出位置。本文以黄陂南路—人民广场上行线的一条半径为350 m的曲线为例，统计了2004年4～7月的磨耗情况，其增长速率如表1所示。

表1　小半径曲线钢轨磨耗增长速率

时　间	平均磨耗	最大磨耗	增长值
4 月	3.43 mm	6.8 mm	
5 月	3.69 mm	7.0 mm	0.26
6 月	4.02 mm	7.3 mm	0.33
7 月	4.33 mm	7.6 mm	0.31

由表1可知，钢轨的磨耗速率逐月加快，直接影响了行车质量和工务维修成本，带来设备隐患。因此，需要找到控制磨耗加快的有效途径，来减小钢轨的磨耗增长速度。

2　原因分析

小半径曲线钢轨磨耗的原因分析如表2所示[1]。

表2　小半径曲线钢轨磨耗原因

序号	影响因素	内容分析
1	钢轨质量不佳	小半径曲线外股已采用PD3钢轨，硬度较高
2	车轮硬度原因	车辆方面我们采用德国进口车辆，车轮的材质和硬度
3	车次的增加	为了满足市民的出行需求，不断地增加车次，加速了钢轨的磨耗速度，但这一情况无法改变
4	未按照标准化作业	工区工长及职工都有多年的工作经验，作业方法熟练
5	人员业务水平低	工区工长都有高中以上学历及多年的现场经验，不存在能力不足问题
6	工作人员责任心不强	涂油工作基本由民工开展，落实质量存在问题
7	计划检修任务紧	1号线确实存在人员少、设备多、老化严重的情况，但是可以克服的
8	相关控制工作不能落实	控制工作不繁琐，落实不存在问题
9	管理不到位	对设备定期巡检，使其处于受控状态，发现问题能够做到及时处理
10	控制工作不足	目前，我们采用的控制磨耗方法形式单一，效果不明显
11	超高设置不足	出于安全考虑，欠超高确实存在，但是在整体道床上，超高不能更改
12	轨道几何形态	轨距、轨底坡和曲线圆顺度等对磨耗有影响
13	线路弹性不好	在整体道床地段，该问题确实存在，但无法改变

3 对策与措施

通过对以上加快钢轨磨耗原因的深入分析，我们确定了以下 3 个主要原因，并制定了相应的对策与措施（见表 3）。

表 3 对策与措施

序号	问 题	对 策	措 施
1	控制工作不足	加强学习和借鉴	有针对性的组织学习相关课程，加强认识，对兄弟单位的方法多多参考和借鉴，从而找到成本低、效果好，对我们 1 号线最为适合的措施
2	工作人员责任心不强	加强管理和教育	现阶段我们主要通过涂油来控制磨耗，而涂油工作主要是由劳务工进行，由于劳务工队伍的工作态度和水平参差不齐，所以涂油的可能不能达到预期的效果
3	轨道几何形态	加强整改	适当地减小轨距，调整内轨底坡，保持良好地曲线圆顺度和方向，对减缓钢轨磨耗都是有利的

4 实施

实施一：加大控制力度

对小半径曲线的磨耗控制是一个比较复杂的工作，方法种类繁多，我们应该在自身学习讨论的基础上，向其他轨道交通部门多多借鉴，在自身总结和参考他人经验的基础上，制订出适合我们自己的一套控制方案。

实施二：对劳务工加强管理

涂油的效果直接影响了磨耗的速度，因此涂油工作必须认真地保质保量地完成。1 号线的涂油工作一般安排在周一和周五两次进行，我们要求工区工长挑选技术能力强、工作态度认真的劳务工进行涂油工作。

实施三：从轨道几何形态入手，对小半径曲线地段进行整改[2]

1. 轨距过大造成轮对运行时游间过大，蛇行运动加剧，对钢轨的啃噬作用加大，因此适当地减小轨距，对控制曲线外股钢轨的磨耗是有利的。

2. 调整内轨轨底坡，改变轮轨接触位置，使外轮以较大的滚动圆半径和内轮以较小的滚动圆半径在钢轨上滚动，减少车轮在外股钢轨上的滑动量。

3. 通过对轨距和正失的控制，使曲线地段保持良好

的圆顺度，对减小曲线地段外股钢轨的磨耗也是有利的。

5 实施效果

通过以上技术攻关活动，小半径曲线地段的钢轨磨耗每月的增长值控制在 0.2 mm 以内，同时线路质量的提高和内部管理制度的落实，得到了进一步加强。

同时小半径曲线的磨耗速率控制在了一定程度内，经过 3 个月的观察和监测，磨耗发展速率比攻关前减缓（见图 1），大大增加了钢轨的使用寿命，产生了一定的经济效益。攻关前，该长度为 675 m，半径为 300 m 的小半径曲线的外股钢轨，使用寿命约为 4 年，以攻关后的磨耗发展速率来看，钢轨的使用寿命有望延长 1～2 年，可为分公司节省材料费用 2 万余元，技术攻关活动效果明显[4]。

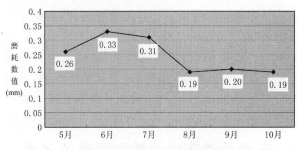

图 1 攻关后钢轨月磨耗量

经过了此次 QC 攻关，还增强了工区班组队伍的实战能力，对小半径曲线的养护维修工作有了更多的经验[3]。

6 小结

通过对小半径曲线磨耗原因的研究，找到了一些控制磨耗速度切实可行的方法，取得了一些成绩，但是现阶段轨道交通的高速发展带来了更大的挑战。

参考文献

[1] 王午生.铁道线路工程.上海科学技术出版社,1999.2

[2] 铁路线路维修规程.铁运[2001]23 号

[3] 上海市交通运输协会,上海市通信行业协会,上海市交通、通信行业质量管理小组基础知识培训教材. 2004.3

[4] 工务工程标准汇编——工务工程部分.TB/T2634-1995～TB/T3120-2005

无缝线路应力放散及其调整方法

周 亮

（上海地铁运营有限公司工务分公司）

摘 要：通过对无缝线路应力放散施工方法的深入研究和总结，并结合几年来上海地铁应力放散的现场经验，由此提出一套适合上海地铁的应力放散施工方案，并且对施工前期的准备工作和后期的台账资料的变更工作做出了要求。

关键词：无缝线路，锁定轨温，放散量

无缝线路的应力放散和调整，就是要把没有在允许锁定轨温范围以内锁定的无缝线路，以及在运营中锁定轨温发生了变化的无缝线路，将其锁定轨温通过应力放散或调整，重新准确、均匀地设定在设计的允许范围内。"应力放散"是指改变长轨原有的长度，在其伸长或缩短后，重新锁定线路，从而改变锁定轨温；"应力调整"是指不改变长轨条原有的长度而在有伸有缩的部分地段，将应力调整均匀。

1 无缝线路应力放散和调整的条件

无缝线路锁定轨温必须准确、均匀、可靠，凡有下列情况之一者，必须做好应力的放散或调整：

（1）实际锁定轨温不在设计锁定轨温范围以内，或左右股长轨条的实际锁定轨温相差超过 5℃。

（2）锁定轨温不清楚或不准确。这主要是指实际锁定轨温无可靠的原始记录，以及对原始锁定轨温有疑问的无缝线路地段。

（3）跨区间和全区间无缝线路两相邻单元长轨条的锁定轨温相差超过 5℃，同一区间内单元长轨条的最低、最高锁定轨温之差超过 10℃。

（4）铺设或维修作业方法不当，使长轨条产生不正常的伸缩，主要情况有：① 铺设长轨条时，采用强制方法拉伸（不包括有计划的拉伸）或压缩，使长轨条勉强就位。② 在轨温偏高或偏低的情况下，焊接联合接头时，长轨条内积蓄了一定的温度力。③ 处理断缝焊接短轨时，前后钢轨未恢复到原有位置，钢轨未能按原长度焊复。④ 缓冲区钢轨换长或换短。

（5）固定区和无缝道岔出现严重的不均匀位移。主要是指锁定轨温变化大于 5℃或局部位移量超过 10 mm 的地段。

（6）夏季线路轨向严重不良，碎弯多。主要是部分地段压应力过大引起的，需要通过调整使长轨条内部温度应力均匀。

（7）通过测试发现温度应力分布严重不均匀。目前确定这一状态的主要方法是，根据永久型标记利用准直仪进行位移观测，通过计算分析确认相邻两区段实际锁定轨温增减大于或等于 8℃的地段。

（8）因处理线路故障等施工而改变了原锁定轨温。

（9）低温铺设长轨条时，拉伸不到位或拉伸不均匀。

2 放散量的确定

2.1 长轨条的放散量

长轨条的放散量＝0.011 8×放散长度×（预计放散后要达到的锁定轨温－放散前锁定轨温）。因此，在计算放散量时，首先要确切了解放散前锁定轨温和正确地选择放散后的计划锁定轨温。

（1）确切了解放散前的锁定轨温仅靠铺设时记录的锁定轨温是不够的，还必须详细地调查列车在长期运营中锁定轨温变化的情况，例如无缝线路是否发生了零配件大量松动和失效、长轨条的爬行状况、低温时焊修断缝或拆开接头等的影响。原锁定轨温在无低温焊修断缝时应由原铺设锁定轨温和始终端的爬行量确定；有低温焊修断缝时应在上述基础上考虑龙口长度和龙口轨的长度。

（2）计划锁定轨温宜设在比设计锁定轨温上下限平均轨温偏高 2～3℃的范围内。

2.2 各观测点的放散量

（1）观测点间距相等时：观测点放散量＝总放散量÷观测点数×观测点号数。观测点编号应从

放散始端开始向终端编号。

(2) 观测点间距不等时：观测点放散量＝总放散量÷放散长度×观测点距放散始端距离。

2.3 锯轨量的确定

放伸时锯轨量（或收缩时加长量）＝放散量＋（预留轨缝－原有轨缝）±整治爬行时钢轨的爬行量。

(1) 当放散方向与爬行方向一致时，取"＋"，反之取"－"。

(2) 放散中，需切开靠放散终端附近的焊缝时，对气压焊锯轨量应减去顶锻量 30 mm，对铝热焊应加上重新焊接时铝热焊的浇注宽度 28 mm。

(3) 锯轨时最好锯长轨条一侧，应避免锯缓冲区的标准轨而造成配轨长度不一。

2.4 放散方向的确定

放散方向与行车方向一致时，能使长轨条放散后的锁定轨温更均匀，特别是在低温拉伸时，更应使放散方向与行车方向一致。因此，应尽量使放散方向与行车方向一致。如结合整治线路正爬行时，可采用放散方向与行车方向相反。

3 无缝线路应力放散和调整方法

3.1 无缝线路应力放散的方法

根据施工当时的气温和轨温，可采用滚筒撞轨和滚筒拉伸两种方法。

(1) 滚筒撞轨法。当施工轨温在计划锁定轨温减 3℃ 以上时，将扣件彻底松开，在长轨条下每隔 12～15 根轨枕，拆掉大胶垫并加设滚筒一个（直径 20～24 mm），在长轨条终端和中间利用设置的撞轨器反复撞轨，使长轨条自由伸缩处于零应力状态，达到计划锁定轨温。放散时的锁定轨温由当时的施工轨温和钢轨的窜动量来确定。

(2) 滚筒拉伸法。当施工轨温较低时，长轨条下加设滚筒，同时在放散终端安装拉伸器进行拉伸，中间辅以撞轨放散就位。当原锁定轨温不清或不准时，必须在滚筒放散后，使长轨条处于零应力状态，根据施工轨温与计划锁定轨温的差，通过计算确定拉伸量后再进行拉伸。放散时的锁定轨温由原锁定轨温（或施工轨温）和拉伸量来确定。

3.2 无缝线路应力调整的方法

无缝线路的应力调整可根据位移情况，采用滚筒撞轨法和列车碾压法进行调整。

(1) 滚筒撞轨法：当长轨条位移为正爬行、施工轨温在原锁定轨温－3℃～＋8℃范围内时，在部分长轨条下垫入滚筒，用撞轨器进行反复撞轨调

整。应用该方法时需封锁线路。

(2) 列车碾压法：当长轨条位移为负爬行、施工轨温在原锁定轨温－2℃～10℃范围内时，将部分长轨条中间扣件扭矩松至 50～70 N·m，接头扭短松至 400 N·m 左右，利用轨温伸缩和列车对长轨条的振动冲击作用进行应力调整。该方法在列车慢行 25 km/h 的条件下应用，不必封锁线路。

4 施工组织

(1) 防护组。由 4 名人员组成，1 名在车站担任施工签消要点及通知现场防护员行车情况；1 名在现场担任电话员及总防护，负责通知现场施工负责人列车运行情况；其余 2 名担任防护，并负责插（拔）慢行牌、作业牌、停车牌，减速地点标由两头作业班组负责。

(2) 施工负责人。由所在领工区领工员担任，全面指挥施工。

(3) 技术人员。由段专管无缝线路技术人员担任，负责确定钢轨窜动方向和窜动量及技术资料的变更。

(4) 作业人员及机具。作业班组每 7～8 人为 1 组，每组机具为内燃扳手 2～3 台、液压起道器 1 台、拐子扳手 2 把、小铲 1～2 把，负责 200 m 左右的扣件松动和加设滚筒工作，作业班组的数量可根据放散或调整的长度确定；撞轨组由 10 人组成，负责撞轨；拉伸组由 10～15 人组成，负责锯轨或换轨、拉伸及缓冲区扣件和接头螺栓的松紧工作。

5 施工注意事项

(1) 施工前 1 h 慢行，扣件可隔一松二做准备，禁止连续松动 2 个以上扣件。

(2) 加设滚筒位置要正确。

(3) 撞轨点每隔 400～500 m 设置一处，在各撞轨点要撞到钢轨不再有位移且开始反弹为止。

(4) 扣件要彻底松开，以不掉螺帽为最佳。

(5) 在松完扣件加设滚筒后，用小铲把黏附在轨底的胶垫铲除，并全面整正胶垫。

(6) 应力放散或调整时，要做到位移均匀一致，放散量要足够。

(7) 应力放散时在曲线地段拧紧扣件要注意：① 当实测轨温低于锁定轨温时，应先拧紧曲线上股内侧和下股外侧的扣件；② 当实测轨温高于锁定轨温时，应先拧紧曲线上股外侧和下股内侧的扣件；③ 结合整治方向调整轨距。

6　技术资料的变更

（1）重新设置位移观测标记。

（2）由技术科计算放散后的锁定轨温，并作应力放散分析，通知管理部、工区。

（3）技术科、管理部、工区修改无缝线路技术卡片及有关技术资料。

参考文献

［1］　王午生.铁道线路工程.上海科学技术出版社,1999

［2］　铁路线路维修规程.铁运[2001]23号

变形缝止水带施工工艺改进措施

李 仑

（上海地铁运营有限公司工务分公司）

摘 要：本文通过分析上海地铁地下结构变形缝处止水带渗漏水的原因，结合工程实际情况，提出了一系列针对改进止水带施工工艺的处理方案，取得了较好的实践效果，对今后地下结构变形缝处止水带渗漏水的整治具有一定的实践指导意义。

关键词：变形缝，止水带，渗漏水，整治

上海地铁1号线受不良地质及周边施工影响，各车站及隧道均发生不均匀沉降，造成车站建造时设置的变形缝出现渗漏水现象。随着地铁运营年数的不断增加，各条裂缝的沉降量不断增大，渗漏水现象也较以往有所增加，尤其在各车站站厅出入口处设置的变形缝渗漏水更为严重。长此以往结构渗漏水，不但给整个土建结构的稳定性带来一定的安全隐患，而且也给乘客日常行走带来不便。对于该种病害，通常采用的整治方法是安装表贴式止水带来进行防水堵漏处理。但由于止水带施工工艺较繁琐，并有着其独特的多样性，因此如何熟练掌握该项施工工艺，有效整治变形缝渗漏水病害是我们当即需要解决的问题。

1 原因分析

经过现场观察发现，原先变形缝处所安装的止水带能起到防水作用所维持的时间也仅仅只有半年，如今均出现了不同程度的渗漏水现象（见图1）。渗漏点主要集中出现在止水带转角处、止水带首尾两端以及钢板螺栓孔处渗漏[1]。随着时间的推移，渗漏现象逐日扩大，严重影响了乘客的正常行走及机电设备的安全运行。为了延长止水带使用周期，提高其使用效率，就必须对该几处问题进行攻关解决。

2 治理方法

2.1 转角处渗漏处理方法

由于原来安装的止水带在转角处理上是直接采取90°转角，加上止水带本身的韧性较强，就大大增加了安装难度。虽然从表面上来看止水带在转角处是被钢板固定住了，但实际上其与钢板间仍留有较大的间隙，降低了其本身的作用。如将其转角处理加以改进就可以解决该问题，改进方法可以是在转角位置处分两次进行45°的转角，通过减小转角来缓解止水带较强的韧性。这样不但可以使止水带充分固定于钢板上，而且也降低了安装难度。

2.2 钢板螺栓孔渗漏处理方法

原先安装的止水带都是采用在止水带上钻孔，再用螺栓来进行加固措施（见图2）[2]。这样的施工方法虽然简单，但由于在止水带上钻孔会使其本身有一定内部结构损伤，随着时间的增长更会加速止水带的橡胶老化，最后造成橡胶开裂、螺栓孔渗漏

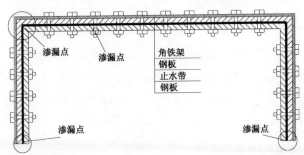

图1 止水带渗漏水病害图

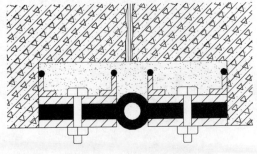

图2 原止水带剖面图

水。如要解决该问题就应避免在止水带上钻孔,但又要牢牢固定住止水带。我们通过实践发现,在止水带两侧各焊接一根钢筋,然后将螺栓固定在钢筋和止水带中间,钢板分别压在止水带和钢筋上。通过增加钢筋这个固定支撑点方法来固定止水带(见图3)。

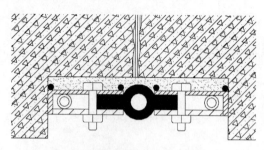

图3　改进后止水带剖面图

2.3　止水带首尾渗漏处理方法

通常表贴式止水带均只安装一侧或三侧,但地下水是无孔不出的,地下水一旦受到静水压力的作用,便会从未安装止水带的那层基面渗出,这样原先安装的止水带便形同虚设。解决该问题只需在变形缝四周进行整环安装止水带即可(见图4),虽然增加了工程量及施工难度,但这样可以做到对变形缝渗漏进行整环处理,彻底封堵住地下水,避免了最终止水带变为"引水带"的尴尬局面发生。

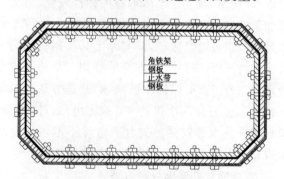

图4　改进后止水带正视图

3　结论与建议

经过现场实际施工操作,我们发现在改进了止水带施工工艺后,其使用周期有了大幅度提高。但随着时间的推移,在止水带与钢板接缝处仍又出现少量湿迹,这便要求我们定期对螺栓进行加固措施,避免止水带与钢板间出现间隙。同时还要加强观察止水带周边区域内有无新增裂缝和渗漏现象出现[3]。通过日常的不断养护来提高止水带的使用效率。

参考文献

[1] 中华人民共和国建设部.地下工程防水技术规范(GB50108-2001).中国计划出版社,2001

[2] 薛绍祖.地下建筑工程防水技术.中国建筑工业出版社,2003

[3] 沈春林,詹福明.防水工程实例手册.中国建筑工业出版社,2000

2号线中山公园车站变形缝渗漏水处理方法

高 翔

（上海地铁运营有限公司工务分公司）

摘 要：通过总结分析上海地铁2号线中山公园站1号出入口通道变形缝渗漏水的工程实例，提出当变形缝形变大、出水量大的情况下单一的灌浆堵漏效果并不理想，而采用灌浆和加装止水带等多重防水措施处理会取得较好的效果，同时指出掌握可卸式止水带的工作原理，因地制宜，采用合适的材料和施工工艺才是解决渗漏水问题的关键，本文中所采用的方法对于今后类似的地铁车站结构变形缝的渗漏水的处理具有一定的实践指导意义。

关键词：变形缝渗漏水，工程实例分析，可卸式钢板止水带

工务分公司防水专业是负责全线车站土建设备以及隧道设备的渗漏水处理工作。其中通道接口位置的变形缝渗漏水一直是防水工作中的重点和难点所在。由于当初设计施工的不足，以及上海软土的性质加上结构的自重，再加上周边高层建筑的施工影响，造成变形缝位置不均匀沉降，变形缝位置出现渗漏水，对结构的稳定性产生不利影响。中山公园1号口是联结2号线和3号线的关键通道，该处渗漏水不但给换乘的乘客带来不便和危险，而且也给该处的土建结构带来了极大的安全隐患，虽然对该处进行过多次局部灌浆堵漏加固，最近时候是在2004年1月份对顶部局部渗漏水区域进行过一次灌浆堵漏处理，暂时堵住了渗漏水。但是到了2004年11月17日时又发现了侧墙和顶部多处渗漏水，而且水量也在逐步增大，11月29日进行凿除找平层的施工中出现其中一处漏水点的水流喷射出一米多远的情况。

1 原因分析

通过调查得知，中山公园1号口渗漏水位置位于通道结构与车站主体结构的联结部位，由于通道与车站主体结构自重荷载不同，以及紧邻车站边的几十层高的"龙之梦"大型购物休闲商场的基坑开挖造成产生不均匀沉降，根据2号线中山公园车站竣工资料，该处采用的是内埋式止水带，而根据我们在现场发现的情况，该变形缝的形变量已经很大，接缝两边的大理石已经有了明显的高差，其中高差最大处达1厘米。据此我们分析，原因可能是内埋式止水带由于浇捣在混凝土中间，当两边的混

凝土的不均匀沉降较为严重时，形变过大，超出了允许范围，防水能力已经部分失效。

总结1月份局部灌浆处理失败的经验，我们认为之前的堵漏工作与客分公司协调不够，未对周边管路进行移位，因此未能采用封闭施工方法，只采用局部灌浆堵漏加固，而未对整条变形缝采用整体施工多重防水工艺并用，防水措施单一是堵漏效果不彻底的关键。

2 施工流程

在取得上级有关部门的同意和批示后，我们对中山公园1号口进行了为期一个月的封闭施工。首先就是对渗漏水周边的消防以及电缆管路进行移位，腾出足够的施工空间。紧接着就是制定堵漏方案，吸取了以前堵漏失败的经验，决定采用刚柔并用，多道设防的措施。

首先就是刚性堵漏，采用灌注聚氨酯的方法将出水点堵住。安排两批施工人员每天白天和晚上轮流作业，剔除渗漏水部位的涂料饰面层和找平层，露出混凝土基层。再沿缝中心开一道宽和深各为80 mm的V型槽，并将槽内用钢丝刷和扫把进行彻底清理，再用清水冲洗干净。在槽的底部置入一段约φ3 mm的注浆管，沿槽顺序嵌填速效堵漏砂浆，同时自槽端开始每隔1~2 m处留出一个注浆嘴，在水量最大的侧墙和顶部区域适当增加密度，每隔0.5 m留出一个注浆嘴，以备注浆[1]。如下图1所示。

该步骤最重要的作用就是堵漏渗漏水，但是由于新旧混凝土的交界面是一个薄弱环节，很容易就产生裂缝，从而造成有渗漏水冒出。因此我们在分

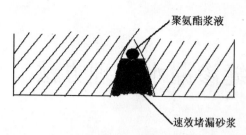

图1　灌浆工艺简单示意图

层封堵速效堵漏砂浆时在前后两层交界面处设置了两道遇水膨胀腻子。具体情况如下图2所示。

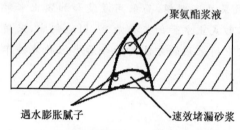

图2　增加遇水膨胀腻子后的简单示意图

在速效堵漏砂浆经过12小时的养护后，从端部注浆嘴开始灌入化学浆液，直到相邻注浆嘴中流出浆液时，即将该注浆管结扎封堵，然后再往相邻注浆嘴中灌入浆液，并依此顺序完成注浆施工。在完成了第一遍的注浆施工后，从端部开始依次打开各个注浆管，再进行第二遍的压浆[2]。

根据之前大量的防水注浆经验，我们在对比后放弃采用黏度高遇水膨胀反应快的国产聚氨酯浆液，原因是国产浆液黏度大，无法流动到孔隙深处，造成堵漏不彻底。最终采用的Deneef浆液则由于黏度较低，能流动到孔隙较深处再膨胀，堵漏能够比较深入彻底，而且和国产浆液相比，经过相同时间后不易收缩，效果比较持久。

再初步将渗漏水堵住之后，并且充分考虑到该处变形缝沉降还在发展的现实状况，我们决定在变形缝外再设置一道可卸式钢板止水带，进一步提高渗漏水效果。如下图3所示。

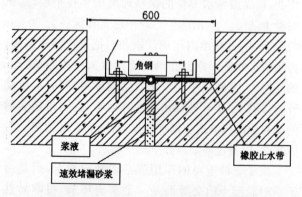

图3　可卸式钢板止水带简化安装示意图

在准备安装可卸式钢板止水带时却遇到了许多困难。一是变形缝附近需要按标准图集位置钻孔安装螺母和螺栓的地方的混凝土强度很低，无法满足承载力要求。二是钢筋密度大，无法按图钻孔。三是混凝土基面平整度不满足施工要求。四是标准尺寸的橡胶止水带不满足使用要求，为满足承载力要求调整后采用的钻孔位置之间间距过大，约600 mm左右，标准的Ω橡胶止水带因为宽度为300 mm，无法满足施工要求。五是无法安装预埋钢板。由于是后装钢板止水带，再加上工期紧张，因此无法按照标准图集工艺安装预埋钢板及锚筋、螺母等。如图4所示：

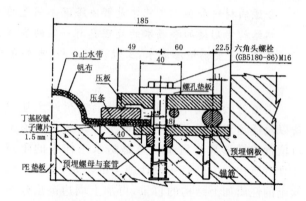

图4　内装可卸式止水带装配详图

在对可卸式止水装置的止水原理进行充分了解后：

（1）充分利用杠杆原理，使止水带接触面压应力与螺栓的拧力呈倍数关系，确保了良好的压密止水效果。

（2）螺栓不再穿过橡胶止水带，因而无止水带因为开孔而造成渗水之虞。

（3）能够承受较高的水压。

（4）装置中的橡胶止水带、紧固件（压板、压条、螺栓）等在使用寿命期内均可拆卸、更换、修复[3]。

在充分了解了钢板止水带的工作原理及特性后，我们大胆地做了一些改进措施，具体措施见下图5所示：

首先是橡胶止水带部分由于Ω止水带的标准宽度只有300 mm宽，然而此区域的混凝土基面又不符合承载力要求，无法满足现场施工需要，因此改为采用平板式的橡胶止水带，其具体性能参数见下表：

规　　　格	400×8 mm，23 m
硬度（邵尔）	60±5
拉伸强度	≥15 MPa
扯断伸长率	≥380%
撕裂强度	≥30 kN/m

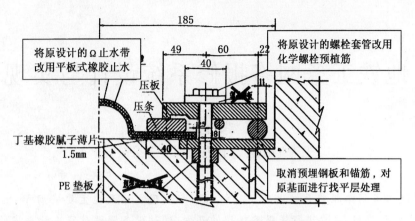

图5　对原设计进行改良后的装配示意图

经过与 Ω 止水带的各项性能参数比较,满足使用要求。

其次在较短的工期内无法采用预埋钢板及锚筋的情况下,我们想办法寻找替代物品,既考虑到有较强的承载能力,满足安全需要,又要求安装简易,加工生产速度快。最终将目标定为喜利得公司的 HVU 化学黏着锚栓,其技术资料为:

HAS螺杆尺寸	设计抗拉力(kN)	设计抗剪力(kN)	HVU尺寸(mm)	孔径(mm)	孔深(mm)
M16	28.9	34.6	16	18	125

在经过现场试验后,其承载能力满足安全使用要求。同时由于该方案采用的螺栓植筋工艺对钻孔点的要求比预埋钢板和锚筋要来得低,因此可以避开钢筋位置种植而且能够不影响种植的数量和孔深。为了增加止水带与混凝土基面的密贴程度,我们增加了两道遇水膨胀密封膏,进一步提高抗渗能力。

在经过对钢板止水带的安装工艺的进行改进后,最终我们顺利地完成了可卸式钢板止水带的安装工作,整个堵漏工作也顺利地完成。

3　总结

通过此次工程实践,灵活运用工艺原理,合理变通工艺方法是解决防水实际所必不可少的,而采用多道设防的办法能有效处理地铁地下车站变形缝的渗漏水。同时注意到,软土地质下的地铁地下车站结构变形缝的不均匀沉降是比较严重的,特别是在邻近车站有大型基坑施工时情况更加明显,此时内埋式止水带已经不适应大变形的防水要求了,幸运的是在2号线西延伸以及其他新线路的设计和施工中,设计者已经发现了这一问题,改为在通道中设计两道变形缝来共同分担变形量,并设计安装可卸式止水带,因此大大减少了此类由于形变过大而渗漏的情况的产生,从而达到理想的防水效果。

参考文献

[1] 中华人民共和国建设部.地下工程防水技术规范(GB50108－2001).中国计划出版社,2001

[2] 薛绍祖.地下建筑工程防水技术.中国建筑工业出版社,2003

[3] 陆明,张勇,陈心茹等.上海外环沉管隧道设计——防水设计.地下工程与隧道(季刊),2005(3)

地铁工务网络报修系统设计与实现

张俊峰

（上海地铁运营有限公司工务分公司）

摘　要：对地铁工务网络报修系统进行了分析、设计、实现。该系统主要采用 Browser/Server 模式的 Web 开发设计思想，主要进行了服务器端的开发，通过服务器端对网络数据库的管理，实现了工务专业报修的网络化，对报修的增加、处理及修改和删除还有库存配件的查询都实现了动态交互管理，根据一定的权限，管理员可以实时输入报修信息，使用者可以查询当前数据库的网页信息，本系统结合当前企业的主流应用，使用动态交互的 ASP 技术来实现工务专业的网络报修。

关键词：网络报修，B/S 结构，ASP，网络数据库，报修，库存配件

传统的企业管理模式是大量的单据和表格，然后从这些大量数据信息中重新组合形成有用的报表，许多基本的数据往往被多处引用，在对历史资料的查询和分析时，工作量很大而且容易出错和显得混乱，由于地铁运营有限公司工务分公司分管 1 号线、2 号线、3 号线的工务设备、隧道设备、房建设备的养护维修工作，这些设备的报修工作显得尤其重要，工作人员不但要对报修的项目及时进行处理，还要经常对报修内容进行资料总结，分析原因，以往报修模式是报修人员通过电话向调度报修，由调度记录在专用记录本上，使得查询和分析工作变得十分繁琐，相关部门的负责人或技术人员要查询有关记录也变得很困难，而且调度的工作也变得繁重，每天要应付许多人员对工作项目的询问，针对具体的每个报修项目，工作人员往往还需要具体查询所需配件的库存数量及存放地点情况，这牵涉到不同部门的工作，使工作环节增多，程序变得复杂，随着轨道交通线路的增加，要求报修工作变得简单、高效，减少不必要的重复劳动，充分发挥计算机网络信息管理的优势成为趋势。

1　设计思想

1.1　Browser/server 结构

网络报修系统的特点就是利用 Browser/Server 的结构，实现各专业报修的在线记录，随时对报修的项目进行动态分析和归类管理，并可以实现在线的报修项目的查询，并可由不同的条件查询实现对资料的技术分析，通过对库存配件的具体查询可以随时了解各个工班、各个管理部的配件库存情况，始终做到心中有数，对配件的库存数量进行了动态

控制，同时指导配件的采购工作，使工务报修和配件库存有机地整合在一起。这种系统的优点就是功能强大，扩展能力良好，随着轨道交通线路的扩展，系统可自行扩容而不需修改程序，系统维护方便，正好满足地铁线路跨地域操作的特点。

Browser/Server 结构的特点是一种平面型多层次的网状结构，网络用户在基于浏览器的客户机上来访问 Web 服务器的资源，用户访问应用服务器的资源以动态交互的方式进行，另外在 Browser/Server 结构中浏览器，Web 服务器，数据库中的资源都可以与软硬件平台无关，从而大大简化了程序的安装与配置。

实现 Browser/Server 在 Web 服务器端提供中间件来连接 Web 服务器和数据库，中间件负责管理 Web 服务器和数据库的通信并提供应用服务，它能够直接调用脚本代码来访问数据库，因此可以提供与数据库相关的动态 HTML 页面或执行用户查询，并将查询结果格式化成 HTML 页面，通过 Web 服务器返回给用户浏览器，如图 1 所示。

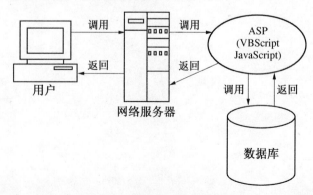

图 1　Browser/Server 结构

1.2 三层结构

Browser/Server 的三层结构的应用正是对 Client/Server 结构的总结基础上产生的，并且也已经扩展到了 B/S 开发应用领域，即将应用划分为三层：用户层，逻辑层，数据库层，如图 2 所示。

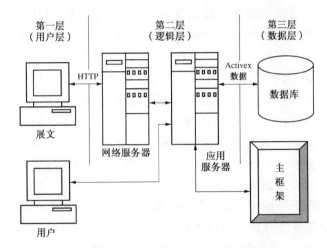

图 2 Browser/Server 三层结构

用户层负责处理用户的输入和输出，但并不负责解释其含义，这一层通常由前端开发工作开发，本系统中用 VBScript 脚本实现 ASP 页面。逻辑层是上下两层的纽带，它建立实际的数据库连接，根据用户的请求生成 SQL 语句检索或更新数据库，并把结果返回给 Browser 客户端，这一层通常以动态链接库的形式存在，它与客户端通信的接口符合特定的组件标准。数据库层负责实际的数据存储和检索。

2 系统逻辑模型

本系统的逻辑模型主要是以系统的数据流图为主要描述工具，在对地铁工务分公司的项目报修流程和报修处理流程的分析和研究的基础上，从报修对象和管理对象出发，按应有的数据流和数据结构来勾画出系统的逻辑模型，如图 3 所示。

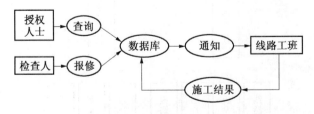

图 3 系统逻辑模型

从图中可以看出，整个系统分为用户界面子系统和网络后台管理子系统，基层的工务管理工班（浏览器客户端）通过向调度中心（服务器端即

数据库所在地）发出报修信息并提交确认，形成唯一的报修单号，同时报修信息会自动保存在报修项目数据库中，相关部门通过维修施工将有关报修项进行处理，再通过客户端登录，将报修单中的处理情况进行填写，并提交确认，因为相关人员和部门会根据报修项目查询零配件的库存情况，零配件的具体数目及详细是由各基层单位物资管理人员定期登陆系统并填写相关项目，所有信息在提交的同时保存在零配件管理数据库中，网络管理员可通过后台处理系统增加零配件的种类，删除错误的报修信息，报修项目的施工通告及施工中遇到的问题可在网站新闻显示界面和客户留言界面中显示。

3 网络拓扑结构设计

网络拓扑结构的选择往往和传输介质的选择、介质访问控制方法的确定密切相关。报修系统的网络结构包括企业原有的内部网络和外部 Internet 的接入部分。其中局域网结合企业原有的基础和网络需求，采用总线加星形的以太网混合型拓扑结，各网络用户节点和工作组交换机之间采用星型拓扑结构，工作组交换机和 WEB 服务器中央交换机采用总线拓扑结构连接，选用交换机将网络分成若干网段，每个网段配置适当数量的客户机，用于企业内部人员访问报修系统。

采用超五类非屏蔽双绞线布线，实现百兆网络传输到桌面。根据公司网络系统数据流量，Internet 接入网络系统采用百兆交换到桌面的设计思想，提供给地理位置位于企业外部的用户访问本系统，实现了与外部的信息交换，客户可以通过 ISDN 或 PSTN 拨号接入 Internet，也可以用配有无线以太网卡的笔记本通过无线接入设备 ACCESSPOINT 实现无线接入方式。

结合地铁公司现有的基础条件和系统需求，考虑到易于安装和适合于多硬件供应商环境，本报修系统的拓扑结构采用星型拓扑结构的网络结构组织，星型拓扑结构的所有站点都连接到一个中心点，此点即网络中的集线器（HUB）。在星型拓扑结构的网络中，任何一个连接只涉及 HUB 和一个站点，因此控制介质访问的方法很简单，从而访问协议也十分简单，同时，单个站点的故障只影响一个站点，不会影响全网，因此容易检测和隔离故障，重新配置网络也十分方便，星形拓扑结构的主要缺点是对中心站点的可靠性和冗余度要求较高，一旦中心站点发生故障，则全网都不能工作。本系统主干为交换型 100 M 以太网,服务器和各个工作组网的集线器（HUB）通过 16 端口的 100 M 交换机（switch）相连,工作组为 10 M 共享型以太网,通过 10 M 集线器（HUB）与各个客户机终端相连,网络通信协议采用 TCP/IP 协议集。网络拓扑结构详见图 4。

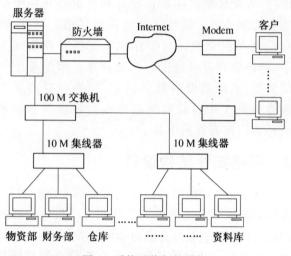

图 4 系统网络拓扑结构

通信媒体采用符合 100BASE - TX 规范的非屏蔽五类双绞线（UDP）,今后整个企业内部的局域网系统也可以向 100 M 快速交换型以太网升级,而不用重新布线。WEB 服务器安装两块网卡,一块具有 Internet 真实 IP 地址,来自 Internet 外部的访问通过防火墙可以访问到系统提供的 WEB、DNS 服务,在防火墙上设置规则,禁止从 Internet 远程登陆到 WEB 服务器,保证安全性。WEB 服务器的另外一块网卡配有内部 IP 地址,提供局域网内部用户的 WEB 和 DNS 服务。其他的客户端按需要可以组成多个内部 VLAN,通过交换机的端口设置,配置成一个 VLAN,为一个子网服务,并使 VLAN 和 VLAN 之间与服务器相通,这样 WEB 系统就可以使报修信息服务于所有相关人员及部门。

4 数据结构与数据库选择

根据以上分析和所定义的表的结构,画出网络报修系统的数据结构图如图 5 所示。

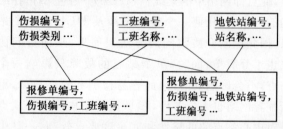

图 5 系统数据库结构

网络报修系统采用 Microsoft Access 2000 作为数据库平台。虽然 Microsoft SQL Server 2000 与 Access 2000 做比较,在安全性、数据库的容量、数据备份与恢复、性能等方面有优势,但是 Microsoft SQL Server 2000 对硬件的要求、对数据库管理员的要求都比 Access 2000 高很多,而且价格（仅 10 个用户许可）是 Access 2000 的 10 倍。中小型的网络系统建设初期,SQL Server 2000 的安装、维护管理相对较复杂,维护费用较高。SQL server 2000 和 Access 2000 都支持 Microsoft 的 Activex 数据对象技术（Active Data Object, ADO）,兼容 OLE DB 编程接口,支持标准的结构化查询语言 SQL,使用 ASP 技术开发的 WEB 程序都能够通过 ADO 访问数据库的数据。Access 2000 数据库最大可以支持 255 个用户并发访问,单个数据库文件最大可以达到 2 GB,最大可以支持 2 048 个表,每个表最多可以容纳 255 列,可以适应一般的小型数据库的要求。使用 Access 2000 的系统开发周期相对较短。根据一般中小型网络系统的业务特点,数据量不大,同时并发访问数据库的连接也不多,在综合考虑利用企业原有的软、硬件资源的基础上,本次设计过程中选用 Microsoft office 2000 软件包中的 Access 2000 作为网络报修系统的数据库平台。

5 系统程序设计及界面

5.1 系统结构设计

根据系统分析的结果,按照结构化的系统设计方法,本报修系统可从功能上做出如图 6 所示的划分。

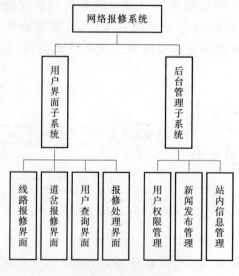

图 6 系统功能结构

5.2　网页布局

　　网上报修系统采用框架式设计，本系统由面向用户的用户界面子系统和面向管理员的后台管理子系统组成。用户界面子系统完成用户网上报修的所有功能，而后台管理子系统则可以完成权限管理、站内信息、新闻管理及站内的其他信息管理功能。图7是用户界面子系统即报修系统的首页。

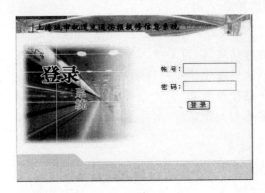

图7　报修系统用户界面

6　系统的发布与测试

　　报修系统运行在 Microsoft Windows 2000 Server 平台上，其 WEB 服务器是 Microsoft Internet Information Server 5.0（IIS5.0），数据库是 Microsoft Access 2000。系统的根目录是 C：\ NETPUT \ WWWROOT. WEB 站点的配置主要进行如下配置：① 本系统采用默认的 TCP 访问端口 80，WEB 服务器的主机名为 WWW，IP 地址经由 ISP 注册的域名经 DNS 域名解析得到，用户连接数是 10，连接的超时设置是 900 秒。② 本系统的所有文件置于 C:\NETPUT\WWWROOT 目录下，文件的执行权限为纯文本。脚本语言为 VBSCRIPT。③ 系统的启动文件名是 login.asp。④ 启用 IIS 的日志记录，日志的文件名为 SYSTEM32\LOGFILES。

　　本系统运行在 Windows 2000 Server＋IIS5.0 环境下进行服务器端的 ASP 程序调试，客户端采用 Microsoft Internet Explore 5.0 浏览器访问本系统，采用十组数据测试系统的各个功能模块，经测试后系统运行正常，基本达到系统要求。

7　小结

　　本文所论述的网上报修系统采用的基于 WEB 模式下的 Browser/Server 来设计和实现，主要解决了网络浏览器端如何访问服务器端的网络数据库，实现了网络报修，B/S 模式系统的应用是当前信息技术和软件开发的主流模式，它相对 C/S 模式具有很多优点。

　　（1）数据库采用 OLE DB 驱动程序，而不采用 ODBC 驱动程序，这可以减少数据访问层次，使得 ASP 应用程序获得更高的数据访问效率。

　　（2）从中小型网络系统应用的实际情况出发，为了降低成本及减少系统设计的复杂性，本系统采用 Microsoft Access 2000 作为系统的后台网络数据库，随着地铁线路的增加及数据量的增大，Access 并不是一个很好的选择，数据的安全性不如 SQL Server，故在条件成熟时应考虑过渡到使用 SQL Server 来作为系统的后台数据库。

　　（3）随着 Microsoft.NET 平台的发布，ASP 已经融入一个完全面向对象的编程语言（ASP.NET），从 ASP3.0 到 ASP.NET 的重大变化，使 ASP.NET 较 ASP3.0 支持更多的面向对象的特征，在以后的时间里要认真学习一下 ASP.NET，这是以后系统开发的主流技术。

　　（4）目前的报修系统还不是很完善，由于时间匆忙包括图片的上传功能及材料库存和新闻信息发布平台都没来得及做，这要在以后的工作实践中逐步完善和改进。

软土地铁运营隧道病害现状及成因分析

叶耀东

（上海地铁运营有限公司监护分公司）

摘　要：地铁列车运营安全很大程度上取决于隧道结构的稳定性，为了对上海软土地铁运营隧道结构稳定状态进行评估，为及时进行病害治理提供依据，地铁运营管理部门通过日常巡查、长期监测等手段对地铁隧道结构状况实时监控。根据历年监护经验与成果，本文总结了目前隧道病害的主要形式，初步分析了病害产生的原因，并提出预防病害的相关建议，以期为类似地区运营地铁安全保护提供参考价值。

关键词：地铁隧道，软土，病害现状，渗漏水

如何预控制日益增多的软土地铁隧道病害并采取相应的措施确保运营安全已引起设计及运营管理部门的极大关注。文献[1~4]结合上海软土地铁隧道渗漏水现状从设计、施工及结构自身特点对地下结构渗漏水机理进行剖析并提出相应的治理措施，文献[5]应用力学和渗漏耦合的方法，计算隧道渗漏可导致的软土地铁沉降达 20 cm 以上。隧道不均匀沉降会使隧道产生弯曲变形，导致隧道接缝张开，渗漏加剧，甚至漏泥[6]，长此以往，地铁运营安全和乘客的舒适性将受到影响，维修费用随之增加。文献[7]计算上海软土地铁隧道振陷沉降量约为 3 mm，文献[8,9]分别对运营隧道的沉降变形规律及引起隧道纵向沉降的主要因素进行探讨。运营管理部门每年都投入大量人力、物力对地铁隧道病害进行治理，取得了一定成效，但随着运营时间的增长，隧道病害将越来越多，全面系统对隧道病害现状及成因进行研究，制定适合软土地铁运营隧道的病害治理措施，适应目前上海轨道交通蓬勃发展的形势已迫在眉睫。

本文通过现场调查及监控量测数据，对目前地铁运营隧道的病害现状及成因进行系统分析，提出一些合理建议，以期抛砖引玉。

1　隧道病害现状

通过长期监测数据及外观状况检查结果可以看出，目前上海地铁运营隧道病害主要表现为渗漏水、结构裂缝及损坏、隧道纵向沉降及管径环向收敛变形等。

1.1　结构渗漏水

渗漏水部位主要发生在环缝、纵缝、注浆孔及旁通道位置，如图 1，呈现出冬季渗漏水现象较秋季等其他季节严重的规律。区间隧道中旁通道因其施工工艺特殊，渗漏水现象在上海地铁 1 号线整条运营线路中较为普遍。依据盾构法隧道防水技术规程（DBJ08 - 50 - 96）[10]规定的防水等级和技术标准，目前上海地铁运营隧道渗漏水等级介于二、三级的地下工程防水标准之间。

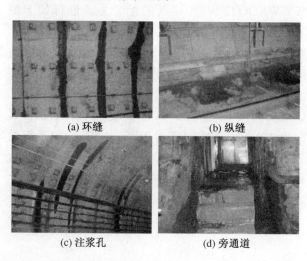

(a) 环缝　　　　(b) 纵缝

(c) 注浆孔　　　　(d) 旁通道

图 1　渗漏水

1.2　结构裂缝及损坏

在差异沉降大及转弯半径小的区域，有不同程度的整体道床与管片脱开现象，其中地铁 1 号线黄陂南路以北部分区段较为明显，如图 2(a) 所示，据不完全统计，类似现象累计长度已达到 300 m。管片本身因隧道沉降等其他因素导致破坏的现象较少，但由于隧道纵向沉降而造成的管缝张开、嵌缝条脱落的现象在运营隧道中已经发现，管片角部出

现碎裂或缺角现象大多数由于制作、养护、吊运、安装和外力等诸因素[2]的影响造成,如图2(b)所示。

(a) 道床

(b) 封顶块

图2　结构裂缝及损坏

1.3　纵向沉降

1.3.1　整体沉降

地铁1号线自1995年通车运营至今,共完成长

期沉降监测20次,从历年沉降监测数据可以看出,徐家汇车站以南区域整体道床累计沉降相对较小,最大累计沉降为80 mm左右,其中上体馆站附近累计沉降量最小,仅10 mm。但该站以北区域沉降较为明显,最大值位于人民广场站以北160 m左右处,上、下行线的最大沉降量均超过200 mm,如图3。

1.3.2　局部沉降

纵观图3曲线,在整条1号线区间隧道中已经形成了两个较为明显的沉降槽,一处以衡山路站为中心,位于徐家汇站—常熟路站区间隧道范围内;另一处位于黄陂南路站以北3 km区域,沉降量非常大,其中上、下行线沉降趋势趋于一致。

1.3.3　沉降速率

从图4曲线中可以看出,1995~2000年期间线路的沉降速率较大,一般在20~40 mm/年,大于整个运营期的年平均沉降速率,而2000年后隧道沉降速率一般为5~15 mm/年,比整个运营期间的平均沉降速率小,说明沉降速率有一定程度的减小,但整条隧道沉降趋势仍未最终稳定,个别区间受到外界各种因素共同作用下出现偏大现象,已引起运营管理部门的足够重视。

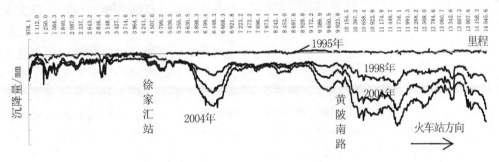

图3　上行线隧道历年纵向累计沉降曲线

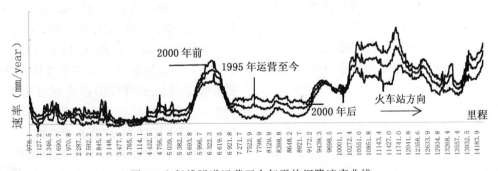

图4　上行线隧道运营至今年平均沉降速率曲线

1.4　收敛变形

上海地铁运营隧道径向收敛变形通常采用① 收敛尺;② 全站仪;③ Basset收敛系统等仪器及时进行监测,至2004年底为止,共完成全线收敛变形监测4次。图5为上行线某区段46环管片监测

统计结果,横向超过设计允许值5‰D(D为隧道外径)占被测管片总数的85%,诸多因素综合作用导致隧道的横向变形增大,横断面呈现出"横鸭蛋"形。调查发现,隧道的横向变形导致封顶块与邻接块接缝张开、勾缝脱落现象。目前该区段隧道采用

内置钢圈加固,钢板与管片之间进行环氧注浆,隧道上方卸载及两侧土体加固增大侧向抗力控制隧道横向变形等措施对其进行集中整治,后期调查发现,渗漏水、径向收敛变形现象均得到了有效控制。

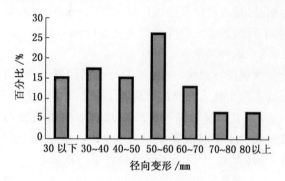

图 5　典型区段收敛变形统计

2　病害成因分析

隧道病害存在于其使用的全过程,有些病害在隧道使用之前业已存在,对其使用寿命也存在较大差异。病害的形成往往不是单一因素作用的结果,而是由多种因素综合作用产生,因此多数情况下很难准确推断形成某种病害的真正原因。笔者结合近年来地铁监护实践,总结出以下原因,期待与地铁监护人员共同探讨:

2.1　地质条件

上海濒海临江,地处长江三角洲前缘,75 m 以浅广泛存在高含水量、高孔隙比、低强度、压缩性、以灰色淤泥质黏性土为主的海相地层,属于典型的软土地基,工程地质特性不良。从地铁沿线地质勘察资料可以看出,徐家汇站以北区域地质情况多属于饱和含水的流塑或软塑黏性土层,这类淤泥质软黏土具有高压缩性和大流变性,扰动后强度明显降低,而且会在较长时间内发生固结沉降,长期监测结果表明,凡地质情况较差的区段隧道累计沉降量也较大。为此,控制施工期隧道周边土体的扰动对减少后期沉降非常关键。

2.2　地表沉降

上海地表沉降由来已久[11],建国后至 1965 年上海的地面年均沉降量为 65 mm,1966~1971 年间地面年均回弹 3.2 mm,1972~1989 年的微量沉降阶段年均沉降 3.5 mm。随着上海城市建设的飞速发展,高层建筑层出不穷,90 年代以来,中心城区年均沉降 11.9 mm。图 6 为自 1999 年设置地面沉降监测点以来,人民广场范围内地面监测点与地铁道床沉降监测点的历时沉降曲线,从曲线上可以明显看出,地铁隧道沉降很大程度上取决于地面沉降,

而且趋势一致。

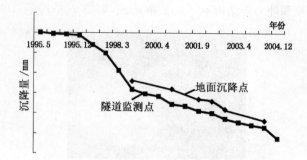

图 6　地铁隧道代表性监测点的沉降变形特点

2.3　保护区内频繁的建筑活动

据不完全统计,自上海地铁开通运营至今,在保护区内实施的工程项目近 200 个,其中直接建于隧道上方的工程项目 18 项,距地铁结构边线 10 m 以内项目近 50 项,而且近年来随着上海轨道交通的蓬勃发展,类似工程项目将越来越多,合理安排各种施工工序、选择合适的施工参数、有效控制施工对地铁隧道变形的影响将成为设计、施工单位在工程项目实施前必须深思熟虑的问题。

2.4　列车振动

上海作为长三角地区的领队,正吸引着来自世界各个国家及全国各地的精英来此谋求发展,也给上海轨道交通的运营能力提出前所未有的挑战。上海地铁运营能力由最初设计的额定 310 人/节增大到运营高峰时的一列 6 节编组的列车乘客已达到甚至超过 2 000 人,但仍不能满足大众的需求,超负荷的地铁结构长期处于低频连续振动的环境下,导致软土下卧层地基产生较大的纵向沉降。

3　结论与建议

针对目前出现的病害情况,运营管理部门对渗漏水严重、差异沉降较大及有安全隐患的各种病害有针对性地实施了治理,取得了一定的成效,但由于病害产生原因复杂并具有多变性及随机性,有必要采取多种切实可行的措施保证地铁安全运营。根据多年在地铁监护一线积累的经验,笔者建议:

3.1　坚持长期监测,定期检查结构

监控量测结果可以判断地铁结构是否满足保护技术标准和运营安全要求,同时也是运营管理部门决定是否需要修复及治理的主要依据,为此,运营管理部门务必对地铁结构进行长期监测,并作专项检查和日常的随机巡查,做到早发现、早报告、早治理,防患于未然。

3.2　制定技术标准,严密监控安全保护内工程施工

近年来地铁沿线逐渐成为房产投资热点,由于

工程规模不同、基坑深浅不一、距离隧道远近各异，加之施工单位素质参差不齐，每一项建筑活动都对地铁结构产生不同程度的影响，加速隧道结构变形，甚或影响列车安全运营。为确保保护区内工程项目施工期间地铁安全运营不受影响，上海市制定的地铁保护技术标准起到相当的作用，但众多工程实践表明，地铁隧道保护区的施工技术措施及技术参数仍需根据实践不断修正。

3.3　设置永久沉降监测点，研究地面与隧道纵向沉降关系

上海地面沉降现象非常复杂，不同土层具有不同的变形特征，同一土层在不同地点变形特征不尽相同，甚至时期不同变化差异也不一样。为此，设置永久沉降监测点对研究地面沉降与隧道纵向关系意义重大。

3.4　建立病害数据库，开展地铁隧道健康诊断技术系统研究

地铁监护是伴随地铁运营而出现的一种新兴产业，发展年限较短，需要在实践中不断总结规律，逐步形成一套行之有效的监护理论和方法。地铁结构在逐步老化的同时，沿线的工程施工也在不断地影响着地铁结构的稳定，因此，有必要建立地铁结构变形和沿线工程施工信息资料的数据库管理系统，对地铁结构的病害建立"病历卡"，以便在需对结构进行治理前能够做到"对症下药"，真正做好地铁结构系统的监护工作。

参考文献

[1]　张可本,薛绍祖.上海地铁1号线地下结构渗漏水现状和治理.工业建筑,1995(5)

[2]　陈勇,朱继文.上海地铁区间隧道渗漏水发生机理及防治.地下空间,2001(1)

[3]　李旭阳,周文.浅析盾构法隧道的防水与堵漏[J].矿业安全与环保,2001(6)

[4]　朱祖熹.上海地铁1号线防水经验与教训.隧道与地下工程,1996(6)

[5]　郑永来,潘杰,韩文星.软土地铁隧道沉降分析.地下空间与工程学报.2005(2)

[6]　王如路,周贤浩等.近年来上海地铁监护发现的问题及对策.中国土木工程学会隧道及地下工程学会地下铁道专业委员会第十四届学术交流会论文集,2001

[7]　郁寿松,石兆吉,谢君斐等.上海地铁隧道振陷的计算分析.地震工程与工程振动,1986(1)

[8]　陈基炜,詹龙喜.上海地铁1号线隧道变形测量及规律.上海地质,2000(2)

[9]　林永国,廖少明,刘国彬.地铁隧道纵向变形影响因素的探讨.地下空间,2000(4)

[10]　盾构法隧道防水技术规程[S].上海市标准,1996

[11]　张阿根,魏子新.上海地面沉降研究的过去、现在与未来.水文地质工程地质,2002(5)

机电设备

地铁车站采用冰蓄冷中央空调
方案的可行性研究

黄建林[1]，龚　伟[1]，窦同江[2]

（1. 上海地铁运营有限公司客一分公司，2. 上海交通大学）

摘　要：通过对上海地铁车站日热负荷曲线的分析，冰蓄冷系统与常规系统运行费用的比较，叙述冰蓄冷系统作为地铁空调冷源，对电力负荷起到移峰填谷的作用和部分地节省运行费用所带来的经济效益和节能作用，对冰蓄冷的含义、冰蓄冷空调的优点、冰蓄冷控制策略、冰蓄冷空调设备的配置技术要点等作介绍。

关键词：冰蓄冷，冰蓄冷控制策略，地铁冰蓄冷空调系统

随着我国经济的迅速发展，人民生活水平的提高，我国的电力供应一直处于比较紧张的状况，主要表现为电网负荷率低，系统峰谷差加大。在峰值期电力不够用，而在低谷期则用不完，造成大量的浪费。因此，平衡用电负荷，移峰填谷是解决电力供应紧张局面的有效方法。为此电力部门对用电实行分时计价的政策，而冰蓄冷空调正是应运而生的产物。

1　冰蓄冷简介

众所周知，许多工程材料都具有蓄热（冷）的特性，材料的蓄热（冷）特性往往伴随着温度变化、物态变化以及化学反应过程体现出来。蓄冷空调就是根据水、冰以及其他物质的蓄热特性，尽量利用非峰值电力使制冷机在满负荷条件下运行，将空调所需的制冷量以显热或潜热的形式部分或全部蓄存于水、冰或其他物质中，一旦出现空调负荷，使用这些蓄冷物质蓄存的冷量来满足空调系统的要求。

冰蓄冷空调就是在夜间电网低谷时期（同时也是空调负荷低谷时期）开启制冷机制冷，并由蓄冷设备将冷量以冰的形式储存起来，等到白天电网高峰时期（同时也是空调负荷高峰时期），冰融化释放冷量，用以满足部分或全部供冷要求，使制冷机可以少开甚至不开，从而达到移峰填谷的目的。

冰蓄冷空调与常规的中央空调相比增加了一个蓄冷系统，蓄冷系统包括蓄冷设备、制冷设备、连接管路及控制系统。冰蓄冷空调系统就是蓄冷系统和空调系统的总称。

2　目前上海地铁车站现状

根据客运部门的统计，可以知道目前上海地铁车站的日客流量曲线，经过相关的换算后可以得出日热负荷曲线。

（1）地铁车站的日客流量曲线（见图1）；

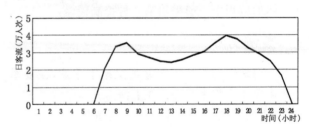

图1　地铁车站的日客流量曲线

（2）对应的地铁车站的日负荷曲线（见图2）；

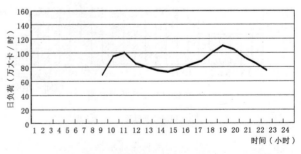

图2　地铁车站日负荷曲线

（3）由上面的曲线可以看出，日负荷曲线呈马鞍形分布，有早晚两个峰值（上下班高峰期间）。制冷机组满负荷运转的时段正值用电高峰时段，更加加剧了用电的紧张局面。为了解决上述问题，同时又要节约能源，冰蓄冷空调系统是一个不错的应用

解决方案。

3 冰蓄冷控制策略

常用的冰蓄冷控制策略有 3 种形式：制冷机优先、蓄冰槽优先、优化控制。

（1）制冷机优先。制冷机优先就是尽量让制冷机满负荷运行，如果冷负荷小于制冷机额定制冷量，完全靠融冰来负担不足的部分。这种方式的缺点是：在冷负荷较小时，冰槽使用率极低，不能有效地削减电负荷高峰和降低用户电费。

（2）蓄冰槽优先。蓄冰槽优先就是尽量利用蓄冰槽融冰来负担冷负荷，当冰槽不能完全满足负荷时，依靠制冷机来担负不足部分冷负荷。这种策略最大限度地利用蓄冰槽，但因要保证冷源能负担每天的峰值冷负荷，冰槽不能融冰太快，需要对负荷进行预测以决定各时刻的最大融冰量，此刻控制策略实现起来比较复杂，并非最经济的运行方式。

（3）优化控制策略。优化控制策略等同于蓄冰槽优先，但又同时兼顾高峰融冰供冷要求，它通过计算机模拟将蓄冷量合理地分布于每小时，保证最大限度地节约电费。

由于第 3 种控制策略既可以较大限度地利用蓄冰供冷，同时又兼顾了高峰时刻的负荷要求，因此在实际的应用中一般采用第 3 种控制策略。

4 实例分析

上海地铁的车站大部分都是地下车站，在夏季均要由冷水机组来制冷。在上海地铁 1 号线的某车站，其尖峰时刻是 110 万 kcal/h 的负荷，见图 3。

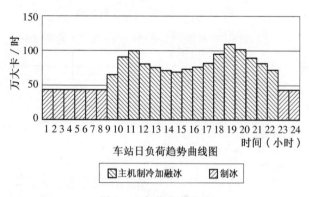

车站日负荷趋势曲线图

☒主机制冷加融冰　☐制冰

图 3　日负荷分布曲线

4.1 冰蓄冷中央空调方案

若用冰蓄冷中央空调方案来设计该车站的空调系统，则方案如下：

根据某地铁车站的负荷的实际情况，选用分量储冰模式。选用 1 台 64 万 kcal/h(213RT)的冷水机组用于制冰和供冷，制冰的时间为 22：00～

06：00，储冰 1 000RTH，储冰槽体积为 84 m³，白天地铁运营期间，冷水机组制冷加融冰释冷，见表 1。

表 1　冰蓄冷空调设备配置表

序号	名　称	型号规格	数量	功率(kW)	总功率(kW)
1	冷水机组	213RT	1 台	155	155
2	冷却塔	200 m³/h	1 台	3.0	3.0
3	冷却水泵	200 m³/h,28 m	1 台	22	22
4	冷冻水泵	110 m³/h,34 m	2 台	15	30
5	乙二醇泵	115 m³/h,30 m	2 台	15	30
6	板式换热器	110 万 kcal/h	1 台		
7	储冰设备		1 000 RTH		
8	乙二醇	工业用	7 t		
9	电气系统	PLC	1 套		
	合　计				240

4.2 电动式空调方案

若用常规电动式空调方案来设计该车站的空调系统，则方案如下：

为了满足尖峰负荷的需要，本方案选用 2 台 64 万 kcal/h(213RT)的螺杆式冷水机组，其设备配置、技术参数详见下表 2。

表 2　常规空调系统冷冻机房组设备技术规格表

序号	名　称	型号规格	数量	功率(kW)	总功率(kW)
1	常规螺杆冷水机组	213RT	2 台	155	310
2	冷却塔	200 m³/h	2 台	3.0	6.0
3	冷却水泵	200 m³/h,28 m	2 台	22	44
4	冷冻水泵	110 m³/h,34 m	2 台	15	30
	合　计				390

5 各空调方案的经济分析

5.1 计算说明

上海供电局为了移峰填谷，平衡国家电网负荷，减少国家对调峰电厂的投资，特对冰蓄冷中央空调实行分时电价。

上海分时电价为：

峰时段：08：00～11：00，18：00～21：00　0.895 元/kWh

平时段：06：00～08：00，11：00～18：00，21：00～22：00　0.639 元/kWh

谷时段：22：00～06：00　0.300 元/kWh

一般商业电价：0.741 元/kWh

5.2 运行费用

（1）冰蓄冷方案。晚上 23：00 至 06：00，主机全力制冰；06：00 至 23：00 主机根据蓄冷空调的控制策略融冰加制冷。假设空调的年负荷系数为0.7。

年供冷运行费用：

210 kW × 7 h × 0.30 元/kWh = 504 元 (23:00～06:00,主机全力制冰,用电1 680 kW)

240 kW × 6 h × 0.895 元/kWh = 1 288.9 元 (08:00～11:00,18:00～21:00,主机供冷加释冰,用电1 440 kW)

240 kW × 10 h × 0.639 元/kWh = 1 533.6 元 (07:00～08:00,11:00～18:00,21:00～23:00,主机供冷加释冰,用电2 400 kW)(504+1 288.9+1 533.6)×150×0.7=349 282.5 元/年

（2）常规电制冷方案。每年的6月至10月是空调季节,假设供冷期为150天,每天冷水机组的开机时间是06:00至23:00。假设空调的年负荷系数为0.7。

年供冷运行费用：390 kW × 150 d × 17 h × 0.741元/kWh × 0.7=515 847.15 元/年

由上面的经济性分析可知,如果采用冰蓄冷空调方案,每年可以节省16.7万元的运行费用。

6　结论

冰蓄冷技术是一种投资少、见效快的调荷措施,是一项促进能源、经济、环境协调发展的实用节能技术。

采用冰蓄冷中央空调既有经济效益,同时也有社会效益。由上面的运行费用估算可知,冰蓄冷中央空调与常规的电动式中央空调相比,每年可以节省16.7万元。另一方面,冰蓄冷空调具有移峰填谷的作用,对于缓减电力供应紧张的局面具有很大的作用。冰蓄冷是提高能源利用率和解决电力峰谷差的有效途径,因此冰蓄冷也是今后的一个发展方向。

综上所述,对于地铁车站采用冰蓄冷中央空调的方案,结合地铁的实际情况,是有条件的和可行的。

（发表于《地下工程与隧道》2004年第2期）

地铁车站冷水机组自动化控制应用

王季秋

（上海地铁运营有限公司客二分公司）

摘 要：车站机电设备自动控制系统(BAS)与冷水机组系统两者有机结合,通过安装在站厅,站台的温、湿度传感器技术,实现冷水机组开启自动化。将有利于节约能源,改善环境,车站网络化管理。

关键词：地铁车站,设备自动控制系统(BAS),PLC控制器,冷水机组

轨道交通地下车站机电设备的监控和开启由自动控制系统(BAS)实现,其技术发展已相当成熟,目前车站(BAS)控制内容基本为对废水泵、污水泵和各种风机的启/停,基本模式为手动操作,自动化程度不高,实际上是一台半自动化系统,没有起到真正意义上的车站设备自动控制和管理的目的。显然不能满足地铁的发展和网络化管理。

冷水机组是车站环控系统重要设备之一,在夏天,冷水机组是车站主要的制冷设备,因其开启有一定的复杂性,故自动控制系统一直未对其进行控制和管理。目前冷水机组的开启是根据日期,按夏季6月1日或5月的某一天,不论温度高低,也无科学依据,如用车站自动设备控制系统进行科学管理就不会出现这样的情况,并同时能节约大量电费。

同时车站环控系统的自动控制是网络化管理的需要。如一个是三条线换乘车站,而各线路都有自己不同的环控工况,对冷水机组的开启日期和开启时间也不相同的,但由于它们的空间是相通的,这样势必浪费能源。所以,只有通过自动控制系统,将它们设置在统一的温度,统一的环控要求,在同一个管理模式下,保证冷水机组的统一开启和关闭。地铁车站冷水机组自动化管理具有社会意义和现实意义。

1 冷水机组自动化控制系统

轨道交通地下车站冷水机组自动化管理系统由冷水机组、自动控制系统组成。

1.1 系统组态

冷水机组可采用开利公司30HR195B - 702EF冷水机组;自动控制系统可选用美国GE公司的CIMPLICITY产品。通过传感器原理和PLC程序

控制,使冷水机组自动控制成为可能。

BAS系统是整个冷水机组自动控制的核心,一般是由现场传感器、执行器、控制器及监控工作站组成。其中传感器和控制器被安装于现场,控制器负责收集数据和完成模数转换并发出的信息,至(BAS)主机,经主机分析、判断发出指令到执行器,再由执行器发出命令控制冷水机组系统的开启。如图1所示。

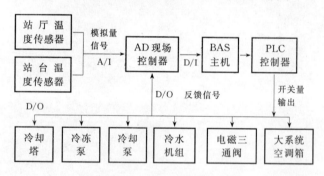

图1 冷水机组自动控制模拟图

其中A/I为模拟量输入通道,A/D为模数转换器,D/I为开关量输入通道,D/O为开关量输出通道。

BAS主机是一台由中央处理器(CPU)组成的计算机,可以按事先编制的程序运行,以完成控制任务。执行器为集散式数字控制器PLC程序编程器,它们分布于建筑内部各区域。I/O控制器是由A/D转换控制板和不同功能的模块组成。它们通过总线方式连接,构成BAS系统并执行控制任务。BAS终端显示器通过图形控制软件和数据库管理软件作为实现人/机对话的管理界面。

冷水机组是由冷凝器、蒸发器、压缩器及其他辅助装置构成的整体式制冷设备。冷水机组的工作原理为压缩机,将压缩后的制冷剂进入冷凝器被冷却水冷却后变成液体析出的热量则由冷却水带

走,在冷却塔中利用水喷射或冷却风机将热量排入大气,液体制冷剂由冷凝器进入蒸发器,在蒸发器中吸热蒸发,使冷水降温,提供冷源给空调使用。

1.2 控制方式

冷水机组自动控制系统采用以车站设备自动控制系统的计算机为核心总线制连接方式,控制形式为手动和自动模式。

(1)系统设置。首先 BAS 的 I/O 现场控制器有温度比较回路,当站厅温度为:$T \geqslant 30℃$,站台温度为 $T \geqslant 29℃$ 时,自动开启冷水机组。或当站厅温度为:$T < 30℃$,站台温度为 $T < 29℃$ 时,自动关闭冷水机组。温度、湿度传感器将被控物理量转换成电量的物理信号后送到控制器中,控制器根据原设定的控制要求把输入的检测信号与设定值相比较,将其偏差经相应的调节后,输出开/关信号或连续的控制信号,去调节/控制响应的执行器,实现对被控量的控制。

(2)自动控制模式。BAS 系统的计算机主机及显示终端安装在中央控制室。当系统手/自动转换按钮放在自动位置,则系统处于自动状态,自动执行启/停动作。

开机命令:

首先,安装在站厅或站台的温度传感器探测到站厅温度 $T \geqslant 30℃$ 或站台温度为 $T \geqslant 29℃$ 信号时,I/O 现场控制器将接受到临界模拟量输入信号,经模数转换后,到 BAS 主机,经计算机系统分析、判断输出命令,通过 PLC 程序编程,最终发出控制冷水机组开命令。

冷水机组开机命令顺序为:① 开通风设备开启(空调箱风机);② 开冷却泵;③ 开冷冻泵,延时 10～15 分钟;④ 开冷水机组;⑤ 开冷却塔。

停机命令:

当站厅或站台的温度传感器探测到站厅温度 $T < 30℃$,或站台温度为 $T < 29℃$ 信号时,计算机主机将发出关机命令。

关机命令顺序为:① 关闭冷却塔;② 关冷水机组;③ 关冷冻泵;④ 延时 10～15 分钟后,关冷却泵。

(3)手动操作。当系统手/自动转换按钮放在手动位置,则系统处于手动状态时,可进行手动执行启/停动作。

2 监视信号

主机对冷水机组工作状态的检测内容包括:空调箱风机开/停,冷却塔、冷却风扇的启/停,冷却水塔蝶阀的开度,冷却水进、回水温度,冷却水泵的启/停,冷水机组的启/停,冷水机组的却水以及冷水出水蝶阀的开度,冷水循环泵的启/停,冷水供、回水的温度,压力及流量,冷水旁通阀的开度。

系统监视功能包括:数据处理和设备显示两部分。

2.1 数据处理

数据处理是将采集来的数据经数据计算而得到的信息,数据采集是指系统完成一次数据(过程参数,设备状态)的获得,如温度,湿度的模拟量和设备状态等开关量信号,从现场一次仪表由信号电缆直接到系统控制柜内部端子。

2.2 人/机界面显示

监视功能显示:① 站厅温度显示;② 站台温度显示;③ 冷却水回水温度显示;④ 冷却水泵供水温度显示;⑤ 冷水机组出供水温度显示;⑥ 冷水机组回水温度显示;⑦ 三通阀开度显示;⑧ 冷却塔启、停、故障反馈信号显示;⑨ 冷却泵启、停、故障反馈信号显示;⑩ 冷冻泵启、停、故障反馈信号显示;⑪ 冷水机组启、停、故障反馈信号显示。

3 联动信号

开启冷水机组前必须首先开启空调箱、回排风机、新风机和所有风阀,由 BAS 软件对 PLC 编程,达到联动控制功能。

根据站厅、站台温度传感器测试数据不断地变化,由此决定空调箱三通阀的开度。

冷水机组的自动开启不影响冷水机组原来的功能。

4 台数控制

自动控制计算机系统可根据上述温度测试数据,与原设定的冷水机组工作参数自动设备的运行状况,可对台数进行控制。

当空调系统冷水供水量减少而供水压力升高时,可通过冷水旁通阀调节供水量,确保系统压差稳定。若冷水的旁通流量超过了单台冷水循环泵的流量时,则自动关闭一台冷水循环泵。BAS 系统可根据冷水供回水的温度与流量,参考当地的室外温度计算出空调系统的实际负荷,并得计算结果与冷水机组的总供水量作比较,若总供水量减去空调系统的实际负荷小于单台冷水机组供冷量,则自动维持一台冷水机组运行而停止其他几台冷水机组的工作。

BAS 系统通过对冷水机组、冷却塔、冷却水泵、冷水循环泵台数的控制,可以有效、大幅度地降低冷源设备能耗。

5 PLC 编程器

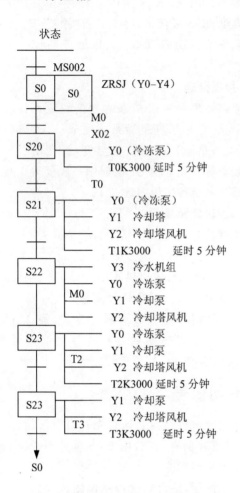

状态

MS002
S0 | S0　　ZRSJ（Y0-Y4）

M0
X02
S20
　　Y0（冷冻泵）
　　T0K3000 延时 5 分钟

T0
S21
　　Y0（冷冻泵）
　　Y1 冷却塔
　　Y2 冷却塔风机
　　T1K3000　　延时 5 分钟

S22
　　Y3 冷水机组
　　Y0 冷冻泵
M0　Y1 冷却泵
　　Y2 冷却塔风机

S23
　　Y0 冷冻泵
　　Y1 冷却泵
T2　Y2 冷却塔风机
　　T2K3000 延时 5 分钟

S23
　　Y1 冷却泵
　　Y2 冷却塔风机
T3　T3K3000　延时 5 分钟

S0

6 结束语

在夏季天气经常出现暴热情况下,但又由于没到开机日期,而不开冷水机组,车站温度突然增高,导致乘客抱怨,甚至出现昏倒,或由于天气的突然爆冷,气温降低,但冷水机组不能马上关闭,使乘客感冒。若车站设备自动控制系统对冷水机组实现监视和控制功能;可大大地改善车站因天气缘故而造成的恶劣环境,节约能源,提高自动化程度,真正发挥自动控制系统在地铁车站中的应用。符合车站网络管理的需求,所以冷水机组的自动化管理具有社会意义和现实意义。

地铁防火阀联动控制可靠性分析及其改进措施

黄建林

（上海地铁运营有限公司客一分公司）

摘　要：本文针对地铁防火阀在其结构和控制过程中存在的可靠性差和操作困难等问题，进行了防火阀联动控制可靠性机理分析，提出了：重新选择结构合理与动作可靠的防火阀；加装现场能手动电动复位、手动电动关闭和打开、状态可监测的电控箱；重新设计4120控制系统与现场控制线路均衡匹配与控制保护等改进措施。

关键词：地铁，防火阀，控制

随着现代轨道交通的快速发展，安全快捷的轨道交通将是大部分市民的出行选择，地铁的客流量呈现快速成长的态势。韩国大邱地铁等其他地铁灾难事件告诉我们可靠有效的地铁防灾报警控制系统是地铁车站应对火灾等突发事件的重要保障基石，而防火排烟系统是防灾报警控制系统的重要环节。据有关文献报导，火灾的死亡率有70%～90%是由于烟雾窒息而死。防火阀是火灾情况下，送风排烟控制的重要末端设备，各种火灾工况下，其联动动作的正常与否，将直接关系到防火排烟系统是否能有效地控制和抑制火情；新风输送和排烟效率是否有效；乘客的生命安全能否得到最大的保障。由于地下车站的环境特殊性，原防火阀的结构与动作方式以及联动控制方式等一些问题，至使原防火阀的联动控制存在可靠性差，操作困难等问题，本文即针对这些问题进行分析研究，并介绍在此基础上设计改进的效果。

1　防火阀的联动控制

地铁安装防火阀的部位主要有站台、站厅、主变电站、降压变电站、变压器室、牵引变室、电容器室、通信机械室、信号机械室、传输机房等重要部位，按照防火排烟分区，和一个着火点的设计规范，地铁设计有多种火灾情况的联动工况与之相对应，防火阀也有着相同的联动工况，虽然工况较多，但联动控制的方式是相同的。

在站厅火灾或站台火灾工况下，需关闭和开启的防火阀，根据消防要求，通常防火阀与防火阀的连接采用滚动连接方式，即多个串接的防火阀在一个动作信号的情况下，需依次逐一关闭防火阀。当最末端防火阀完成动作并到位后，才将动作执行完成信号通过反馈模块反馈给主机，不同的火灾工况，所需联动的防火阀状态、数量、位置也不一样，这取决于防火设计的要求而事先预定在主机的控制程序中，但防火阀与控制系统的连接硬回路是相同的。

2　问题与原因分析

（1）防火阀执行机构的内部结构及动作形式存在一定的缺陷是导致防火阀动作不可靠的重要原因；

（2）防火阀机构内部电气功能的局限以及外部控制的缺陷也是造成联动不可靠的原因；

（3）防火阀因为防火要求大部分安装在吊顶层内，地下吊顶屋内的环境相对于地面要差，加之防火阀大部分时间都处于待命状态，潮湿灰尘、结构渗漏水等使部分防火阀执行机构的回转部分产生锈蚀锈死，导致这部分防火阀机构动作不到位或无法正常动作；

（4）防火阀故障判断、操作、维修维护和复位困难。

3　改造设计思想

基于上述问题的分析，对影响防火阀控制可控性等问题提出以下改进思想。

（1）重新选择动作机构结构合理，动作可靠的防火阀,并须具有以下功能:① 能遥控关闭或打开,能手动电动复位和手动人工复位;② 动作执行状况可监测。

(2)重新设计防火阀的控制电气线路,加装现场能手动电动复位,手动电动关闭和打开,状态可监测的电控箱。

(3)重新设计4120控制系统与现场控制线路均衡匹配与控制保护。

针对上面改造思想,笔者着于进行研究和解决。

3.1 防火阀的选择

要满足上述的功能要求,防火阀的选择是一个困难的问题,只有选择全自动防火阀才能满足功能要求,而生产全自动防火阀的厂家较少,且经过现场实验,其机构的动作可靠性和电气条件等总存在这样那样的问题,动作可靠,大部分能满足要求,但在地铁中使用还存在一些问题,需进一步改进防火阀,经现场上百次的连续和间隔动作实验测试,其可靠性均达到100%,该防火阀结构及工作原理分析如下。

3.1.1 全自动防火阀结构及工作原理分析

(1)传动部分。传动部分主要是由电机、齿轮、带2根圆柱销的齿轮组成。

如图1所示,2根圆柱销成180°,带突台的齿轮转一周,可以动作两次。当销子起挂钩作用时,如图1突台起脱钩作用。它具有传动力矩大,传动比稳定,传动可靠的优点,可远距离控制防火阀开启和关闭。

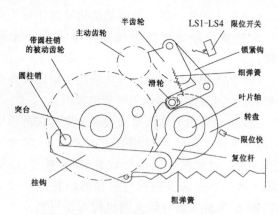

图1 全自动防火阀执行机构传动简图

(2)动作执行部分。主要有半齿轮、带滑轮的锁紧钩、复位弹簧、带缺口的转盘等组成。滑轮在转盘缺口中锁紧可靠,脱离时由于滑轮能自行旋转,因此脱离时阻力小,复位弹簧是将半齿轮和锁紧钩相连接,当半齿轮和齿轮啮合时起压紧作用、当齿轮和半齿轮脱离时起复位作用。

(3)复位部分。主要由复位杆、弹簧、限位、挂钩等组成,结构简单,复位动作可靠。

(4)电气部分。主要有限位开关及简单电气元件组成。它的作用是可以执行防火阀开启和关闭动作,以及自动复位的功能。

(5)工作原理。① 关闭动作:风阀正常情况是处于常开位置,烟感报警后,FAS发令到4120控制面板,控制防火阀关闭,防火阀关闭主要是利用半齿轮的偏心原理(图2,图3所示),通过齿轮传动,半齿轮带动锁紧钩将滑轮脱离锁紧位置(图2)。转盘在扭簧的作用下,逆时针转动,将滑轮顶到(图3),风阀关闭。同时通过锁紧钩上杠杆触动限位开关使电机停止,此时半齿轮恢复到(图3)原始状态。

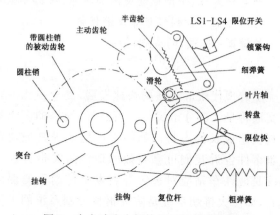

图2 全自动防火阀执行机构传动简图

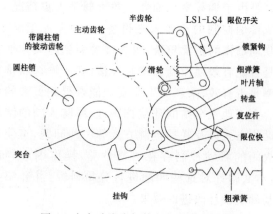

图3 全自动防火阀执行机构传动简图

② 开启动作:当风阀关闭后,执行机构内部(图3)复位部分处于待命状态。当复位信号输入后,挂钩随销自一起运动,通过复位杆带动转盘顺时针转动。当锁紧钩上的滑轮进入转盘锁紧位置时,半齿轮与齿轮的啮合(图1),限位开关动作。这时电机有一个滞后动作,利用齿轮突台将挂钩顶开,复位部分恢复至原始状态(图3),电机停止工作。

从上述分析可见采用齿轮传动原理的全自动防火阀动作可靠信能满足防火阀动作可靠信要求。

3.1.2　全自动防火阀电气原理

（1）电气原理图。

电气原理图见图4。

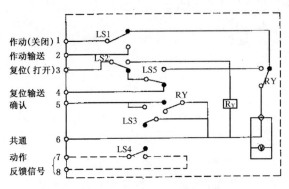

图4　全自动执行机构电器原理图

（2）工作原理。如图状态为防火阀开启状态。

当动作命令关闭后：

LS1动作，2号输出信号，指示灯亮，同时输送到下一个风阀；

LS2动作，RY动作，灯带开启信号；

LS3动作，输出确认信号；

LS4动作，7号、8号输出风阀关闭的反馈信号。

当动作命令开启时：

LS3输入信号，电机工作后，LS5动作；

当风阀开启到位后，LS5还没有断开，只有到挂钩在圆柱销作用下脱钩时，LS5才断开，电机停止工作，恢复到风阀常开时的电器状态。

3.2　重新设计的配套电气控制原理

工作原理。如图5，根据防火要求，防火系统要处于自动工作状态。

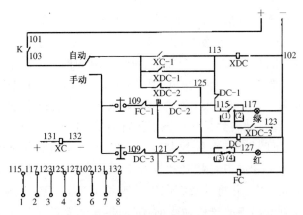

图5　全自动执行机构电器原理图

XDC——接收XC输出信号，控制防火阀自动关闭。自动状态下，红灯常亮表示风阀处于常开状态。

当XC接收到动作信号时，XC-1闭合，XDC动作，XDC-1闭合自锁。

电流从115号输出，输入电机，电机动作。

执行机构动作到位后限位LS1动作，绿灯亮，表示风阀关闭到位。同时通过123号节点输出，信号到下个风阀执行机构，实现联动动作。可见采用重新设计的配套电气控制箱能解决上述电气问题。

4　应用与效果

1994年1号线地铁投运时，原防火阀联动不可靠的问题已经存在，随着运营时间的延续，此问题越来越突出，防火阀联动合格率一年比一年差，合格率以每年30%的速度下降，至1998年几乎到全部瘫痪的状况，针对这一严重情况，1997年4月，在多年研究实验的基础上，按上述改进设计和方法，我们首次对最为严重的新闸路车站进行全面整改，整改一次成功，经数十次联动测试和当年的定期工况实验，联动可靠性达到了100%，在该站成功的基础上，又分别对1号线11个地下车站和2号线全线大系统进行整改，全部整改都获得了消防验收一次通过，联动动作可靠性达到100%。此外根据1号线定期实验的联动工况动作情况统计，结果至2005年各站联动动作的可靠性平均值大于99%，保持了高可靠性，除此之外，改进应用后还达到了以下这些效果：

（1）原防火阀在滚动关闭过程中，如有一个防火阀动作不到位或不动作，检修人员将一时无法判断是哪个阀故障，而现在由于重新设计研究了电控箱，每个防火阀的状态都可以看到，大大方便了排故和检修。

（2）原防火阀安装位置大部分在高处，复位必须登高，全自动防火阀可以直接在电控箱上复位，非常方便，原来做联动试验非常困难，现在随时可做联动试验，对于防止执行机构因长期不动而容易锈蚀和发现故障及时处理提供了方便，很大程度地减少了对防火阀维护、保养及试验的工作量，确保了火灾状态下能达到正确的工况动作。

（3）由于在电控箱上设计了可对每个阀的手动电控关闭和打开控制，在自控故障状态下，能非常方便操作人员对突发事件的现场处置。

5　结语

防火阀联动控制的可靠性在地铁防灾报警控制系统中是非常重要的，选择结构动作合理、功能齐全的全自动防火阀和可靠有效的控制方式，对提高地铁防火阀联动控制的可靠性、可操作性和可维护性十分重要。笔者在既有线路上的成功改进，对在建线路和新设计线路应有重要的参考价值。

1号线上体馆车站南环控电控室继电器柜改造

冯惠群

（上海地铁运营有限公司客一分公司）

摘　要：对上体馆车站南环控电控室继电器柜进行PLC控制改造。系统采用2台PLC分别对南、北环控电控室进行集中控制，并通过通讯方式与车控室交换信息，减少了车控室到就地的电缆连接，进一步提高了系统的可维护性，同时对车控室原MK盘进行升级改造预留合理的硬件支持。

关键词：继电器柜，PLC，系统性能

上海地铁1号线上体馆车站南环控电控室继电器柜，主要控制南端事故风机及相关组合风阀，南端中央空调系统的风机及相关电动风阀。南端设备用房和管理用房送、排风机和相关电动风阀、控制的设备共有11台各类风机（事故风机、排热风机、离心风机、回排风机等），9台组合风阀（活塞机械风阀、机械风阀、活塞风阀等），以及13台各类电动调节风阀。其中事故风机和组合风阀是通过FAS4120信号控制，其控制过程是4120输出控制命令后，由继电器柜控制中继和反馈中继根据工况控制逻辑要求进行输出和输入控制和反馈；其他风机和风阀是由BAS信号控制，其控制过程是由BAS输出控制命令后，也由继电器柜控制中继和反馈中继根据工况控制要求逻辑进行输出和输入控制和反馈。

1　原继电器柜存在的主要问题

（1）原继电器柜采用了大量的中间继电器作为工况信号的逻辑控制，不仅线路复杂，维修困难，而且由于继电器的不可靠性和易老化等诸多因素，使控制系统的整体工作可靠性和可维护性较差。

（2）原继电器柜很难对事故风机联动信号进行优化处理。在联动反馈信号出现虚假误差的情况时，造成联动事故风机不能正常开启。

（3）原继电器柜在夏季空调火灾工况下，不能做到自动将回风阀和排风阀关闭和打开，必须人工手动操作，存在较大安全隐患。

（4）原继电器柜对中央空调系统不能实现夏季工况和空调工况的自动风量比例调节，空调季节时能源耗费较大。在屏蔽门系统安装后，此问题将更加突出。

（5）原继电器柜元器件和联线布局零乱，且十分拥挤，维护和维修十分困难。

2　控制要求与实现方法

针对上述存在的问题，确定对上体馆车站南环控电控室继电器柜，进行PLC控制改造。

PLC控制要求与方案：

（1）BAS系统控制下的风机和风阀PLC控制：① 自动状态：PLC接受BAS的风机、风阀的开启和关闭指令后正确执行，将动作状态在PLC上反馈并通过通讯方式传给BAS；环控电控室PLC接受BAS工况命令并根据风量传感器对回、排风阀进行调节；PLC对空调箱离心风机的电流信号，以及空调箱的风压信号，温度信号，湿度信号，风量信号在PLC和BAS上实时显示并超值报警。② 手动状态：能在PLC上手动控制各风机、风阀的开、停，能手动控制回风阀和排风阀的开度，并显示对应信息状态；当收到BAS传来的车站火灾工况模式信号时，能自动转到自动状态下执行BAS各项命令。

（2）FAS系统控制下的事故风机和组合风阀PLC控制：PLC接受和执行FAS一对一的开启和关闭命令，并将其执行状态反映给FAS；当PLC接受到开启事故风机命令时，先对机械风阀的开启情况进行判断（判断风阀电机电流和用时间角度法判断风阀开启度）确认机械风阀打开后才能开启事故风机；事故风机开启过程中对启动电流进行检测，如果偏离正常启动电流值立即停止启动并报警；事故风机和组合风阀关闭无特殊要求，PLC根据FAS命令一对一执行；PLC可手动执行事故风机和组合

风阀开启和关闭命令,并能显示所有信息状态。

(3) 保留原系统中的手动硬回路控制功能,保证在 PLC 故障时的应急操作的可能性,即原系统车控、环控、就地三控功能不变。

3 改造方案

3.1 系统控制方案(见图 1 系统框图)

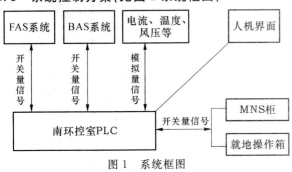

图 1　系统框图

系统采用日本三菱电机的 FX2N 系列小型 PLC,人机界面采用三菱电机的小型触摸式操作终端 F930GOT 系统预留与车控室 PLC 和北环控电控室 PLC 的通讯接口,通讯方式为 RS485。

车站工况指令由 FAS、BAS 系统直接发送到环控电控室,环控电控室 PLC 接受不同的工况要求,控制设备运行,设备状态分别以开关量的形式反馈到环控电控室 PLC,再经 RS485 通讯传送到车控室 PLC,并在车控室人机界面上显示,车控室人机界面也可以干预设备的运行。同时,环控电控室电器控制柜上也配有人机界面,在该触摸屏上可以直接进行设备的操作,显示设备状态和故障情况等。如果以后 FAS、BAS 系统改造,该方案预留在车控室通过人机界面向车控室 PLC 发出工况指令的接口。工况指令经过三个 PLC 的相互通讯把指令传向相应的 PLC,从而控制相应的设备。

系统采用 2 台 PLC 分别对南、北环控电控室进行集中控制,并通过通讯方式与车控室交换信息,减少了车控室到就地的电缆连接,进一步提高了系统的可维护性,同时对车控室原 MK 盘进行升级改造预留合理的硬件支持。

3.2 设备控制的实现方式

(1) 事故风机控制框图如下:

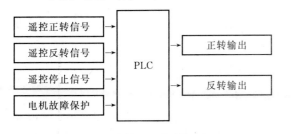

图 2　事故风机控制框图

PLC 接收来自 FAS 的遥控正转、反转和停止信号,结合来自事故风机控制 MNS 柜的电机故障保护信号,输出事故风机正、反转信号驱动相应的控制继电器,状态显示及遥控、遥信反馈信号直接在控制继电器上取出。

(2) 相关组合阀门控制框图:

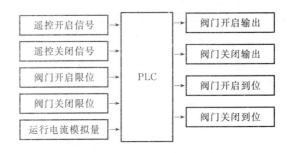

图 3　组合阀门控制框图

PLC 接收来自 FAS 的遥控开启、关闭信号,结合来自风阀的开启限位、关闭限位信号,发出阀门开启或关闭信号,并向 FAS 反馈阀门开启到位或关闭到位信号,对于机械风阀和活塞风阀两个风阀,由于它们与事故风机存在联动,为了避免由于它们的开启或关闭限位动作不到位而造成事故风机无法及时启动,PLC 可以不必等到阀门完全到位提前向 FAS 发出信号启动事故风机,增加了事故处理的可靠性。

(3) 空调箱及相关风阀:

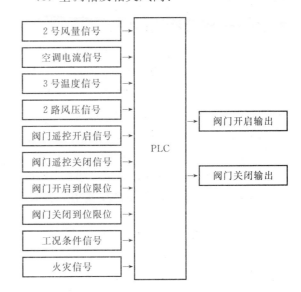

图 4　空调箱及风阀控制框图

正常情况下:PLC 根据电流、温度、风压等模拟量信号,根据预先设定值调节阀门开度,PLC 还能根据算法进行实时阀门开度调节。如果 BAS 送来工况或火灾信号,PLC 可以根据预先设定的条件自动把阀门开启或关闭,以符合当前工况要求。

(4) 其他风机控制框图如下:

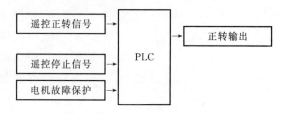

图 5　一般风机控制框图

PLC 接收来自 BAS 的遥控正转和停止信号，结合来自 MNS 柜的电机故障保护信号，输出风机正转信号驱动相应的控制继电器，状态显示及遥控、遥信反馈信号直接在控制继电器上取出。

（5）其他风阀控制框图：

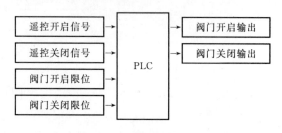

图 6　一般风阀控制框图

PLC 接收来自 BAS 的遥控开启、关闭信号，结合风阀的开启限位、关闭限位信号，发出阀门开启或关闭信号，状态显示及遥控、遥信反馈信号直接在控制继电器上取出。

4　改造案例

说明机械风阀、活塞风阀和事故风机 PLC 的逻辑框图：

当火灾发生时，FAS 向环控电控室 PLC 发出相关阀门遥控开启、关闭信号，环控电控室 PLC 结合来自风阀的开启限位、关闭限位信号，发出阀门开启或关闭信号，并向 FAS 反馈阀门开启到位或关闭到位信号，对于机械风阀和活塞风阀两个风阀，由于它们与事故风机存在联动关系，为了避免由于它们的开启或关闭限位动作不到位而造成事故风

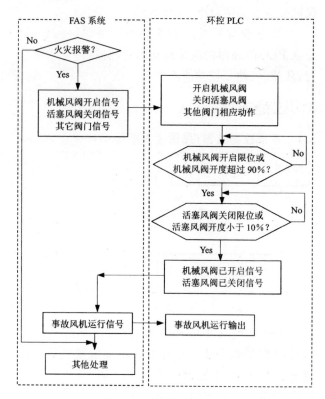

图 7　事故风机逻辑框图

机无法及时启动，PLC 可以不必等到阀门完全到位提前向 FAS 发出信号启动事故风机，增加了事故处理的可靠性。

FAS 接收到机械风阀和活塞风阀两个风阀到位信号后，向环控 PLC 发出事故风机相应的遥控信号，PLC 结合来自事故风机控制 MNS 柜的电机故障保护信号，控制事故风机作相应的运行。

5　结束语

通过对上体馆车站南环控电控室继电器柜进行 PLC 控制改造，提高了继电器柜的可靠性，大大减少了维修工作量，对提高地铁机电设备安全运营保障能力有着十分重要的意义，对现有设备改造有较高的参考价值。

1号线车站机电设备自控系统中文化图形软件的开发

于庆庆

（上海地铁运营有限公司客运一分公司）

摘　要： 本文对地铁1号线车站机电设备自控系统中文化图形软件的开发作了较全面的介绍，并给出了软件开发方案、步骤和实现。开发 ActiveX 控件，完成中文化图形软件与机电设备自控系统的接口，中文监控软件使用网页技术实现，趋势记录软件使用 VC++语言实现。

关键词： 图形软件，通讯接口，动态网页，数据库，操作界面

上海地铁1号线机电设备自动控制系统（BAS）是20世纪90年代早期设计施工，第一条投入使用的自控系统，由于当时我国此类系统技术薄弱，实际采用瑞士进口品牌 DeltaControls 系统。其操作界面是全英文的表格结构，随着时代的发展，此类界面与目前的以图形为主的界面相比较是属于落后的，不直观的类型，不利于操作人员方便地操作，随着计算机技术的快速发展，开发中文化的图形软件，具有充分的条件和实际意义。

车站机电设备自控系统软件国产化开发工作研究内容：

（1）自动控制系统与计算机操作软件之间的通讯。

（2）图形化中文自动控制系统终端的开发技术。

（3）地铁车站对自动控制系统及其操作终端的要求。

软件分为中文监控软件和趋势记录软件两个部分。彼此分工合作，中文监控软件是趋势记录软件的基础，趋势记录软件是中文监控软件的补充。从软件实现的技术来说，两者各有特点。中文监控软件使用网页技术（HTML，JavaScript，ActiveX）实现，充分发挥了网页技术的优美图像表现能力和与计算机平台的无关性，使用户界面的设计和制作变得容易，在用户计算机上的安装也比较方便。趋势记录软件使用严谨的 C 语言（VC++）实现。趋势记录需要接触比较大量的数据库，使用 C 语言充分发挥了数据访问速度快，系统稳定，曲线组显示灵活的优势。

1　中文监控软件

为了改变原来 BAS 系统陈旧的表格式英文人机界面的落后状态，根据目前的技术状态，使用网页计算来改造整个 BAS 系统界面。

1.1　实现方案和采用的具体技术

（1）开发 ActiveX 控件，完成软件与 BAS 系统的接口

ActiveX 控件具有强大的功能性和广泛的兼容性，是目前比较先进的计算机技术，使用这种结构的目的，是为了能够充分地把中文监控软件与具体控制系统隔离，一方面符合了软件开发的模块化要求，便于多人同时开发和软件故障定位，另一方面使具体的自动控制系统（DeltaControls 系统）与开发的中文监控系统之间有了清晰的层次关系，有助于中文监控系统软件容易地与其他自动控制系统结合，而开发成功的针对某个控制系统的 ActiveX 控件的数据可以提供给其他的应用程序。

（2）使用网页技术，实现动态网页来对 BAS 控制设备的运行状态，故障状态，控制状态的表现

其中综合使用以下技术：

使用国际标准的 HTML 语言制作页面，其中充分使用的 HTML 语言中新的技术，如动态框架（DFRAME），样式表（CSS）等。

使用 JavaScript 语言，与 HTML 相结合，实现网页的动态化。同时，JavaScript 语言引入了 ActiveX 技术，使 BAS 控制系统的数据，顺利地进入网页。

（3）网页中使用数据库技术。应用动态网页中

的 ActiveX Data Object 技术。支持 ADO 的数据库很多，包括微软的 ACCESS 数据库，SQL SERVER，MYSQL，ORACLE 等。本软件使用较流行的 ACCESS 数据库，它可以满足系统的需要。同时，软件为 SQL SERVER 2000 数据库预留接口，可以很方便地使用 SQLSERVER，为更大数据量的数据操作提供方便。

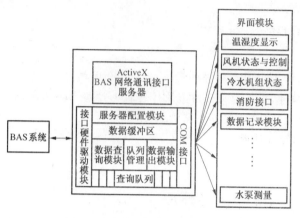

图 1 通讯接口组件内部功能模块

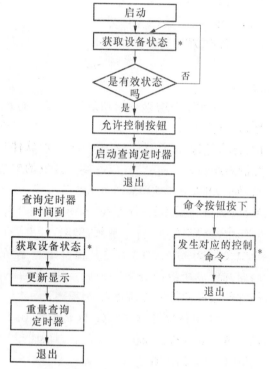

注：*号的环节是与通讯接口发生联系的环节，需要接口服务器的支持。

图 2 网页 JavaScript 程序流程图

1.2 软件开发步骤

（1）制定软件功能和指标，给出软件实现方案。

（2）剖析实现的运用技术，总结需要克服的软件技术难点，逐一予以解决。

（3）分部分、分模块，实现软件程序并调试。

（4）程序拼装完成后，到实地进行试运行。

（5）分析试运行的结果，对程序进行改进。

1.3 具体问题的解决

整个软件分成以下几大模块：

（1）温湿度数据显示，包括室外温湿度和车站温湿度的显示和记录。

（2）空调通风系统，包括空调系统、通风系统、站台风幕三个部分。

（3）冷冻系统，包括冷水机组、冷冻水泵、冷却水泵。

（4）水泵和水池系统，包括废水泵、污水泵和区间泵。

（5）消防连动系统。

（6）软件报警信息。

（7）与 BAS 系统接口。

在以上模块开发中需要解决以下几个问题：

（1）通讯协议。分析 BAS 的通讯协议是其中的一个重点，也是关系系统成败的关键，通过分析比较，进行总结归纳，采用 ActiveX 控件方式来解决这个问题。使用户可以对控件的参数进行设置，如通讯断口、速度、延时设定等，软件自动记录修改后的设定，每次启动自动调入等。

（2）控制参数的初始化问题。在软件试验运行的开始，每次软件运行时会造成设备的自动停止，是由于页面打开，发出控制命令以前，没有获得充分的先前控制点的状态引起的。需编写页面初始化程序，在每次页面打开时，自动收集控制点的信息，然后再根据用户的命令，控制 BAS 系统完成设备的开关。

（3）安排页面上众多的信息。页面上需要放置许多设备信息，如设备运行状态、设备故障状态、设备名称、设备控制按钮、设备运行时间累积等，每个设备都需要这些信息，通常一个页面上有近十个设备，总计有四五十个信息点，现使用设备控制板的模式来解决这个信息组织问题。标准的设备控制板充分应用了网页技术的丰富表现力，具有设备名称，设备故障变色显示，设备控制按钮，设备运行时间累计的紧凑组合，每个设备一个控制板，一目了然，节省地方，具有良好的效果。

（4）管理众多的 JavaScript 程序片段。网页程序容易分散于每个网页，造成管理不方便，修改也不容易。在开发中应用程序片段的重用的方法，在网页中，不放置具体的程序，只放置调用程序功能的模块函数，把所有的程序功能模块统一放置在一个文件中供统一调用。通过这个方法，使程序调试和修改基本只针对一个文件就可以了,特别修改广泛的程序问题,只需要修改存放在此文件里底层的模块就可以了,可大大减少程序的维护量。

(5) 通过网页访问数据库的问题。本软件是属于本地网页和本地数据库的互动关系。在数据的查询、显示和运算部分使用C++高级语言来开发。它比 JavaScript 语言功能强、速度快。C++语言具有以下特点：① 查询时间短。② 数据处理能力强。③ 系统占用资源少,运行稳定。④ 不使用微软的OFFICE 控件,减少了多 OFFICE 的依赖性,对程序的控制能力强。⑤ 缺点是开发程序的工作量大。

2 趋势记录软件

趋势记录软件是从中文监控软件中独立出来的软件,要求是能让操作人员快速,直观地显示采样点的趋势曲线。为了使操作人员能更好地通过几个互相关联的采样点对比,软件中对采样点的选取重新进行了包装,引进曲线组的概念。同时,为了方便对时间段的选取,设计日、周、月、年和自定义的模式,操作人员可很容易地据此进行模式切换,快速显示出曲线。

2.1 实现方案和采用的具体技术

(1) 开发 VC++高级语言实现软件界面。
(2) 开发的图表类实现曲线的显示。
(3) 使用 DAO 数据库技术和 SQL 查询,读取中文控制软件产生的数据库数据。
(4) 所见即所得的打印功能。
(5) 开放的数据源,使软件可以兼容多个车站的数据。

2.2 软件开发步骤

(1) 制定软件功能和指标,给出软件实现方案。
(2) 剖析实现的运用的技术,总结需要克服的软件技术难点,逐一予以解决。
(3) 程序编制完成后,到实地进行试运行。
(4) 分析试运行的结果,对程序进行改进。

2.3 具体问题的解决

整个软件,分成以下几个模块：
(1) 操作界面,包括曲线组的选取,时间段的选取,曲线组的定义。
(2) 曲线显示界面。
(3) 数据库接口。能读取中文监控软件的数据库,并有排序,补缺,去干扰的功能。
(4) 打印模块。

在以上模块开发中需要解决的问题：
(1) 数据曲线的数据序列模式的变换。

由于中文监控软件的数据记录,为了压缩数据库的体积,采用了数据变化采样的模式。所以,保存的数据不是根据时间间隔来的,而趋势曲线的显示是需要根据一定的时间间隔显示的。在以上两种数据模式,需要进行变换。

(2) 定时记录和变化采样的有机结合。

为了弥补数据变化采样的缺陷,在设计数据采集时,规定每小时全部记录一次,使曲线在显示时,不需要往前查询太长的时间。这个方法虽然使数据库的体积有增大,但不很明显,以比较小的代价结合了定时记录和变化记录的优点。

(3) 开关量和模拟量在同一张图表上显示。

开关量是用 0 和 1 表示的,显示在图表上是不合适的,而且图表的设计是允许同时显示 6 个数字曲线。需要对开关量进行变换,采用把开关量通过加权进行显示来实现。

3 结语

目前开发的中文监控软件可为 1 号线 BAS 系统各个车站的联网提供了基础。目前单机版的软件升级到网络版的软件,可以使系统的使用有效性大幅提升。无论是在管理办公室,还是控制中心或是维护车间,对全线 BAS 的运行状态能一目了然。而软件使用的开放式、层次性的结构,使其具有大的通用性。除了通讯接口组件外,其他都是通用的模块,可以容易地应用与其他类似的系统中,完成系统集成。趋势记录软件的数据保存为标准的数据库文件,使操作、维修、设备管理人员都可以享受数据库的服务,而不管他们是否在线。在整线的网络化后,BAS 数据库的优势会更加体现,车站与车站之间,或同一车站的不同历史时期的数据,都可以在很短的时间通过曲线显示出来。数据的计算机自动统计分析功能,可以作为地铁专用的数据分析,作为报告模块加入到软件中,每周或每月的自动报表使车站的机电设备控制管理更加有序,更加有效。

1号线废水泵站的技术改造

董必凡

（上海地铁运营有限公司客一分公司）

摘　要：通过对LP型立式排水泵技改，解决LP型水泵在地铁运行中排废水能力差，水泵叶轮容易堵塞，水泵故障率高，维修难度高等难题。

关键词：LP型立式排水泵，反冲洗，潜水泵，水泵温度保护监测，水泵湿度保护监测

地铁1号线是上海第一条地下轨道交通线，按设计，当时地下车站与车辆轨道之间用屏蔽门分割，正常情况下不会有杂物和垃圾进入列车轨道。当时设计上选用LP立式排水泵，应该是比较合理的选型。车站和区间废水泵站是地铁一号线的主要泵站，如果泵站不能满足地铁的排水需要，必将引起车辆轨道路面积水，直接影响到地铁列车的正常运行。

1　LP型排水泵投运后的故障分析

在1993年地铁1号线投入试运营后，发现实际上各车站的屏蔽门因种种原因并未安装，而且随着乘客流量的不断上升，乘客随手掉下的杂物、垃圾等不断被列车运行引起的气流带入车站废水池和区间废水池，从而引起LP型立式排水泵经常发生故障。在分析水泵故障原因后，发现主要故障是水泵吸水口叶轮被杂物和垃圾堵塞引起的。因为LP型立式排水泵的叶轮为离心式水泵叶轮，其工作原理是利用叶轮旋转而使水质产生向心力来工作，由于设计上采用的是与普通IS型清水离心泵基本相同的叶轮结构，叶轮由多条水槽组成，所以每条水槽的有效通流直径很小，当杂物体积大于直径6 mm时就会堵塞叶轮的水槽，所以实际上LP型泵的排污水能力很差，当水泵叶轮被堵塞后，水泵的排水流量会立即下降。同时由于叶轮被杂物黏在水槽上，引起叶轮自身的不平衡，水泵在运行时会产生异常的噪声和振动。

由于LP型立式排水泵的引水管和叶轮渗入在水中的，基座下的泵体总长为3～5 m，所以在叶轮被堵塞时抢修非常困难。

一种方案是：将水泵吊出废水池对叶轮进行清理工作，但该水泵的长度超出了泵站建筑高度，必须将水泵解体后才能分段吊出，解体工作需进入废水池内进行，工作难度很大。

另一种排除叶轮堵塞的措施是：维修人员身穿潜水衣进入废水池内水下作业，对水泵叶轮进行清理，经过实际试验同样工作难度很高，收效差。而且在废水池高水位的情况下，身穿普通工作潜水衣的维修人员根本无法深入水泵叶轮处进行叶轮清理工作。

但不能及时修复水泵，废水池内流入的水量则会不断地增多，水位不断升高，将影响地铁列车的正常。

为保证1号线废水泵站的正常运行，对多个方案反复研究比选，决定采取以下技改措施解决上述问题。

2　LP型立式泵技改措施及效果

2.1　废水池进水口加装防杂物格栅

在LP型立式排水泵的废水池进水口加装格栅，使体积较大的杂物不能流入废水池内，但由于格栅的有效流量不能太小（即格栅不能过密），否则反而会引起废水池进水口产生积水，所以采用上述措施后，虽能大大降低水泵的堵塞现象，但是流入废水池的小颗粒还会将水泵吸水口堵塞，引起排水流量下降。

2.2　对LP型立式排水泵进行反冲洗技改（指对水泵叶轮的反冲洗）

废水泵站都设在车站的站台层位置或区间隧道旁，与地面排水出口窨井距离二十米以上，泵站一般设有对废水池的冲洗管道，其作用是对废水池池底进行冲洗，以防水池下的杂物和垃圾沉淀。而本次技改是在LP型水泵的止回阀（图1中②为止回阀）两端管路上新开三通接口，加装一路旁通管道（并在旁通管道中间加装阀门一个）。其原理是：利用排水泵止回阀上方排水管内二十多米高的水

能量(即重力势能)对水泵叶轮进行冲洗。

当发现水泵的叶轮被堵塞时(水泵叶轮一般不会多条水槽全部被堵死),此时排水管的止回阀上方仍充满水量(由于排水管的止回阀作用使排水管上部的水量不会经过泵体返回废水池内),或启泵排水对止回阀上部管道充水。因为在排水管止回阀两端之间已加装了旁通管道(旁通管中间有阀门一个),当快速打开旁通管道上的阀门时,止回阀就失去了其作用,排水管上部的水量会通过旁通管道经过泵体对水泵叶轮进行反冲洗。

在止回阀两端之间加装一路旁通管道的技改措施,实现了利用排水管道上部的余水重力对水泵叶轮进行冲洗,因为是对水泵叶轮由内向外的反向水流冲洗所以称为反冲洗。

反冲洗操作要求:

因为已加装了废水池进水口格栅,所以一般不会发生严重的叶轮堵塞现象,运行人员或维修人员操作时,可以先开泵,将水泵上部的排水管内积满水,停泵后立即打开旁通管道上的阀门,让水流对水泵叶轮进行冲洗,经过这样重复多次反冲洗操作,能排除叶轮被堵塞的现象,使 LP 型立式排水泵恢复原来的排水流量,满足地铁排水的需要。

2.3　技改效果和经济效益

通过以上技改,解决了 LP 型立式排水泵吸水口叶轮容易堵塞和维修困难的问题,使地铁废水泵站基本上满足了地铁的排水要求。如上述问题一直无法解决,就必须由进口潜水泵替代 LP 型立式排水泵(地铁 2 号线车站废水泵站全部使用进口飞力潜水泵)按此推算,全线节约资金 350 万元以上,经济效益明显,达到了本次技改的目的。

3　第二次技改前的状况分析

但随着 LP 型立式排水泵使用年限的增加,设备不断老化,并且车站商场运行过程中产生的油性废水,流入废水池后引起 LP 型立式排水泵橡胶轴承损坏(该泵采用的是橡胶轴承,但该轴承橡胶是不耐油的材质,遇到油性液体后会损坏橡胶轴承),而且 LP 型立式排水泵的填料处是老式的充填物密封,所以排水泵运转一段时间后填料处就会漏水,当漏水量大的时候,水流还会进入水泵的油室,使水泵轴承发生锈蚀咬死现象。该水泵泵轴较长,运行时超声大、振动大,效率低。

随着我国的改革开放不断深入,目前该厂方已联系不上,各种零配件无法保证供应,为此经过对各类排水泵比选后决定采用潜水泵替代 LP 型立式排水泵彻底解决 LP 型立式排水泵不足之处。

4　再次技改措施及效果

4.1　潜水排污泵替代 LP 型立式排水泵

在 2005 年首先在上海体育馆站的废水泵站进行潜水排污泵替代 LP 型立式排水泵的技改工作。首先对国内外潜水泵进行比较,在进行调查研究后,发现进口潜水泵(如飞力泵)已在 1 号线的区间废水泵站使用,质量可靠、故障率低,但降格昂贵,而国产潜水泵一般性能较差,潜水电机质量不够好,不能满足地铁主要泵站安全可靠运行的要求,经比选决定选用上海凯士比泵有限公司(德国著名泵阀生产商 KSB 公司)生产的 KRTK100 - 315/294WG 型潜水排污泵,功率为 23 kW 并且配有自动耦合装置。

该厂与上海电气集团所属的上海水泵厂合资,在上海闵行工业区建有大型水泵生产基地,生产的每台潜水泵都经过水泵性能严格测试,详细记录测试数据,出具水泵性能检测报告,并在检测过程中,请购货方人员到该厂水泵检测台参加现场检测验收。泵的所有旋转零件(包括电动机)在制造时进行静平衡试验,装配后进行动平衡试验,精度应至少达到 ISO940 G6.3 级的要求。使每台潜水泵的性能和质量都能得到可靠的保证,这是其他生产厂家不能比拟的。

该泵具有四种叶轮可选择(如图 1 所示),可以使水泵达到最佳使用效果,其潜水电机、机械密封、测温元件及泄漏监测元件等均为进口件(泵轴材料采用高强度耐腐蚀不锈钢 ASTM420 制造。采用两个上下双重独立的高质量机械密封系统,可以顺时针或逆时针转动,而不会带来不良后果。机械密封均采用碳化硅。机械密封是免维护的,能抵抗热冲击,并具有良好紧急运行的特点),水泵紧固件采用 1G18NI9Ti 牌号的优质不锈钢材料,其潜水电机符合欧洲技术标准,水泵按德国 KSB 公司标准及技术要求制造,能提供水泵泄漏保护监测和潜水电机温度保护监测,确保潜水泵高效率,安全可靠运行。

本次选用 KRTK100 - 315/294WG 型潜水排污泵,K 型叶轮,当其扬程为 25 m 时,流量为 200 m³/h,性能优于 LP 型立式排水泵,在抽排含有杂物废水时依然能可靠运行。

需拆除原水泵,对原水泵孔口进行扩大,加装水泵自耦装置。安装了潜水泵自耦装置以后,维修

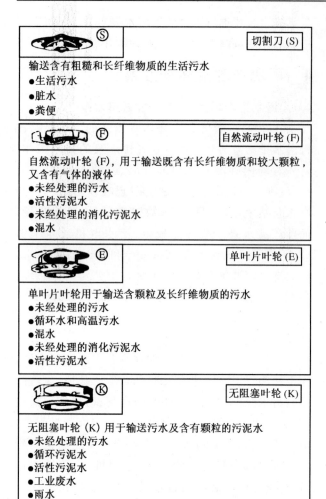

图 1　潜水排污泵叶轮型式

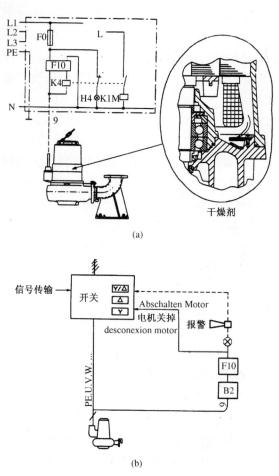

图 2　湿度保护监测示意图

人员无需进入废水池内拆卸水泵,即可将水泵起吊出废水池,使今后的水泵检修工作非常方便。同时采用镀锌钢管替代原严重锈蚀的普通钢管,延长排水管使用寿命。

4.2　水泵监测技术

本次技改首次在地铁中采用了潜水泵运行监测技术,潜水泵机械密封的渗漏和电机的过载升温,是潜水泵运行的常见故障,故障时通过保护监测器发出预警信号和仃泵两种方式供用户选择。本次选用发出预警信号方式,避免了以往维修人员单凭维修经验,判断潜水泵内部故障的现象。使潜水泵维修工作由临修向预修转变,改变过去当潜水泵不能运行后,方进行抢修的被动局面,使泵站安全运行得到进一步保障。

以下简单介绍湿度保护监测:(如图 2 所示)

如果水渗入电机室内,就会通过内部设置的湿度传感器由端子 9 有出错电流传至接地极,从而发出警报,并且端子 9 的电压同时切断/或电机通过F1 保护开关(F10)关掉。

保护开关动作以后,泵机就需要大修。

进行电阻绝缘测试:如果绝缘电阻＜5 MΩ,就要打开电机,检查和大修。拆下泵以后检查或更换传感器。120℃时在火炉上烘大约 1 小时来恢复传感器,然后浸在变压器油中。

4.3　技改效果和经济效益

上体馆站废水泵站改为潜水泵后经使用,水泵运行噪声低、振动小、排水量更大、排污能力更强、经一年运行未发生任何故障,情况良好,达到了技改目的。由于水泵的实际吸水口比原来下降约 0.8 m。废水池的有效容积比原来更大。

因加装了水泵保护监测装置,使设备维修针对性更强,提高了设备运行的可靠性。同时能大大减少设备检查和维修工时,从而能够使地铁运营减员增效得以实现。其经济效益是非常显著的。

5　结语

由于潜水泵的运行保护监测信号还需要通过电控回路和 BAS 系统才能实现在车站控制室集中显示,组成完美的保护监测过程。所以今后还要在这方面进一步加以完善。

区间隧道水泵控制方式的改进

严祖安

（上海地铁运营有限公司供电分公司）

摘　要： PLC 可编程控制器是面向工业现场设备的计算机，在无人值守的水泵类设备的控制中将可发挥其智能化的作用。目前使用的五浮球控制方式，可采用超声波液位探测仪等非接触式方式来克服其不足和缺陷；使用 PLC 的程序控制及其具有功能模块等硬件，不仅可以提高控制电路的可靠性，改进控制方式，同时可进行数据的记录和分析，及时发现设备的故障，通过通讯功能作出报警提示。使设备故障控制在发生的初期，提高系统设备运行的可靠性。

关键词： PLC，液位控制

上海地铁是基于地下轨道为基础的有轨交通，它作为快速、便捷、舒适的交通工具，越来越受到人们的青睐。随着有轨交通的发展，列车运行间隔将逐渐缩短以致达到高客流设计标准的要求，为保障地铁列车的安全、准点运行，对地铁列车设备及附属保障设施提出了更高的要求。地下隧道排水设施的可靠运行与否，或者说设备产生故障时如何快速修复将直接影响到地铁列车的安全运行。

1 设备现状

1.1 控制方式

水泵控制采用五浮球液位自动控制方式较为普遍，控制点分为最低水位报警、低水位停泵、第一开泵水位、第二开泵水位（备用泵投入）及高水位报警（见图1）五个开关动作点。其中最低水位及高水位报警由中间继电器输出开关量触点，作为车站内计算机报警信号。第一开泵和第二开泵水位控制点分别启动常用水泵和备用水泵，根据水池进水量启动相应的水泵。另设<1♯泵常用>，<2♯泵备

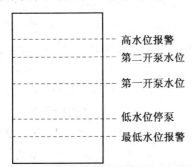

用/手动/2♯泵常用>，<1♯泵备用>三档转换开关和二组启/停泵控制按钮，便于夜间巡视时检查水泵状态和维修及应急状态下使用。

1.2 现设备存在的缺陷

由于安装位置和区间隧道作业的特殊性，使水泵无法进行日常巡检，一旦发生故障亦不能及时发现处理，直至水位报警输出，甚至水位超过钢轨影响列车运行时才能发觉故障的存在，此时要对故障实施处理又将更严重地影响列车的准点运行。

1.3 排水系统的常见故障（见表1）

表1　五浮球控制排水系统常见故障

1. 由于水池内杂物搁住浮球，使浮球不能随水位作上下自由浮动造成水泵不能启动或停止。
2. 浮球内干簧触点损坏或滑动磁环卡住，使浮球触点无法接通动作。
3. 巡视人员在手动试验后未将控制开关拨回自动位置，引起自动控制失效。
4. 继电器元件故障。
5. 水泵电机因泥沙阻塞管道引起过载或轻载无效运转。
6. 管道设备故障引起电机无效运转。

对表内的这些故障，如果在现场进行处理都是非常容易。但是在无人值守的区间隧道设备中，要及时处理故障而不影响列车的准点运行就变得非常困难。即使进入隧道抢修，由于对故障现象掌握的较少，甚至不能对故障作出初步的判断，影响了故障排除的及时性。因此，提高设备运行的可靠性，减小故障发生率是一个方面，而一旦发生故障后能及时传递故障信息，在其产生后果前实施相应处理，才能保证列车运行安全、准点的要求，这是控

图中标注（从上到下）：
- 高水位报警
- 第二开泵水位
- 第一开泵水位
- 低水位停泵
- 最低水位报警

图1　五浮球控制点示意图

制故障的一个重要方面。

2　解决方法

　　PLC可编程控制器作为面向工业环境下的控制装置,经过30多年的应用、发展,它的功能得到了不断完善。在工业应用中,与现有继电器控制电路比较,高可靠性、抗干扰能力强是它最大的特点;作为工业计算机,简单方便的接口、与电气原理图相接近的梯形图语言和符号,易学易用是它又一特点。同时,由于它内部拥有众多的电子继电器,对今后因各种需要增加功能、更改电路、完善控制方式留有充分的空间。所以采用PLC可编程控制器来替换原继电器控制电路,在提高设备可靠性的同时,使电器设备维修工作能及时跟上。针对原控制设备存在的缺陷,在使用PLC控制方案中能有效加以改进、消除。

2.1　输入与控制信号

　　原线路的控制信号有五点液位信号、手动开、停泵信号及水泵常用泵/备用泵转换开关(1♯自动2♯备用、手动、2♯自动1♯备用转换)。

　　(1)由于液位信号用浮球采集,在水位上下变化中,浮球被杂物搁住的故障比较常见,或引起水泵不启动,或引起水泵不能停止。目前的非接触式超声波液位仪利用超声波反馈的原理进行液位测量,避免了因水中杂物对浮球的影响而产生故障。

　　(2)由于原控制方式采用转换开关进行自动与手动的转换,在巡视人员或检修人员对设备进行试验后,未将转换开关拨回,造成自动控制不能投入工作,且无法及时反映出错误操作而存在的隐患。在PLC控制方案中,可以采用对内部继电器进行置位/复位的方法进行控制。使自动和手动两种控制方式并列使用即两种操作为或的关系而互不制约。同时,在原控制方式中,一旦手动开泵后,水泵将一直抽水直到操作人员停泵,在使用中也存在一个操作隐患。而在PLC电路置/复位方式中可方便地加入低水位自动停泵的控制。即使在手动操作的方式下仍有水位自动检测进行干预。防止水位过低使水泵在脱水状态下工作。

2.2　输出信号

　　原控制输出信号使用两副无源触点送至车站计算机作水泵开启信号显示。这两个信号对无人值守(无法巡视)设备来说显得过少,缺乏对水泵进行运行和故障分析的必要数据。在PLC控制器中可将水位数据和电机电流数据通过通讯模块传送到上位机(车站计算机),一旦出现异常可利用这些数据进行分析,作出相应的及时处理,如电机电

数值相对日常运行数值比较出现变大或变小现象时,结合水位数据和水泵运行时间、次数,对水泵运状况进行分析,可大致判断出故障将要发生的趋势。重要的是这些分析可以在积水故障发生之前进行,使设备的故障在造成后果之前得到有效的控制,及时进行维修保养。表2为对一些异常现象出现时对应的常见故障。

表2　常见故障与现象对照

水位显示	电流数据	其他现象	可能故障
正常	正常	启动频繁、不停机或停机时间极短	1.可能出现水管漏水或常用泵止回阀失效,使地下至地面水管内水倒流回水池内; 2.备用泵止回阀失效,使水循环流回水池。
正常	正常	备用泵投入	可能有水管爆裂,大量进水或常用泵故障
正常	偏小	每次启动运行时间增加	进水口堵塞或出水叶轮有缺陷造成出水量小
正常	偏大	未超额定值	水泵机械磨损或轴承损坏或出水管道堵塞
不正常			控制系统故障或液位仪故障

　　注:液位显示为已达到设定水位是否有相应动作;电流数据为与平时运行数据比较。

　　通过表2可以看出,在所列出的设备常见故障发生时,并不一定立即导致水位的上升影响到列车的运行,在一般情况下隧道内的渗水量较小,如果设备发生故障,只要及时发现,完全有足够的时间安排检修而不影响列车的运行。因此,日常运行中对设备进行数据动态分析是减小故障发生和控制故障产生后果的有效方法。

2.3　运行方式

　　(1)启动:水泵进水口泥沙积沉将造成水泵运行效率降低,出水缓慢。原控制方式中部分水泵安装了反冲水管装置,在水泵启动时进行短暂的反冲来减少积沉的泥沙。由于它仅对启动运行的水泵处进行反冲。因此不能充分清除泥沙。PLC控制方式可利用其编程的特点,设定反冲程序,定期对水池进行反冲抽水,减少水池底部的泥沙沉积。原理见图2。以A泵作为常用泵、B泵作为备用泵为例,当水位到开泵位置时,打开A、B泵电控阀,A、B泵同时运转,进行反冲,使沉积的泥沙充分泛起,随后A泵关闭电控阀,进行抽水,B泵继续反冲运转,使泥沙不能再次积沉而随水一同抽出,直至水位到停泵的位置结束。这一过程可设定在常、备用泵转换时进行。

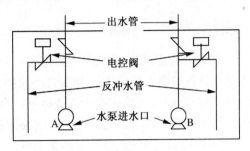

图 2　进水口反冲示意图

（2）运行：区间水泵为一台常用，一台备用配置，原控制方式中需周期性由人工对其进行常备用泵的切换。但是在相同的周期中各台水泵的工作情况不尽相同，使水泵的磨损及修理周期也不尽相同。PLC 控制方式中可以充分运用其内部的定时器或计数器，对水泵的工作次数或时间进行记录，当其达到一定的次数或时间时进行自动切换。使设备的工作情况大致相同，便于维修计划的合理安排和维修工作的有效进行。

2.4　工作原理

由于水泵控制对时间无特殊要求，PLC 扫描周期的时间远远小于控制的时间要求，可以采用顺序扫描的方式，对各种输入进行查询处理。工作顺序框图见图 3。

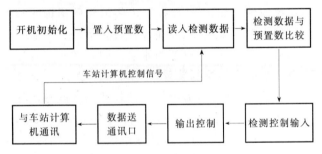

图 3　PLC 程序工作顺序示意图

开机初始化中，置入各水位控制点的预置数及电机额定电流的数值，然后读入特殊功能模块中的水位平均值和电机电流的平均值。将这些数值与预置数值进行比较后记入相应的内部寄存器，同时对手动操作按钮（输入端口）进行扫描，最终对水泵进行控制，在对本机输入/输出进行控制动作后，将已采集的数据和已进行的控制动作由通讯模块发送到车站内计算机上，便于车站内掌握情况和进行控制操作，通讯口读取车站操作信息后存入内部寄存器，作为下一扫描周期输入信息。然后对读入检测数据开始进行第二次扫描循环。

3　元件的选用与功能的改进

3.1　元件选用

要实现上述方案，硬件的选取是基础，市场各种型号、系列的 PLC，我们采用较通用的 FX2 系列小型可编程控制器。

（1）主机。可选用 FX2-16MR 小型 PLC 控制器，它具有基本指令、步进指令和应用指令。多种功能的应用指令能有效减小编程语句和指令执行时间。8 点输入与 8 点输出的端子可以满足水泵类设备的要求，同时可增加扩展单元来增加输入/输出端口。其内部拥有大量的辅助和状态继电器、定时器及计数器，适合多种控制方式的电路。

（2）模拟量输入功能模块 FX-4AD，FX-4AD 是具有 4 通道模拟输入的 A/D 转换模块，实际使用 3 个通道作为水位数据和二台水泵电机电流数据的输入。在这里取用电机电流时只考虑电机处于正常工作状态，故每台电机只取用一相电流为检测数据，当电机三相电流处于不平衡状态时由热继电器进行保护。如果要取用三相电流时，可利用 PLC 多余的输出端组成选择开关，由功能模块中的 3 个通道对二台电机的三相电流进行轮流输入。1 个通道作为水位数据的输入。

（3）FX-232ADP。FX-232ADP 为 RS232 的通讯适配器，它能以无规约方式与 RS232 接口的通讯设备连接，也可用调制解调器进行远程通讯。

（4）液位仪可采用已在部分设备上使用的 MSP420，量程：0.3～8 m；精度：±0.5%；超声波角度：±6°；输出为 4～20 mA 与液位成正比例的直流电流，且在仪器端可进行零位及最大量程调节，它的输出与 PLC 特殊功能模块 FX-4AD 配合，完成液位信号→模拟信号→数字信号的转换。

3.2　功能改进

（1）在原浮球液位控制器中，浮球的动作受液体内的杂物影响较大，且动作的触点寿命较短。采用超声波液位探测，它为非接触式测量，不受液体内杂质的影响。其输出为连续的模拟电流信号，寿命较长。PLC 特殊功能模块为标准的输入模式，对探测器种类的适应性好，便于今后对液位探测器的选型更换。在 PLC 模拟量输入功能模块中，必须对模拟输入电流值进行设定，使输入的模拟量变化与输出的数字量能相应匹配。FX-4AD 的电流分辨率为 0.02 mA，以输入模拟量 4 mA 时输出为输出数字量为 0，输入 24 mA 时输出数字量为 1 000。达到模拟量每变化 0.02 mA 时对应数字量变化为 1。

（2）使用 PLC 通讯功能模块，使现场到车站监控建立了数据与控制的联系，将现场的设备工作状态和数据在监控的上位机中能即时查询，保存相关的工作数据，可以定期对设备进行人工分析和计算机的即时分析。将设备的故障及时反映出来,监控人员可根据显示情况实施对水泵的控制操作。设备管理人员可根据设备的长期运行数据,了解设备的运行情况,使检修周期更合理,提高检修工作的效率。即使在设备故障抢修中,设备运行数据对故障的预判断,制定抢修方案显得尤为重要。

(3) 用PLC控制器来替代原继电器电路,由于PLC内部继电器均为电子寄存器,在元件的可靠性上得到极大的提高,使整个系统的工作可靠性得到增强。同时,PLC内部拥有大量的辅助继电器,使故障修理与元件更换工作非常容易,在计算机上调出程序运行后,即可看出故障元件的位置,如内部继电器发生故障只需在软件上将故障继电器编号进行更换后覆盖原程序即可。

(4) 在原继电器控制电路的手动与自动转换中,两种方式只能二选一。在PLC控制中可利用其内部继电器在程序上置位/复位的功能。使手动开启后可以由自动停泵电路来控制,随后由自动系统来运行。在自动运行中也可用手动来进行操作,同样,对车站计算机来的控制信号也能加入置位与复位电路,使多种操作方式可以相互结合和控制。原理见图四。三种方式中任何一种方式对M1进行置位启动了水泵,任何一种方式均可对M1进行复位停泵。彻底解决了在原控制方式的手动启动电路中接触器的自保接点对其他控制方式的影响。

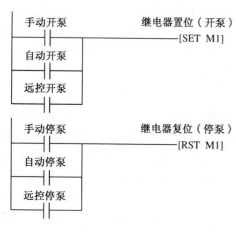

图 4　置位与复位电路

4　结语

PLC强大的功能,使它的应用可以非常广泛,无论作为单台设备的独立运行,还是作为自动控制系统中的一个下位机运行,或组成一个系统运行,PLC都能胜任。许多在常规继电器电路中无法解决的问题在PLC中可以轻而易举地解决。对水泵类设备这样的输入/输出接口不多但功能需完善的无人值守设备,更能体现出其智能化的优点。本文仅对原继电器电路在使用中表现出的缺陷和不足,采用PLC控制方法加以完善。PLC本身解决了电路、元件的可靠性,降低设备的故障率。但是任何元件总将发生故障,因此对设备运行状况的监视和对运行数据的分析,是我们对设备故障控制的有效方法。

PLC应用在区间水泵这样独立自动运行设备中,可以发挥其优异的功能,即使在一般的机电设备中同样可以发挥它的功能。如在车站消防水泵中,由于其报警、消防栓分布在车站各个位置上,一旦出现报警信号,需由相关人员到现场确认后再决定是否开启消防水泵,使水泵的开启不能与火灾现场状况相适应。如一有报警信号即开启消防水泵则在误报警的状态下将引起管道压力过高造成设备系统故障。如在PLC控制中将消防管道内水流信号接入控制系统中,即在接到报警信号后一旦检测到有水流信号,开启消防水泵。同时在水泵控制电路中加入变频控制装置,根据管道内的压力调节水泵转速,使管道压力维持在最佳状态。既解决误报警的现象,使水泵随时处于自动投入运行状态。又可使水泵的试验运行保证在系统安全范围内,避免试验中因水泵旋转后对管道产生的高压而损坏管道设备。

参考文献

[1] 王兆义.小型可编程控制器实用技术.机械工业出版社,1997.8

[2] 胡学林,宋宏.电气控制与PLC.冶金工业出版社,1997.11

2号线陆家嘴等车站 AFC 设备布局改造

苗秋云,张　颀

(上海地铁运营有限公司客运二分公司)

摘　要：本文对车站 AFC 设备的布局改造的必然性,改造的目的以及 2 号线原有 AFC 布局存在的问题进行了分析,然后以陆家嘴站为例,对陆家嘴站的客流特征、AFC 设备的通过能力以及原有设备布局存在的问题进行了论述,然后给出了优化的方案,最后本文对车站 AFC 设备的布局的改造理论进行了总结。

关键词：地铁,AFC,设备布局,通过能力

自动售检票系统(Automatic Fare Collection System)简称 AFC 系统,是目前世界地铁中广泛采用的一种票务管理模式。AFC 与人工售检票相比,具有速度快、信息量大、准确率高等特点[1,2]。车站 AFC 系统是车站票务工作的基础,AFC 设备布局的设置直接影响到车站客流的流通性,随着客流的流量与特征的不断变化,AFC 设备的布局也应该随之调整,另外,AFC 设备的布局不仅要以客流为基础,做到以人为本,还要考虑调整成本以及便于管理。下面以 2 号线那陆家嘴等车站 AFC 设备改造为背景进行分析,研究的结果可为今后的相关工作提供依据。

1　AFC 设备的布局改造的必然性分析

随着车站客流的变化,AFC 设备布局的与客流增长速度的不协调性是必然的,因此 AFC 设备布局的改造是客流变化的必然结果。在车站设计时,车站的等级是根据高峰小时客流量来决定的,AFC 设备的布局是根据车站的等级来布置的。在城市发展的带动下,城市进入快节奏的时期,地铁作为一种便捷的交通工具,地铁的开通在一定程度上也带动了周边地区的发展,在相互的促进循环下,客流量与客流的流向也会发生一定的变化,另外,客流在一天中会呈现波动性的特点[3]。如果车站的 AFC 设备的布局不作相应的调整,则不能充分发挥 AFC 设备的使用效率,会造成设备利用的不均衡,也不能在最短的时间内疏散客流,形成恶性循环,导致车站滞留乘客越来越多,严重影响车站的正常运营。因此,AFC 设备的改造是客流变化的必然结果。

2　AFC 设备布局改造的目的

车站 AFC 设备的布局的改造要达到以下几个目的：

(1) 方便乘客。乘客是车站客运组织工作的重点服务对象,AFC 设备的布局的主要目的是考虑方便乘客进出车站,合理的 AFC 布局不仅能车站的人流顺畅,并在最短的时间内疏散客流,也能最大发挥 AFC 设备的利用效率。在快速疏散客流的大目标下,设备的布置一定要根据客流的走向安排,并在不形成交叉客流的前提下满足多方位客流的需求,在此基础上布局时还需考虑如何充分发挥每台设备的使用率。

(2) 便于管理。AFC 设备的布局不能过于分散,也不能过于集中,从人员配置和安排上分析,设备过于分散浪费人力资源;从设备利用率分析,过于分散或过于集中都不能充分发挥设备的作用。

(3) 有效的节省资源,对长远的客流规划起到引导作用。

3　上海地铁 2 号线原有 AFC 布局存在问题分析

目前上海地铁 2 号线已经运营 7 年,客流增长速度是 3 条轨道线路中最快的,2 号线是一条商业旅游线,贯穿浦东浦西,商业的发展带动了经济的蓬勃生机,客流增长对地铁车站 AFC 设备提出更高的要求,原有的设计基本不能满足需求的增长,主要表现在：

(1) 车站滞留乘客增多。如中山公园车站高峰

时段,在前一列车到站后出站客流在后一般列车到达后还不能疏散完毕。

(2) 设备利用率不均衡。如龙阳路车站由于2号口紧连上海国际展览中心,2号口 AFC 设备利用率高于 80%,5号口 AFC 设备利用率不到 20%。

(3) 需要配置更多的车站服务人员。如静安寺站、河南中路、陆家嘴等车站 AFC 设备相对分散,比其他车站配置的服务人员多 50%。

4 陆家嘴车站 AFC 设备布局改造实例分析

陆家嘴车站是 2 号线的第一客运大站,日均进出客流在 10 万左右,所以合理配置与布局车站的 AFC 设备是十分重要的。陆家嘴车站 AFC 设备配置和布局要参照原有设备的分布和使用情况,根据陆家嘴车站目前客流的分布特点,以快速疏散乘客,减少客流交叉为原则进行设计。

车站原先 AFC 布局如图 1 所示,该布局设备相对分散,从费区内出站客流走向分析得出:中间出口闸机部分的设备利用率仅仅达到 5.5%,4/5 号口附近的出口闸机担负了 50% 的出站客流;3 号口附近的进口闸机担负了 60% 的进站客流。通过对陆家嘴地面环境分析和各出入口客流统计结果可以分析出,在高峰时段东端 3、4、5 号口出站客流大概占 60%,1、2 号口出站客流约占 40%,3、4、5 号口进站客流大概占 60%,1、2 号口进站客流约占 40%,图 1 中箭头方向表示流量,线的粗细表示流量。

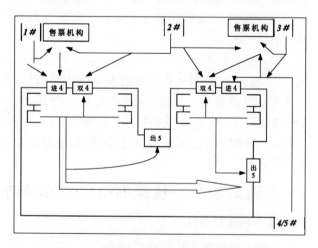

图 1　陆家嘴站原始 AFC 设备配置图

将陆家嘴进出站客流进行划分,从图 1 可以分析出:客流走向存在 3 个大的客流交叉点:1 号口与 3 号口的出站客流和排队买票客流存在交叉,5 号口进站客流和出站客流形成大的交叉冲突点。

对通过闸机速度及分钟通过人数进行计算,可以得出陆家嘴车站各方位需要的闸机数量。通过采样进行分析,在没有任何其他因素干扰的情况下,一个人通过闸机平均时间约为 3.5 s。但是,在实际运营情况下,尤其是高峰时段内,由于票卡故障、客流拥挤等因素,一个人通过闸机的平均时间会大于 3.5 s,为了能精确的得到高峰时间段的一个通过闸机的平均时间,我们在陆家嘴站进行了采样分析,如表 1。

表 1　高峰时间段单位时间进出口闸机的人数

15 min	理　论	实　际	平　均
进　口	330 人	200 人	4.5 s/人
出　口	390 人	176 人	5.1 s/人

所以单台闸机进口 13 人/分钟,出口 12 人/分钟。在配置机器时,取单台闸机 13 人/分钟进行计算。根据客流数据分析得出:东端需要 7 台进口闸机,西端需要 5 台进口闸机;东端需要出口闸机 8 台,西端需要出口闸机 6 台,为满足 2 号口客流及出站客流疏散,将出口闸机设置在中间并增加双向闸机,以满足 2 号口进站客流的需要。由此可以得出优化后的方案,如图 2。

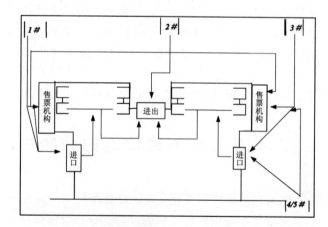

图 2　陆家嘴改造后 AFC 设备配置图

相对于改造前的方案,该方案的主要优点如下:

(1) 有效地疏解了客流的冲突点。将进站客流与出站客流尽量分开,能有效避免进出站客流的冲突。

(2) 提高了设备的利用率。通过改造,所有 AFC 设备的利用率接近均衡。

(3) 增加了设备的通过能力。由于减少了客流的冲突,AFC 设备的通过能力有所提高。

5　对今后 AFC 设备改造的建议

通过对上海地铁 2 号线几个车站的 AFC 设备布局改造的经验,对今后的 AFC 设备布局改造工作提出以下建议：

（1）根据车站地面环境及公交站点，对车站每个出入口的进出客流进行统计分析。

（2）根据平均通过速度计算出车站各端需要的设备数量。

（3）根据各出入口方位及进站客流对车站费区内客流走向进行统筹安排，费区内客流的流向是根据设备的布局而改变的。

（4）设计出各出入口进出站客流流向的最顺畅走势。

可以结合上面 4 点对车站 AFC 设备进行优化配置布局。

6　结论

在对 2 号线车站 AFC 设备的改造工作中，充分考虑了以人为本的改造思想，在所有案例中，陆家嘴车站 AFC 设备的改造比较成功，在改造后的高峰时段内，很少出现大面积客流拥堵的情况。以上的分析只是作为设备改造过程中的理论依据，在实际的操作过程中，还要视车站的具体情况而具体分析。随着上海城市轨道交通网络的不断的扩大，线路将从单一线路向运营向多元化、网络化的方向发展[4,5]，换乘站在网络中的地位与重要程度越来越明显，因此，对于换乘站的 AFC 设备布局的改造的理论与方法有待进一步研究。

参考文献

[1]　陈凤敏. 地铁自动售检票（AFC）系统及其发展趋势. 上海建设科技，2002(1)

[2]　张国侯，宗明. 南京地铁自动售检票系统（AFC）模式研究. 机电信息，2005(22)

[3]　何禹将. 地铁 AFC 系统开通初期应注意的问题. 地铁与轻轨，2000(1)

[4]　王富章，李平. 关于网络化 AFC 系统整合方案的研究. 现代城市轨道交通，2005(5)

[5]　殷锡金. 上海市轨道交通自动售检票（AFC）系统的历史回眸. 现代城市轨道交通，2005(5)

地铁降压站远程监测系统建设方案

李　祝，周科达

（上海地铁运营有限公司客二分公司）

摘　要：以上海地铁为例，介绍了对地铁降压站的主要设备采用计算机实时监测替代现行的人员定时监测，提高监测准确率及人员利用率。并及早发现产生的异常情况，及早处理为设备维修保养提供依据的可行性作了些探索。

关键词：远程监测，监视，自动检测，降压站值班无人化

上海地铁车站内降压变电站采用两路分别来自于不同地点的电源进线供电；并独立运行，经过 10 kV、400 V 两级分段开关，可实现分段切换输出，向地铁站内设备供电。站内所有 I 类重要负荷都有双电源供电。因此对地铁降压站来说只要有一路 10 kV 进线正常供电，车站的设备就能保持正常运转。在极端情况下两路进线全部失电，车站的事故照明、操作电源、导向标志灯由直流屏供电至少达两小时以上。车站的广播、行车以及自控、消防系统（BAS，FAS）由通讯及站内不间断电源供电至少在半小时以上。因此即使车站降压系统出现突发严重故障也不会影响整条线路列车运行，在一定时间内不影响车站乘客的疏散、不影响防灾报警系统的正常工作，这给上海地铁降压站现行管理运行模式的改进，降压站远程监测系统的实施，以致降压站无人化值班的实现形成了前提和条件。

1　降压站远程监测系统的作用

第一，以计算机实时监测替代现行的人员定时监测，对地铁降压站主要设备实施全天候 24 小时不间断监测，及早发现产生的异常情况，及早处理。配合设备巡检人员实现降压站值班无人化。

第二，实现地铁降压站的主要设备统一监测化数据管理，将监测到的设备各项参数自动生成即时数据、图表曲线以进行设备情况趋势分析之用，并保存备查或打印。为日常检修保养提供充分依据。

第三，提供降压站设备即时异常情况报警，第一时间通知牵引站值班人员及巡检人员快速及时处理。

第四，提高监测准确率以及人员工作效率，节减企业人员经费支出。

2　系统实施方案

地铁降压站远程监测系统，（下称监测系统）以地铁沿线连续的三个或四个车站为一个区域，在其中的牵引站设立区域监测系统终端，将其余相邻的两个（或三个，包括本站）车站降压站的设备实时数据传输到区域监测系统终端。实现由牵引站值班人员对三个车站六个降压变（每个车站有东、西降压变两个）实行同时远程监测的目的。配合 SCADA 系统、设备巡检人员的现场操作以及每日巡检，可实现降压站日常无人化值班（见图 2）。区域监测系统终端通过路由器连接 Internet（或通过联网方式），上级管理部门及相关设备维修部门可查阅各个车站相关资料以供决策依据。

2.1　系统的结构

整个监测系统包括降压站数据监测和降压站图像监视两部分。数据监测将降压站设备的运行特征量：电流、电压、温度参数从被测量点采样出来经模拟量转化为数字信号传输至邻近牵引站在监测计算机上实时显示，并设定报警值及异常情况反映并记录。N 个所需要的测量点组成了降压站实时情况的监测。图像监视是对降压站工作全况进行实时观察；传输数字视频信号和现场音频信号至中心站。用于发现现场设备是否有冒烟、着火、爆裂及非工作人员进入等异常情况在第一时间提供给中心站值班人员，并可根据情况将画面切换至异常点进行进一步追踪观察。监视图像将自动存储记录以备检索。在整个监测系统中数据监测是主系统，图像监视是辅助系统。两者共用一根光纤传输信号，其余部分相互独立。其系统结构框图如下（见图 1）。

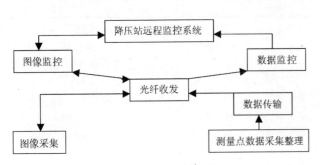

图1 监测系统结构框图

现以上海地铁客运二分公司河南中路站为例，先在其东降压变选择建立所需测量点，这些测量点包括了东降压变的主要设备。现以 20 个测量点为计。每个测量点包括电流、电压、温度参数，将这些参数的模拟量从被测量设备中采样出来经过调整模块进行调整抗干扰并与原设备隔离，再输入数据采集转换模块将模拟量转换为数字量，通过 RS－485 数据标准协议进行数据传输至其西降压变。西降压变方法同上也以 20 个测量点为计，将数据通过光端机发送经光纤通过区间隧道至相邻的人民公园站，在人民公园牵引站值班室内设立区域监测系统终端。由光端机进行数据接收再转换为 RS232 标准协议进计算机。在计算机上采用工业控制组态软件平台编制程序。实现对降压站设备运行情况的实时数据监测。

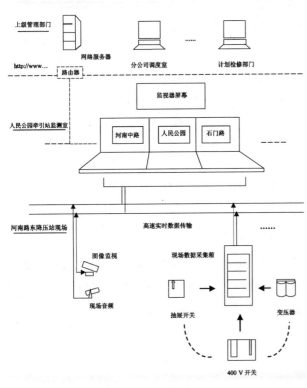

图2 系统结构示意图

在数据监测系统建立的同时可进行图像监视系统的组建。在东西降压变及直流屏室内各设置 1 台，共四台带旋转云台及变焦镜头的彩色摄像机，可对现场进行水平方向和垂直方向的大范围跟踪监视，同时现场安装背景音响麦克风进行音频采集。通过共用数据监测系统的光端机，实现视频和音频的传送，在中心站区域监测系统终端采用 DVR 硬盘录像系统实现远程图像监控及报警联动功能。完成对降压站设备运行情况的实时图像监视，配合数据监测系统从而完成了对河南中路降压站现场实时情况的远程监测。（见图3）

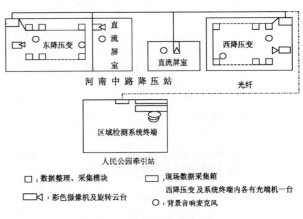

图3 站间监测系统图

同理组建完成人民公园站和与之相邻的石门一路的监测，成立一个完整的区域监测系统（人民公园站由于是区域监测系统终端所在地故可省略光纤而采用工业屏蔽双绞线通信方式进行数据传输）。

2.2 实施步骤

第一，选择上海地铁客运二分公司某站如河南中路站，分别对东、西降压变选定测量点进行电流、电压、温度参数现场采集，并进现场模块箱安装。对模拟量转数字信号量进行现场测试，根据检查结果加以调整。

第二，在相邻人民公园牵引站设立区域监测系统终端，在系统终端工控组态软件平台上进行程序前期编制工作。在两站驾设光端机通过区间隧道敷设光纤。

第三，对两站先行连接测试，解决数据信号在连接传输过程中出现的问题。并对两站进行联网调试，根据联调结果确立系统运行站点模式。

第四，设立组建石门一路监测系统、人民公园监测系统与河南中路监测系统并列运行组成一个完整的区域监测系统终端。根据运行管理要求修改运行、报警、管理程序，确立系统运行整体模式。待系统稳定运行后,在该区域试行降压站值班无人化。发现设施软、硬件问题予以及时解决。

第五,在地铁2号线整条线上建立其余的区域监测系统,实现降压站值班无人化。

第六,在上级相关管理部门设立网络服务器通过DDN方式进行数据传输,实现各个车站相关资料的查阅。

2.3　步骤流程图

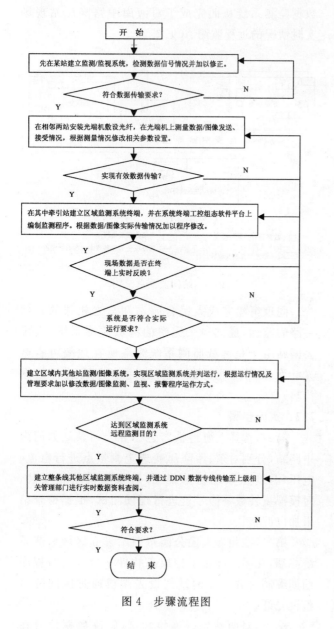

图4　步骤流程图

2.4　系统实施后与现运行管理方式的比较

工作方式	人工巡视(目前)	计算机监测
记录方式	手工抄报	计算机即时显示、存储、生成趋势曲线
时间间隔	每2小时一次	24小时实时不间断
数据分析	事后分析	即时系统分析结果显示
设备维护保养	计划完成	计划与数据分析相结合
出现故障	故障出现后再发现、处理	故障发生同时自动报警
异常情况处理	凭值班员个人经验水平	数据专家系统综合分析报警

3　效益预期

3.1　社会效益

以技术措施及早发现地铁降压站设备运行过程中出现的各种问题并及早处理解决,尽最大限度地保证降压站设备安全正常稳定运行。贯彻落实完成市政府提出的保证安全运行提高乘客满意率的方针目标要求。切实提高乘客满意率。

3.2　经济效益

以建立一个区域三个降压站的远程监测系统计算,在提高降压站监测效率及准确率的同时,实现降压站值班无人化。可节省降压站值班人员12人替班2人共计14人,以每年支付每人各类工资总额3万计算,一年可为企业节省各类人员支出费用达42万。

4　结语

在整个系统中数据采集监测采用了目前先进的生产监测技术,体现了国际主流自动化监测方向,而图像监视目前已经是相当成熟的技术在我们这套系统中起辅助作用。

本系统难点在于强电选点、模拟量输出、数据信号采集和计算机监测程序与降压站设备合理融合编制,是集强电、弱电、与计算机控制相结合的一体化集成系统。

参考文献

[1]　左斌.智能建筑设备手册.中国建筑工业出版社,2003
[2]　Andrew S. Tanenbaum COMPUTER NETWORKS (THIED EDITION).清华大学出版社,1999

地铁隧道的通风排烟问题及其解决措施

徐景星

（上海地铁运营有限公司客运二分公司）

摘　要： 针对防排烟设计在地铁建筑设计及火灾中的重要性，以及目前国内地铁防排烟设施的情况，论述了技术设备、防排烟处置、通风排烟设施设置、突发问题等主要因素对运营安全和可靠性的影响。并详细地分析了城市轨道交通隧道的防排烟方面存在的问题，以及提出了加强和提高隧道防火设计的对策和途径。

关键词： 地铁，隧道，排烟

在地铁车站、隧道设置排烟设施是由地铁的建筑结构决定的。与地面建筑相比，地铁工程结构复杂，环境密闭、通道狭窄，连通地面的疏散出口少，逃生路径长。发生火灾，不仅火势蔓延快，而且积聚的高温浓烟很难自然排除，并迅速在地铁隧道、车站内蔓延，给人员疏散和灭火抢险带来困难，严重威胁乘客、地铁职工和抢险救援人员的生命安全，这是造成地铁火灾人员伤亡的最大原因。1969年11月11日，北京地铁客车行至万寿路东600米处时，在隧道内因车下放弧引燃车体起火，造成300多人中毒，3人死亡的重大事故；1987年11月18日，英国伦敦地铁国王十字车站电梯引发火灾，造成32人死亡、100多人受伤。2003年2月18日，韩国大邱市中央路地铁车站因纵火造成火灾，造成196人死亡、147人受伤。国内外地铁火灾的历史充分证明，地铁车站、客车和隧道不仅会发生火灾，而且一旦发生火灾将很难进行有效的抢险救援和火灾扑救，极易造成群死群伤的重大灾害事故。根据国内外地铁火灾资料统计，地铁发生火灾时造成的人员伤亡，绝大多数是因为烟气中毒和窒息所致。而且地铁是人员高度密集的公众聚集场所，其损失和影响将更为严重。因此，有地铁的国家，均对地铁的通风排烟设施极为重视，不仅将通风排烟设施作为地铁必备和最为重要的安全设施，在各自国家的规范中明确提出了很高的设计标准和设置要求，而且无一例外在地铁的站台、隧道都设置了机械通风排烟设施。由此可见，在地铁站台、隧道科学地设置防排烟设施以及事故状态下合理地进行防排烟处置，对于减少人员伤亡和财产损失具有极为重要的意义。

1　目前国内地铁通风和排烟设施的概况

因建设年代不同，北京地铁、上海地铁通风和排烟系统不尽相同。总体可分为两类。

第一类是通风和排烟同为一个系统，即通风和排烟系统均由相同的风机、消音器、风口、风道和风井组成。由风机的风叶进行正转或反转，来实现系统的送风或者排烟。隧道、站台内的烟气流动方向为沿隧道或站台水平方向流动。站台发生火灾，通风排烟方式是站台隧道入口上部的风机反向运转，将站台内的烟气由风口吸入风道，经风道尽头处的风井排到地面，隧道内发生火灾，区间风机反转吸风，站台风机正转送风，使隧道内烟气从事故发生处流向区间风口，经风口进入风道，再从风道尽端的风井排到地面。

另一类是通风系统和排烟系统分开设置，各自分别成为相对独立的系统。即通风系统和排烟系统是由各自独立的风机、消音器、风道、风口（排烟系统含风井）分别组成。进烟口、通风口分别设在站台行车道上方和站台集散厅顶部，站台内的烟气流动为垂直方向流动。

我国的《地下铁道设计规范》[1]提供了隧道火灾排烟的基本规范，但具体采用何种通风排烟模式应结合隧道和防排烟系统的实际情况分析确定。按照我国的《地下铁道设计规范》基本要求，分别制定了站台、隧道防排烟系统的可能运行模式。在这些运行模式中，只考虑邻近区间或者站台的风机联合工作，其他区间或者站台风机运行工况影响较小，可以不予考虑。因建设年代早，北京地铁的站台和隧道采用的是通风和排烟共为一个系统。上海地铁的通风和排烟是将两种方式结合使用,即隧道内采用第一种方式,车站采用第二种方式。

国内地铁设置的通风排烟设施的实际排烟能力至今没有经过重特大火灾的实践检验。站台的通风排烟设施在通风排烟的设计能力上,能够保证人员的疏散安全,能够有效解决站台火灾的排烟问题。

2　地铁隧道排烟存在的问题

隧道内排烟的原则是沿乘客安全疏散方向相反的方向送风。这样既可以阻止烟气与人同向流动,又给疏散逃生人员送去新鲜的空气。地铁隧道内起火部位与客车的位置关系决定了乘客的疏散方式。而乘客的疏散方式又决定了隧道内的排烟方向。因此,隧道内发生火灾时,起火部位与客车的位置关系既决定了乘客的疏散方向,又决定了区间两端站台风机和区间风机的送风排烟方向。

发生火灾时,起火部位与客车大致有三种位置关系,即起火部位位于车头、车中或车尾。

当起火部位位于车头时,乘客必然向车尾即后方车站疏散,后方车站的风机送风,前方车站的风机排风,使隧道内的烟气流动方向与乘客的疏散方向相反。

当起火部位位于车尾时,乘客必然向车头方向即前方车站疏散,前方车站的风机正转送风,后方车站的风机反转排风,使隧道内的烟气流动方向与乘客的疏散方向相反。

若火灾发生在客车的中部,起火处前部车厢的乘客将向前方车站疏散,起火处后部车厢乘客将向后方车站疏散。无论客车泊停在区间隧道的任何位置,乘客自然分成两部分分别向隧道两端进行疏散。在此种情况下,用地铁隧道现有的排烟设施无论采取怎样的排烟措施,隧道内烟气流向必然与部分乘客的疏散逃生方向相同,威胁同向逃生乘客的生命安全。自 1974 年计算流体力学(Computational Fluid Dynamics:CFD)[2]如用于通风空调领域拟分析以来,CFD 技术越来越多地应用于指导空调通风建筑的气流场和温度场院的设计及分析。利用 CFD 技术,通过计算机求解流体流动所遵循的控制方程,可以获得流体流动区域内的流速、温度、组分浓度等物理量的详细分布情况,从而指导和优化设计。清华大学建筑环境与设备研究所开发的通风三维流动、传热与燃烧的数值模拟软件 STACH-3,其曾应用于地铁隧道区间的火灾模拟分析,其模拟结果在火源附近以外的区域均与实测结果有较好的吻合。

由此可见,现在地铁隧道采用的通风和排烟共用一个系统的方式,势必造成烟气在排入风道前与疏散逃生人员均同处隧道内,这种通风排烟方式既不科学合理也不安全有效,无法从根本上保证隧道内避难人员的安全疏散,因此没有彻底解决地铁隧道的通风排烟问题。

3　地铁隧道通风排烟问题的整改意见

总原则是实施人、烟分流。即在地铁发生火灾时,用设施将人员和火灾烟气有效分隔,使避难人员在无烟气的环境中进行避难和逃生。

3.1　改变通风排烟系统的通风排烟方式

在站台、隧道顶部设置排烟管道,将通风系统和排烟系统分开设置,用垂直方向的排烟方式取代水平方向的排烟方式。

因为自下向上是烟气本身的扩散规律,且排烟管道内气体的流动降低了烟道内部压力,使隧道和烟道形成压差,这种“吸啜效应”进一步加快了隧道内的烟气进入烟道中的速度,从而提高了排烟效率。此外通过排烟管道也使避难人员和烟气进行了有效的分隔,从而使避难人员的安全有了更好的保障。

3.2　充分利用上下行隧道并行的特点,对现有隧道安全设施进行改造和完善

应在上下行隧道的联络通道处安装甲级防火门,使上下行隧道各自成为独立的防火分区,并在隧道内设置应急事故照明和蓄光型或蓄电池型疏散导流指示标志,使上下行隧道相互作为紧急事故避难通道。保证事故状态下,避难人员能够尽快由起火隧道疏散到非起火隧道。这样不仅可以使避难人员免受起火隧道中烟气的伤害,而且能够在非起火隧道中进行安全有序的逃生。

4　结语

随着城市轨道交通的迅速发展,轨道交通客流日益增加。乘客的生命及设备的安全都放在了第一位,防排烟设计在地铁建设中成为重中之重。现在地铁隧道采用的通风和排烟共用一个系统的方式,这种通风排烟方式既不科学合理也不安全有效,无法从根本上保证隧道内避难人员的安全疏散,因此没有彻底解决地铁隧道的通风排烟问题。一个好的防排烟设计维系着地铁的安全运营,实施人、烟分流。其能够在平时提供一个好的通风环境,特别在发生突发事故即在地铁发生隧道火灾

时,用设施将人员和火灾烟气有效分隔,使避难人员在无烟气的环境中进行避难和逃生。能尽快将事故消灭减少人员伤亡和财产损失具有极为重要的意义。

参考文献

[1] 地下铁道设计规范-中华人民共和国国家标准 (GB50157-92).国家技术监督局、中华人民共和国建设部联合发布,1992.6.13

[2] Xian Ting Li, Qi Sen Yan. Field model of fires in subway tunnels, 2nd International symposium on HVAC, Beijing, 1995